COLLECTION
FOLIO CLASSIQUE

Marcel Proust

À LA RECHERCHE DU TEMPS PERDU

II

A l'ombre
des jeunes filles
en fleurs

*Édition présentée, établie et annotée
par Pierre-Louis Rey*

Gallimard

© Éditions Gallimard,
1987 et 1988, pour l'établissement du texte,
1988, pour la préface et le dossier.

PRÉFACE

Si Marcel Plantevignes dit vrai, nous lui devons le titre du deuxième volume d'À la recherche du temps perdu. Il a dix-neuf ans, en août 1908, quand il se lie d'amitié avec Proust au Grand-Hôtel de Cabourg. Un jour de septembre, Proust le plaisante à propos de cette « écharpe de jeunes filles » dont il aime à s'entourer. « Nous nous sentons à l'abri de leurs confidences fleuries, et comme à l'ombre d'elles », répond Plantevignes. Les deux amis égrènent alors des titres d'œuvres possibles, et Plantevignes finit par suggérer « À l'ombre des jeunes filles en fleurs », ce qui, ajoute-t-il, « est un peu trop titre de roman feuilleton pour midinettes, pour de la prose comme la vôtre[1] ». Cette métaphore couleur du temps s'harmonise au moins avec la face mondaine du talent de Proust. L'année précédente, rendant hommage aux Éblouissements d'Anna de Noailles, qui a aussi publié L'Ombre des jours, il s'est dit tenté d'écrire « Les Six Jardins du Paradis » afin d'y réserver le plus naturel à la comtesse, et dans Le Pays des aromates, du comte de Montesquiou, il a respiré « le parfum impérissable du Passé ». Mais il rêve aussi, heureusement, d'autres jardins. Ce même été de 1908, il note sur un carnet des impressions où se déchiffrent aujourd'hui les premiers linéaments de son roman. « Tache rose de Lucie Gérard[2] », par exemple : entrevues sur la digue ou au casino, les jeunes filles éveillent en lui des émotions, plus poétiques que sensuelles. Viennent à la suite des allusions à Nerval, dont Sylvie

1. M. Plantevignes, *Avec Marcel Proust*, Nizet, 1966, p. 304.
2. Ce carnet a été édité sous le titre « Carnet de 1908 » par Ph. Kolb dans les *Cahiers Marcel Proust*, 8, Gallimard, 1976.

*illustre un double amour (« Moi, c'est un quintuple », avoue
Proust — ou, déjà, le narrateur de son roman), à Barbey
d'Aurevilly, à Baudelaire. Ainsi songe-t-il sans doute à Adrienne,
« fleur éclose à la pâle clarté de la lune », et à la rose d'Artémis.
Ou encore aux « vierges en fleurs » de Lesbos, « femmes damnées »
devenues pour finir les « fleurs du Mal ». Peut-être aussi à ces
« filles fleurs » qui retardent Parsifal dans sa quête de la Vérité
et qu'évoque le baron de Charlus dans Le Côté de Guermantes.
Les notes du Carnet de 1908 ne sont peut-être pas encore associées,
dans l'esprit de Proust, au titre suggéré par Plantevignes. Sait-il
seulement qu'elles nourriront des développements romanesques ?
Le seul projet fermement dessiné semble être alors celui d'un
Contre Sainte-Beuve. Les fragments narratifs de la même
période sont-ils tous destinés à illustrer l'essai, ou bien, renouant
avec le Jean Santeuil abandonné six ans plus tôt, esquissent-ils
une nouvelle œuvre de fiction ? La date à laquelle le « Contre
Sainte-Beuve » s'efface définitivement au profit du roman (vers
1909), la plus importante de la biographie de Proust, est aussi
la plus floue. On est en tout cas troublé qu'il note au cours de
ce même été de 1908 : « Dans la Seconde partie jeune fille ruinée,
entretenue sans jouir d'elle [...] par impuissance d'être aimé[1] »,
ébauche de l'histoire de La Prisonnière, qui ne figurera pas dans
les premiers plans de la Recherche et ne sera commencée que
six ans plus tard.*

*Quand À l'ombre des jeunes filles en fleurs paraît, en
1919, son titre a les couleurs d'un autre temps. D'aucuns le liront
comme une chronique de la Belle Époque. On ne peut leur donner
tort : la nostalgie est une des composantes du roman. Mais il
revient au créateur de la dépasser pour retrouver le Temps. Onze
ans séparent donc la trouvaille de Plantevignes de la publication
du volume. À supposer qu'en l'été de 1908 Proust ébauche
consciemment son grand roman, il prévoit d'essaimer dans son
œuvre les impressions qu'il recueille. À l'inverse de Stendhal, par
exemple, qui compose ses romans au fil de l'inspiration et court
parfois après un impossible dénouement, Proust va bâtir d'emblée
la charpente de l'édifice. Sur l'itinéraire suivi par son héros en
quête de l'« Adoration perpétuelle », les jeunes filles doivent figurer
une tentation sensuelle assez tardive, qu'il saura sublimer pour
l'inscrire dans l'expérience du Temps retrouvé. Tel apparaît du
moins le projet de la Recherche jusque vers 1914. Si la*

---

1. « Carnet de 1908 », p. 50.

*métaphore de Plantevignes intitule finalement le second volume
du roman, c'est à la suite d'aléas et de changements de cap. Et,
au départ, d'une cote mal taillée.*

On sait que Grasset n'a pas accepté de publier en un seul volume
les huit cents pages[1] que devait comporter le premier tome achevé
par Proust dès 1912. Composé en placards par l'éditeur, ce volume
comprenait, à la suite du Côté de chez Swann *que nous lisons
aujourd'hui, la fin de l'épisode amoureux du narrateur avec
Gilberte ainsi qu'une évocation de Mme Swann chez elle et au
Bois de Boulogne, puis un premier séjour à Balbec où le narrateur
se rendait en compagnie de sa grand-mère. Ce séjour, au cours
duquel il rencontrait le baron de Charlus et Robert de Saint-Loup,
mais point de jeunes filles, répondait à sa rêverie, incluse dans
la troisième partie de l'actuel* Du côté de chez Swann *(« Noms
de pays : le nom »), et s'achevait sur sa désillusion que les lieux
réels eussent si peu répondu à son attente ; mais renaissait en
lui le désir d'aller à Florence voir les narcisses, les jonquilles et
les anémones du Ponte-Vecchio. En réduisant le volume à
523 pages, Grasset lui impose une fin abrupte et scinde
artificiellement en deux l'histoire de l'épisode amoureux avec
Gilberte. Au premier des deux inconvénients, Proust va remédier
en prélevant sur la fin du volume tel qu'il l'avait prévu quelques
pages de l'évocation de Mme Swann au Bois qui lui permettront
de conclure en beauté le volume amputé. Mais il lui reste environ
deux cents pages dactylographiées (dénouement malheureux de
l'amour pour Gilberte et séjour à Balbec) qu'il va devoir, faute
de mieux, intégrer à son second tome. Du plan de la* Recherche
*ainsi remanié, nous avons un état sur la table imprimée au verso
du faux-titre de* Du côté de chez Swann *publié par Grasset
le 14 novembre 1913. On y lit le détail des deux autres volumes
à paraître :*

À la recherche du temps perdu :
Le Côté de Guermantes (Chez Mme Swann — Noms de pays :
le pays — Premiers crayons du baron de Charlus et de
Robert de Saint-Loup — Noms de personnes : la duchesse
de Guermantes — Le salon de Mme de Villeparisis).

---

1. C'est en effet à huit cents pages imprimées qu'auraient correspondu
les 712 pages de la dactylographie.

À la recherche du temps perdu :
Le Temps retrouvé (À l'ombre des jeunes filles en fleurs — La
princesse de Guermantes — M. de Charlus et les Verdurin
— Mort de ma grand-mère — Les intermittences du
cœur — Les « Vices et les Vertus » de Padoue et de
Combray — Mme de Cambremer — Mariage de Robert
de Saint-Loup — L'Adoration perpétuelle).

*Les trois premiers chapitres du second volume annoncé sous
le titre* Le Côté de Guermantes *correspondent aux deux cents
pages dactylographiées dont Grasset a délesté le premier tome.
Quant au chapitre « À l'ombre des jeunes filles en fleurs » placé
en tête du troisième volume, il doit relater un deuxième séjour
à Balbec, où le narrateur fera la connaissance des jeunes filles*[1].
*Mais, déjà, Proust envisage de remanier plus profondément le
plan de son roman. On en a la preuve par les lettres qu'il envoie
entre le 5 et le 12 novembre 1913 à René Blum, Robert de Flers
et Gaston Calmette*[2] : *donnera-t-il pour titre à son second volume*
Le Côté de Guermantes, *comme il était prévu, ou* À l'ombre
des jeunes filles en fleurs ? *En clair, il songe désormais à
inclure dans le premier séjour à Balbec l'apparition des jeunes
filles. Quoique nous ignorions la date précise à laquelle il s'y décide,
on peut supposer que le titre* Le Côté de Guermantes, *donné
aux « bonnes feuilles » du second volume de la* Recherche *parues
en juin 1914 dans* La Nouvelle Revue Française[3], *témoigne
d'un état du roman largement dépassé. Ainsi, si la guerre a pu
accentuer le retard de publication du second volume, elle n'a pas
suffi à le provoquer.*

*Nous devons donc aborder séparément la genèse des deux parties
d'*À l'ombre des jeunes filles en fleurs : « Autour de
Mme Swann » *et* « Noms de pays : le pays ». *Le récit des jeux
avec Gilberte et celui du premier séjour à Balbec avaient une
unité tant que, longs d'environ deux cents pages, ils étaient*

1. Plantevignes rapporte dans ses souvenirs que c'est vers 1911 que
Proust lui a demandé la permission d'utiliser son titre pour un « petit
chapître sur Balbec ».
2. Voir Marcel Proust, *Correspondance*, éd. de Ph. Kolb, Plon, tome XII,
pp. 295, 298 et 309.
3. Ces « bonnes feuilles » contiennent des pages de « Noms de pays :
le pays », notamment les promenades en voiture avec Mme de Villeparisis.
En juillet 1914 paraîtront d'autres « bonnes feuilles » correspondant bien,
elles, à l'actuel *Côté de Guermantes*. Enfin, dans la *NRF* de juin 1919
paraîtront, en même temps que le volume des *Jeunes filles*, des extraits
d'« Autour de Mme Swann ».

encadrés par deux rêveries sur les noms de pays. Du moment où il en diffère la publication, Proust va grossir chacun des deux récits et augmenter leur autonomie au point qu'aujourd'hui, leur réunion en un volume apparaît plutôt comme un hasard d'édition. Le titre même du volume, À l'ombre des jeunes filles en fleurs, ne convient qu'à son dernier tiers, c'est-à-dire au « petit chapitre sur Balbec » greffé sur l'ensemble.

GENÈSE D'« AUTOUR DE MME SWANN »

De l'origine aux placards Grasset

Après avoir dit « je » dans les parties narratives du Contre Sainte-Beuve *(« Le rayon de soleil sur le balcon », « Conversation avec Maman »...), Proust ébauche dans des pages plus tardives un récit dont Swann est le héros, comme si, du moment où son roman prend forme, il renouait spontanément avec le mode narratif utilisé dans* Jean Santeuil. *Ainsi voit-on sur des brouillons du milieu de 1909 un Swann sensible au charme de jeunes filles rencontrées au bord de la mer, puis amoureux jusqu'à la jalousie de l'une d'elles, prénommée Anna (préfiguration d'Odette). Mais bientôt se dessine plus nettement ce qui sera l'intrigue sentimentale de la* Recherche : *au narrateur sont réservées les multiples tentations sensuelles, à Swann la passion exclusive qui aboutira à « Un amour de Swann ». Une fois qu'il les a individualisés, Proust prête une destinée similaire à ses deux héros : à ce dessein répond, dans le cours de l'année 1909, la création du personnage de Gilberte Swann, qui inflige à son ami les mêmes souffrances qu'Odette infligea jadis à Swann. Les jeux du narrateur et de Gilberte aux Champs-Élysées rappellent ceux de Jean Santeuil et de Marie Kossichef, Proust s'inspirant dans les deux cas de son amitié d'adolescent pour Marie de Benardaky et d'autres jeunes filles. Égaré par sa passion pour Gilberte, le jeune homme idéalise le milieu où elle évolue : les prestiges dont il dote le salon de sa mère font écho à l'indulgence qu'inspirait à Swann le « noyau Verdurin » du moment qu'il y rencontrait Odette. Swann lui-même s'impose à ses yeux comme un modèle. Aux yeux du lecteur, la différence éclatera plus tard : tandis que Swann demeure jusqu'à sa mort un simple dilettante, le narrateur saura convertir en art les ridicules mondains et la maladie de l'amour. Les deux intrigues amoureuses se fussent reflétées à l'intérieur du premier volume si celui-ci n'avait été réduit par*

Grasset ; se reflétant aujourd'hui d'un volume à l'autre, elles soulignent la nécessité d'apprécier l'architecture de la Recherche *dans son ensemble.*

Ce chapitre que Proust avait prévu d'intituler « Chez Mme Swann » et qui correspond à une partie de l'actuel « Autour de Mme Swann » est peut-être, de tout le roman, celui qu'il écrivit le plus vite. En témoignent les cahiers utilisés à la fin de 1910 et au début de 1911, où il passe parfois en continuité de fragments à peine ébauchés à des rédactions très proches du texte définitif. Quelques scènes font exception : elles balisent l'itinéraire artistique du héros. Soigneusement mises au point, elles ne seront guère retouchées avant d'être intégrées au second volume.

C'est d'abord la matinée de la Berma. Vers la fin de 1909 ou au début de 1910, Proust décrit une interprétation de Sarah Bernhardt dans Phèdre, peut-être inspirée d'une représentation à laquelle il a assisté alors qu'il était déjà adulte. Mais on devine qu'enfant, il rêvait devant les affiches de théâtre, et sans doute le premier spectacle où on lui permit d'aller lui causa-t-il une déception. L'esquisse du roman présente un narrateur déçu par la grande tragédienne, nommément citée. Au fil des rédactions, celle-ci devient X, la Bréma et enfin la Berma. Ainsi le modèle vivant est-il enrichi par l'imagination de l'écrivain et utilisé suivant les structures du roman : en même temps que le récit de la première représentation de la tragédienne, Proust en imagine en effet une seconde, que nous lisons aujourd'hui au début du Côté de Guermantes, et qui efface la déception du héros. Pour finir, la Berma vieillissante du Temps retrouvé devra plutôt à Réjane, que Proust côtoya durant ses dernières années.

La rencontre avec Bergotte pose un nouveau jalon sur l'itinéraire du héros et offre un autre exemple de création d'un personnage. Dès les premières ébauches de son roman, Proust a imaginé de faire de la littérature, de la peinture et de la musique les composantes majeures de l'éducation de son héros ; mais hésitant sur le rôle qui serait dévolu aux deux premières, il a ajourné l'attribution à un écrivain ou à un peintre de plusieurs réflexions de ses cahiers. Au demeurant, alors que, dans Jean Santeuil, Bergotte était le nom d'un peintre, c'est un écrivain, désigné par l'initiale C., que Jean et son ami Réveillon rencontraient en Bretagne — scène capitale qui préfigure la rencontre du peintre Elstir à Balbec. Quand la figure de l'écrivain s'esquisse dans les brouillons de la Recherche, Anatole France lui donne nom et consistance, jusque par des références à son œuvre, unanimement admirée quoiqu'elle soit déjà tournée vers le passé.

*La figure de Musset nourrit aussi des esquisses autour de l'année
1910 : adolescent, Proust l'avouait pour l'une de ses idoles dans
le fameux « Questionnaire », mais il apprendra bientôt que le
poète l'eût fortement déçu s'il l'eût personnellement rencontré[1].
Pour finir, le personnage imaginaire de Bergotte illustrera
ironiquement, dans la Recherche, la théorie du* Contre
Sainte-Beuve : *surprenant le jeune homme par son physique,
sa façon d'être et les bruits fâcheux qu'on colporte sur sa vie privée,
il détruit, d'une manière qui se révélera salutaire, l'image qu'il
se faisait du « grand écrivain ». L'œuvre d'art est en effet le
produit d'un « moi profond », que ne saurait laisser deviner la
comédie du monde.*

*Dans « Chez Mme Swann » déjà, les jeux aux Champs-Élysées
et les après-midi chez la mère de Gilberte entrent en concurrence,
dans l'esprit du héros, avec sa vocation artistique. Gilberte gagne
en prestige à être l'amie de Bergotte, mais quoiqu'il soit encore
naïf, le héros devine que Mme Swann l'égare en le persuadant
que la fréquentation d'un grand écrivain l'aidera mieux que le
travail à commencer son œuvre. Dans ce dilemme entre plaisir
et devoir, un motif a requis tous les soins de Proust : l'étrange
volupté de l'adolescent à respirer l'odeur humide du chalet
d'aisances. Au regard des hautes visées intellectuelles et morales
dessinées par le marquis de Norpois, membre de l'Institut et
collaborateur de l'austère* Revue des Deux Mondes, *un plaisir
aussi bas est incompatible avec une vraie vocation littéraire. Il
constitue pourtant une étape essentielle de l'œuvre : du jour où
il comprendra qu'une sensation frivole, voire sordide, vaut mieux
quand elle est intime qu'une grande idée partagée, le héros sera
sur le chemin de l'Art. Après quelques tâtonnements, visibles
jusque sur la dactylographie, Proust dissocie de la sensation la
réminiscence qu'elle provoque (l'odeur du pavillon de l'oncle
Adolphe à Combray), approfondissant ainsi l'analyse du
phénomène de la mémoire involontaire dont la petite madeleine,
dans « Combray », a déjà montré l'importance.*

*Si Bergotte est traité par Norpois de simple « joueur de flûte »,
c'est en partie parce qu'il a l'intuition de la valeur des petits
détails en littérature. Il fait sourire son auditoire en retenant,
du* Rouge et le Noir, *le « régiment qui traverse une ville » :*

---

1. Voir « Le Salon de la princesse Mathilde », article de Proust paru
dans *Le Figaro* du 25 février 1903, où figure, à propos de l'étrange conduite
de Musset, l'anecdote reprise dans *À l'ombre des jeunes filles en fleurs*, p. 113
(salon cité dans *Contre Sainte-Beuve*, Pléiade, p. 446).

on le jugerait mieux avisé d'y lire la tragédie d'un ambitieux
ou une belle histoire d'amour. Pourtant, de L'Éducation
sentimentale, Proust citera la « trépidation d'un bateau à
vapeur[1] » plutôt que la Révolution de 1848 ou l'impuissance à
aimer de Frédéric. Dans la Recherche, de même, nous retenons
l'épisode de la petite madeleine plutôt que l'affaire Dreyfus ou
la Grande Guerre ; mais nous n'y avons aucun mérite, parce
que le roman valorise explicitement des sensations en apparence
insignifiantes par rapport aux grands faits historiques. Ainsi Le
Temps retrouvé livrera-t-il, en même temps que la clé de la
Recherche, un mode de lecture des romans qui l'ont précédée.
Inexpérimenté, le héros accueille comme des énigmes les paradoxes
de Bergotte, d'autant que le « grand écrivain », leur donnant
forme de boutades plutôt que de principes, n'en tire pas recette
pour composer ses propres ouvrages. Or, le romancier des Jeunes
filles réinvente souvent la naïveté de l'adolescence pour nous égarer
avec son héros. Mais à d'autres moments, lors du déjeuner avec
Bergotte notamment, le point de vue de l'adulte jette des lueurs
sur le chemin qu'il suivra. Éclairé par l'expérience de la madeleine
analysée dans « Combray », le lecteur sagace peut donc appliquer
l'intuition de Bergotte aux événements mineurs, voire saugrenus
du récit pour y lire les jalons de la vocation du héros et comprendre
qu'une halte dans un chalet d'aisances vaut parfois mieux, pour
un artiste, que la leçon d'un membre de l'Institut.

  Le chapitre « Chez Mme Swann », d'abord prévu pour figurer
dans le premier volume, puis pour inaugurer Le Côté de
Guermantes, contenait donc, outre des pages rapidement écrites
sur l'épisode amoureux avec Gilberte ou le salon de Mme Swann,
des passages plus médités qui préparent la maturité artistique du
héros

Des placards Grasset à la publication

  Les placards imprimés par Grasset[2] permettent, par comparaison avec le texte définitif, de mesurer l'écart qui sépare « Chez
Mme Swann » d'« Autour de Mme Swann ». Du moment où
Proust, contraint de différer la publication de l'épisode, décide
de l'intégrer à un deuxième volume remanié, il va en doubler
la longueur, quadruplant même les pages qui ont trait à Gilberte.

---

1. *Contre Sainte-Beuve*, Pléiade, p 612.
2. Ces placards, conservés au département des manuscrits de la
Bibliothèque Nationale, ont été publiés par Douglas Alden, *Marcel Proust's
Grasset Proofs*, Chapel Hill, North Carolina Studies in the Romance
Languages and Literatures, 1978.

*La fille d'Odette ressemblera davantage à sa mère, comme si Proust
voulait accentuer le parallèle entre l'« amour de Swann » et celui
du jeune homme en cédant à un déterminisme génétique visible
dans le portrait de Gilberte*[1]. Cette ressemblance dessine davantage
la femme sous l'adolescente. Mais c'est surtout le caractère du
narrateur qui, en s'approfondissant, contredit parfois l'âge qu'on
lui suppose. Outre qu'on ne saurait, à quinze ans à peine, dépenser
sans contrôle l'héritage de sa tante ou faire salon parmi des femmes
du monde, les souffrances du jeune homme sont parfois décrites
en des termes qui conviendraient mieux à un adulte. Est-il enfin
vraisemblable que sa gouvernante l'accompagne l'après-midi aux
Champs-Élysées, mais qu'il aille le soir, pour se consoler de son
malheur, « pleurer dans les bras de femmes » qu'il n'aime pas ?
Ces incohérences ont une explication. En 1895, date approximative à laquelle se situe l'épisode, Proust aborde à peine au
« Faubourg » : son expérience est celle des salons bourgeois. On
l'y suppose brillant causeur. Mais donnant à son narrateur
adolescent l'expérience du même milieu, il en fait un observateur
muet, attentif à des papotages parmi lesquels sa présence semble
incongrue[2]. Quant aux analyses de l'amour, elles laissent
rarement discerner, à la différence des analyses du comportement
et des propos de Bergotte, les impressions vécues par le jeune homme
et les réflexions qu'elles inspirent au narrateur adulte ; et plus
d'une fois, en vertu d'un glissement qui rappelle l'origine commune
des deux personnages, c'est l'expérience de Swann que Proust prête
à l'adolescent.

Si Proust accentue sa verve comique à mesure qu'il amplifie
la Recherche, accumulant sur ses brouillons des expressions
stéréotypées destinées à Françoise ou à Norpois, la plupart de ces
traits sont réservés pour d'autres volumes : ainsi, c'est dans Le
Côté de Guermantes, à la matinée de Mme de Villeparisis,
que se déchaînera l'éloquence de l'ambassadeur. Mais « Autour
de Mme Swann » profite un peu de la moisson. Le docteur Cottard
a fourni dans « Un amour de Swann » un échantillon de ses*

---

1. « Renoncez au portrait de Gilberte que vraiment je n'aime pas »,
écrira Proust à Jacques Rivière au moment où celui-ci veut choisir les
extraits des *Jeunes filles* qu'il donnera dans le premier numéro de *La Nouvelle
Revue Française* paru après la guerre, en juin 1919 (M. Proust-J. Rivière,
Correspondance, Gallimard, 1976, p. 48).

2. Dans d'autres volumes de la *Recherche*, sa présence étonnera plus
encore, notamment à l'hôtel de Jupien dans *Le Temps retrouvé*. Un
romancier qui écrit à la première personne une œuvre qui est aussi une
chronique de l'époque doit, peu ou prou, doter son héros d'ubiquité.

*prétentions d'amuseur, mais il est significatif que Proust lui donne
ici un rôle plus important, faisant de lui le médecin du narrateur
et l'inscrivant, en tête d'« Autour de Mme Swann », dans une
réflexion sur les métamorphoses sociales qui fournit son* incipit
*au second volume ; sur les placards Grasset, en effet, le dîner avec
Norpois enchaînait directement avec le récit des jeux aux
Champs-Élysées. Enfin apparaît à trois reprises le nom de la
« fameuse » Albertine, que le jeune homme aurait pu rencontrer
à un dîner s'il n'avait été retenu par sa fidélité à Gilberte, ironie
de la vie aussi piquante que celle qui l'a rendu amoureux de
la fille de Swann. Quand il inscrit « Albertine » dans ses
brouillons, Proust ne connaît qu'en partie le rôle que jouera ce
personnage dans la suite du roman. Nous y reviendrons, mais
il faut dès à présent noter son soin à orchestrer les motifs de la*
Recherche.

GENÈSE DE « NOMS DE PAYS : LE PAYS »

Des origines aux placards Grasset

*De même que les jeux avec Gilberte aux Champs-Élysées, le
séjour à la mer qui occupe toute la deuxième partie d'*À l'ombre
des jeunes filles en fleurs *est partiellement préfiguré par* Jean
Santeuil. *Ici encore, le roman abandonné a servi de relais entre
l'expérience vécue et son ultime transposition romanesque. Ainsi,
en septembre 1895, Proust s'est rendu en compagnie de Reynaldo
Hahn à Beg-Meil, dans le Finistère. Les deux amis y ont rencontré
le peintre américain Alexander Harrison. Dans* Jean Santeuil,
*Jean et son ami Bertrand de Réveillon faisaient à Beg-Meil la
connaissance de l'écrivain C. La rencontre avec un peintre, nommé
Elstir à partir de 1910, ne nous rapproche qu'en apparence de
l'expérience vécue : du moment où son roman gagne en autonomie
esthétique, Proust peut en effet renoncer à certaines transpositions
formelles ; peu importe que le narrateur rencontre lui aussi un
peintre, Elstir ne doit guère à Harrison. De même supposera-t-on
que Proust a abandonné le récit à la troisième personne pour
l'autobiographie fictive dès lors que son « je » avait acquis
suffisamment d'épaisseur romanesque. Bertrand de Réveillon, l'ami
de Jean, était un visible reflet de Bertrand de Salignac-Fénelon,
dont l'amitié flatta Proust ; Robert de Saint-Loup, l'ami du héros
de la* Recherche, *garde des traits du modèle vivant, mais la*

ressemblance s'amenuise[1]. On reconnaît enfin une filiation de
Charlotte qui, dans le roman abandonné, jouait au furet avec Jean
et l'admettait dans son lit, mais refusait de se laisser embrasser,
à la jeune fille de Balbec qui deviendra Albertine dans le texte
définitif. Quant au projet du Contre Sainte-Beuve, on en lit
des vestiges au travers des propos de Mme de Villeparisis, qui dénie
au narrateur le droit d'admirer des écrivains dont il n'a pu
éprouver la mesquinerie sociale.

Nul doute que Proust a d'abord songé à situer en Bretagne,
comme dans Jean Santeuil, l'épisode marin de son roman : si, dans
la troisième partie de Du côté de chez Swann (« Noms de pays :
le nom »), Balbec figure entre Pontorson et Lannion parmi les
stations du train d'une heure vingt-deux, il faut y voir une
survivance de son projet initial. Sur les cahiers appelés par les
exégètes « Cahiers Sainte-Beuve », c'est-à-dire les dix plus anciens,
dans lesquels le roman ne s'affranchit pas encore nettement de l'essai,
la station balnéaire, d'abord anonyme, s'appelle bientôt Querqueville, la « ville de l'église ». On s'attachera à la valeur symbolique
de ce nom plutôt qu'à l'existence d'un Querqueville dans l'arrondissement de Cherbourg : le foisonnement des noms de lieux et de
personnes forgés par Proust n'évite pas toujours la coïncidence avec
des noms réels. Au reste, jusque dans le texte définitif, c'est toujours
l'église qui dessinera le paysage marin dans l'imaginaire du héros.
En 1909, la station est située « entre Normandie et Bretagne ».
Devenue Criquebec, puis Bricquebec, elle évoque finalement, sous le
nom de Balbec, un site de la Côte Fleurie. Émile Mâle a joué un
rôle capital dans cette dérive : le 18 août 1906, il conseille à Proust
de se rendre en Normandie plutôt qu'en Bretagne ; moins éprouvant
pour sa santé, ce voyage lui permettra de voir « plusieurs belles choses
sur la route de Caen et de Bayeux[2] ». L'année suivante, Proust
décide de séjourner à Cabourg, dont le Grand-Hôtel lui a été
recommandé pour son confort moderne et d'où il pourra visiter, en
automobile, les églises recommandées par Émile Mâle. Dans le texte
définitif, la Pointe du Raz est évoquée comme un site lointain. Mais
les falaises d'Elstir ou les montagnes côtoyées par le petit train
empêchent toute identification de Balbec avec un lieu trop précis. Seul
le Grand-Hôtel de Cabourg, où Proust va revenir chaque été
jusqu'en 1914, inspirera jusqu'aux détails celui du roman.

1. Sans doute Saint-Loup doit-il aussi quelques traits au prince Edmond
de Polignac, mort en 1901 (voir n. 1 de la p. 384), à la mémoire de qui
Proust, semble-t-il, souhaita dédier À l'ombre des jeunes filles en fleurs ; mais,
pour des raisons que nous ignorons, la princesse refusa.
2. Marcel Proust, Correspondance, éd. citée, tome VI, p. 191.

Nous savons qu'un « je » s'est substitué à Swann, sur des brouillons anciens, dans le rôle d'un estivant entouré de jeunes filles. Deux fragments portent, à quelques lignes d'intervalle, la marque d'un troublant passage de « il » à « je ». Pourtant, dès les Cahiers Sainte-Beuve, *se dessine la figure d'un narrateur enfant qui, séjournant à la mer avec sa grand-mère, y aperçoit Swann et Mme de Villeparisis. La grand-mère y a déjà fonction d'éducatrice : férue de lectures et de grand air, elle veille à ce que l'enfant tire un profit intellectuel ou hygiénique de chaque moment de sa journée. C'est contre elle que le héros, cultivant sa névropathie et se détournant des modèles, bâtira son œuvre. Autant que celle de Swann, la mort de la grand-mère, à mi-chemin du parcours, signifiera l'adieu à l'enfance.*

Travaillant simultanément à plusieurs pans de l'édifice, Proust, en même temps qu'il imagine le voyage du narrateur enfant, esquisse cette « nébuleuse » de jeunes filles que son héros doit rencontrer dans le dernier tiers du roman. Jeunes filles sportives et bourgeoises : le narrateur les observe déjà, au bal ou en route pour le lycée, dans les Cahiers Sainte-Beuve. *La vie estivale accroît leur grâce et les constitue en une bande délurée, insaisissable, dont le code secret éveille la curiosité douloureuse du jeune homme. Un peu à l'écart se détache une jeune fille mélancolique, fille d'un aristocrate ruiné. Proust la nommera successivement Penhoët, Caudéran, Quimperlé et Stermaria. Évoquant dans l'imagination du héros un paysage de lande ou une île, elle figure une sorte de Guermantes breton. Au demeurant, le rêve du héros de l'aimer dans un château romanesque, où elle serait retirée, l'apparente un peu à l'Adrienne de Nerval, mais aussi à Oriane de Guermantes telle qu'elle est esquissée dans les premiers brouillons, châtelaine inaccessible et mystérieuse. Il n'est pas impossible que cette jeune fille soit celle que le narrateur rêve d'« entretenir » dès le* Carnet de 1908 *et dont la bourgeoise Albertine prendrait finalement le rôle. Quant aux jeunes filles de la petite bande, leurs noms et leurs visages se multiplient et s'entrecroisent, s'additionnent ou s'annulent au fil des cahiers. Combien de prénoms disparus, dont nous ne savons s'ils correspondent encore à un visage dans la version définitive ! Mais Proust lui-même le saurait-il ? Il ne travaille pas sur fiches, à la manière de Zola, et l'indécision des brouillons reflète l'incertitude du narrateur. Celui-ci peine à identifier, voire à compter les silhouettes, souhaite les embrasser toutes parce qu'une fleur détachée d'un bouquet gâte la fleur et le bouquet ; quand enfin il se résout à la conquête, celle qu'il aborde a pour premier attrait de le présenter à une de ses compagnes. Deux prénoms émergent de ce foisonnement : Andrée, intellectuelle et nerveuse, qui se révèle trop proche du narrateur pour apaiser sa tentation de l'inconnu, et Maria, « brune espagnole », sensuelle et fuyante, qu'on devine d'emblée mieux apte à le faire souffrir. Par sa coquetterie, Maria relaie Charlotte, le personnage de* Jean Santeuil, *et fraie la voie à Albertine.*

Trois autres figures majeures du premier séjour à la mer sont en place dès les Cahiers Sainte-Beuve. *D'abord Jacques de Montargis, petit-neveu de Mme de Villeparisis, apparenté aux Guermantes, marquis Robert de Saint-Loup dans la version définitive. Ce jeune aristocrate nimbé de prestige dont le narrateur rêve de devenir l'ami lui permettra d'accéder au « côté de Guermantes ». Sans le détour par une station balnéaire, où les classes sociales se côtoient plus facilement que dans les salons parisiens, le lecteur eût pu juger cette accession peu vraisemblable. L'oncle de Montargis : Gurcy ou Guercy, parfois Guercœur, puis Fleurus, finalement baron de Charlus, apparaît lui aussi dès les premiers brouillons devant le casino de la station ; la vraie nature de ce terrible et fantasque seigneur, intraitable envers les jeunes gens efféminés, est d'emblée inscrite sur les cahiers : souvent Proust trace en continuité la destinée de ses personnages jusqu'à la déchéance du* Temps retrouvé, *mais échelonnant les révélations sur le chemin du héros, il ménage du même coup des surprises au lecteur ; celle de Sodome compte parmi les plus bouleversantes de la* Recherche. *Les premières ébauches du roman contiennent enfin des allusions à un peintre, parfois désigné par X. Nous avons dit que son rôle et celui de l'écrivain furent d'abord mal délimités dans le projet de Proust. L'incertitude n'est pas levée quand il l'appelle Elstir, anagramme approximative de Whistler : certaines considérations esthétiques des cahiers portent en titre : « À mettre pour Elstir ou pour Bergotte ».*

Que, dans l'itinéraire du héros, l'éducation par la peinture succède à l'éveil à la littérature est une des clés de la Recherche. *Relevons d'abord que la peinture se prête mieux à une « mise en scène » romanesque : on visite plus volontiers l'atelier d'un peintre que celui d'un écrivain. Quand il s'agissait de Bergotte, Proust évoquait quelques bribes d'une œuvre dont il dénonçait l'académisme, sans nous donner, lui d'ordinaire si porté au pastiche, les moyens d'en juger. D'Elstir en revanche, il nomme et décrit à plaisir les tableaux. Paradoxalement, le lecteur du roman « voit » mieux l'œuvre d'Elstir qu'il ne connaît celle de Bergotte. Mais tout romancier soucieux de ses effets eût fait pareil*

*choix. L'essentiel est ailleurs. En sacrant Elstir et Vinteuil maîtres
en modernité tandis que Bergotte est tourné vers le passé, Proust
ménage à son narrateur une place à prendre aux côtés du peintre
et du musicien, signifiant ainsi, indirectement, que lui-même
réussit dans le domaine littéraire une révolution qui attendait
son héraut. L'ambition démesurée du narrateur, qui reflète au
sein de l'œuvre celle du romancier, découle d'une vision de l'art
que Proust a élaborée en se détachant de Ruskin et qui condamne
les modèles. En admirant trop longtemps Bergotte, le jeune homme
ferait du Bergotte. Sans doute, à l'époque d'«Autour de
Mme Swann », est-il encore sous le coup d'une fascination qui
résiste à la révélation du physique de son idole et fait même vaciller,
à ses yeux, l'autorité de Norpois. Mais telle est, à ce stade, la
fonction du « grand écrivain » : mettre à jour les préjugés de
Sainte-Beuve et des académiciens. Sur l'exercice de son métier,
il n'apprend rien à l'adolescent. En revanche, celui-ci ne courra
aucun danger, deux ans plus tard, à admirer l'œuvre d'Elstir,
car c'est en lui apprenant à voir que le grand peintre lui
apprendra à écrire. Bergotte recevra une révélation comparable
à celle du narrateur devant un tableau de Vermeer, qui lui
apprendra comment il aurait dû écrire ; mais il sera trop tard*[1].
*On comprend, en tout cas, que le héros a dû gagner en maturité
pour entendre la difficile leçon de la « métaphore ». On serait
du reste tenté d'appeler « métamorphose » la confusion des éléments
exprimée par Elstir, mais la connotation littéraire du terme
présage sa mise en œuvre par un écrivain.*

*Cette maturité met en question la cohérence chronologique de
l'épisode marin. Deux ans se sont écoulés entre la fin de l'amour
du narrateur pour Gilberte et son départ pour Balbec. On s'étonne
donc qu'arrivé au Grand-Hôtel, il frappe à la cloison de sa
grand-mère et la laisse délacer ses bottines. Ce comportement
enfantin s'accorde mal avec sa relative audace auprès d'Albertine
et surtout avec sa fréquentation de Saint-Loup, qui entretient une
relation orageuse avec sa maîtresse. Mais il rend plus invraisemblable encore l'élévation de ses entretiens avec Elstir. Le
marivaudage du jeune homme peut s'expliquer par l'introduction
tardive des jeunes filles dans le premier séjour : Proust lui prête*

---

1. Voir *La Prisonnière*. Le petit pan de mur jaune éclairera la *Vue de
Delft* un peu à la manière dont le défilé éclaire *Le Rouge et le Noir*. Mais
devant le tableau, Bergotte admire la « précieuse matière » du détail qui
lui révèle, mieux que ne fit jamais aucun chapitre de roman, en quoi
consiste le travail du style.

*le comportement qui eût été le sien un ou deux étés plus tard.
Son intelligence de la métaphore est plus mystérieuse ; en effet,
pour alléger son premier volume, Proust différa provisoirement
le récit de la visite à Elstir[1], mais non la visite elle-même. On
en conclut que la véritable anomalie du récit réside dans l'attitude
du narrateur lors de son arrivée à l'hôtel. Tout se passe, en somme,
comme s'il grandissait prodigieusement vite au cours des trois mois
que dure son séjour. Sans doute faut-il voir dans le voyage en
train avec la grand-mère et la première nuit à Balbec un vestige
des plus anciens brouillons, qui esquissaient un récit de vacances
enfantines. De ce premier état du roman subsiste un portrait du
narrateur aussi incongru que les montagnes traversées par un
train finalement acheminé vers la Normandie.*

*Le motif des jeunes filles était associé à celui du peintre avant
même que celui-ci s'appelât Elstir. Des pages qu'on datera de fin
1908 ou du début de 1909 racontent une « matinée chez le
peintre », vraisemblablement située lors d'un second séjour, au
cours de laquelle le jeune homme est présenté à la « brune
espagnole ». Ainsi Proust enrichit-il, aux yeux du narrateur,
la figure du peintre par celle d'une jeune fille et réciproquement,
comme s'enrichissent Bergotte et Gilberte. Mais à Balbec comme
à Paris, les deux motifs se font aussi concurrence. Il faudra des
années au narrateur pour qu'il apprenne que la tentation
sensuelle ne contredisait pas l'idéal artistique et que, contrairement
aux craintes de sa grand-mère, il ne gâchait pas ses journées en
courtisant des jeunes filles : elles aussi, s'inscrivant dans son
roman, produiront de l'Art. Venu pour contempler la mer éternelle
chantée par Homère, il saura, grâce à Elstir, y découvrir des
beautés nées du quotidien et de l'éphémère. « La durée moyenne
de la vie — la longévité relative — est beaucoup plus grande
pour les souvenirs des sensations poétiques que pour ceux des
souffrances du cœur » (« Autour de Mme Swann »). Quand se
sera dissipée l'amertume des déceptions amoureuses, les jeunes filles
demeureront ces silhouettes lumineuses et changeantes qui, se
détachant sur un fond marin, donnent l'image de la modernité.*

Des placards Grasset à la publication

Du moment où la réduction de Du côté de chez Swann
imposée par Grasset reporte à une publication ultérieure le premier

---

1. Le récit de la visite se lit sur des brouillons destinés vraisemblable
ment au volume suivant : le narrateur l'eût alors évoquée de manière
rétrospective.

*séjour à Balbec, Proust a le loisir d'en modifier le contenu et la
dimension. L'atelier d'Elstir s'étoffe, l'intrigue sentimentale de
Saint-Loup et de Rachel s'amplifie, mais surtout vont être
introduites au cours de ce premier été les jeunes filles qui ne
devaient apparaître que plus tard. Proust avait du reste
initialement prévu un troisième séjour qui développait l'aventure
amoureuse de son héros ; les relations de Maria et d'Andrée ou
d'autres jeunes filles y auraient pris un caractère équivoque,
prélude à la révélation de l'univers de Gomorrhe, aussi
anciennement inscrit que celui de Sodome dans les projets du
roman. Les jeunes filles apparaissant dès le premier été, deux
séjours marins suffiront à accomplir le programme du roman, le
second se situant dans* Sodome et Gomorrhe.

*La naissance du personnage d'Albertine a dû jouer un rôle
décisif dans cette révision capitale du plan de la* Recherche. *Au
vrai, nous l'avons dit, Albertine prend plutôt le relais de Maria ;
à la limite, on considérera que le personnage change seulement
de prénom, la coexistence de « Maria » et d'« Albertine » sur
certains folios des cahiers résultant d'une distraction ou d'une
révision incomplète. L'apparition sur les brouillons d'Albertine
Bouqueteau, nommée plus tard Simonet, remonte au printemps
de 1913*[1]. *Il est douteux, dans ces conditions, que la substitution
d'Albertine à Maria soit due à l'entrée dans la vie de Proust
d'Alfred Agostinelli. Celui-ci s'est installé chez lui avec sa femme
Anna en mai 1913, mais c'est probablement de l'automne suivant
que date leur liaison. Peut-être celle-ci a-t-elle incité Proust à
remanier le plan de son roman : on se souvient en effet que c'est
en novembre 1913 qu'il songe à introduire l'apparition des jeunes
filles dans le premier séjour à Balbec et, par conséquent, à accroître
le rôle d'Albertine. Au moins tiendrons-nous pour sûr que la fuite
et la mort tragique d'Agostinelli au printemps de 1914 inspireront*
La Prisonnière *et* Albertine disparue, *épisodes les plus
autobiographiques de son roman, commencés pendant la guerre.*

Mais en même temps qu'il compose ces deux épisodes et grossit
Le Temps retrouvé *de développements sur la guerre, Proust
continue d'allonger ce deuxième volume qu'il a désormais décidé
d'appeler* À l'ombre des jeunes filles en fleurs. *Il travaille
tantôt sur les placards Grasset, y multipliant les ajouts, tantôt
sur des feuilles vierges. L'ensemble constitue ce qu'il est convenu
d'appeler le « manuscrit » des* Jeunes filles. *Sa dispersion a*

---

1. Pour le détail de l'argumentation qui nous permet d'avancer cette
date, nous renvoyons à l'édition de la Pléiade, tome II, p. 1328-1329.

*compliqué le travail des exégètes. Au moins les additions portées
sur un cahier d'ajouts (Cahier 61) et sur le jeu d'épreuves
Gallimard que nous avons conservé[1] prouvent-ils que Proust a
amplifié et modifié son volume jusqu'aux mois qui précédèrent
son impression. À force de ratures, d'additions marginales et de
papiers collés, le jeu d'épreuves offre, notamment dans « Noms
de pays : le pays », des pages aussi peu lisibles que les brouillons.
Y ont été incorporés deux fragments dactylographiés : celui qui
contient une allusion au grand couturier Fortuny[2], amorce d'un
thème développé dans* La Prisonnière, *et les réflexions sur la
dissertation de Gisèle[3]. En outre, plusieurs passages ont été
tardivement transférés, notamment la scène de l'ouverture des
rideaux par Françoise : placée en conclusion, cette page, faisant
écho aux couchers ou aux réveils inquiets qui jalonnent le roman,
donne une tonalité heureuse, voire triomphale, à cet épisode marin,
assurément le plus serein de toute la* Recherche.

PUBLICATION DU VOLUME

*On s'explique mal que portant un « achevé d'imprimer » du
30 novembre 1918,* À l'ombre des jeunes filles en fleurs *n'ait
été mis en vente qu'en juin 1919. Sans doute Jacques Rivière,
directeur de* La Nouvelle Revue Française, *a-t-il tenu à en
publier des extraits dans sa revue, qui ne reparaît qu'à cette date ;
mais il n'annonce son projet à Proust que le 19 avril 1919. Il
est vrai qu'en négociant avec Rivière cette publication partielle,
Proust s'irrite du nouveau retard qu'elle risque d'entraîner[4]. À
l'ombre des jeunes filles en fleurs, volume de 443 pages tiré
à 3 300 exemplaires, paraît finalement en même temps que*
Pastiches et mélanges *et que la nouvelle édition (Gallimard)
de* Du côté de chez Swann. *Ses deux parties, « Autour de
Mme Swann » et « Noms de pays : le pays », mentionnées avec
leurs sous-titres uniquement dans la table des matières, ne sont
séparées dans le texte que par trois astérisques. À cette édition,
jugée touffue par Proust, succèdent la même année des éditions*

1. Probablement l'avant-dernier jeu, les imprimeurs ayant coutume de
détruire le dernier. Ce jeu est conservé à la Réserve des imprimés de
la Bibliothèque Nationale.
2. P. 460.
3. Pp. 472-476.
4. Voir Marcel Proust-Jacques Rivière, *Correspondance*, 1914-1922,
présentée et annotée par Ph. Kolb, Gallimard, 1976, p. 41 à 61.

en deux, puis en trois volumes, qui partagent le texte suivant un nombre égal de pages et non suivant ses ruptures chronologiques, géographiques ou thématiques. La division en trois eût été à tout prendre la plus naturelle, pourvu que les jeunes filles apparussent à la première page du troisième volume ; mais peut-être l'éditeur souhaitait-il justement effacer les strates de cet ensemble composite.

À l'ombre des jeunes filles en fleurs reçoit le prix Goncourt le 10 décembre 1919, par six voix contre quatre au roman de Roland Dorgelès, Les Croix de bois. Est-il conforme à l'esprit de la Recherche, que Proust eût souhaité voir paraître d'un seul tenant, qu'on en couronne une partie ? L'essentiel est que la récompense décernée aux Jeunes filles rejaillisse sur Du côté de chez Swann et attire l'attention du public sur les volumes qui suivront. Cette faveur va irriter Proust autant qu'elle l'a flatté : heureux d'avoir été distingué, comme en témoigne Céleste Albaret[1], il harcèle Gaston Gallimard parce que les tirages s'essoufflent derrière les ventes. Malade, nerveux, financièrement gêné depuis la guerre, il est pour son éditeur un partenaire incommode. Ses ennuis d'argent l'incitent peut-être à donner son accord à l'édition de luxe des Jeunes filles, publiée chez Gallimard en avril 1920. Cinquante exemplaires sont tirés sur papier indian bible, ornés d'une reproduction du portrait de Proust par Jacques-Émile Blanche et accompagnés chacun de fragments du manuscrit. Ainsi celui-ci est-il devenu un puzzle, dont nous n'avons pu consulter qu'une dizaine de fragments.

Faut-il renoncer à trouver une unité aux Jeunes filles ? Aux nombreux arguments qui soulignent le caractère composite du volume, on opposera l'effort consenti par Proust pour lui donner un incipit (considérations sur les métamorphoses sociales) et une conclusion (l'ouverture des rideaux par Françoise). Après avoir souhaité que la Recherche fût révélée en une seule fois au public, Proust a fait face aux impératifs de la publication successive de ses volumes. La bonne volonté du lecteur fera-t-elle le reste ? Le départ pour le théâtre situé au début d'« Autour de Mme Swann » et le départ pour Balbec qui inaugure « Noms de pays : le pays » apparaissent symétriques : ces deux aventures, qui requièrent le consentement du médecin, expérimentent la réalité des noms — noms de pièces ou de tragédiennes lus sur les colonnes Morris, noms de lieux lus dans l'annuaire des chemins de fer ;

1. Voir Céleste Albaret, *Monsieur Proust*, souvenirs recueillis par Georges Belmont, Robert Laffont, 1973, p. 367.

dans les deux cas, l'aventure se change en déception. Bergotte dans la première partie, Elstir dans la seconde marquent des jalons sur l'itinéraire du héros. Enfin, à l'amour pour Gilberte répond le début d'amour pour Albertine ; bien qu'il se reproche de céder aux tentations de la sensualité, le jeune homme entrevoit, à Balbec, comment ces tentations nourriront son œuvre. Quant à l'ouverture des rideaux, qui achève triomphalement le volume en découvrant le spectacle de la mer, elle peut répondre à l'ouverture des rideaux sur ce décor que Bergotte trouve curieusement marin — tragédie de l'inceste, Phèdre est aussi, à l'image des paysages qui inspirent Elstir, une tragédie « terraquée ». On se souviendra encore qu'au début d'« Autour de Mme Swann », le héros contemplait avec anxiété la fenêtre de Gilberte, sans oser espérer qu'elle s'ouvrirait un jour pour lui. Quand s'achève l'été à Balbec, il imagine qu'Albertine guette à son tour l'ouverture de ses rideaux. Pour un temps au moins, il s'est lui-même changé en être de fuite.

Pressé de dévoiler le terme de l'itinéraire qui donnera sens à son œuvre, Proust incline à minimiser l'intérêt de ses étapes. Mais dans ses sévérités perce aussi cette fausse modestie qui anime les artistes inquiets du jugement d'autrui. « Je ne croyais pas que À l'ombre des jeunes filles en fleurs *aurait du succès », écrit-il à Gaston Gallimard après la publication du volume. « Si vous vous en souvenez, je vous avais dit que j'étais un peu honteux de faire paraître tout seul cet intermède languissant[1]. » Usant, dans « Autour de Mme Swann » surtout, d'une psychologie introspective qui atomise la personnalité tout en visant à sa connaissance globale, Proust paraît pressentir les reproches qu'il encourra à l'« âge du roman américain » ou à l'avènement du « nouveau roman »[2]. On se tromperait, pourtant, à baptiser « roman psychologique » un roman où il y a de la psychologie. Les méandres de la phrase proustienne expriment moins les découvertes d'un auteur tout-puissant que les inquiétudes du narrateur condamné par sa maladie amoureuse à une perpétuelle soif de l'inconnu, et ses comparaisons, reliant incessamment les lois de l'individu à celles qui gouvernent le monde, traduisent la quête d'une Vérité que les miracles de la mémoire involontaire satisferont mieux que les démarches méthodiques de l'intelligence.*

---

1. Marcel Proust, *Lettres à la N.R.F.*, Gallimard, 1932, p. 110-111.
2. « Le temps n'est pas éloigné où l'on ne visitera plus que sous la conduite d'un guide, parmi les groupes d'enfants des écoles, dans un silence respectueux et avec une admiration un peu morne, ces monuments historiques », écrivait Nathalie Sarraute en 1956, désignant ainsi Proust et Joyce (*L'ère du soupçon*, Gallimard, coll. « Idées », p. 98 et suiv.).

Au demeurant, le lecteur découvre aujourd'hui avec plus d'indulgence que ne le craignait Proust le mérite de chacune des parties de l'édifice. Après tout, la beauté des scènes de Parsifal *resplendit avant que le Graal ne soit atteint. Si l'on aborde* À l'ombre des jeunes filles en fleurs *par un biais modeste, on y lira une chronique de la vie mondaine dans les salons bourgeois ou les stations en vogue de la Belle Époque. Observateur des snobismes de langage ou de manières, Proust confirme la verve d'auteur comique révélée au public par «* Un amour de Swann *». Mais, à l'instar de Molière, il amuse par des travers dont lui-même n'est pas exempt : le choix d'un couturier ou d'un traiteur ne l'a jamais laissé indifférent. Cependant, de même qu'il enlumine son roman grâce à une héraldique réduite à l'état d'un vain symbole chez les nobles du Faubourg, les robes d'Odette ou le bœuf aux carottes de Françoise se muent en motifs qui, à l'échelle de miniatures, affinent le regard ou le goût du narrateur avant de lui offrir, pour son œuvre à venir, des exemples de l'art de composer.*

Plus encore les paysages marins esquissent-ils, au-delà de leur charme impressionniste, l'atelier d'un artiste que n'a pas encore touché la grâce de la Création, l'ambiguïté de la Recherche *et particulièrement d'*À l'ombre des jeunes filles en fleurs *voulant que s'inscrivent déjà comme une réussite, dans le texte, des descriptions qui ne sont données que comme des préliminaires du Grand Œuvre. L'important réside d'ailleurs moins dans la beauté des paysages, éclatante aux yeux du premier esthète venu, que dans l'acte créateur qui les fait accéder à un autre ordre, celui de l'Art. Et déjà, le jeune homme entrevoit que, la beauté d'une œuvre naissant de l'artiste, non de son sujet, une nappe défaite ou une botte d'asperges peuvent valoir le « soleil rayonnant sur la mer ». Ainsi se développe la leçon de modernité d'Elstir qui prépare la révélation du* Temps retrouvé. *Un abîme sépare les aperçus judicieux dont le peintre accompagne la présentation de ses toiles des conseils pontifiants de Norpois. Mais contrairement à ce qu'imagine le narrateur, les allures garçonnières ou la saveur des joues d'Albertine le préparent autant que l'enseignement du maître à écrire son roman. Les lois psychologiques qui s'élaborent au fil de ses va-et-vient dans la bande des jeunes filles, le « granit rose » ensoleillé ou la « part de rêve » que le désir modèle sur le visage de celle que le hasard, ou une obscure volonté de souffrir, a élue parmi elles, fournissent au même titre que les conversations de salon ou l'apparition de Mme Swann au Bois ce qu'il nommera vers la fin du roman la « matière de son œuvre ». Mais* *l'impression de sérénité qui domine la seconde partie d'*À l'ombre des jeunes filles en fleurs, *jusqu'à rayonner dans la dernière page, doit assurément plus à la maturité du romancier au seuil de la création qu'aux réalités vécues quotidiennement par le jeune homme. La joie du créateur, reconnue à l'artiste comme un privilège dans* Le Temps retrouvé, *a bien dû transfigurer une existence qu'on supposait d'abord vouée à la souffrance.*

Pierre-Louis Rey

Note sur le texte

Nous reprenons le texte établi pour l'édition de la
« Bibliothèque de la Pléiade » sous la direction de
Jean-Yves Tadié. Ce texte est conforme à l'édition
originale parue chez Gallimard en 1918 (et mise en vente
en 1919), sauf pour certaines erreurs évidentes que nous
avons corrigées et certaines bizarreries dans la ponctuation.
Conformément à l'édition originale, les sous-titres figurant
dans la table des matières, et qui sont de Proust, n'ont
pas été reproduits à l'intérieur du texte.

*À l'ombre
des jeunes filles
en fleurs*

Première partie

AUTOUR DE Mme SWANN

Ma mère, quand il fut question d'avoir pour la première fois M. de Norpois[1] à dîner, ayant exprimé le regret que le professeur Cottard fût en voyage et qu'elle-même eût entièrement cessé de fréquenter Swann, car l'un et l'autre eussent sans doute intéressé l'ancien ambassadeur, mon père répondit qu'un convive éminent, un savant illustre, comme Cottard, ne pouvait jamais mal faire dans un dîner, mais que Swann, avec son ostentation, avec sa manière de crier sur les toits ses moindres relations, était un vulgaire esbroufeur que le marquis de Norpois eût sans doute trouvé, selon son expression, « puant ». Or cette réponse de mon père demande quelques mots d'explication, certaines personnes se souvenant peut-être d'un Cottard bien médiocre et d'un Swann poussant jusqu'à la plus extrême délicatesse, en matière mondaine, la modestie et la discrétion. Mais pour ce qui regarde celui-ci, il était arrivé qu'au « fils Swann » et aussi au Swann du Jockey[2], l'ancien ami de mes parents avait ajouté une personnalité nouvelle (et qui ne devait pas être la dernière), celle de mari d'Odette. Adaptant aux humbles ambitions de cette femme, l'instinct, le désir, l'industrie, qu'il avait toujours eus, il s'était ingénié à se bâtir, fort au-dessous de l'ancienne, une position nouvelle et appropriée à la compagne qui l'occuperait avec lui. Or il s'y montrait un autre homme. Puisque (tout en continuant à fréquenter seul ses amis personnels, à qui il ne voulait pas imposer Odette quand ils ne lui demandaient pas spontanément à la connaître) c'était une seconde vie qu'il commençait, en commun avec sa femme, au milieu d'êtres nouveaux, on eût encore compris que pour mesurer le rang de ceux-ci, et par conséquent le plaisir d'amour-propre qu'il pouvait éprouver à les recevoir, il se fût servi, comme point de comparaison, non pas des gens les plus brillants qui formaient sa société avant son mariage, mais des relations antérieures d'Odette. Mais, même quand on savait que c'était avec d'inélégants fonctionnaires, avec des femmes tarées, parure des bals de ministères, qu'il désirait de se lier, on était étonné de l'entendre, lui qui autrefois et même encore aujourd'hui dissimulait si gracieusement une invitation de Twickenham[1] ou de Buckingham Palace, faire sonner bien haut que la femme d'un sous-chef de cabinet était venue rendre sa visite à Mme Swann. On dira peut-être que cela tenait à ce que la simplicité du Swann élégant n'avait été chez lui qu'une forme plus raffinée de la vanité et que, comme certains israélites, l'ancien ami de mes parents avait pu présenter tour à tour les états successifs par où avaient passé ceux de sa race, depuis le snobisme le plus naïf et la plus grossière goujaterie jusqu'à la plus fine politesse. Mais la principale raison, et celle-là applicable à l'humanité en général, était que nos vertus elles-mêmes ne sont pas quelque chose de libre, de flottant, de quoi nous gardions la disponibilité permanente ; elles finissent par s'associer si étroitement dans notre esprit avec les actions à l'occasion desquelles nous nous sommes fait un devoir de les exercer, que si surgit pour nous une activité d'un autre ordre, elle nous prend au dépourvu et sans que nous ayons seulement l'idée qu'elle pourrait comporter la mise en œuvre de ces mêmes vertus. Swann empressé avec ces nouvelles relations et les citant avec fierté, était comme ces grands artistes modestes ou généreux qui, s'ils se mettent à la fin de leur vie à se mêler de cuisine ou de jardinage, étalent une satisfaction naïve des louanges qu'on donne à leurs plats ou à leurs plates-bandes pour lesquels ils n'admettent pas la critique qu'ils acceptent aisément s'il s'agit de leurs chefs-d'œuvre ; ou bien qui, donnant une de leurs toiles pour rien, ne peuvent en revanche sans mauvaise humeur perdre quarante sous aux dominos.

Quant au professeur Cottard, on le reverra, longuement, beaucoup plus loin, chez la Patronne, au château de la

Raspelière. Qu'il suffise actuellement, à son égard, de faire observer d'abord ceci : pour Swann, à la rigueur, le changement peut surprendre puisqu'il était accompli et non soupçonné de moi quand je voyais le père de Gilberte aux Champs-Élysées, où d'ailleurs ne m'adressant pas la parole il ne pouvait faire étalage devant moi de ses relations politiques (il est vrai que s'il l'eût fait, je ne me fusse peut-être pas aperçu tout de suite de sa vanité, car l'idée qu'on s'est faite longtemps d'une personne bouche les yeux et les oreilles ; ma mère pendant trois ans ne distingua pas plus le fard qu'une de ses nièces se mettait aux lèvres que s'il eût été invisiblement dissous entièrement dans un liquide ; jusqu'au jour où une parcelle supplémentaire, ou bien quelque autre cause amena le phénomène appelé sursaturation ; tout le fard non aperçu cristallisa et ma mère devant cette débauche soudaine de couleurs déclara comme on eût fait à Combray que c'était une honte et cessa presque toute relation avec sa nièce). Mais pour Cottard au contraire, l'époque où on l'a vu assister aux débuts de Swann chez les Verdurin était déjà assez lointaine ; or les honneurs, les titres officiels viennent avec les années. Deuxièmement, on peut être illettré, faire des calembours stupides, et posséder un don particulier qu'aucune culture générale ne remplace, comme le don du grand stratège ou du grand clinicien. Ce n'est pas seulement en effet comme un praticien obscur, devenu, à la longue, notoriété européenne, que ses confrères considéraient Cottard. Les plus intelligents d'entre les jeunes médecins déclarèrent — au moins pendant quelques années, car les modes changent étant nées elles-mêmes du besoin de changement — que si jamais ils tombaient malades, Cottard était le seul maître auquel ils confieraient leur peau. Sans doute ils préféraient le commerce de certains chefs plus lettrés, plus artistes, avec lesquels ils pouvaient parler de Nietzsche, de Wagner. Quand on faisait de la musique chez Mme Cottard, aux soirées où elle recevait, avec l'espoir qu'il devînt un jour doyen de la Faculté, les collègues et les élèves de son mari, celui-ci, au lieu d'écouter, préférait jouer aux cartes dans un salon voisin. Mais on vantait la promptitude, la profondeur, la sûreté de son coup d'œil, de son diagnostic. En troisième lieu, en ce qui concerne l'ensemble de façons que le professeur Cottard montrait à un homme comme mon père, remarquons que la nature que nous faisons paraître dans la seconde partie de notre vie n'est pas toujours, si elle l'est souvent, notre nature première développée ou flétrie, grossie ou atténuée ; elle est quelquefois une nature inverse, un véritable vêtement retourné. Sauf chez les Verdurin qui s'étaient engoués de lui, l'air hésitant de Cottard, sa timidité, son amabilité excessives, lui avaient, dans sa jeunesse, valu de perpétuels brocards. Quel ami charitable lui conseilla l'air glacial ? L'importance de sa situation lui rendit plus aisé de le prendre. Partout, sinon chez les Verdurin où il redevenait instinctivement lui-même, il se rendit froid, volontiers silencieux, péremptoire quand il fallait parler, n'oubliait pas de dire des choses désagréables. Il put faire l'essai de cette nouvelle attitude devant des clients qui ne l'ayant pas encore vu, n'étaient pas à même de faire des comparaisons et eussent été bien étonnés d'apprendre qu'il n'était pas un homme d'une rudesse naturelle. C'est surtout à l'impassibilité qu'il s'efforçait et même dans son service d'hôpital, quand il débitait quelques-uns de ces calembours qui faisaient rire tout le monde, du chef de clinique au plus récent externe, il le faisait toujours sans qu'un muscle bougeât dans sa figure d'ailleurs méconnaissable depuis qu'il avait rasé barbe et moustaches.

Disons pour finir qui était le marquis de Norpois. Il avait été ministre plénipotentiaire avant la guerre et ambassadeur au 16 Mai[1], et, malgré cela, au grand étonnement de beaucoup, chargé plusieurs fois, depuis, de représenter la France dans des missions extraordinaires — et même comme contrôleur de la Dette, en Égypte[2], où grâce à ses grandes capacités financières il avait rendu d'importants services — par des cabinets radicaux qu'un simple bourgeois réactionnaire se fût refusé à servir, et auxquels le passé de M. de Norpois, ses attaches, ses opinions eussent dû le rendre suspect. Mais ces ministres avancés semblaient se rendre compte qu'ils montraient par une telle désignation quelle largeur d'esprit était la leur dès qu'il s'agissait des intérêts supérieurs de la France, se mettaient hors de pair des hommes politiques en méritant que le *Journal des débats*[3] lui-même les qualifiât d'hommes d'État et bénéficiaient enfin du prestige qui s'attache à un nom aristocratique et de l'intérêt qu'éveille comme un coup de théâtre un choix inattendu. Et ils savaient aussi que ces avantages ils pouvaient, en faisant appel à M. de Norpois, les recueillir sans avoir à craindre de celui-ci un manque de loyalisme politique contre lequel la naissance du marquis devait non pas les mettre en garde, mais les garantir. Et en cela le gouvernement de la République ne se trompait pas. C'est d'abord parce qu'une certaine aristocratie, élevée dès l'enfance à considérer son nom comme un avantage intérieur que rien ne peut lui enlever (et dont ses pairs, ou ceux qui sont de naissance plus haute encore, connaissent assez exactement la valeur), sait qu'elle peut s'éviter, car ils ne lui ajouteraient rien, les efforts que sans résultat ultérieur appréciable font tant de bourgeois pour ne professer que des opinions bien portées et ne fréquenter que des gens bien pensants. En revanche, soucieuse de se grandir aux yeux des familles princières ou ducales au-dessous desquelles elle est immédiatement située, cette aristocratie sait qu'elle ne le peut qu'en augmentant son nom de ce qu'il ne contenait pas, de ce qui fait qu'à nom égal, elle prévaudra : une influence politique, une réputation littéraire ou artistique, une grande fortune. Et les frais dont elle se dispense à l'égard de l'inutile hobereau recherché des bourgeois et de la stérile amitié duquel un prince ne lui saurait aucun gré, elle les prodiguera aux hommes politiques, fussent-ils francs-maçons, qui peuvent faire arriver dans les ambassades ou patronner dans les élections, aux artistes ou aux savants dont l'appui aide à « percer » dans la branche où ils priment, à tous ceux enfin qui sont en mesure de conférer une illustration nouvelle ou de faire réussir un riche mariage.

Mais en ce qui concernait M. de Norpois, il y avait surtout que, dans une longue pratique de la diplomatie, il s'était imbu de cet esprit négatif, routinier, conservateur, dit « esprit de gouvernement » et qui est, en effet, celui de tous les gouvernements et, en particulier, sous tous les gouvernements, l'esprit des chancelleries. Il avait puisé dans la Carrière l'aversion, la crainte et le mépris de ces procédés plus ou moins révolutionnaires, et à tout le moins incorrects, que sont les procédés des oppositions. Sauf chez quelques illettrés du peuple et du monde, pour qui la différence des genres est lettre morte, ce qui rapproche, ce n'est pas la communauté des opinions, c'est la consanguinité des esprits. Un académicien du genre de

Legouvé et qui serait partisan des classiques, eût applaudi
plus volontiers à l'éloge de Victor Hugo par Maxime Du
Camp ou Mézières, qu'à celui de Boileau par Claudel[1].
Un même nationalisme suffit à rapprocher Barrès de ses
électeurs qui ne doivent pas faire grande différence entre
lui et M. Georges Berry, mais non de ceux de ses collègues
de l'Académie qui, ayant ses opinions politiques mais un
autre genre d'esprit, lui préféreront même des adversaires
comme MM. Ribot et Deschanel[2], dont à leur tour de
fidèles monarchistes se sentent beaucoup plus près que de
Maurras et de Léon Daudet qui souhaitent cependant aussi
le retour du roi. Avare de ses mots non seulement par
pli professionnel de prudence et de réserve, mais aussi
parce qu'ils ont plus de prix, offrent plus de nuances aux
yeux d'hommes dont les efforts de dix années pour
rapprocher deux pays se résument, se traduisent — dans
un discours, dans un protocole — par un simple adjectif,
banal en apparence, mais où ils voient tout un monde,
M. de Norpois passait pour très froid à la Commission,
où il siégeait à côté de mon père et où chacun félicitait
celui-ci de l'amitié que lui témoignait l'ancien ambassadeur. Elle étonnait mon père tout le premier. Car étant
généralement peu aimable, il avait l'habitude de n'être pas
recherché en dehors du cercle de ses intimes et l'avouait
avec simplicité. Il avait conscience qu'il y avait dans les
avances du diplomate un effet de ce point de vue tout
individuel où chacun se place pour décider de ses
sympathies, et d'où toutes les qualités intellectuelles ou
la sensibilité d'une personne ne seront pas auprès de l'un
de nous qu'elle ennuie ou agace une aussi bonne
recommandation que la rondeur et la gaieté d'une autre
qui passerait, aux yeux de beaucoup, pour vide, frivole
et nulle. « De Norpois m'a invité de nouveau à dîner ;
c'est extraordinaire ; tout le monde en est stupéfait à la
Commission où il n'a de relations privées avec personne.
Je suis sûr qu'il va encore me raconter des choses
palpitantes sur la guerre de 70. » Mon père savait que
seul peut-être, M. de Norpois avait averti l'Empereur de
la puissance grandissante et des intentions belliqueuses de
la Prusse, et que Bismarck avait pour son intelligence une
estime particulière. Dernièrement encore, à l'Opéra,
pendant le gala offert au roi Théodose[3], les journaux
avaient remarqué l'entretien prolongé que le souverain

avait accordé à M. de Norpois. « Il faudra que je sache si cette visite du roi a vraiment de l'importance », nous dit mon père qui s'intéressait beaucoup à la politique étrangère. « Je sais bien que le père Norpois est très boutonné, mais avec moi, il s'ouvre si gentiment. »

Quant à ma mère, peut-être l'ambassadeur n'avait-il pas par lui-même le genre d'intelligence vers lequel elle se sentait le plus attirée. Et je dois dire que la conversation de M. de Norpois était un répertoire si complet des formes surannées du langage particulières à une carrière, à une classe et à un temps — un temps qui, pour cette carrière et cette classe-là, pourrait bien ne pas être tout à fait aboli — que je regrette parfois de n'avoir pas retenu purement et simplement les propos que je lui ai entendu tenir. J'aurais ainsi obtenu un effet de démodé, à aussi bon compte et de la même façon que cet acteur du Palais-Royal à qui on demandait où il pouvait trouver ses surprenants chapeaux et qui répondait : « Je ne trouve pas mes chapeaux. Je les garde. » En un mot, je crois que ma mère jugeait M. de Norpois un peu « vieux jeu », ce qui était loin de lui sembler déplaisant au point de vue des manières, mais la charmait moins dans le domaine, sinon des idées — car celles de M. de Norpois étaient fort modernes — mais des expressions. Seulement, elle sentait que c'était flatter délicatement son mari que de lui parler avec admiration du diplomate qui lui marquait une prédilection si rare. En fortifiant dans l'esprit de mon père la bonne opinion qu'il avait de M. de Norpois, et par là en le conduisant à en prendre une bonne aussi de lui-même, elle avait conscience de remplir celui de ses devoirs qui consistait à rendre la vie agréable à son époux, comme elle faisait quand elle veillait à ce que la cuisine fût soignée et le service silencieux. Et comme elle était incapable de mentir à mon père, elle s'entraînait elle-même à admirer l'ambassadeur pour pouvoir le louer avec sincérité. D'ailleurs, elle goûtait naturellement son air de bonté, sa politesse un peu désuète (et si cérémonieuse que quand, marchant en redressant sa haute taille, il apercevait ma mère qui passait en voiture, avant de lui envoyer un coup de chapeau, il jetait au loin un cigare à peine commencé), sa conversation si mesurée, où il parlait de lui-même le moins possible et tenait toujours compte de ce qui pouvait être agréable à l'interlocuteur, sa ponctualité tellement surprenante à répondre à une lettre que quand venant de lui en envoyer une, mon père reconnaissait l'écriture de M. de Norpois sur une enveloppe, son premier mouvement était de croire que par mauvaise chance leur correspondance s'était croisée : on eût dit qu'il existait, pour lui, à la poste, des levées supplémentaires et de luxe. Ma mère s'émerveillait qu'il fût si exact quoique si occupé, si aimable quoique si répandu, sans songer que les « quoique » sont toujours des « parce que » méconnus, et que (de même que les vieillards sont étonnants pour leur âge, les rois pleins de simplicité, et les provinciaux au courant de tout) c'étaient les mêmes habitudes qui permettaient à M. de Norpois de satisfaire à tant d'occupations et d'être si ordonné dans ses réponses, de plaire dans le monde et d'être aimable avec nous. De plus, l'erreur de ma mère, comme celle de toutes les personnes qui ont trop de modestie, venait de ce qu'elle mettait les choses qui la concernaient au-dessous, et par conséquent en dehors des autres. La réponse qu'elle trouvait que l'ami de mon père avait eu tant de mérite à nous adresser rapidement parce qu'il écrivait par jour beaucoup de lettres, elle l'exceptait de ce grand nombre de lettres dont ce n'était que l'une ; de même elle ne considérait pas qu'un dîner chez nous fût pour M. de Norpois un des actes innombrables de sa vie sociale : elle ne songeait pas que l'ambassadeur avait été habitué autrefois dans la diplomatie à considérer les dîners en ville comme faisant partie de ses fonctions et à déployer une grâce invétérée dont c'eût été trop lui demander que de se départir par extraordinaire quand il venait chez nous.

Le premier dîner que M. de Norpois fit à la maison, une année où je jouais encore aux Champs-Élysées, est resté dans ma mémoire, parce que l'après-midi de ce même jour fut celui où j'allai enfin entendre la Berma[1], en « matinée », dans *Phèdre*, et aussi parce qu'en causant avec M. de Norpois je me rendis compte tout d'un coup, et d'une façon nouvelle, combien les sentiments éveillés en moi par tout ce qui concernait Gilberte Swann et ses parents différaient de ceux que cette même famille faisait éprouver à n'importe quelle autre personne.

Ce fut sans doute en remarquant l'abattement où me plongeait l'approche des vacances du jour de l'An pendant lesquelles, comme elle me l'avait annoncé elle-même, je ne devais pas voir Gilberte, qu'un jour, pour me distraire, ma mère me dit : « Si tu as encore le même grand désir d'entendre la Berma, je crois que ton père permettrait peut-être que tu y ailles : ta grand-mère pourrait t'y emmener. »

Mais c'était parce que M. de Norpois lui avait dit qu'il devrait me laisser entendre la Berma, que c'était, pour un jeune homme, un souvenir à garder, que mon père, jusque-là si hostile à ce que j'allasse perdre mon temps et risquer de prendre du mal pour ce qu'il appelait, au grand scandale de ma grand-mère, des inutilités, n'était plus loin de considérer cette soirée préconisée par l'ambassadeur comme faisant vaguement partie d'un ensemble de recettes précieuses pour la réussite d'une brillante carrière. Ma grand-mère qui, en renonçant pour moi au profit que, selon elle, j'aurais trouvé à entendre la Berma, avait fait un gros sacrifice à l'intérêt de ma santé, s'étonnait que celui-ci devînt négligeable sur une seule parole de M. de Norpois. Mettant ses espérances invincibles de rationaliste dans le régime de grand air et de coucher de bonne heure qui m'avait été prescrit, elle déplorait comme un désastre cette infraction que j'allais y faire et, sur un ton navré, disait : « Comme vous êtes léger » à mon père qui, furieux, répondait : « Comment, c'est vous maintenant qui ne voulez pas qu'il y aille ! c'est un peu fort, vous qui nous répétiez tout le temps que cela pouvait lui être utile. »

Mais M. de Norpois avait changé sur un point bien plus important pour moi, les intentions de mon père. Celui-ci avait toujours désiré que je fusse diplomate, et je ne pouvais supporter l'idée que même si je devais rester quelque temps attaché au ministère, je risquasse d'être envoyé un jour comme ambassadeur dans des capitales que Gilberte n'habiterait pas. J'aurais préféré revenir aux projets littéraires que j'avais autrefois formés et abandonnés au cours de mes promenades du côté de Guermantes. Mais mon père avait fait une constante opposition à ce que je me destinasse à la carrière des lettres qu'il estimait fort inférieure à la diplomatie, lui refusant même le nom de carrière, jusqu'au jour où M. de Norpois, qui n'aimait pas beaucoup les agents diplomatiques des nouvelles couches, lui avait assuré qu'on pouvait, comme écrivain, s'attirer autant de considération, exercer autant d'action et garder plus d'indépendance que dans les ambassades.

« Hé bien ! je ne l'aurais pas cru, le père Norpois n'est pas du tout opposé à l'idée que tu fasses de la littérature », m'avait dit mon père. Et comme assez influent lui-même, il croyait qu'il n'y avait rien qui ne s'arrangeât, ne trouvât sa solution favorable dans la conversation des gens importants : « Je le ramènerai dîner un de ces soirs en sortant de la Commission. Tu causeras un peu avec lui, pour qu'il puisse t'apprécier. Écris quelque chose de bien que tu puisses lui montrer ; il est très lié avec le directeur de *La Revue des Deux Mondes*[1], il t'y fera entrer, il réglera cela, c'est un vieux malin ; et, ma foi, il a l'air de trouver que la diplomatie, aujourd'hui... ! »

Le bonheur que j'aurais à ne pas être séparé de Gilberte me rendait désireux mais non capable d'écrire une belle chose qui pût être montrée à M. de Norpois. Après quelques pages préliminaires, l'ennui me faisant tomber la plume des mains, je pleurais de rage en pensant que je n'aurais jamais de talent, que je n'étais pas doué et ne pourrais même pas profiter de la chance que la prochaine venue de M. de Norpois m'offrait de rester toujours à Paris. Seule, l'idée qu'on allait me laisser entendre la Berma me distrayait de mon chagrin. Mais de même que je ne souhaitais voir des tempêtes que sur les côtes où elles étaient le plus violentes, de même je n'aurais voulu entendre la grande actrice que dans un de ces rôles classiques où Swann m'avait dit qu'elle touchait au sublime. Car quand c'est dans l'espoir d'une découverte précieuse que nous désirons recevoir certaines impressions de nature ou d'art, nous avons quelque scrupule à laisser notre âme accueillir à leur place des impressions moindres qui pourraient nous tromper sur la valeur exacte du Beau. La Berma dans *Andromaque*, dans *Les Caprices de Marianne*, dans *Phèdre*, c'était de ces choses fameuses que mon imagination avait tant désirées. J'aurais le même ravissement que le jour où une gondole m'emmènerait au pied du Titien des Frari ou du Carpaccio de San Giorgio dei Schiavoni[2], si jamais j'entendais réciter par la Berma les vers :

> *On dit qu'un prompt départ vous éloigne de nous,*
> *Seigneur, etc.*[3]

Je les connaissais par la simple reproduction en noir et blanc qu'en donnent les éditions imprimées ; mais mon cœur battait quand je pensais, comme à la réalisation d'un voyage, que je les verrais enfin baigner effectivement dans l'atmosphère et l'ensoleillement de la voix dorée. Un Carpaccio à Venise, la Berma dans *Phèdre*, chefs-d'œuvre d'art pictural ou dramatique que le prestige qui s'attachait à eux rendait en moi si vivants, c'est-à-dire si indivisibles, que si j'avais été voir des Carpaccio dans une salle du Louvre ou la Berma dans quelque pièce dont je n'aurais jamais entendu parler, je n'aurais plus éprouvé le même étonnement délicieux d'avoir enfin les yeux ouverts devant l'objet inconcevable et unique de tant de milliers de mes rêves. Puis, attendant du jeu de la Berma des révélations sur certains aspects de la noblesse, de la douleur, il me semblait que ce qu'il y avait de grand, de réel dans ce jeu, devait l'être davantage si l'actrice le superposait à une œuvre d'une valeur véritable au lieu de broder en somme du vrai et du beau sur une trame médiocre et vulgaire.

Enfin, si j'allais entendre la Berma dans une pièce nouvelle, il ne me serait pas facile de juger de son art, de sa diction, puisque je ne pourrais pas faire le départ entre un texte que je ne connaîtrais pas d'avance et ce que lui ajouteraient des intonations et des gestes qui me sembleraient faire corps avec lui ; tandis que les œuvres anciennes que je savais par cœur, m'apparaissaient comme de vastes espaces réservés et tout prêts où je pourrais apprécier en pleine liberté les inventions dont la Berma les couvrirait, comme à fresque, des perpétuelles trouvailles de son inspiration. Malheureusement, depuis des années qu'elle avait quitté les grandes scènes et faisait la fortune d'un théâtre de boulevard dont elle était l'étoile, elle ne jouait plus de classique, et j'avais beau consulter les affiches, elles n'annonçaient jamais que des pièces toutes récentes, fabriquées exprès pour elle par des auteurs en vogue ; quand un matin, cherchant sur la colonne des théâtres les matinées de la semaine du jour de l'An, j'y vis pour la première fois — en fin de spectacle, après un lever de rideau probablement insignifiant dont le titre me sembla opaque parce qu'il contenait tout le particulier d'une action que j'ignorais — deux actes de *Phèdre* avec Mme Berma, et aux matinées suivantes *Le Demi-Monde*, *Les Caprices de Marianne*[1], noms qui, comme celui de *Phèdre*, étaient pour moi transparents, remplis seulement de clarté, tant l'œuvre m'était connue, illuminés jusqu'au fond d'un sourire d'art. Ils me parurent ajouter de la noblesse à Mme Berma elle-même quand je lus dans les journaux, après le programme de ces spectacles, que c'était elle qui avait résolu de se montrer de nouveau au public dans quelques-unes de ses anciennes créations. Donc, l'artiste savait que certains rôles ont un intérêt qui survit à la nouveauté de leur apparition ou au succès de leur reprise, elle les considérait, interprétés par elle, comme des chefs-d'œuvre de musée qu'il pouvait être instructif de remettre sous les yeux de la génération qui l'y avait admirée ou de celle qui ne l'y avait pas vue. En faisant afficher ainsi, au milieu de pièces qui n'étaient destinées qu'à faire passer le temps d'une soirée, *Phèdre*, dont le titre n'était pas plus long que les leurs et n'était pas imprimé en caractères différents, elle y ajoutait comme le sous-entendu d'une maîtresse de maison qui, en vous présentant à ses convives au moment d'aller à table, vous dit au milieu des noms d'invités qui ne sont que des invités, et sur le même ton qu'elle a cité les autres : M. Anatole France.

Le médecin qui me soignait — celui qui m'avait défendu tout voyage — déconseilla à mes parents de me laisser aller au théâtre ; j'en reviendrais malade, pour longtemps peut-être, et j'aurais en fin de compte plus de souffrance que de plaisir. Cette crainte eût pu m'arrêter, si ce que j'avais attendu d'une telle représentation eût été seulement un plaisir qu'en somme une souffrance ultérieure peut annuler, par compensation. Mais — de même qu'au voyage à Balbec, au voyage à Venise que j'avais tant désirés — ce que je demandais à cette matinée, c'était tout autre chose qu'un plaisir : des vérités appartenant à un monde plus réel que celui où je vivais, et desquelles l'acquisition une fois faite ne pourrait pas m'être enlevée par des incidents insignifiants, fussent-ils douloureux à mon corps, de mon oiseuse existence. Tout au plus, le plaisir que j'aurais pendant le spectacle m'apparaissait-il comme la forme peut-être nécessaire de la perception de ces vérités ; et c'était assez pour que je souhaitasse que les malaises prédits ne commençassent qu'une fois la représentation finie, afin qu'il ne fût pas par eux compromis et faussé. J'implorais mes parents, qui, depuis la visite du médecin, ne voulaient plus me permettre d'aller à *Phèdre*. Je me récitais sans cesse la tirade :

On dit qu'un prompt départ vous éloigne de nous...

cherchant toutes les intonations qu'on pouvait y mettre, afin de mieux mesurer l'inattendu de celle que la Berma trouverait. Cachée comme le Saint des Saints sous le rideau qui me la dérobait et derrière lequel je lui prêtais à chaque instant un aspect nouveau, selon ceux des mots de Bergotte — dans la plaquette retrouvée par Gilberte — qui me revenaient à l'esprit : « noblesse plastique, cilice chrétien, pâleur janséniste, princesse de Trézène et de Clèves, drame mycénien, symbole delphique, mythe solaire[1] », la divine Beauté que devait me révéler le jeu de la Berma, nuit et jour, sur un autel perpétuellement allumé, trônait au fond de mon esprit, de mon esprit dont mes parents sévères et légers allaient décider s'il enfermerait ou non, et pour jamais, les perfections de la Déesse dévoilée à cette même place où se dressait sa forme invisible. Et les yeux fixés sur l'image inconcevable, je luttais du matin au soir contre les obstacles que ma famille m'opposait. Mais quand ils furent tombés, quand ma mère — bien que cette matinée eût lieu précisément le jour de la séance de la Commission après laquelle mon père devait ramener dîner M. de Norpois — m'eut dit : « Hé bien, nous ne voulons pas te chagriner, si tu crois que tu auras tant de plaisir, il faut y aller », quand cette journée de théâtre, jusque-là défendue, ne dépendit plus que de moi, alors, pour la première fois, n'ayant plus à m'occuper qu'elle cessât d'être impossible, je me demandai si elle était souhaitable, si d'autres raisons que la défense de mes parents n'auraient pas dû m'y faire renoncer. D'abord, après avoir détesté leur cruauté, leur consentement me les rendait si chers que l'idée de leur faire de la peine m'en causait à moi-même une, à travers laquelle la vie ne m'apparaissait plus comme ayant pour but la vérité, mais la tendresse, et ne me semblait plus bonne ou mauvaise que selon que mes parents seraient heureux ou malheureux. « J'aimerais mieux ne pas y aller, si cela doit vous affliger », dis-je à ma mère qui, au contraire, s'efforçait de m'ôter cette arrière-pensée qu'elle pût en être triste, laquelle, disait-elle, gâterait ce plaisir que j'aurais à *Phèdre* et en considération duquel elle et mon père étaient revenus sur leur défense. Mais alors cette sorte d'obligation d'avoir du plaisir me semblait bien lourde. Puis si je rentrais

malade, serais-je guéri assez vite pour pouvoir aller aux
Champs-Élysées, les vacances finies, aussitôt qu'y
retournerait Gilberte ? À toutes ces raisons, je confron-
tais, pour décider ce qui devait l'emporter, l'idée,
invisible derrière son voile, de la perfection de la Berma.
Je mettais dans un des plateaux de la balance « sentir
maman triste, risquer de ne pas pouvoir aller aux
Champs-Élysées », dans l'autre, « pâleur janséniste,
mythe solaire » ; mais ces mots eux-mêmes finissaient
par s'obscurcir devant mon esprit, ne me disaient plus
rien, perdaient tout poids ; peu à peu mes hésitations
devenaient si douloureuses que si j'avais maintenant opté
pour le théâtre, ce n'eût plus été que pour les faire
cesser et en être délivré une fois pour toutes. C'eût
été pour abréger ma souffrance et non plus dans l'espoir
d'un bénéfice intellectuel et en cédant à l'attrait de la
perfection, que je me serais laissé conduire non vers
la Sage Déesse, mais vers l'implacable Divinité sans
visage et sans nom qui lui avait été subrepticement
substituée sous son voile. Mais brusquement tout fut
changé, mon désir d'aller entendre la Berma reçut un coup
de fouet nouveau qui me permit d'attendre dans l'impatience et dans la joie cette « matinée » : étant allé faire
devant la colonne des théâtres ma station quotidienne,
depuis peu si cruelle, de stylite, j'avais vu, tout humide
encore, l'affiche détaillée de *Phèdre* qu'on venait de coller
pour la première fois (et où, à vrai dire, le reste de la
distribution ne m'apportait aucun attrait nouveau qui pût
me décider). Mais elle donnait à un des buts entre lesquels
oscillait mon indécision une forme plus concrète et
— comme l'affiche était datée non du jour où je la lisais,
mais de celui où la représentation aurait lieu, et de l'heure
même du lever du rideau — presque imminente, déjà en
voie de réalisation, si bien que je sautai de joie devant
la colonne en pensant que ce jour-là, exactement à cette
heure, je serais prêt à entendre la Berma, assis à ma place ;
et de peur que mes parents n'eussent plus le temps d'en
trouver deux bonnes pour ma grand-mère et pour moi,
je ne fis qu'un bond jusqu'à la maison, cinglé que j'étais
par ces mots magiques qui avaient remplacé dans ma
pensée « pâleur janséniste » et « mythe solaire » : « Les
dames ne seront pas reçues à l'orchestre en chapeau, les
portes seront fermées à deux heures. »

Hélas ! cette première matinée fut une grande déception. Mon père nous proposa de nous déposer ma
grand-mère et moi au théâtre, en se rendant à sa
Commission. Avant de quitter la maison, il dit à ma mère :
« Tâche d'avoir un bon dîner ; tu te rappelles que je dois
ramener de Norpois ? » Ma mère ne l'avait pas oublié.
Et depuis la veille, Françoise, heureuse de s'adonner à cet
art de la cuisine pour lequel elle avait certainement un
don, stimulée, d'ailleurs, par l'annonce d'un convive
nouveau, et sachant qu'elle aurait à composer, selon des
méthodes sues d'elle seule, du bœuf à la gelée, vivait dans
l'effervescence de la création ; comme elle attachait une
importance extrême à la qualité intrinsèque des matériaux
qui devaient entrer dans la fabrication de son œuvre, elle
allait elle-même aux Halles se faire donner les plus beaux
carrés de romsteck, de jarret de bœuf, de pied de veau,
comme Michel-Ange passant huit mois dans les montagnes
de Carrare à choisir les blocs de marbre les plus parfaits
pour le monument de Jules II[1]. Françoise dépensait dans
ces allées et venues une telle ardeur que maman voyant
sa figure enflammée craignait que notre vieille servante
ne tombât malade de surmenage comme l'auteur du
tombeau des Médicis dans les carrières de Pietrasanta. Et
dès la veille Françoise avait envoyé cuire dans le four du
boulanger, protégé de mie de pain comme du marbre rose
ce qu'elle appelait du jambon de Nev'York. Croyant la
langue moins riche qu'elle n'est et ses propres oreilles peu
sûres, sans doute la première fois qu'elle avait entendu
parler de jambon d'York avait-elle cru — trouvant d'une
prodigalité invraisemblable dans le vocabulaire qu'il pût
exister à la fois York et New York — qu'elle avait mal
entendu et qu'on avait voulu dire le nom qu'elle
connaissait déjà. Aussi, depuis, le mot d'York se faisait
précéder dans ses oreilles ou devant ses yeux si elle lisait
une annonce de : New qu'elle prononçait Nev'. Et c'est
de la meilleure foi du monde qu'elle disait à sa fille de
cuisine : « Allez me chercher du jambon chez *Olida*.
Madame m'a bien recommandé que ce soit du
Nev'York. » Ce jour-là, si Françoise avait la brûlante
certitude des grands créateurs, mon lot était la cruelle
inquiétude du chercheur. Sans doute, tant que je n'eus
pas entendu la Berma, j'éprouvai du plaisir. J'en éprouvai
dans le petit square qui précédait le théâtre et dont, deux

heures plus tard, les marronniers dénudés allaient luire avec des reflets métalliques dès que les becs de gaz allumés éclaireraient le détail de leurs ramures ; devant les employés du contrôle, desquels le choix, l'avancement, le sort, dépendaient de la grande artiste — qui seule détenait le pouvoir dans cette administration à la tête de laquelle des directeurs éphémères et purement nominaux se succédaient obscurément — et qui prirent nos billets sans nous regarder, agités qu'ils étaient de savoir si toutes les prescriptions de Mme Berma avaient bien été transmises au personnel nouveau, s'il était bien entendu que la claque ne devait jamais applaudir pour elle, que les fenêtres devaient être ouvertes tant qu'elle ne serait pas en scène et la moindre porte fermée après, un pot d'eau chaude dissimulé près d'elle pour faire tomber la poussière du plateau : et, en effet, dans un moment sa voiture attelée de deux chevaux à longue crinière allait s'arrêter devant le théâtre, elle en descendrait enveloppée dans des fourrures, et répondant d'un geste maussade aux saluts, elle enverrait une de ses suivantes s'informer de l'avant-scène qu'on avait réservée pour ses amis, de la température de la salle, de la composition des loges, de la tenue des ouvreuses, théâtre et public n'étant pour elle qu'un second vêtement plus extérieur dans lequel elle entrerait et le milieu plus ou moins bon conducteur que son talent aurait à traverser. Je fus heureux aussi dans la salle même ; depuis que je savais que — contrairement à ce que m'avaient si longtemps représenté mes imaginations enfantines — il n'y avait qu'une scène pour tout le monde, je pensais qu'on devait être empêché de bien voir par les autres spectateurs comme on l'est au milieu d'une foule ; or je me rendis compte qu'au contraire, grâce à une disposition qui est comme le symbole de toute perception, chacun se sent le centre du théâtre ; ce qui m'expliqua qu'une fois qu'on avait envoyé Françoise voir un mélodrame aux troisièmes galeries, elle avait assuré en rentrant que sa place était la meilleure qu'on pût avoir, et au lieu de se trouver trop loin, s'était sentie intimidée par la proximité mystérieuse et vivante du rideau. Mon plaisir s'accrut encore quand je commençai à distinguer derrière ce rideau baissé des bruits confus comme on en entend sous la coquille d'un œuf quand le poussin va sortir, qui bientôt grandirent, et tout à coup, de ce monde impénétrable à notre regard,

mais qui nous voyait du sien, s'adressèrent indubitable-
ment à nous sous la forme impérieuse de trois coups aussi
émouvants que des signaux venus de la planète Mars. Et
— ce rideau une fois levé — quand sur la scène une table
à écrire et une cheminée, assez ordinaires d'ailleurs,
signifièrent que les personnages qui allaient entrer
seraient, non pas des acteurs venus pour réciter comme
j'en avais vu une fois en soirée, mais des hommes en train
de vivre chez eux un jour de leur vie dans laquelle je
pénétrais par effraction sans qu'ils pussent me voir, mon
plaisir continua de durer ; il fut interrompu par une courte
inquiétude : juste comme je dressais l'oreille avant que
commençât la pièce, deux hommes entrèrent par la scène,
bien en colère, puisqu'ils parlaient assez fort pour que dans
cette salle où il y avait plus de mille personnes on distinguât
toutes leurs paroles, tandis que dans un petit café on est
obligé de demander au garçon ce que disent deux
individus qui se collettent ; mais dans le même instant,
étonné de voir que le public les entendait sans protester,
submergé qu'il était par un unanime silence sur lequel vint
bientôt clapoter un rire ici, un autre là, je compris que
ces insolents étaient les acteurs et que la petite pièce, dite
lever de rideau, venait de commencer. Elle fut suivie d'un
entracte si long que les spectateurs revenus à leurs places
s'impatientaient, tapaient des pieds. J'en étais effrayé ; car
de même que dans le compte rendu d'un procès, quand
je lisais qu'un homme d'un noble cœur allait venir, au
mépris de ses intérêts, témoigner en faveur d'un innocent,
je craignais toujours qu'on ne fût pas assez gentil pour
lui, qu'on ne lui marquât pas assez de reconnaissance,
qu'on ne le récompensât pas richement, et, qu'écœuré,
il se mît du côté de l'injustice ; de même, assimilant en
cela le génie à la vertu, j'avais peur que la Berma, dépitée
par les mauvaises façons d'un public aussi mal élevé — dans
lequel j'aurais voulu au contraire qu'elle pût reconnaître
avec satisfaction quelques célébrités au jugement de qui
elle eût attaché de l'importance — ne lui exprimât son
mécontentement et son dédain en jouant mal. Et je
regardais d'un air suppliant ces brutes trépignantes qui
allaient briser dans leur fureur l'impression fragile et
précieuse que j'étais venu chercher. Enfin, les derniers
moments de mon plaisir furent pendant les premières
scènes de *Phèdre*. Le personnage de Phèdre ne paraît pas

dans ce commencement du second acte ; et, pourtant, dès
que le rideau fut levé et qu'un second rideau, en velours
rouge celui-là, se fut écarté, qui dédoublait la profondeur
de la scène dans toutes les pièces où jouait l'étoile, une
actrice entra par le fond, qui avait la figure et la voix qu'on
m'avait dit être celles de la Berma. On avait dû changer
la distribution, tout le soin que j'avais mis à étudier le rôle
de la femme de Thésée devenait inutile. Mais une autre
actrice donna la réplique à la première. J'avais dû me
tromper en prenant celle-là pour la Berma, car la seconde
lui ressemblait davantage encore et, plus que l'autre, avait
sa diction. Toutes deux d'ailleurs ajoutaient à leur rôle
de nobles gestes — que je distinguais clairement et dont
je comprenais la relation avec le texte, tandis qu'elles
soulevaient leurs beaux péplums — et aussi des intonations
ingénieuses, tantôt passionnées, tantôt ironiques, qui me
faisaient comprendre la signification d'un vers que j'avais
lu chez moi sans apporter assez d'attention à ce qu'il voulait
dire. Mais tout d'un coup, dans l'écartement du rideau
rouge du sanctuaire, comme dans un cadre, une femme
parut et aussitôt, à la peur que j'eus, bien plus anxieuse
que pouvait être celle de la Berma, qu'on la gênât en
ouvrant une fenêtre, qu'on altérât le son d'une de ses
paroles en froissant un programme, qu'on l'indisposât en
applaudissant ses camarades, en ne l'applaudissant pas, elle,
assez ; — à ma façon, plus absolue encore que celle de
la Berma, de ne considérer, dès cet instant, salle, public,
acteurs, pièce, et mon propre corps que comme un milieu
acoustique n'ayant d'importance que dans la mesure où
il était favorable aux inflexions de cette voix, je compris
que les deux actrices que j'admirais depuis quelques
minutes n'avaient aucune ressemblance avec celle que
j'étais venu entendre. Mais en même temps tout mon
plaisir avait cessé ; j'avais beau tendre vers la Berma mes
yeux, mes oreilles, mon esprit, pour ne pas laisser
échapper, une miette des raisons qu'elle me donnerait de
l'admirer, je ne parvenais pas à en recueillir une seule.
Je ne pouvais même pas, comme pour ses camarades,
distinguer dans sa diction et dans son jeu des intonations
intelligentes, de beaux gestes. Je l'écoutais comme j'aurais
lu *Phèdre*, ou comme si Phèdre elle-même avait dit en ce
moment les choses que j'entendais, sans que le talent de
la Berma semblât leur avoir rien ajouté. J'aurais voulu

— pour pouvoir l'approfondir, pour tâcher d'y découvrir ce qu'elle avait de beau — arrêter, immobiliser longtemps devant moi chaque intonation de l'artiste, chaque expression de sa physionomie ; du moins, je tâchais, à force d'agilité mentale, en ayant avant un vers mon attention tout installée et mise au point, de ne pas distraire en préparatifs une parcelle de la durée de chaque mot, de chaque geste, et, grâce à l'intensité de mon attention, d'arriver à descendre en eux aussi profondément que j'aurais fait si j'avais eu de longues heures à moi. Mais que cette durée était brève ! À peine un son était-il reçu dans mon oreille qu'il était remplacé par un autre. Dans une scène où la Berma reste immobile un instant, le bras levé à la hauteur du visage, baignée grâce à un artifice d'éclairage dans une lumière verdâtre, devant le décor qui représente la mer, la salle éclata en applaudissements, mais déjà l'actrice avait changé de place et le tableau que j'aurais voulu étudier n'existait plus. Je dis à ma grand-mère que je ne voyais pas bien, elle me passa sa lorgnette. Seulement, quand on croit à la réalité des choses, user d'un moyen artificiel pour se les faire montrer n'équivaut pas tout à fait à se sentir près d'elles. Je pensais que ce n'était plus la Berma que je voyais, mais son image dans le verre grossissant. Je reposai la lorgnette ; mais peut-être l'image que recevait mon œil, diminuée par l'éloignement, n'était pas plus exacte ; laquelle des deux Berma était la vraie ? Quant à la déclaration à Hippolyte, j'avais beaucoup compté sur ce morceau où, à en juger par la signification ingénieuse que ses camarades me découvraient à tout moment dans des parties moins belles, elle aurait certainement des intonations plus surprenantes que celles que chez moi, en lisant, j'avais tâché d'imaginer ; mais elle n'atteignit même pas jusqu'à celles qu'Œnone ou Aricie eussent trouvées, elle passa au rabot d'une mélopée uniforme toute la tirade où se trouvèrent confondues ensemble des oppositions pourtant si tranchées qu'une tragédienne à peine intelligente, même des élèves de lycée, n'en eussent pas négligé l'effet ; d'ailleurs, elle la débita tellement vite que ce fut seulement quand elle fut arrivée au dernier vers que mon esprit prit conscience de la monotonie voulue qu'elle avait imposée aux premiers.

Enfin éclata mon premier sentiment d'admiration : il

fut provoqué par les applaudissements frénétiques des spectateurs. J'y mêlai les miens en tâchant de les prolonger, afin que, par reconnaissance, la Berma se surpassant, je fusse certain de l'avoir entendue dans un de ses meilleurs jours. Ce qui est du reste curieux, c'est que le moment où se déchaîna cet enthousiasme du public fut, je l'ai su depuis, celui où la Berma a une de ses plus belles trouvailles. Il semble que certaines réalités transcendantes émettent autour d'elles des rayons auxquels la foule est sensible. C'est ainsi que, par exemple, quand un événement se produit, quand à la frontière une armée est en danger, ou battue, ou victorieuse, les nouvelles assez obscures qu'on reçoit et d'où l'homme cultivé ne sait pas tirer grand-chose, excitent dans la foule une émotion qui le surprend et dans laquelle, une fois que les experts l'ont mis au courant de la véritable situation militaire, il reconnaît la perception par le peuple de cette « aura » qui entoure les grands événements et qui peut être visible à des centaines de kilomètres. On apprend la victoire, ou après coup quand la guerre est finie, ou tout de suite par la joie du concierge. On découvre un trait génial du jeu de la Berma huit jours après l'avoir entendue, par la critique, ou sur le coup par les acclamations du parterre. Mais cette connaissance immédiate de la foule étant mêlée à cent autres toutes erronées, les applaudissements tombaient le plus souvent à faux, sans compter qu'ils étaient mécaniquement soulevés par la force des applaudissements antérieurs, comme dans une tempête une fois que la mer a été suffisamment remuée elle continue à grossir, même si le vent ne s'accroît plus. N'importe, au fur et à mesure que j'applaudissais, il me semblait que la Berma avait mieux joué. « Au moins, disait à côté de moi une femme assez commune, elle se dépense celle-là, elle se frappe à se faire mal, elle court, parlez-moi de ça, c'est jouer. » Et heureux de trouver ces raisons de la supériorité de la Berma, tout en me doutant qu'elles ne l'expliquaient pas plus que celle de *La Joconde* ou du *Persée* de Benvenuto[1], l'exclamation d'un paysan : « C'est bien fait tout de même ! c'est tout en or, et du beau ! quel travail ! », je partageai avec ivresse le vin grossier de cet enthousiasme populaire. Je n'en sentis pas moins, le rideau tombé, un désappointement que ce plaisir que j'avais tant désiré n'eût pas été plus grand, mais en même temps le

besoin de le prolonger, de ne pas quitter pour jamais, en
sortant de la salle, cette vie du théâtre qui pendant quelques
heures avait été la mienne, et dont je me serais arraché
comme en un départ pour l'exil, en rentrant directement
à la maison, si je n'avais espéré d'y apprendre beaucoup sur
la Berma par son admirateur auquel je devais qu'on m'eût
permis d'aller à *Phèdre*, M. de Norpois. Je lui fus présenté
avant le dîner par mon père qui m'appela pour cela dans
son cabinet. À mon entrée, l'ambassadeur se leva, me tendit
la main, inclina sa haute taille et fixa attentivement sur moi
ses yeux bleus. Comme les étrangers de passage qui lui
étaient présentés, au temps où il représentait la France,
étaient plus ou moins — jusqu'aux chanteurs connus — des
personnes de marque et dont il savait alors qu'il pourrait
dire plus tard, quand on prononcerait leur nom à Paris ou
à Pétersbourg, qu'il se rappelait parfaitement la soirée qu'il
avait passée avec eux à Munich ou à Sofia, il avait pris
l'habitude de leur marquer par son affabilité la satisfaction
qu'il avait de les connaître : mais de plus, persuadé que dans
la vie des capitales, au contact à la fois des individualités
intéressantes qui les traversent et des usages du peuple qui
les habite, on acquiert une connaissance approfondie, et que
les livres ne donnent pas, de l'histoire, de la géographie,
des mœurs des différentes nations, du mouvement intellectuel de l'Europe, il exerçait sur chaque nouveau venu ses
facultés aiguës d'observateur afin de savoir de suite à quelle
espèce d'homme il avait à faire. Le gouvernement ne lui
avait plus depuis longtemps confié de poste à l'étranger,
mais dès qu'on lui présentait quelqu'un, ses yeux, comme
s'ils n'avaient pas reçu notification de sa mise en disponibilité, commençaient à observer avec fruit, cependant que par
toute son attitude il cherchait à montrer que le nom de
l'étranger ne lui était pas inconnu. Aussi, tout en me
parlant avec bonté et de l'air d'importance d'un homme
qui sait sa vaste expérience, il ne cessait de m'examiner
avec une curiosité sagace et pour son profit, comme si
j'eusse été quelque usage exotique, quelque monument
instructif, ou quelque étoile en tournée. Et de la sorte il
faisait preuve, à mon endroit, à la fois de la majestueuse
amabilité du sage Mentor et de la curiosité studieuse du
jeune Anacharsis[1].

Il ne m'offrit absolument rien pour *La Revue des Deux
Mondes*, mais me posa un certain nombre de questions

sur ce qu'avaient été ma vie et mes études, sur mes goûts
dont j'entendis parler pour la première fois comme s'il
pouvait être raisonnable de les suivre, tandis que j'avais
cru jusqu'ici que c'était un devoir de les contrarier.
Puisqu'ils me portaient du côté de la littérature, il ne me
détourna pas d'elle ; il m'en parla au contraire avec
déférence comme d'une personne vénérable et charmante
du cercle choisi de laquelle, à Rome ou à Dresde, on a
gardé le meilleur souvenir et qu'on regrette par suite des
nécessités de la vie de retrouver si rarement. Il semblait
m'envier en souriant d'un air presque grivois les bons
moments que, plus heureux que lui et plus libre, elle me
ferait passer. Mais les termes mêmes dont il se servait me
montraient la Littérature comme trop différente de l'image
que je m'en étais faite à Combray, et je compris que j'avais
eu doublement raison de renoncer à elle. Jusqu'ici je
m'étais seulement rendu compte que je n'avais pas le don
d'écrire ; maintenant M. de Norpois m'en ôtait même le
désir. Je voulus lui expliquer ce que j'avais rêvé ; tremblant
d'émotion, je me serais fait un scrupule que toutes mes
paroles ne fussent pas l'équivalent le plus sincère possible
de ce que j'avais senti et que je n'avais jamais essayé de
me formuler ; c'est dire que mes paroles n'eurent aucune
netteté. Peut-être par habitude professionnelle, peut-être
en vertu du calme qu'acquiert tout homme important dont
on sollicite le conseil et qui, sachant qu'il gardera en mains
la maîtrise de la conversation, laisse l'interlocuteur s'agiter,
s'efforcer, peiner à son aise, peut-être aussi pour faire
valoir le caractère de sa tête (selon lui grecque, malgré
les grands favoris), M. de Norpois, pendant qu'on lui
exposait quelque chose, gardait une immobilité de visage
aussi absolue que si vous aviez parlé devant quelque buste
antique — et sourd — dans une glyptothèque. Tout à coup,
tombant comme le marteau du commissaire-priseur, ou
comme un oracle de Delphes, la voix de l'ambassadeur
qui vous répondait vous impressionnait d'autant plus que
rien dans sa face ne vous avait laissé soupçonner le genre
d'impression que vous aviez produit sur lui, ni l'avis qu'il
allait émettre.

« Précisément », me dit-il tout à coup comme si la
cause était jugée et après m'avoir laissé bafouiller en face
des yeux immobiles qui ne me quittaient pas un instant,
« j'ai le fils d'un de mes amis qui, *mutatis mutandis*, est

comme vous » (et il prit pour parler de nos dispositions communes le même ton rassurant que si elles avaient été des dispositions non pas à la littérature, mais au rhumatisme, et s'il avait voulu me montrer qu'on n'en mourait pas). Aussi a-t-il préféré quitter le quai d'Orsay où la voie lui était pourtant toute tracée par son père et sans se soucier du qu'en-dira-t-on, il s'est mis à produire. Il n'a certes pas lieu de s'en repentir. Il a publié il y a deux ans — il est d'ailleurs beaucoup plus âgé que vous, naturellement, — un ouvrage relatif au sentiment de l'Infini sur la rive occidentale du lac Victoria-Nyanza et cette année un opuscule moins important, mais conduit d'une plume alerte, parfois même acérée, sur le fusil à répétition dans l'armée bulgare, qui l'ont mis tout à fait hors de pair. Il a déjà fait un joli chemin, il n'est pas homme à s'arrêter en route, et je sais que, sans que l'idée d'une candidature ait été envisagée, on a laissé tomber son nom deux ou trois fois dans la conversation, et d'une façon qui n'avait rien de défavorable, à l'Académie des sciences morales. En somme, sans pouvoir dire encore qu'il soit au pinacle, il a conquis de haute lutte une fort jolie position et le succès qui ne va pas toujours qu'aux agités et aux brouillons, aux faiseurs d'embarras qui sont presque toujours des faiseurs, le succès a récompensé son effort. »

Mon père, me voyant déjà académicien dans quelques années, respirait une satisfaction que M. de Norpois porta à son comble quand, après un instant d'hésitation pendant lequel il sembla calculer les conséquences de son acte, il me dit, en me tendant sa carte : « Allez donc le voir de ma part, il pourra vous donner d'utiles conseils », me causant par ces mots une agitation aussi pénible que s'il m'avait annoncé qu'on m'embarquerait le lendemain comme mousse à bord d'un voilier.

Ma tante Léonie m'avait fait hériter en même temps que de beaucoup d'objets et de meubles fort embarrassants, de presque toute sa fortune liquide — révélant ainsi après sa mort une affection pour moi que je n'avais guère soupçonnée pendant sa vie. Mon père, qui devait gérer cette fortune jusqu'à ma majorité, consulta M. de Norpois sur un certain nombre de placements. Il conseilla des titres à faible rendement qu'il jugeait particulièrement solides, notamment les Consolidés anglais et le 4 % russe[1]. « Avec ces valeurs de tout premier ordre, dit M. de Norpois, si

le revenu n'est pas très élevé, vous êtes du moins assuré
de ne jamais voir fléchir le capital. » Pour le reste, mon
père lui dit en gros ce qu'il avait acheté. M. de Norpois
eut un imperceptible sourire de félicitations : comme tous
les capitalistes, il estimait la fortune une chose enviable,
mais trouvait plus délicat de ne complimenter que par
un signe d'intelligence à peine avoué, au sujet de celle
qu'on possédait ; d'autre part, comme il était lui-même
colossalement riche, il trouvait de bon goût d'avoir l'air
de juger considérables les revenus moindres d'autrui, avec
pourtant un retour joyeux et confortable sur la supériorité
des siens. En revanche il n'hésita pas à féliciter mon père
de la « composition » de son portefeuille « d'un goût
très sûr, très délicat, très fin ». On aurait dit qu'il
attribuait aux relations des valeurs de bourse entre elles,
et même aux valeurs de bourse en elles-mêmes, quelque
chose comme un mérite esthétique. D'une, assez nouvelle
et ignorée, dont mon père lui parla, M. de Norpois,
pareil à ces gens qui ont lu des livres que vous vous
croyiez seul à connaître, lui dit : « Mais si, je me suis
amusé pendant quelque temps à la suivre dans la Cote,
elle était intéressante », avec le sourire rétrospectivement
captivé d'un abonné qui a lu le dernier roman d'une
revue, par tranches, en feuilleton. « Je ne vous
déconseillerais pas de souscrire à l'émission qui va être
lancée prochainement. Elle est attrayante, car on vous
offre les titres à des prix tentants. » Pour certaines valeurs
anciennes au contraire, mon père, ne se rappelant plus
exactement les noms, faciles à confondre avec ceux
d'actions similaires, ouvrit un tiroir et montra les titres
eux-mêmes à l'ambassadeur. Leur vue me charma ; ils
étaient enjolivés de flèches de cathédrales et de figures
allégoriques comme certaines vieilles publications romanti-
ques que j'avais feuilletées autrefois. Tout ce qui est
d'un même temps se ressemble ; les artistes qui illustrent
les poèmes d'une époque sont les mêmes que font
travailler pour elles les Sociétés financières. Et rien ne
fait mieux penser à certaines livraisons de *Notre-Dame
de Paris* et d'œuvres de Gérard de Nerval, telles qu'elles
étaient accrochées à la devanture de l'épicerie de
Combray, que, dans son encadrement rectangulaire et
fleuri que supportaient des divinités fluviales, une action
nominative de la Compagnie des Eaux.

Mon père avait pour mon genre d'intelligence un mépris suffisamment corrigé par la tendresse pour qu'au total, son sentiment sur tout ce que je faisais fût une indulgence aveugle. Aussi n'hésita-t-il pas à m'envoyer chercher un petit poème en prose que j'avais fait autrefois à Combray en revenant d'une promenade. Je l'avais écrit avec une exaltation qu'il me semblait devoir communiquer à ceux qui le liraient. Mais elle ne dut pas gagner M. de Norpois, car ce fut sans me dire une parole qu'il me le rendit[1].

Ma mère, pleine de respect pour les occupations de mon père, vint demander, timidement, si elle pouvait faire servir. Elle avait peur d'interrompre une conversation où elle n'aurait pas eu à être mêlée. Et, en effet, à tout moment mon père rappelait au marquis quelque mesure utile qu'ils avaient décidé de soutenir à la prochaine séance de la Commission, et il le faisait sur le ton particulier qu'ont ensemble dans un milieu différent — pareils en cela à deux collégiens — deux collègues à qui leurs habitudes professionnelles créent des souvenirs communs où n'ont pas accès les autres et auxquels ils s'excusent de se reporter devant eux.

Mais la parfaite indépendance des muscles du visage à laquelle M. de Norpois était arrivé lui permettait d'écouter sans avoir l'air d'entendre. Mon père finissait par se troubler : « J'avais pensé à demander l'avis de la Commission... », disait-il à M. de Norpois après de longs préambules. Alors du visage de l'aristocratique virtuose qui avait gardé l'inertie d'un instrumentiste dont le moment n'est pas venu d'exécuter sa partie, sortait avec un débit égal, sur un ton aigu et comme ne faisant que finir, mais confiée cette fois à un autre timbre, la phrase commencée : « Que bien entendu vous n'hésiterez pas à réunir, d'autant plus que les membres vous sont individuellement connus et peuvent facilement se déplacer. » Ce n'était pas évidemment en elle-même une terminaison bien extraordinaire. Mais l'immobilité qui l'avait précédée la faisait se détacher avec la netteté cristalline, l'imprévu quasi malicieux de ces phrases par lesquelles le piano, silencieux jusque-là, réplique, au moment voulu, au violoncelle qu'on vient d'entendre, dans un concerto de Mozart.

« Hé bien, as-tu été content de ta matinée ? » me dit mon père tandis qu'on passait à table, pour me faire briller et pensant que mon enthousiasme me ferait bien juger par M. de Norpois. « Il est allé entendre la Berma tantôt, vous vous rappelez que nous en avions parlé ensemble », dit-il en se tournant vers le diplomate du même ton d'allusion rétrospective, technique et mystérieuse que s'il se fût agi d'une séance de la Commission.

« Vous avez dû être enchanté, surtout si c'était la première fois que vous l'entendiez. Monsieur votre père s'alarmait du contre-coup que cette petite escapade pouvait avoir sur votre état de santé, car vous êtes un peu délicat, un peu frêle, je crois. Mais je l'ai rassuré. Les théâtres ne sont plus aujourd'hui ce qu'ils étaient il y a seulement vingt ans. Vous avez des sièges à peu près confortables, une atmosphère renouvelée, quoique nous ayons fort à faire encore pour rejoindre l'Allemagne et l'Angleterre, qui à cet égard comme à bien d'autres ont une formidable avance sur nous. Je n'ai pas vu Mme Berma dans *Phèdre*, mais j'ai entendu dire qu'elle y était admirable. Et vous avez été ravi, naturellement ? »

M. de Norpois, mille fois plus intelligent que moi, devait détenir cette vérité que je n'avais pas su extraire du jeu de la Berma, il allait me la découvrir ; en répondant à sa question, j'allais le prier de me dire en quoi cette vérité consistait ; et il justifierait ainsi ce désir que j'avais eu de voir l'actrice. Je n'avais qu'un moment, il fallait en profiter et faire porter mon interrogatoire sur les points essentiels. Mais quels étaient-ils ? Fixant mon attention tout entière sur mes impressions si confuses, et ne songeant nullement à me faire admirer de M. de Norpois, mais à obtenir de lui la vérité souhaitée, je ne cherchais pas à remplacer les mots qui me manquaient par des expressions toutes faites, je balbutiai, et finalement, pour tâcher de le provoquer à déclarer ce que la Berma avait d'admirable, je lui avouai que j'avais été déçu.

« Mais comment », s'écria mon père, ennuyé de l'impression fâcheuse que l'aveu de mon incompréhension pouvait produire sur M. de Norpois, « comment peux-tu dire que tu n'as pas eu de plaisir ? Ta grand-mère nous a raconté que tu ne perdais pas un mot de ce que la Berma disait, que tu avais les yeux hors de la tête, qu'il n'y avait que toi dans la salle comme cela.

— Mais oui, j'écoutais de mon mieux pour savoir ce

qu'elle avait de si remarquable. Sans doute, elle est très
bien...

— Si elle est très bien, qu'est-ce qu'il te faut de plus ?

— Une des choses qui contribuent certainement au
succès de Mme Berma », dit M. de Norpois en se tournant
avec application vers ma mère pour ne pas la laisser en
dehors de la conversation et afin de remplir consciencieusement son devoir de politesse envers une maîtresse de
maison, « c'est le goût parfait qu'elle apporte dans le choix
de ses rôles et qui lui vaut toujours un franc succès, et
de bon aloi. Elle joue rarement des médiocrités. Voyez,
elle s'est attaquée au rôle de Phèdre. D'ailleurs, ce goût
elle l'apporte dans ses toilettes, dans son jeu. Bien qu'elle
ait fait de fréquentes et fructueuses tournées en Angleterre
et en Amérique, la vulgarité je ne dirai pas de John Bull,
ce qui serait injuste, au moins pour l'Angleterre de l'ère
victorienne, mais de l'oncle Sam n'a pas déteint sur elle.
Jamais de couleurs trop voyantes, de cris exagérés. Et puis
cette voix admirable qui la sert si bien et dont elle joue
à ravir, je serais presque tenté de dire en musicienne ! »

Mon intérêt pour le jeu de la Berma n'avait cessé de
grandir depuis que la représentation était finie parce qu'il
ne subissait plus la compression et les limites de la réalité ;
mais j'éprouvais le besoin de lui trouver des explications,
de plus, il s'était porté avec une intensité égale, pendant
que la Berma jouait, sur tout ce qu'elle offrait, dans
l'indivisibilité de la vie, à mes yeux, à mes oreilles ; il
n'avait rien séparé et distingué ; aussi fut-il heureux de
se découvrir une cause raisonnable dans ces éloges donnés
à la simplicité, au bon goût de l'artiste, il les attirait à lui
par son pouvoir d'absorption, s'emparait d'eux comme
l'optimisme d'un homme ivre des actions de son voisin
dans lesquelles il trouve une raison d'attendrissement.
« C'est vrai, me disais-je, quelle belle voix, quelle absence
de cris, quels costumes simples, quelle intelligence d'avoir
été choisir *Phèdre !* Non, je n'ai pas été déçu. »

Le bœuf froid aux carottes fit son apparition, couché
par le Michel-Ange de notre cuisine sur d'énormes cristaux
de gelée pareils à des blocs de quartz transparent.

« Vous avez un chef de tout premier ordre, madame,
dit M. de Norpois. Et ce n'est pas peu de chose. Moi qui
ai eu à l'étranger à tenir un certain train de maison, je
sais combien il est souvent difficile de trouver un parfait

maître queux. Ce sont de véritables agapes auxquelles vous nous avez conviés là. »

Et, en effet, Françoise, surexcitée par l'ambition de réussir pour un invité de marque un dîner enfin semé de difficultés dignes d'elle, s'était donné une peine qu'elle ne prenait plus quand nous étions seuls et avait retrouvé sa manière incomparable de Combray.

« Voilà ce qu'on ne peut obtenir au cabaret, je dis dans les meilleurs : une daube de bœuf où la gelée ne sente pas la colle, et où le bœuf ait pris parfum des carottes, c'est admirable ! Permettez-moi d'y revenir, ajouta-t-il en faisant signe qu'il voulait encore de la gelée. Je serais curieux de juger votre Vatel maintenant sur un mets tout différent, je voudrais, par exemple, le trouver aux prises avec le bœuf Stroganof[1]. »

M. de Norpois pour contribuer lui aussi à l'agrément du repas nous servit diverses histoires dont il régalait fréquemment ses collègues de carrière, tantôt citant une période ridicule dite par un homme politique coutumier du fait et qui les faisait longues et pleines d'images incohérentes, tantôt telle formule lapidaire d'un diplomate plein d'atticisme. Mais, à vrai dire, le critérium qui distinguait pour lui ces deux ordres de phrases ne ressemblait en rien à celui que j'appliquais à la littérature. Bien des nuances m'échappaient ; les mots qu'il récitait en s'esclaffant ne me paraissaient pas très différents de ceux qu'il trouvait remarquables. Il appartenait au genre d'hommes qui pour les œuvres que j'aimais eût dit : « Alors, vous comprenez ? Moi, j'avoue que je ne comprends pas, je ne suis pas initié », mais j'aurais pu lui rendre la pareille, je ne saisissais pas l'esprit ou la sottise, l'éloquence ou l'enflure qu'il trouvait dans une réplique ou dans un discours et l'absence de toute raison perceptible pour quoi ceci était mal et ceci bien, faisait que cette sorte de littérature m'était plus mystérieuse, me semblait plus obscure qu'aucune. Je démêlai seulement que répéter ce que tout le monde pensait n'était pas en politique une marque d'infériorité mais de supériorité. Quand M. de Norpois se servait de certaines expressions qui traînaient dans les journaux et les prononçait avec force, on sentait qu'elles devenaient un acte par le seul fait qu'il les avait employées et un acte qui susciterait des commentaires.

Ma mère comptait beaucoup sur la salade d'ananas et de truffes. Mais l'ambassadeur après avoir exercé un instant sur le mets la pénétration de son regard d'observateur, la mangea en restant entouré de discrétion diplomatique et ne nous livra pas sa pensée. Ma mère insista pour qu'il en reprît, ce que fit M. de Norpois, mais en disant seulement au lieu du compliment qu'on espérait : « J'obéis, madame, puisque je vois que c'est là de votre part un véritable oukase.

— Nous avons lu dans les "feuilles" que vous vous étiez entretenu longuement avec le roi Théodose, lui dit mon père.

— En effet, le roi qui a une rare mémoire des physionomies a eu la bonté de se souvenir en m'apercevant à l'orchestre que j'avais eu l'honneur de le voir pendant plusieurs jours à la cour de Bavière, quand il ne songeait pas à son trône oriental (vous savez qu'il y a été appelé par un congrès européen, et il a même fort hésité à l'accepter, jugeant cette souveraineté un peu inégale à sa race, la plus noble, héraldiquement parlant, de toute l'Europe). Un aide de camp est venu me dire d'aller saluer Sa Majesté, à l'ordre de qui je me suis naturellement empressé de déférer.

— Avez-vous été content des résultats de son séjour ?

— Enchanté ! Il était permis de concevoir quelque appréhension sur la façon dont un monarque encore si jeune se tirerait de ce pas difficile, surtout dans des conjonctures aussi délicates. Pour ma part je faisais pleine confiance au sens politique du souverain. Mais j'avoue que mes espérances ont été dépassées. Le toast qu'il a prononcé à l'Élysée, et qui, d'après des renseignements qui me viennent de source tout à fait autorisée, avait été composé par lui du premier mot jusqu'au dernier, était entièrement digne de l'intérêt qu'il a excité partout. C'est tout simplement un coup de maître ; un peu hardi je le veux bien, mais d'une audace qu'en somme l'événement a pleinement justifiée. Les traditions diplomatiques ont certainement du bon, mais dans l'espèce elles avaient fini par faire vivre son pays et le nôtre dans une atmosphère de renfermé qui n'était plus respirable. Eh bien ! une des manières de renouveler l'air, évidemment une de celles qu'on ne peut pas recommander mais que le roi Théodose pouvait se permettre, c'est de casser les vitres. Et il l'a fait avec une belle humeur qui a ravi tout le monde, et aussi une justesse dans les termes où on a reconnu tout de suite la race de princes lettrés à laquelle il appartient par sa mère. Il est certain que quand il a parlé des "affinités" qui unissent son pays à la France, l'expression, pour peu usitée qu'elle puisse être dans le vocabulaire des chancelleries, était singulièrement heureuse. Vous voyez que la littérature ne nuit pas, même dans la diplomatie, même sur un trône, ajouta-t-il en s'adressant à moi. La chose était constatée depuis longtemps, je le veux bien, et les rapports entre les deux puissances étaient devenus excellents. Encore fallait-il qu'elle fût dite. Le mot était attendu, il a été choisi à merveille, vous avez vu comme il a porté. Pour ma part j'y applaudis des deux mains.

— Votre ami, M. de Vaugoubert, qui préparait le rapprochement depuis des années, a dû être content.

— D'autant plus que Sa Majesté qui est assez coutumière du fait avait tenu à lui en faire la surprise. Cette surprise a été complète du reste pour tout le monde, à commencer par le ministre des Affaires étrangères, qui, à ce qu'on m'a dit, ne l'a pas trouvée à son goût. À quelqu'un qui lui en parlait, il aurait répondu très nettement, assez haut pour être entendu des personnes voisines : " Je n'ai été ni consulté, ni prévenu ", indiquant clairement par là qu'il déclinait toute responsabilité dans l'événement. Il faut avouer que celui-ci a fait un beau tapage et je n'oserais pas affirmer, ajouta-t-il avec un sourire malicieux, que tels de mes collègues pour qui la loi suprême semble être celle du moindre effort, n'en ont pas été troublés dans leur quiétude. Quant à Vaugoubert, vous savez qu'il avait été fort attaqué pour sa politique de rapprochement avec la France, et il avait dû d'autant plus en souffrir que c'est un sensible, un cœur exquis. J'en puis d'autant mieux témoigner que bien qu'il soit mon cadet et de beaucoup, je l'ai fort pratiqué, nous sommes amis de longue date, et je le connais bien. D'ailleurs qui ne le connaîtrait ? c'est une âme de cristal. C'est même le seul défaut qu'on pourrait lui reprocher, il n'est pas nécessaire que le cœur d'un diplomate soit aussi transparent que le sien. Cela n'empêche pas qu'on parle de l'envoyer à Rome, ce qui est un bel avancement, mais un bien gros morceau. Entre nous, je crois que Vaugoubert, si dénué qu'il soit d'ambition, en serait fort content et ne demande nullement qu'on éloigne de lui ce calice. Il fera peut-être merveille là-bas ; il est le candidat de la Consulta, et pour ma part, je le vois très bien, lui si artiste, dans le cadre du palais Farnèse et la galerie des Carraches. Il semble qu'au moins personne ne devrait pouvoir le haïr ; mais il y a autour du roi Théodose toute une camarilla plus ou moins inféodée à la Wilhelmstrasse[1] dont elle suit docilement les inspirations et qui a cherché de toutes façons à lui tailler des croupières. Vaugoubert n'a pas eu à faire face seulement aux intrigues de couloirs mais aux injures de folliculaires à gages qui plus tard, lâches comme l'est tout journaliste stipendié, ont été des premiers à demander l'*aman*, mais qui en attendant n'ont pas reculé à faire état, contre notre représentant, des ineptes accusations de gens sans aveu. Pendant plus d'un mois les ennemis de Vaugoubert ont dansé autour de lui la danse du scalp, dit M. de Norpois, en détachant avec force ce dernier mot. Mais un bon averti en vaut deux ; ces injures il les a repoussées du pied », ajouta-t-il plus énergiquement encore, et avec un regard si farouche que nous cessâmes un instant de manger. « Comme dit un beau proverbe arabe : "Les chiens aboient, la caravane passe." » Après avoir jeté cette citation M. de Norpois s'arrêta pour nous regarder et juger de l'effet qu'elle avait produit sur nous. Il fut grand ; le proverbe nous était connu : il avait remplacé cette année-là chez les hommes de haute valeur cet autre : « Qui sème le vent récolte la tempête », lequel avait besoin de repos, n'étant pas infatigable et vivace comme : « Travailler pour le roi de Prusse ». Car la culture de ces gens éminents était une culture alternée, et généralement triennale. Certes les citations de ce genre, et desquelles M. de Norpois excellait à émailler ses articles de la *Revue*, n'étaient point nécessaires pour que ceux-ci parussent solides et bien informés. Même dépourvus de l'ornement qu'elles leur apportaient, il suffisait que M. de Norpois écrivît à point nommé — ce qu'il ne manquait pas de faire — : « Le Cabinet de Saint-James ne fut pas le dernier à sentir le péril » ou bien « L'émotion fut grande au Pont-aux-Chantres où l'on suivait d'un œil inquiet la politique égoïste mais habile de la monarchie bicéphale », ou « Un cri d'alarme partit de Montecitorio » ou encore « Cet éternel double jeu qui est bien dans la manière du Ballplatz[2] ». À ces expressions le lecteur profane avait aussitôt reconnu et salué le diplomate de carrière. Mais ce qui avait fait dire qu'il était plus que cela, qu'il possédait une culture supérieure, cela avait été l'emploi raisonné de citations dont le modèle achevé restait alors : « Faites-moi de bonne politique et je vous ferai de bonnes finances, comme avait coutume de dire le baron Louis[1]. » (On n'avait pas encore importé d'Orient : « La victoire est à celui des deux adversaires qui sait souffrir un quart d'heure de plus que l'autre comme disent les Japonais. ») Cette réputation de grand lettré, jointe à un véritable génie d'intrigue caché sous le masque de l'indifférence, avait fait entrer M. de Norpois à l'Académie des sciences morales. Et quelques personnes pensèrent même qu'il ne serait pas déplacé à l'Académie française, le jour où voulant indiquer que c'est en resserrant l'alliance russe que nous pourrions arriver à une entente avec l'Angleterre, il n'hésita pas à écrire : « Qu'on le sache bien au quai d'Orsay, qu'on l'enseigne désormais dans tous les manuels de géographie qui se montrent incomplets à cet égard, qu'on refuse impitoyablement au baccalauréat tout candidat qui ne saura pas le dire : Si tous les chemins mènent à Rome, en revanche la route qui va de Paris à Londres passe nécessairement par Pétersbourg. »

« Somme toute, continua M. de Norpois en s'adressant à mon père, Vaugoubert s'est taillé là un beau succès et qui dépasse même celui qu'il avait escompté. Il s'attendait en effet à un toast correct (ce qui après les nuages des dernières années était déjà fort beau) mais à rien de plus. Plusieurs personnes qui étaient au nombre des assistants m'ont assuré qu'on ne peut pas en lisant ce toast se rendre compte de l'effet qu'il a produit, prononcé et détaillé à merveille par le roi qui est maître en l'art de dire et qui soulignait au passage toutes les intentions, toutes les finesses[2]. Je me suis laissé raconter à ce propos un fait assez piquant et qui met en relief une fois de plus chez le roi Théodose cette bonne grâce juvénile qui lui gagne si bien les cœurs. On m'a affirmé que précisément à ce mot d'''affinités'' qui était en somme la grosse innovation du discours, et qui défraiera encore longtemps, vous verrez, les commentaires des chancelleries, Sa Majesté, prévoyant la joie de notre ambassadeur, qui allait trouver là le juste couronnement de ses efforts, de son rêve pourrait-on dire et, somme toute, son bâton de maréchal, se tourna à demi vers Vaugoubert et fixant sur lui ce regard si prenant des

Oettingen[1], détacha ce mot si bien choisi d'"affinités",
ce mot qui était une véritable trouvaille, sur un ton qui
faisait savoir à tous qu'il était employé à bon escient et
en pleine connaissance de cause. Il paraît que Vaugoubert
avait peine à maîtriser son émotion et dans une certaine
mesure, j'avoue que je le comprends. Une personne digne
de toute créance m'a même confié que le roi se serait
approché de Vaugoubert après le dîner, quand Sa Majesté
a tenu cercle, et lui aurait dit à mi-voix : " Êtes-vous content
de votre élève, mon cher marquis ? " Il est certain, conclut
M. de Norpois, qu'un pareil toast a plus fait que vingt
ans de négociations pour resserrer entre les deux pays leurs
"affinités", selon la pittoresque expression de Théodose II[2]. Ce n'est qu'un mot, si vous voulez, mais voyez
quelle fortune il a fait, comme toute la presse européenne
le répète, quel intérêt il éveille, quel son nouveau il a
rendu. Il est d'ailleurs bien dans la manière du souverain.
Je n'irai pas jusqu'à vous dire qu'il trouve tous les jours
de purs diamants comme celui-là. Mais il est bien rare que
dans ses discours étudiés, mieux encore, dans le primesaut
de la conversation il ne donne pas son signalement
— j'allais dire il n'appose pas sa signature — par quelque
mot à l'emporte-pièce. Je suis d'autant moins suspect
de partialité en la matière que je suis ennemi de toute
innovation en ce genre. Dix-neuf fois sur vingt elles sont
dangereuses.

— Oui, j'ai pensé que le récent télégramme de
l'empereur d'Allemagne n'a pas dû être de votre goût »,
dit mon père.

M. de Norpois leva les yeux au ciel d'un air de dire :
Ah ! celui-là ! « D'abord, c'est un acte d'ingratitude. C'est
plus qu'un crime, c'est une faute[3] et d'une sottise que je
qualifierai de pyramidale ! Au reste si personne n'y met
le holà, l'homme qui a chassé Bismarck est bien capable
de répudier peu à peu toute la politique bismarckienne,
alors c'est le saut dans l'inconnu[4].

— Et mon mari m'a dit, monsieur, que vous l'entraîne-
riez peut-être un de ces étés en Espagne, j'en suis ravie
pour lui.

— Mais oui, c'est un projet tout à fait attrayant dont
je me réjouis. J'aimerais beaucoup faire avec vous ce
voyage, mon cher. Et vous, madame, avez-vous déjà songé
à l'emploi des vacances ?

— J'irai peut-être avec mon fils à Balbec, je ne sais.

— Ah ! Balbec est agréable, j'ai passé par là il y a quelques années. On commence à y construire des villas fort coquettes : je crois que l'endroit vous plaira. Mais puis-je vous demander ce qui vous a fait choisir Balbec ?

— Mon fils a le grand désir de voir certaines églises du pays, surtout celle de Balbec. Je craignais un peu pour sa santé les fatigues du voyage et surtout du séjour. Mais j'ai appris qu'on vient de construire un excellent hôtel qui lui permettra de vivre dans les conditions de confort requises par son état.

— Ah ! il faudra que je donne ce renseignement à certaine personne qui n'est pas femme à en faire fi[1].

— L'église de Balbec est admirable, n'est-ce pas, monsieur ? » demandai-je, surmontant la tristesse d'avoir appris qu'un des attraits de Balbec résidait dans ses coquettes villas.

« Non, elle n'est pas mal, mais enfin elle ne peut soutenir la comparaison avec ces véritables bijoux ciselés que sont les cathédrales de Reims, de Chartres et à mon goût, la perle de toutes, la Sainte-Chapelle de Paris.

— Mais l'église de Balbec est en partie romane ?

— En effet, elle est du style roman, qui est déjà par lui-même extrêmement froid et ne laisse en rien présager l'élégance, la fantaisie des architectes gothiques qui fouillent la pierre comme de la dentelle. L'église de Balbec mérite une visite si on est dans le pays, elle est assez curieuse ; si un jour de pluie vous ne savez que faire, vous pourrez entrer là, vous verrez le tombeau de Tourville[2].

— Est-ce que vous étiez hier au banquet des Affaires étrangères ? je n'ai pas pu y aller, dit mon père.

— Non, répondit M. de Norpois avec un sourire. j'avoue que je l'ai délaissé pour une soirée assez différente. J'ai dîné chez une femme dont vous avez peut-être entendu parler, la belle madame Swann. »

Ma mère réprima un frémissement, car d'une sensibilité plus prompte que mon père, elle s'alarmait pour lui de ce qui ne devait le contrarier qu'un instant après. Les désagréments qui lui arrivaient étaient perçus d'abord par elle comme ces mauvaises nouvelles de France qui sont connues plus tôt à l'étranger que chez nous. Mais curieuse de savoir quel genre de personnes les Swann pouvaient recevoir, elle s'enquit auprès de M. de Norpois de celles qu'il y avait rencontrées.

« Mon Dieu... c'est une maison où il me semble que vont surtout... des messieurs. Il y avait quelques hommes mariés, mais leurs femmes étaient souffrantes ce soir-là et n'étaient pas venues », répondit l'ambassadeur avec une finesse voilée de bonhomie et en jetant autour de lui des regards dont la douceur et la discrétion faisaient mine de tempérer et exagéraient habilement la malice.

« Je dois dire, ajouta-t-il, pour être tout à fait juste, qu'il y va cependant des femmes, mais... appartenant plutôt..., comment dirais-je, au monde républicain qu'à la société de Swann (il prononçait Svann). Qui sait ? Ce sera peut-être un jour un salon politique ou littéraire. Du reste, il semble qu'ils soient contents comme cela. Je trouve que Swann le montre même un peu trop. Il nommait les gens chez qui lui et sa femme étaient invités pour la semaine suivante et de l'intimité desquels il n'y a pourtant pas lieu de s'enorgueillir avec un manque de réserve et de goût, presque de tact, qui m'a étonné chez un homme aussi fin. Il répétait : " Nous n'avons pas un soir de libre ", comme si ç'avait été une gloire, et en véritable parvenu, qu'il n'est pas cependant. Car Swann avait beaucoup d'amis et même d'amies, et sans trop m'avancer, ni vouloir commettre d'indiscrétion, je crois pouvoir dire que non pas toutes, ni même le plus grand nombre, mais l'une au moins et qui est une fort grande dame, ne se serait peut-être pas montrée entièrement réfractaire à l'idée d'entrer en relations avec Mme Swann, auquel cas, vraisemblablement, plus d'un mouton de Panurge aurait suivi[1]. Mais il semble qu'il n'y ait eu de la part de Swann aucune démarche esquissée en ce sens. Comment ? encore un pudding à la Nesselrode ! Ce ne sera pas de trop de la cure de Carlsbad pour me remettre d'un pareil festin de Lucullus. Peut-être Swann a-t-il senti qu'il y aurait trop de résistances à vaincre. Le mariage, cela est certain, n'a pas plu. On a parlé de la fortune de la femme, ce qui est une grosse bourde. Mais, enfin, tout cela n'a pas paru agréable. Et puis Swann a une tante excessivement riche et admirablement posée, femme d'un homme qui, financièrement parlant, est une puissance. Et non seulement elle a refusé de recevoir Mme Swann, mais elle a mené une campagne en règle pour que ses amies et connaissances en fissent autant. Je

n'entends pas par là qu'aucun Parisien de bonne compagnie ait manqué de respect à Mme Swann... Non ! cent
fois non ! le mari étant d'ailleurs homme à relever le gant.
En tous cas, il y a une chose curieuse, c'est de voir combien
Swann, qui connaît tant de monde et du plus choisi, montre
d'empressement auprès d'une société dont le moins qu'on
puisse dire est qu'elle est fort mêlée. Moi qui l'ai connu
jadis, j'avoue que j'éprouvais autant de surprise que
d'amusement à voir un homme aussi bien élevé, aussi à
la mode dans les coteries les plus triées, remercier avec
effusion le directeur du Cabinet du ministre des Postes
d'être venu chez eux et lui demander si Mme Swann
pourrait *se permettre* d'aller voir sa femme. Il doit pourtant
se trouver dépaysé ; évidemment ce n'est plus le même
monde. Mais je ne crois pas cependant que Swann soit
malheureux. Il y a eu, il est vrai, dans les années qui
précédèrent le mariage d'assez vilaines manœuvres de
chantage de la part de la femme ; elle privait Swann de
sa fille chaque fois qu'il lui refusait quelque chose. Le
pauvre Swann, aussi naïf qu'il est pourtant raffiné, croyait
chaque fois que l'enlèvement de sa fille était une
coïncidence et ne voulait pas voir la réalité. Elle lui faisait
d'ailleurs des scènes si continuelles qu'on pensait que le
jour où elle serait arrivée à ses fins et se serait fait épouser,
rien ne la retiendrait plus et que leur vie serait un enfer.
Hé bien ! c'est le contraire qui est arrivé. On plaisante
beaucoup la manière dont Swann parle de sa femme, on
en fait même des gorges chaudes. On ne demandait certes
pas que, plus ou moins conscient d'être... (vous savez le
mot de Molière), il allât le proclamer *urbi et orbi* ;
n'empêche qu'on le trouve exagéré quand il dit que sa
femme est une excellente épouse. Or, ce n'est pas aussi
faux qu'on le croit. À sa manière qui n'est pas celle que
tous les maris préféreraient, mais enfin, entre nous, il me
semble difficile que Swann qui la connaissait depuis
longtemps et est loin d'être un maître sot, ne sût pas à
quoi s'en tenir, il est indéniable qu'elle semble avoir de
l'affection pour lui. Je ne dis pas qu'elle ne soit pas volage
et Swann lui-même ne se fait pas faute de l'être, à en croire
les bonnes langues qui, vous pouvez le penser, vont leur
train Mais elle lui est reconnaissante de ce qu'il a fait pour
elle, et, contrairement aux craintes éprouvées par tout le
monde, elle paraît devenue d'une douceur d'ange. » Ce

changement n'était peut-être pas aussi extraordinaire que le trouvait M. de Norpois. Odette n'avait pas cru que Swann finirait par l'épouser ; chaque fois qu'elle lui annonçait tendancieusement qu'un homme comme il faut venait de se marier avec sa maîtresse, elle lui avait vu garder un silence glacial et tout au plus, si elle l'interpellait directement en lui demandant : « Alors, tu ne trouves pas que c'est très bien, que c'est bien beau ce qu'il a fait là pour une femme qui lui a consacré sa jeunesse ? », répondre sèchement : « Mais je ne te dis pas que ce soit mal, chacun agit à sa guise. » Elle n'était même pas loin de croire que, comme il le lui disait dans des moments de colère, il l'abandonnerait tout à fait, car elle avait depuis peu entendu dire par une femme sculpteur : « On peut s'attendre à tout de la part des hommes, ils sont si mufles », et frappée par la profondeur de cette maxime pessimiste, elle se l'était appropriée, elle la répétait à tout bout de champ d'un air découragé qui semblait dire : « Après tout, il n'y aurait rien d'impossible, c'est bien ma chance. » Et, par suite, toute vertu avait été enlevée à la maxime optimiste qui avait jusque-là guidé Odette dans la vie : « On peut tout faire aux hommes qui vous aiment, ils sont si idiots », et qui s'exprimait dans son visage par le même clignement d'yeux qui eût pu accompagner des mots tels que : « Ayez pas peur, il ne cassera rien. » En attendant, Odette souffrait de ce que telle de ses amies, épousée par un homme qui était resté moins longtemps avec elle, qu'elle-même avec Swann, et n'avait pas, elle, d'enfant, relativement considérée maintenant, invitée aux bals de l'Élysée, devait penser de la conduite de Swann. Un consultant plus profond que ne l'était M. de Norpois eût sans doute pu diagnostiquer que c'était ce sentiment d'humiliation et de honte qui avait aigri Odette, que le caractère infernal qu'elle montrait ne lui était pas essentiel, n'était pas un mal sans remède, et eût aisément prédit ce qui était arrivé, à savoir qu'un régime nouveau, le régime matrimonial, ferait cesser avec une rapidité presque magique ces accidents pénibles, quotidiens, mais nullement organiques. Presque tout le monde s'étonna de ce mariage, et cela même est étonnant. Sans doute peu de personnes comprennent le caractère purement subjectif du phéno-mène qu'est l'amour, et la sorte de création que c'est d'une personne supplémentaire, distincte de celle qui porte le même nom dans le monde, et dont la plupart des éléments sont tirés de nous-mêmes. Aussi y a-t-il peu de gens qui puissent trouver naturelles les proportions énormes que finit par prendre pour nous un être qui n'est pas le même que celui qu'ils voient. Pourtant il semble qu'en ce qui concerne Odette on aurait pu se rendre compte que si, certes, elle n'avait jamais entièrement compris l'intelligence de Swann, du moins savait-elle les titres, tout le détail de ses travaux, au point que le nom de Ver Meer lui était aussi familier que celui de son couturier ; de Swann, elle connaissait à fond ces traits du caractère que le reste du monde ignore ou ridiculise et dont seule une maîtresse, une sœur, possèdent l'image ressemblante et aimée ; et nous tenons tellement à eux, même à ceux que nous voudrions le plus corriger, que c'est parce qu'une femme finit par en prendre une habitude indulgente et amicalement railleuse, pareille à l'habitude que nous en avons nous-mêmes, et qu'en ont nos parents, que les vieilles liaisons ont quelque chose de la douceur et de la force des affections de famille. Les liens qui nous unissent à un être se trouvent sanctifiés quand il se place au même point de vue que nous pour juger une de nos tares. Et parmi ces traits particuliers, il y en avait aussi qui appartenaient autant à l'intelligence de Swann qu'à son caractère, et que pourtant, en raison de la racine qu'ils avaient malgré tout en celui-ci, Odette avait plus facilement discernés. Elle se plaignait que quand Swann faisait métier d'écrivain, quand il publiait des études, on ne reconnût pas ces traits-là autant que dans ses lettres ou dans sa conversation où ils abondaient. Elle lui conseillait de leur faire la part plus grande. Elle l'aurait voulu parce que c'était ceux qu'elle préférait en lui, mais comme elle les préférait parce qu'ils étaient plus à lui, elle n'avait peut-être pas tort de souhaiter qu'on les retrouvât dans ce qu'il écrivait. Peut-être aussi pensait-elle que des ouvrages plus vivants, en lui procurant enfin à lui le succès, lui eussent permis à elle de se faire ce que chez les Verdurin elle avait appris à mettre au-dessus de tout : un salon.

Parmi les gens qui trouvaient ce genre de mariage ridicule, gens qui pour eux-mêmes se demandaient : « Que pensera M. de Guermantes, que dira Bréauté, quand j'épouserai Mlle de Montmorency ? », parmi les gens

ayant cette sorte d'idéal social, aurait figuré, vingt ans plus
tôt, Swann lui-même, Swann qui s'était donné du mal pour
être reçu au Jockey et avait compté dans ce temps-là faire
un éclatant mariage qui eût achevé en consolidant sa
situation de faire de lui un des hommes les plus en vue
de Paris. Seulement, les images que représente un tel
mariage à l'intéressé ont, comme toutes les images, pour
ne pas dépérir et s'effacer complètement, besoin d'être
alimentées du dehors. Votre rêve le plus ardent est
d'humilier l'homme qui vous a offensé. Mais si vous
n'entendez plus jamais parler de lui, ayant changé de pays,
votre ennemi finira par ne plus avoir pour vous aucune
importance. Si on a perdu de vue pendant vingt ans toutes
les personnes à cause desquelles on aurait aimé entrer au
Jockey ou à l'Institut, la perspective d'être membre de l'un
ou de l'autre de ces groupements ne tentera nullement.
Or, tout autant qu'une retraite, qu'une maladie, qu'une
conversion religieuse, une liaison prolongée substitue
d'autres images aux anciennes. Il n'y eut pas de la part
de Swann, quand il épousa Odette, renoncement aux
ambitions mondaines car de ces ambitions-là depuis
longtemps Odette l'avait, au sens spirituel du mot, détaché.
D'ailleurs ne l'eût-il pas été qu'il n'en aurait eu que plus
de mérite. C'est parce qu'ils impliquent le sacrifice d'une
situation plus ou moins flatteuse à une douceur purement
intime, que généralement les mariages infamants sont les
plus estimables de tous (on ne peut en effet entendre par
mariage infamant un mariage d'argent, n'y ayant point
d'exemple d'un ménage où la femme ou bien le mari se
soient vendus et qu'on n'ait fini par recevoir, ne fût-ce
que par tradition et sur la foi de tant d'exemples et pour
ne pas avoir deux poids et deux mesures). Peut-être,
d'autre part, en artiste, sinon en corrompu, Swann eût-il
en tout cas éprouvé une certaine volupté à accoupler à
lui, dans un de ces croisements d'espèces comme en
pratiquent les *mendélistes* ou comme en raconte la mythologie, un être de race différente, archiduchesse ou cocotte,
à contracter une alliance royale ou à faire une mésalliance.
Il n'y avait eu dans le monde qu'une seule personne dont
il se fût préoccupé, chaque fois qu'il avait pensé à son
mariage possible avec Odette, c'était, et non par snobisme,
la duchesse de Guermantes. De celle-là, au contraire,
Odette se souciait peu, pensant seulement aux personnes

situées immédiatement au-dessus d'elle-même plutôt que dans un aussi vague empyrée. Mais quand Swann dans ses heures de rêverie voyait Odette devenue sa femme, il se représentait invariablement le moment où il l'amènerait, elle et surtout sa fille, chez la princesse des Laumes, devenue bientôt duchesse de Guermantes par la mort de son beau-père. Il ne désirait pas les présenter ailleurs, mais il s'attendrissait quand il inventait, en énonçant les mots eux-mêmes, tout ce que la duchesse dirait de lui à Odette, et Odette à Mme de Guermantes, la tendresse que celle-ci témoignerait à Gilberte, la gâtant, le rendant fier de sa fille. Il se jouait à lui-même la scène de la présentation avec la même précision dans le détail imaginaire qu'ont les gens qui examinent comment ils emploieraient, s'ils le gagnaient, un lot dont ils fixent arbitrairement le chiffre. Dans la mesure où une image qui accompagne une de nos résolutions la motive, on peut dire que si Swann épousa Odette, ce fut pour la présenter elle et Gilberte, sans qu'il y eût personne là, au besoin sans que personne le sût jamais, à la duchesse de Guermantes. On verra comment cette seule ambition mondaine qu'il avait souhaitée pour sa femme et sa fille fut justement celle dont la réalisation se trouva lui être interdite et par un veto si absolu que Swann mourut sans supposer que la duchesse pourrait jamais les connaître. On verra aussi qu'au contraire la duchesse de Guermantes se lia avec Odette et Gilberte après la mort de Swann. Et peut-être eût-il été sage — pour autant qu'il pouvait attacher de l'importance à si peu de chose — en ne se faisant pas une idée trop sombre de l'avenir, à cet égard, et en réservant que la réunion souhaitée pourrait bien avoir lieu quand il ne serait plus là pour en jouir. Le travail de causalité qui finit par produire à peu près tous les effets possibles, et par conséquent aussi ceux qu'on avait cru l'être le moins, ce travail est parfois lent, rendu un peu plus lent encore par notre désir — qui, en cherchant à l'accélérer, l'entrave —, par notre existence même et n'aboutit que quand nous avons cessé de désirer, et quelquefois de vivre. Swann ne le savait-il pas par sa propre expérience, et n'était-ce pas déjà, dans sa vie — comme une préfiguration de ce qui devait arriver après sa mort — un bonheur après décès que ce mariage avec cette Odette qu'il avait passionnément aimée — si elle ne lui avait pas plu au premier abord — et qu'il avait épousée quand il ne l'aimait plus, quand l'être qui, en Swann, avait tant souhaité et tant désespéré de vivre toute sa vie avec Odette, quand cet être-là était mort ?

Je me mis à parler du comte de Paris, à demander s'il n'était pas ami de Swann, car je craignais que la conversation se détournât de celui-ci. « Oui, en effet », répondit M. de Norpois en se tournant vers moi et en fixant sur ma modeste personne le regard bleu où flottaient, comme dans leur élément vital, ses grandes facultés de travail et son esprit d'assimilation. « Et, mon Dieu, ajouta-t-il en s'adressant de nouveau à mon père, je ne crois pas franchir les bornes du respect dont je fais profession pour le Prince (sans cependant entretenir avec lui des relations personnelles que rendrait difficiles ma situation, si peu officielle qu'elle soit) en vous citant ce fait assez piquant que, pas plus tard qu'il y a quatre ans, dans une petite gare de chemins de fer d'un des pays de l'Europe Centrale, le Prince eut l'occasion d'apercevoir Mme Swann. Certes, aucun de ses familiers ne s'est permis de demander à Monseigneur comment il l'avait trouvée. Cela n'eût pas été séant. Mais quand par hasard la conversation amenait son nom, à de certains signes, imperceptibles si l'on veut, mais qui ne trompent pas, le Prince semblait donner assez volontiers à entendre que son impression était en somme loin d'avoir été défavorable.

— Mais il n'y aurait pas eu possibilité de la présenter au comte de Paris ? demanda mon père.

— Eh bien ! on ne sait pas ; avec les princes on ne sait jamais, répondit M. de Norpois ; les plus glorieux, ceux qui savent le plus se faire rendre ce qu'on leur doit, sont aussi quelquefois ceux qui s'embarrassent le moins des décrets de l'opinion publique, même les plus justifiés, pour peu qu'il s'agisse de récompenser certains attachements. Or, il est certain que le comte de Paris a toujours agréé avec beaucoup de bienveillance le dévouement de Swann qui est, d'ailleurs, un garçon d'esprit s'il en fut.

— Et votre impression à vous, quelle a-t-elle été, monsieur l'ambassadeur ? » demanda ma mère par politesse et par curiosité.

Avec une énergie de vieux connaisseur qui tranchait sur la modération habituelle de ses propos :

« Tout à fait excellente ! » répondit M. de Norpois.

Et sachant que l'aveu d'une forte sensation produite par une femme rentre, à condition qu'on le fasse avec enjouement, dans une certaine forme particulièrement appréciée de l'esprit de conversation, il éclata d'un petit rire qui se prolongea pendant quelques instants, humectant les yeux bleus du vieux diplomate et faisant vibrer les ailes de son nez nervurées de fibrilles rouges.

« Elle est tout à fait charmante !

— Est-ce qu'un écrivain du nom de Bergotte était à ce dîner, monsieur ? » demandai-je timidement pour tâcher de retenir la conversation sur le sujet des Swann.

« Oui, Bergotte était là », répondit M. de Norpois, inclinant la tête de mon côté avec courtoisie, comme si dans son désir d'être aimable avec mon père, il attachait à tout ce qui tenait à lui une véritable importance et même aux questions d'un garçon de mon âge qui n'était pas habitué à se voir montrer tant de politesse par des personnes du sien. « Est-ce que vous le connaissez ? » ajouta-t-il en fixant sur moi ce regard clair dont Bismarck admirait la pénétration.

« Mon fils ne le connaît pas mais l'admire beaucoup, dit ma mère.

— Mon Dieu, dit M. de Norpois (qui m'inspira sur ma propre intelligence des doutes plus graves que ceux qui me déchiraient d'habitude, quand je vis que ce que je mettais mille et mille fois au-dessus de moi-même, ce que je trouvais de plus élevé au monde, était pour lui tout en bas de l'échelle de ses admirations), je ne partage pas cette manière de voir. Bergotte est ce que j'appelle un joueur de flûte ; il faut reconnaître du reste qu'il en joue agréablement quoique avec bien du maniérisme, de l'afféterie[1]. Mais enfin ce n'est que cela, et cela n'est pas grand-chose. Jamais on ne trouve dans ses ouvrages sans muscles ce qu'on pourrait nommer la charpente. Pas d'action — ou si peu — mais surtout pas de portée. Ses livres pèchent par la base ou plutôt il n'y a pas de base du tout. Dans un temps comme le nôtre où la complexité croissante de la vie laisse à peine le temps de lire, où la carte de l'Europe a subi des remaniements profonds et est à la veille d'en subir de plus grands encore peut-être, où tant de problèmes menaçants et nouveaux se posent partout, vous m'accorderez qu'on a le droit de demander à un écrivain d'être autre chose qu'un bel esprit qui nous

fait oublier dans des discussions oiseuses et byzantines sur
des mérites de pure forme, que nous pouvons être envahis
d'un instant à l'autre par un double flot de Barbares, ceux
du dehors et ceux du dedans. Je sais que c'est blasphémer
contre la Sacro-Sainte École de ce que ces messieurs
appellent l'Art pour l'Art, mais à notre époque il y a des
tâches plus urgentes que d'agencer des mots d'une façon
harmonieuse. Celle de Bergotte est parfois assez séduisante, je n'en disconviens pas, mais au total tout cela
est bien mièvre, bien mince, et bien peu viril. Je
comprends mieux maintenant, en me reportant à votre
admiration tout à fait exagérée pour Bergotte, les quelques
lignes que vous m'avez montrées tout à l'heure et sur
lesquelles j'aurais mauvaise grâce à ne pas passer l'éponge,
puisque vous avez dit vous-même en toute simplicité, que
ce n'était qu'un griffonnage d'enfant (je l'avais dit, en effet,
mais je n'en pensais pas un mot). À tout péché miséricorde
et surtout aux péchés de jeunesse. Après tout, d'autres que
vous en ont de pareils sur la conscience, et vous n'êtes
pas le seul qui se soit cru poète à son heure. Mais on voit
dans ce que vous m'avez montré la mauvaise influence de
Bergotte. Évidemment, je ne vous étonnerai pas en vous
disant qu'il n'y avait là aucune de ses qualités, puisqu'il
est passé maître dans l'art tout superficiel du reste, d'un
certain style dont à votre âge vous ne pouvez posséder
même le rudiment. Mais c'est déjà le même défaut, ce
contresens d'aligner des mots bien sonores en ne se
souciant qu'ensuite du fond. C'est mettre la charrue avant
les bœufs. Même dans les livres de Bergotte, toutes ces
chinoiseries de forme, toutes ces subtilités de mandarin[1]
déliquescent me semblent bien vaines. Pour quelques feux
d'artifice agréablement tirés par un écrivain, on crie tout
de suite au chef-d'œuvre. Les chefs-d'œuvre ne sont pas
si fréquents que cela ! Bergotte n'a pas à son actif, dans
son bagage si je puis dire, un roman d'une envolée un
peu haute, un de ces livres qu'on place dans le bon coin
de sa bibliothèque. Je n'en vois pas un seul dans son
œuvre. Il n'empêche que chez lui l'œuvre est infiniment
supérieure à l'auteur. Ah ! voilà quelqu'un qui donne
raison à l'homme d'esprit qui prétendait qu'on ne doit
connaître les écrivains que par leurs livres[2]. Impossible de
voir un individu qui réponde moins aux siens, plus
prétentieux, plus solennel, moins homme de bonne

compagnie. Vulgaire par moments, parlant à d'autres comme un livre, et même pas comme un livre de lui, mais comme un livre ennuyeux, ce qu'au moins ne sont pas les siens, tel est ce Bergotte. C'est un esprit des plus confus, alambiqué, ce que nos pères appelaient un diseur de phébus et qui rend encore plus déplaisantes, par sa façon de les énoncer, les choses qu'il dit. Je ne sais si c'est Loménie ou Sainte-Beuve qui raconte que Vigny rebutait par le même travers[1]. Mais Bergotte n'a jamais écrit *Cinq-Mars*, ni *Le Cachet rouge*, où certaines pages sont de véritables morceaux d'anthologie. »

Atterré par ce que M. de Norpois venait de me dire du fragment que je lui avais soumis, songeant d'autre part aux difficultés que j'éprouvais quand je voulais écrire un essai ou seulement me livrer à des réflexions sérieuses, je sentis une fois de plus ma nullité intellectuelle et que je n'étais pas né pour la littérature. Sans doute autrefois à Combray, certaines impressions fort humbles, ou une lecture de Bergotte, m'avaient mis dans un état de rêverie qui m'avait paru avoir une grande valeur. Mais cet état, mon poème en prose le reflétait ; nul doute que M. de Norpois n'en eût saisi et percé à jour tout de suite ce que j'y trouvais de beau seulement par un mirage entièrement trompeur, puisque l'ambassadeur n'en était pas dupe. Il venait de m'apprendre au contraire quelle place infime était la mienne (quand j'étais jugé du dehors, objectivement, par le connaisseur le mieux disposé et le plus intelligent). Je me sentais consterné, réduit ; et mon esprit comme un fluide qui n'a de dimensions que celles du vase qu'on lui fournit, de même qu'il s'était dilaté jadis à remplir les capacités immenses du génie, contracté maintenant, tenait tout entier dans la médiocrité étroite où M. de Norpois l'avait soudain enfermé et restreint.

« Notre mise en présence, à Bergotte et à moi, ajouta-t-il en se tournant vers mon père, ne laissait pas que d'être assez épineuse (ce qui après tout est aussi une manière d'être piquante). Bergotte, voilà quelques années de cela, fit un voyage à Vienne, pendant que j'y étais ambassadeur ; il me fut présenté par la princesse de Metternich, vint s'inscrire et désirait être invité. Or, étant à l'étranger représentant de la France, à qui en somme il fait honneur par ses écrits, dans une certaine mesure, disons, pour être exacts, dans une mesure bien faible, j'aurais passé sur la triste opinion que j'ai de sa vie privée. Mais il ne voyageait pas seul et bien plus il prétendait ne pas être invité sans sa compagne. Je crois ne pas être plus pudibond qu'un autre et étant célibataire, je pouvais peut-être ouvrir un peu plus largement les portes de l'Ambassade que si j'eusse été marié et père de famille. Néanmoins, j'avoue qu'il y a un degré d'ignominie dont je ne saurais m'accommoder, et qui est rendu plus écœurant encore par le ton plus que moral, tranchons le mot, moralisateur, que prend Bergotte dans ses livres où on ne voit qu'analyses perpétuelles et d'ailleurs entre nous un peu languissantes, de scrupules douloureux, de remords maladifs, et, pour de simples peccadilles, de véritables prêchi-prêcha (on sait ce qu'en vaut l'aune) alors qu'il montre tant d'inconscience et de cynisme dans sa vie privée. Bref, j'éludai la réponse, la princesse revint à la charge, mais sans plus de succès. De sorte que je ne suppose pas que je doive être très en odeur de sainteté auprès du personnage, et je ne sais pas jusqu'à quel point il a apprécié l'attention de Swann de l'inviter en même temps que moi. À moins que ce ne soit lui qui l'ait demandé. On ne peut pas savoir, car au fond c'est un malade. C'est même sa seule excuse.

— Et est-ce que la fille de Mme Swann était à ce dîner ? » demandai-je à M. de Norpois, profitant pour faire cette question d'un moment où, comme on passait au salon, je pouvais dissimuler plus facilement mon émotion que je n'aurais fait à table, immobile et en pleine lumière.

M. de Norpois parut chercher un instant à se souvenir : « Oui, une jeune personne de quatorze à quinze ans ? En effet, je me souviens qu'elle m'a été présentée avant le dîner comme la fille de notre amphitryon. Je vous dirai que je l'ai peu vue, elle est allée se coucher de bonne heure. Ou elle allait chez des amies, je ne me rappelle pas bien. Mais je vois que vous êtes fort au courant de la maison Swann.

— Je joue avec Mlle Swann aux Champs-Élysées, elle est délicieuse.

— Ah ! voilà ! voilà ! Mais à moi, en effet, elle m'a paru charmante. Je vous avoue pourtant que je ne crois pas qu'elle approchera jamais de sa mère, si je peux dire cela sans blesser en vous un sentiment trop vif.

— Je préfère la figure de Mlle Swann, mais j'admire aussi énormément sa mère, je vais me promener au Bois rien que dans l'espoir de la voir passer.

— Ah ! mais je vais leur dire cela, elles seront très flattées. »

Pendant qu'il disait ces mots, M. de Norpois était, pour quelques secondes encore, dans la situation de toutes les personnes qui, m'entendant parler de Swann comme d'un homme intelligent, de ses parents comme d'agents de change honorables, de sa maison comme d'une belle maison, croyaient que je parlerais aussi volontiers d'un autre homme aussi intelligent, d'autres agents de change aussi honorables, d'une autre maison aussi belle ; c'est le moment où un homme sain d'esprit qui cause avec un fou ne s'est pas encore aperçu que c'est un fou. M. de Norpois savait qu'il n'y a rien que de naturel dans le plaisir de regarder les jolies femmes, qu'il est de bonne compagnie, dès que quelqu'un nous parle avec chaleur de l'une d'elles, de faire semblant de croire qu'il en est amoureux, de l'en plaisanter et de lui promettre de seconder ses desseins. Mais en disant qu'il parlerait de moi à Gilberte et à sa mère (ce qui me permettrait, comme une divinité de l'Olympe qui a pris la fluidité d'un souffle ou plutôt l'aspect du vieillard dont Minerve emprunte les traits, de pénétrer moi-même, invisible, dans le salon de Mme Swann, d'attirer son attention, d'occuper sa pensée, d'exciter sa reconnaissance pour mon admiration, de lui apparaître comme l'ami d'un homme important, de lui sembler à l'avenir digne d'être invité par elle et d'entrer dans l'intimité de sa famille), cet homme important qui allait user en ma faveur du grand prestige qu'il devait avoir aux yeux de Mme Swann, m'inspira subitement une tendresse si grande que j'eus peine à me retenir de ne pas embrasser ses douces mains blanches et fripées, qui avaient l'air d'être restées trop longtemps dans l'eau. J'en ébauchai presque le geste que je me crus seul à avoir remarqué. Il est difficile en effet à chacun de nous de calculer exactement à quelle échelle ses paroles ou ses mouvements apparaissent à autrui ; par peur de nous exagérer notre importance et en grandissant dans des proportions énormes le champ sur lequel sont obligés de s'étendre les souvenirs des autres au cours de leur vie, nous nous imaginons que les parties accessoires de notre discours, de nos attitudes, pénètrent à peine dans la conscience, à plus forte raison ne demeurent pas dans la mémoire de ceux avec qui nous causons. C'est d'ailleurs à une supposition de ce genre qu'obéissent les criminels quand ils retouchent après coup un mot qu'ils ont dit et duquel ils pensent qu'on ne pourra confronter cette variante à aucune autre version. Mais il est bien possible que, même en ce qui concerne la vie millénaire de l'humanité, la philosophie du feuilletoniste selon laquelle tout est promis à l'oubli soit moins vraie qu'une philosophie contraire qui prédirait la conservation de toutes choses. Dans le même journal où le moraliste du « Premier Paris[1] », nous dit d'un événement, d'un chef-d'œuvre, à plus forte raison d'une chanteuse qui eut « son heure de célébrité » : « Qui se souviendra de tout cela dans dix ans ? », à la troisième page, le compte rendu de l'Académie des inscriptions ne parle-t-il pas souvent d'un fait par lui-même moins important, d'un poème de peu de valeur, qui date de l'époque des Pharaons et qu'on connaît encore intégralement ? Peut-être n'en est-il pas tout à fait de même pour la courte vie humaine. Pourtant quelques années plus tard, dans une maison où M. de Norpois, qui s'y trouvait en visite, me semblait le plus solide appui que j'y puisse rencontrer, parce qu'il était ami de mon père, indulgent, porté à nous vouloir du bien à tous, d'ailleurs habitué par sa profession et ses origines à la discrétion, quand, une fois l'ambassadeur parti, on me raconta qu'il avait fait allusion à une soirée d'autrefois dans laquelle il avait « vu le moment où j'allais lui baiser les mains », je ne rougis pas seulement jusqu'aux oreilles, je fus stupéfait d'apprendre qu'étaient si différentes de ce que j'aurais cru, non seulement la façon dont M. de Norpois parlait de moi, mais encore la composition de ses souvenirs. Ce « potin » m'éclaira sur les proportions inattendues de distraction et de présence d'esprit, de mémoire et d'oubli dont est fait l'esprit humain ; et je fus aussi merveilleusement surpris que le jour où je lus pour la première fois, dans un livre de Maspero, qu'on savait exactement la liste des chasseurs qu'Assourbanipal invitait à ses battues, dix siècles avant Jésus-Christ[2].

« Oh ! Monsieur », dis-je à M. de Norpois quand il m'annonça qu'il ferait part à Gilberte et à sa mère de l'admiration que j'avais pour elles, « si vous faisiez cela, si vous parliez de moi à Mme Swann, ce ne serait pas assez de toute ma vie pour vous témoigner ma gratitude, et cette vie vous appartiendrait ! Mais je tiens à vous faire remarquer que je ne connais pas Mme Swann et que je ne lui ai jamais été présenté. »

J'avais ajouté ces derniers mots par scrupule et pour ne pas avoir l'air de m'être vanté d'une relation que je n'avais pas. Mais en les prononçant, je sentais qu'ils étaient déjà devenus inutiles, car dès le début de mon remerciement, d'une ardeur réfrigérante, j'avais vu passer sur le visage de l'ambassadeur une expression d'hésitation et de mécontentement et dans ses yeux ce regard vertical, étroit et oblique (comme, dans le dessin en perspective d'un solide, la ligne fuyante d'une de ses faces), regard qui s'adresse à cet interlocuteur invisible qu'on a en soi-même, au moment où on lui dit quelque chose que l'autre interlocuteur, le monsieur avec qui on parlait jusqu'ici — moi dans la circonstance — ne doit pas entendre. Je me rendis compte aussitôt que ces phrases que j'avais prononcées et qui, faibles encore auprès de l'effusion reconnaissante dont j'étais envahi, m'avaient paru devoir toucher M. de Norpois et achever de le décider à une intervention qui lui eût donné si peu de peine, et à moi tant de joie, étaient peut-être (entre toutes celles qu'eussent pu chercher diaboliquement des personnes qui m'eussent voulu du mal) les seules qui pussent avoir pour résultat de l'y faire renoncer. En les entendant en effet, de même qu'au moment où un inconnu, avec qui nous venions d'échanger agréablement des impressions que nous avions pu croire semblables sur des passants que nous nous accordions à trouver vulgaires, nous montre tout à coup l'abîme pathologique qui le sépare de nous en ajoutant négligemment tout en tâtant sa poche : « C'est malheureux que je n'aie pas mon revolver, il n'en serait pas resté un seul », M. de Norpois qui savait que rien n'était moins précieux ni plus aisé que d'être recommandé à Mme Swann et introduit chez elle, et qui vit que pour moi, au contraire, cela présentait un tel prix, par conséquent, sans doute, une grande difficulté, pensa que le désir, normal en apparence, que j'avais exprimé, devait dissimuler quelque pensée différente, quelque visée suspecte, quelque faute antérieure à cause de quoi, dans la certitude de déplaire à Mme Swann, personne n'avait jusqu'ici voulu se charger de lui transmettre une commission de ma part. Et je compris que cette commission, il ne la ferait jamais, qu'il pourrait voir Mme Swann quotidiennement pendant des années, sans pour cela lui parler une seule fois de moi. Il lui demanda cependant quelques jours plus tard un renseignement que je désirais et chargea mon père de me le transmettre. Mais il n'avait pas cru devoir dire pour qui il le demandait. Elle n'apprendrait donc pas que je connaissais M. de Norpois et que je souhaitais tant d'aller chez elle ; et ce fut peut-être un malheur moins grand que je ne croyais. Car la seconde de ces nouvelles n'eût probablement pas beaucoup ajouté à l'efficacité, d'ailleurs incertaine, de la première. Pour Odette, l'idée de sa propre vie et de sa demeure n'éveillant aucun trouble mystérieux, une personne qui la connaissait, qui allait chez elle, ne lui semblait pas un être fabuleux comme il le paraissait à moi qui aurais jeté dans les fenêtres des Swann une pierre si j'avais pu écrire sur elle que je connaissais M. de Norpois : j'étais persuadé qu'un tel message même transmis d'une façon aussi brutale, m'eût donné beaucoup plus de prestige aux yeux de la maîtresse de la maison qu'il ne l'eût indisposée contre moi. Mais, même si j'avais pu me rendre compte que la mission dont ne s'acquitta pas M. de Norpois fût restée sans utilité, bien plus, qu'elle eût pu me nuire auprès des Swann, je n'aurais pas eu le courage, s'il s'était montré consentant, d'en décharger l'ambassadeur et de renoncer à la volupté, si funestes qu'en pussent être les suites, que mon nom et ma personne se trouvassent ainsi un moment auprès de Gilberte, dans sa maison et sa vie inconnues.

Quand M. de Norpois fut parti, mon père jeta un coup d'œil sur le journal du soir ; je songeais de nouveau à la Berma. Le plaisir que j'avais eu à l'entendre exigeait d'autant plus d'être complété qu'il était loin d'égaler celui que je m'étais promis ; aussi s'assimilait-il immédiatement tout ce qui était susceptible de le nourrir, par exemple ces mérites que M. de Norpois avait reconnus à la Berma et que mon esprit avait bus d'un seul trait comme un pré trop sec sur qui on verse de l'eau. Or mon père me passa le journal en me désignant un entrefilet conçu en ces termes : « La représentation de *Phèdre* qui a été donnée devant une salle enthousiaste où on remarquait les principales notabilités du monde des arts et de la critique

a été pour Mme Berma qui jouait le rôle de Phèdre,
l'occasion d'un triomphe comme elle en a rarement connu
de plus éclatant au cours de sa prestigieuse carrière. Nous
reviendrons plus longuement sur cette représentation qui
constitue un véritable événement théâtral ; disons seulement que les juges les plus autorisés s'accordaient à
déclarer qu'une telle interprétation renouvelait entièrement le rôle de Phèdre, qui est un des plus beaux et des
plus fouillés de Racine, et constituait la plus pure et la
plus haute manifestation d'art à laquelle de notre temps
il ait été donné d'assister. » Dès que mon esprit eut conçu
cette idée nouvelle de « la plus pure et haute manifestation
d'art », celle-ci se rapprocha du plaisir imparfait que j'avais
éprouvé au théâtre, lui ajouta un peu de ce qui lui
manquait et leur réunion forma quelque chose de si
exaltant que je m'écriai : « Quelle grande artiste ! » Sans
doute on peut trouver que je n'étais pas absolument
sincère. Mais qu'on songe plutôt à tant d'écrivains qui,
mécontents du morceau qu'ils viennent d'écrire, s'ils lisent
un éloge du génie de Chateaubriand ou évoquent tel grand
artiste dont ils ont souhaité d'être l'égal, fredonnant par
exemple en eux-mêmes telle phrase de Beethoven de
laquelle ils comparent la tristesse à celle qu'ils ont voulu
mettre dans leur prose, se remplissent tellement de cette
idée de génie qu'ils l'ajoutent à leurs propres productions
en repensant à elles, ne les voient plus telles qu'elles leur
étaient apparues d'abord, et risquant un acte de foi dans
la valeur de leur œuvre se disent : « Après tout ! » sans
se rendre compte que, dans le total qui détermine leur
satisfaction finale, ils font entrer le souvenir de merveilleuses pages de Chateaubriand qu'ils assimilent aux leurs,
mais enfin qu'ils n'ont point écrites ; qu'on se rappelle tant
d'hommes qui croient en l'amour d'une maîtresse de qui
ils ne connaissent que les trahisons ; tous ceux aussi qui
espèrent alternativement soit une survie incompréhensible
dès qu'ils pensent, maris inconsolables, à une femme qu'ils
ont perdue et qu'ils aimaient encore, artistes, à la gloire
future de laquelle ils pourront jouir, soit un néant rassurant
quand leur intelligence se reporte au contraire aux fautes
que sans lui ils auraient à expier après leur mort ; qu'on
pense encore aux touristes qu'exalte la beauté d'ensemble
d'un voyage dont jour par jour ils n'ont éprouvé que de
l'ennui, et qu'on dise si dans la vie en commun que mènent

les idées au sein de notre esprit, il est une seule de celles
qui nous rendent le plus heureux qui n'ait été d'abord,
en véritable parasite, demander à une idée étrangère et
voisine le meilleur de la force qui lui manquait.

Ma mère ne parut pas très satisfaite que mon père ne
songeât plus pour moi à la « carrière ». Je crois que
soucieuse avant tout qu'une règle d'existence disciplinât
les caprices de mes nerfs, ce qu'elle regrettait, c'était moins
de me voir renoncer à la diplomatie que m'adonner à la
littérature. « Mais laisse donc, s'écria mon père, il faut
avant tout prendre du plaisir à ce qu'on fait. Or, il n'est
plus un enfant. Il sait bien maintenant ce qu'il aime, il
est peu probable qu'il change, et il est capable de se rendre
compte de ce qui le rendra heureux dans l'existence. »
En attendant que grâce à la liberté qu'elles m'octroyaient,
je fusse, ou non, heureux dans l'existence, les paroles de
mon père me firent ce soir-là bien de la peine. De tout
temps ses gentillesses imprévues m'avaient quand elles se
produisaient donné une telle envie d'embrasser au-dessus
de sa barbe ses joues colorées que si je n'y cédais pas,
c'était seulement par peur de lui déplaire. Aujourd'hui,
comme un auteur s'effraye de voir ses propres rêveries
qui lui paraissent sans grande valeur parce qu'il ne les
sépare pas de lui-même, obliger un éditeur à choisir un
papier, à employer des caractères peut-être trop beaux
pour elles, je me demandais si mon désir d'écrire était
quelque chose d'assez important pour que mon père
dépensât à cause de cela tant de bonté. Mais surtout en
parlant de mes goûts qui ne changeraient plus, de ce
qui était destiné à rendre mon existence heureuse, il
insinuait en moi deux terribles soupçons. Le premier c'était
que (alors que chaque jour je me considérais comme sur
le seuil de ma vie encore intacte et qui ne débuterait
que le lendemain matin) mon existence était déjà
commencée, bien plus, que ce qui en allait suivre ne
serait pas très différent de ce qui avait précédé. Le
second soupçon, qui n'était à vrai dire qu'une autre
forme du premier, c'est que je n'étais pas situé en
dehors du Temps, mais soumis à ses lois, tout comme ces
personnages de roman qui à cause de cela me jetaient dans
une telle tristesse quand je lisais leur vie, à Combray, au
fond de ma guérite d'osier. Théoriquement on sait que
la terre tourne, mais en fait on ne s'en aperçoit pas, le

sol sur lequel on marche semble ne pas bouger et on vit tranquille. Il en est ainsi du Temps dans la vie. Et pour rendre sa fuite sensible, les romanciers sont obligés en accélérant follement les battements de l'aiguille, de faire franchir au lecteur dix, vingt, trente ans, en deux minutes. Au haut d'une page on a quitté un amant plein d'espoir, au bas de la suivante on le retrouve octogénaire, accomplissant péniblement dans le préau d'un hospice sa promenade quotidienne, répondant à peine aux paroles qu'on lui adresse, ayant oublié le passé. En disant de moi : « Ce n'est plus un enfant, ses goûts ne changeront plus, etc. », mon père venait tout d'un coup de me faire apparaître à moi-même dans le Temps, et me causait le même genre de tristesse que si j'avais été non pas encore l'hospitalisé ramolli, mais ces héros dont l'auteur, sur un ton indifférent qui est particulièrement cruel, nous dit à la fin d'un livre : « Il quitte de moins en moins la campagne. Il a fini par s'y fixer définitivement, etc. »

Cependant, mon père, pour aller au-devant des critiques que nous aurions pu faire sur notre invité, dit à maman :

« J'avoue que le père Norpois a été un peu "poncif" comme vous dites. Quand il a dit qu'il aurait été "peu séant" de poser une question au comte de Paris, j'ai eu peur que vous ne vous mettiez à rire.

— Mais pas du tout, répondit ma mère, j'aime beaucoup qu'un homme de cette valeur et de cet âge ait gardé cette sorte de naïveté qui ne prouve qu'un fond d'honnêteté et de bonne éducation.

— Je crois bien ! Cela ne l'empêche pas d'être fin et intelligent, je le sais moi qui le vois à la Commission tout autre qu'il n'est ici », s'écria mon père, heureux de voir que maman appréciait M. de Norpois, et voulant lui persuader qu'il était encore supérieur à ce qu'elle croyait, parce que la cordialité surfait avec autant de plaisir qu'en prend la taquinerie à déprécier. « Comment a-t-il donc dit... "avec les princes on ne sait jamais..."

— Mais oui, comme tu dis là. J'avais remarqué, c'est très fin. On voit qu'il a une profonde expérience de la vie.

— C'est extraordinaire qu'il ait dîné chez les Swann et qu'il y ait trouvé en somme des gens réguliers, des fonctionnaires. Où est-ce que Mme Swann a pu aller pêcher tout ce monde-là ?

— As-tu remarqué avec quelle malice il a fait cette réflexion : "C'est une maison où il va surtout des hommes" ? »

Et tous deux cherchaient à reproduire la manière dont M. de Norpois avait dit cette phrase, comme ils auraient fait pour quelque intonation de Bressant ou de Thiron dans *L'Aventurière* ou dans *Le Gendre de M. Poirier*[1]. Mais de tous ses mots, le plus goûté le fut par Françoise qui, encore plusieurs années après, ne pouvait pas « tenir son sérieux » si on lui rappelait qu'elle avait été traitée par l'ambassadeur de « chef de premier ordre », ce que ma mère était allée lui transmettre comme un ministre de la Guerre les félicitations d'un souverain de passage après « la Revue ». Je l'avais d'ailleurs précédée à la cuisine. Car j'avais fait promettre à Françoise, pacifiste mais cruelle, qu'elle ne ferait pas trop souffrir le lapin qu'elle avait à tuer et je n'avais pas eu de nouvelles de cette mort ; Françoise m'assura qu'elle s'était passée le mieux du monde et très rapidement : « J'ai jamais vu une bête comme ça ; elle est morte sans dire seulement une parole, vous auriez dit qu'elle était muette. » Peu au courant du langage des bêtes, j'alléguai que le lapin ne criait peut-être pas, comme le poulet. « Attendez un peu voir, me dit Françoise indignée de mon ignorance, si les lapins ne crient pas autant comme les poulets. Ils ont même la voix bien plus forte. » Françoise accepta les compliments de M. de Norpois avec la fière simplicité, le regard joyeux et — fût-ce momentanément — intelligent, d'un artiste à qui on parle de son art. Ma mère l'avait envoyée autrefois dans certains grands restaurants voir comment on y faisait la cuisine. J'eus ce soir-là à l'entendre traiter les plus célèbres de gargotes le même plaisir qu'autrefois à apprendre, pour les artistes dramatiques, que la hiérarchie de leurs mérites n'était pas la même que celle de leurs réputations. « L'ambassadeur, lui dit ma mère, assure que nulle part on ne mange de bœuf froid et de soufflés comme les vôtres. » Françoise avec un air de modestie et de rendre hommage à la vérité, l'accorda, sans être, d'ailleurs, impressionnée par le titre d'ambassadeur ; elle disait de M. de Norpois, avec l'amabilité due à quelqu'un qui l'avait prise pour un « chef » : « C'est un bon vieux comme moi. » Elle avait bien cherché à l'apercevoir quand il était arrivé, mais sachant que maman détestait qu'on fût

derrière les portes ou aux fenêtres et pensant qu'elle
saurait par les autres domestiques ou par les concierges
qu'elle avait fait le guet (car Françoise ne voyait partout
que « jalousies » et « racontages » qui jouaient dans son
imagination le même rôle permanent et funeste que, pour
telles autres personnes, les intrigues des jésuites ou des
juifs), elle s'était contentée de regarder par la croisée de
la cuisine « pour ne pas avoir des raisons avec Madame »
et, sous l'aspect sommaire de M. de Norpois, elle avait
« cru M. Legrandin » à cause de son *agileté*, et bien qu'il
n'y eût pas un trait commun entre eux. « Mais enfin, lui
demanda ma mère, comment expliquez-vous que personne
ne fasse la gelée aussi bien que vous (quand vous le
voulez) ? — Je ne sais pas d'où ce que ça devient »,
répondit Françoise (qui n'établissait pas une démarcation
bien nette entre le verbe venir, au moins pris dans certaines
acceptions et le verbe devenir). Elle disait vrai du reste,
en partie, et n'était pas beaucoup plus capable — ou
désireuse — de dévoiler le mystère qui faisait la supériorité
de ses gelées ou de ses crèmes, qu'une grande élégante
pour ses toilettes, ou une grande cantatrice pour son chant.
Leurs explications ne nous disent pas grand-chose ; il en
était de même des recettes de notre cuisinière. « Ils font
cuire trop à la va-vite, répondit-elle en parlant des grands
restaurateurs, et puis pas tout ensemble. Il faut que le
bœuf, il devienne comme une éponge, alors il boit tout
le jus jusqu'au fond. Pourtant il y avait un de ces Cafés
où il me semble qu'on savait bien un peu faire la cuisine.
Je ne dis pas que c'était tout à fait ma gelée, mais c'était
fait bien doucement et les soufflés ils avaient bien de la
crème. — Est-ce Henry ? » demanda mon père qui nous
avait rejoints et appréciait beaucoup le restaurant de la
place Gaillon où il avait à dates fixes des repas de corps.
« Oh non ! dit Françoise avec une douceur qui cachait un
profond dédain, je parlais d'un petit restaurant. Chez cet
Henry, c'est très bon bien sûr, mais c'est pas un restaurant,
c'est plutôt... un bouillon ! — Weber ? — Ah ! non,
monsieur, je voulais dire un bon restaurant. Weber c'est
dans la rue Royale, ce n'est pas un restaurant, c'est une
brasserie. Je ne sais pas si ce qu'ils vous donnent est servi.
Je crois qu'ils n'ont même pas de nappe, ils posent cela
comme cela sur la table, va comme je te pousse.
— Cirro[1] ? » Françoise sourit : « Oh ! là je crois qu'en

fait de cuisine il y a surtout des dames du monde. (Monde signifiait pour Françoise demi-monde.) Dame, il faut ça pour la jeunesse. » Nous nous apercevions qu'avec son air de simplicité Françoise était pour les cuisiniers célèbres une plus terrible « camarade » que ne peut l'être l'actrice la plus envieuse et la plus infatuée. Nous sentîmes pourtant qu'elle avait un sentiment juste de son art et le respect des traditions, car elle ajouta : « Non, je veux dire un restaurant où c'est qu'il y avait l'air d'avoir une bien bonne petite cuisine bourgeoise. C'est une maison encore assez conséquente. Ça travaillait beaucoup. Ah ! on en ramassait des sous là dedans (Françoise économe comptait par sous, non par louis comme les décavés). Madame connaît bien là-bas à droite, sur les grands boulevards, un peu en arrière... » Le restaurant dont elle parlait avec cette équité mêlée d'orgueil et de bonhomie, c'était... le café Anglais[1].

Quand vint le 1er janvier, je fis d'abord des visites de famille avec maman, qui, pour ne pas me fatiguer, les avait d'avance (à l'aide d'un itinéraire tracé par mon père) classées par quartier plutôt que selon le degré exact de la parenté. Mais à peine entrés dans le salon d'une cousine assez éloignée qui avait comme raison de passer d'abord que sa demeure ne le fût pas de la nôtre, ma mère était épouvantée en voyant, ses marrons glacés ou déguisés à la main, le meilleur ami du plus susceptible de mes oncles auquel il allait rapporter que nous n'avions pas commencé notre tournée par lui. Cet oncle serait sûrement blessé ; il n'eût trouvé que naturel que nous allassions de la Madeleine au jardin des Plantes où il habitait avant de nous arrêter à Saint-Augustin pour repartir rue de l'École-de-Médecine.

Les visites finies (ma grand-mère dispensait que nous en fissions une chez elle, comme nous y dînions ce jour-là), je courus jusqu'aux Champs-Élysées porter à notre marchande pour qu'elle la remît à la personne qui venait plusieurs fois par semaine de chez les Swann y chercher du pain d'épices, la lettre que dès le jour où mon amie m'avait fait tant de peine, j'avais décidé de lui envoyer au nouvel An, et dans laquelle je lui disais que notre amitié ancienne disparaissait avec l'année finie, que j'oubliais mes griefs et mes déceptions et qu'à partir du 1er janvier, c'était

une amitié neuve que nous allions bâtir, si solide que rien
ne la détruirait, si merveilleuse que j'espérais que Gilberte
mettrait quelque coquetterie à lui garder toute sa beauté
et à m'avertir à temps comme je promettais de le faire
moi-même, aussitôt que surviendrait le moindre péril qui
pourrait l'endommager. En rentrant, Françoise me fit
arrêter, au coin de la rue Royale, devant un étalage en
plein vent où elle choisit, pour ses propres étrennes, des
photographies de Pie IX et de Raspail[1] et où, pour ma
part, j'en achetai une de la Berma. Les innombrables
admirations qu'excitait l'artiste donnaient quelque chose
d'un peu pauvre à ce visage unique qu'elle avait pour y
répondre, immuable et précaire comme ce vêtement des
personnes qui n'en ont pas de rechange, et où elle ne
pouvait exhiber toujours que le petit pli au-dessus de la
lèvre supérieure, le relèvement des sourcils, quelques
autres particularités physiques, toujours les mêmes qui, en
somme, étaient à la merci d'une brûlure ou d'un choc.
Ce visage, d'ailleurs, ne m'eût pas à lui seul semblé beau,
mais il me donnait l'idée et par conséquent, l'envie de
l'embrasser à cause de tous les baisers qu'il avait dû
supporter et que, du fond de la « carte-album », il
semblait appeler encore par ce regard coquettement tendre
et ce sourire artificieusement ingénu. Car la Berma devait
ressentir effectivement pour bien des jeunes hommes ces
désirs qu'elle avouait sous le couvert du personnage de
Phèdre et dont tout, même le prestige de son nom qui
ajoutait à sa beauté et prorogeait sa jeunesse, devait lui
rendre l'assouvissement si facile. Le soir tombait, je
m'arrêtai devant une colonne de théâtre où était affichée
la représentation que la Berma donnait pour le 1er janvier.
Il soufflait un vent humide et doux. C'était un temps que
je connaissais ; j'eus la sensation et le pressentiment que
le jour de l'An n'était pas un jour différent des autres,
qu'il n'était pas le premier d'un monde nouveau où j'aurais
pu, avec une chance encore intacte, refaire la connaissance
de Gilberte comme au temps de la Création, comme s'il
n'existait pas encore de passé, comme si eussent été
anéanties, avec les indices qu'on aurait pu en tirer pour
l'avenir, les déceptions qu'elle m'avait parfois causées :
un nouveau monde où rien ne subsistât de l'ancien... rien
qu'une chose : mon désir que Gilberte m'aimât. Je compris
que si mon cœur souhaitait ce renouvellement autour de

lui d'un univers qui ne l'avait pas satisfait, c'est que lui,
mon cœur, n'avait pas changé, et je me dis qu'il n'y avait
pas de raison pour que celui de Gilberte eût changé
davantage ; je sentis que cette nouvelle amitié c'était la
même, comme ne sont pas séparées des autres par un fossé
les années nouvelles que notre désir, sans pouvoir les
atteindre et les modifier, recouvre à leur insu d'un nom
différent. J'avais beau dédier celle-ci à Gilberte, et comme
on superpose une religion aux lois aveugles de la nature,
essayer d'imprimer au jour de l'An l'idée particulière que
je m'étais faite de lui, c'était en vain ; je sentais qu'il ne
savait pas qu'on l'appelât le jour de l'An, qu'il finissait dans
le crépuscule d'une façon qui ne m'était pas nouvelle :
dans le vent doux qui soufflait autour de la colonne
d'affiches, j'avais reconnu, j'avais senti reparaître la matière
éternelle et commune, l'humidité familière, l'ignorante
fluidité des anciens jours.

Je revins à la maison. Je venais de vivre le 1er janvier
des hommes vieux qui diffèrent ce jour-là des jeunes, non
parce qu'on ne leur donne plus d'étrennes, mais parce
qu'ils ne croient plus au nouvel An. Des étrennes j'en avais
reçu mais non pas les seules qui m'eussent fait plaisir et
qui eussent été un mot de Gilberte. J'étais pourtant jeune
encore tout de même puisque j'avais pu lui en écrire un
par lequel j'espérais en lui disant les rêves solitaires de
ma tendresse en éveiller de pareils en elle. La tristesse des
hommes qui ont vieilli c'est de ne pas même songer à écrire
de telles lettres dont ils ont appris l'inefficacité.

Quand je fus couché, les bruits de la rue, qui se
prolongeaient plus tard ce soir de fête, me tinrent éveillé.
Je pensais à tous les gens qui finiraient leur nuit dans les
plaisirs, à l'amant, à la troupe de débauchés peut-être, qui
avaient dû aller chercher la Berma à la fin de cette
représentation que j'avais vue annoncée pour le soir. Je
ne pouvais même pas, pour calmer l'agitation que cette
idée faisait naître en moi dans cette nuit d'insomnie, me
dire que la Berma ne pensait peut-être pas à l'amour,
puisque les vers qu'elle récitait, qu'elle avait longuement
étudiés, lui rappelaient à tous moments qu'il est délicieux,
comme elle le savait d'ailleurs si bien qu'elle en faisait
apparaître les troubles bien connus — mais doués d'une
violence nouvelle et d'une douceur insoupçonnée — à des
spectateurs émerveillés dont chacun pourtant les avait

ressentis par soi-même. Je rallumai ma bougie éteinte pour regarder encore une fois son visage. À la pensée qu'il était sans doute en ce moment caressé par ces hommes que je ne pouvais empêcher de donner à la Berma, et de recevoir d'elle, des joies surhumaines et vagues, j'éprouvais un émoi plus cruel qu'il n'était voluptueux, une nostalgie que vint aggraver le son du cor, comme on l'entend la nuit de la Mi-Carême, et souvent des autres fêtes, et qui, parce qu'il est alors sans poésie, est plus triste, sortant d'un mastroquet, que « le soir au fond des bois¹ ». À ce moment-là un mot de Gilberte n'eût peut-être pas été ce qu'il m'eût fallu. Nos désirs vont s'interférant, et dans la confusion de l'existence, il est rare qu'un bonheur vienne justement se poser sur le désir qui l'avait réclamé.

Je continuai à aller aux Champs-Élysées les jours de beau temps, par des rues dont les maisons élégantes et roses baignaient, parce que c'était le moment de la grande vogue des Expositions d'aquarellistes², dans un ciel mobile et léger. Je mentirais en disant que dans ce temps-là les palais de Gabriel m'aient paru d'une plus grande beauté ni même d'une autre époque que les hôtels avoisinants. Je trouvais plus de style et aurais cru plus d'ancienneté sinon au palais de l'Industrie, du moins à celui du Trocadéro³. Plongée dans un sommeil agité, mon adolescence enveloppait d'un même rêve tout le quartier où elle le promenait, et je n'avais jamais songé qu'il pût y avoir un édifice du XVIIIᵉ siècle dans la rue Royale, de même que j'aurais été étonné si j'avais appris que la porte Saint-Martin et la porte Saint-Denis, chefs-d'œuvre du temps de Louis XIV, n'étaient pas contemporains des immeubles les plus récents de ces arrondissements sordides. Une seule fois un des palais de Gabriel me fit arrêter longuement ; c'est que la nuit étant venue, ses colonnes dématérialisées par le clair de lune avaient l'air découpées dans du carton et me rappelant un décor de l'opérette *Orphée aux Enfers*⁴, me donnaient pour la première fois une impression de beauté.

Gilberte cependant ne revenait toujours pas aux Champs-Élysées. Et pourtant j'aurais eu besoin de la voir, car je ne me rappelais même pas sa figure. La manière chercheuse, anxieuse, exigeante que nous avons de regarder la personne que nous aimons, notre attente de la parole qui nous donnera ou nous ôtera l'espoir d'un rendez-vous pour le lendemain, et, jusqu'à ce que cette

parole soit dite, notre imagination alternative, sinon
simultanée, de la joie et du désespoir, tout cela rend notre
attention en face de l'être aimé trop tremblante pour
qu'elle puisse obtenir de lui une image bien nette.
Peut-être aussi cette activité de tous les sens à la fois et
qui essaye de connaître avec les regards seuls ce qui est
au-delà d'eux, est-elle trop indulgente aux mille formes,
à toutes les saveurs, aux mouvements de la personne
vivante que d'habitude, quand nous n'aimons pas, nous
immobilisons. Le modèle chéri, au contraire, bouge ; on
n'en a jamais que des photographies manquées. Je ne savais
vraiment plus comment étaient faits les traits de Gilberte
sauf dans les moments divins où elle les dépliait pour moi :
je ne me rappelais que son sourire. Et ne pouvant revoir
ce visage bien-aimé, quelque effort que je fisse pour m'en
souvenir, je m'irritais de trouver, dessinés dans ma
mémoire avec une exactitude définitive, les visages inutiles
et frappants de l'homme des chevaux de bois et de la
marchande de sucre d'orge : ainsi ceux qui ont perdu un
être aimé qu'ils ne revoient jamais en dormant, s'exaspè-
rent de rencontrer sans cesse dans leurs rêves tant de gens
insupportables et que c'est déjà trop d'avoir connus dans
l'état de veille. Dans leur impuissance à se représenter
l'objet de leur douleur, ils s'accusent presque de n'avoir
pas de douleur. Et moi je n'étais pas loin de croire que
ne pouvant me rappeler les traits de Gilberte, je l'avais
oubliée elle-même, je ne l'aimais plus. Enfin elle revint
jouer presque tous les jours, mettant devant moi de
nouvelles choses à désirer, à lui demander, pour le
lendemain, faisant bien chaque jour en ce sens-là, de ma
tendresse une tendresse nouvelle. Mais une chose changea
une fois de plus et brusquement la façon dont tous les
après-midi vers deux heures se posait le problème de mon
amour. M. Swann avait-il surpris la lettre que j'avais écrite
à sa fille, ou Gilberte ne faisait-elle que m'avouer
longtemps après, et afin que je fusse plus prudent, un état
de choses déjà ancien ? Comme je lui disais combien
j'admirais son père et sa mère, elle prit cet air vague, plein
de réticences et de secret qu'elle avait quand on lui parlait
de ce qu'elle avait à faire, de ses courses et de ses visites,
et tout d'un coup finit par me dire : « Vous savez, ils ne
vous gobent pas ! » et glissante comme une ondine — elle
était ainsi — elle éclata de rire. Souvent son rire en

désaccord avec ses paroles semblait, comme fait la musique, décrire dans un autre plan une surface invisible. M. et Mme Swann ne demandaient pas à Gilberte de cesser de jouer avec moi, mais eussent autant aimé, pensait-elle, que cela n'eût pas commencé. Ils ne voyaient pas mes relations avec elle d'un œil favorable, ne me croyaient pas d'une grande moralité et s'imaginaient que je ne pouvais exercer sur leur fille qu'une mauvaise influence. Ce genre de jeunes gens peu scrupuleux auxquels Swann me croyait ressembler, je me les représentais comme détestant les parents de la jeune fille qu'ils aiment, les flattant quand ils sont là, mais se moquant d'eux avec elle, la poussant à leur désobéir et quand ils ont une fois conquis leur fille, les privant même de la voir. À ces traits (qui ne sont jamais ceux sous lesquels le plus grand misérable se voit lui-même) avec quelle violence mon cœur opposait ces sentiments dont il était animé à l'égard de Swann, si passionnés au contraire que je ne doutais pas que, s'il les eût soupçonnés, il ne se fût repenti de son jugement à mon égard comme d'une erreur judiciaire ! Tout ce que je ressentais pour lui, j'osai le lui écrire dans une longue lettre que je confiai à Gilberte en la priant de la lui remettre. Elle y consentit. Hélas ! il voyait donc en moi un plus grand imposteur encore que je ne pensais ; ces sentiments que j'avais cru peindre, en seize pages, avec tant de vérité, il en avait donc douté : la lettre que je lui écrivis, aussi ardente et aussi sincère que les paroles que j'avais dites à M. de Norpois, n'eut pas plus de succès. Gilberte me raconta le lendemain, après m'avoir emmené à l'écart derrière un massif de lauriers, dans une petite allée où nous nous assîmes chacun sur une chaise, qu'en lisant la lettre, qu'elle me rapportait, son père avait haussé les épaules en disant : « Tout cela ne signifie rien, cela ne fait que prouver combien j'ai raison. » Moi qui savais la pureté de mes intentions, la bonté de mon âme, j'étais indigné que mes paroles n'eussent même pas effleuré l'absurde erreur de Swann. Car que ce fût une erreur, je n'en doutais pas alors. Je sentais que j'avais décrit avec tant d'exactitude certaines caractéristiques irrécusables de mes sentiments généreux que, pour que d'après elles Swann ne les eût pas aussitôt reconstitués, ne fût pas venu me demander pardon et avouer qu'il s'était trompé, il fallait que ces nobles sentiments, il ne les eût lui-même jamais ressentis, ce qui devait le rendre incapable de les comprendre chez les autres.

Or, peut-être simplement Swann savait-il que la générosité n'est souvent que l'aspect intérieur que prennent nos sentiments égoïstes quand nous ne les avons pas encore nommés et classés. Peut-être avait-il reconnu dans la sympathie que je lui exprimais un simple effet — et une confirmation enthousiaste — de mon amour pour Gilberte, par lequel — et non par ma vénération secondaire pour lui — seraient fatalement dans la suite dirigés mes actes. Je ne pouvais partager ses prévisions, car je n'avais pas réussi à abstraire de moi-même mon amour, à le faire rentrer dans la généralité des autres et à en supputer expérimentalement les conséquences ; j'étais désespéré. Je dus quitter un instant Gilberte, Françoise m'ayant appelé. Il me fallut l'accompagner dans un petit pavillon treillissé de vert, assez semblable aux bureaux d'octroi désaffectés du vieux Paris et dans lequel étaient depuis peu installés ce qu'on appelle en Angleterre un lavabo, et en France, par une anglomanie mal informée, des water-closets. Les murs humides et anciens de l'entrée où je restai à attendre Françoise dégageaient une fraîche odeur de renfermé qui, m'allégeant aussitôt des soucis que venaient de faire naître en moi les paroles de Swann rapportées par Gilberte, me pénétra d'un plaisir non pas de la même espèce que les autres, lesquels nous laissent plus instables, incapables de les retenir, de les posséder, mais au contraire d'un plaisir consistant auquel je pouvais m'étayer, délicieux, paisible, riche d'une vérité durable, inexpliquée et certaine. J'aurais voulu, comme autrefois dans mes promenades du côté de Guermantes, essayer de pénétrer le charme de cette impression qui m'avait saisi et rester immobile à interroger cette émanation vieillotte qui me proposait non de jouir du plaisir qu'elle ne me donnait que par surcroît, mais de descendre dans la réalité qu'elle ne m'avait pas dévoilée. Mais la tenancière de l'établissement, vieille dame à joues plâtrées et à perruque rousse, se mit à me parler. Françoise la croyait « tout à fait bien de chez elle ». Sa demoiselle avait épousé ce que Françoise appelait « un jeune homme de famille », par conséquent quelqu'un qu'elle trouvait plus différent d'un ouvrier que Saint-Simon un duc d'un homme « sorti de la lie du peuple[1] ». Sans doute la tenancière avant de l'être avait eu des revers. Mais Françoise assurait qu'elle était marquise et appartenait à la famille de Saint-Ferréol. Cette marquise me conseilla de ne pas rester au frais et m'ouvrit même un cabinet en me disant : « Vous ne voulez pas entrer ? en voici un tout propre, pour vous ce sera gratis. » Elle le faisait peut-être seulement comme les demoiselles de chez Gouache[1], quand nous venions faire une commande, m'offraient un des bonbons qu'elles avaient sur le comptoir sous des cloches de verre et que maman me défendait, hélas ! d'accepter ; peut-être aussi moins inno-cemment comme telle vieille fleuriste par qui maman faisait remplir ses « jardinières » et qui me donnait une rose en roulant des yeux doux. En tous cas, si la « marquise » avait du goût pour les jeunes garçons, en leur ouvrant la porte hypogéenne de ces cubes de pierre où les hommes sont accroupis comme des sphinx, elle devait chercher dans ses générosités moins l'espérance de les corrompre que le plaisir qu'on éprouve à se montrer vainement prodigue envers ce qu'on aime, car je n'ai jamais vu auprès d'elle d'autre visiteur qu'un vieux garde forestier du jardin.

Un instant après je prenais congé de la « marquise », accompagné de Françoise, et je quittai cette dernière pour retourner auprès de Gilberte. Je l'aperçus tout de suite, sur une chaise, derrière le massif de lauriers. C'était pour ne pas être vue de ses amies : on jouait à cache-cache. J'allai m'asseoir à côté d'elle. Elle avait une toque plate qui descendait assez bas sur ses yeux, leur donnant ce même regard « en dessous », rêveur et fourbe que je lui avais vu la première fois à Combray. Je lui demandai s'il n'y avait pas moyen que j'eusse une explication verbale avec son père. Gilberte me dit qu'elle la lui avait proposée, mais qu'il la jugeait inutile. « Tenez, ajouta-t-elle, ne me laissez pas votre lettre, il faut rejoindre les autres puisqu'ils ne m'ont pas trouvée. »

Si Swann était arrivé alors avant même que je l'eusse reprise, cette lettre de la sincérité de laquelle je trouvais qu'il avait été si insensé de ne pas s'être laissé persuader, peut-être aurait-il vu que c'était lui qui avait raison. Car m'approchant de Gilberte qui, renversée sur sa chaise, me disait de prendre la lettre et ne me la tendait pas, je me sentis si attiré par son corps que je lui dis :

« Voyons, empêchez-moi de l'attraper, nous allons voir qui sera le plus fort. »

Elle la mit dans son dos, je passai mes mains derrière son cou, en soulevant les nattes de cheveux qu'elle portait sur les épaules, soit que ce fût encore de son âge, soit que sa mère voulût la faire paraître plus longtemps enfant, afin de se rajeunir elle-même ; nous luttions, arc-boutés. Je tâchais de l'attirer, elle résistait ; ses pommettes enflammées par l'effort étaient rouges et rondes comme des cerises ; elle riait comme si je l'eusse chatouillée ; je la tenais serrée entre mes jambes comme un arbuste après lequel j'aurais voulu grimper ; et, au milieu de la gymnastique que je faisais, sans qu'en fût à peine augmenté l'essoufflement que me donnaient l'exercice musculaire et l'ardeur du jeu, je répandis, comme quelques gouttes de sueur arrachées par l'effort, mon plaisir auquel je ne pus pas même m'attarder le temps d'en connaître le goût ; aussitôt je pris la lettre. Alors, Gilberte me dit avec bonté :

« Vous savez, si vous voulez, nous pouvons lutter encore un peu. »

Peut-être avait-elle obscurément senti que mon jeu avait un autre objet que celui que j'avais avoué, mais n'avait-elle pas su remarquer que je l'avais atteint. Et moi qui craignais qu'elle s'en fût aperçue (et un certain mouvement rétractile et contenu de pudeur offensée qu'elle eut un instant après, me donna à penser que je n'avais pas eu tort de le craindre), j'acceptai de lutter encore, de peur qu'elle pût croire que je ne m'étais pas proposé d'autre but que celui après quoi je n'avais plus envie que de rester tranquille auprès d'elle.

En rentrant, j'aperçus, je me rappelai brusquement l'image, cachée jusque-là, dont m'avait approché, sans me la laisser voir ni reconnaître, le frais, sentant presque la suie, du pavillon treillagé. Cette image était celle de la petite pièce de mon oncle Adolphe, à Combray, laquelle exhalait en effet le même parfum d'humidité. Mais je ne pus comprendre, et je remis à plus tard de chercher pourquoi le rappel d'une image si insignifiante m'avait donné une telle félicité. En attendant, il me sembla que je méritais vraiment le dédain de M. de Norpois : j'avais préféré jusqu'ici à tous les écrivains celui qu'il appelait un simple « joueur de flûte » et une véritable exaltation m'avait été communiquée, non par quelque idée importante, mais par une odeur de moisi.

Depuis quelque temps, dans certaines familles, le nom

des Champs-Élysées, si quelque visiteur le prononçait, était accueilli par les mères avec l'air malveillant qu'elles réservent à un médecin réputé auquel elles prétendent avoir vu faire trop de diagnostics erronés pour avoir encore confiance en lui ; on assurait que ce jardin ne réussissait pas aux enfants, qu'on pouvait citer plus d'un mal de gorge, plus d'une rougeole et nombre de fièvres dont il était responsable. Sans mettre ouvertement en doute la tendresse de maman qui continuait à m'y envoyer, certaines de ses amies déploraient du moins son aveuglement.

Les névropathes sont peut-être, malgré l'expression consacrée, ceux qui « s'écoutent » le moins : ils entendent en eux tant de choses dont ils se rendent compte ensuite qu'ils avaient eu tort de s'alarmer, qu'ils finissent par ne plus faire attention à aucune. Leur système nerveux leur a si souvent crié : « Au secours ! » comme pour une grave maladie, quand tout simplement il allait tomber de la neige ou qu'on allait changer d'appartement, qu'ils prennent l'habitude de ne pas plus tenir compte de ces avertissements qu'un soldat, lequel dans l'ardeur de l'action, les perçoit si peu, qu'il est capable, étant mourant, de continuer encore quelques jours à mener la vie d'un homme en bonne santé. Un matin, portant coordonnés en moi mes malaises habituels, de la circulation constante et intestine desquels je tenais toujours mon esprit détourné aussi bien que de celle de mon sang, je courais allégrement vers la salle à manger où mes parents étaient déjà à table, et — m'étant dit comme d'ordinaire qu'avoir froid peut signifier non qu'il faut se chauffer, mais par exemple qu'on a été grondé, et ne pas avoir faim, qu'il va pleuvoir et non qu'il ne faut pas manger — je me mettais à table, quand, au moment d'avaler la première bouchée d'une côtelette appétissante, une nausée, un étourdissement m'arrêtèrent, réponse fébrile d'une maladie commencée, dont la glace de mon indifférence avait masqué, retardé les symptômes, mais qui refusait obstinément la nourriture que je n'étais pas en état d'absorber. Alors, dans la même seconde, la pensée que l'on m'empêcherait de sortir si l'on s'apercevait que j'étais malade me donna, comme l'instinct de conservation à un blessé, la force de me traîner jusqu'à ma chambre où je vis que j'avais 40° de fièvre, et ensuite de me préparer pour aller aux Champs-Élysées. À travers

le corps languissant et perméable dont elle était enveloppée, ma pensée souriante rejoignait, exigeait le plaisir si
doux d'une partie de barres avec Gilberte, et une heure
plus tard, me soutenant à peine, mais heureux à côté d'elle,
j'avais la force de le goûter encore.

Françoise, au retour, déclara que je m'étais « trouvé
indisposé », que j'avais dû prendre un « chaud et froid »,
et le docteur, aussitôt appelé, déclara « préférer » la
« sévérité », la « virulence » de la poussée fébrile qui
accompagnait ma congestion pulmonaire et ne serait
« qu'un feu de paille » à des formes plus « insidieuses »
et « larvées ». Depuis longtemps déjà j'étais sujet à des
étouffements et notre médecin, malgré la désapprobation
de ma grand-mère, qui me voyait déjà mourant alcoolique,
m'avait conseillé outre la caféine qui m'était prescrite pour
m'aider à respirer, de prendre de la bière, du champagne
ou du cognac quand je sentais venir une crise. Celles-ci
avorteraient, disait-il, dans l'« euphorie » causée par
l'alcool. J'étais souvent obligé pour que ma grand-mère
permît qu'on m'en donnât, de ne pas dissimuler, de faire
presque montre de mon état de suffocation. D'ailleurs, dès
que je le sentais s'approcher, toujours incertain des
proportions qu'il prendrait, j'en étais inquiet à cause de
la tristesse de ma grand-mère que je craignais beaucoup
plus que ma souffrance. Mais en même temps mon corps,
soit qu'il fût trop faible pour garder seul le secret de
celle-ci, soit qu'il redoutât que dans l'ignorance du mal
imminent on exigeât de moi quelque effort qui lui eût été
impossible ou dangereux, me donnait le besoin d'avertir
ma grand-mère de mes malaises avec une exactitude où
je finissais par mettre une sorte de scrupule physiologique.
Apercevais-je en moi un symptôme fâcheux que je n'avais
pas encore discerné, mon corps était en détresse tant que
je ne l'avais pas communiqué à ma grand-mère. Feignait-
elle de n'y prêter aucune attention, il me demandait
d'insister. Parfois j'allais trop loin ; et le visage aimé qui
n'était plus toujours aussi maître de ses émotions qu'autrefois, laissait paraître une expression de pitié, une
contraction douloureuse. Alors mon cœur était torturé par
la vue de la peine qu'elle avait : comme si mes baisers
eussent dû effacer cette peine, comme si ma tendresse eût
pu donner à ma grand-mère autant de joie que mon
bonheur, je me jetais dans ses bras. Et les scrupules étant

d'autre part apaisés par la certitude qu'elle connaissait le malaise ressenti, mon corps ne faisait pas opposition à ce que je la rassurasse. Je protestais que ce malaise n'avait rien de pénible, que je n'étais nullement à plaindre, qu'elle pouvait être certaine que j'étais heureux ; mon corps avait voulu obtenir exactement ce qu'il méritait de pitié et pourvu qu'on sût qu'il avait une douleur en son côté droit, il ne voyait pas d'inconvénient à ce que je déclarasse que cette douleur n'était pas un mal et n'était pas pour moi un obstacle au bonheur, mon corps ne se piquant pas de philosophie ; elle n'était pas de son ressort. J'eus presque chaque jour de ces crises d'étouffement pendant ma convalescence. Un soir que ma grand-mère m'avait laissé assez bien, elle rentra dans ma chambre très tard dans la soirée, et s'apercevant que la respiration me manquait : « Oh ! mon Dieu, comme tu souffres », s'écria-t-elle, les traits bouleversés. Elle me quitta aussitôt, j'entendis la porte cochère, et elle rentra un peu plus tard avec du cognac qu'elle était allée acheter parce qu'il n'y en avait pas à la maison. Bientôt je commençai à me sentir heureux. Ma grand-mère, un peu rouge, avait l'air gêné, et ses yeux une expression de lassitude et de découragement.

« J'aime mieux te laisser et que tu profites un peu de ce mieux », me dit-elle, en me quittant brusquement. Je l'embrassai pourtant et je sentis sur ses joues fraîches quelque chose de mouillé dont je ne sus pas si c'était l'humidité de l'air nocturne qu'elle venait de traverser. Le lendemain, elle ne vint que le soir dans ma chambre parce qu'elle avait eu, me dit-on, à sortir. Je trouvai que c'était montrer bien de l'indifférence pour moi, et je me retins pour ne pas la lui reprocher.

Mes suffocations ayant persisté alors que ma congestion depuis longtemps finie ne les expliquait plus, mes parents firent venir en consultation le professeur Cottard. Il ne suffit pas à un médecin appelé dans des cas de ce genre d'être instruit. Mis en présence de symptômes qui peuvent être ceux de trois ou quatre maladies différentes, c'est en fin de compte son flair, son coup d'œil qui décident à laquelle malgré les apparences à peu près semblables il y a chance qu'il ait à faire. Ce don mystérieux n'implique pas de supériorité dans les autres parties de l'intelligence et un être d'une grande vulgarité, aimant la plus mauvaise peinture, la plus mauvaise musique, n'ayant aucune

curiosité d'esprit, peut parfaitement le posséder. Dans mon
cas ce qui était matériellement observable pouvait aussi
bien être causé par des spasmes nerveux, par un
commencement de tuberculose, par de l'asthme, par une
dyspnée toxi-alimentaire avec insuffisance rénale, par de
la bronchite chronique, par un état complexe dans lequel
seraient entrés plusieurs de ces facteurs. Or les spasmes
nerveux demandaient à être traités par le mépris, la
tuberculose par de grands soins et par un genre de
suralimentation qui eût été mauvais pour un état arthritique comme l'asthme et eût pu devenir dangereux en cas
de dyspnée toxi-alimentaire laquelle exige un régime qui
en revanche serait néfaste pour un tuberculeux. Mais les
hésitations de Cottard furent courtes et ses prescriptions
impérieuses : « Purgatifs violents et drastiques, lait
pendant plusieurs jours, rien que du lait. Pas de viande,
pas d'alcool. » Ma mère murmura que j'avais pourtant
bien besoin d'être reconstitué, que j'étais déjà assez
nerveux, que cette purge de cheval et ce régime me
mettraient à bas. Je vis aux yeux de Cottard, aussi inquiets
que s'il avait peur de manquer le train, qu'il se demandait
s'il ne s'était pas laissé aller à sa douceur naturelle. Il tâchait
de se rappeler s'il avait pensé à prendre un masque froid,
comme on cherche une glace pour regarder si on n'a pas
oublié de nouer sa cravate. Dans le doute et pour faire,
à tout hasard, compensation, il répondit grossièrement :
« Je n'ai pas l'habitude de répéter deux fois mes
ordonnances. Donnez-moi une plume. Et surtout au lait.
Plus tard, quand nous aurons jugulé les crises et l'agrypnie,
je veux bien que vous preniez quelques potages, puis des
purées, mais toujours au lait, au lait. Cela vous plaira,
puisque l'Espagne est à la mode, ollé ! ollé ! (Ses élèves
connaissaient bien ce calembour qu'il faisait à l'hôpital
chaque fois qu'il mettait un cardiaque ou un hépatique
au régime lacté.) Ensuite vous reviendrez progressivement
à la vie commune. Mais chaque fois que la toux et les
étouffements recommenceront, purgatifs, lavages intesti-
naux, lit, lait. » Il écouta d'un air glacial, sans y répondre,
les dernières objections de ma mère, et comme il nous
quitta sans avoir daigné expliquer les raisons de ce régime,
mes parents le jugèrent sans rapport avec mon cas,
inutilement affaiblissant et ne me le firent pas essayer. Ils
cherchèrent naturellement à cacher au professeur leur

désobéissance, et pour y réussir plus sûrement, évitèrent
toutes les maisons où ils auraient pu le rencontrer. Puis,
mon état s'aggravant, on se décida à me faire suivre à la
lettre les prescriptions de Cottard ; au bout de trois jours
je n'avais plus de râles, plus de toux et je respirais bien.
Alors nous comprîmes que Cottard tout en me trouvant
comme il le dit dans la suite assez asthmatique et surtout
« toqué[1] », avait discerné que ce qui prédominait à ce
moment-là en moi, c'était l'intoxication, et qu'en faisant
couler mon foie et en lavant mes reins, il décongestionne-
rait mes bronches, me rendrait le souffle, le sommeil, les
forces. Et nous comprîmes que cet imbécile était un grand
clinicien. Je pus enfin me lever. Mais on parlait de ne plus
m'envoyer aux Champs-Élysées. On disait que c'était à
cause du mauvais air ; je pensais bien qu'on profitait du
prétexte pour que je ne pusse plus voir Mlle Swann et
je me contraignais à redire tout le temps le nom de
Gilberte, comme ce langage natal que les vaincus
s'efforcent de maintenir pour ne pas oublier la patrie qu'ils
ne reverront pas. Quelquefois ma mère passait sa main
sur mon front en me disant :

« Alors, les petits garçons ne racontent plus à leur
maman les chagrins qu'ils ont ? »

Françoise s'approchait tous les jours de moi en me
disant : « Monsieur a une mine ! Vous ne vous êtes pas
regardé, on dirait un mort ! » Il est vrai que si j'avais eu
un simple rhume, Françoise eût pris le même air funèbre.
Ces déplorations tenaient plus à sa « classe » qu'à mon
état de santé. Je ne démêlais pas alors si ce pessimisme
était chez Françoise douloureux ou satisfait. Je conclus
provisoirement qu'il était social et professionnel.

Un jour, à l'heure du courrier, ma mère posa sur mon
lit une lettre. Je l'ouvris distraitement puisqu'elle ne
pouvait pas porter la seule signature qui m'eût rendu
heureux, celle de Gilberte avec qui je n'avais pas de
relations en dehors des Champs-Élysées. Or, au bas du
papier, timbré d'un sceau d'argent représentant un
chevalier casqué sous lequel se contournait cette devise :
Per viam rectam, au-dessous d'une lettre, d'une grande
écriture, et où presque toutes les phrases semblaient
soulignées, simplement parce que la barre des *t* étant tracée
non au travers d'eux, mais au-dessus, mettait un trait sous
le mot correspondant de la ligne supérieure, ce fut

justement la signature de Gilberte que je vis. Mais parce que je la savais impossible dans une lettre adressée à moi, cette vue, non accompagnée de croyance, ne me causa pas de joie. Pendant un instant elle ne fit que frapper d'irréalité tout ce qui m'entourait. Avec une vitesse vertigineuse, cette signature sans vraisemblance jouait aux quatre coins avec mon lit, ma cheminée, mon mur. Je voyais tout vaciller comme quelqu'un qui tombe de cheval et je me demandais s'il n'y avait pas une existence toute différente de celle que je connaissais, en contradiction avec elle, mais qui serait la vraie, et qui m'étant montrée tout d'un coup me remplissait de cette hésitation que les sculpteurs dépeignant le Jugement dernier ont donnée aux morts réveillés qui se trouvent au seuil de l'autre Monde. « Mon cher ami, disait la lettre, j'ai appris que vous aviez été très souffrant et que vous ne veniez plus aux Champs-Élysées. Moi je n'y vais guère non plus parce qu'il y a énormément de malades. Mais mes amies viennent goûter tous les lundis et vendredis à la maison. Maman me charge de vous dire que vous nous feriez très grand plaisir en venant aussi dès que vous serez rétabli, et nous pourrions reprendre à la maison nos bonnes causeries des Champs-Élysées. Adieu, mon cher ami, j'espère que vos parents vous permettront de venir très souvent goûter, et je vous envoie toutes mes amitiés. Gilberte. »

Tandis que je lisais ces mots, mon système nerveux recevait avec une diligence admirable la nouvelle qu'il m'arrivait un grand bonheur. Mais mon âme, c'est-à-dire moi-même, et en somme le principal intéressé, l'ignorait encore. Le bonheur, le bonheur par Gilberte, c'était une chose à laquelle j'avais constamment songé, une chose toute en pensées, c'était, comme disait Léonard de la peinture, *cosa mentale*[1]. Une feuille de papier couverte de caractères, la pensée ne s'assimile pas cela tout de suite. Mais dès que j'eus terminé la lettre, je pensai à elle, elle devint un objet de rêverie, elle devint, elle aussi, *cosa mentale* et je l'aimais déjà tant que toutes les cinq minutes il me fallait la relire, l'embrasser. Alors, je connus mon bonheur.

La vie est semée de ces miracles que peuvent toujours espérer les personnes qui aiment. Il est possible que celui-ci eût été provoqué artificiellement par ma mère qui voyant que depuis quelque temps j'avais perdu tout cœur à vivre, avait peut-être fait demander à Gilberte de m'écrire, comme, au temps de mes premiers bains de mer, pour me donner du plaisir à plonger, ce que je détestais parce que cela me coupait la respiration, elle remettait en cachette à mon guide baigneur de merveilleuses boîtes en coquillages et des branches de corail que je croyais trouver moi-même au fond des eaux. D'ailleurs, pour tous les événements qui dans la vie et ses situations contrastées se rapportent à l'amour, le mieux est de ne pas essayer de comprendre, puisque, dans ce qu'ils ont d'inexorable comme d'inespéré, ils semblent régis par des lois plutôt magiques que rationnelles. Quand un multimillionnaire, homme malgré cela charmant, reçoit son congé d'une femme pauvre et sans agrément avec qui il vit, appelle à lui, dans son désespoir, toutes les puissances de l'or et fait jouer toutes les influences de la terre, sans réussir à se faire reprendre, mieux vaut devant l'invincible entêtement de sa maîtresse supposer que le Destin veut l'accabler et le faire mourir d'une maladie de cœur plutôt que de chercher une explication logique. Ces obstacles contre lesquels les amants ont à lutter et que leur imagination surexcitée par la souffrance cherche en vain à deviner, résident parfois dans quelque singularité de caractère de la femme qu'ils ne peuvent ramener à eux, dans sa bêtise, dans l'influence qu'ont prise sur elle et les craintes que lui ont suggérées des êtres que l'amant ne connaît pas, dans le genre de plaisirs qu'elle demande momentanément à la vie, plaisirs que son amant, ni la fortune de son amant ne peuvent lui offrir. En tout cas l'amant est mal placé pour connaître la nature des obstacles que la ruse de la femme lui cache et que son propre jugement faussé par l'amour l'empêche d'apprécier exactement. Ils ressemblent à ces tumeurs que le médecin finit par réduire mais sans en avoir connu l'origine. Comme elles ces obstacles restent mystérieux mais sont temporaires. Seulement ils durent généralement plus que l'amour. Et comme celui-ci n'est pas une passion désintéressée, l'amoureux qui n'aime plus ne cherche pas à savoir pourquoi la femme pauvre et légère qu'il aimait, s'est obstinément refusée pendant des années à ce qu'il continuât à l'entretenir.

Or, le même mystère qui dérobe souvent aux yeux la cause des catastrophes, quand il s'agit de l'amour, entoure tout aussi fréquemment la soudaineté de certaines solutions

heureuses (telle que celle qui m'était apportée par la lettre
de Gilberte). Solutions heureuses ou du moins qui
paraissent l'être, car il n'y en a guère qui le soient
réellement quand il s'agit d'un sentiment d'une telle sorte
que toute satisfaction qu'on lui donne ne fait généralement
que déplacer la douleur. Parfois pourtant une trêve est
accordée et l'on a pendant quelque temps l'illusion d'être
guéri.

En ce qui concerne cette lettre au bas de laquelle
Françoise se refusa à reconnaître le nom de Gilberte parce
que le G historié, appuyé sur un *i* sans point avait l'air
d'un A[1], tandis que la dernière syllabe était indéfiniment
prolongée à l'aide d'un paraphe dentelé, si l'on tient à
chercher une explication rationnelle du revirement qu'elle
traduisait et qui me rendait si joyeux, peut-être pourra-t-on
penser que j'en fus, pour une part, redevable à un incident
que j'avais cru au contraire de nature à me perdre à jamais
dans l'esprit des Swann. Peu de temps auparavant, Bloch
était venu pour me voir, pendant que le professeur
Cottard, que depuis que je suivais son régime on avait
fait revenir, se trouvait dans ma chambre. La consultation
étant finie et Cottard restant seulement en visiteur parce
que mes parents l'avaient retenu à dîner, on laissa entrer
Bloch. Comme nous étions tous en train de causer, Bloch
ayant raconté qu'il avait entendu dire que Mme Swann
m'aimait beaucoup, par une personne avec qui il avait dîné
la veille et qui elle-même était très liée avec Mme Swann,
j'aurais voulu lui répondre qu'il se trompait certainement,
et bien établir, par le même scrupule qui me l'avait fait
déclarer à M. de Norpois et de peur que Mme Swann me
prît pour un menteur, que je ne la connaissais pas et ne
lui avais jamais parlé. Mais je n'eus pas le courage de
rectifier l'erreur de Bloch, parce que je compris bien
qu'elle était volontaire, et que s'il inventait quelque chose
que Mme Swann n'avait pas pu dire en effet, c'était pour
faire savoir, ce qu'il jugeait flatteur, et ce qui n'était pas
vrai, qu'il avait dîné à côté d'une des amies de cette dame.
Or il arriva que tandis que M. de Norpois apprenant que
je ne connaissais pas et aurais aimé connaître Mme Swann,
s'était bien gardé de lui parler de moi, Cottard, qu'elle
avait pour médecin, ayant induit de ce qu'il avait entendu
dire à Bloch qu'elle me connaissait beaucoup et m'appréciait, pensa que, quand il la verrait, dire que j'étais un

charmant garçon avec lequel il était lié, ne pourrait en rien être utile pour moi et serait flatteur pour lui, deux raisons qui le décidèrent à parler de moi à Odette dès qu'il en trouva l'occasion.

Alors je connus cet appartement d'où dépassait jusque dans l'escalier le parfum dont se servait Mme Swann, mais qu'embaumait bien plus encore le charme particulier et douloureux qui émanait de la vie de Gilberte. L'implacable concierge, changé en une bienveillante Euménide, prit l'habitude, quand je lui demandais si je pouvais monter de m'indiquer en soulevant sa casquette d'une main propice, qu'il exauçait ma prière. Les fenêtres qui du dehors interposaient entre moi et les trésors qui ne m'étaient pas destinés un regard brillant, distant et superficiel qui me semblait le regard même des Swann, il m'arriva, quand à la belle saison j'avais passé tout un après-midi avec Gilberte dans sa chambre, de les ouvrir moi-même pour laisser entrer un peu d'air et même de m'y pencher à côté d'elle, si c'était le jour de réception de sa mère, pour voir arriver les visites qui souvent, levant la tête en descendant de voiture, me faisaient bonjour de la main, me prenant pour quelque neveu de la maîtresse de maison. Les nattes de Gilberte dans ces moments-là touchaient ma joue. Elles me semblaient, en la finesse de leur gramen, à la fois naturel et surnaturel, et la puissance de leurs rinceaux d'art, un ouvrage unique pour lequel on avait utilisé le gazon même du Paradis. À une section même infime d'elles, quel herbier céleste n'eussé-je pas donné comme châsse ? Mais n'espérant point obtenir un morceau vrai de ces nattes, si au moins j'avais pu en posséder la photographie, combien plus précieuse que celle de fleurettes dessinées par le Vinci[1] ! Pour en avoir une je fis auprès d'amis des Swann et même de photographes, des bassesses qui ne me procurèrent pas ce que je voulais, mais me lièrent pour toujours avec des gens très ennuyeux.

Les parents de Gilberte, qui si longtemps m'avaient empêché de la voir, maintenant — quand j'entrais dans la sombre antichambre où planait perpétuellement, plus formidable et plus désirée que jadis à Versailles l'appari- tion du Roi, la possibilité de les rencontrer, et où habituellement, après avoir buté contre un énorme porte-manteaux à sept branches comme le Chandelier de l'Écriture[1], je me confondais en salutations devant un valet de pied assis, dans sa longue jupe grise, sur le coffre à bois et que dans l'obscurité j'avais pris pour Mme Swann — les parents de Gilberte, si l'un d'eux se trouvait passer au moment de mon arrivée, loin d'avoir l'air irrité, me serraient la main en souriant et me disaient :

« Comment allez-vous ? (qu'ils prononçaient tous deux "commen allez-vous" sans faire la liaison du *t*, liaison qu'on pense bien qu'une fois rentré à la maison je me faisais un incessant et voluptueux exercice de supprimer). Gilberte sait-elle que vous êtes là ? Alors je vous quitte. »

Bien plus, les goûters eux-mêmes que Gilberte offrait à ses amies et qui si longtemps m'avaient paru la plus infranchissable des séparations accumulées entre elle et moi devenaient maintenant une occasion de nous réunir dont elle m'avertissait par un mot, écrit (parce que j'étais une relation encore assez nouvelle) sur un papier à lettres toujours différent. Une fois il était orné d'un caniche bleu en relief surmontant une légende humoristique écrite en anglais et suivie d'un point d'exclamation, une autre fois timbré d'une ancre marine, ou du chiffre G.S., démesurément allongé en un rectangle qui tenait toute la hauteur de la feuille, ou encore du nom « Gilberte » tantôt tracé en travers dans un coin en caractères dorés qui imitaient la signature de mon amie et finissaient par un paraphe, au-dessous d'un parapluie ouvert imprimé en noir, tantôt enfermé dans un monogramme en forme de chapeau chinois qui en contenait toutes les lettres en majuscules sans qu'il fût possible d'en distinguer une seule. Enfin comme la série des papiers à lettres que Gilberte possédait, pour nombreuse que fût cette série, n'était pas illimitée, au bout d'un certain nombre de semaines, je voyais revenir celui qui portait, comme la première fois qu'elle m'avait écrit, la devise : *Per viam rectam*, au-dessus[2] du chevalier casqué, dans une médaille d'argent bruni. Et chacun était choisi tel jour plutôt que tel autre en vertu de certains rites, pensais-je alors, mais plutôt, je le crois maintenant, parce qu'elle cherchait à se rappeler ceux dont elle s'était servie les autres fois, de façon à ne jamais envoyer le même à un de ses correspondants, au moins de ceux pour qui elle prenait la peine de faire des frais, qu'aux intervalles les plus éloignés possible. Comme à cause de la différence des heures de leurs leçons, certaines des amies que

Gilberte invitait à ces goûters étaient obligées de partir comme les autres arrivaient seulement, dès l'escalier j'entendais s'échapper de l'antichambre un murmure de voix qui, dans l'émotion que me causait la cérémonie imposante à laquelle j'allais assister, rompait brusquement bien avant que j'atteignisse le palier, les liens qui me rattachaient encore à la vie antérieure et m'ôtait jusqu'au souvenir d'avoir à retirer mon foulard une fois que je serais au chaud et de regarder l'heure pour ne pas rentrer en retard. Cet escalier, d'ailleurs, tout en bois, comme on faisait alors dans certaines maisons de rapport de ce style Henri II qui avait été si longtemps l'idéal d'Odette et dont elle devait bientôt se déprendre et pourvu d'une pancarte sans équivalent chez nous, sur laquelle on lisait ces mots : « Défense de se servir de l'ascenseur pour descendre », me semblait quelque chose de tellement prestigieux que je dis à mes parents que c'était un escalier ancien rapporté de très loin par M. Swann. Mon amour de la vérité était si grand que je n'aurais pas hésité à leur donner ce renseignement même si j'avais su qu'il était faux, car seul il pouvait leur permettre d'avoir pour la dignité de l'escalier des Swann le même respect que moi. C'est ainsi que devant un ignorant qui ne peut comprendre en quoi consiste le génie d'un grand médecin, on croirait bien faire de ne pas avouer qu'il ne sait pas guérir le rhume de cerveau. Mais comme je n'avais aucun esprit d'observation, comme en général je ne savais ni le nom ni l'espèce des choses qui se trouvaient sous mes yeux, et comprenais seulement que quand elles approchaient les Swann, elles devaient être extraordinaires, il ne me parut pas certain qu'en avertissant mes parents de la valeur artistique et de la provenance lointaine de cet escalier, je commisse un mensonge. Cela ne me parut pas certain ; mais cela dut me paraître probable, car je me sentis devenir très rouge quand mon père m'interrompit en disant : « Je connais ces maisons-là ; j'en ai vu une, elles sont toutes pareilles ; Swann occupe simplement plusieurs étages, c'est Berlier[1] qui les a construites. » Il ajouta qu'il avait voulu louer dans l'une d'elles, mais qu'il y avait renoncé, ne les trouvant pas commodes et l'entrée pas assez claire ; il le dit ; mais je sentis instinctivement que mon esprit devait faire au prestige des Swann et à mon bonheur les sacrifices nécessaires, et par un coup d'autorité intérieure, malgré

ce que je venais d'entendre, j'écartai à tout jamais de moi,
comme un dévot la *Vie de Jésus* de Renan, la pensée
dissolvante que leur appartement était un appartement
quelconque que nous aurions pu habiter.

Cependant, ces jours de goûter, m'élevant dans l'escalier
marche à marche, déjà dépouillé de ma pensée et de ma
mémoire, n'étant plus que le jouet des plus vils réflexes,
j'arrivais à la zone où le parfum de Mme Swann se faisait
sentir. Je croyais déjà voir la majesté du gâteau au chocolat,
entouré d'un cercle d'assiettes à petits fours et de petites
serviettes damassées grises à dessins, exigées par l'étiquette
et particulières aux Swann. Mais cet ensemble inchangea-
ble et réglé semblait, comme l'univers nécessaire de Kant,
suspendu à un acte suprême de liberté. Car quand nous
étions tous dans le petit salon de Gilberte, tout d'un coup
regardant l'heure elle disait :

« Dites donc, mon déjeuner commence à être loin, je
ne dîne qu'à huit heures, j'ai bien envie de manger
quelque chose. Qu'en diriez-vous ? »

Et elle nous faisait entrer dans la salle à manger,
sombre comme l'intérieur d'un Temple asiatique peint par
Rembrandt[1], et où un gâteau architectural aussi débonnaire
et familier qu'il était imposant, semblait trôner là à tout
hasard comme un jour quelconque, pour le cas où il aurait
pris fantaisie à Gilberte de le découronner de ses créneaux
en chocolat et d'abattre ses remparts aux pentes fauves
et raides, cuites au four comme les bastions du palais de
Darius[2]. Bien mieux, pour procéder à la destruction de
la pâtisserie ninivite, Gilberte ne consultait pas seulement
sa faim ; elle s'informait encore de la mienne, tandis qu'elle
extrayait pour moi du monument écroulé tout un pan verni
et cloisonné de fruits écarlates, dans le goût oriental. Elle
me demandait même l'heure à laquelle mes parents
dînaient, comme si je l'avais encore sue, comme si le
trouble qui me dominait avait laissé persister la sensation
de l'inappétence ou de la faim, la notion du dîner ou
l'image de la famille, dans ma mémoire vide et mon
estomac paralysé. Malheureusement cette paralysie n'était
que momentanée. Les gâteaux que je prenais sans m'en
apercevoir, il viendrait un moment où il faudrait les
digérer. Mais il était encore lointain. En attendant,
Gilberte me faisait « mon thé ». J'en buvais indéfiniment,
alors qu'une seule tasse m'empêchait de dormir pour

vingt-quatre heures. Aussi ma mère avait-elle l'habitude de dire : « C'est ennuyeux, cet enfant ne peut aller chez les Swann sans rentrer malade. » Mais savais-je seulement quand j'étais chez les Swann que c'était du thé que je buvais ? L'eussé-je su que j'en eusse pris tout de même, car en admettant que j'eusse recouvré un instant le discernement du présent, cela ne m'eût pas rendu le souvenir du passé et la prévision de l'avenir. Mon imagination n'était pas capable d'aller jusqu'au temps lointain où je pourrais avoir l'idée de me coucher et le besoin du sommeil.

Les amies de Gilberte n'étaient pas toutes plongées dans cet état d'ivresse où une décision est impossible. Certaines refusaient du thé ! Alors Gilberte disait, phrase très répandue à cette époque : « Décidément, je n'ai pas de succès avec mon thé ! » Et pour effacer davantage l'idée de cérémonie, dérangeant l'ordre des chaises autour de la table : « Nous avons l'air d'une noce ; mon Dieu que les domestiques sont bêtes. »

Elle grignotait, assise de côté sur un siège en forme d'*x* et placé de travers. Même, comme si elle eût pu avoir tant de petits fours à sa disposition sans avoir demandé la permission à sa mère, quand Mme Swann — dont le « jour » coïncidait d'ordinaire avec les goûters de Gilberte — après avoir reconduit une visite, entrait, un moment après, en courant, quelquefois habillée de velours bleu, souvent dans une robe en satin noir couverte de dentelles blanches, elle disait d'un air étonné :

« Tiens, ça a l'air bon ce que vous mangez là, cela me donne faim de vous voir manger du cake.

— Eh bien, maman, nous vous invitons, répondait Gilberte.

— Mais non, mon trésor, qu'est-ce que diraient mes visites, j'ai encore Mme Trombert, Mme Cottard et Mme Bontemps, tu sais que chère Mme Bontemps ne fait pas des visites très courtes et elle vient seulement d'arriver. Qu'est-ce qu'ils diraient toutes ces bonnes gens de ne pas me voir revenir ? S'il ne vient plus personne, je reviendrai bavarder avec vous (ce qui m'amusera beaucoup plus) quand elles seront parties. Je crois que je mérite d'être un peu tranquille, j'ai eu quarante-cinq visites et sur quarante-cinq il y en a eu quarante-deux qui ont parlé du tableau de Gérôme[1] ! Mais venez donc un de ces jours,

me disait-elle, prendre *votre* thé avec Gilberte, elle vous
le fera comme vous l'aimez, comme vous le prenez dans
votre petit "studio¹" », ajoutait-elle, tout en s'enfuyant
vers ses visites et comme si ç'avait été quelque chose
d'aussi connu de moi que mes habitudes (fût-ce celle que
j'aurais eue de prendre le thé, si j'en avais jamais pris ;
quant à un « studio » j'étais incertain si j'en avais un ou
non) que j'étais venu chercher dans ce monde mystérieux.
« Quand viendrez-vous ? Demain ? On vous fera des
toasts aussi bons que chez Colombin². Non ? Vous êtes
un vilain », disait-elle, car depuis qu'elle aussi commençait
à avoir un salon, elle prenait les façons de Mme Verdurin,
son ton de despotisme minaudier. Les toasts m'étant
d'ailleurs aussi inconnus que Colombin, cette dernière
promesse n'aurait pu ajouter à ma tentation. Il semblera
plus étrange, puisque tout le monde parle ainsi et peut-être
même maintenant à Combray, que je n'eusse pas à la
première minute compris de qui voulait parler
Mme Swann, quand je l'entendis me faire l'éloge de notre
vieille « nurse³ ». Je ne savais pas l'anglais, je compris
bientôt pourtant que ce mot désignait Françoise. Moi qui
aux Champs-Élysées, avais eu si peur de la fâcheuse
impression qu'elle devait produire, j'appris par
Mme Swann que c'est tout ce que Gilberte lui avait raconté
sur ma « nurse » qui leur avait donné à elle et à son mari
de la sympathie pour moi. « On sent qu'elle vous est si
dévouée, qu'elle est si bien. » (Aussitôt je changeai
entièrement d'avis sur Françoise. Par contrecoup, avoir
une institutrice pourvue d'un caoutchouc et d'un plumet
ne me sembla plus chose si nécessaire.) Enfin je compris,
par quelques mots échappés à Mme Swann sur Mme Blatin
dont elle reconnaissait la bienveillance mais redoutait les
visites, que des relations personnelles avec cette dame ne
m'eussent pas été aussi précieuses que j'avais cru et
n'eussent amélioré en rien ma situation chez les Swann.

Si j'avais déjà commencé d'explorer avec ces tressaille-
ments de respect et de joie le domaine féerique qui contre
toute attente avait ouvert devant moi ses avenues jusque-là
fermées, pourtant c'était seulement en tant qu'ami de
Gilberte. Le royaume dans lequel j'étais accueilli était
contenu lui-même dans un plus mystérieux encore où
Swann et sa femme menaient leur vie surnaturelle, et vers
lequel ils se dirigeaient après m'avoir serré la main quand

ils traversaient en même temps que moi, en sens inverse, l'antichambre. Mais bientôt je pénétrai aussi au cœur du Sanctuaire. Par exemple, Gilberte n'était pas là, M. ou Mme Swann se trouvait à la maison. Ils avaient demandé qui avait sonné, et apprenant que c'était moi, m'avaient fait prier d'entrer un instant auprès d'eux, désirant que j'usasse dans tel ou tel sens, pour une chose ou pour une autre, de mon influence sur leur fille. Je me rappelais cette lettre si complète, si persuasive, que j'avais naguère écrite à Swann et à laquelle il n'avait même pas daigné répondre. J'admirais l'impuissance de l'esprit, du raisonnement et du cœur à opérer la moindre conversion, à résoudre une seule de ces difficultés qu'ensuite la vie, sans qu'on sache seulement comment elle s'y est prise, dénoue si aisément. Ma position nouvelle d'ami de Gilberte, doué sur elle d'une excellente influence, me faisait maintenant bénéficier de la même faveur que si ayant eu pour camarade, dans un collège où on m'eût classé toujours premier, le fils d'un roi, j'avais dû à ce hasard mes petites entrées au Palais et des audiences dans la salle du Trône ; Swann avec une bienveillance infinie et comme s'il n'avait pas été surchargé d'occupations glorieuses, me faisait entrer dans sa bibliothèque et m'y laissait pendant une heure répondre par des balbutiements, des silences de timidité coupés de brefs et incohérents élans de courage, à des propos dont mon émoi m'empêchait de comprendre un seul mot ; il me montrait des objets d'art et des livres qu'il jugeait susceptibles de m'intéresser et dont je ne doutais pas d'avance qu'ils ne passassent infiniment en beauté tous ceux que possèdent le Louvre et la Bibliothèque nationale, mais qu'il m'était impossible de regarder. À ces moments-là son maître d'hôtel m'aurait fait plaisir en me demandant de lui donner ma montre, mon épingle de cravate, mes bottines et de signer un acte qui le reconnaissait pour mon héritier : selon la belle expression populaire dont, comme pour les plus célèbres épopées, on ne connaît pas l'auteur, mais qui comme elles et contrairement à la théorie de Wolf[1] en a eu certainement un (un de ces esprits inventifs et modestes ainsi qu'il s'en rencontre chaque année, lesquels font des trouvailles telles que « mettre un nom sur une figure », mais leur nom à eux, ils ne le font pas connaître), *je ne savais plus ce que je faisais*. Tout au plus m'étonnais-je quand la visite se prolongeait, à quel néant de réalisation, à quelle absence de conclusion heureuse, conduisaient ces heures vécues dans la demeure enchantée. Mais ma déception ne tenait ni à l'insuffisance des chefs-d'œuvre montrés, ni à l'impossibilité d'arrêter sur eux un regard distrait. Car ce n'était pas la beauté intrinsèque des choses qui me rendait miraculeux d'être dans le cabinet de Swann, c'était l'adhérence à ces choses — qui eussent pu être les plus laides du monde — du sentiment particulier, triste et voluptueux que j'y localisais depuis tant d'années et qui l'imprégnait encore ; de même la multitude des miroirs, des brosses d'argent, des autels à saint Antoine de Padoue sculptés et peints par les plus grands artistes, ses amis, n'étaient pour rien dans le sentiment de mon indignité et de sa bienveillance royale qui m'était inspiré quand Mme Swann me recevait un moment dans sa chambre où trois belles et imposantes créatures, sa première, sa deuxième et sa troisième femme de chambre préparaient en souriant des toilettes merveilleuses, et vers laquelle sur l'ordre proféré par le valet de pied en culotte courte que Madame désirait me dire un mot, je me dirigeais par le sentier sinueux d'un couloir tout embaumé à distance des essences précieuses qui exhalaient sans cesse du cabinet de toilette leurs effluves odoriférantes.

Quand Mme Swann était retournée auprès de ses visites, nous l'entendions encore parler et rire, car même devant deux personnes et comme si elle avait eu à tenir tête à tous les « camarades », elle élevait la voix, lançait les mots, comme elle avait si souvent, dans le petit clan, entendu faire à la « patronne », dans les moments où celle-ci « dirigeait la conversation ». Les expressions que nous avons récemment empruntées aux autres étant celles, au moins pendant un temps, dont nous aimons le plus à nous servir, Mme Swann choisissait tantôt celles qu'elle avait apprises de gens distingués que son mari n'avait pu éviter de lui faire connaître (c'est d'eux qu'elle tenait le maniérisme qui consiste à supprimer l'article ou le pronom démonstratif devant un adjectif qualifiant une personne), tantôt de plus vulgaires (par exemple : « C'est un rien ! » mot favori d'une de ses amies) et cherchait à les placer dans toutes les histoires que, selon une habitude prise dans le « petit clan », elle aimait à raconter. Elle disait volontiers ensuite : « J'aime beaucoup cette histoire », « ah ! avouez, c'est une bien *belle* histoire ! » ; ce qui lui venait, par son mari, des Guermantes qu'elle ne connaissait pas.

Mme Swann avait quitté la salle à manger, mais son mari qui venait de rentrer faisait à son tour une apparition auprès de nous. « Sais-tu si ta mère est seule, Gilberte ? — Non, elle a encore du monde, papa. — Comment, encore ? à sept heures ! C'est effrayant. La pauvre femme doit être brisée. C'est odieux. (À la maison j'avais toujours entendu dans *odieux*, prononcer l'*o* long — audieux —, mais M. et Mme Swann disaient odieux, en faisant l'*o* bref.) Pensez, depuis deux heures de l'après-midi ! reprenait-il en se tournant vers moi. Et Camille me disait qu'entre quatre et cinq heures, il est bien venu douze personnes. Qu'est-ce que je dis douze, je crois qu'il m'a dit quatorze. Non, douze ; enfin je ne sais plus. Quand je suis rentré, je ne songeais pas que c'était son jour et, en voyant toutes ces voitures devant la porte, je croyais qu'il y avait un mariage dans la maison. Et depuis un moment que je suis dans ma bibliothèque, les coups de sonnette n'ont pas arrêté ; ma parole d'honneur, j'en ai mal à la tête. Et il y a encore beaucoup de monde près d'elle ? — Non, deux visites seulement. — Sais-tu qui ? — Mme Cottard et Mme Bontemps. — Ah ! la femme du chef de cabinet du ministre des Travaux publics. — J'sais que son mari est employé dans un ministère, mais j'sais pas au juste comme quoi, disait Gilberte en faisant l'enfant.

— Comment, petite sotte, tu parles comme si tu avais deux ans. Qu'est-ce que tu dis : employé dans un ministère ? Il est tout simplement chef de cabinet, chef de toute la boutique, et encore, où ai-je la tête, ma parole, je suis aussi distrait que toi, il n'est pas chef de cabinet, il est *directeur* du cabinet.

— J'sais pas, moi ; alors c'est beaucoup d'être le directeur du cabinet ? » répondait Gilberte qui ne perdait jamais une occasion de manifester de l'indifférence pour tout ce qui donnait de la vanité à ses parents (elle pouvait d'ailleurs penser qu'elle ne faisait qu'ajouter à une relation aussi éclatante, en n'ayant pas l'air d'y attacher trop d'importance).

« Comment si c'est beaucoup ! » s'écriait Swann qui préférait à cette modestie qui eût pu me laisser dans le doute, un langage plus explicite. « Mais c'est simplement

le premier après le ministre ! C'est même plus que le
ministre, car c'est lui qui fait tout. Il paraît du reste que
c'est une capacité, un homme de premier ordre, un
individu tout à fait distingué. Il est officier de la Légion
d'honneur. C'est un homme délicieux, même fort joli
garçon. »

Sa femme d'ailleurs l'avait épousé envers et contre tous
parce que c'était un « être de charme ». Il avait, ce qui
peut suffire à constituer un ensemble rare et délicat, une
barbe blonde et soyeuse, de jolis traits, une voix nasale,
l'haleine forte et un œil de verre.

« Je vous dirai, ajoutait-il en s'adressant à moi, que je
m'amuse beaucoup de voir ces gens-là dans le gouvernement actuel, parce que ce sont les Bontemps, de la maison
Bontemps-Chenut, le type de la bourgeoisie réactionnaire,
cléricale, à idées étroites. Votre pauvre grand-père a bien
connu, au moins de réputation et de vue, le vieux père
Chenut qui ne donnait qu'un sou de pourboire aux cochers
bien qu'il fût riche pour l'époque, et le baron Bréau-
Chenut. Toute la fortune a sombré dans le krach de l'*Union
Générale*[1], vous êtes trop jeune pour avoir connu ça, et
dame on s'est refait comme on a pu.

— C'est l'oncle d'une petite qui venait à mon cours,
dans une classe bien au-dessous de moi, la fameuse
"Albertine". Elle sera sûrement très "fast[2]", mais en
attendant elle a une drôle de touche.

— Elle est étonnante ma fille, elle connaît tout le
monde.

— Je ne la connais pas. Je la voyais seulement passer,
on criait Albertine par-ci, Albertine par-là. Mais je connais
Mme Bontemps, et elle ne me plaît pas non plus.

— Tu as le plus grand tort, elle est charmante, jolie,
intelligente. Elle est même spirituelle. Je vais aller lui dire
bonjour, lui demander si son mari croit que nous allons
avoir la guerre, et si on peut compter sur le roi Théodose[3].
Il doit savoir cela, n'est-ce pas, lui qui est dans le secret
des dieux ? »

Ce n'est pas ainsi que Swann parlait autrefois ; mais qui
n'a vu des princesses royales fort simples, si dix ans plus
tard elles se sont fait enlever par un valet de chambre,
et qu'elles cherchent à revoir du monde et sentent qu'on
ne vient pas volontiers chez elles, prendre spontanément
le langage des vieilles raseuses, et quand on cite une

duchesse à la mode, ne les a entendues dire : « Elle était hier chez moi », et : « Je vis très à l'écart » ? Aussi est-il inutile d'observer les mœurs, puisqu'on peut les déduire des lois psychologiques.

Les Swann participaient à ce travers des gens chez qui peu de monde va ; la visite, l'invitation, une simple parole aimable de personnes un peu marquantes étaient pour eux un événement auquel ils souhaitaient de donner de la publicité. Si la mauvaise chance voulait que les Verdurin fussent à Londres quand Odette avait eu un dîner un peu brillant, on s'arrangeait pour que par quelque ami commun la nouvelle leur en fût câblée outre-Manche. Il n'est pas jusqu'aux lettres, aux télégrammes flatteurs reçus par Odette, que les Swann ne fussent incapables de garder pour eux. On en parlait aux amis, on les faisait passer de mains en mains. Le salon des Swann ressemblait ainsi à ces hôtels de villes d'eaux où on affiche les dépêches.

Du reste, les personnes qui n'avaient pas seulement connu l'ancien Swann en dehors du monde, comme j'avais fait, mais dans le monde, dans ce milieu Guermantes où, en exceptant les altesses et les duchesses, on était d'une exigence infinie pour l'esprit et le charme, où on prononçait l'exclusive pour des hommes éminents qu'on trouvait ennuyeux ou vulgaires, ces personnes-là auraient pu s'étonner en constatant que l'ancien Swann avait cessé d'être non seulement discret quand il parlait de ses relations, mais difficile quand il s'agissait de les choisir. Comment Mme Bontemps, si commune, si méchante, ne l'exaspérait-elle pas ? Comment pouvait-il la déclarer agréable ? Le souvenir du milieu Guermantes aurait dû l'en empêcher, semblait-il ; en réalité, il l'y aidait. Il y avait certes chez les Guermantes, à l'encontre des trois quarts des milieux mondains, du goût, un goût raffiné même, mais aussi du snobisme, d'où possibilité d'une interruption momentanée dans l'exercice du goût. S'il s'agissait de quelqu'un qui n'était pas indispensable à cette coterie, d'un ministre des Affaires étrangères, républicain un peu solennel, d'un académicien bavard, le goût s'exerçait à fond contre lui, Swann plaignait Mme de Guermantes d'avoir dîné à côté de pareils convives dans une ambassade et on leur préférait mille fois un homme élégant, c'est-à-dire un homme du milieu Guermantes, bon à rien, mais possédant l'esprit des Guermantes, quelqu'un qui était de la même chapelle. Seulement, une grande-duchesse, une princesse du sang dînait-elle souvent chez Mme de Guermantes, elle se trouvait alors faire partie de cette chapelle elle aussi, sans y avoir aucun droit, sans en posséder en rien l'esprit. Mais avec la naïveté des gens du monde, du moment qu'on la recevait, on s'ingéniait à la trouver agréable, faute de pouvoir se dire que c'est parce qu'on l'avait trouvée agréable qu'on la recevait. Swann venant au secours de Mme de Guermantes lui disait quand l'altesse était partie : « Au fond elle est bonne femme, elle a même un certain sens du comique. Mon Dieu je ne pense pas qu'elle ait approfondi la *Critique de la Raison pure*, mais elle n'est pas déplaisante.

— Je suis absolument de votre avis, répondait la duchesse. Et encore elle était intimidée, mais vous verrez qu'elle peut être charmante. — Elle est bien moins embêtante que Mme XJ (la femme de l'académicien bavard, laquelle était remarquable) qui vous cite vingt volumes. — Mais il n'y a même pas de comparaison possible. » La faculté de dire de telles choses, de les dire sincèrement, Swann l'avait acquise chez la duchesse, et conservée. Il en usait maintenant à l'égard des gens qu'il recevait. Il s'efforçait à discerner, à aimer en eux les qualités que tout être humain révèle, si on l'examine avec une prévention favorable et non avec le dégoût des délicats ; il mettait en valeur les mérites de Mme Bontemps comme autrefois ceux de la princesse de Parme, laquelle eût dû être exclue du milieu Guermantes, s'il n'y avait pas eu entrée de faveur pour certaines altesses et si même quand il s'agissait d'elles on n'eût vraiment considéré que l'esprit et un certain charme. On a vu d'ailleurs autrefois que Swann avait le goût (dont il faisait maintenant une application seulement plus durable) d'échanger sa situation mondaine contre une autre qui dans certaines circonstances lui convenait mieux. Il n'y a que les gens incapables de décomposer, dans leur perception, ce qui au premier abord paraît indivisible, qui croient que la situation fait corps avec la personne. Un même être, pris à des moments successifs de sa vie, baigne à différents degrés de l'échelle sociale dans des milieux qui ne sont pas forcément de plus en plus élevés ; et chaque fois que dans une période autre de l'existence, nous nouons, ou renouons, des liens avec un certain milieu, que nous nous y sentons choyés, nous commençons tout naturellement à nous y attacher en y poussant d'humaines racines.

Pour ce qui concerne Mme Bontemps, je crois aussi que Swann en parlant d'elle avec cette insistance n'était pas fâché de penser que mes parents apprendraient qu'elle venait voir sa femme. À vrai dire à la maison le nom des personnes que celle-ci arrivait peu à peu à connaître piquait plus la curiosité qu'il n'excitait d'admiration. Au nom de Mme Trombert, ma mère disait :

« Ah ! mais voilà une nouvelle recrue et qui lui en amènera d'autres. »

Et comme si elle eût comparé la façon un peu sommaire, rapide et violente dont Mme Swann conquérait ses relations à une guerre coloniale, maman ajoutait :

« Maintenant que les Trombert sont soumis, les tribus voisines ne tarderont pas à se rendre. »

Quand elle croisait dans la rue Mme Swann, elle nous disait en rentrant :

« J'ai aperçu Mme Swann sur son pied de guerre, elle devait partir pour quelque offensive fructueuse chez les Masséchutos[1], les Cinghalais ou les Trombert. »

Et toutes les personnes nouvelles que je lui disais avoir vues dans ce milieu un peu composite et artificiel où elles avaient souvent été amenées assez difficilement et de mondes assez différents, elle en devinait tout de suite l'origine et parlait d'elles comme elle aurait fait de trophées chèrement achetés ; elle disait :

« Rapporté d'une Expédition chez les Un Tel. »

Pour Mme Cottard mon père s'étonnait que Mme Swann pût trouver quelque avantage à attirer cette bourgeoise peu élégante et disait : « Malgré la situation du Professeur, j'avoue que je ne comprends pas. » Ma mère, elle, au contraire, comprenait très bien ; elle savait qu'une grande partie des plaisirs qu'une femme trouve à pénétrer dans un milieu différent de celui où elle vivait autrefois lui manquerait si elle ne pouvait informer ses anciennes relations de celles, relativement plus brillantes, par lesquelles elle les a remplacées. Pour cela il faut un témoin qu'on laisse pénétrer dans ce monde nouveau et délicieux, comme dans une fleur un insecte bourdonnant et volage, qui ensuite, au hasard de ses visites, répandra, on l'espère du moins, la nouvelle, le germe dérobé d'envie et d'admiration. Mme Cottard toute trouvée pour remplir

ce rôle rentrait dans cette catégorie spéciale d'invités que
maman qui avait certains côtés de la tournure d'esprit de
son père, appelait des : « Étranger, va dire à Sparte[1] ! »
D'ailleurs — en dehors d'une autre raison qu'on ne sut
que bien des années après — Mme Swann, en conviant
cette amie bienveillante, réservée et modeste, n'avait pas
à craindre d'introduire chez soi à ses jours brillants un
traître ou une concurrente[2]. Elle savait le nombre énorme
de calices bourgeois que pouvait, quand elle était armée
de l'aigrette et du porte-cartes, visiter en un seul après-midi
cette active ouvrière. Elle en connaissait le pouvoir de
dissémination et en se basant sur le calcul des probabilités,
était fondée à penser que, très vraisemblablement, tel
habitué des Verdurin apprendrait dès le surlendemain que
le gouverneur de Paris avait mis des cartes chez elle, ou
que M. Verdurin lui-même entendrait raconter que M.
Le Hault de Pressagny, président du Concours hippique,
les avait emmenés, elle et Swann, au gala du roi Théodose ;
elle ne supposait les Verdurin informés que de ces deux
événements flatteurs pour elle, parce que les matérialisa-
tions particulières sous lesquelles nous nous représentons
et nous poursuivons la gloire, sont peu nombreuses par
le défaut de notre esprit qui n'est pas capable d'imaginer
à la fois toutes les formes que nous espérons bien d'ailleurs
— en gros — que, simultanément, elle ne manquera pas
de revêtir pour nous.

D'ailleurs, Mme Swann n'avait obtenu de résultats que
dans ce qu'on appelait le « monde officiel ». Les femmes
élégantes n'allaient pas chez elle. Ce n'était pas la présence
de notabilités républicaines qui les avait fait fuir. Au temps
de ma petite enfance, tout ce qui appartenait à la société
conservatrice était mondain, et dans un salon bien posé
on n'eût pas pu recevoir un républicain. Les personnes
qui vivaient dans un tel milieu s'imaginaient que l'impossibilité de jamais inviter un « opportuniste[3] », à plus forte
raison un affreux « radical », était une chose qui durerait
toujours comme les lampes à huile et les omnibus à
chevaux. Mais pareille aux kaléidoscopes qui tournent de
temps en temps, la société place successivement de façon
différente des éléments qu'on avait crus immuables et
compose une autre figure. Je n'avais pas encore fait ma
première communion, que des dames bien pensantes
avaient la stupéfaction de rencontrer en visite une Juive

élégante. Ces dispositions nouvelles du kaléidoscope sont
produites par ce qu'un philosophe appellerait un changement de critère. L'affaire Dreyfus en amena un nouveau,
à une époque un peu postérieure à celle où je commençais
à aller chez Mme Swann[1], et le kaléidoscope renversa une
fois de plus ses petits losanges colorés. Tout ce qui était
juif passa en bas, fût-ce la dame élégante, et des
nationalistes obscurs montèrent prendre sa place. Le salon
le plus brillant de Paris fut celui d'un prince autrichien
et ultra-catholique. Qu'au lieu de l'affaire Dreyfus il fût
survenu une guerre avec l'Allemagne, le tour du kaléidoscope se fût produit dans un autre sens. Les Juifs ayant,
à l'étonnement général, montré qu'ils étaient patriotes,
auraient gardé leur situation et personne n'aurait plus
voulu aller ni même avouer être jamais allé chez le prince
autrichien. Cela n'empêche pas que chaque fois que la
société est momentanément immobile, ceux qui y vivent
s'imaginent qu'aucun changement n'aura plus lieu, de
même qu'ayant vu commencer le téléphone, ils ne veulent
pas croire à l'aéroplane. Cependant, les philosophes du
journalisme flétrissent la période précédente, non seulement le genre de plaisirs que l'on y prenait et qui leur
semble le dernier mot de la corruption, mais même les
œuvres des artistes et des philosophes qui n'ont plus à leurs
yeux aucune valeur, comme si elles étaient reliées
indissolublement aux modalités successives de la frivolité
mondaine. La seule chose qui ne change pas est qu'il
semble chaque fois qu'il y ait « quelque chose de changé
en France ». Au moment où j'allai chez Mme Swann,
l'affaire Dreyfus n'avait pas encore éclaté, et certains
grands Juifs étaient fort puissants. Aucun ne l'était plus
que sir Rufus Israels dont la femme, Lady Israels, était
la tante de Swann. Elle n'avait pas personnellement des
intimités aussi élégantes que son neveu qui d'autre part
ne l'aimant pas ne l'avait jamais beaucoup cultivée,
quoiqu'il dût vraisemblablement être son héritier. Mais
c'était la seule des parentes de Swann qui eût conscience
de la situation mondaine de celui-ci, les autres étant
toujours restées à cet égard dans la même ignorance qui
avait été longtemps la nôtre. Quand dans une famille un
des membres émigre dans la haute société — ce qui lui
semble à lui un phénomène unique, mais ce qu'à dix ans
de distance il constate avoir été accompli d'une autre façon

et pour des raisons différentes par plus d'un jeune homme avec qui il avait été élevé — il décrit autour de lui une zone d'ombre, une *terra incognita*, fort visible en ses moindres nuances pour tous ceux qui l'habitent, mais qui n'est que nuit et pur néant pour ceux qui n'y pénètrent pas et la côtoient sans en soupçonner, tout près d'eux, l'existence. Aucune Agence Havas n'ayant renseigné les cousines de Swann sur les gens qu'il fréquentait, c'est (avant son horrible mariage bien entendu) avec des sourires de condescendance qu'on se racontait dans les dîners de famille qu'on avait « vertueusement » employé son dimanche à aller voir le « cousin Charles » que le croyant un peu envieux et parent pauvre, on appelait spirituellement, en jouant sur le titre du roman de Balzac : « Le Cousin Bête ». Lady Rufus Israels, elle, savait à merveille qui étaient ces gens qui prodiguaient à Swann une amitié dont elle était jalouse. La famille de son mari, qui était à peu près l'équivalent des Rothschild, faisait depuis plusieurs générations les affaires des princes d'Orléans. Lady Israels, excessivement riche, disposait d'une grande influence et elle l'avait employée à ce qu'aucune personne qu'elle connaissait ne reçût Odette. Une seule avait désobéi, en cachette. C'était la comtesse de Marsantes. Or, le malheur avait voulu qu'Odette étant allée faire visite à Mme de Marsantes, Lady Israels était entrée presque en même temps. Mme de Marsantes était sur des épines. Avec la lâcheté des gens qui pourtant pourraient tout se permettre, elle n'adressa pas une fois la parole à Odette qui ne fut pas encouragée à pousser désormais plus loin une incursion dans un monde qui du reste n'était nullement celui où elle eût aimé être reçue. Dans ce complet désintéressement du faubourg Saint-Germain, Odette continuait à être la cocotte illettrée bien différente des bourgeois ferrés sur les moindres points de généalogie et qui trompent dans la lecture des anciens mémoires la soif des relations aristocratiques que la vie réelle ne leur fournit pas. Et Swann, d'autre part, continuait sans doute d'être l'amant à qui toutes ces particularités d'une ancienne maîtresse semblent agréables ou inoffensives, car souvent j'entendis sa femme proférer de vraies hérésies mondaines sans que (par un reste de tendresse, un manque d'estime, ou la paresse de la perfectionner) il cherchât à les corriger. C'était peut-être aussi là une forme de cette simplicité qui nous avait si longtemps trompés à Combray et qui faisait maintenant que continuant à connaître, au moins pour son compte, des gens très brillants, il ne tenait pas à ce que dans la conversation on eût l'air dans le salon de sa femme de leur trouver quelque importance. Ils en avaient d'ailleurs moins que jamais pour Swann, le centre de gravité de sa vie s'étant déplacé. En tout cas l'ignorance d'Odette en matière mondaine était telle que si le nom de la princesse de Guermantes venait dans la conversation après celui de la duchesse, sa cousine : « Tiens, ceux-là sont princes, ils ont donc monté en grade », disait Odette. Si quelqu'un disait : « le prince » en parlant du duc de Chartres, elle rectifiait : « Le duc, il est duc de Chartres et non prince. » Pour le duc d'Orléans, fils du comte de Paris : « C'est drôle, le fils est plus que le père », tout en ajoutant comme elle était anglomane : « On s'y embrouille dans ces "Royalties" » ; et à une personne qui lui demandait de quelle province étaient les Guermantes, elle répondit : « de l'Aisne[1] ».

Swann était du reste aveugle, en ce qui concernait Odette, non seulement devant ces lacunes de son éducation, mais aussi devant la médiocrité de son intelligence. Bien plus, chaque fois qu'Odette racontait une histoire bête, Swann écoutait sa femme avec une complaisance, une gaieté, presque une admiration où il devait entrer des restes de volupté ; tandis que, dans la même conversation, ce que lui-même pouvait dire de fin, même de profond, était écouté par Odette habituellement sans intérêt, assez vite, avec impatience et quelquefois contredit avec sévérité. Et on conclura que cet asservissement de l'élite à la vulgarité est de règle dans bien des ménages, si l'on pense, inversement, à tant de femmes supérieures qui se laissent charmer par un butor, censeur impitoyable de leurs plus délicates paroles, tandis qu'elles s'extasient, avec l'indulgence infinie de la tendresse, devant ses facéties les plus plates. Pour revenir aux raisons qui empêchèrent à cette époque Odette de pénétrer dans le faubourg Saint-Germain, il faut dire que le plus récent tour du kaléidoscope mondain avait été provoqué par une série de scandales. Des femmes chez qui on allait en toute confiance avaient été reconnues être des filles publiques, des espionnes anglaises. On allait pendant quelque temps

demander aux gens, on le croyait du moins, d'être avant
tout bien posés, bien assis... Odette représentait exactement tout ce avec quoi on venait de rompre et d'ailleurs
immédiatement de renouer (car les hommes ne changeant
pas du jour au lendemain cherchent dans un nouveau
régime la continuation de l'ancien) mais en le cherchant
sous une forme différente qui permît d'être dupe et de
croire que ce n'était plus la société d'avant la crise. Or,
aux dames « brûlées » de cette société Odette ressemblait
trop. Les gens du monde sont fort myopes ; au moment
où ils cessent toutes relations avec des dames israélites
qu'ils connaissaient, pendant qu'ils se demandent comment
remplacer ce vide, ils aperçoivent, poussée là comme à
la faveur d'une nuit d'orage, une dame nouvelle, israélite
aussi ; mais grâce à sa nouveauté, elle n'est pas associée
dans leur esprit comme les précédentes, avec ce qu'ils
croient devoir détester. Elle ne demande pas qu'on
respecte son Dieu. On l'adopte. Il ne s'agissait pas
d'antisémitisme à l'époque où je commençai d'aller chez
Odette. Mais elle était pareille à ce qu'on voulait fuir pour
un temps.

Swann, lui, allait souvent faire visite à quelques-unes
de ses relations d'autrefois et par conséquent appartenant
toutes au plus grand monde. Pourtant, quand il nous
parlait des gens qu'il venait d'aller voir, je remarquai
qu'entre celles qu'il avait connues jadis le choix qu'il faisait
était guidé par cette même sorte de goût, mi-artistique,
mi-historique qui inspirait chez lui le collectionneur. Et
remarquant que c'était souvent telle ou telle grande dame
déclassée qui l'intéressait parce qu'elle avait été la
maîtresse de Liszt ou qu'un roman de Balzac avait été dédié
à sa grand-mère (comme il achetait un dessin si Chateaubriand l'avait décrit), j'eus le soupçon que nous avions
remplacé à Combray l'erreur de croire Swann un
bourgeois n'allant pas dans le monde, par une autre, celle
de le croire un des hommes les plus élégants de Paris.
Être l'ami du comte de Paris ne signifie rien. Combien
y en a-t-il de ces « amis des princes » qui ne seraient pas
reçus dans un salon un peu fermé ? Les princes se savent
princes, ne sont pas snobs et se croient d'ailleurs tellement
au-dessus de ce qui n'est pas de leur sang que grands
seigneurs et bourgeois leur apparaissent, au-dessous d'eux,
presque au même niveau.

Au reste, Swann ne se contentait pas de chercher dans la société telle qu'elle existe et en s'attachant aux noms que le passé y a inscrits et qu'on peut encore y lire, un simple plaisir de lettré et d'artiste, il goûtait un divertissement assez vulgaire à faire comme des bouquets sociaux en groupant des éléments hétérogènes, en réunissant des personnes prises ici et là. Ces expériences de sociologie amusante (ou que Swann trouvait telle) n'avaient pas sur toutes les amies de sa femme — du moins d'une façon constante — une répercussion identique. « J'ai l'intention d'inviter ensemble les Cottard et la duchesse de Vendôme[1] », disait-il en riant à Mme Bontemps, de l'air friand d'un gourmet qui a l'intention et veut faire l'essai de remplacer dans une sauce les clous de girofle par du poivre de Cayenne. Or ce projet qui allait paraître en effet plaisant, dans le sens ancien du mot, aux Cottard, avait le don d'exaspérer Mme Bontemps. Elle avait été récemment présentée par les Swann à la duchesse de Vendôme et avait trouvé cela aussi agréable que naturel. En tirer gloire auprès des Cottard, en le leur racontant, n'avait pas été la partie la moins savoureuse de son plaisir. Mais comme les nouveaux décorés qui dès qu'ils le sont voudraient voir se fermer aussitôt le robinet des croix, Mme Bontemps eût souhaité qu'après elle, personne de son monde à elle ne fût présenté à la princesse. Elle maudissait intérieurement le goût dépravé de Swann qui lui faisait, pour réaliser une misérable bizarrerie esthétique, dissiper d'un seul coup toute la poudre qu'elle avait jetée aux yeux des Cottard en leur parlant de la duchesse de Vendôme. Comment allait-elle même oser annoncer à son mari que le professeur et sa femme allaient à leur tour avoir leur part de ce plaisir qu'elle lui avait vanté comme unique ? Encore si les Cottard avaient pu savoir qu'ils n'étaient pas invités pour de bon, mais pour l'amusement ! Il est vrai que les Bontemps l'avaient été de même, mais Swann ayant pris à l'aristocratie cet éternel donjuanisme qui entre deux femmes de rien fait croire à chacune que ce n'est qu'elle qu'on aime sérieusement, avait parlé à Mme Bontemps de la duchesse de Vendôme comme d'une personne avec qui il était tout indiqué qu'elle dînât. « Oui, nous comptons inviter la princesse avec les Cottard, dit quelques semaines plus tard Mme Swann, mon mari croit que cette conjonction pourra

donner quelque chose d'amusant », car si elle avait gardé
du « petit noyau » certaines habitudes chères à Mme Verdurin, comme de crier très fort pour être entendue de tous
les fidèles, en revanche, elle employait certaines expressions — comme « conjonction » — chères au milieu
Guermantes duquel elle subissait ainsi à distance et à son
insu comme la mer le fait pour la lune, l'attraction, sans
pourtant se rapprocher sensiblement de lui. « Oui, les
Cottard et la duchesse de Vendôme, est-ce que vous ne
trouvez pas que cela sera drôle ? » demanda Swann. « Je
crois que ça marchera très mal et que ça ne vous attirera
que des ennuis, il ne faut pas jouer avec le feu », répondit
Mme Bontemps, furieuse. Elle et son mari furent, d'ailleurs,
ainsi que le prince d'Agrigente invités à ce dîner, que
Mme Bontemps et Cottard eurent deux manières de
raconter, selon les personnes à qui ils s'adressaient. Aux
uns, Mme Bontemps de son côté, Cottard du sien, disaient
négligemment quand on leur demandait qui il y avait
d'autre au dîner : « Il n'y avait que le prince d'Agrigente,
c'était tout à fait intime. » Mais d'autres risquaient d'être
mieux informés (même une fois quelqu'un avait dit à
Cottard : « Mais est-ce qu'il n'y avait pas aussi les
Bontemps ? — Je les oubliais », avait en rougissant
répondu Cottard au maladroit qu'il classa désormais dans
la catégorie des mauvaises langues). Pour ceux-là les
Bontemps et les Cottard adoptèrent chacun sans s'être
consultés une version dont le cadre était identique et où
seuls leurs noms respectifs étaient interchangés. Cottard
disait : « Hé bien, il y avait seulement les maîtres de
maison, le duc et la duchesse de Vendôme – (en souriant
avantageusement) le professeur et Mme Cottard, et, ma
foi, du diable si on a jamais su pourquoi, car ils allaient
là comme des cheveux sur la soupe, M. et Mme Bontemps. » Mme Bontemps récitait exactement le même
morceau, seulement c'était M. et Mme Bontemps qui
étaient nommés avec une emphase satisfaite, entre la
duchesse de Vendôme et le prince d'Agrigente, et les pelés
qu'à la fin elle accusait de s'être invités eux-mêmes et qui
faisaient tache, c'était les Cottard.

De ses visites Swann rentrait souvent assez peu de temps
avant le dîner. À ce moment de six heures du soir où jadis
il se sentait si malheureux, il ne se demandait plus ce
qu'Odette pouvait être en train de faire et s'inquiétait peu

qu'elle eût du monde chez elle, ou fût sortie. Il se rappelait parfois qu'il avait bien des années auparavant, essayé un jour de lire à travers l'enveloppe une lettre adressée par Odette à Forcheville. Mais ce souvenir ne lui était pas agréable et plutôt que d'approfondir la honte qu'il ressentait, il préférait se livrer à une petite grimace du coin de la bouche complétée au besoin d'un hochement de tête qui signifiait : « Qu'est-ce que ça peut me faire ? » Certes, il estimait maintenant que l'hypothèse à laquelle il s'était souvent arrêté jadis et d'après quoi c'était les imaginations de sa jalousie qui seules noircissaient la vie, en réalité innocente d'Odette, que cette hypothèse (en somme bienfaisante puisque, tant qu'avait duré sa maladie amoureuse, elle avait diminué ses souffrances en les lui faisant paraître imaginaires) n'était pas la vraie, que c'était sa jalousie qui avait vu juste, et que si Odette l'avait aimé plus qu'il n'avait cru, elle l'avait aussi trompé davantage. Autrefois, pendant qu'il souffrait tant, il s'était juré que dès qu'il n'aimerait plus Odette et ne craindrait plus de la fâcher ou de lui faire croire qu'il l'aimait trop, il se donnerait la satisfaction d'élucider avec elle, par simple amour de la vérité et comme un point d'histoire, si oui ou non Forcheville était couché avec elle le jour où il avait sonné et frappé au carreau sans qu'on lui ouvrît, et où elle avait écrit à Forcheville que c'était un oncle à elle qui était venu. Mais le problème si intéressant qu'il attendait seulement la fin de sa jalousie pour tirer au clair, avait précisément perdu tout intérêt aux yeux de Swann, quand il avait cessé d'être jaloux. Pas immédiatement pourtant. Il n'éprouvait déjà plus de jalousie à l'égard d'Odette, que le jour des coups frappés en vain par lui dans l'après-midi à la porte du petit hôtel de la rue La Pérouse, avait continué à en exciter chez lui. C'était comme si la jalousie, pareille un peu en cela à ces maladies qui semblent avoir leur siège, leur source de contagionnement, moins dans certaines personnes que dans certains lieux, dans certaines maisons, n'avait pas eu tant pour objet Odette elle-même que ce jour, cette heure du passé perdu où Swann avait frappé à toutes les entrées de l'hôtel d'Odette. On aurait dit que ce jour, cette heure avaient seuls fixé quelques dernières parcelles de la personnalité amoureuse que Swann avait eue autrefois et qu'il ne les retrouvait plus que là. Il était depuis longtemps insoucieux qu'Odette l'eût trompé et le trompât encore. Et pourtant il avait continué pendant quelques années à rechercher d'anciens domestiques d'Odette tant avait persisté chez lui la douloureuse curiosité de savoir si ce jour-là, tellement ancien, à six heures, Odette était couchée avec Forcheville. Puis cette curiosité elle-même avait disparu, sans pourtant que ses investigations cessassent. Il continuait à tâcher d'apprendre ce qui ne l'intéressait plus, parce que son moi ancien parvenu à l'extrême décrépitude, agissait encore machinalement, selon des préoccupations abolies au point que Swann ne réussissait même plus à se représenter cette angoisse, si forte pourtant autrefois qu'il ne pouvait se figurer alors qu'il s'en délivrât jamais et que seule la mort de celle qu'il aimait (la mort qui, comme le montrera plus loin dans ce livre une cruelle contre-épreuve, ne diminue en rien les souffrances de la jalousie) lui semblait capable d'aplanir pour lui la route, entièrement barrée, de sa vie.

Mais éclaircir un jour les faits de la vie d'Odette auxquels il avait dû ces souffrances n'avait pas été le seul souhait de Swann ; il avait mis en réserve aussi celui de se venger d'elles, quand n'aimant plus Odette il ne la craindrait plus ; or, d'exaucer ce second souhait, l'occasion se présentait justement car Swann aimait une autre femme, une femme qui ne lui donnait pas de motifs de jalousie mais pourtant de la jalousie parce qu'il n'était plus capable de renouveler sa façon d'aimer et que c'était celle dont il avait usé pour Odette qui lui servait encore pour une autre. Pour que la jalousie de Swann renaquît, il n'était pas nécessaire que cette femme fût infidèle, il suffisait que pour une raison quelconque, elle fût loin de lui, à une soirée par exemple, et eût paru s'y amuser. C'était assez pour réveiller en lui l'ancienne angoisse, lamentable et contradictoire excroissance de son amour, et qui éloignait Swann de ce qu'elle était comme un besoin d'atteindre (le sentiment réel que cette jeune femme avait pour lui, le désir caché de ses journées, le secret de son cœur) car entre Swann et celle qu'il aimait cette angoisse interposait un amas réfractaire de soupçons antérieurs, ayant leur cause en Odette, ou en telle autre peut-être qui avait précédé Odette, et qui ne permettaient plus à l'amant vieilli de connaître sa maîtresse d'aujourd'hui qu'à travers le fantôme ancien et collectif de la « femme qui excitait sa jalousie » dans lequel il avait arbitrairement incarné son nouvel amour. Souvent pourtant Swann l'accusait, cette jalousie, de le faire croire à des trahisons imaginaires ; mais alors il se rappelait qu'il avait fait bénéficier Odette du même raisonnement et à tort. Aussi tout ce que la jeune femme qu'il aimait faisait aux heures où il n'était pas avec elle, cessait de lui paraître innocent. Mais alors qu'autrefois, il avait fait le serment, si jamais il cessait d'aimer celle qu'il ne devinait pas devoir être un jour sa femme, de lui manifester implacablement son indifférence, enfin sincère, pour venger son orgueil longtemps humilié, ces représailles qu'il pouvait exercer maintenant sans risques (car que pouvait lui faire d'être pris au mot et privé de ces tête-à-tête avec Odette qui lui étaient jadis si nécessaires ?), ces représailles il n'y tenait plus ; avec l'amour avait disparu le désir de montrer qu'il n'avait plus d'amour. Et lui qui, quand il souffrait par Odette eût tant désiré de lui laisser voir un jour qu'il était épris d'une autre, maintenant qu'il l'aurait pu, il prenait mille précautions pour que sa femme ne soupçonnât pas ce nouvel amour.

Ce ne fut pas seulement à ces goûters, à cause desquels j'avais eu autrefois la tristesse de voir Gilberte me quitter et rentrer plus tôt, que désormais je pris part, mais les sorties qu'elle faisait avec sa mère, soit pour aller en promenade ou à une matinée, et qui en l'empêchant de venir aux Champs-Élysées m'avaient privé d'elle, les jours où je restais seul le long de la pelouse ou devant les chevaux de bois, ces sorties maintenant M. et Mme Swann m'y admettaient, j'avais une place dans leur landau et même c'était à moi qu'on demandait si j'aimais mieux aller au théâtre, à une leçon de danse chez une camarade de Gilberte, à une réunion mondaine chez des amis des Swann (ce que celle-ci appelait « un petit meeting ») ou visiter les Tombeaux de Saint-Denis.

Ces jours où je devais sortir avec les Swann, je venais chez eux pour le déjeuner, que Mme Swann appelait le lunch ; comme on n'était invité que pour midi et demi et qu'à cette époque mes parents déjeunaient à onze heures un quart, c'est après qu'ils étaient sortis de table que je m'acheminais vers ce quartier luxueux, assez solitaire, à toute heure, mais particulièrement à celle-là où tout le monde était rentré. Même l'hiver et par la gelée s'il faisait beau, tout en resserrant de temps à autre le nœud d'une

magnifique cravate de chez Charvet[1] et en regardant si mes
bottines vernies ne se salissaient pas, je me promenais de
long en large dans les avenues en attendant midi vingt-sept.
J'apercevais de loin dans le jardinet des Swann le soleil
qui faisait étinceler comme du givre les arbres dénudés.
Il est vrai que ce jardinet n'en possédait que deux. L'heure
indue faisait nouveau le spectacle. À ces plaisirs de nature
(qu'avivait la suppression de l'habitude, et même la faim),
la perspective émotionnante du déjeuner chez Mme Swann
se mêlait, elle ne les diminuait pas, mais les dominant, les
asservissait, en faisait des accessoires mondains ; de sorte
que si, à cette heure où d'ordinaire je ne les percevais
pas, il me semblait découvrir le beau temps, le froid, la
lumière hivernale, c'était comme une sorte de préface aux
œufs à la crème, comme une patine, un rose et frais glacis
ajoutés au revêtement de cette chapelle mystérieuse
qu'était la demeure de Mme Swann et au cœur de laquelle
il y avait au contraire tant de chaleur, de parfums et de
fleurs.

À midi et demi, je me décidais enfin à entrer dans cette
maison qui, comme un gros soulier de Noël, me semblait
devoir m'apporter de surnaturels plaisirs. (Le nom de Noël
était du reste inconnu à Mme Swann et à Gilberte qui
l'avaient remplacé par celui de Christmas, et ne parlaient
que du pudding de Christmas, de ce qu'on leur avait donné
pour leur Christmas, de s'absenter — ce qui me rendait
fou de douleur — pour Christmas. Même à la maison, je
me serais cru déshonoré en parlant de Noël et je ne disais
plus que Christmas, ce que mon père trouvait extrêmement
ridicule.)

Je ne rencontrais d'abord qu'un valet de pied qui,
après m'avoir fait traverser plusieurs grands salons
m'introduisait dans un tout petit, vide, que commençait
déjà à faire rêver l'après-midi bleu de ses fenêtres ; je
restais seul en compagnie d'orchidées, de roses et de
violettes qui — pareilles à des personnes qui attendent
à côté de vous, mais ne vous connaissent pas — gardaient
un silence que leur individualité de choses vivantes
rendait plus impressionnant et recevaient frileusement
la chaleur d'un feu incandescent de charbon, précieuse-
ment posé derrière une vitrine de cristal, dans une cuve
de marbre blanc où il faisait écrouler de temps à autre
ses dangereux rubis.

Je m'étais assis, mais me levais précipitamment en
entendant ouvrir la porte ; ce n'était qu'un second valet
de pied, puis un troisième, et le mince résultat auquel
aboutissaient leurs allées et venues inutilement émouvantes était de remettre un peu de charbon dans le feu
ou d'eau dans les vases. Ils s'en allaient, je me retrouvais
seul, une fois refermée la porte que Mme Swann finirait
bien par ouvrir. Et, certes, j'eusse été moins troublé dans
un antre magique que dans ce petit salon d'attente où le
feu me semblait procéder à des transmutations, comme
dans le laboratoire de Klingsor[1]. Un nouveau bruit de pas
retentissait, je ne me levais pas, ce devait être encore un
valet de pied, c'était M. Swann. « Comment ? vous êtes
seul ? Que voulez-vous, ma pauvre femme n'a jamais pu
savoir ce que c'est que l'heure. Une heure moins dix. Tous
les jours c'est plus tard. Et vous allez voir, elle arrivera
sans se presser en croyant qu'elle est en avance. » Et
comme il était resté neuro-arthritique, et devenu un peu
ridicule, avoir une femme si inexacte qui rentrait tellement
tard du Bois, qui s'oubliait chez sa couturière, et n'était
jamais à l'heure pour le déjeuner, cela inquiétait Swann
pour son estomac, mais le flattait dans son amour propre.

Il me montrait des acquisitions nouvelles qu'il avait
faites et m'en expliquait l'intérêt, mais l'émotion, jointe
au manque d'habitude d'être encore à jeun à cette heure-là,
tout en agitant mon esprit y faisait le vide, de sorte que
capable de parler je ne l'étais pas d'entendre. D'ailleurs
aux œuvres que possédait Swann, il suffisait pour moi
qu'elles fussent situées chez lui, y fissent partie de l'heure
délicieuse qui précédait le déjeuner. *La Joconde* se serait
trouvée là qu'elle ne m'eût pas fait plus de plaisir qu'une
robe de chambre de Mme Swann, ou ses flacons de sels.

Je continuais à attendre, seul, ou avec Swann et souvent
Gilberte, qui était venue nous tenir compagnie. L'arrivée
de Mme Swann, préparée par tant de majestueuses entrées,
me paraissait devoir être quelque chose d'immense.
J'épiais chaque craquement. Mais on ne trouve jamais aussi
hauts qu'on avait espéré une cathédrale, une vague dans
la tempête, le bond d'un danseur ; après ces valets de pied
en livrée, pareils aux figurants dont le cortège, au théâtre,
prépare, et par là même diminue l'apparition finale de la
reine, Mme Swann entrant furtivement en petit paletot
de loutre, sa voilette baissée sur un nez rougi par le froid,

ne tenait pas les promesses prodiguées dans l'attente à mon
imagination.

Mais si elle était restée toute la matinée chez elle, quand
elle arrivait dans le salon, c'était vêtue d'un peignoir en
crêpe de Chine de couleur claire qui me semblait plus
élégant que toutes les robes.

Quelquefois les Swann se décidaient à rester à la maison
tout l'après-midi. Et alors, comme on avait déjeuné si tard,
je voyais bien vite sur le mur du jardinet décliner le soleil
de ce jour qui m'avait paru devoir être différent des autres,
et les domestiques avaient beau apporter des lampes de
toutes les grandeurs et de toutes les formes, brûlant
chacune sur l'autel consacré d'une console, d'un guéridon,
d'une « encoignure » ou d'une petite table, comme pour
la célébration d'un culte inconnu, rien d'extraordinaire
ne naissait de la conversation et je m'en allais déçu,
comme on l'est souvent dès l'enfance après la messe de
minuit.

Mais ce désappointement-là n'était guère que spirituel.
Je rayonnais de joie dans cette maison où Gilberte, quand
elle n'était pas encore avec nous, allait entrer, et me
donnerait dans un instant, pour des heures, sa parole, son
regard attentif et souriant tel que je l'avais vu pour la
première fois à Combray. Tout au plus étais-je un peu
jaloux en la voyant souvent disparaître dans de grandes
chambres auxquelles on accédait par un escalier intérieur.
Obligé de rester au salon, comme l'amoureux d'une actrice
qui n'a que son fauteuil à l'orchestre et rêve avec
inquiétude de ce qui se passe dans les coulisses, au foyer
des artistes, je posai à Swann, au sujet de cette autre partie
de la maison, des questions savamment voilées, mais sur
un ton duquel je ne parvins pas à bannir quelque anxiété.
Il m'expliqua que la pièce où allait Gilberte était la
lingerie, s'offrit à me la montrer, et me promit que chaque
fois que Gilberte aurait à s'y rendre il la forcerait à m'y
emmener. Par ces derniers mots et la détente qu'ils me
procurèrent, Swann supprima brusquement pour moi une
de ces affreuses distances intérieures au terme desquelles
une femme que nous aimons nous apparaît si lointaine.
À ce moment-là, j'éprouvai pour lui une tendresse que
je crus plus profonde que ma tendresse pour Gilberte. Car
maître de sa fille, il me la donnait et elle, elle se refusait
parfois, je n'avais pas directement sur elle ce même empire

qu'indirectement par Swann. Enfin elle, je l'aimais et ne pouvais par conséquent la voir sans ce trouble, sans ce désir de quelque chose de plus, qui ôte, auprès de l'être qu'on aime, la sensation d'aimer.

Au reste, le plus souvent, nous ne restions pas à la maison, nous allions nous promener. Parfois avant d'aller s'habiller, Mme Swann se mettait au piano. Ses belles mains, sortant des manches roses, ou blanches, souvent de couleurs très vives, de sa robe de chambre de crêpe de Chine, allongeaient leurs phalanges sur le piano avec cette même mélancolie qui était dans ses yeux et n'était pas dans son cœur. Ce fut un de ces jours-là qu'il lui arriva de me jouer la partie de la Sonate de Vinteuil où se trouve la petite phrase que Swann avait tant aimée. Mais souvent on n'entend rien, si c'est une musique un peu compliquée qu'on écoute pour la première fois. Et pourtant quand plus tard on m'eut joué deux ou trois fois cette Sonate, je me trouvai la connaître parfaitement. Aussi n'a-t-on pas tort de dire « entendre pour la première fois ». Si l'on n'avait vraiment, comme on l'a cru, rien distingué à la première audition, la deuxième, la troisième seraient autant de premières, et il n'y aurait pas de raison pour qu'on comprît quelque chose de plus à la dixième. Probablement ce qui fait défaut, la première fois, ce n'est pas la compréhension, mais la mémoire. Car la nôtre, relativement à la complexité des impressions auxquelles elle a à faire face pendant que nous écoutons, est infime, aussi brève que la mémoire d'un homme qui en dormant pense mille choses qu'il oublie aussitôt, ou d'un homme tombé à moitié en enfance qui ne se rappelle pas la minute d'après ce qu'on vient de lui dire. Ces impressions multiples, la mémoire n'est pas capable de nous en fournir immédiatement le souvenir. Mais celui-ci se forme en elle peu à peu et à l'égard des œuvres qu'on a entendues deux ou trois fois, on est comme le collégien qui a relu à plusieurs reprises avant de s'endormir une leçon qu'il croyait ne pas savoir et qui la récite par cœur le lendemain matin. Seulement je n'avais encore jusqu'à ce jour rien entendu de cette Sonate, et là où Swann et sa femme voyaient une phrase distincte, celle-ci était aussi loin de ma perception claire qu'un nom qu'on cherche à se rappeler et à la place duquel on ne trouve que du néant, un néant d'où une heure plus tard, sans qu'on y pense, s'élanceront d'elles-mêmes, en un seul bond, les syllabes d'abord vainement sollicitées. Et non seulement on ne retient pas tout de suite les œuvres vraiment rares, mais même au sein de chacune de ces œuvres-là, et cela m'arriva pour la Sonate de Vinteuil, ce sont les parties les moins précieuses qu'on perçoit d'abord. De sorte que je ne me trompais pas seulement en pensant que l'œuvre ne me réservait plus rien (ce qui fit que je restai longtemps sans chercher à l'entendre) du moment que Mme Swann m'en avait joué la phrase la plus fameuse (j'étais aussi stupide en cela que ceux qui n'espèrent plus éprouver de surprise devant Saint-Marc de Venise parce que la photographie leur a appris la forme de ses dômes). Mais bien plus, même quand j'eus écouté la Sonate d'un bout à l'autre, elle me resta presque tout entière invisible, comme un monument dont la distance ou la brume ne laissent apercevoir que de faibles parties. De là, la mélancolie qui s'attache à la connaissance de tels ouvrages, comme de tout ce qui se réalise dans le temps. Quand ce qui est le plus caché dans la Sonate de Vinteuil se découvrit à moi, déjà, entraîné par l'habitude hors des prises de ma sensibilité, ce que j'avais distingué, préféré tout d'abord, commençait à m'échapper, à me fuir. Pour n'avoir pu aimer qu'en des temps successifs tout ce que m'apportait cette Sonate, je ne la possédai jamais tout entière : elle ressssemblait à la vie. Mais, moins décevants que la vie, ces grands chefs-d'œuvre ne commencent pas par nous donner ce qu'ils ont de meilleur. Dans la Sonate de Vinteuil les beautés qu'on découvre le plus tôt sont aussi celles dont on se fatigue le plus vite et pour la même raison sans doute, qui est qu'elles diffèrent moins de ce qu'on connaissait déjà. Mais quand celles-là se sont éloignées, il nous reste à aimer telle phrase que son ordre trop nouveau pour offrir à notre esprit rien que confusion nous avait rendue indiscernable et gardée intacte ; alors elle devant qui nous passions tous les jours sans le savoir et qui s'était réservée, qui par le pouvoir de sa seule beauté était devenue invisible et restée inconnue, elle vient à nous la dernière. Mais nous la quitterons aussi en dernier. Et nous l'aimerons plus longtemps que les autres, parce que nous aurons mis plus longtemps à l'aimer. Ce temps du reste qu'il faut à un individu — comme il me le fallut à moi à l'égard de cette Sonate — pour pénétrer une œuvre un peu profonde, n'est que le raccourci et comme le symbole des années, des siècles parfois, qui s'écoulent avant que le public puisse aimer un chef-d'œuvre vraiment nouveau. Aussi l'homme de génie pour s'épargner les méconnaissances de la foule se dit peut-être que, les contemporains manquant du recul nécessaire, les œuvres écrites pour la postérité ne devraient être lues que par elle, comme certaines peintures qu'on juge mal de trop près. Mais en réalité toute lâche précaution pour éviter les faux jugements est inutile, ils ne sont pas évitables. Ce qui est cause qu'une œuvre de génie est difficilement admirée tout de suite, c'est que celui qui l'a écrite est extraordinaire, que peu de gens lui ressemblent. C'est son œuvre elle-même qui en fécondant les rares esprits capables de le comprendre, les fera croître et multiplier. Ce sont les quatuors de Beethoven (les quatuors XII, XIII, XIV et XV[1]) qui ont mis cinquante ans à faire naître, à grossir le public des quatuors de Beethoven, réalisant ainsi comme tous les chefs-d'œuvre un progrès sinon dans la valeur des artistes, du moins dans la société des esprits, largement composée aujourd'hui de ce qui était introuvable quand le chef-d'œuvre parut, c'est-à-dire d'êtres capables de l'aimer. Ce qu'on appelle la postérité, c'est la postérité de l'œuvre. Il faut que l'œuvre (en ne tenant pas compte, pour simplifier, des génies qui à la même époque peuvent parallèlement préparer pour l'avenir un public meilleur dont d'autres génies que lui bénéficieront) crée elle-même sa postérité. Si donc l'œuvre était tenue en réserve, n'était connue que de la postérité, celle-ci, pour cette œuvre, ne serait pas la postérité mais une assemblée de contemporains ayant simplement vécu cinquante ans plus tard. Aussi faut-il que l'artiste — et c'est ce qu'avait fait Vinteuil — s'il veut que son œuvre puisse suivre sa route, la lance, là où il y a assez de profondeur, en plein et lointain avenir. Et pourtant ce temps à venir, vraie perspective des chefs-d'œuvre, si n'en pas tenir compte est l'erreur des mauvais juges, en tenir compte est parfois le dangereux scrupule des bons. Sans doute, il est aisé de s'imaginer dans une illusion analogue à celle qui uniformise toutes choses à l'horizon, que toutes les révolutions qui ont eu lieu jusqu'ici dans la peinture ou la musique respectaient tout de même certaines règles et que ce qui est immédiatement devant nous, impressionnisme, recherche de la dissonance, emploi exclusif de la gamme chinoise,

cubisme, futurisme, diffère outrageusement de ce qui a
précédé[1]. C'est que ce qui a précédé on le considère sans
tenir compte qu'une longue assimilation l'a converti pour
nous en une matière variée sans doute, mais somme toute
homogène, où Hugo voisine avec Molière. Songeons
seulement aux choquants disparates[2] que nous présenterait,
si nous ne tenions pas compte du temps à venir et des
changements qu'il amène, tel horoscope de notre propre
âge mûr tiré devant nous durant notre adolescence.
Seulement tous les horoscopes ne sont pas vrais et être
obligé pour une œuvre d'art de faire entrer dans le total
de sa beauté le facteur du temps, mêle à notre jugement
quelque chose d'aussi hasardeux et par là d'aussi dénué
d'intérêt véritable que toute prophétie dont la non-
réalisation n'impliquera nullement la médiocrité d'esprit
du prophète, car ce qui appelle à l'existence les possibles
ou les en exclut n'est pas forcément de la compétence du
génie ; on peut en avoir eu et ne pas avoir cru à l'avenir
des chemins de fer, ni des avions, ou, tout en étant grand
psychologue, à la fausseté d'une maîtresse ou d'un ami,
dont de plus médiocres eussent prévu les trahisons.

Si je ne compris pas la Sonate je fus ravi d'entendre
jouer Mme Swann. Son toucher me paraissait, comme son
peignoir, comme le parfum de son escalier, comme ses
manteaux, comme ses chrysanthèmes, faire partie d'un tout
individuel et mystérieux, dans un monde infiniment
supérieur à celui où la raison peut analyser le talent.
« N'est-ce pas que c'est beau cette Sonate de Vinteuil ?
me dit Swann. Le moment où il fait nuit sous les arbres,
où les arpèges du violon font tomber la fraîcheur. Avouez
que c'est bien joli ; il y a là tout le côté statique du clair
de lune, qui est le côté essentiel. Ce n'est pas extraordinaire
qu'une cure de lumière comme celle que suit ma femme
agisse sur les muscles, puisque le clair de lune empêche
les feuilles de bouger. C'est cela qui est si bien peint dans
cette petite phrase, c'est le Bois de Boulogne tombé en
catalepsie. Au bord de la mer c'est encore plus frappant,
parce qu'il y a les réponses faibles des vagues que
naturellement on entend très bien puisque le reste ne peut
pas remuer. À Paris c'est le contraire ; c'est tout au plus
si on remarque ces lueurs insolites sur les monuments, ce
ciel éclairé comme par un incendie sans couleurs et sans
danger, cette espèce d'immense fait divers deviné. Mais

dans la petite phrase de Vinteuil et du reste dans toute
la Sonate ce n'est pas cela, cela se passe au Bois, dans le
gruppetto[1] on entend distinctement la voix de quelqu'un
qui dit : « On pourrait presque lire son journal. » Ces
paroles de Swann auraient pu fausser, pour plus tard, ma
compréhension de la Sonate, la musique étant trop peu
exclusive pour écarter absolument ce qu'on nous suggère
d'y trouver. Mais je compris par d'autres propos de lui
que ces feuillages nocturnes étaient tout simplement ceux
sous l'épaisseur desquels, dans maint restaurant des
environs de Paris, il avait entendu, bien des soirs, la petite
phrase. Au lieu du sens profond qu'il lui avait si souvent
demandé, ce qu'elle rapportait à Swann, c'était ces
feuillages rangés, enroulés, peints autour d'elle (et qu'elle
lui donnait le désir de revoir parce qu'elle lui semblait
leur être intérieure comme une âme), c'était tout un
printemps dont il n'avait pu jouir autrefois, n'ayant pas,
fiévreux et chagrin comme il était alors, assez de bien-être
pour cela, et que (comme on fait, pour un malade, des
bonnes choses qu'il n'a pu manger) elle lui avait gardé.
Les charmes que lui avaient fait éprouver certaines nuits
dans le Bois et sur lesquels la Sonate de Vinteuil pouvait
le renseigner, il n'aurait pu à leur sujet interroger Odette
qui pourtant l'accompagnait comme la petite phrase. Mais
Odette était seulement à côté de lui alors (non en lui
comme le motif de Vinteuil), ne voyant donc point
— Odette eût-elle été mille fois plus compréhensive — ce
qui, pour nul de nous (du moins j'ai cru longtemps que
cette règle ne souffrait pas d'exception), ne peut s'extério-
riser. « C'est au fond assez joli, n'est-ce pas, dit Swann,
que le son puisse refléter, comme l'eau, comme une glace.
Et remarquez que la phrase de Vinteuil ne me montre que
tout ce à quoi je ne faisais pas attention à cette époque.
De mes soucis, de mes amours de ce temps-là, elle ne me
rappelle plus rien, elle a fait l'échange. — Charles, il me
semble que ce n'est pas très aimable pour moi tout ce que
vous me dites là. — Pas aimable ! Les femmes sont
magnifiques ! Je voulais dire simplement à ce jeune homme
que ce que la musique montre — du moins à moi — ce
n'est pas du tout la "Volonté en soi" et la "Synthèse de
l'infini", mais, par exemple, le père Verdurin en redingote
dans le Palmarium du jardin d'Acclimatation. Mille
fois sans sortir de ce salon, cette petite phrase m'a

emmené dîner à Armenonville avec elle. Mon Dieu, c'est
toujours moins ennuyeux que d'y aller avec Mme de
Cambremer. » Mme Swann se mit à rire : « C'est une
dame qui passe pour avoir été très éprise de Charles »,
m'expliqua-t-elle du même ton dont, un peu avant, en
parlant de Ver Meer de Delft, que j'avais été étonné de
voir qu'elle connaissait, elle m'avait répondu : « C'est que
je vous dirai que Monsieur s'occupait beaucoup de ce
peintre-là au moment où il me faisait la cour. N'est-ce pas,
mon petit Charles ? — Ne parlez pas à tort et à travers
de Mme de Cambremer, dit Swann dans le fond très flatté.
— Mais je ne fais que répéter ce qu'on m'a dit. D'ailleurs
il paraît qu'elle est très intelligente, je ne la connais pas.
Je la crois très "pushing[1]" ce qui m'étonne d'une femme
intelligente. Mais tout le monde dit qu'elle a été folle de
vous, cela n'a rien de froissant. » Swann garda un mutisme
de sourd, qui était une espèce de confirmation et une
preuve de fatuité. « Puisque ce que je joue vous rappelle
le jardin d'Acclimatation », reprit Mme Swann en faisant
par plaisanterie semblant d'être piquée, « nous pourrions
le prendre tantôt comme but de promenade si ça amuse
ce petit. Il fait très beau et vous retrouveriez vos chères
impressions ! À propos du jardin d'Acclimatation, vous
savez, ce jeune homme croyait que nous aimions beaucoup
une personne que je "coupe" au contraire aussi souvent
que je peux, Mme Blatin ! Je trouve très humiliant pour
nous qu'elle passe pour notre amie. Pensez que bon
docteur Cottard qui ne dit jamais de mal de personne
déclare lui-même qu'elle est infecte. — Quelle horreur !
Elle n'a pour elle que de ressembler tellement à
Savonarole. C'est exactement le portrait de Savonarole par
Fra Bartolomeo[2]. » Cette manie qu'avait Swann de trouver
ainsi des ressemblances dans la peinture était défendable,
car même ce que nous appelons l'expression individuelle
est — comme on s'en rend compte avec tant de tristesse
quand on aime et qu'on voudrait croire à la réalité unique
de l'individu — quelque chose de général, et a pu se
rencontrer à différentes époques. Mais si on avait écouté
Swann, les cortèges des rois mages, déjà si anachroniques
quand Benozzo Gozzoli y introduisit les Médicis[3], l'eussent
été davantage encore puisqu'ils eussent contenu les
portraits d'une foule d'hommes, contemporains non de
Gozzoli, mais de Swann, c'est-à-dire postérieurs non plus

seulement de quinze siècles à la Nativité, mais de quatre au peintre lui-même. Il n'y avait pas selon Swann, dans ces cortèges, un seul Parisien de marque qui manquât, comme dans cet acte d'une pièce de Sardou où, par amitié pour l'auteur et la principale interprète, par mode aussi, toutes les notabilités parisiennes, de célèbres médecins, des hommes politiques, des avocats, vinrent pour s'amuser, chacun un soir, figurer sur la scène[1]. « Mais quel rapport a-t-elle avec le jardin d'Acclimation ? — Tous ! — Quoi, vous croyez qu'elle a un derrière bleu ciel comme les singes ? — Charles, vous êtes d'une inconvenance ! Non, je pensais au mot que lui a dit le Cinghalais. Racontez-le lui, c'est vraiment un "beau mot". — C'est idiot. Vous savez que Mme Blatin aime à interpeller tout le monde d'un air qu'elle croit aimable et qui est surtout protecteur. — Ce que nos bons voisins de la Tamise appellent *patronizing*, interrompit Odette. — Elle est allée dernièrement au jardin d'Acclimatation où il y a des noirs, des Cinghalais, je crois, a dit ma femme qui est beaucoup plus forte en ethnographie que moi[2]. — Allons, Charles, ne vous moquez pas. — Mais je ne me moque nullement. Enfin, elle s'adresse à un de ces noirs : "Bonjour, négro !" — C'est un rien ! — En tous cas, ce qualificatif ne plut pas au noir : "Moi négro, dit-il avec colère à Mme Blatin, mais toi, chameau !" — Je trouve cela très drôle ! J'adore cette histoire. N'est-ce pas que c'est "beau" ? On voit bien la mère Blatin : "Moi négro, mais toi chameau[3] !" » Je manifestai un extrême désir d'aller voir ces Cinghalais dont l'un avait appelé Mme Blatin : chameau. Ils ne m'intéressaient pas du tout. Mais je pensais que pour aller au jardin d'Acclimatation et en revenir nous traverserions cette allée des Acacias où j'avais tant admiré Mme Swann, et que peut-être le mulâtre ami de Coquelin, à qui je n'avais jamais pu me montrer saluant Mme Swann, me verrait assis à côté d'elle au fond d'une victoria.

Pendant ces minutes où Gilberte, partie se préparer, n'était pas dans le salon avec nous, M. et Mme Swann se plaisaient à me découvrir les rares vertus de leur fille. Et tout ce que j'observais semblait prouver qu'ils disaient vrai : je remarquais que, comme sa mère me l'avait raconté, elle avait non seulement pour ses amies, mais pour les domestiques, pour les pauvres, des attentions délicates, longuement méditées, un désir de faire plaisir, une peur de mécontenter, se traduisant par de petites choses qui souvent lui donnaient beaucoup de mal. Elle avait fait un ouvrage pour notre marchande des Champs-Élysées et sortit par la neige, pour le lui remettre elle-même et sans un jour de retard. « Vous n'avez pas idée de ce qu'est son cœur, car elle le cache », disait son père. Si jeune, elle avait l'air bien plus raisonnable que ses parents. Quand Swann parlait des grandes relations de sa femme, Gilberte détournait la tête et se taisait, mais sans air de blâme, car son père ne lui paraissait pas pouvoir être l'objet de la plus légère critique. Un jour que je lui avais parlé de Mlle Vinteuil, elle me dit :

« Jamais je ne la connaîtrai, pour une raison, c'est qu'elle n'était pas gentille pour son père, à ce qu'on dit, elle lui faisait de la peine. Vous ne pouvez pas plus comprendre cela que moi, n'est-ce pas, vous qui ne pourriez sans doute pas plus survivre à votre papa que moi au mien, ce qui est du reste tout naturel. Comment oublier jamais quelqu'un qu'on aime depuis toujours ? »

Et une fois qu'elle était plus particulièrement câline avec Swann, comme je le lui fis remarquer quand il fut loin :

« Oui, pauvre papa, c'est ces jours-ci l'anniversaire de la mort de son père. Vous pouvez comprendre ce qu'il doit éprouver, vous comprenez cela, vous, nous sentons de même sur ces choses-là. Alors, je tâche d'être moins méchante que d'habitude. — Mais il ne vous trouve pas méchante, il vous trouve parfaite. — Pauvre papa, c'est parce qu'il est trop bon. »

Ses parents ne me firent pas seulement l'éloge des vertus de Gilberte — cette même Gilberte qui même avant que je l'eusse jamais vue m'apparaissait devant une église, dans un paysage de l'Île-de-France, et qui ensuite m'évoquant non plus mes rêves, mais mes souvenirs, était toujours devant la haie d'épines roses, dans le raidillon que je prenais pour aller du côté de Méséglise. Comme j'avais demandé à Mme Swann, en m'efforçant de prendre le ton indifférent d'un ami de la famille, curieux des préférences d'une enfant, quels étaient parmi les camarades de Gilberte ceux qu'elle aimait le mieux, Mme Swann me répondit :

« Mais vous devez être plus avancé que moi dans ses confidences, vous qui êtes le grand favori, le grand crack, comme disent les Anglais. »

Sans doute dans ces coïncidences tellement parfaites, quand la réalité se replie et s'applique sur ce que nous avons si longtemps rêvé, elle nous le cache entièrement, se confond avec lui, comme deux figures égales et superposées qui n'en font plus qu'une, alors qu'au contraire, pour donner à notre joie toute sa signification, nous voudrions garder à tous ces points de notre désir, dans le moment même où nous y touchons — et pour être plus certain que ce soit bien eux — le prestige des êtres intangibles. Et la pensée ne peut même pas reconstituer l'état ancien pour le confronter au nouveau, car elle n'a plus le champ libre : la connaissance que nous avons faite, le souvenir des premières minutes inespérées, les propos que nous avons entendus, sont là qui obstruent l'entrée de notre conscience et commandent beaucoup plus les issues de notre mémoire que celles de notre imagination, ils rétroagissent davantage sur notre passé que nous ne sommes plus maîtres de voir sans tenir compte d'eux, que sur la forme, restée libre, de notre avenir. J'avais pu croire pendant des années qu'aller chez Mme Swann était une vague chimère que je n'atteindrais jamais ; après avoir passé un quart d'heure chez elle, c'est le temps où je ne la connaissais pas qui était devenu chimérique et vague comme un possible que la réalisation d'un autre possible a anéanti. Comment aurais-je encore pu rêver de la salle à manger comme d'un lieu inconcevable, quand je ne pouvais pas faire un mouvement dans mon esprit sans y rencontrer les rayons infrangibles qu'émettait à l'infini derrière lui, jusque dans mon passé le plus ancien, le homard à l'américaine que je venais de manger ? Et Swann avait dû voir, pour ce qui le concernait lui-même, se produire quelque chose d'analogue : car cet appartement où il me recevait pouvait être considéré comme le lieu où étaient venus se confondre, et coïncider, non pas seulement l'appartement idéal que mon imagination avait engendré, mais un autre encore, celui que l'amour jaloux de Swann, aussi inventif que mes rêves, lui avait si souvent décrit, cet appartement commun à Odette et à lui qui lui était apparu si inaccessible, tel soir où Odette l'avait ramené avec Forcheville prendre de l'orangeade chez elle ; et ce qui était venu s'absorber, pour lui, dans le plan de la salle à manger où nous déjeunions, c'était ce paradis inespéré où jadis il ne pouvait sans trouble imaginer qu'il aurait dit à *leur* maître d'hôtel ces mêmes mots : « Madame est-elle prête ? » que je lui entendais prononcer maintenant avec une légère impatience mêlée de quelque satisfaction d'amour-propre. Pas plus que ne le pouvait sans doute Swann, je n'arrivais à connaître mon bonheur et quand Gilberte elle-même s'écriait : « Qu'est-ce qui vous aurait dit que la petite fille que vous regardiez, sans lui parler, jouer aux barres, serait votre grande amie chez qui vous iriez tous les jours où cela vous plairait ? », elle parlait d'un changement que j'étais bien obligé de constater du dehors, mais que je ne possédais pas intérieurement, car il se composait de deux états que je ne pouvais, sans qu'ils cessassent d'être distincts l'un de l'autre, réussir à penser à la fois.

Et pourtant cet appartement parce qu'il avait été si passionnément désiré par la volonté de Swann, devait conserver pour lui quelque douceur, si j'en jugeais par moi pour qui il n'avait pas perdu tout mystère. Ce charme singulier dans lequel j'avais pendant si longtemps supposé que baignait la vie des Swann, je ne l'avais pas entièrement chassé de leur maison en y pénétrant ; je l'avais fait reculer, dompté qu'il était par cet étranger, ce paria que j'avais été et à qui Mlle Swann avançait maintenant gracieusement pour qu'il y prît place, un fauteuil délicieux, hostile et scandalisé ; mais tout autour de moi, ce charme, dans mon souvenir, je le perçois encore. Est-ce parce que, ces jours où M. et Mme Swann m'invitaient à déjeuner, pour sortir ensuite avec eux et Gilberte, j'imprimais avec mon regard — pendant que j'attendais seul — sur le tapis, sur les bergères, sur les consoles, sur les paravents, sur les tableaux, l'idée gravée en moi que Mme Swann, ou son mari, ou Gilberte allaient entrer ? Est-ce parce que ces choses ont vécu depuis dans ma mémoire à côté des Swann et ont fini par prendre quelque chose d'eux ? Est-ce parce que sachant qu'ils passaient leur existence au milieu d'elles, je faisais de toutes comme les emblèmes de leur vie particulière, de leurs habitudes dont j'avais été trop longtemps exclu pour qu'elles ne continuassent pas à me sembler étrangères même quand on me fit la faveur de m'y mêler ? Toujours est-il que chaque fois que je pense à ce salon que Swann (sans que cette critique impliquât de sa part l'intention de contrarier en rien les goûts de sa femme) trouvait si disparate — parce que tout conçu

qu'il était encore dans le goût moitié serre, moitié atelier
qui était celui de l'appartement où il avait connu Odette,
elle avait pourtant commencé à remplacer dans ce fouillis
nombre des objets chinois qu'elle trouvait maintenant un
peu « toc », bien « à côté », par une foule de petits
meubles tendus de vieilles soies Louis XVI (sans compter
les chefs-d'œuvre apportés par Swann de l'hôtel du quai
d'Orléans) —, il a au contraire dans mon souvenir, ce salon
composite, une cohésion, une unité, un charme individuel
que n'ont jamais même les ensembles les plus intacts que
le passé nous ait légués, ni les plus vivants où se marque
l'empreinte d'une personne : car nous seuls pouvons, par
la croyance qu'elles ont une existence à elles, donner à
certaines choses que nous voyons une âme qu'elles gardent
ensuite et qu'elles développent en nous. Toutes les idées
que je m'étais faites des heures, différentes de celles qui
existent pour les autres hommes, que passaient les Swann
dans cet appartement qui était pour le temps quotidien
de leur vie ce que le corps est pour l'âme, et qui devait
en exprimer la singularité, toutes ces idées étaient
réparties, amalgamées — partout également troublantes
et indéfinissables — dans la place des meubles, dans
l'épaisseur des tapis, dans l'orientation des fenêtres, dans
le service des domestiques. Quand après le déjeuner, nous
allions, au soleil, prendre le café dans la grande baie du
salon, tandis que Mme Swann me demandait combien je
voulais de morceaux de sucre dans mon café, ce n'était
pas seulement le tabouret de soie qu'elle poussait vers moi
qui dégageait avec le charme douloureux que j'avais perçu
autrefois — sous l'épine rose, puis à côté du massif de
lauriers — dans le nom de Gilberte, l'hostilité que
m'avaient témoignée ses parents et que ce petit meuble
semblait avoir si bien sue et partagée que je ne me sentais
pas digne et que je me trouvais un peu lâche d'imposer
mes pieds à son capitonnage sans défense ; une âme
personnelle le reliait secrètement à la lumière de deux
heures de l'après-midi, différente de ce qu'elle était partout
ailleurs dans le golfe où elle faisait jouer à nos pieds ses
flots d'or parmi lesquels les canapés bleuâtres et les
vaporeuses tapisseries émergeaient comme des îles enchan-
tées ; et il n'était pas jusqu'au tableau de Rubens accroché
au-dessus de la cheminée qui ne possédât lui aussi le même
genre et presque la même puissance de charme que les

bottines à lacets de M. Swann et ce manteau à pèlerine, dont j'avais tant désiré porter le pareil et que maintenant Odette demandait à son mari de remplacer par un autre, pour être plus élégant, quand je leur faisais l'honneur de sortir avec eux. Elle allait s'habiller elle aussi, bien que j'eusse protesté qu'aucune robe « de ville » ne vaudrait à beaucoup près la merveilleuse robe de chambre de crêpe de Chine ou de soie, vieux rose, cerise, rose Tiepolo, blanche, mauve, verte, rouge, jaune, unie ou à dessins, dans laquelle Mme Swann avait déjeuné et qu'elle allait ôter. Quand je disais qu'elle aurait dû sortir ainsi, elle riait, par moquerie de mon ignorance ou plaisir de mon compliment. Elle s'excusait de posséder tant de peignoirs parce qu'elle prétendait qu'il n'y avait que là-dedans qu'elle se sentait bien et elle nous quittait pour aller mettre une de ces toilettes souveraines qui s'imposaient à tous, et entre lesquelles pourtant j'étais parfois appelé à choisir celle que je préférais qu'elle revêtît.

Au jardin d'Acclimatation, que j'étais fier quand nous étions descendus de voiture de m'avancer à côté de Mme Swann ! Tandis que dans sa démarche nonchalante elle laissait flotter son manteau, je jetais sur elle des regards d'admiration auxquels elle répondait coquettement par un long sourire. Maintenant si nous rencontrions l'un ou l'autre des camarades, fille ou garçon, de Gilberte, qui nous saluait de loin, j'étais à mon tour regardé par eux comme un de ces êtres que j'avais tant enviés, un de ces amis de Gilberte qui connaissaient sa famille et étaient mêlés à l'autre partie de sa vie, celle qui ne se passait pas aux Champs-Élysées.

Souvent dans les allées du Bois ou du jardin d'Acclimatation, nous croisions, nous étions salués par telle ou telle grande dame amie de Swann, qu'il lui arrivait de ne pas voir et que lui signalait sa femme, « Charles, vous ne voyez pas Mme de Montmorency ? » Et Swann, avec le sourire amical dû à une longue familiarité se découvrait pourtant largement avec une élégance qui n'était qu'à lui. Quelquefois la dame s'arrêtait, heureuse de faire à Mme Swann une politesse qui ne tirait pas à conséquence et de laquelle on savait qu'elle ne chercherait pas à profiter ensuite, tant Swann l'avait habituée à rester sur la réserve. Elle n'en avait pas moins pris toutes les manières du monde, et si élégante et noble de port que fût la dame, Mme Swann l'égalait toujours en cela ; arrêtée un moment auprès de l'amie que son mari venait de rencontrer, elle nous présentait avec tant d'aisance, Gilberte et moi, gardait tant de liberté et de calme dans son amabilité, qu'il eût été difficile de dire, de la femme de Swann ou de l'aristocratique passante, laquelle des deux était la grande dame. Le jour où nous étions allés voir les Cinghalais, comme nous revenions, nous aperçûmes, venant dans notre direction et suivie de deux autres qui semblaient l'escorter, une dame âgée mais encore belle, enveloppée dans un manteau sombre et coiffée d'une petite capote attachée sous le cou par deux brides. « Ah ! voilà quelqu'un qui va vous intéresser », me dit Swann. La vieille dame maintenant à trois pas nous souriait avec une douceur caressante. Swann se découvrit, Mme Swann s'abaissa en une révérence et voulut baiser la main de la dame pareille à un portrait de Winterhalter qui la releva et l'embrassa. « Voyons, voulez-vous mettre votre chapeau, vous », dit-elle à Swann, d'une grosse voix un peu maussade, en amie familière. « Je vais vous présenter à Son Altesse Impériale », me dit Mme Swann. Swann m'attira un moment à l'écart pendant que Mme Swann causait du beau temps et des animaux nouvellement arrivés au jardin d'Acclimatation, avec l'altesse. « C'est la princesse Mathilde, me dit-il, vous savez, l'amie de Flaubert, de Sainte-Beuve, de Dumas[1]. Songez, c'est la nièce de Napoléon Ier ! Elle a été demandée en mariage par Napoléon III et par l'empereur de Russie. Ce n'est pas intéressant ? Parlez-lui un peu. Mais je voudrais qu'elle ne nous fît pas rester une heure sur nos jambes. » « J'ai rencontré Taine qui m'a dit que la Princesse était brouillée avec lui, dit Swann. — Il s'est conduit comme un cauchon », dit-elle d'une voix rude et en prononçant le mot comme si ç'avait été le nom de l'évêque contemporain de Jeanne d'Arc. « Après l'article qu'il a écrit sur l'Empereur je lui ai laissé une carte avec P.P.C.[2] » J'éprouvais la surprise qu'on a en ouvrant la correspondance de la duchesse d'Orléans, née princesse palatine. Et, en effet, la princesse Mathilde, animée de sentiments si français, les éprouvait avec une honnête rudesse comme en avait l'Allemagne d'autrefois et qu'elle avait héritée sans doute de sa mère wurtembergeoise. Sa franchise un peu fruste et presque masculine, elle l'adoucissait, dès qu'elle souriait, de langueur italienne. Et le tout était enveloppé dans une

toilette tellement second Empire que bien que la princesse
la portât seulement sans doute par attachement aux modes
qu'elle avait aimées, elle semblait avoir eu l'intention de
ne pas commettre une faute de couleur historique et de
répondre à l'attente de ceux qui attendaient d'elle
l'évocation d'une autre époque. Je soufflai à Swann de lui
demander si elle avait connu Musset. « Très peu,
monsieur », répondit-elle d'un air qui faisait semblant
d'être fâché, et, en effet, c'était par plaisanterie qu'elle
disait monsieur à Swann, étant fort intime avec lui. « Je
l'ai eu une fois à dîner. Je l'avais invité pour sept heures.
À sept heures et demie, comme il n'était pas là, nous nous
mîmes à table. Il arrive à huit heures, me salue, s'assied,
ne desserre pas les dents, part après le dîner sans que j'aie
entendu le son de sa voix. Il était ivre-mort. Cela ne m'a
pas beaucoup encouragée à recommencer[1]. » Nous étions
un peu à l'écart, Swann et moi. « J'espère que cette petite
séance ne va pas se prolonger, me dit-il, j'ai mal à la plante
des pieds. Aussi je ne sais pas pourquoi ma femme alimente
la conversation. Après cela c'est elle qui se plaindra d'être
fatiguée et moi je ne peux plus supporter ces stations
debout. » Mme Swann, en effet, qui tenait le renseignement de Mme Bontemps, était en train de dire à la
princesse que le gouvernement comprenant enfin sa
goujaterie, avait décidé de lui envoyer une invitation pour
assister dans les tribunes à la visite que le tsar Nicolas
devait faire le surlendemain aux Invalides. Mais la
princesse qui malgré les apparences, malgré le genre de
son entourage composé surtout d'artistes et d'hommes de
lettres était restée au fond et chaque fois qu'elle avait à
agir, nièce de Napoléon : « Oui, madame, je l'ai reçue
ce matin et je l'ai renvoyée au ministre qui doit l'avoir
à l'heure qu'il est. Je lui ai dit que je n'avais pas besoin
d'invitation pour aller aux Invalides. Si le gouvernement
désire que j'y aille, ce ne sera pas dans une tribune, mais
dans notre caveau, où est le tombeau de l'Empereur. Je
n'ai pas besoin de cartes pour cela. J'ai mes clefs. J'entre
comme je veux. Le gouvernement n'a qu'à me faire savoir
s'il désire que je vienne ou non. Mais si j'y vais, ce sera
là ou pas du tout. » À ce moment nous fûmes salués, Mme
Swann et moi, par un jeune homme qui lui dit bonjour
sans s'arrêter et que je ne savais pas qu'elle connût : Bloch.
Sur une question que je lui posai, Mme Swann me dit qu'il

lui avait été présenté par Mme Bontemps, qu'il était attaché au Cabinet du ministre, ce que j'ignorais. Du reste, elle ne devait pas l'avoir vu souvent — ou bien elle n'avait pas voulu citer le nom, trouvé peut-être par elle peu « chic », de Bloch — car elle dit qu'il s'appelait M. Moreul. Je lui assurai qu'elle confondait, qu'il s'appelait Bloch. La princesse redressa une traîne qui se déroulait derrière elle et que Mme Swann regardait avec admiration. « C'est justement une fourrure que l'empereur de Russie m'avait envoyée, dit la princesse et comme j'ai été le voir tantôt, je l'ai mise pour lui montrer que cela avait pu s'arranger en manteau. — Il paraît que le prince Louis s'est engagé dans l'armée russe[1], la princesse va être désolée de ne plus l'avoir près d'elle, dit Mme Swann qui ne voyait pas les signes d'impatience de son mari. — Il avait bien besoin de cela ! Comme je lui ai dit : Ce n'est pas une raison parce que tu as eu un militaire dans ta famille », répondit la princesse, faisant avec cette brusque simplicité allusion à Napoléon Ier. Swann ne tenait plus en place. « Madame, c'est moi qui vais faire l'altesse et vous demander la permission de prendre congé, mais ma femme a été très souffrante et je ne veux pas qu'elle reste davantage immobile. » Mme Swann refit la révérence et la princesse eut pour nous tous un divin sourire qu'elle sembla amener du passé, des grâces de sa jeunesse, des soirées de Compiègne et qui coula intact et doux sur le visage tout à l'heure grognon, puis elle s'éloigna suivie des deux dames d'honneur qui n'avaient fait, à la façon d'interprètes, de bonnes d'enfants, ou de gardes-malades que ponctuer notre conversation de phrases insignifiantes et d'explications inutiles. « Vous devriez aller écrire votre nom chez elle, un jour de cette semaine, me dit Mme Swann ; on ne corne pas de bristol à toutes ces *royautés*, comme disent les Anglais, mais elle vous invitera si vous vous faites inscrire. »

Parfois dans ces derniers jours d'hiver nous entrions avant d'aller nous promener dans quelqu'une des petites expositions qui s'ouvraient alors et où Swann, collection-neur de marque, était salué avec une particulière déférence par les marchands de tableaux chez qui elles avaient lieu. Et par ces temps encore froids, mes anciens désirs de partir pour le Midi et Venise étaient réveillés par ces salles où un printemps déjà avancé et un soleil ardent mettaient des reflets violacés sur les Alpilles roses et donnaient la transparence foncée de l'émeraude au Grand Canal. S'il faisait mauvais nous allions au concert ou au théâtre et goûter ensuite dans un « Thé ». Dès que Mme Swann voulait me dire quelque chose qu'elle désirait que les personnes des tables voisines ou même les garçons qui servaient ne comprissent pas, elle me le disait en anglais comme si c'eût été un langage connu de nous deux seulement. Or tout le monde savait l'anglais, moi seul je ne l'avais pas encore appris et étais obligé de le dire à Mme Swann pour qu'elle cessât de faire sur les personnes qui buvaient le thé ou sur celles qui l'apportaient des réflexions que je devinais désobligeantes sans que j'en comprisse, ni que l'individu visé en perdît, un seul mot.

Une fois, à propos d'une matinée théâtrale, Gilberte me causa un étonnement profond. C'était justement le jour dont elle m'avait parlé d'avance et où tombait l'anniversaire de la mort de son grand-père. Nous devions elle et moi, aller entendre avec son institutrice les fragments d'un opéra et Gilberte s'était habillée dans l'intention de se rendre à cette exécution musicale, gardant l'air d'indifférence qu'elle avait l'habitude de montrer pour la chose que nous devions faire disant que ce pouvait être n'importe quoi pourvu que cela me plût et fût agréable à ses parents. Avant le déjeuner, sa mère nous prit à part pour lui dire que cela ennuyait son père de nous voir aller au concert ce jour-là. Je trouvai que c'était trop naturel. Gilberte resta impassible mais devint pâle d'une colère qu'elle ne put cacher, et elle ne dit plus un mot. Quand M. Swann revint, sa femme l'emmena à l'autre bout du salon et lui parla à l'oreille. Il appela Gilberte, et la prit à part dans la pièce à côté. On entendit des éclats de voix. Je ne pouvais cependant pas croire que Gilberte, si soumise, si tendre, si sage, résistât à la demande de son père, un jour pareil et pour une cause si insignifiante. Enfin Swann sortit en lui disant :

« Tu sais ce que je t'ai dit. Maintenant, fais ce que tu voudras. »

La figure de Gilberte resta contractée pendant tout le déjeuner, après lequel nous allâmes dans sa chambre. Puis tout d'un coup, sans une hésitation et comme si elle n'en avait eu à aucun moment : « Deux heures ! s'écria-t-elle, mais vous savez que le concert commence à deux heures et demie. » Et elle dit à son institutrice de se dépêcher.

« Mais, lui dis-je, est-ce que cela n'ennuie pas votre père ?

— Pas le moins du monde.

— Cependant, il avait peur que cela ne semble bizarre à cause de cet anniversaire.

— Qu'est-ce que cela peut me faire, ce que les autres pensent ? Je trouve ça grotesque de s'occuper des autres dans les choses de sentiment. On sent pour soi, pas pour le public. Mademoiselle qui a peu de distractions se fait une fête d'aller à ce concert, je ne vais pas l'en priver pour faire plaisir au public. »

Et elle prit son chapeau.

« Mais Gilberte, lui dis-je en lui prenant le bras, ce n'est pas pour faire plaisir au public, c'est pour faire plaisir à votre père.

— Vous n'allez pas me faire d'observations, j'espère », me cria-t-elle d'une voix dure, en se dégageant vivement.

Faveur plus précieuse encore que de m'emmener avec eux au jardin d'Acclimatation, ou au concert, les Swann ne m'excluaient même pas de leur amitié avec Bergotte, laquelle avait été à l'origine du charme que je leur avais trouvé quand, avant même de connaître Gilberte, je pensais que son intimité avec le divin vieillard eût fait d'elle pour moi la plus passionnante des amies, si le dédain que je devais lui inspirer ne m'eût pas interdit l'espoir qu'elle m'emmenât jamais avec lui visiter les villes qu'il aimait. Or, un jour Mme Swann m'invita à un grand déjeuner. Je ne savais pas quels devaient être les convives. En arrivant, je fus, dans le vestibule, déconcerté par un incident qui m'intimida. Mme Swann manquait rarement d'adopter les usages qui passent pour élégants pendant une saison et ne parvenant pas à se maintenir sont bientôt abandonnés (comme beaucoup d'années auparavant elle avait eu son *hansom cab*[1], ou faisait imprimer sur une invitation à déjeuner que c'était *to meet* un personnage plus ou moins important). Souvent ces usages n'avaient rien de mystérieux et n'exigeaient pas d'initiation. C'est ainsi que, mince innovation de ces années-là et importée d'Angleterre, Odette avait fait faire à son mari des cartes où le nom de Charles Swann était précédé de « Mr. ». Après la première visite que je lui avais faite, Mme Swann avait corné chez moi un de ces « cartons » comme elle

disait. Jamais personne ne m'avait déposé de cartes ; je
ressentis tant de fierté, d'émotion, de reconnaissance, que
réunissant tout ce que je possédais d'argent, je commandai
une superbe corbeille de camélias et l'envoyai à
Mme Swann. Je suppliai mon père d'aller mettre une carte
chez elle, mais de s'en faire vite graver d'abord où son
nom fût précédé de « Mr. ». Il n'obéit à aucune de mes
deux prières, j'en fus désespéré pendant quelques jours,
et me demandai ensuite s'il n'avait pas eu raison. Mais
l'usage du « Mr. », s'il était inutile, était clair. Il n'en était
pas ainsi d'un autre qui, le jour de ce déjeuner me fut
révélé, mais non pourvu de sa signification. Au moment
où j'allais passer de l'antichambre dans le salon, le maître
d'hôtel me remit une enveloppe mince et longue sur
laquelle mon nom était écrit. Dans ma surprise je le
remerciai, cependant je regardais l'enveloppe. Je ne savais
pas plus ce que j'en devais faire qu'un étranger d'un de
ces petits instruments que l'on donne aux convives dans
les dîners chinois. Je vis qu'elle était fermée, je craignis
d'être indiscret en l'ouvrant tout de suite et je la mis dans
ma poche d'un air entendu. Mme Swann m'avait écrit
quelques jours auparavant de venir déjeuner « en petit
comité ». Il y avait pourtant seize personnes, parmi
lesquelles j'ignorais absolument que se trouvât Bergotte.
Mme Swann qui venait de me « nommer » comme elle
disait à plusieurs d'entre elles, tout à coup, à la suite de
mon nom, de la même façon qu'elle venait de le dire (et
comme si nous étions seulement deux invités du déjeuner
qui devaient être chacun également contents de connaître
l'autre), prononça le nom du doux Chantre aux cheveux
blancs. Ce nom de Bergotte me fit tressauter comme le
bruit d'un revolver qu'on aurait déchargé sur moi, mais
instinctivement pour faire bonne contenance je saluai ;
devant moi, comme ces prestidigitateurs qu'on aperçoit
intacts et en redingote dans la poussière d'un coup de feu
d'où s'envole une colombe, mon salut m'était rendu par
un homme jeune, rude, petit, râblé et myope, à nez rouge
en forme de coquille de colimaçon et à barbiche noire[1].
J'étais mortellement triste, car ce qui venait d'être réduit
en poudre, ce n'était pas seulement le langoureux vieillard
dont il ne restait plus rien, c'était aussi la beauté d'une
œuvre immense que j'avais pu loger dans l'organisme
défaillant et sacré que j'avais, comme un temple, construit

expressément pour elle, mais à laquelle aucune place n'était réservée dans le corps trapu, rempli de vaisseaux, d'os, de ganglions, du petit homme à nez camus et à barbiche noire qui était devant moi. Tout le Bergotte que j'avais lentement et délicatement élaboré moi-même, goutte à goutte, comme une stalactite, avec la transparente beauté de ses livres, ce Bergotte-là se trouvait d'un seul coup ne plus pouvoir être d'aucun usage, du moment qu'il fallait conserver le nez en colimaçon et utiliser la barbiche noire ; comme n'est plus bonne à rien la solution que nous avions trouvée pour un problème dont nous avions lu incomplètement la donnée et sans tenir compte que le total devait faire un certain chiffre. Le nez et la barbiche étaient des éléments aussi inéluctables et d'autant plus gênants que, me forçant à réédifier entièrement le personnage de Bergotte, ils semblaient encore impliquer, produire, sécréter incessamment un certain genre d'esprit actif et satisfait de soi, ce qui n'était pas de jeu, car cet esprit-là n'avait rien à voir avec la sorte d'intelligence répandue dans ces livres, si bien connus de moi et que pénétrait une douce et divine sagesse. En partant d'eux, je ne serais jamais arrivé à ce nez en colimaçon ; mais en partant de ce nez qui n'avait pas l'air de s'en inquiéter, faisait cavalier seul et « fantaisie », j'allais dans une tout autre direction que l'œuvre de Bergotte, j'aboutirais, semblait-il, à quelque mentalité d'ingénieur pressé, de la sorte de ceux qui quand on les salue croient comme il faut de dire : « Merci et vous » avant qu'on leur ait demandé de leurs nouvelles et si on leur déclare qu'on a été enchanté de faire leur connaissance, répondent par une abréviation qu'ils se figurent bien portée, intelligente et moderne en ce qu'elle évite de perdre en de vaines formules un temps précieux : « Également ». Sans doute, les noms sont des dessinateurs fantaisistes, nous donnant des gens et des pays des croquis si peu ressemblants que nous éprouvons souvent une sorte de stupeur quand nous avons devant nous au lieu du monde imaginé, le monde visible (qui d'ailleurs n'est pas le monde vrai, nos sens ne possédant pas beaucoup plus le don de la ressemblance que l'imagination, si bien que les dessins enfin approximatifs qu'on peut obtenir de la réalité sont au moins aussi différents du monde vu que celui-ci l'était du monde imaginé). Mais pour Bergotte la gêne du nom préalable n'était rien auprès de celle que me causait l'œuvre connue, à laquelle j'étais obligé d'attacher, comme après un ballon, l'homme à barbiche sans savoir si elle garderait la force de s'élever. Il semblait bien pourtant que ce fût lui qui eût écrit les livres que j'avais tant aimés, car Mme Swann ayant cru devoir lui dire mon goût pour l'un d'eux, il ne montra nul étonnement qu'elle en eût fait part à lui plutôt qu'à un autre convive, et ne sembla pas voir là l'effet d'une méprise ; mais, emplissant la redingote qu'il avait mise en l'honneur de tous ces invités, d'un corps avide du déjeuner prochain, ayant son attention occupée d'autres réalités importantes, ce ne fut que comme à un épisode révolu de sa vie antérieure, et comme si on avait fait allusion à un costume du duc de Guise, qu'il eût mis une certaine année à un bal costumé, qu'il sourit en se reportant à l'idée de ses livres, lesquels aussitôt déclinèrent pour moi (entraînant dans leur chute toute la valeur du Beau, de l'univers, de la vie) jusqu'à n'avoir été que quelque médiocre divertissement d'homme à barbiche. Je me disais qu'il avait dû s'y appliquer, mais que s'il avait vécu dans une île entourée par des bancs d'huîtres perlières, il se fût à la place livré avec succès au commerce des perles. Son œuvre ne me semblait plus aussi inévitable. Et alors je me demandais si l'originalité prouve vraiment que les grands écrivains soient des dieux régnant chacun dans un royaume qui n'est qu'à lui, ou bien s'il n'y a pas dans tout cela un peu de feinte, si les différences entre les œuvres ne seraient pas le résultat du travail, plutôt que l'expression d'une différence radicale d'essence entre les diverses personnalités.

Cependant on était passé à table. À côté de mon assiette je trouvai un œillet dont la tige était enveloppée dans du papier d'argent. Il m'embarrassa moins que n'avait fait l'enveloppe remise dans l'antichambre et que j'avais complètement oubliée. L'usage, pourtant aussi nouveau pour moi, me parut plus intelligible quand je vis tous les convives masculins s'emparer d'un œillet semblable qui accompagnait leur couvert et l'introduire dans la boutonnière de leur redingote. Je fis comme eux avec cet air naturel d'un libre penseur dans une église, lequel ne connaît pas la messe, mais se lève quand tout le monde se lève et se met à genoux un peu après que tout le monde s'est mis à genoux. Un autre usage inconnu et moins éphémère me déplut davantage. De l'autre côté de mon assiette il y en avait une plus petite remplie d'une matière noirâtre que je ne savais pas être du caviar. J'étais ignorant de ce qu'il fallait en faire, mais résolu à n'en pas manger.

Bergotte n'était pas placé loin de moi, j'entendais parfaitement ses paroles. Je compris alors l'impression de M. de Norpois. Il avait en effet un organe bizarre ; rien n'altère autant les qualités matérielles de la voix que de contenir de la pensée : la sonorité des diphtongues, l'énergie des labiales, en sont influencées. La diction l'est aussi. La sienne me semblait entièrement différente de sa manière d'écrire, et même les choses qu'il disait de celles qui remplissent ses ouvrages. Mais la voix sort d'un masque sous lequel elle ne suffit pas à nous faire reconnaître d'abord un visage que nous avons vu à découvert dans le style[1]. Dans certains passages de la conversation où Bergotte avait l'habitude de se mettre à parler d'une façon qui ne paraissait pas affectée et déplaisante qu'à M. de Norpois, j'ai été long à découvrir une exacte correspondance avec les parties de ses livres où sa forme devenait si poétique et musicale. Alors il voyait dans ce qu'il disait une beauté plastique indépendante de la signification des phrases, et comme la parole humaine est en rapport avec l'âme, mais sans l'exprimer comme fait le style, Bergotte avait l'air de parler presque à contresens, psalmodiant certains mots et, s'il poursuivait au-dessous d'eux une seule image, les filant sans intervalle comme un même son, avec une fatigante monotonie. De sorte qu'un débit prétentieux, emphatique et monotone était le signe de la qualité esthétique de ses propos, et l'effet, dans sa conversation, de ce même pouvoir qui produisait dans ses livres la suite des images et l'harmonie. J'avais eu d'autant plus de peine à m'en apercevoir d'abord que ce qu'il disait à ces moments-là, précisément parce que c'était vraiment de Bergotte n'avait pas l'air d'être du Bergotte. C'était un foisonnement d'idées précises, non incluses dans ce « genre Bergotte » que beaucoup de chroniqueurs s'étaient approprié ; et cette dissemblance était probablement — vu d'une façon trouble à travers la conversation, comme une image derrière un verre fumé — un autre aspect de ce fait que quand on lisait une page de Bergotte, elle n'était jamais ce qu'aurait écrit n'importe lequel de ces plats imitateurs qui pourtant, dans le journal et dans le livre, ornaient leur prose de tant d'images et de pensées « à la Bergotte ». Cette différence dans le style venait de ce que « le Bergotte » était avant tout quelque élément précieux et vrai, caché au cœur de chaque chose, puis extrait d'elle par ce grand écrivain grâce à son génie, extraction qui était le but du doux Chantre et non pas de faire du Bergotte. À vrai dire il en faisait malgré lui puisqu'il était Bergotte, et qu'en ce sens chaque nouvelle beauté de son œuvre était la petite quantité de Bergotte enfouie dans une chose et qu'il en avait tirée. Mais si par là chacune de ces beautés était apparentée avec les autres et reconnaissable, elle restait cependant particulière, comme la découverte qui l'avait mise à jour ; nouvelle, par conséquent différente de ce qu'on appelait le genre Bergotte qui était une vague synthèse des Bergotte déjà trouvés et rédigés par lui, lesquels ne permettaient nullement à des hommes sans génie d'augurer ce qu'il découvrirait ailleurs. Il en est ainsi pour tous les grands écrivains, la beauté de leurs phrases est imprévisible, comme est celle d'une femme qu'on ne connaît pas encore ; elle est création puisqu'elle s'applique à un objet extérieur auquel ils pensent — et non à soi — et qu'ils n'ont pas encore exprimé. Un auteur de Mémoires d'aujourd'hui, voulant sans trop en avoir l'air, faire du Saint-Simon, pourra à la rigueur écrire la première ligne du portrait de Villars : « C'était un assez grand homme brun... avec une physionomie vive, ouverte, sortante », mais quel déterminisme pourra lui faire trouver la seconde ligne qui commence par : « et véritablement un peu folle[1] » » ? La vraie variété est dans cette plénitude d'éléments réels et inattendus, dans le rameau chargé de fleurs bleues qui s'élance contre toute attente, de la haie printanière qui semblait déjà comble, tandis que l'imitation purement formelle de la variété (et on pourrait raisonner de même pour toutes les autres qualités du style) n'est que vide et uniformité, c'est-à-dire ce qui est le plus opposé à la variété, et ne peut chez les imitateurs en donner l'illusion et en rappeler le souvenir que pour celui qui ne l'a pas comprise chez les maîtres.

Aussi — de même que la diction de Bergotte eût sans doute charmé si lui-même n'avait été que quelque amateur récitant du prétendu Bergotte, au lieu qu'elle était liée à la pensée de Bergotte en travail et en action par des

rapports vitaux que l'oreille ne dégageait pas immédiatement, — de même c'était parce que Bergotte appliquait
cette pensée avec précision à la réalité qui lui plaisait que
son langage avait quelque chose de positif, de trop
nourrissant, qui décevait ceux qui s'attendaient à l'entendre parler seulement de « l'éternel torrent des apparences[1] » et des « mystérieux frissons de la beauté ».
Enfin la qualité toujours rare et neuve de ce qu'il écrivait
se traduisait dans sa conversation par une façon si subtile
d'aborder une question, en négligeant tous ses aspects déjà
connus, qu'il avait l'air de la prendre par un petit côté,
d'être dans le faux, de faire du paradoxe, et qu'ainsi ses
idées semblaient le plus souvent confuses, chacun appelant
idées claires celles qui sont au même degré de confusion
que les siennes propres. D'ailleurs toute nouveauté ayant
pour condition l'élimination préalable du poncif auquel
nous étions habitués et qui nous semblait la réalité même,
toute conversation neuve, aussi bien que toute peinture,
toute musique originales, paraîtra toujours alambiquée et
fatigante. Elle repose sur des figures auxquelles nous ne
sommes pas accoutumés, le causeur nous paraît ne parler
que par métaphores, ce qui lasse et donne l'impression
d'un manque de vérité. (Au fond, les anciennes formes
de langage avaient été elles aussi autrefois des images
difficiles à suivre quand l'auditeur ne connaissait pas encore
l'univers qu'elles peignaient. Mais depuis longtemps on
se figure que c'était l'univers réel, on se repose sur lui.)
Aussi quand Bergotte, ce qui semble pourtant bien simple
aujourd'hui, disait de Cottard que c'était un ludion qui
cherchait son équilibre, et de Brichot que « plus encore
qu'à Mme Swann le soin de sa coiffure lui donnait de la
peine, parce que, doublement préoccupé de son profil et
de sa réputation, il fallait à tout moment que l'ordonnance
de sa chevelure lui donnât l'air à la fois d'un lion et d'un
philosophe », on éprouvait vite de la fatigue et on eût
voulu reprendre pied sur quelque chose de plus concret,
disait-on, pour signifier de plus habituel. Les paroles
méconnaissables sorties du masque que j'avais sous les
yeux c'était bien à l'écrivain que j'admirais qu'il fallait les
rapporter, elles n'auraient pas su s'insérer dans ses livres
à la façon d'un puzzle qui s'encadre entre d'autres, elles
étaient dans un autre plan et nécessitaient une transposition
moyennant laquelle un jour que je me répétais des phrases

que j'avais entendu dire à Bergotte, j'y retrouvai toute l'armature de son style écrit, dont je pus reconnaître et nommer les différentes pièces dans ce discours parlé qui m'avait paru si différent.

À un point de vue plus accessoire, la façon spéciale, un peu trop minutieuse et intense, qu'il avait de prononcer certains mots, certains adjectifs qui revenaient souvent dans sa conversation et qu'il ne disait pas sans une certaine emphase, faisant ressortir toutes leurs syllabes et chanter la dernière (comme pour le mot « visage » qu'il substituait toujours au mot « figure » et à qui il ajoutait un grand nombre de *v*, d'*s*, de *g*, qui semblaient tous exploser de sa main ouverte à ces moments), correspondait exactement à la belle place où dans sa prose il mettait ces mots aimés en lumière, précédés d'une sorte de marge et composés de telle façon dans le nombre total de la phrase, qu'on était obligé, sous peine de faire une faute de mesure, d'y faire compter toute leur « quantité ». Pourtant on ne retrouvait pas dans le langage de Bergotte certain éclairage qui dans ses livres, comme dans ceux de quelques autres auteurs, modifie souvent dans la phrase écrite l'apparence des mots. C'est sans doute qu'il vient de grandes profondeurs et n'amène pas ses rayons jusqu'à nos paroles dans les heures où ouverts aux autres par la conversation, nous sommes dans une certaine mesure fermés à nous-même. À cet égard il y avait plus d'intonations, plus d'accent, dans ses livres que dans ses propos : accent indépendant de la beauté du style, que l'auteur lui-même n'a pas perçu sans doute, car il n'est pas séparable de sa personnalité la plus intime. C'est cet accent qui aux moments où dans ses livres, Bergotte était entièrement naturel, rythmait les mots souvent alors fort insignifiants qu'il écrivait. Cet accent n'est pas noté dans le texte, rien ne l'y indique et pourtant il s'ajoute de lui-même aux phrases, on ne peut pas les dire autrement, il est ce qu'il y avait de plus éphémère et pourtant de plus profond chez l'écrivain et c'est cela qui portera témoignage sur sa nature, qui dira si malgré toutes les duretés qu'il a exprimées il était doux, malgré toutes les sensualités, sentimental.

Certaines particularités d'élocution qui existaient à l'état de faibles traces dans la conversation de Bergotte ne lui appartenaient pas en propre, car quand j'ai connu

plus tard ses frères et ses sœurs, je les ai retrouvées chez
eux bien plus accentuées. C'était quelque chose de brusque
et de rauque dans les derniers mots d'une phrase gaie,
quelque chose d'affaibli et d'expirant à la fin d'une phrase
triste. Swann, qui avait connu le Maître quand il était
enfant, m'a dit qu'alors on entendait chez lui, tout autant
que chez ses frères et sœurs ces inflexions en quelque sorte
familiales, tour à tour cris de violente gaieté, murmures
d'une lente mélancolie et que dans la salle où ils jouaient
tous ensemble il faisait sa partie, mieux qu'aucun, dans
leurs concerts successivement assourdissants et languides.
Si particulier qu'il soit, tout ce bruit qui s'échappe des êtres
est fugitif et ne leur survit pas. Mais il n'en fut pas ainsi
de la prononciation de la famille Bergotte. Car s'il est
difficile de comprendre jamais, même dans *Les Maîtres
Chanteurs*, comment un artiste peut inventer la musique
en écoutant gazouiller les oiseaux[1], pourtant Bergotte avait
transposé et fixé dans sa prose cette façon de traîner sur
des mots qui se répètent en clameurs de joie ou qui
s'égouttent en tristes soupirs. Il y a dans ses livres telles
terminaisons de phrases où l'accumulation des sonorités
qui se prolongent, comme aux derniers accords d'une
ouverture d'opéra qui ne peut pas finir et redit plusieurs
fois sa suprême cadence avant que le chef d'orchestre pose
son bâton, dans lesquelles je retrouvai plus tard un
équivalent musical de ces cuivres phonétiques de la famille
Bergotte. Mais pour lui, à partir du moment où il les
transporta dans ses livres, il cessa inconsciemment d'en
user dans son discours. Du jour où il avait commencé
d'écrire et, à plus forte raison, plus tard, quand je le
connus, sa voix s'en était désorchestrée pour toujours.

Ces jeunes Bergotte — le futur écrivain et ses frères
et sœurs — n'étaient sans doute pas supérieurs, au
contraire, à des jeunes gens plus fins, plus spirituels, qui
trouvaient les Bergotte bien bruyants, voire un peu
vulgaires, agaçants dans leurs plaisanteries qui caracté-
risaient le « genre » moitié prétentieux, moitié bêta, de
la maison. Mais le génie, même le grand talent, vient moins
d'éléments intellectuels et d'affinement social supérieurs
à ceux d'autrui, que de la faculté de les transformer, de
les transposer. Pour faire chauffer un liquide avec une
lampe électrique, il ne s'agit pas d'avoir la plus forte lampe
possible, mais une dont le courant puisse cesser d'éclairer,

être dérivé et donner, au lieu de lumière, de la chaleur. Pour se promener dans les airs, il n'est pas nécessaire d'avoir l'automobile la plus puissante, mais une automobile qui, ne continuant pas de courir à terre et coupant d'une verticale la ligne qu'elle suivait, soit capable de convertir en force ascensionnelle sa vitesse horizontale. De même ceux qui produisent des œuvres géniales ne sont pas ceux qui vivent dans le milieu le plus délicat, qui ont la conversation la plus brillante, la culture la plus étendue, mais ceux qui ont eu le pouvoir, cessant brusquement de vivre pour eux-mêmes, de rendre leur personnalité pareille à un miroir, de telle sorte que leur vie si médiocre d'ailleurs qu'elle pouvait être mondainement et même, dans un certain sens, intellectuellement parlant, s'y reflète, le génie consistant dans le pouvoir réfléchissant et non dans la qualité intrinsèque du spectacle reflété. Le jour où le jeune Bergotte put montrer au monde de ses lecteurs le salon de mauvais goût où il avait passé son enfance et les causeries pas très drôles qu'il y tenait avec ses frères, ce jour-là il monta plus haut que les amis de sa famille, plus spirituels et plus distingués : ceux-ci dans leurs belles Rolls-Royce pourraient rentrer chez eux en témoignant un peu de mépris pour la vulgarité des Bergotte ; mais lui, de son modeste appareil qui venait enfin de « décoller », il les survolait.

C'était, non plus avec des membres de sa famille, mais avec certains écrivains de son temps que d'autres traits de son élocution lui étaient communs. De plus jeunes qui commençaient à le renier et prétendaient n'avoir aucune parenté intellectuelle avec lui, la manifestaient sans le vouloir en employant les mêmes adverbes, les mêmes prépositions qu'il répétait sans cesse, en construisant les phrases de la même manière, en parlant sur le même ton amorti, ralenti, par réaction contre le langage éloquent et facile d'une génération précédente. Peut-être ces jeunes gens — on en verra qui étaient dans ce cas — n'avaient-ils pas connu Bergotte. Mais sa façon de penser, inoculée en eux, y avait développé ces altérations de la syntaxe et de l'accent qui est en relation nécessaire avec l'originalité intellectuelle. Relation qui demande à être interprétée d'ailleurs. Ainsi Bergotte, s'il ne devait rien à personne dans sa façon d'écrire, tenait sa façon de parler d'un de ses vieux camarades, merveilleux causeur dont il avait subi

l'ascendant, qu'il imitait sans le vouloir dans la conversation, mais qui, lui, étant moins doué, n'avait jamais écrit
de livres vraiment supérieurs. De sorte que si l'on s'en
était tenu à l'originalité du débit, Bergotte eût été étiqueté
disciple, écrivain de seconde main, alors que, influencé
par son ami dans le domaine de la causerie, il avait été
original et créateur comme écrivain. Sans doute encore
pour se séparer de la précédente génération, trop amie
des abstractions, des grands lieux communs, quand
Bergotte voulait dire du bien d'un livre, ce qu'il faisait
valoir, ce qu'il citait c'était toujours quelque scène faisant
image, quelque tableau sans signification rationnelle.
« Ah ! si ! disait-il, c'est bien ! il y a une petite fille en
châle orange, ah ! c'est bien », ou encore : « Oh ! oui,
il y a un passage où il y a un régiment qui traverse une
ville, ah ! oui, c'est bien¹ ! » Pour le style, il n'était pas
tout à fait de son temps (et restait du reste fort
exclusivement de son pays, il détestait Tolstoï, George
Eliot, Ibsen et Dostoïevski²), car le mot qui revenait
toujours quand il voulait faire l'éloge d'un style, c'était
le mot « doux³ ». « Si, j'aime tout de même mieux le
Chateaubriand d'*Atala* que celui de *Rancé*, il me semble
que c'est plus doux. » Il disait ce mot-là comme un
médecin à qui un malade assure que le lait lui fait mal
à l'estomac et qui répond : « C'est pourtant bien doux. »
Et il est vrai qu'il y avait dans le style de Bergotte une
sorte d'harmonie pareille à celle pour laquelle les anciens
donnaient à certains de leurs orateurs des louanges dont
nous concevons difficilement la nature, habitués que nous
sommes à nos langues modernes où on ne cherche pas
ce genre d'effets.

Il disait aussi, avec un sourire timide, de pages de lui
pour lesquelles on lui déclarait son admiration : « Je crois
que c'est assez vrai, c'est assez exact, cela peut être utile »,
mais simplement par modestie, comme une femme à qui
on dit que sa robe, ou sa fille, est ravissante, répond, pour
la première : « Elle est commode », pour la seconde :
« Elle a un bon caractère. » Mais l'instinct du constructeur
était trop profond chez Bergotte pour qu'il ignorât que
la seule preuve qu'il avait bâti utilement et selon la vérité,
résidait dans la joie que son œuvre lui avait donnée, à
lui d'abord, et aux autres ensuite. Seulement bien des
années plus tard, quand il n'eut plus de talent, chaque fois

qu'il écrivit quelque chose dont il n'était pas content, pour ne pas l'effacer comme il aurait dû, pour le publier, il se répéta, à soi-même cette fois : « Malgré tout, c'est assez exact, cela n'est pas inutile à mon pays. » De sorte que la phrase murmurée jadis devant ses admirateurs par une ruse de sa modestie, le fut, à la fin, dans le secret de son cœur, par les inquiétudes de son orgueil. Et les mêmes mots qui avaient servi à Bergotte d'excuse superflue pour la valeur de ses premières œuvres, lui devinrent comme une inefficace consolation de la médiocrité des dernières[1].

Une espèce de sévérité de goût qu'il avait, de volonté de n'écrire jamais que des choses dont il pût dire : « C'est doux », et qui l'avait fait passer tant d'années pour un artiste stérile, précieux, ciseleur de riens, était au contraire le secret de sa force, car l'habitude fait aussi bien le style de l'écrivain que le caractère de l'homme et l'auteur qui s'est plusieurs fois contenté d'atteindre dans l'expression de sa pensée à un certain agrément, pose ainsi pour toujours les bornes de son talent, comme en cédant souvent au plaisir, à la paresse, à la peur de souffrir, on dessine soi-même sur un caractère où la retouche finit par n'être plus possible la figure de ses vices et les limites de sa vertu.

Si, pourtant, malgré tant de correspondances que je perçus dans la suite entre l'écrivain et l'homme, je n'avais pas cru au premier moment, chez Mme Swann, que ce fût Bergotte, que ce fût l'auteur de tant de livres divins qui se trouvât devant moi, peut-être n'avais-je pas eu absolument tort, car lui-même (au vrai sens du mot) ne le « croyait » pas non plus. Il ne le croyait pas puisqu'il montrait un grand empressement envers des gens du monde (sans être d'ailleurs snob), envers des gens de lettres, des journalistes, qui lui étaient bien inférieurs. Certes, maintenant il avait appris par le suffrage des autres qu'il avait du génie, à côté de quoi la situation dans le monde et les positions officielles ne sont rien. Il avait appris qu'il avait du génie, mais il ne le croyait pas puisqu'il continuait à simuler la déférence envers des écrivains médiocres pour arriver à être prochainement académicien, alors que l'Académie ou le faubourg Saint-Germain n'ont pas plus à voir avec la part de l'Esprit éternel laquelle est l'auteur des livres de Bergotte qu'avec le principe de causalité ou l'idée de Dieu. Cela il le savait aussi, comme un kleptomane sait inutilement qu'il est mal de voler. Et l'homme à barbiche et à nez en colimaçon avait des ruses de gentleman voleur de fourchettes, pour se rapprocher du fauteuil académique espéré, de telle duchesse qui disposait de plusieurs voix dans les élections, mais de s'en rapprocher en tâchant qu'aucune personne qui eût estimé que c'était un vice de poursuivre un pareil but, pût voir son manège. Il n'y réussissait qu'à demi, on entendait alterner avec les propos du vrai Bergotte ceux du Bergotte égoïste, ambitieux et qui ne pensait qu'à parler de tels gens puissants, nobles ou riches, pour se faire valoir, lui qui dans ses livres, quand il était vraiment lui-même, avait si bien montré, pur comme celui d'une source, le charme des pauvres.

Quant à ces autres vices auxquels avait fait allusion M. de Norpois, à cet amour à demi incestueux qu'on disait même compliqué d'indélicatesse en matière d'argent, s'ils contredisaient d'une façon choquante la tendance de ses derniers romans, pleins d'un souci si scrupuleux, si douloureux, du bien, que les moindres joies de leurs héros en étaient empoisonnées et que pour le lecteur même il s'en dégageait un sentiment d'angoisse à travers lequel l'existence la plus douce semblait difficile à supporter, ces vices ne prouvaient pas cependant, à supposer qu'on les imputât justement à Bergotte, que sa littérature fût mensongère, et tant de sensibilité, de la comédie. De même qu'en pathologie certains états d'apparence semblable sont dus, les uns à un excès, d'autres à une insuffisance de tension, de sécrétion, etc., de même il peut y avoir vice par hypersensibilité comme il y a vice par manque de sensibilité. Peut-être n'est-ce que dans des vies réellement vicieuses que le problème moral peut se poser avec toute sa force d'anxiété. Et à ce problème l'artiste donne une solution non pas dans le plan de sa vie individuelle, mais de ce qui est pour lui sa vraie vie, une solution générale, littéraire. Comme les grands docteurs de l'Église commencèrent souvent tout en étant bons par connaître les péchés de tous les hommes, et en tirèrent leur sainteté personnelle, souvent les grands artistes tout en étant mauvais se servent de leurs vices pour arriver à concevoir la règle morale de tous. Ce sont les vices (ou seulement les faiblesses et les ridicules) du milieu où ils vivaient, les propos inconséquents, la vie frivole et choquante de leur fille, les trahisons de leur femme ou leurs propres fautes, que les écrivains ont le plus souvent flétris dans leurs

diatribes sans changer pour cela le train de leur ménage
ou le mauvais ton qui règne dans leur foyer. Mais ce
contraste frappait moins autrefois qu'au temps de Bergotte,
parce que d'une part, au fur et à mesure que se corrompait
la société, les notions de moralité allaient s'épurant, et que
d'autre part le public s'était mis au courant plus qu'il avait
encore fait jusque-là de la vie privée des écrivains ; et
certains soirs au théâtre on se montrait l'auteur que j'avais
tant admiré à Combray, assis au fond d'une loge dont la
seule composition semblait un commentaire singulièrement risible ou poignant, un impudent démenti de la thèse
qu'il venait de soutenir dans sa dernière œuvre. Ce n'est
pas ce que les uns ou les autres purent me dire qui me
renseigna beaucoup sur la bonté ou la méchanceté de
Bergotte. Tel de ses proches fournissait des preuves de
sa dureté, tel inconnu citait un trait (touchant car il avait
été évidemment destiné à rester caché) de sa sensibilité
profonde. Il avait agi cruellement avec sa femme[1]. Mais
dans une auberge de village où il était venu passer la nuit
il était resté pour veiller une pauvresse qui avait tenté de
se jeter à l'eau, et quand il avait été obligé de partir il
avait laissé beaucoup d'argent à l'aubergiste pour qu'il ne
chassât pas cette malheureuse et pour qu'il eût des
attentions envers elle. Peut-être plus le grand écrivain se
développa en Bergotte aux dépens de l'homme à barbiche,
plus sa vie individuelle se noya dans le flot de toutes les
vies qu'il imaginait et ne lui parut plus l'obliger à des
devoirs effectifs, lesquels étaient remplacés pour lui par
le devoir d'imaginer ces autres vies. Mais en même temps
parce qu'il imaginait les sentiments des autres aussi bien
que s'ils avaient été les siens, quand l'occasion faisait qu'il
avait à s'adresser à un malheureux, au moins d'une façon
passagère, il le faisait en se plaçant non à son point de
vue personnel mais à celui même de l'être qui souffrait,
point de vue d'où lui aurait fait horreur le langage de ceux
qui continuent à penser à leurs petits intérêts devant la
douleur d'autrui. De sorte qu'il a excité autour de lui des
rancunes justifiées et des gratitudes ineffaçables.

C'était surtout un homme qui au fond n'aimait vraiment
que certaines images et (comme une miniature au fond
d'un coffret) que les composer et les peindre sous les mots.
Pour un rien qu'on lui avait envoyé, si ce rien lui était
l'occasion d'en entrelacer quelques-unes, il se montrait

prodigue dans l'expression de sa reconnaissance, alors qu'il
n'en témoignait aucune pour un riche présent. Et s'il avait
eu à se défendre devant un tribunal, malgré lui il aurait
choisi ses paroles non selon l'effet qu'elles pouvaient
produire sur le juge mais en vue d'images que le juge
n'aurait certainement pas aperçues.

Ce premier jour où je le vis chez les parents de
Gilberte, je racontai à Bergotte que j'avais entendu
récemment la Berma dans *Phèdre* ; il me dit que dans la
scène où elle reste le bras levé à la hauteur de l'épaule
— précisément une des scènes où on avait tant applaudi
— elle avait su évoquer avec un art très noble des
chefs-d'œuvre qu'elle n'avait peut-être d'ailleurs jamais
vus, une Hespéride qui fait ce geste sur une métope
d'Olympie, et aussi les belles vierges de l'ancien Érechthéion[1].

« Ce peut être une divination, je me figure pourtant
qu'elle va dans les musées. Ce serait intéressant à
"repérer" (repérer était une de ces expressions habituelles à Bergotte et que tels jeunes gens qui ne l'avaient
jamais rencontré lui avaient prises, parlant comme lui par
une sorte de suggestion à distance).

— Vous pensez aux Cariatides ? demanda Swann.

— Non, non, dit Bergotte, sauf dans la scène où elle
avoue sa passion à Œnone et où elle fait avec la main le
mouvement d'Hégêso dans la stèle du Céramique[2], c'est
un art bien plus ancien qu'elle ranime. Je parlais des Koraï
de l'ancien Érechthéion[3], et je reconnais qu'il n'y a
peut-être rien qui soit aussi loin de l'art de Racine, mais
il y a déjà tant de choses dans *Phèdre*..., une de plus... Oh !
et puis, si, elle est bien jolie la petite Phèdre du VIe siècle,
la verticalité du bras, la boucle du cheveu qui "fait
marbre", si, tout de même, c'est très fort d'avoir trouvé
tout ça. Il y a là beaucoup plus d'antiquité que dans bien
des livres qu'on appelle, cette année, "antiques". »

Comme Bergotte avait adressé dans un de ses livres une
invocation célèbre à ces statues archaïques[4], les paroles
qu'il prononçait en ce moment étaient fort claires pour
moi et me donnaient une nouvelle raison de m'intéresser
au jeu de la Berma. Je tâchais de la revoir dans mon
souvenir, telle qu'elle avait été dans cette scène où je me
rappelais qu'elle avait élevé le bras à hauteur de l'épaule.
Et je me disais : « Voilà l'Hespéride d'Olympie ; voilà

la sœur d'une de ces admirables orantes de l'Acropole ; voilà ce que c'est qu'un art noble. » Mais pour que ces pensées pussent m'embellir le geste de la Berma, il aurait fallu que Bergotte me les eût fournies avant la représentation. Alors pendant que cette attitude de l'actrice existait effectivement devant moi, à ce moment où la chose qui a lieu a encore la plénitude de la réalité, j'aurais pu essayer d'en extraire l'idée de sculpture archaïque. Mais de la Berma dans cette scène, ce que je gardais c'était un souvenir qui n'était plus modifiable, mince comme une image dépourvue de ces dessous profonds du présent qui se laissent creuser et d'où l'on peut tirer véridiquement quelque chose de nouveau, une image à laquelle on ne peut imposer rétroactivement une interprétation qui ne serait plus susceptible de vérification, de sanction objective. Pour se mêler à la conversation, Mme Swann me demanda si Gilberte avait pensé à me donner ce que Bergotte avait écrit sur *Phèdre*. « J'ai une fille si étourdie », ajouta-t-elle. Bergotte eut un sourire de modestie et protesta que c'était des pages sans importance. « Mais si, c'est ravissant ce petit opuscule, ce petit *tract* », dit Mme Swann pour se montrer bonne maîtresse de maison, pour faire croire qu'elle avait lu la brochure, et aussi parce qu'elle n'aimait pas seulement complimenter Bergotte, mais faire un choix entre les choses qu'il écrivait, le diriger. Et à vrai dire elle l'inspira, d'une autre façon du reste qu'elle ne crut[1]. Mais enfin il y a entre ce que fut l'élégance du salon de Mme Swann et tout un côté de l'œuvre de Bergotte des rapports tels que chacun des deux peut être alternativement pour les vieillards d'aujourd'hui, un commentaire de l'autre.

Je me laissais aller à raconter mes impressions. Souvent Bergotte ne les trouvait pas justes, mais il me laissait parler. Je lui dis que j'avais aimé cet éclairage vert qu'il y a au moment où Phèdre lève le bras. « Ah ! vous feriez très plaisir au décorateur qui est un grand artiste, je le lui raconterai parce qu'il est très fier de cette lumière-là. Moi je dois dire que je ne l'aime pas beaucoup, ça baigne tout dans une espèce de machine glauque, la petite Phèdre là-dedans fait trop branche de corail au fond d'un aquarium. Vous direz que ça fait ressortir le côté cosmique du drame. Ça c'est vrai. Tout de même ce serait mieux pour une pièce qui se passerait chez Neptune. Je sais bien

qu'il y a là de la vengeance de Neptune. Mon Dieu je
ne demande pas qu'on ne pense qu'à Port-Royal, mais
enfin, tout de même, ce que Racine a raconté ce ne sont
pas les amours des oursins. Mais enfin c'est ce que mon
ami a voulu et c'est très fort tout de même et au fond
c'est assez joli. Oui, enfin vous avez aimé ça, vous avez
compris, n'est-ce pas, au fond nous pensons de même
là-dessus, c'est un peu insensé ce qu'il a fait, n'est-ce pas,
mais enfin c'est très intelligent. » Et quand l'avis de
Bergotte était ainsi contraire au mien, il ne me réduisait
nullement au silence, à l'impossibilité de rien répondre,
comme eût fait celui de M. de Norpois. Cela ne prouve
pas que les opinions de Bergotte fussent moins valables
que celles de l'ambassadeur, au contraire. Une idée forte
communique un peu de sa force au contradicteur.
Participant à la valeur universelle des esprits, elle s'insère,
se greffe en l'esprit de celui qu'elle réfute, au milieu
d'idées adjacentes, à l'aide desquelles, reprenant quelque
avantage, il la complète, la rectifie ; si bien que la sentence
finale est en quelque sorte l'œuvre des deux personnes
qui discutaient. C'est aux idées qui ne sont pas, à
proprement parler, des idées, aux idées qui, ne tenant à
rien, ne trouvent aucun point d'appui, aucun rameau
fraternel dans l'esprit de l'adversaire, que celui-ci, aux
prises avec le pur vide, ne trouve rien à répondre. Les
arguments de M. de Norpois (en matière d'art) étaient
sans réplique parce qu'ils étaient sans réalité.

Bergotte n'écartant pas mes objections, je lui avouai
qu'elles avaient été méprisées par M. de Norpois. « Mais
c'est un vieux serin, répondit-il ; il vous a donné des coups
de bec parce qu'il croit toujours avoir devant lui un
échaudé ou une seiche. — Comment ! vous connaissez
Norpois ? me dit Swann. — Oh ! il est ennuyeux comme
la pluie », interrompit sa femme qui avait grande confiance
dans le jugement de Bergotte et craignait sans doute que
M. de Norpois ne nous eût dit du mal d'elle. « J'ai voulu
causer avec lui après le dîner, je ne sais pas si c'est l'âge
ou la digestion, mais je l'ai trouvé d'un vaseux. Il semble
qu'on aurait eu besoin de le doper ! — Oui, n'est-ce pas,
dit Bergotte, il est bien obligé de se taire assez souvent
pour ne pas épuiser avant la fin de la soirée la provision
de sottises qui empèsent le jabot de la chemise et
maintiennent le gilet blanc. — Je trouve Bergotte et ma

femme bien sévères », dit Swann qui avait pris chez lui
« l'emploi » d'homme de bon sens. « Je reconnais que
Norpois ne peut pas vous intéresser beaucoup, mais à un
autre point de vue » (car Swann aimait à recueillir les
beautés de la « vie »), « il est quelqu'un d'assez curieux,
d'assez curieux comme " amant ". Quand il était secrétaire
à Rome », ajouta-t-il, après s'être assuré que Gilberte ne
pouvait pas entendre, « il avait à Paris une maîtresse dont
il était éperdu et il trouvait le moyen de faire le voyage
deux fois par semaine pour la voir deux heures. C'était du
reste une femme très intelligente et ravissante à ce
moment-là, c'est une douairière maintenant[1]. Et il en a eu
beaucoup d'autres dans l'intervalle. Moi je serais devenu
fou s'il avait fallu que la femme que j'aimais habitât Paris
pendant que j'étais retenu à Rome. Pour les gens nerveux
il faudrait toujours qu'ils aimassent, comme disent les gens
du peuple, "au-dessous d'eux" afin qu'une question
d'intérêt mît la femme qu'ils aiment à leur discrétion. » À
ce moment Swann s'aperçut de l'application que je pouvais
faire de cette maxime à lui et à Odette. Et comme même
chez les êtres supérieurs, au moment où ils semblent planer
avec vous au-dessus de la vie, l'amour-propre reste mesquin, il fut pris d'une grande mauvaise humeur contre moi.
Mais cela ne se manifesta que par l'inquiétude de son
regard. Il ne me dit rien au moment même. Il ne faut pas
trop s'en étonner. Quand Racine, selon un récit d'ailleurs
controuvé, mais dont la matière se répète tous les jours dans
la vie de Paris, fit allusion à Scarron devant Louis XIV, le
plus puissant roi du monde ne dit rien le soir même au
poète. Et c'est le lendemain que celui-ci tomba en disgrâce[2].

Mais comme une théorie désire d'être exprimée
entièrement, Swann après cette minute d'irritation et ayant
essuyé le verre de son monocle, compléta sa pensée en
ces mots qui devaient plus tard prendre dans mon souvenir
la valeur d'un avertissement prophétique et duquel je ne
sus pas tenir compte. « Cependant le danger de ce genre
d'amours est que la sujétion de la femme calme un moment
la jalousie de l'homme mais la rend aussi plus exigeante
Il arrive à faire vivre sa maîtresse comme ces prisonniers
qui sont jour et nuit éclairés pour être mieux gardés. Et
cela finit généralement par des drames. »

Je revins à M. de Norpois. « Ne vous y fiez pas, il est
au contraire très mauvaise langue », dit Mme Swann avec

un accent qui me parut d'autant plus signifier que M. de
Norpois avait mal parlé d'elle, que Swann regarda sa
femme d'un air de réprimande et comme pour l'empêcher
d'en dire davantage.

Cependant Gilberte qu'on avait déjà priée deux fois
d'aller se préparer pour sortir, restait à nous écouter, entre
sa mère et son père à l'épaule duquel elle était câlinement
appuyée. Rien, au premier aspect, ne faisait plus contraste
avec Mme Swann qui était brune que cette jeune fille à
la chevelure rousse, à la peau dorée. Mais au bout d'un
instant on reconnaissait en Gilberte bien des traits — par
exemple le nez arrêté avec une brusque et infaillible
décision par le sculpteur invisible qui travaille de son
ciseau pour plusieurs générations —, l'expression, les
mouvements de sa mère ; pour prendre une comparaison
dans un autre art, elle avait l'air d'un portrait peu
ressemblant encore de Mme Swann que le peintre par un
caprice de coloriste, eût fait poser à demi déguisée, prête
à se rendre à un dîner de « têtes », en Vénitienne. Et
comme elle n'avait pas qu'une perruque blonde, mais que
tout atome sombre avait été expulsé de sa chair laquelle,
dévêtue de ses voiles bruns, semblait plus nue, recouverte
seulement des rayons dégagés par un soleil intérieur, le
grimage n'était pas que superficiel, mais incarné ; Gilberte
avait l'air de figurer quelque animal fabuleux, ou de porter
un travesti mythologique. Cette peau rousse c'était celle
de son père au point que la nature semblait avoir eu, quand
Gilberte avait été créée, à résoudre le problème de refaire
peu à peu Mme Swann, en n'ayant à sa disposition comme
matière, que la peau de M. Swann. Et la nature l'avait
utilisée parfaitement, comme un maître huchier qui tient
à laisser apparents le grain, les nœuds du bois. Dans la
figure de Gilberte, au coin du nez d'Odette parfaitement
reproduit, la peau se soulevait pour garder intacts les deux
grains de beauté de M. Swann. C'était une nouvelle variété
de Mme Swann qui était obtenue là, à côté d'elle, comme
un lilas blanc près d'un lilas violet. Il ne faudrait pourtant
pas se représenter la ligne de démarcation entre les deux
ressemblances comme absolument nette. Par moments,
quand Gilberte riait on distinguait l'ovale de la joue de
son père dans la figure de sa mère comme si on les avait
mis ensemble pour voir ce que donnerait le mélange ; cet
ovale se précisait comme un embryon se forme, il

s'allongeait obliquement, se gonflait, au bout d'un instant il avait disparu. Dans les yeux de Gilberte il y avait le bon regard franc de son père ; c'est celui qu'elle avait eu quand elle m'avait donné la bille d'agate et m'avait dit : « Gardez-la en souvenir de notre amitié. » Mais, posait-on à Gilberte une question sur ce qu'elle avait fait, alors on voyait dans ces mêmes yeux l'embarras, l'incertitude, la dissimulation, la tristesse qu'avait autrefois Odette quand Swann lui demandait où elle était allée et qu'elle lui faisait une de ces réponses mensongères qui désespéraient l'amant et maintenant lui faisaient brusquement changer la conversation en mari incurieux et prudent. Souvent aux Champs-Élysées, j'avais été inquiet en voyant ce regard chez Gilberte. Mais la plupart du temps, c'était à tort. Car chez elle, survivance toute physique de sa mère, ce regard — celui-là du moins — ne correspondait plus à rien. C'est quand elle était allée à son cours, quand elle devait rentrer pour une leçon, que les pupilles de Gilberte exécutaient ce mouvement qui jadis en les yeux d'Odette était causé par la peur de révéler qu'elle avait reçu dans la journée un de ses amants ou qu'elle était pressée de se rendre à un rendez-vous. Telles on voyait ces deux natures de M. et de Mme Swann onduler, refluer, empiéter tour à tour l'une sur l'autre, dans le corps de cette Mélusine[1].

Sans doute on sait bien qu'un enfant tient de son père et de sa mère. Encore la distribution des qualités et des défauts dont il hérite se fait-elle si étrangement que, de deux qualités qui semblaient inséparables chez un des parents, on ne trouve plus que l'une chez l'enfant, et alliée à celui des défauts de l'autre parent qui semblait inconciliable avec elle. Même l'incarnation d'une qualité morale dans un défaut physique incompatible est souvent une des lois de la ressemblance filiale. De deux sœurs, l'une aura, avec la fière stature de son père, l'esprit mesquin de sa mère ; l'autre, toute remplie de l'intelligence paternelle, la présentera au monde sous l'aspect qu'a sa mère ; de sa mère, le gros nez, le ventre noueux, et jusqu'à la voix sont devenus les vêtements de dons qu'on connaissait sous une apparence superbe. De sorte que de chacune des deux sœurs on peut dire avec autant de raison que c'est elle qui tient le plus de tel de ses parents. Il est vrai que Gilberte était fille unique, mais il y avait, au moins, deux Gilberte. Les deux natures, de son père et

de sa mère, ne faisaient pas que se mêler en elle ; elles
se la disputaient, et encore ce serait parler inexactement
et donnerait à supposer qu'une troisième Gilberte souffrait
pendant ce temps-là d'être la proie des deux autres. Or,
Gilberte était tour à tour l'une et puis l'autre, et à chaque
moment rien de plus que l'une, c'est-à-dire incapable,
quand elle était moins bonne, d'en souffrir, la meilleure
Gilberte ne pouvant alors, du fait de son absence
momentanée, constater cette déchéance. Aussi la moins
bonne des deux était-elle libre de se réjouir de plaisirs
peu nobles. Quand l'autre parlait avec le cœur de son père,
elle avait des vues larges, on aurait voulu conduire avec
elle une belle et bienfaisante entreprise, on le lui disait,
mais au moment où l'on allait conclure, le cœur de sa mère
avait déjà repris son tour ; et c'est lui qui vous répondait ;
et on était déçu et irrité — presque intrigué comme devant
une substitution de personne — par une réflexion
mesquine, un ricanement fourbe, où Gilberte se complaisait, car ils sortaient de ce qu'elle-même était à ce
moment-là. L'écart était même parfois tellement grand
entre les deux Gilberte qu'on se demandait, vainement
du reste, ce qu'on avait pu lui faire pour la retrouver si
différente. Le rendez-vous qu'elle vous avait proposé,
non seulement elle n'y était pas venue et ne s'excusait pas
ensuite, mais quelle que fût l'influence qui eût pu faire
changer sa détermination, elle se montrait si différente
ensuite, qu'on aurait cru que, victime d'une ressemblance
comme celle qui fait le fond des *Ménechmes*[1], on n'était pas
devant la personne qui vous avait si gentiment demandé
à vous voir, si elle ne vous eût témoigné une mauvaise
humeur qui décelait qu'elle se sentait en faute et désirait
éviter les explications.

« Allons, va, tu vas nous faire attendre, lui dit sa mère.

— Je suis si bien près de mon petit papa, je veux rester
encore un moment », répondit Gilberte en cachant sa tête
sous le bras de son père qui passa tendrement les doigts
dans la chevelure blonde.

Swann était de ces hommes qui ayant vécu longtemps
dans les illusions de l'amour, ont vu le bien-être qu'ils ont
donné à nombre de femmes accroître le bonheur de
celles-ci sans créer de leur part aucune reconnaissance,
aucune tendresse envers eux ; mais dans leur enfant ils
croient sentir une affection qui, incarnée dans leur nom

même, les fera durer après leur mort. Quand il n'y aurait plus de Charles Swann, il y aurait encore une Mlle Swann, ou une Mme X, née Swann, qui continuerait à aimer le père disparu. Même à l'aimer trop peut-être, pensait sans doute Swann, car il répondit à Gilberte : « Tu es une bonne fille » de ce ton attendri par l'inquiétude que nous inspire pour l'avenir la tendresse trop passionnée d'un être destiné à nous survivre. Pour dissimuler son émotion, il se mêla à notre conversation sur la Berma. Il me fit remarquer mais d'un ton détaché, ennuyé, comme s'il voulait rester en quelque sorte en dehors de ce qu'il disait, avec quelle intelligence, quelle justesse imprévue l'actrice disait à Œnone : « Tu le savais[1] ! » Il avait raison : cette intonation-là du moins, avait une valeur vraiment intelligible et aurait dû par là satisfaire à mon désir de trouver des raisons irréfutables d'admirer la Berma. Mais c'est à cause de sa clarté même qu'elle ne le contentait point. L'intonation était si ingénieuse, d'une intention, d'un sens si définis, qu'elle semblait exister en elle-même et que toute artiste intelligente eût pu l'acquérir. C'était une belle idée ; mais quiconque la concevrait aussi pleinement la posséderait de même. Il restait à la Berma qu'elle l'avait trouvée, mais peut-on employer ce mot de « trouver », quand il s'agit de trouver quelque chose qui ne serait pas différent si on l'avait reçu, quelque chose qui ne tient pas essentiellement à votre être puisqu'un autre peut ensuite le reproduire ?

« Mon Dieu, mais comme votre présence élève le *niveau de la conversation !* » me dit, comme pour s'excuser auprès de Bergotte, Swann qui avait pris dans le milieu Guermantes l'habitude de recevoir les grands artistes comme de bons amis à qui on cherche seulement à faire manger les plats qu'ils aiment, jouer aux jeux ou, à la campagne, se livrer aux sports qui leur plaisent. « Il me semble que nous parlons bien d'*art*, ajouta-t-il. — C'est très bien, j'aime beaucoup ça », dit Mme Swann en me jetant un regard reconnaissant, par bonté et aussi parce qu'elle avait gardé ses anciennes aspirations vers une conversation plus intellectuelle. Ce fut ensuite à d'autres personnes, à Gilberte en particulier, que parla Bergotte. J'avais dit à celui-ci tout ce que je ressentais avec une liberté qui m'avait étonné et qui tenait à ce qu'ayant pris avec lui, depuis des années (au cours de tant d'heures de solitude

et de lecture, où il n'était pour moi que la meilleure partie
de moi-même), l'habitude de la sincérité, de la franchise,
de la confiance, il m'intimidait moins qu'une personne avec
qui j'aurais causé pour la première fois. Et cependant pour
la même raison j'étais fort inquiet de l'impression que
j'avais dû produire sur lui, le mépris que j'avais supposé
qu'il aurait pour mes idées ne datant pas d'aujourd'hui,
mais des temps déjà anciens où j'avais commencé à lire
ses livres, dans notre jardin de Combray. J'aurais peut-être
dû pourtant me dire que puisque c'était sincèrement, en
m'abandonnant à ma pensée, que, d'une part, j'avais tant
sympathisé avec l'œuvre de Bergotte et que, d'autre part,
j'avais éprouvé au théâtre un désappointement dont je ne
connaissais pas les raisons, ces deux mouvements instinctifs
qui m'avaient entraîné ne devaient pas être si différents
l'un de l'autre, mais obéir aux mêmes lois ; et que cet esprit
de Bergotte, que j'avais aimé dans ses livres, ne devait
pas être quelque chose d'entièrement étranger et hostile
à ma déception et à mon incapacité de l'exprimer. Car mon
intelligence devait être une, et peut-être même n'en
existe-t-il qu'une seule dont tout le monde est co-locataire,
une intelligence sur laquelle chacun, du fond de son corps
particulier, porte ses regards, comme au théâtre où si
chacun a sa place, en revanche, il n'y a qu'une seule scène.
Sans doute, les idées que j'avais le goût de chercher à
démêler n'étaient pas celles qu'approfondissait d'ordinaire
Bergotte dans ses livres. Mais si c'était la même
intelligence que nous avions lui et moi à notre disposition,
il devait, en me les entendant exprimer, se les rappeler,
les aimer, leur sourire, gardant probablement, malgré ce
que je supposais, devant son œil intérieur, une tout autre
partie de l'intelligence que celle dont une découpure avait
passé dans ses livres et d'après laquelle j'avais imaginé tout
son univers mental. De même que les prêtres ayant la
plus grande expérience du cœur, peuvent le mieux
pardonner aux péchés qu'ils ne commettent pas, de même
le génie ayant la plus grande expérience de l'intelligence
peut le mieux comprendre les idées qui sont le plus
opposées à celles qui forment le fond de ses propres
œuvres. J'aurais dû me dire tout cela (qui d'ailleurs n'a
rien de très agréable, car la bienveillance des hauts esprits
a pour corollaire l'incompréhension et l'hostilité des
médiocres ; or, on est beaucoup moins heureux de

l'amabilité d'un grand écrivain qu'on trouve à la rigueur dans ses livres qu'on ne souffre de l'hostilité d'une femme qu'on n'a pas choisie pour son intelligence, mais qu'on ne peut s'empêcher d'aimer). J'aurais dû me dire tout cela, mais ne me le disais pas, j'étais persuadé que j'avais paru stupide à Bergotte, quand Gilberte me chuchota à l'oreille :

« Je nage dans la joie, parce que vous avez fait la conquête de mon grand ami Bergotte. Il a dit à maman qu'il vous avait trouvé extrêmement intelligent. »

« Où allons-nous ? demandai-je à Gilberte.

— Oh ! où on voudra, moi, vous savez, aller ici ou là... »

Mais depuis l'incident qui avait eu lieu le jour de l'anniversaire de la mort de son grand-père, je me demandais si le caractère de Gilberte n'était pas autre que ce que j'avais cru, si cette indifférence à ce qu'on ferait, cette sagesse, ce calme, cette douce soumission constante, ne cachaient pas au contraire des désirs très passionnés que par amour-propre elle ne voulait pas laisser voir et qu'elle ne révélait que par sa soudaine résistance quand ils étaient par hasard contrariés.

Comme Bergotte habitait dans le même quartier que mes parents, nous partîmes ensemble ; en voiture il me parla de ma santé : « Nos amis m'ont dit que vous étiez souffrant. Je vous plains beaucoup. Et puis malgré cela je ne vous plains pas trop, parce que je vois bien que vous devez avoir les plaisirs de l'intelligence et c'est probablement ce qui compte surtout pour vous, comme pour tous ceux qui les connaissent. »

Hélas ! ce qu'il disait là, combien je sentais que c'était peu vrai pour moi que tout raisonnement, si élevé qu'il fût, laissait froid, qui n'étais heureux que dans des moments de simple flânerie, quand j'éprouvais du bien-être ; je sentais combien ce que je désirais dans la vie était purement matériel, et avec quelle facilité je me serais passé de l'intelligence. Comme je ne distinguais pas entre les plaisirs ceux qui me venaient de sources différentes, plus ou moins profondes et durables, je pensai, au moment de lui répondre, que j'aurais aimé une existence où j'aurais été lié avec la duchesse de Guermantes et où j'aurais souvent senti comme dans l'ancien bureau d'octroi des Champs-Élysées une fraîcheur qui m'eût rappelé Combray.

Or, dans cet idéal de vie que je n'osais lui confier, les plaisirs de l'intelligence ne tenaient aucune place.

« Non monsieur, les plaisirs de l'intelligence sont bien peu de chose pour moi, ce n'est pas eux que je recherche, je ne sais même pas si je les ai jamais goûtés.

— Vous croyez vraiment ? me répondit-il. Eh bien, écoutez, si, tout de même, cela doit être cela que vous aimez le mieux, moi, je me le figure, voilà ce que je crois. »

Il ne me persuadait certes pas ; pourtant je me sentais plus heureux, moins à l'étroit. À cause de ce que m'avait dit M. de Norpois, j'avais considéré mes moments de rêverie, d'enthousiasme, de confiance en moi, comme purement subjectifs et sans vérité. Or, selon Bergotte qui avait l'air de connaître mon cas, il semblait que le symptôme à négliger c'était au contraire mes doutes, mon dégoût de moi-même. Surtout ce qu'il avait dit de M. de Norpois ôtait beaucoup de sa force à une condamnation que j'avais crue sans appel.

« Êtes-vous bien soigné ? me demanda Bergotte. Qui est-ce qui s'occupe de votre santé ? » Je lui dis que j'avais vu et reverrais sans doute Cottard. « Mais ce n'est pas ce qu'il vous faut ! me répondit-il. Je ne le connais pas comme médecin. Mais je l'ai vu chez Mme Swann. C'est un imbécile. À supposer que cela n'empêche pas d'être un bon médecin, ce que j'ai peine à croire, cela empêche d'être un bon médecin pour artistes, pour gens intelligents. Les gens comme vous ont besoin de médecins appropriés, je dirais presque de régimes, de médicaments particuliers. Cottard vous ennuiera et rien que l'ennui empêchera son traitement d'être efficace. Et puis ce traitement ne peut pas être le même pour vous que pour un individu quelconque. Les trois quarts du mal des gens intelligents viennent de leur intelligence. Il leur faut au moins un médecin qui connaisse ce mal-là. Comment voulez-vous que Cottard puisse vous soigner ? Il a prévu la difficulté de digérer les sauces, l'embarras gastrique, mais il n'a pas prévu la lecture de Shakespeare... Aussi ses calculs ne sont plus justes avec vous, l'équilibre est rompu, c'est toujours le petit ludion qui remonte. Il vous trouvera une dilatation de l'estomac, il n'a pas besoin de vous examiner puisqu'il l'a d'avance dans son œil. Vous pouvez la voir, elle se reflète dans son lorgnon. » Cette manière de parler me fatiguait beaucoup, je me disais avec la stupidité du bon sens : « Il n'y a pas plus de dilatation de l'estomac reflétée dans le lorgnon du professeur Cottard que de sottises cachées dans le gilet blanc de M. de Norpois. » « Je vous conseillerais plutôt, poursuivit Bergotte, le docteur du Boulbon, qui est tout à fait intelligent. — C'est un grand admirateur de vos œuvres », lui répondis-je. Je vis que Bergotte le savait et j'en conclus que les esprits fraternels se rejoignent vite, qu'on a peu de vrais « amis inconnus ». Ce que Bergotte me dit au sujet de Cottard me frappa tout en étant contraire à tout ce que je croyais. Je ne m'inquiétais nullement de trouver mon médecin ennuyeux ; j'attendais de lui que, grâce à un art dont les lois m'échappaient, il rendît au sujet de ma santé un indiscutable oracle en consultant mes entrailles. Et je ne tenais pas à ce que, à l'aide d'une intelligence où j'aurais pu le suppléer, il cherchât à comprendre la mienne, que je ne me représentais que comme un moyen indifférent en soi-même de tâcher d'atteindre des vérités extérieures. Je doutais beaucoup que les gens intelligents eussent besoin d'une autre hygiène que les imbéciles et j'étais tout prêt à me soumettre à celle de ces derniers. « Quelqu'un qui aurait besoin d'un bon médecin, c'est notre ami Swann », dit Bergotte. Et comme je demandais s'il était malade : « Hé bien, c'est l'homme qui a épousé une fille, qui avale par jour cinquante couleuvres de femmes qui ne veulent pas recevoir la sienne, ou d'hommes qui ont couché avec elle. On les voit, elles lui tordent la bouche. Regardez un jour le sourcil circonflexe qu'il a quand il rentre, pour voir qui il y a chez lui. » La malveillance avec laquelle Bergotte parlait ainsi à un étranger d'amis chez qui il était reçu depuis si longtemps était aussi nouvelle pour moi que le ton presque tendre que chez les Swann il prenait à tous moments avec eux. Certes, une personne comme ma grand-tante, par exemple, eût été incapable, avec aucun de nous, de ces gentillesses que j'avais entendu Bergotte prodiguer à Swann. Même aux gens qu'elle aimait, elle se plaisait à dire des choses désagréables. Mais hors de leur présence elle n'aurait pas prononcé une parole qu'ils n'eussent pu entendre. Rien, moins que notre société de Combray, ne ressemblait au monde. Celle des Swann était déjà un acheminement vers lui, vers ses flots versatiles. Ce n'était pas encore la grande mer, c'était déjà la lagune. « Tout ceci de vous à moi », me dit Bergotte en me quittant devant ma porte. Quelques années plus tard, je lui aurais répondu : « Je ne répète jamais rien. » C'est la phrase rituelle des gens du monde, par laquelle chaque fois le médisant est faussement rassuré. C'est celle que j'aurais déjà ce jour-là adressée à Bergotte car on n'invente pas tout ce qu'on dit, surtout dans les moments où on agit comme personnage social. Mais je ne la connaissais pas encore. D'autre part, celle de ma grand-tante dans une occasion semblable eût été : « Si vous ne voulez pas que ce soit répété, pourquoi le dites-vous ? » C'est la réponse des gens insociables, des « mauvaises têtes ». Je ne l'étais pas : je m'inclinai en silence.

Des gens de lettres qui étaient pour moi des person-nages considérables intriguaient pendant des années avant d'arriver à nouer avec Bergotte des relations qui restaient toujours obscurément littéraires et ne sortaient pas de son cabinet de travail, alors que moi, je venais de m'installer parmi les amis du grand écrivain, d'emblée et tranquille-ment, comme quelqu'un qui au lieu de faire la queue avec tout le monde pour avoir une mauvaise place, gagne les meilleures, ayant passé par un couloir fermé aux autres. Si Swann me l'avait ainsi ouvert, c'est sans doute parce que comme un roi se trouve naturellement inviter les amis de ses enfants dans la loge royale, sur le yacht royal, de même les parents de Gilberte recevaient les amis de leur fille au milieu des choses précieuses qu'ils possédaient et des intimités plus précieuses encore qui y étaient enca-drées. Mais à cette époque je pensai, et peut-être avec raison, que cette amabilité de Swann était indirectement à l'adresse de mes parents. J'avais cru entendre autrefois à Combray qu'il leur avait offert, voyant mon admiration pour Bergotte, de m'emmener dîner chez lui, et que mes parents avaient refusé, disant que j'étais trop jeune et trop nerveux pour « sortir ». Sans doute, mes parents repré-sentaient-ils pour certaines personnes, justement celles qui me semblaient le plus merveilleuses, quelque chose de tout autre qu'à moi, de sorte que, comme au temps où la dame en rose avait adressé à mon père des éloges dont il s'était montré si peu digne, j'aurais souhaité que mes parents comprissent quel inestimable présent je venais de recevoir et témoignassent leur reconnaissance à ce Swann généreux et courtois qui me l'avait, ou le leur avait, offert, sans avoir plus l'air de s'apercevoir de sa valeur que ne fait dans la fresque de Luini[1], le charmant roi mage, au nez busqué, aux cheveux blonds, et avec lequel on lui avait trouvé autrefois, paraît-il, une grande ressemblance.

Malheureusement, cette faveur que m'avait faite Swann et que, en rentrant, avant même d'ôter mon pardessus, j'annonçai à mes parents, avec l'espoir qu'elle éveillerait dans leur cœur un sentiment aussi ému que le mien et les déterminerait envers les Swann à quelque « politesse » énorme et décisive, cette faveur ne parut pas très appréciée par eux. « Swann t'a présenté à Bergotte ? Excellente connaissance, charmante relation ! s'écria ironiquement mon père. Il ne manquait plus que cela ! » Hélas, quand j'eus ajouté qu'il ne goûtait pas du tout M. de Norpois :

« Naturellement ! reprit-il. Cela prouve bien que c'est un esprit faux et malveillant. Mon pauvre fils, tu n'avais pas déjà beaucoup de sens commun, je suis désolé de te voir tombé dans un milieu qui va achever de te détraquer. »

Déjà ma simple fréquentation chez les Swann avait été loin d'enchanter mes parents. La présentation à Bergotte leur apparut comme une conséquence néfaste, mais naturelle, d'une première faute, de la faiblesse qu'ils avaient eue et que mon grand-père eût appelée un « manque de circonspection ». Je sentis que je n'avais plus pour compléter leur mauvaise humeur qu'à dire que cet homme pervers et qui n'appréciait pas M. de Norpois, m'avait trouvé extrêmement intelligent. Quand mon père, en effet, trouvait qu'une personne, un de mes camarades par exemple, était dans une mauvaise voie — comme moi en ce moment — si celui-là avait alors l'approbation de quelqu'un que mon père n'estimait pas, il voyait dans ce suffrage la confirmation de son fâcheux diagnostic. Le mal ne lui en apparaissait que plus grand. Je l'entendais déjà qui allait s'écrier : « Nécessairement, c'est *tout un ensemble !* », mot qui m'épouvantait par l'imprécision et l'immensité des réformes dont il semblait annoncer l'imminente introduction dans ma si douce vie. Mais comme, n'eussé-je pas raconté ce que Bergotte avait dit de moi, rien ne pouvait plus quand même effacer l'impression qu'avaient éprouvée mes parents, qu'elle fût encore un peu plus mauvaise n'avait pas grande importance. D'ailleurs ils me semblaient si injustes, tellement dans l'erreur, que non seulement je n'avais pas l'espoir,

mais presque pas le désir de les ramener à une vue plus
équitable. Pourtant sentant au moment où les mots
sortaient de ma bouche, comme ils allaient être effrayés
de penser que j'avais plu à quelqu'un qui trouvait les
hommes intelligents bêtes, était l'objet du mépris des
honnêtes gens, et duquel la louange en me paraissant
enviable m'encouragerait au mal, ce fut à voix basse et
d'un air un peu honteux que, achevant mon récit, je jetai
le bouquet : « Il a dit aux Swann qu'il m'avait trouvé
extrêmement intelligent. » Comme un chien empoisonné
qui dans un champ se jette sans le savoir sur l'herbe qui
est précisément l'antidote de la toxine qu'il a absorbée,
je venais sans m'en douter de dire la seule parole qui fût
au monde capable de vaincre chez mes parents ce préjugé
à l'égard de Bergotte, préjugé contre lequel tous les plus
beaux raisonnements que j'aurais pu faire, tous les éloges
que je lui aurais décernés, seraient demeurés vains. Au
même instant la situation changea de face :

« Ah !... Il a dit qu'il te trouvait intelligent ? dit ma
mère. Cela me fait plaisir parce que c'est un homme de
talent.

— Comment ! il a dit cela ? reprit mon père... Je ne
nie en rien sa valeur littéraire devant laquelle tout le
monde s'incline, seulement c'est ennuyeux qu'il ait cette
existence peu honorable dont a parlé à mots couverts le
père Norpois », ajouta-t-il sans s'apercevoir que, devant
la vertu souveraine des mots magiques que je venais de
prononcer, la dépravation des mœurs de Bergotte ne
pouvait guère lutter plus longtemps que la fausseté de son
jugement.

« Oh ! mon ami, interrompit maman, rien ne prouve
que ce soit vrai. On dit tant de choses. D'ailleurs, M. de
Norpois est tout ce qu'il y a de plus gentil, mais il n'est
pas toujours très bienveillant, surtout pour les gens qui
ne sont pas de son bord.

— C'est vrai, je l'avais aussi remarqué, répondit mon
père.

— Et puis enfin il sera beaucoup pardonné à Bergotte
puisqu'il a trouvé mon petit enfant gentil », reprit maman
tout en caressant avec ses doigts mes cheveux et en
attachant sur moi un long regard rêveur.

Ma mère d'ailleurs n'avait pas attendu ce verdict de
Bergotte pour me dire que je pouvais inviter Gilberte à

goûter quand j'aurais des amis. Mais je n'osais pas le faire pour deux raisons. La première est que chez Gilberte on ne servait jamais que du thé. À la maison au contraire, maman tenait à ce qu'à côté du thé il y eût du chocolat. J'avais peur que Gilberte ne trouvât cela commun et n'en conçût un grand mépris pour nous. L'autre raison fut une difficulté de protocole que je ne pus jamais réussir à lever. Quand j'arrivais chez Mme Swann elle me demandait :
« Comment va madame votre mère ? »

J'avais fait quelques ouvertures à maman pour savoir si elle ferait de même quand viendrait Gilberte, point qui me semblait plus grave qu'à la cour de Louis XIV le « Monseigneur[1] ». Mais maman ne voulut rien entendre.

« Mais non, puisque je ne connais pas Mme Swann.

— Mais elle ne te connaît pas davantage.

— Je ne te dis pas, mais nous ne sommes pas obligées de faire exactement de même en tout. Moi, je ferai d'autres amabilités à Gilberte, que Mme Swann n'aura pas pour toi. »

Mais je ne fus pas convaincu et préférai ne pas inviter Gilberte.

Ayant quitté mes parents, j'allai changer de vêtements et en vidant mes poches je trouvai tout à coup l'enveloppe que m'avait remise le maître d'hôtel des Swann avant de m'introduire au salon. J'étais seul maintenant. Je l'ouvris, à l'intérieur était une carte sur laquelle on m'indiquait la dame à qui je devais offrir le bras pour aller à table.

Ce fut vers cette époque que Bloch bouleversa ma conception du monde, ouvrit pour moi des possibilités nouvelles de bonheur (qui devaient du reste se changer plus tard en possibilités de souffrance), en m'assurant que contrairement à ce que je croyais au temps de mes promenades du côté de Méséglise, les femmes ne demandaient jamais mieux que de faire l'amour. Il compléta ce service en m'en rendant un second que je ne devais apprécier que beaucoup plus tard : ce fut lui qui me conduisit pour la première fois dans une maison de passe. Il m'avait bien dit qu'il y avait beaucoup de jolies femmes qu'on peut posséder. Mais je leur attribuais une figure vague, que les maisons de passe devaient me permettre de remplacer par des visages particuliers. De sorte que si j'avais à Bloch — pour sa « bonne nouvelle » que le bonheur, la possession de la beauté, ne sont pas

choses inaccessibles et que nous avons fait œuvre inutile
en y renonçant à jamais — une obligation de même genre
qu'à tel médecin ou tel philosophe optimiste qui nous fait
espérer la longévité dans ce monde, et de ne pas être
entièrement séparé de lui quand on aura passé dans un
autre, les maisons de rendez-vous que je fréquentai
quelques années plus tard — en me fournissant des
échantillons du bonheur, en me permettant d'ajouter à la
beauté des femmes cet élément que nous ne pouvons
inventer, qui n'est pas que le résumé des beautés
anciennes, le présent vraiment divin, le seul que nous ne
puissions recevoir de nous-même, devant lequel expirent
toutes les créations logiques de notre intelligence et que
nous ne pouvons demander qu'à la réalité : un charme
individuel — méritèrent d'être classées par moi à côté de
ces autres bienfaiteurs d'origine plus récente mais d'utilité
analogue (avant lesquels nous imaginions sans ardeur la
séduction de Mantegna, de Wagner, de Sienne, d'après
d'autres peintres, d'autres musiciens, d'autres villes) : les
éditions d'histoire de la peinture illustrées, les concerts
symphoniques et les études sur les « Villes d'art[1] ». Mais
la maison où Bloch me conduisit et où il n'allait plus
d'ailleurs lui-même depuis longtemps était d'un rang trop
inférieur, le personnel était trop médiocre et trop peu
renouvelé pour que j'y pusse satisfaire d'anciennes
curiosités ou en contracter de nouvelles. La patronne de
cette maison ne connaissait aucune des femmes qu'on lui
demandait et en proposait toujours dont on n'aurait pas
voulu. Elle m'en vantait surtout une, une dont, avec un
sourire plein de promesses (comme si ç'avait été une rareté
et un régal), elle disait : « C'est une Juive ! Ça ne vous
dit rien ? » (C'est sans doute à cause de cela qu'elle
l'appelait Rachel.) Et avec une exaltation niaise et factice
qu'elle espérait être communicative et qui finissait sur un
râle presque de jouissance : « Pensez donc, mon petit,
une Juive, il me semble que ça doit être affolant ! Rah ! »
Cette Rachel, que j'aperçus sans qu'elle me vît, était brune,
pas jolie, mais avait l'air intelligent, et non sans passer
un bout de langue sur ses lèvres, souriait d'un air plein
d'impertinence aux michés[2] qu'on lui présentait et que
j'entendais entamer la conversation avec elle. Son mince
et étroit visage était entouré de cheveux noirs et frisés,
irréguliers comme s'ils avaient été indiqués par des

hachures dans un lavis, à l'encre de Chine. Chaque fois je promettais à la patronne, qui me la proposait avec une insistance particulière en vantant sa grande intelligence et son instruction, que je ne manquerais pas un jour de venir tout exprès pour faire la connaissance de Rachel, surnommée par moi « Rachel quand du Seigneur ». Mais le premier soir j'avais entendu celle-ci au moment où elle s'en allait dire à la patronne :

« Alors, c'est entendu, demain je suis libre, si vous avez quelqu'un vous n'oublierez pas de me faire chercher. »

Et ces mots m'avaient empêché de voir en elle une personne parce qu'ils me l'avaient fait classer immédiatement dans une catégorie générale de femmes dont l'habitude commune à toutes était de venir là le soir voir s'il n'y avait pas un louis ou deux à gagner. Elle variait seulement la forme de sa phrase en disant : « si vous avez besoin de moi » ou « si vous avez besoin de quelqu'un ».

La patronne qui ne connaissait pas l'opéra d'Halévy[1] ignorait pourquoi j'avais pris l'habitude de dire : « Rachel quand du Seigneur ». Mais ne pas la comprendre n'a jamais fait trouver une plaisanterie moins drôle et c'est chaque fois en riant de tout son cœur qu'elle me disait :

« Alors, ce n'est pas encore pour ce soir que je vous unis à " Rachel quand du Seigneur " ? Comment dites-vous cela : " Rachel quand du Seigneur ! " Ah ! ça c'est très bien trouvé. Je vais vous fiancer. Vous verrez que vous ne le regretterez pas. »

Une fois je faillis me décider, mais elle était « sous presse », une autre fois entre les mains du « coiffeur », un vieux monsieur qui ne faisait rien d'autre aux femmes que verser de l'huile sur leurs cheveux déroulés et les peigner ensuite. Et je me lassai d'attendre bien que quelques habituées fort humbles, soi-disant ouvrières, mais toujours sans travail, fussent venues me faire de la tisane et tenir avec moi une longue conversation à laquelle — malgré le sérieux des sujets traités — la nudité partielle ou complète de mes interlocutrices donnait une savoureuse simplicité. Je cessai du reste d'aller dans cette maison parce que désireux de témoigner mes bons sentiments à la femme qui la tenait et avait besoin de meubles, je lui en donnai quelques-uns — notamment un grand canapé — que j'avais hérités de ma tante Léonie. Je ne les voyais jamais car le manque de place avait empêché mes parents de les laisser entrer chez nous et ils étaient entassés dans un hangar. Mais dès que je les retrouvai dans la maison où ces femmes se servaient d'eux, toutes les vertus qu'on respirait dans la chambre de ma tante à Combray, m'apparurent, suppliciées par le contact cruel auquel je les avais livrées sans défense ! J'aurais fait violer une morte que je n'aurais pas souffert davantage. Je ne retournai plus chez l'entremetteuse, car ils me semblaient vivre et me supplier, comme ces objets en apparence inanimés d'un conte persan, dans lesquels sont enfermées des âmes qui subissent un martyre et implorent leur délivrance. D'ailleurs, comme notre mémoire ne nous présente pas d'habitude nos souvenirs dans leur suite chronologique, mais comme un reflet où l'ordre des parties est renversé, je me rappelai seulement beaucoup plus tard que c'était sur ce même canapé que, bien des années auparavant j'avais connu pour la première fois les plaisirs de l'amour avec une de mes petites cousines avec qui je ne savais où me mettre et qui m'avait donné le conseil assez dangereux de profiter d'une heure où ma tante Léonie était levée[1].

Toute une autre partie des meubles et surtout une magnifique argenterie ancienne de ma tante Léonie, je les vendis, malgré l'avis contraire de mes parents, pour pouvoir disposer de plus d'argent et envoyer plus de fleurs à Mme Swann qui me disait en recevant d'immenses corbeilles d'orchidées : « Si j'étais monsieur votre père je vous ferais donner un conseil judiciaire. » Comment pouvais-je supposer qu'un jour je pourrais regretter tout particulièrement cette argenterie et placer certains plaisirs plus hauts que celui, qui deviendrait peut-être absolument nul, de faire des politesses aux parents de Gilberte ? C'est de même en vue de Gilberte et pour ne pas la quitter que j'avais décidé de ne pas entrer dans les ambassades. Ce n'est jamais qu'à cause d'un état d'esprit qui n'est pas destiné à durer qu'on prend des résolutions définitives. J'imaginais à peine que cette substance étrange qui résidait en Gilberte et rayonnait en ses parents, en sa maison, me rendant indifférent à tout le reste, cette substance pourrait être libérée, émigrer dans un autre être. Vraiment la même substance et pourtant devant avoir sur moi de tout autres effets. Car la même maladie évolue ; et un délicieux poison n'est plus toléré de même, quand avec les années, a diminué la résistance du cœur.

Mes parents cependant auraient souhaité que l'intelligence que Bergotte m'avait reconnue se manifestât par quelque travail remarquable. Quand je ne connaissais pas les Swann je croyais que j'étais empêché de travailler par l'état d'agitation où me mettait l'impossibilité de voir librement Gilberte. Mais quand leur demeure me fut ouverte, à peine je m'étais assis à mon bureau de travail que je me levais et courais chez eux. Et une fois que je les avais quittés et que j'étais rentré à la maison, mon isolement n'était qu'apparent, ma pensée ne pouvait plus remonter le courant du flux de paroles par lequel je m'étais laissé machinalement entraîner pendant des heures. Seul je continuais à fabriquer les propos qui eussent été capables de plaire aux Swann et pour donner plus d'intérêt au jeu, je tenais la place de ces partenaires absents, je me posais à moi-même des questions fictives choisies de telle façon que mes traits brillants ne leur servissent que d'heureuse repartie. Silencieux, cet exercice était pourtant une conversation et non une méditation, ma solitude une vie de salon mentale où c'était non ma propre personne mais des interlocuteurs imaginaires qui gouvernaient mes paroles et où j'éprouvais à former, au lieu des pensées que je croyais vraies celles qui me venaient sans peine, sans régression du dehors vers le dedans, ce genre de plaisir tout passif que trouve à rester tranquille quelqu'un qui est alourdi par une mauvaise digestion.

Si j'avais été moins décidé à me mettre définitivement au travail j'aurais peut-être fait un effort pour commencer tout de suite. Mais puisque ma résolution était formelle, et qu'avant vingt-quatre heures, dans les cadres vides de la journée du lendemain où tout se plaçait si bien parce que je n'y étais pas encore, mes bonnes dispositions se réaliseraient aisément, il valait mieux ne pas choisir un soir où j'étais mal disposé pour un début auquel les jours suivants, hélas ! ne devaient pas se montrer plus propices. Mais j'étais raisonnable. De la part de qui avait attendu des années il eût été puéril de ne pas supporter un retard de trois jours. Certain que le surlendemain j'aurais déjà écrit quelques pages, je ne disais plus un seul mot à mes parents de ma décision ; j'aimais mieux patienter quelques heures, et apporter à ma grand-mère consolée et convaincue, de l'ouvrage en train. Malheureusement le lendemain n'était pas cette journée extérieure et vaste que j'avais

attendue dans la fièvre. Quand il était fini, ma paresse et
ma lutte pénible contre certains obstacles internes avaient
simplement duré vingt-quatre heures de plus. Et au bout
de quelques jours, mes plans n'ayant pas été réalisés, je
n'avais plus le même espoir qu'ils le seraient immédiatement, partant, plus autant de courage pour subordonner
tout à cette réalisation : je recommençais à veiller, n'ayant
plus pour m'obliger à me coucher de bonne heure un soir,
la vision certaine de voir l'œuvre commencée le lendemain
matin. Il me fallait avant de reprendre mon élan quelques
jours de détente, et la seule fois où ma grand-mère osa
d'un ton doux et désenchanté formuler ce reproche : « Hé
bien, ce travail, on n'en parle même plus ? », je lui en
voulus, persuadé que n'ayant pas su voir que mon parti
était irrévocablement pris, elle venait d'en ajourner encore
et pour longtemps peut-être, l'exécution, par l'énervement
que son déni de justice me causait et sous l'empire duquel
je ne voudrais pas commencer mon œuvre. Elle sentit que
son scepticisme venait de heurter à l'aveugle une volonté.
Elle s'en excusa, me dit en m'embrassant : « Pardon, je
ne dirai plus rien. » Et pour que je ne me décourageasse
pas, m'assura que du jour où je serais bien portant, le
travail viendrait tout seul par surcroît.

D'ailleurs, me disais-je, en passant ma vie chez les Swann
ne fais-je pas comme Bergotte ? À mes parents il semblait
presque que tout en étant paresseux, je menais, puisque
c'était dans le même salon qu'un grand écrivain, la vie
la plus favorable au talent. Et pourtant que quelqu'un
puisse être dispensé de faire ce talent soi-même, par le
dedans, et le reçoive d'autrui, est aussi impossible que se
faire une bonne santé (malgré qu'on manque à toutes les
règles de l'hygiène et qu'on commette les pires excès) rien
qu'en dînant souvent en ville avec un médecin. La
personne du reste qui était le plus complètement dupe de
l'illusion qui m'abusait ainsi que mes parents, c'était
Mme Swann. Quand je lui disais que je ne pouvais pas
venir, qu'il fallait que je restasse à travailler, elle avait l'air
de trouver que je faisais bien des embarras, qu'il y avait
un peu de sottise et de prétention dans mes paroles :

« Mais Bergotte vient bien, lui ? Est-ce que vous
trouvez que ce qu'il écrit n'est pas bien ? Cela sera même
mieux bientôt, ajoutait-elle, car il est plus aigu, plus
concentré dans le journal que dans le livre où il délaie

un peu. J'ai obtenu qu'il fasse désormais le *leader article* dans *Le Figaro*. Ce sera tout à fait *the right man in the right place*[1]. »

Et elle ajoutait :

« Venez, il vous dira mieux que personne ce qu'il faut faire. »

Et c'était comme on invite un engagé volontaire avec son colonel, c'était dans l'intérêt de ma carrière, et comme si les chefs-d'œuvre se faisaient « par relations » qu'elle me disait de ne pas manquer de venir le lendemain dîner chez elle avec Bergotte.

Ainsi pas plus du côté des Swann que du côté de mes parents, c'est-à-dire de ceux qui, à des moments différents, avaient semblé devoir y mettre obstacle, aucune opposition n'était plus faite à cette douce vie où je pouvais voir Gilberte comme je voulais, avec ravissement, sinon avec calme. Il ne peut pas y en avoir dans l'amour, puisque ce qu'on a obtenu n'est jamais qu'un nouveau point de départ pour désirer davantage. Tant que je n'avais pu aller chez elle, les yeux fixés vers cet inaccessible bonheur, je ne pouvais même pas imaginer les causes nouvelles de trouble qui m'y attendaient. Une fois la résistance de ses parents brisée, et le problème enfin résolu, il recommença à se poser, chaque fois dans d'autres termes. En ce sens c'était bien en effet chaque jour une nouvelle amitié qui commençait. Chaque soir en rentrant je me rendais compte que j'avais à dire à Gilberte des choses capitales, desquelles notre amitié dépendait, et ces choses n'étaient jamais les mêmes. Mais enfin j'étais heureux et aucune menace ne s'élevait plus contre mon bonheur. Il allait en venir, hélas, d'un côté où je n'avais jamais aperçu aucun péril, du côté de Gilberte et de moi-même. J'aurais pourtant dû être tourmenté par ce qui, au contraire, me rassurait, par ce que je croyais du bonheur. C'est, dans l'amour, un état anormal, capable de donner tout de suite à l'accident le plus simple en apparence et qui peut toujours survenir, une gravité que par lui-même cet accident ne comporterait pas. Ce qui rend si heureux, c'est la présence dans le cœur de quelque chose d'instable, qu'on s'arrange perpétuelle-ment à maintenir et dont on ne s'aperçoit presque plus tant qu'il n'est pas déplacé. En réalité, dans l'amour il y a une souffrance permanente, que la joie neutralise, rend virtuelle, ajourne, mais qui peut à tout moment devenir

ce qu'elle serait depuis longtemps si l'on n'avait pas obtenu
ce qu'on souhaitait, atroce.

Plusieurs fois je sentis que Gilberte désirait éloigner
mes visites. Il est vrai que quand je tenais trop à la voir
je n'avais qu'à me faire inviter par ses parents qui étaient
de plus en plus persuadés de mon excellente influence sur
elle. Grâce à eux, pensais-je, mon amour ne court aucun
risque ; du moment que je les ai pour moi, je peux être
tranquille puisqu'ils ont toute autorité sur Gilberte.
Malheureusement à certains signes d'impatience que
celle-ci laissait échapper quand son père me faisait venir
en quelque sorte malgré elle, je me demandai si ce que
j'avais considéré comme une protection pour mon bonheur
n'était pas au contraire la raison secrète pour laquelle il
ne pourrait durer.

La dernière fois que je vins voir Gilberte, il pleuvait,
elle était invitée à une leçon de danse chez des gens qu'elle
connaissait trop peu pour pouvoir m'emmener avec elle.
J'avais pris à cause de l'humidité plus de caféine que
d'habitude. Peut-être à cause du mauvais temps, peut-être
ayant quelque prévention contre la maison où cette
matinée devait avoir lieu, Mme Swann, au moment où sa
fille allait partir la rappela avec une extrême vivacité :
« Gilberte ! » et me désigna pour signifier que j'étais venu
pour la voir et qu'elle devait rester avec moi. Ce
« Gilberte » avait été prononcé, crié plutôt, dans une
bonne intention pour moi, mais au haussement d'épaules
que fit Gilberte en ôtant ses affaires, je compris que sa
mère avait involontairement accéléré l'évolution, peut-être
jusque-là possible encore à arrêter, qui détachait peu à peu
de moi mon amie. « On n'est pas obligé d'aller danser
tous les jours » dit Odette à sa fille, avec une sagesse sans
doute apprise autrefois de Swann. Puis, redevenant
Odette, elle se mit à parler anglais à sa fille. Aussitôt ce
fut comme si un mur m'avait caché une partie de la vie
de Gilberte, comme si un génie malfaisant avait emmené
loin de moi mon amie. Dans une langue que nous savons,
nous avons substitué à l'opacité des sons la transparence
des idées. Mais une langue que nous ne savons pas est
un palais clos dans lequel celle que nous aimons peut nous
tromper, sans que, restés au-dehors et désespérément
crispés dans notre impuissance, nous parvenions à rien
voir, à rien empêcher. Telle cette conversation en anglais

dont je n'eusse que souri un mois auparavant et au milieu
de laquelle quelques noms propres français ne laissaient
pas d'accroître et d'orienter mes inquiétudes, avait, tenue
à deux pas de moi par deux personnes immobiles, la même
cruauté, me faisait aussi délaissé et seul, qu'un enlèvement.
Enfin Mme Swann nous quitta. Ce jour-là peut-être par
rancune contre moi, cause involontaire qu'elle n'allât pas
s'amuser, peut-être aussi parce que la devinant fâchée,
j'étais préventivement plus froid que d'habitude, le visage
de Gilberte, dépouillé de toute joie, nu, saccagé, sembla
tout l'après-midi vouer un regret mélancolique au pas de
quatre que ma présence l'empêchait d'aller danser, et
défier toutes les créatures, à commencer par moi, de
comprendre les raisons subtiles qui avaient déterminé chez
elle une inclination sentimentale pour le boston. Elle se
borna à échanger, par moments, avec moi sur le temps
qu'il faisait, la recrudescence de la pluie, l'avance de la
pendule, une conversation ponctuée de silences et de
monosyllabes où je m'entêtais moi-même, avec une sorte
de rage désespérée, à détruire les instants que nous aurions
pu donner à l'amitié et au bonheur. Et à tous nos propos
une sorte de dureté suprême était conférée par le
paroxysme de leur insignifiance paradoxale, lequel me
consolait pourtant, car il empêchait Gilberte d'être dupe
de la banalité de mes réflexions et de l'indifférence de mon
accent. C'est en vain que je disais : « Il me semble que
l'autre jour la pendule retardait plutôt », elle traduisait
évidemment : « Comme vous êtes méchante ! » J'avais
beau m'obstiner à prolonger, tout le long de ce jour
pluvieux, ces paroles sans éclaircies, je savais que ma
froideur n'était pas quelque chose d'aussi définitivement
figé que je le feignais, et que Gilberte devait bien sentir
que si, après le lui avoir déjà dit trois fois, je m'étais
hasardé une quatrième à lui répéter que les jours
diminuaient, j'aurais eu de la peine à me retenir de fondre
en larmes. Quand elle était ainsi, quand un sourire ne
remplissait pas ses yeux et ne découvrait pas son visage,
on ne peut dire de quelle désolante monotonie étaient
empreints ses yeux tristes et ses traits maussades. Sa figure,
devenue presque laide, ressemblait alors à ces plages
ennuyeuses où la mer, retirée très loin, vous fatigue d'un
reflet toujours pareil que cerne un horizon immuable et
borné. À la fin ne voyant pas se produire de la part de

Gilberte le changement heureux que j'attendais depuis plusieurs heures, je lui dis qu'elle n'était pas gentille : « C'est vous qui n'êtes pas gentil », me répondit-elle. « Mais si ! » Je me demandai ce que j'avais fait, et ne le trouvant pas, le lui demandai à elle-même. « Naturellement, vous vous trouvez gentil ! », me dit-elle en riant longuement. Alors je sentis ce qu'il y avait de douloureux pour moi à ne pouvoir atteindre cet autre plan, plus insaisissable, de sa pensée, que décrivait son rire. Ce rire avait l'air de signifier : « Non, non, je ne me laisse pas prendre à tout ce que vous me dites, je sais que vous êtes fou de moi, mais cela ne me fait ni chaud ni froid, car je me fiche de vous. » Mais je me disais qu'après tout le rire n'est pas un langage assez déterminé pour que je pusse être assuré de bien comprendre celui-là. Et les paroles de Gilberte étaient affectueuses. « Mais en quoi ne suis-je pas gentil ? lui demandai-je, dites-le-moi, je ferai tout ce que vous voudrez. — Non cela ne servirait à rien, je ne peux pas vous expliquer. » Un instant j'eus peur qu'elle crût que je ne l'aimasse pas, et ce fut pour moi une autre souffrance, non moins vive, mais qui réclamait une dialectique différente. « Si vous saviez le chagrin que vous me faites, vous me le diriez. » Mais ce chagrin qui, si elle avait douté de mon amour eût dû la réjouir, l'irrita au contraire. Alors, comprenant mon erreur, décidé à ne plus tenir compte de ses paroles, la laissant sans la croire, me dire : « Je vous aimais vraiment, vous verrez cela un jour » (ce jour, où les coupables assurent que leur innocence sera reconnue et qui, pour des raisons mystérieuses, n'est jamais celui où on les interroge), j'eus le courage de prendre subitement la résolution de ne plus la voir, et sans le lui annoncer encore, parce qu'elle ne m'aurait pas cru.

Un chagrin causé par une personne qu'on aime peut être amer, même quand il est inséré au milieu de préoccupations, d'occupations, de joies, qui n'ont pas cet être pour objet et desquelles notre attention ne se détourne que de temps en temps pour revenir à lui. Mais quand un tel chagrin naît — comme c'était le cas pour celui-ci — à un moment où le bonheur de voir cette personne nous remplit tout entiers, la brusque dépression qui se produit alors dans notre âme jusque-là ensoleillée, soutenue et calme, détermine en nous une tempête

furieuse contre laquelle nous ne savons pas si nous serons
capables de lutter jusqu'au bout. Celle qui soufflait sur mon
cœur était si violente que je revins vers la maison,
bousculé, meurtri, sentant que je ne pourrais retrouver
la respiration qu'en rebroussant chemin, qu'en retournant
sous un prétexte quelconque auprès de Gilberte. Mais elle
se serait dit : « Encore lui ! Décidément je peux tout me
permettre, il reviendra chaque fois d'autant plus docile
qu'il m'aura quittée plus malheureux. » Puis j'étais
irrésistiblement ramené vers elle par ma pensée, et ces
orientations alternatives, cet affolement de la boussole
intérieure persistèrent quand je fus rentré, et se traduisi-
rent par les brouillons des lettres contradictoires que
j'écrivis à Gilberte.

J'allais passer par une de ces conjonctures difficiles en
face desquelles il arrive généralement qu'on se trouve à
plusieurs reprises dans la vie et auxquelles bien qu'on n'ait
pas changé de caractère, de nature — notre nature qui
crée elle-même nos amours, et presque les femmes que
nous aimons, et jusqu'à leurs fautes — on ne fait pas face
de la même manière à chaque fois, c'est-à-dire à tout âge.
À ces moments-là notre vie est divisée, et comme
distribuée dans une balance, en deux plateaux opposés où
elle tient tout entière. Dans l'un, il y a notre désir de ne
pas déplaire, de ne pas paraître trop humble à l'être que
nous aimons sans parvenir à le comprendre, mais que nous
trouvons plus habile de laisser un peu de côté pour qu'il
n'ait pas ce sentiment de se croire indispensable, qui le
dégoûterait de nous ; de l'autre côté, il y a une souffrance
— non pas une souffrance localisée et partielle — qui ne
pourrait au contraire être apaisée que si renonçant à plaire
à cette femme et à lui faire croire que nous pouvons nous
passer d'elle, nous allions la retrouver. Qu'on retire du
plateau où est la fierté une petite quantité de volonté qu'on
a eu la faiblesse de laisser s'user avec l'âge, qu'on ajoute
dans le plateau où est le chagrin une souffrance physique
acquise et à qui on a permis de s'aggraver, et au lieu de
la solution courageuse qui l'aurait emporté à vingt ans,
c'est l'autre, devenue trop lourde et sans assez de
contre-poids, qui nous abaisse à cinquante. D'autant plus
que les situations tout en se répétant, changent, et qu'il
y a chance pour qu'au milieu ou à la fin de la vie, on ait
eu pour soi-même la funeste complaisance de compliquer

l'amour d'une part d'habitude que l'adolescence, retenue par trop d'autres devoirs, moins libre de soi-même, ne connaît pas.

Je venais d'écrire à Gilberte une lettre où je laissais tonner ma fureur, non sans pourtant jeter la bouée de quelques mots placés comme au hasard, et où mon amie pourrait accrocher une réconciliation ; un instant après, le vent ayant tourné, c'était des phrases tendres que je lui adressais pour la douceur de certaines expressions désolées, de tels « jamais plus » si attendrissants pour ceux qui les emploient, si fastidieux pour celle qui les lira, soit qu'elle les croie mensongers et traduise « jamais plus » par « ce soir-même, si vous voulez bien de moi » ou qu'elle les croie vrais et lui annonçant alors une de ces séparations définitives qui nous sont si parfaitement égales dans la vie quand il s'agit d'êtres dont nous ne sommes pas épris. Mais puisque nous sommes incapables tandis que nous aimons d'agir en dignes prédécesseurs de l'être prochain que nous serons et qui n'aimera plus, comment pourrions-nous tout à fait imaginer l'état d'esprit d'une femme à qui même si nous savions que nous lui sommes indifférents, nous avons perpétuellement fait tenir dans nos rêveries, pour nous bercer d'un beau songe ou nous consoler d'un gros chagrin, les mêmes propos que si elle nous aimait ? Devant les pensées, les actions d'une femme que nous aimons, nous sommes aussi désorientés que le pouvaient être devant les phénomènes de la nature, les premiers physiciens (avant que la science fût constituée et eût mis un peu de lumière dans l'inconnu). Ou pis encore comme un être pour l'esprit de qui le principe de causalité existerait à peine, un être qui ne serait pas capable d'établir un lien entre un phénomène et un autre et devant qui le spectacle du monde serait incertain comme un rêve. Certes je m'efforçais de sortir de cette incohérence, de trouver des causes. Je tâchais même d'être « objectif » et pour cela de bien tenir compte de la disproportion qui existait entre l'importance qu'avait pour moi Gilberte et celle non seulement que j'avais pour elle, mais qu'elle-même avait pour les autres êtres que moi, disproportion qui si je l'eusse omise eût risqué de me faire prendre une simple amabilité de mon amie pour un aveu passionné, une démarche grotesque et avilissante de ma part pour le simple et gracieux mouvement qui vous dirige vers de beaux yeux. Mais je craignais aussi de tomber dans l'excès contraire, où j'aurais vu dans l'arrivée inexacte de Gilberte à un rendez-vous, dans un mouvement de mauvaise humeur, une hostilité irrémédiable. Je tâchais de trouver entre ces deux optiques également déformantes celle qui me donnerait la vision juste des choses ; les calculs qu'il me fallait faire pour cela me distrayaient un peu de ma souffrance ; et soit par obéissance à la réponse des nombres, soit que je leur eusse fait dire ce que je désirais, je me décidai le lendemain à aller chez les Swann, heureux, mais de la même façon que ceux qui, s'étant tourmentés longtemps à cause d'un voyage qu'ils ne voulaient pas faire, ne vont pas plus loin que la gare, et rentrent chez eux défaire leur malle. Et, comme, pendant qu'on hésite, la seule idée d'une résolution possible (à moins d'avoir rendu cette idée inerte en décidant qu'on ne prendra pas la résolution) développe, comme une graine vivace, les linéaments, tout le détail des émotions qui naîtraient de l'acte exécuté, je me dis que j'avais été bien absurde de me faire, en projetant de ne plus voir Gilberte, autant de mal que si j'eusse dû réaliser ce projet et que, puisque au contraire c'était pour finir par retourner chez elle, j'aurais pu faire l'économie de tant de velléités et d'acceptations douloureuses. Mais cette reprise des relations d'amitié ne dura que le temps d'aller jusque chez les Swann : non pas parce que leur maître d'hôtel, lequel m'aimait beaucoup, me dit que Gilberte était sortie (je sus en effet, dès le soir même, que c'était vrai, par des gens qui l'avaient rencontrée), mais à cause de la façon dont il me le dit : « Monsieur, Mademoiselle est sortie, je peux affirmer à Monsieur que je ne mens pas. Si Monsieur veut se renseigner, je peux faire venir la femme de chambre. Monsieur pense bien que je ferais tout ce que je pourrais pour lui faire plaisir et que si Mademoiselle était là, je mènerais tout de suite Monsieur auprès d'elle. » Ces paroles, de la sorte qui est la seule importante, involontaires, nous donnant la radiographie au moins sommaire de la réalité insoupçonnable que cacherait un discours étudié, prouvaient que dans l'entourage de Gilberte on avait l'impression que je lui étais importun ; aussi, à peine le maître d'hôtel les eut-il prononcées, qu'elles engendrèrent chez moi de la haine à laquelle je préférai donner comme objet au lieu de Gilberte, le maître d'hôtel ; il

concentra sur lui tous les sentiments de colère que j'avais
pu avoir pour mon amie ; débarrassé d'eux grâce à ces
paroles, mon amour subsista seul ; mais elles m'avaient
montré en même temps que je devais pendant quelque
temps ne pas chercher à voir Gilberte. Elle allait
certainement m'écrire pour s'excuser. Malgré cela, je ne
retournerais pas tout de suite la voir, afin de lui prouver
que je pouvais vivre sans elle. D'ailleurs, une fois que
j'aurais reçu sa lettre, fréquenter Gilberte serait une chose
dont je pourrais plus aisément me priver pendant quelque
temps, parce que je serais sûr de la retrouver dès que je
le voudrais. Ce qu'il me fallait pour supporter moins
tristement l'absence volontaire, c'était sentir mon cœur
débarrassé de la terrible incertitude si nous n'étions pas
brouillés pour toujours, si elle n'était pas fiancée, partie,
enlevée. Les jours qui suivirent ressemblèrent à ceux de
cette ancienne semaine du jour de l'An que j'avais dû
passer sans Gilberte. Mais cette semaine-là finie, jadis,
d'une part mon amie reviendrait aux Champs-Élysées, je
la reverrais comme auparavant, j'en étais sûr ; et, d'autre
part, je savais avec non moins de certitude que tant que
dureraient les vacances du jour de l'An, ce n'était pas la
peine d'aller aux Champs-Élysées. De sorte que durant
cette triste semaine déjà lointaine, j'avais supporté ma
tristesse avec calme, parce qu'elle n'était mêlée ni de
crainte ni d'espérance. Maintenant, au contraire, c'était ce
dernier sentiment qui, presque autant que la crainte,
rendait ma souffrance intolérable. N'ayant pas eu de lettre
de Gilberte le soir même, j'avais fait la part de sa
négligence, de ses occupations, je ne doutais pas d'en
trouver une d'elle dans le courrier du matin. Il fut attendu
par moi, chaque jour, avec des palpitations de cœur
auxquelles succédait un état d'abattement quand je n'y
avais trouvé que des lettres de personnes qui n'étaient pas
Gilberte, ou bien rien, ce qui n'était pas pire, les preuves
d'amitié d'une autre me rendant plus cruelles celles de
son indifférence. Je me remettais à espérer pour le courrier
de l'après-midi. Même entre les heures des levées des
lettres je n'osais pas sortir, car elle eût pu faire porter la
sienne. Puis le moment finissait par arriver où ni facteur
ni valet de pied des Swann ne pouvant plus venir, il fallait
remettre au lendemain matin l'espoir d'être rassuré, et
ainsi parce que je croyais que ma souffrance ne durerait

pas, j'étais obligé pour ainsi dire de la renouveler sans
cesse. Le chagrin était peut-être le même, mais au lieu de
ne faire, comme autrefois, que prolonger uniformément
une émotion initiale, recommençait plusieurs fois par jour
en débutant par une émotion si fréquemment renouvelée
qu'elle finissait — elle, état tout physique, si momentané
— par se stabiliser, si bien que les troubles causés par
l'attente ayant à peine le temps de se calmer avant qu'une
nouvelle raison d'attendre survînt, il n'y avait plus une
seule minute par jour où je ne fusse dans cette anxiété
qu'il est pourtant si difficile de supporter pendant une
heure. Ainsi ma souffrance était infiniment plus cruelle
qu'au temps de cet ancien 1er janvier parce que cette fois
il y avait en moi au lieu de l'acceptation pure et simple
de cette souffrance, l'espoir, à chaque instant, de la voir
cesser. À cette acceptation, je finis pourtant par arriver,
alors je compris qu'elle devait être définitive et je renonçai
pour toujours à Gilberte, dans l'intérêt même de mon
amour, et parce que je souhaitais avant tout qu'elle ne
conservât pas de moi un souvenir dédaigneux. Même, à
partir de ce moment-là, et pour qu'elle ne pût former la
supposition d'une sorte de dépit amoureux de ma part,
quand dans la suite, elle me fixa des rendez-vous, je les
acceptais souvent et au dernier moment, je lui écrivais que
je ne pouvais pas venir, mais en protestant que j'en étais
désolé comme j'aurais fait avec quelqu'un que je
n'aurais pas désiré voir. Ces expressions de regret qu'on
réserve d'ordinaire aux indifférents, persuaderaient mieux
Gilberte de mon indifférence, me semblait-il, que ne ferait
le ton d'indifférence qu'on affecte seulement envers celle
qu'on aime. Quand mieux qu'avec des paroles, par des
actions indéfiniment répétées, je lui aurais prouvé que je
n'avais pas de goût à la voir, peut-être en retrouverait-elle
pour moi. Hélas ! ce serait en vain : chercher en ne la
voyant plus à ranimer en elle ce goût de me voir, c'était
la perdre pour toujours ; d'abord parce que quand il
commencerait à renaître, si je voulais qu'il durât, il ne
faudrait pas y céder tout de suite ; d'ailleurs, les heures
les plus cruelles seraient passées ; c'était en ce moment
qu'elle m'était indispensable et j'aurais voulu pouvoir
l'avertir que bientôt elle ne calmerait, en me revoyant,
qu'une douleur tellement diminuée qu'elle ne serait plus,
comme elle l'eût été encore en ce moment même, et pour

y mettre fin, un motif de capitulation, de se réconcilier
et de se revoir. Et plus tard quand je pourrais enfin avouer
sans péril à Gilberte, tant son goût pour moi aurait repris
de force, le mien pour elle, celui-ci n'aurait pu résister
à une si longue absence et n'existerait plus ; Gilberte me
serait devenue indifférente. Je le savais, mais je ne pouvais
pas le lui dire ; elle aurait cru que si je prétendais que
je cesserais de l'aimer en restant trop longtemps sans la
voir, c'était à seule fin qu'elle me dît de revenir vite auprès
d'elle. En attendant, ce qui me rendait plus aisé de me
condamner à cette séparation, c'est que (afin qu'elle se
rendît bien compte que malgré mes affirmations contraires,
c'était ma volonté, et non un empêchement, non mon état
de santé, qui me privaient de la voir) toutes les fois où
je savais d'avance que Gilberte ne serait pas chez ses
parents, devait sortir avec une amie et ne rentrerait pas
dîner, j'allais voir Mme Swann (laquelle était redevenue
pour moi ce qu'elle était au temps où je voyais si
difficilement sa fille et où les jours où celle-ci ne venait
pas aux Champs-Élysées, j'allais me promener avenue des
Acacias). De cette façon j'entendrais parler de Gilberte
et j'étais sûr qu'elle entendrait ensuite parler de moi et
d'une façon qui lui montrerait que je ne tenais pas à elle.
Et je trouvais, comme tous ceux qui souffrent, que ma triste
situation aurait pu être pire. Car ayant libre entrée dans
la demeure où habitait Gilberte, je me disais toujours, bien
que décidé à ne pas user de cette faculté, que si jamais
ma douleur était trop vive, je pourrais la faire cesser. Je
n'étais malheureux qu'au jour le jour. Et c'est trop dire
encore. Combien de fois par heure (mais maintenant sans
l'anxieuse attente qui m'avait étreint les premières
semaines après notre brouille, avant d'être retourné chez
les Swann) ne me récitais-je pas la lettre que Gilberte
m'enverrait bien un jour, m'apporterait peut-être elle-
même ! La constante vision de ce bonheur imaginaire
m'aidait à supporter la destruction du bonheur réel. Pour
les femmes qui ne nous aiment pas, comme pour les
« disparus », savoir qu'on n'a plus rien à espérer
n'empêche pas de continuer à attendre. On vit aux aguets,
aux écoutes ; des mères dont le fils est parti en mer pour
une exploration dangereuse se figurent à toute minute et
alors que la certitude qu'il a péri est acquise depuis
longtemps, qu'il va entrer, miraculeusement sauvé, et bien

portant. Et cette attente, selon la force du souvenir et la
résistance des organes, ou bien leur permet de traverser
les années au bout desquelles elles supporteront que leur
fils ne soit plus, d'oublier peu à peu et de survivre — ou
bien les fait mourir. D'autre part, mon chagrin était un
peu consolé par l'idée qu'il profitait à mon amour. Chaque
visite que je faisais à Mme Swann sans voir Gilberte,
m'était cruelle, mais je sentais qu'elle améliorait d'autant
l'idée que Gilberte avait de moi.

D'ailleurs si je m'arrangeais toujours, avant d'aller chez
Mme Swann, à être certain de l'absence de sa fille, cela
tenait peut-être autant qu'à ma résolution d'être brouillé
avec elle, à cet espoir de réconciliation qui se superposait
à ma volonté de renoncement (bien peu sont absolus, au
moins d'une façon continue, dans cette âme humaine dont
une des lois, fortifiée par les afflux inopinés de souvenirs
différents, est l'intermittence) et me masquait ce qu'elle
avait de trop cruel. Cet espoir je savais bien ce qu'il avait
de chimérique. J'étais comme un pauvre qui mêle moins
de larmes à son pain sec s'il se dit que tout à l'heure
peut-être un étranger va lui laisser toute sa fortune. Nous
sommes tous obligés pour rendre la réalité supportable
d'entretenir en nous quelques petites folies. Or mon
espérance restait plus intacte — tout en même temps que
la séparation s'effectuait mieux — si je ne rencontrais pas
Gilberte. Si je m'étais trouvé face à face avec elle chez
sa mère, nous aurions peut-être échangé des paroles
irréparables qui eussent rendu définitive notre brouille,
tué mon espérance et, d'autre part, en créant une anxiété
nouvelle, réveillé mon amour et rendu plus difficile ma
résignation.

Depuis bien longtemps et fort avant ma brouille avec
sa fille, Mme Swann m'avait dit : « C'est très bien de venir
voir Gilberte, mais j'aimerais aussi que vous veniez
quelquefois pour *moi*, pas à mon Choufleury[1], où vous vous
ennuieriez parce que j'ai trop de monde, mais les autres
jours où vous me trouverez toujours un peu tard. » J'avais
donc l'air, en allant la voir, de n'obéir que longtemps après
à un désir anciennement exprimé par elle. Et très tard,
déjà dans la nuit, presque au moment où mes parents se
mettaient à table, je partais faire à Mme Swann une visite
pendant laquelle je savais que je ne verrais pas Gilberte
et où pourtant je ne penserais qu'à elle. Dans ce quartier,

considéré alors comme éloigné, d'un Paris plus sombre qu'aujourd'hui, et qui, même dans le centre, n'avait pas d'électricité sur la voie publique et bien peu dans les maisons, les lampes d'un salon situé au rez-de-chaussée ou à un entresol très bas (tel qu'était celui de ses appartements où recevait habituellement Mme Swann) suffisaient à illuminer la rue et à faire lever les yeux au passant qui rattachait à leur clarté, comme à sa cause apparente et voilée, la présence devant la porte de quelques coupés bien attelés. Le passant croyait, et non sans un certain émoi, à une modification survenue dans cette cause mystérieuse, quand il voyait l'un de ces coupés se mettre en mouvement ; mais c'était seulement un cocher qui, craignant que ses bêtes prissent froid, leur faisait faire de temps à autre des allées et venues d'autant plus impressionnantes que les roues caoutchoutées donnaient au pas des chevaux un fond de silence sur lequel il se détachait plus distinct et plus explicite.

Le « jardin d'hiver », que dans ces années-là le passant apercevait d'ordinaire, quelle que fût la rue, si l'appartement n'était pas à un niveau trop élevé au-dessus du trottoir, ne se voit plus que dans les héliogravures des livres d'étrennes de P.-J. Stahl[1] où, en contraste avec les rares ornements floraux des salons Louis XVI d'aujourd'hui — une rose ou un iris du Japon dans un vase de cristal à long col qui ne pourrait pas contenir une fleur de plus —, il semble, à cause de la profusion des plantes d'appartement qu'on avait alors et du manque absolu de stylisation dans leur arrangement, avoir dû, chez les maîtresses de maison, répondre plutôt à quelque vivante et délicieuse passion pour la botanique qu'à un froid souci de morte décoration. Il faisait penser en plus grand, dans les hôtels d'alors, à ces serres minuscules et portatives posées au matin du 1er janvier sous la lampe allumée — les enfants n'ayant pas eu la patience d'attendre qu'il fît jour — parmi les autres cadeaux du jour de l'An, mais le plus beau d'entre eux, consolant avec les plantes qu'on va pouvoir cultiver, de la nudité de l'hiver ; plus encore qu'à ces serres-là elles-mêmes, ces jardins d'hiver ressemblaient à celle qu'on voyait tout auprès d'elles, figurée dans un beau livre, autre cadeau du jour de l'An, et qui, bien qu'elle fût donnée non aux enfants, mais à Mlle Lili, l'héroïne de l'ouvrage, les enchantaient à tel point que,

devenus maintenant presque vieillards, ils se demandent
si dans ces années fortunées l'hiver n'était pas la plus belle
des saisons. Enfin au fond de ce jardin d'hiver, à travers
les arborescences d'espèces variées qui de la rue faisaient
ressembler la fenêtre éclairée au vitrage de ces serres
d'enfants, dessinées ou réelles, le passant, se hissant sur
ses pointes, apercevait généralement un homme en
redingote, un gardénia ou un œillet à la boutonnière,
debout devant une femme assise, tous deux vagues, comme
deux intailles dans une topaze, au fond de l'atmosphère
du salon, ambrée par le samovar — importation récente
alors — de vapeurs qui s'en échappent peut-être encore
aujourd'hui, mais qu'à cause de l'habitude personne ne
voit plus. Mme Swann tenait beaucoup à ce « thé » ; elle
croyait montrer de l'originalité et dégager du charme en
disant à un homme : « Vous me trouverez tous les jours
un peu tard, venez prendre le thé », de sorte qu'elle
accompagnait d'un sourire fin et doux ces mots prononcés
par elle avec un accent anglais momentané et desquels son
interlocuteur prenait bonne note en saluant d'un air grave,
comme s'ils avaient été quelque chose d'important et de
singulier qui commandât la déférence et exigeât de
l'attention. Il y avait une autre raison que celles données
plus haut et pour laquelle les fleurs n'avaient pas qu'un
caractère d'ornement dans le salon de Mme Swann et cette
raison-là ne tenait pas à l'époque, mais en partie à
l'existence qu'avait menée jadis Odette. Une grande
cocotte, comme elle avait été, vit beaucoup pour ses
amants, c'est-à-dire chez elle, ce qui peut la conduire à
vivre pour elle. Les choses que chez une honnête femme
on voit et qui certes peuvent lui paraître, à elle aussi, avoir
de l'importance, sont celles, en tous cas, qui pour la cocotte
en ont le plus. Le point culminant de sa journée est celui
non pas où elle s'habille pour le monde, mais où elle se
déshabille pour un homme. Il lui faut être aussi élégante
en robe de chambre, en chemise de nuit, qu'en toilette
de ville. D'autres femmes montrent leurs bijoux, elle, elle
vit dans l'intimité de ses perles. Ce genre d'existence
impose l'obligation, et finit par donner le goût, d'un luxe
secret, c'est-à-dire bien près d'être désintéressé. Mme
Swann l'étendait aux fleurs. Il y avait toujours près de son
fauteuil une immense coupe de cristal remplie entièrement
de violettes de Parme ou de marguerites effeuillées dans

l'eau, et qui semblait témoigner aux yeux de l'arrivant de quelque occupation préférée et interrompue, comme eût été la tasse de thé que Mme Swann eût bue seule, pour son plaisir ; d'une occupation plus intime même et plus mystérieuse, si bien qu'on avait envie de s'excuser en voyant les fleurs étalées là, comme on l'eût fait de regarder le titre du volume encore ouvert qui eût révélé la lecture récente, donc peut-être la pensée actuelle d'Odette. Et plus que le livre, les fleurs vivaient ; on était gêné si on entrait faire une visite à Mme Swann de s'apercevoir qu'elle n'était pas seule, ou si on rentrait avec elle de ne pas trouver le salon vide, tant y tenaient une place énigmatique et se rapportant à des heures de la vie de la maîtresse de maison qu'on ne connaissait pas, ces fleurs qui n'avaient pas été préparées pour les visiteurs d'Odette mais comme oubliées là par elle, avaient eu et auraient encore avec elle des entretiens particuliers qu'on avait peur de déranger et dont on essayait en vain de lire le secret, en fixant des yeux la couleur délavée, liquide, mauve et dissolue des violettes de Parme. Dès la fin d'octobre Odette rentrait le plus régulièrement qu'elle pouvait pour le thé, qu'on appelait encore dans ce temps-là le *five o'clock tea*, ayant entendu dire (et aimant à répéter) que si Mme Verdurin s'était fait un salon c'était parce qu'on était toujours sûr de pouvoir la rencontrer chez elle à la même heure. Elle s'imaginait elle-même en avoir un, du même genre, mais plus libre, *senza rigore*[1], aimait-elle à dire. Elle se voyait ainsi comme une espèce de Lespinasse et croyait avoir fondé un salon rival en enlevant à la du Deffand du petit groupe ses hommes les plus agréables, en particulier Swann qui l'avait suivie dans sa sécession et sa retraite, selon une version qu'on comprend qu'elle eût réussi à accréditer auprès de nouveaux venus, ignorants du passé, mais non auprès d'elle-même. Mais certains rôles favoris sont par nous joués tant de fois devant le monde, et repassés en nous-mêmes, que nous nous référons plus aisément à leur témoignage fictif qu'à celui d'une réalité presque complètement oubliée. Les jours où Mme Swann n'était pas sortie du tout, on la trouvait dans une robe de chambre de crêpe de Chine, blanche comme une première neige, parfois aussi dans un de ces longs tuyautages de mousseline de soie, qui ne semblent qu'une jonchée de pétales roses ou blancs et qu'on trouverait aujourd'hui peu

appropriés à l'hiver, et bien à tort. Car ces étoffes légères
et ces couleurs tendres donnaient à la femme — dans la
grande chaleur des salons d'alors fermés de portières et
desquels ce que les romanciers mondains de l'époque
trouvaient à dire de plus élégant, c'est qu'ils étaient
« douillettement capitonnés » — le même air frileux
qu'aux roses qui pouvaient y rester à côté d'elle, malgré
l'hiver, dans l'incarnat de leur nudité, comme au printemps. À cause de cet étouffement des sons par les tapis
et de sa retraite dans des enfoncements, la maîtresse de
la maison, n'étant pas avertie de votre entrée comme
aujourd'hui, continuait à lire pendant que vous étiez déjà
presque devant elle, ce qui ajoutait encore à cette
impression de romanesque, à ce charme d'une sorte de
secret surpris, que nous retrouvons aujourd'hui dans le
souvenir de ces robes déjà démodées alors, que Mme
Swann était peut-être la seule à ne pas avoir encore
abandonnées et qui nous donnent l'idée que la femme qui
les portait devait être une héroïne de roman parce que
nous, pour la plupart, ne les avons guère vues que dans
certains romans d'Henry Gréville[1]. Odette avait maintenant, dans son salon, au commencement de l'hiver, des
chrysanthèmes énormes et d'une variété de couleurs
comme Swann jadis n'eût pu en voir chez elle[2]. Mon
admiration pour eux — quand j'allais faire à Mme Swann
une de ces tristes visites où, lui ayant de par mon chagrin,
retrouvé[3] toute sa mystérieuse poésie de mère de cette
Gilberte à qui elle dirait le lendemain : « Ton ami m'a
fait une visite » — venait sans doute de ce que, rose pâle
comme la soie Louis XV de ses fauteuils, blanc de neige
comme sa robe de chambre en crêpe de Chine, ou d'un
rouge métallique comme son samovar, ils superposaient
à celle du salon une décoration supplémentaire, d'un
coloris aussi riche, aussi raffiné, mais vivante et qui ne
durerait que quelques jours. Mais j'étais touché par ce que
ces chrysanthèmes avaient moins d'éphémère que de
relativement durable par rapport à ces tons, aussi roses
ou aussi cuivrés, que le soleil couché exalte si somptueuse-
ment dans la brume des fins d'après-midi de novembre
et qu'après les avoir aperçus avant que j'entrasse chez Mme
Swann, s'éteignant dans le ciel, je retrouvais prolongés,
transposés dans la palette enflammée des fleurs. Comme
des feux arrachés par un grand coloriste à l'instabilité de

l'atmosphère et du soleil, afin qu'ils vinssent orner une
demeure humaine, ils m'invitaient, ces chrysanthèmes, et
malgré toute ma tristesse à goûter avidement pendant cette
heure du thé les plaisirs si courts de novembre dont ils
faisaient flamboyer près de moi la splendeur intime et
mystérieuse. Hélas, ce n'était pas dans les conversations
que j'entendais que je pouvais l'atteindre ; elles lui
ressemblaient bien peu. Même avec Mme Cottard, et
quoique l'heure fût avancée, Mme Swann se faisait
caressante pour dire : « Mais non, il n'est pas tard, ne
regardez pas la pendule, ce n'est pas l'heure, elle ne va
pas ; qu'est-ce que vous pouvez avoir de si pressé à
faire ? » et elle offrait une tartelette de plus à la femme
du professeur qui gardait son porte-cartes à la main.

    « On ne peut pas s'en aller de cette maison », disait
Mme Bontemps à Mme Swann, tandis que Mme Cottard,
dans sa surprise d'entendre exprimer sa propre impression
s'écriait : « C'est ce que je me dis toujours, avec ma petite
jugeote, dans mon for intérieur ! », approuvée par des
messieurs du Jockey qui s'étaient confondus en saluts, et
comme comblés par tant d'honneur, quand Mme Swann
les avait présentés à cette petite bourgeoise peu aimable,
qui restait devant les brillants amis d'Odette sur la réserve,
sinon sur ce qu'elle appelait la « défensive », car elle
employait toujours un langage noble pour les choses les
plus simples. « On ne le dirait pas, voilà trois mercredis
que vous me faites faux bond », disait Mme Swann à Mme
Cottard. « C'est vrai, Odette, il y a *des siècles, des éternités*
que je ne vous ai vue. Vous voyez que je plaide coupable,
mais il faut vous dire », ajoutait-elle d'un air pudibond
et vague, car quoique femme de médecin, elle n'aurait
pas osé parler sans périphrases de rhumatisme ou de
coliques néphrétiques, « que j'ai eu bien des petites
misères. Chacun a les siennes. Et puis j'ai eu une crise dans
ma domesticité mâle. Sans être plus qu'une autre très
imbue de mon autorité, j'ai dû, pour faire un exemple,
renvoyer mon Vatel qui je crois cherchait d'ailleurs une
place plus lucrative. Mais son départ a failli entraîner la
démission de tout le ministère. Ma femme de chambre
ne voulait pas rester non plus, il y a eu des scènes
homériques. Malgré tout, j'ai tenu ferme le gouvernail,
et c'est une véritable leçon de choses qui n'aura pas été
perdue pour moi. Je vous ennuie avec ces histoires de

serviteurs, mais vous savez comme moi quel tracas c'est
d'être obligée de procéder à des remaniements dans son
personnel. Et nous ne verrons pas votre délicieuse fille ?
demandait-elle. — Non, ma délicieuse fille dîne chez une
amie », répondait Mme Swann, et elle ajoutait en se
tournant vers moi : « Je crois qu'elle vous a écrit pour
que vous veniez la voir demain. Et vos babys ? »
demandait-elle à la femme du professeur. Je respirais
largement. Ces mots de Mme Swann qui me prouvaient
que je pourrais voir Gilberte quand je voudrais, me
faisaient justement le bien que j'étais venu chercher et qui
me rendait à cette époque-là les visites à Mme Swann si
nécessaires. « Non, je lui écrirai un mot ce soir. Du reste,
Gilberte et moi nous ne pouvons plus nous voir »,
ajoutais-je, ayant l'air d'attribuer notre séparation à une
cause mystérieuse, ce qui me donnait encore une illusion
d'amour, entretenue aussi par la manière tendre dont je
parlais de Gilberte et dont elle parlait de moi. « Vous
savez qu'elle vous aime infiniment, me disait Mme Swann.
Vraiment vous ne voulez pas demain ? » Tout d'un coup
une allégresse me soulevait, je venais de me dire : « Mais
après tout pourquoi pas, puisque c'est sa mère elle-même
qui me le propose ? » Mais aussitôt je retombais dans ma
tristesse. Je craignais qu'en me voyant Gilberte pensât que
mon indifférence de ces derniers temps avait été simulée
et j'aimais mieux prolonger la séparation. Pendant ces
apartés Mme Bontemps se plaignait de l'ennui que lui
causaient les femmes des hommes politiques, car elle
affectait de trouver tout le monde assommant et ridicule,
et d'être désolée de la position de son mari : « Alors vous
pouvez comme ça recevoir cinquante femmes de médecins
de suite », disait-elle à Mme Cottard qui elle, au contraire,
était pleine de bienveillance pour chacun et de respect
pour toutes les obligations. « Ah, vous avez de la vertu !
Moi, au ministère, n'est-ce pas, je suis obligée, naturellement. Hé bien ! c'est plus fort que moi, vous savez, ces
femmes de fonctionnaires, je ne peux pas m'empêcher de
leur tirer la langue. Et ma nièce Albertine est comme moi.
Vous ne savez pas ce qu'elle est effrontée cette petite. La
semaine dernière il y avait à mon jour la femme du
sous-secrétaire d'État aux Finances qui disait qu'elle ne s'y
connaissait pas en cuisine. "Mais, madame, lui a répondu
ma nièce avec son plus gracieux sourire, vous devriez

pourtant savoir ce que c'est, puisque votre père était marmiton". — Oh ! j'aime beaucoup cette histoire, je trouve cela exquis, disait Mme Swann. Mais au moins pour les jours de consultation du docteur vous devriez avoir un petit *home*, avec vos fleurs, vos livres, les choses que vous aimez », conseillait-elle à Mme Cottard. « Comme ça, v'lan dans la figure, v'lan, elle ne lui a pas envoyé dire. Et elle ne m'avait prévenue de rien cette petite masque, elle est rusée comme un singe. Vous avez de la chance de pouvoir vous retenir ; j'envie les gens qui savent déguiser leur pensée. — Mais je n'en ai pas besoin, madame : je ne suis pas si difficile, répondait avec douceur Mme Cottard. D'abord, je n'y ai pas les mêmes droits que vous », ajoutait-elle d'une voix un peu plus forte qu'elle prenait, afin de les souligner, chaque fois qu'elle glissait dans la conversation quelqu'une de ces amabilités délicates, de ces ingénieuses flatteries qui faisaient l'admiration et aidaient à la carrière de son mari. « Et puis je fais avec plaisir tout ce qui peut être utile au professeur.

— Mais madame, il faut pouvoir. Probablement vous n'êtes pas nerveuse. Moi, quand je vois la femme du ministre de la Guerre faire des grimaces, immédiatement je me mets à l'imiter. C'est terrible d'avoir un tempérament comme ça.

— Ah ! oui, dit Mme Cottard, j'ai entendu dire qu'elle avait des tics ; mon mari connaît aussi quelqu'un de très haut placé, et naturellement, quand ces messieurs causent entre eux...

— Mais tenez, madame, c'est encore comme le chef du Protocole qui est bossu, c'est réglé, il n'est pas depuis cinq minutes chez moi que je vais toucher sa bosse. Mon mari dit que je le ferai révoquer. Eh bien ! zut pour le ministère ! Oui, zut pour le ministère ! je voulais faire mettre ça comme devise sur mon papier à lettres. Je suis sûre que je vous scandalise, parce que vous êtes bonne, moi j'avoue que rien ne m'amuse comme les petites méchancetés. Sans cela la vie serait bien monotone. »

Et elle continuait à parler tout le temps du ministère comme si ç'avait été l'Olympe. Pour changer la conversation, Mme Swann se tournant vers Mme Cottard :

« Mais vous me semblez bien belle ? *Redfern fecit*[1] ?

— Non, vous savez que je suis une fervente de Raudnitz[2]. Du reste c'est un retapage.

— Eh bien ! cela a un chic !

— Combien croyez-vous ?... Non, changez le premier chiffre.

— Comment, mais c'est pour rien, c'est donné. On m'avait dit trois fois autant.

— Voilà comme on écrit l'Histoire », concluait la femme du docteur. Et montrant à Mme Swann un tour de cou dont celle-ci lui avait fait présent :

« Regardez, Odette. Vous reconnaissez ? »

Dans l'entrebâillement d'une tenture une tête se montrait, cérémonieusement déférente, feignant par plaisanterie la peur de déranger : c'était Swann. « Odette, le prince d'Agrigente qui est avec moi dans mon cabinet demande s'il pourrait venir vous présenter ses hommages. Que dois-je aller lui répondre ? — Mais que je serai enchantée », disait Odette avec satisfaction sans se départir d'un calme qui lui était d'autant plus facile qu'elle avait toujours, même comme cocotte, reçu des hommes élégants. Swann partait transmettre l'autorisation et, accompagné du prince, il revenait auprès de sa femme à moins que dans l'intervalle ne fût entrée Mme Verdurin. Quand il avait épousé Odette il lui avait demandé de ne plus fréquenter le petit clan (il avait pour cela bien des raisons et s'il n'en avait pas eu, l'eût fait tout de même par obéissance à une loi d'ingratitude qui ne souffre pas d'exception et qui fait ressortir l'imprévoyance de tous les entremetteurs ou leur désintéressement). Il avait seulement permis qu'Odette échangeât avec Mme Verdurin deux visites par an, ce qui semblait encore excessif à certains fidèles indignés de l'injure faite à la Patronne qui avait pendant tant d'années traité Odette et même Swann comme les enfants chéris de la maison. Car s'il contenait des faux frères qui lâchaient certains soirs pour se rendre sans le dire à une invitation d'Odette, prêts, dans le cas où ils seraient découverts, à s'excuser sur la curiosité de rencontrer Bergotte (quoique la Patronne prétendît qu'il ne fréquentait pas chez les Swann, était dépourvu de talent, et malgré cela elle cherchait suivant une expression qui lui était chère, à l'attirer), le petit groupe avait aussi ses « ultras ». Et ceux-ci, ignorants des convenances particulières qui détournent souvent les gens de l'attitude extrême qu'on aimerait à leur voir prendre pour ennuyer quelqu'un, auraient souhaité et n'avaient pas obtenu que

Mme Verdurin cessât toutes relations avec Odette et lui
ôtât ainsi la satisfaction de dire en riant : « Nous allons
très rarement chez la Patronne depuis le Schisme. C'était
encore possible quand mon mari était garçon, mais pour
un ménage ce n'est toujours pas très facile... M. Swann
pour vous dire la vérité n'avale pas la mère Verdurin et
il n'apprécierait pas beaucoup que j'en fasse ma fréquentation habituelle. Et moi, fidèle épouse... » Swann y
accompagnait sa femme en soirée, mais évitait d'être là
quand Mme Verdurin venait chez Odette en visite. Aussi
si la Patronne était dans le salon, le prince d'Agrigente
entrait seul. Seul aussi d'ailleurs il était présenté par Odette
qui préférait que Mme Verdurin n'entendît pas de noms
obscurs et voyant plus d'un visage inconnu d'elle, pût se
croire au milieu de notabilités aristocratiques, calcul qui
réussissait si bien que le soir Mme Verdurin disait avec
dégoût à son mari : « Charmant milieu ! Il y avait toute
la fleur de la Réaction ! » Odette vivait à l'égard de
Mme Verdurin dans une illusion inverse. Non que ce salon
eût même seulement commencé alors de devenir ce que
nous le verrons être un jour. Mme Verdurin n'en était
même pas encore à la période d'incubation où on suspend
les grandes fêtes dans lesquelles les rares éléments brillants
récemment acquis seraient noyés dans trop de tourbe et
où on préfère attendre que le pouvoir générateur des dix
justes qu'on a réussi à attirer en ait produit septante fois
dix[1]. Comme Odette n'allait pas tarder à le faire,
Mme Verdurin se proposait bien le « monde » comme
objectif, mais ses zones d'attaque étaient encore si limitées
et d'ailleurs si éloignées de celles par où Odette avait
quelque chance d'arriver à un résultat identique, à percer,
que celle-ci vivait dans la plus complète ignorance des
plans stratégiques qu'élaborait la Patronne. Et c'était de
la meilleure foi du monde que quand on parlait à Odette
de Mme Verdurin comme d'une snob, Odette se mettait
à rire et disait : « C'est tout le contraire. D'abord elle
n'en a pas les éléments, elle ne connaît personne. Ensuite
il faut lui rendre cette justice que cela lui plaît ainsi. Non,
ce qu'elle aime ce sont ses mercredis, les causeurs
agréables. » Et secrètement elle enviait à Mme Verdurin
(bien qu'elle ne désespérât pas d'avoir elle-même à une
si grande école fini par les apprendre) ces arts auxquels
la Patronne attachait une telle importance bien qu'ils ne

fassent que nuancer l'inexistant, sculpter le vide, et soient à proprement parler les Arts du Néant : l'art (pour une maîtresse de maison) de savoir « réunir », de s'entendre à « grouper », de « mettre en valeur », de « s'effacer », de servir de « trait d'union ».

En tout cas les amies de Mme Swann étaient impressionnées de voir chez elle une femme qu'on ne se représentait habituellement que dans son propre salon, entourée d'un cadre inséparable d'invités, de tout un petit groupe qu'on s'émerveillait de voir ainsi, évoqué, résumé, resserré, dans un seul fauteuil, sous les espèces de la Patronne devenue visiteuse dans l'emmitouflement de son manteau fourré de grèbe, aussi duveteux que les blanches fourrures qui tapissaient ce salon au sein duquel Mme Verdurin était elle-même un salon. Les femmes les plus timides voulaient se retirer par discrétion et employant le pluriel comme quand on veut faire comprendre aux autres qu'il est plus sage de ne pas trop fatiguer une convalescente qui se lève pour la première fois, disaient : « Odette, nous allons vous laisser. » On enviait Mme Cottard que la Patronne appelait par son prénom. « Est-ce que je vous enlève ? » lui disait Mme Verdurin qui ne pouvait supporter la pensée qu'une fidèle allait rester là au lieu de la suivre. « Mais Madame est assez aimable pour me ramener », répondait Mme Cottard ne voulant pas avoir l'air d'oublier, en faveur d'une personne plus célèbre, qu'elle avait accepté l'offre que Mme Bontemps lui avait faite de la ramener dans sa voiture à cocarde.

« J'avoue que je suis particulièrement reconnaissante aux amies qui veulent bien me prendre avec elles dans leur véhicule. C'est une véritable aubaine pour moi qui n'ai pas d'automédon. — D'autant plus, répondait la Patronne (n'osant trop rien dire, car elle connaissait un peu Mme Bontemps et venait de l'inviter à ses mercredis), que chez Mme de Crécy vous n'êtes pas près de chez vous. Oh ! mon Dieu, je n'arriverai jamais à dire Mme Swann. » C'était une plaisanterie du petit clan, pour des gens qui n'avaient pas beaucoup d'esprit, de faire semblant de ne pas pouvoir s'habituer à dire Mme Swann : « J'avais tellement l'habitude de dire Mme de Crécy, j'ai encore failli de me tromper. » Seule Mme Verdurin, quand elle parlait à Odette, ne faisait pas que faillir et se trompait exprès. « Cela ne vous fait pas peur, Odette, d'habiter ce quartier perdu ? Il me semble que je ne serais qu'à moitié tranquille le soir pour rentrer. Et puis c'est si humide. Ça ne doit rien valoir pour l'eczéma de votre mari. Vous n'avez pas de rats au moins ? — Mais non ! Quelle horreur ! — Tant mieux, on m'avait dit cela. Je suis bien aise de savoir que ce n'est pas vrai, parce que j'en ai une peur épouvantable et que je ne serais pas revenue chez vous. Au revoir, ma bonne chérie, à bientôt, vous savez comme je suis heureuse de vous voir. Vous ne savez pas arranger les chrysanthèmes », disait-elle en s'en allant, tandis que Mme Swann se levait pour la reconduire. « Ce sont des fleurs japonaises, il faut les disposer comme font les Japonais. — Je ne suis pas de l'avis de madame Verdurin, bien qu'en toutes choses elle soit pour moi la Loi et les Prophètes. Il n'y a que vous, Odette, pour trouver des chrysanthèmes si belles, ou plutôt si beaux puisqu'il paraît que c'est ainsi qu'on dit maintenant[1], déclarait Mme Cottard, quand la Patronne avait refermé la porte. — Chère madame Verdurin n'est pas toujours très bienveillante pour les fleurs des autres, répondait doucement Mme Swann. — Qui cultivez-vous, Odette ? » demandait Mme Cottard, pour ne pas laisser se prolonger les critiques à l'adresse de la Patronne...

« Lemaître[2] ? J'avoue que devant chez Lemaître il y avait l'autre jour un grand arbuste rose qui m'a fait faire une folie. » Mais par pudeur elle se refusa à donner des renseignements plus précis sur le prix de l'arbuste et dit seulement que le professeur « qui n'avait pourtant pas la tête près du bonnet » avait tiré flamberge au vent et lui avait dit qu'elle ne savait pas la valeur de l'argent. « Non, non, je n'ai de fleuriste attitré que Debac. — Moi aussi, disait Mme Cottard, mais je confesse que je lui fais des infidélités avec Lachaume. — Ah ! vous le trompez avec Lachaume, je le lui dirai », répondait Odette qui s'efforçait d'avoir de l'esprit et de conduire la conversation chez elle, où elle se sentait plus à l'aise que dans le petit clan. « Du reste Lachaume devient vraiment trop cher ; ses prix sont excessifs, savez-vous, ses prix je les trouve inconvenants ! » ajoutait-elle en riant.

Cependant Mme Bontemps, qui avait dit cent fois qu'elle ne voulait pas aller chez les Verdurin, ravie d'être invitée aux mercredis, était en train de calculer comment elle pourrait s'y rendre le plus de fois possible. Elle ignorait

que Mme Verdurin souhaitait qu'on n'en manquât aucun ;
d'autre part, elle était de ces personnes peu recherchées,
qui quand elles sont conviées à des « séries » par une
maîtresse de maison, ne vont pas chez elle, comme ceux
qui savent faire toujours plaisir, quand ils ont un moment
et le désir de sortir ; elles, au contraire, se privent par
exemple de la première soirée et de la troisième,
s'imaginant que leur absence sera remarquée, et se
réservent pour la deuxième et la quatrième ; à moins que
leurs informations ne leur ayant appris que la troisième
sera particulièrement brillante, elles ne suivent un ordre
inverse, alléguant que « malheureusement la dernière fois
elles n'étaient pas libres ». Telle Mme Bontemps supputait
combien il pouvait y avoir encore de mercredis avant
Pâques et de quelle façon elle arriverait à en avoir un de
plus, sans pourtant paraître s'imposer. Elle comptait sur
Mme Cottard, avec laquelle elle allait revenir, pour lui
donner quelques indications. « Oh ! madame Bontemps,
je vois que vous vous levez, c'est très mal de donner ainsi
le signal de la fuite. Vous me devez une compensation
pour n'être pas venue jeudi dernier... Allons, rasseyez-vous
un moment. Vous ne ferez tout de même plus d'autre visite
avant le dîner. Vraiment, vous ne vous laissez pas
tenter ? » ajoutait Mme Swann et tout en tendant une
assiette de gâteaux : « Vous savez que ce n'est pas mauvais
du tout, ces petites saletés-là. Ça ne paye pas de mine, mais
goûtez-en, vous m'en direz des nouvelles. — Au contraire
ça a l'air délicieux, répondait Mme Cottard, chez vous,
Odette, on n'est jamais à court de victuailles. Je n'ai pas
besoin de vous demander la marque de fabrique, je sais
que vous faites tout venir de chez Rebattet. Je dois dire
que je suis plus éclectique. Pour les petits fours, pour
toutes les friandises, je m'adresse souvent à Bourbonneux[1].
Mais je reconnais qu'ils ne savent pas ce que c'est qu'une
glace. Rebattet pour tout ce qui est glace, bavaroise ou
sorbet, c'est le grand art. Comme dirait mon mari, c'est
le *nec plus ultra*. — Mais ceci est tout simplement fait ici.
Vraiment non ? — Je ne pourrai pas dîner, répondait
Mme Bontemps, mais je me rassieds un instant ; vous savez,
moi, j'adore causer avec une femme intelligente comme
vous. — Vous allez me trouver indiscrète, Odette, mais
j'aimerais savoir comment vous jugez le chapeau qu'avait
Mme Trombert. Je sais bien que la mode est aux grands

chapeaux. Tout de même n'y a-t-il pas un peu d'exagération ? Et à côté de celui avec lequel elle est venue l'autre
jour chez moi, celui qu'elle portait tantôt était microscopi-
que. — Mais non, je ne suis pas intelligente, disait Odette,
pensant que cela faisait bien. Je suis au fond une gobeuse,
qui croit tout ce qu'on lui dit, qui se fait du chagrin pour
un rien. » Et elle insinuait qu'elle avait, au commencement, beaucoup souffert d'avoir épousé un homme comme
Swann qui avait une vie de son côté et qui la trompait.
Cependant le prince d'Agrigente ayant entendu les mots
« je ne suis pas intelligente », trouvait de son devoir de
protester, mais il n'avait pas d'esprit de repartie. « Tara-
tata, s'écriait Mme Bontemps, vous, pas intelligente ! — En
effet je me disais : "Qu'est-ce que j'entends ?" disait le
prince en saisissant cette perche. Il faut que mes oreilles
m'aient trompé. — Mais non, je vous assure, disait Odette,
je suis au fond une petite bourgeoise très choquable, pleine
de préjugés, vivant dans son trou, surtout très ignorante. »
Et pour demander des nouvelles du baron de Charlus :
« Avez-vous vu cher baronet ? lui disait-elle. — Vous
ignorante, s'écriait Mme Bontemps ! Hé bien alors,
qu'est-ce que vous diriez du monde officiel, toutes ces
femmes d'Excellences qui ne savent parler que de
chiffons !... Tenez, madame, pas plus tard qu'il y a huit
jours je mets sur *Lohengrin*[1] la ministresse de l'Instruction
publique. Elle me répond : "*Lohengrin* ? Ah ! oui, la
dernière revue des Folies-Bergère[2], il paraît que c'est
tordant." Hé bien, madame, qu'est-ce que vous voulez,
quand on entend des choses comme ça, ça vous fait
bouillir. J'avais envie de la gifler. Parce que j'ai mon petit
caractère, vous savez. Voyons, monsieur, disait-elle en se
tournant vers moi, est-ce que je n'ai pas raison ?
— Écoutez, disait Mme Cottard, on est excusable de
répondre un peu de travers quand on est interrogée ainsi
de but en blanc, sans être prévenue. J'en sais quelque chose
car Mme Verdurin a l'habitude de nous mettre ainsi le
couteau sur la gorge. — À propos de Mme Verdurin,
demandait Mme Bontemps à Mme Cottard, savez-vous qui
il y aura mercredi chez elle ?... Ah ! je me rappelle
maintenant que nous avons accepté une invitation pour
mercredi prochain. Vous ne voulez pas dîner de mercredi
en huit avec nous ? Nous irions ensemble chez Mme Verdurin. Cela m'intimide d'entrer seule, je ne sais pas

pourquoi cette grande femme m'a toujours fait peur. — Je vais vous le dire, répondait Mme Cottard, ce qui vous effraye chez Mme Verdurin, c'est son organe. Que voulez-vous ? tout le monde n'a pas un aussi joli organe que Mme Swann. Mais le temps de prendre langue, comme dit la Patronne, et la glace sera bientôt rompue. Car dans le fond elle est très accueillante. Mais je comprends très bien votre sensation, ce n'est jamais agréable de se trouver la première fois en pays perdu. — Vous pourriez aussi dîner avec nous, disait Mme Bontemps à Mme Swann. Après dîner on irait tous ensemble en Verdurin, faire Verdurin ; et même si ce devait avoir pour effet que la Patronne me fasse les gros yeux et ne m'invite plus, une fois chez elle nous resterons toutes les trois à causer entre nous, je sens que c'est ce qui m'amusera le plus. » Mais cette affirmation ne devait pas être très véridique car Mme Bontemps demandait : « Qui pensez-vous qu'il y aura de mercredi en huit ? Qu'est-ce qui se passera ? Il n'y aura pas trop de monde, au moins ? — Moi, je n'irai certainement pas, disait Odette. Nous ne ferons qu'une petite apparition au mercredi final. Si cela vous est égal d'attendre jusque-là... » Mais Mme Bontemps ne semblait pas séduite par cette proposition d'ajournement.

Bien que les mérites spirituels d'un salon et son élégance soient généralement en rapports inverses plutôt que directs, il faut croire, puisque Swann trouvait Mme Bontemps agréable, que toute déchéance acceptée a pour conséquence de rendre les gens moins difficiles sur ceux avec qui ils sont résignés à se plaire, moins difficiles sur leur esprit comme sur le reste. Et si cela est vrai, les hommes doivent, comme les peuples, voir leur culture et même leur langage disparaître avec leur indépendance. Un des effets de cette indulgence est d'aggraver la tendance qu'à partir d'un certain âge on a à trouver agréables les paroles qui sont un hommage à notre propre tour d'esprit, à nos penchants, un encouragement à nous y livrer ; cet âge-là est celui où un grand artiste préfère à la société de génies originaux celle d'élèves qui n'ont en commun avec lui que la lettre de sa doctrine et par qui il est encensé, écouté ; où un homme ou une femme remarquables qui vivent pour un amour trouveront la plus intelligente dans une réunion la personne peut-être inférieure, mais dont une phrase aura montré qu'elle sait

comprendre et approuver ce qu'est une existence vouée
à la galanterie, et aura ainsi chatouillé agréablement la
tendance voluptueuse de l'amant ou de la maîtresse ; c'était
l'âge aussi où Swann, en tant qu'il était devenu le mari
d'Odette se plaisait à entendre dire à Mme Bontemps que
c'est ridicule de ne recevoir que des duchesses (concluant
de là, au contraire de ce qu'il eût fait jadis chez les
Verdurin, que c'était une bonne femme, très spirituelle
et qui n'était pas snob) et à lui raconter des histoires qui
la faisaient « tordre », parce qu'elle ne les connaissait pas
et que d'ailleurs elle « saisissait » vite, aimait à flatter et
à s'amuser. « Alors le docteur ne raffole pas, comme vous,
des fleurs ? demandait Mme Swann à Mme Cottard.
— Oh ! vous savez que mon mari est un sage ; il est
modéré en toutes choses. Si, pourtant, il a une passion. »
L'œil brillant de malveillance, de joie et de curiosité :
« Laquelle, madame ? » demandait Mme Bontemps. Avec
simplicité, Mme Cottard répondait : « La lecture. — Oh !
c'est une passion de tout repos chez un mari ! s'écriait
Mme Bontemps, en étouffant un rire satanique — Quand
le docteur est dans un livre, vous savez ! — Hé bien,
madame, cela ne doit pas vous effrayer beaucoup... — Mais
si !... pour sa vue. Je vais aller le retrouver, Odette, et
je reviendrai au premier jour frapper à votre porte. À
propos de vue, vous a-t-on dit que l'hôtel particulier que
vient d'acheter Mme Verdurin sera éclairé à l'électricité ?
Je ne le tiens pas de ma petite police particulière, mais
d'une autre source : c'est l'électricien lui-même, Mildé[1],
qui me l'a dit. Vous voyez que je cite mes auteurs !
Jusqu'aux chambres qui auront leurs lampes électriques
avec un abat-jour qui tamisera la lumière. C'est évidemment un luxe charmant. D'ailleurs nos contemporaines
veulent absolument du nouveau, n'en fût-il plus au monde.
Il y a la belle-sœur d'une de mes amies qui a le téléphone
posé chez elle ! Elle peut faire une commande à un
fournisseur sans sortir de son appartement ! J'avoue que
j'ai platement intrigué pour avoir la permission de venir
un jour pour parler devant l'appareil. Cela me tente
beaucoup, mais plutôt chez une amie que chez moi. Il me
semble que je n'aimerais pas avoir le téléphone à domicile.
Le premier amusement passé, cela doit être un vrai
casse-tête[2]. Allons, Odette, je me sauve, ne retenez plus
Mme Bontemps puisqu'elle se charge de moi, il faut

absolument que je m'arrache, vous me faites faire du joli, je vais être rentrée après mon mari ! »

Et moi aussi, il fallait que je rentrasse, avant d'avoir goûté à ces plaisirs de l'hiver, desquels les chrysanthèmes m'avaient semblé être l'enveloppe éclatante. Ces plaisirs n'étaient pas venus et cependant Mme Swann n'avait pas l'air d'attendre encore quelque chose. Elle laissait les domestiques emporter le thé comme elle aurait annoncé : « On ferme ! » Et elle finissait par me dire : « Alors, vraiment, vous partez ? Hé bien, *good bye* ! » Je sentais que j'aurais pu rester sans rencontrer ces plaisirs inconnus et que ma tristesse n'était pas seule à m'avoir privé d'eux. Ne se trouvaient-ils donc pas situés sur cette route battue des heures qui mènent toujours si vite à l'instant du départ, mais plutôt sur quelque chemin de traverse inconnu de moi et par où il eût fallu bifurquer ? Du moins le but de ma visite était atteint, Gilberte saurait que j'étais venu chez ses parents quand elle n'était pas là, et que j'y avais, comme n'avait cessé de le répéter Mme Cottard, « fait d'emblée, de prime abord, la conquête de Mme Verdurin », laquelle ajoutait la femme du docteur, qui ne l'avait jamais vue faire « autant de frais[1] ». « Il faut, avait-elle dit, que vous ayez ensemble des atomes crochus. » Elle saurait que j'avais parlé d'elle comme je devais le faire, avec tendresse, mais que je n'avais pas cette incapacité de vivre sans que nous nous vissions que je croyais à la base de l'ennui qu'elle avait éprouvé ces derniers temps auprès de moi. J'avais dit à Mme Swann que je ne pouvais plus me trouver avec Gilberte. Je l'avais dit, comme si j'avais décidé pour toujours de ne plus la voir. Et la lettre que j'allais envoyer à Gilberte serait conçue dans le même sens. Seulement à moi-même pour me donner courage, je ne me proposais qu'un suprême et court effort de peu de jours. Je me disais : « C'est le dernier rendez-vous d'elle que je refuse, j'accepterai le prochain. » Pour me rendre la séparation moins difficile à réaliser, je ne me la présentais pas comme définitive. Mais je sentais bien qu'elle le serait.

Le 1er janvier me fut particulièrement douloureux cette année-là. Tout l'est sans doute, qui fait date et anniversaire, quand on est malheureux. Mais si c'est par exemple d'avoir perdu un être cher, la souffrance consiste seulement dans une comparaison plus vive avec le passé. Il s'y ajoutait dans

mon cas l'espoir informulé que Gilberte, ayant voulu me
laisser l'initiative des premiers pas et constatant que je ne
les avais pas faits, n'avait attendu que le prétexte du
1er janvier pour m'écrire : « Enfin, qu'y a-t-il ? je suis folle
de vous, venez que nous nous expliquions franchement,
je ne peux pas vivre sans vous voir. » Dès les derniers
jours de l'année cette lettre me parut probable. Elle ne
l'était peut-être pas, mais, pour que nous la croyions telle,
le désir, le besoin que nous en avons suffit. Le soldat est
persuadé qu'un certain délai indéfiniment prolongeable
lui sera accordé avant qu'il soit tué, le voleur, avant qu'il
soit pris, les hommes en général avant qu'ils aient à mourir.
C'est là l'amulette qui préserve les individus — et parfois
les peuples — non du danger mais de la peur du danger,
en réalité de la croyance au danger, ce qui dans certains
cas permet de les braver sans qu'il soit besoin d'être brave.
Une confiance de ce genre et aussi peu fondée, soutient
l'amoureux qui compte sur une réconciliation, sur une
lettre. Pour que je n'eusse pas attendu celle-là, il eût suffi
que j'eusse cessé de la souhaiter. Si indifférent qu'on sache
que l'on est à celle qu'on aime encore, on lui prête une
série de pensées — fussent-elles d'indifférence —, une
intention de les manifester, une complication de vie
intérieure où l'on est l'objet peut-être d'une antipathie,
mais aussi d'une attention permanentes. Pour imaginer au
contraire ce qui se passait en Gilberte, il eût fallu que je
pusse tout simplement anticiper dès ce 1er janvier-là ce que
j'eusse ressenti celui d'une des années suivantes, et où
l'attention, ou le silence, ou la tendresse ou la froideur
de Gilberte eussent passé à peu près inaperçus à mes yeux
et où je n'eusse pas songé, pas même pu songer à chercher
la solution de problèmes qui auraient cessé de se poser
pour moi. Quand on aime, l'amour est trop grand pour
pouvoir être contenu tout entier en nous ; il irradie vers
la personne aimée, rencontre en elle une surface qui
l'arrête, le force à revenir vers son point de départ et c'est
ce choc en retour de notre propre tendresse que nous
appelons les sentiments de l'autre et qui nous charme plus
qu'à l'aller, parce que nous ne reconnaissons pas qu'elle
vient de nous. Le 1er janvier sonna toutes ses heures sans
qu'arrivât cette lettre de Gilberte. Et comme j'en reçus
quelques-unes de vœux tardifs ou retardés par l'encombre-
ment des courriers à ces dates-là, le 3 et le 4 janvier

j'espérais encore, de moins en moins pourtant. Les jours qui suivirent, je pleurai beaucoup. Certes, cela tenait à ce qu'ayant été moins sincère que je ne l'avais cru quand j'avais renoncé à Gilberte, j'avais gardé cet espoir d'une lettre d'elle pour la nouvelle année. Et le voyant épuisé avant que j'eusse eu le temps de me précautionner d'un autre, je souffrais comme un malade qui a vidé sa fiole de morphine sans en avoir sous la main une seconde. Mais peut-être en moi — et ces deux explications ne s'excluent pas car un seul sentiment est quelquefois fait de contraires — l'espérance que j'avais de recevoir enfin une lettre avait-elle rapproché de moi l'image de Gilberte, recréé les émotions que l'attente de me trouver près d'elle, sa vue, sa manière d'être avec moi, me causaient autrefois. La possibilité immédiate d'une réconciliation avait supprimé cette chose de l'énormité de laquelle nous ne nous rendons pas compte — la résignation. Les neurasthéniques ne peuvent croire les gens qui leur assurent qu'ils seront peu à peu calmés en restant au lit sans recevoir de lettres, sans lire de journaux. Ils se figurent que ce régime ne fera qu'exaspérer leur nervosité. De même les amoureux, le considérant du sein d'un état contraire, n'ayant pas commencé de l'expérimenter, ne peuvent croire à la puissance bienfaisante du renoncement.

À cause de la violence de mes battements de cœur on me fit diminuer la caféine, ils cessèrent. Alors je me demandai si ce n'était pas un peu à elle qu'était due cette angoisse que j'avais éprouvée quand je m'étais à peu près brouillé avec Gilberte, et que j'avais attribuée, chaque fois qu'elle se renouvelait, à la souffrance de ne plus voir mon amie, ou de risquer de ne la voir qu'en proie à la même mauvaise humeur. Mais si ce médicament avait été à l'origine des souffrances que mon imagination eût alors faussement interprétées (ce qui n'aurait rien d'extraordinaire, les plus cruelles peines morales ayant souvent pour cause chez les amants l'habitude physique de la femme avec qui ils vivent), c'était à la façon du philtre qui longtemps après avoir été absorbé continue à lier Tristan à Yseult. Car l'amélioration physique que la diminution de la caféine amena presque immédiatement chez moi n'arrêta pas l'évolution du chagrin que l'absorption du toxique avait peut-être sinon créé, du moins su rendre plus aigu.

Seulement, quand le milieu du mois de janvier approcha, une fois déçues mes espérances d'une lettre pour le jour de l'An, et la douleur supplémentaire qui avait accompagné leur déception une fois calmée, ce fut mon chagrin d'avant « les Fêtes » qui recommença. Ce qu'il y avait peut-être encore en lui de plus cruel, c'est que j'en fusse moi-même l'artisan conscient, volontaire, impitoyable et patient. La seule chose à laquelle je tinsse, mes relations avec Gilberte, c'est moi qui travaillais à les rendre impossibles en créant peu à peu, par la séparation prolongée d'avec mon amie, non pas son indifférence, mais ce qui reviendrait finalement au même, la mienne. C'était à un long et cruel suicide du moi qui en moi-même aimait Gilberte que je m'acharnais avec continuité, avec la clairvoyance non seulement de ce que je faisais dans le présent, mais de ce qui en résulterait pour l'avenir : je savais non pas seulement que dans un certain temps je n'aimerais plus Gilberte, mais encore qu'elle-même le regretterait, et que les tentatives qu'elle ferait alors pour me voir seraient aussi vaines que celles d'aujourd'hui, non plus parce que je l'aimerais trop, mais parce que j'aimerais certainement une autre femme que je resterais à désirer, à attendre, pendant des heures dont je n'oserais pas distraire une parcelle pour Gilberte qui ne me serait plus rien. Et sans doute en ce moment même où (puisque j'étais résolu à ne plus la voir, à moins d'une demande formelle d'explications, d'une complète déclaration d'amour de sa part, lesquelles n'avaient plus aucune chance de venir) j'avais déjà perdu Gilberte et l'aimais davantage (je sentais tout ce qu'elle était pour moi mieux que l'année précédente quand, passant tous mes après-midi avec elle, selon que je voulais, je croyais que rien ne menaçait notre amitié), sans doute en ce moment l'idée que j'éprouverais un jour les mêmes sentiments pour une autre m'était odieuse, car cette idée m'enlevait outre Gilberte, mon amour et ma souffrance : mon amour, ma souffrance, où en pleurant j'essayais de saisir justement ce qu'était Gilberte, et desquels il me fallait reconnaître qu'ils ne lui appartenaient pas spécialement et seraient, tôt ou tard, le lot de telle ou telle femme. De sorte — c'était du moins alors ma manière de penser — qu'on est toujours détaché des êtres : quand on aime, on sent que cet amour ne porte pas leur nom, pourra dans l'avenir renaître, aurait même pu, dans le passé, naître, pour une autre et non pour celle-là ; et dans le temps où l'on n'aime pas, si l'on prend philosophiquement son parti de ce qu'il y a de contradictoire dans l'amour, c'est que cet amour dont on parle à son aise, on ne l'éprouve pas alors, donc on ne le connaît pas, la connaissance en ces matières étant intermittente et ne survivant pas à la présence effective du sentiment. Cet avenir où je n'aimerais plus Gilberte et que ma souffrance m'aidait à deviner sans que mon imagination pût encore se le représenter clairement, certes il eût été temps encore d'avertir Gilberte qu'il se formerait peu à peu, que sa venue était sinon imminente, du moins inéluctable, si elle-même, Gilberte, ne venait pas à mon aide et ne détruisait pas dans son germe ma future indifférence. Combien de fois ne fus-je pas sur le point d'écrire, ou d'aller dire à Gilberte : « Prenez garde, j'en ai pris la résolution, la démarche que je fais est une démarche suprême. Je vous vois pour la dernière fois. Bientôt je ne vous aimerai plus ! » À quoi bon ? De quel droit eussé-je reproché à Gilberte une indifférence que, sans me croire coupable pour cela, je manifestais à tout ce qui n'était pas elle ? La dernière fois ! À moi, cela me paraissait quelque chose d'immense, parce que j'aimais Gilberte. À elle cela lui eût fait sans doute autant d'impression que ces lettres où des amis demandent à nous faire une visite avant de s'expatrier, visite que, comme aux ennuyeuses femmes qui nous aiment, nous leur refusons parce que nous avons des plaisirs devant nous. Le temps dont nous disposons chaque jour est élastique ; les passions que nous ressentons le dilatent, celles que nous inspirons le rétrécissent, et l'habitude le remplit.

D'ailleurs, j'aurais eu beau parler à Gilberte, elle ne m'aurait pas entendu. Nous nous imaginons toujours quand nous parlons, que ce sont nos oreilles, notre esprit qui écoutent. Mes paroles ne seraient parvenues à Gilberte que déviées, comme si elles avaient eu à traverser le rideau mouvant d'une cataracte avant d'arriver à mon amie, méconnaissables, rendant un son ridicule, n'ayant plus aucune espèce de sens. La vérité qu'on met dans les mots ne se fraye pas son chemin directement, n'est pas douée d'une évidence irrésistible. Il faut qu'assez de temps passe pour qu'une vérité de même ordre ait pu se former en eux. Alors l'adversaire politique qui, malgré tous les raisonnements et toutes les preuves, tenait le sectateur de la doctrine opposée pour un traître, partage lui-même la conviction détestée à laquelle celui qui cherchait inutilement à la répandre ne tient plus. Alors le chef-d'œuvre qui pour les admirateurs qui le lisaient haut semblait montrer en soi les preuves de son excellence et n'offrait à ceux qui écoutaient qu'une image insane ou médiocre, sera par eux proclamé chef-d'œuvre, trop tard pour que l'auteur puisse l'apprendre. Pareillement en amour les barrières, quoi qu'on fasse, ne peuvent être brisées du dehors par celui qu'elles désespèrent ; et c'est quand il ne se souciera plus d'elles que, tout à coup, par l'effet du travail venu d'un autre côté, accompli à l'intérieur de celle qui n'aimait pas, ces barrières, attaquées jadis sans succès, tomberont sans utilité. Si j'étais venu annoncer à Gilberte mon indifférence future et le moyen de la prévenir, elle aurait induit de cette démarche que mon amour pour elle, le besoin que j'avais d'elle, étaient encore plus grands qu'elle n'avait cru, et son ennui de me voir en eût été augmenté. Et il est bien vrai, du reste, que c'est cet amour qui m'aidait, par les états d'esprit disparates qu'il faisait se succéder en moi, à prévoir, mieux qu'elle, la fin de cet amour. Pourtant, un tel avertissement, je l'eusse peut-être adressé, par lettre ou de vive voix, à Gilberte, quand assez de temps eût passé, me la rendant ainsi, il est vrai, moins indispensable, mais aussi ayant pu lui prouver qu'elle ne me l'était pas. Malheureusement, certaines personnes bien ou mal intentionnées lui parlèrent de moi d'une façon qui dut lui laisser croire qu'elles le faisaient à ma prière. Chaque fois que j'appris ainsi que Cottard, ma mère elle-même, et jusqu'à M. de Norpois avaient, par de maladroites paroles, rendu inutile tout le sacrifice que je venais d'accomplir, gâché tout le résultat de ma réserve en me donnant faussement l'air d'en être sorti, j'avais un double ennui. D'abord je ne pouvais plus faire dater que de ce jour-là ma pénible et fructueuse abstention que les fâcheux avaient à mon insu interrompue et, par conséquent, annihilée. Mais, de plus, j'eusse eu moins de plaisir à voir Gilberte qui me croyait maintenant non plus dignement résigné, mais manœuvrant dans l'ombre pour une entrevue qu'elle avait dédaigné d'accorder. Je maudissais ces vains bavardages de gens qui souvent, sans même l'intention de nuire ou de rendre service, pour rien,

pour parler, quelquefois parce que nous n'avons pas pu
nous empêcher de le faire devant eux et qu'ils sont
indiscrets (comme nous), nous causent, à point nommé,
tant de mal. Il est vrai que dans la funeste besogne
accomplie pour la destruction de notre amour, ils sont loin
de jouer un rôle égal à deux personnes qui ont pour
habitude, l'une par excès de bonté et l'autre de méchanceté, de tout défaire au moment que tout allait s'arranger.
Mais ces deux personnes-là nous ne leur en voulons pas
comme aux inopportuns Cottard, car la dernière c'est la
personne que nous aimons et la première, c'est nous-
même.

Cependant comme, presque chaque fois que j'allais la
voir, Mme Swann m'invitait à venir goûter avec sa fille
et me disait de répondre directement à celle-ci, j'écrivais
souvent à Gilberte, et dans cette correspondance je ne
choisissais pas les phrases qui eussent pu, me semblait-il,
la persuader, je cherchais seulement à frayer le lit le plus
doux au ruissellement de mes pleurs. Car le regret comme
le désir ne cherche pas à s'analyser, mais à se satisfaire ;
quand on commence d'aimer, on passe le temps non à
savoir ce qu'est son amour, mais à préparer les possibilités
des rendez-vous du lendemain. Quand on renonce, on
cherche non à connaître son chagrin, mais à offrir de lui
à celle qui le cause l'expression qui nous paraît la plus
tendre. On dit les choses qu'on éprouve le besoin de dire
et que l'autre ne comprendra pas, on ne parle que pour
soi-même. J'écrivais : « J'avais cru que ce ne serait pas
possible. Hélas, je vois que ce n'est pas si difficile. » Je
disais aussi : « Je ne vous verrai probablement plus », je
le disais en continuant à me garder d'une froideur qu'elle
eût pu croire affectée, et ces mots, en les écrivant, me
faisaient pleurer, parce que je sentais qu'ils exprimaient
non ce que j'aurais voulu croire, mais ce qui arriverait en
réalité. Car à la prochaine demande de rendez-vous qu'elle
me ferait adresser, j'aurais encore comme cette fois le
courage de ne pas céder et, de refus en refus, j'arriverais
peu à peu au moment où à force de ne plus l'avoir vue
je ne désirerais pas la voir. Je pleurais mais je trouvais
le courage, je connaissais la douceur, de sacrifier le
bonheur d'être auprès d'elle à la possibilité de lui paraître
agréable un jour, un jour où, hélas ! lui paraître agréable
me serait indifférent. L'hypothèse même, pourtant si peu

vraisemblable, qu'en ce moment, comme elle l'avait
prétendu pendant la dernière visite que je lui avais faite,
elle m'aimât, que ce que je prenais pour l'ennui qu'on
éprouve auprès de quelqu'un dont on est las, ne fût dû
qu'à une susceptibilité jalouse, à une feinte d'indifférence
analogue à la mienne, ne faisait que rendre ma résolution
moins cruelle. Il me semblait alors que dans quelques
années, après que nous nous serions oubliés l'un l'autre,
quand je pourrais rétrospectivement lui dire que cette
lettre qu'en ce moment j'étais en train de lui écrire n'avait
été nullement sincère, elle me répondrait : « Comment,
vous, vous m'aimiez ? Si vous saviez comme je l'attendais,
cette lettre, comme j'espérais un rendez-vous, comme elle
me fit pleurer ! » La pensée, pendant que je lui écrivais,
aussitôt rentré de chez sa mère, que j'étais peut-être en
train de consommer précisément ce malentendu-là, cette
pensée par sa tristesse même, par le plaisir d'imaginer que
j'étais aimé de Gilberte, me poussait à continuer ma lettre.

Si, au moment de quitter Mme Swann quand son « thé »
finissait, je pensais à ce que j'allais écrire à sa fille,
Mme Cottard, elle, en s'en allant, avait eu des pensées d'un
caractère tout différent. Faisant sa « petite inspection »,
elle n'avait pas manqué de féliciter Mme Swann sur les
meubles nouveaux, les récentes « acquisitions » remarquées dans le salon. Elle pouvait d'ailleurs y retrouver
quoique en bien petit nombre quelques-uns des objets
qu'Odette avait autrefois dans l'hôtel de la rue La Pérouse,
notamment ses animaux en matières précieuses, ses
fétiches.

Mais Mme Swann, ayant appris d'un ami qu'elle vénérait
le mot « tocard » — lequel lui avait ouvert de nouveaux
horizons parce qu'il désignait précisément les choses que
quelques années auparavant elle avait trouvées « chic »
— toutes ces choses-là successivement avaient suivi dans
leur retraite le treillage doré qui servait d'appui aux
chrysanthèmes, mainte bonbonnière de chez Giroux[1] et
le papier à lettres à couronne (pour ne pas parler des louis
en carton semés sur les cheminées et que, bien avant
qu'elle connût Swann, un homme de goût lui avait
conseillé de sacrifier). D'ailleurs dans le désordre artiste,
dans le pêle-mêle d'atelier, des pièces aux murs encore
peints de couleurs sombres qui les faisaient aussi différentes que possible des salons blancs que Mme Swann eut

un peu plus tard, l'Extrême-Orient reculait de plus en plus
devant l'invasion du XVIIIᵉ siècle ; et les coussins que, afin
que je fusse plus « confortable[1] », Mme Swann entassait
et pétrissait derrière mon dos étaient semés de bouquets
Louis XV, et non plus comme autrefois de dragons chinois.
Dans la chambre où on la trouvait le plus souvent et dont
elle disait : « Oui, je l'aime assez, je m'y tiens beaucoup ;
je ne pourrais pas vivre au milieu de choses hostiles et
pompier ; c'est ici que je travaille » (sans d'ailleurs
préciser si c'était à un tableau, peut-être à un livre, le goût
d'en écrire commençait à venir aux femmes qui aiment
à faire quelque chose et à ne pas être inutiles), elle était
entourée de Saxe (aimant cette dernière sorte de
porcelaine, dont elle prononçait le nom avec un accent
anglais, jusqu'à dire à propos de tout : C'est joli, cela
ressemble à des fleurs de Saxe) ; elle redoutait pour eux,
plus encore que jadis pour ses magots et ses potiches, le
toucher ignorant des domestiques auxquels elle faisait
expier les transes qu'ils lui avaient données par des
emportements auxquels Swann, maître si poli et doux,
assistait sans en être choqué. La vue lucide de certaines
infériorités n'ôte d'ailleurs rien à la tendresse ; celle-ci les
fait au contraire trouver charmantes. Maintenant c'était
plus rarement dans des robes de chambre japonaises
qu'Odette recevait ses intimes, mais plutôt dans les soies
claires et mousseuses de peignoirs Watteau desquelles elle
faisait le geste de caresser sur ses seins l'écume fleurie,
et dans lesquelles elle se baignait, se prélassait, s'ébattait
avec un tel air de bien-être, de rafraîchissement de la peau,
et des respirations si profondes, qu'elle semblait les
considérer non pas comme décoratives à la façon d'un
cadre, mais comme nécessaires de la même manière que
le « tub » et le « footing », pour contenter les exigences
de sa physionomie et les raffinements de son hygiène. Elle
avait l'habitude de dire qu'elle se passerait plus aisément
de pain que d'art et de propreté, et qu'elle eût été plus
triste de voir brûler *La Joconde* que des « foultitudes[2] »
de personnes qu'elle connaissait. Théories qui semblaient
paradoxales à ses amies, mais la faisaient passer pour une
femme supérieure auprès d'elles et lui valaient une fois
par semaine la visite du ministre de Belgique, de sorte
que dans le petit monde dont elle était le soleil, chacun
eût été bien étonné si l'on avait appris qu'ailleurs, chez

les Verdurin par exemple, elle passât pour bête. À cause
de cette vivacité d'esprit, Mme Swann préférait la société
des hommes à celle des femmes. Mais quand elle critiquait
celles-ci c'était toujours en cocotte, signalant en elles les
défauts qui pouvaient leur nuire auprès des hommes, de
grosses attaches, un vilain teint, pas d'orthographe, des
poils aux jambes, une odeur pestilentielle, de faux sourcils.
Pour telle au contraire qui lui avait jadis montré de
l'indulgence et de l'amabilité, elle était plus tendre, surtout
si celle-là était malheureuse. Elle la défendait avec adresse
et disait : « On est injuste pour elle, car c'est une gentille
femme, je vous assure. »

Ce n'était pas seulement l'ameublement du salon
d'Odette, c'était Odette elle-même que Mme Cottard et
tous ceux qui avaient fréquenté Mme de Crécy auraient
eu peine s'ils ne l'avaient pas vue depuis longtemps à
reconnaître. Elle semblait avoir tant d'années de moins
qu'autrefois ! Sans doute, cela tenait en partie à ce qu'elle
avait engraissé, et devenue mieux portante, avait l'air plus
calme, frais, reposé et d'autre part à ce que les coiffures
nouvelles, aux cheveux lissés, donnaient plus d'extension
à son visage qu'une poudre rose animait, et où ses yeux
et son profil, jadis trop saillants, semblaient maintenant
résorbés. Mais une autre raison de ce changement
consistait en ceci que, arrivée au milieu de la vie, Odette
s'était enfin découvert, ou inventé, une physionomie
personnelle, un « caractère » immuable, un « genre de
beauté », et sur ses traits décousus — qui pendant si
longtemps, livrés aux caprices hasardeux et impuissants de
la chair, prenant à la moindre fatigue pour un instant des
années, une sorte de vieillesse passagère, lui avaient
composé tant bien que mal, selon son humeur et selon
sa mine, un visage épars, journalier, informe et charmant
— avait appliqué ce type fixe, comme une jeunesse
immortelle.

Swann avait dans sa chambre, au lieu des belles
photographies qu'on faisait maintenant de sa femme, et
où la même expression énigmatique et victorieuse laissait
reconnaître, quels que fussent la robe et le chapeau, sa
silhouette et son visage triomphants, un petit daguer-
réotype ancien tout simple, antérieur à ce type, et duquel
la jeunesse et la beauté d'Odette, non encore trouvées par
elle, semblaient absentes. Mais sans doute Swann, fidèle

ou revenu à une conception différente, goûtait-il dans la
jeune femme grêle aux yeux pensifs, aux traits las, à
l'attitude suspendue entre la marche et l'immobilité, une
grâce plus botticellienne. Il aimait encore en effet à voir
en sa femme un Botticelli. Odette qui au contraire
cherchait non à faire ressortir, mais à compenser, à
dissimuler ce qui, en elle-même, ne lui plaisait pas, ce qui
était peut-être, pour un artiste, son « caractère », mais que
comme femme elle trouvait des défauts, ne voulait pas
entendre parler de ce peintre. Swann possédait une
merveilleuse écharpe orientale, bleue et rose, qu'il avait
achetée parce que c'était exactement celle de la Vierge
du *Magnificat*[1]. Mais Mme Swann ne voulait pas la porter.
Une fois seulement elle laissa son mari lui commander une
toilette toute criblée de pâquerettes, de bluets, de myosotis
et de campanules d'après la Primavera du *Printemps*[2].
Parfois, le soir, quand elle était fatiguée, il me faisait
remarquer tout bas comme elle donnait sans s'en rendre
compte à ses mains pensives, le mouvement délié, un peu
tourmenté de la Vierge qui trempe sa plume dans l'encrier
que lui tend l'ange, avant d'écrire sur le livre saint où est
déjà tracé le mot « Magnificat ». Mais il ajoutait :
« Surtout ne le lui dites pas, il suffirait qu'elle le sût pour
qu'elle fît autrement. »

Sauf à ces moments d'involontaire fléchissement où
Swann essayait de retrouver la mélancolique cadence
botticellienne, le corps d'Odette était maintenant découpé
en une seule silhouette, cernée tout entière par une
« ligne » qui, pour suivre le contour de la femme, avait
abandonné les chemins accidentés, les rentrants et les
sortants factices, les lacis, l'éparpillement composite des
modes d'autrefois, mais qui aussi, là où c'était l'anatomie
qui se trompait en faisant des détours inutiles en deçà ou
au-delà du tracé idéal, savait rectifier d'un trait hardi les
écarts de la nature, suppléer, pour toute une partie du
parcours, aux défaillances aussi bien de la chair que des
étoffes. Les coussins, le « strapontin » de l'affreuse
« tournure[3] » avaient disparu ainsi que ces corsages à
basques qui, dépassant la jupe et raidis par des baleines
avaient ajouté si longtemps à Odette un ventre postiche
et lui avaient donné l'air d'être composée de pièces
disparates qu'aucune individualité ne reliait. La verticale
des « effilés » et la courbe des ruches avaient cédé la place

à l'inflexion d'un corps qui faisait palpiter la soie comme
la sirène bat l'onde et donnait à la percaline une expression
humaine, maintenant qu'il s'était dégagé, comme une
forme organisée et vivante, du long chaos et de
l'enveloppement nébuleux des modes détrônées. Mais
Mme Swann cependant avait voulu, avait su garder un
vestige de certaines d'entre elles, au milieu même de celles
qui les avaient remplacées. Quand le soir, ne pouvant
travailler et étant assuré que Gilberte était au théâtre avec
des amies, j'allais à l'improviste chez ses parents, je trouvais
souvent Mme Swann dans quelque élégant déshabillé dont
la jupe, d'un de ces beaux tons sombres, rouge foncé ou
orange qui avaient l'air d'avoir une signification particulière parce qu'ils n'étaient plus à la mode, était
obliquement traversée d'une rampe ajourée et large de
dentelle noire qui faisait penser aux volants d'autrefois.
Quand par un jour encore froid de printemps, elle m'avait,
avant ma brouille avec sa fille, emmené au jardin
d'Acclimatation, sous sa veste qu'elle entrouvrait plus ou
moins selon qu'elle se réchauffait en marchant, le
« dépassant » en dents de scie de sa chemisette avait l'air
du revers entrevu de quelque gilet absent, pareil à l'un
de ceux qu'elle avait portés quelques années plus tôt et
dont elle aimait que les bords eussent ce léger déchique-
tage ; et sa cravate — de cet « écossais » auquel elle était
restée fidèle, mais en adoucissant tellement les tons (le
rouge devenu rose et le bleu, lilas) que l'on aurait presque
cru à un de ces taffetas gorge de pigeon qui étaient la
dernière nouveauté — était nouée de telle façon sous son
menton, sans qu'on pût voir où elle était attachée, qu'on
pensait invinciblement à ces « brides » de chapeaux qui
ne se portaient plus. Pour peu qu'elle sût « durer » encore
quelque temps ainsi, les jeunes gens, essayant de comprendre ses toilettes, diraient : « Madame Swann, n'est-ce pas,
c'est toute une époque ? » Comme dans un beau style qui
superpose des formes différentes et que fortifie une
tradition cachée, dans la toilette de Mme Swann, ces
souvenirs incertains de gilets, ou de boucles, parfois une
tendance aussitôt réprimée au « saute en barque » et
jusqu'à une allusion lointaine et vague au « suivez-moi
jeune homme[1] », faisaient circuler sous la forme concrète
la ressemblance inachevée d'autres plus anciennes qu'on
n'aurait pu y trouver effectivement réalisées par la

couturière ou la modiste, mais auxquelles on pensait sans
cesse, et enveloppaient Mme Swann de quelque chose de
noble — peut-être parce que l'inutilité même de ces atours
faisait qu'ils semblaient répondre à un but plus qu'utilitaire, peut-être à cause du vestige conservé des années
passées, ou encore d'une sorte d'individualité vestimentaire, particulière à cette femme, et qui donnait à ses mises
les plus différentes un même air de famille. On sentait
qu'elle ne s'habillait pas seulement pour la commodité ou
la parure de son corps ; elle était entourée de sa toilette
comme de l'appareil délicat et spiritualisé d'une
civilisation.

Quand Gilberte qui d'habitude donnait ses goûters le
jour où recevait sa mère, devait au contraire être absente
et qu'à cause de cela je pouvais aller au « Choufleury »
de Mme Swann, je la trouvais vêtue de quelque belle robe,
certaines en taffetas, d'autres en faille, ou en velours, ou
en crêpe de Chine, ou en satin, ou en soie, et qui non
point lâches comme les déshabillés qu'elle revêtait
ordinairement à la maison, mais combinées comme pour
la sortie au dehors, donnaient cet après-midi-là à son
oisiveté chez elle quelque chose d'alerte et d'agissant. Et
sans doute la simplicité hardie de leur coupe, était bien
appropriée à sa taille et à ses mouvements dont les manches
avaient l'air d'être la couleur, changeante selon les jours ;
on aurait dit qu'il y avait soudain de la décision dans le
velours bleu, une humeur facile dans le taffetas blanc, et
qu'une sorte de réserve suprême et pleine de distinction
dans la façon d'avancer le bras avait, pour devenir visible,
revêtu l'apparence, brillante du sourire des grands
sacrifices, du crêpe de Chine noir. Mais en même temps
à ces robes si vives la complication des « garnitures » sans
utilité pratique, sans raison d'être visible, ajoutait quelque
chose de désintéressé, de pensif, de secret, qui s'accordait
à la mélancolie que Mme Swann gardait toujours au moins
dans la cernure de ses yeux et les phalanges de ses mains.
Sous la profusion des porte-bonheur en saphir, des trèfles
à quatre feuilles d'émail, des médailles d'argent, des
médaillons d'or, des amulettes de turquoise, des chaînettes
de rubis, des châtaignes de topaze, il y avait dans la robe
elle-même tel dessin colorié poursuivant sur un empièce-
ment rapporté son existence antérieure, telle rangée de
petits boutons de satin qui ne boutonnaient rien et ne

pouvaient pas se déboutonner, une soutache cherchant à
faire plaisir avec la minutie, la discrétion d'un rappel
délicat, lesquels, tout autant que les bijoux, avaient l'air
— n'ayant sans cela aucune justification possible — de
déceler une intention, d'être un gage de tendresse, de
retenir une confidence, de répondre à une superstition,
de garder le souvenir d'une guérison, d'un vœu, d'un
amour ou d'une philippine. Et parfois, dans le velours bleu
du corsage un soupçon de crevé Henri II, dans la robe
de satin noir un léger renflement qui soit aux manches,
près des épaules, faisaient penser aux « gigots » 1830, soit
au contraire sous la jupe aux « paniers » Louis XV,
donnaient à la robe un air imperceptible d'être un costume
et en insinuant sous la vie présente comme une réminiscence indiscernable du passé, mêlaient à la personne
de Mme Swann le charme de certaines héroïnes historiques
ou romanesques[1]. Et si je le lui faisais remarquer : « Je
ne joue pas au golf comme plusieurs de mes amies,
disait-elle. Je n'aurais aucune excuse à être, comme elles,
vêtue de sweaters. »

Dans la confusion du salon, revenant de reconduire une
visite, ou prenant une assiette de gâteaux pour les offrir
à une autre, Mme Swann en passant près de moi, me
prenait une seconde à part : « Je suis spécialement chargée
par Gilberte de vous inviter à déjeuner pour après-demain.
Comme je n'étais pas certaine de vous voir, j'allais vous
écrire si vous n'étiez pas venu. » Je continuais à résister.
Et cette résistance me coûtait de moins en moins, parce
qu'on a beau aimer le poison qui vous fait du mal, quand
on en est privé par quelque nécessité depuis déjà un certain
temps, on ne peut pas ne pas attacher quelque prix au repos
qu'on ne connaissait plus, à l'absence d'émotions et de
souffrances. Si l'on n'est pas tout à fait sincère en se disant
qu'on ne voudra jamais revoir celle qu'on aime, on ne
le serait pas non plus en disant qu'on veut la revoir. Car,
sans doute, on ne peut supporter son absence qu'en se
la promettant courte, en pensant au jour où on se
retrouvera, mais d'autre part on sent à quel point ces rêves
quotidiens d'une réunion prochaine et sans cesse ajournée
sont moins douloureux que ne serait une entrevue qui
pourrait être suivie de jalousie, de sorte que la nouvelle
qu'on va revoir celle qu'on aime donnerait une commotion
peu agréable. Ce qu'on recule maintenant de jour en jour,

ce n'est plus la fin de l'intolérable anxiété causée par la séparation, c'est le recommencement redouté d'émotions sans issue. Comme à une telle entrevue on préfère le souvenir docile, qu'on complète à son gré de rêveries où celle qui, dans la réalité, ne vous aime pas, vous fait au contraire, des déclarations, quand vous êtes tout seul ! Ce souvenir qu'on peut arriver en y mêlant peu à peu beaucoup de ce qu'on désire à rendre aussi doux qu'on veut, comme on le préfère à l'entretien ajourné où on aurait affaire à un être à qui on ne dicterait plus à son gré les paroles qu'on désire, mais dont on subirait les nouvelles froideurs, les violences inattendues ! Nous savons tous, quand nous n'aimons plus, que l'oubli, même le souvenir vague ne causent pas tant de souffrances que l'amour malheureux. C'est d'un tel oubli anticipé que je préférais, sans me l'avouer, la reposante douceur.

D'ailleurs, ce qu'une telle cure de détachement psychique et d'isolement peut avoir de pénible, le devient de moins en moins pour une autre raison, c'est qu'elle affaiblit, en attendant de la guérir, cette idée fixe qu'est un amour. Le mien était encore assez fort pour que je tinsse à reconquérir tout mon prestige aux yeux de Gilberte, lequel, par ma séparation volontaire, devait, me semblait-il, grandir progressivement, de sorte que chacune de ces calmes et tristes journées où je ne la voyais pas, venant chacune après l'autre, sans interruption, sans prescription (quand un fâcheux ne se mêlait pas de mes affaires), était une journée non pas perdue, mais gagnée. Inutilement gagnée peut-être, car bientôt on pourrait me déclarer guéri. La résignation, modalité de l'habitude, permet à certaines forces de s'accroître indéfiniment. Celles, si infimes, que j'avais pour supporter mon chagrin, le premier soir de ma brouille avec Gilberte, avaient été portées depuis lors à une puissance incalculable. Seulement la tendance de tout ce qui existe à se prolonger, est parfois coupée de brusques impulsions auxquelles nous nous concédons avec d'autant moins de scrupules de nous laisser aller que nous savons pendant combien de jours, de mois, nous avons su, nous saurions encore, nous priver. Et souvent, c'est quand la bourse où l'on épargne va être pleine qu'on la vide tout d'un coup, c'est sans attendre le résultat du traitement et quand déjà on s'est habitué à lui, qu'on le cesse. Et un jour où Mme Swann me redisait

ses habituelles paroles sur le plaisir que Gilberte aurait
à me voir, mettant ainsi le bonheur dont je me privais
déjà depuis si longtemps comme à la portée de ma main,
je fus bouleversé en comprenant qu'il était encore possible
de le goûter ; et j'eus peine à attendre le lendemain ; je
venais de me résoudre à aller surprendre Gilberte avant
son dîner.

Ce qui m'aida à patienter tout l'espace d'une journée
fut un projet que je fis. Du moment que tout était oublié,
que j'étais réconcilié avec Gilberte, je ne voulais plus la
voir qu'en amoureux. Tous les jours, elle recevrait de moi
les plus belles fleurs qui fussent. Et si Mme Swann, bien
qu'elle n'eût pas le droit d'être une mère trop sévère, ne
me permettait pas des envois de fleurs quotidiens, je
trouverais des cadeaux plus précieux et moins fréquents.
Mes parents ne me donnaient pas assez d'argent pour
acheter des choses chères. Je songeai à une grande potiche
de vieux Chine qui me venait de ma tante Léonie et dont
maman prédisait chaque jour que Françoise allait venir en
lui disant : « A s'est décollée » et qu'il n'en resterait rien.
Dans ces conditions n'était-il pas plus sage de la vendre,
de la vendre pour pouvoir faire tout le plaisir que je
voudrais à Gilberte ? Il me semblait que je pourrais bien
en tirer mille francs. Je la fis envelopper, l'habitude m'avait
empêché de jamais la voir ; m'en séparer eut au moins
un avantage qui fut de me faire faire sa connaissance. Je
l'emportai avec moi avant d'aller chez les Swann, et en
donnant leur adresse au cocher, je lui dis de prendre par
les Champs-Élysées, au coin desquels était le magasin d'un
grand marchand de chinoiseries que connaissait mon père.
À ma grande surprise, il m'offrit séance tenante de la
potiche non pas mille, mais dix mille francs[1]. Je pris ces
billets avec ravissement ; pendant toute une année, je
pourrais combler chaque jour Gilberte de roses et de lilas.
Quand je fus remonté dans la voiture en quittant le
marchand, le cocher, tout naturellement, comme les Swann
demeuraient près du Bois, se trouva, au lieu du chemin
habituel, descendre l'avenue des Champs-Élysées. Il avait
déjà dépassé le coin de la rue de Berri, quand, dans le
crépuscule, je crus reconnaître, très près de la maison des
Swann, mais allant dans la direction inverse et s'en
éloignant, Gilberte qui marchait lentement, quoique d'un
pas délibéré, à côté d'un jeune homme avec qui elle causait

et duquel je ne pus distinguer le visage[1]. Je me soulevai dans la voiture, voulant faire arrêter, puis j'hésitai. Les deux promeneurs étaient déjà un peu loin, et les deux lignes douces et parallèles que traçait leur lente promenade allaient s'estompant dans l'ombre élyséenne. Bientôt j'arrivai devant la maison de Gilberte. Je fus reçu par Mme Swann : « Oh ! elle va être désolée, me dit-elle, je ne sais pas comment elle n'est pas là. Elle a eu très chaud tantôt à un cours, elle m'a dit qu'elle voulait aller prendre un peu l'air avec une de ses amies. — Je crois que je l'ai aperçue avenue des Champs-Élysées. — Je ne pense pas que ce fût elle. En tous cas, ne le dites pas à son père, il n'aime pas qu'elle sorte à ces heures-là. *Good evening.* » Je partis, dis au cocher de reprendre le même chemin, mais ne retrouvai pas les deux promeneurs. Où avaient-ils été ? Que se disaient-ils dans le soir, de cet air confidentiel ?

Je rentrai, tenant avec désespoir les dix mille francs inespérés qui avaient dû me permettre de faire tant de petits plaisirs à cette Gilberte que, maintenant, j'étais décidé à ne plus revoir. Sans doute, cet arrêt chez le marchand de chinoiseries m'avait réjoui en me faisant espérer que je ne verrais plus jamais mon amie que contente de moi et reconnaissante. Mais si je n'avais pas fait cet arrêt, si la voiture n'avait pas pris par l'avenue des Champs-Élysées, je n'eusse pas rencontré Gilberte et ce jeune homme. Ainsi un même fait porte des rameaux opposites et le malheur qu'il engendre annule le bonheur qu'il avait causé. Il m'était arrivé le contraire de ce qui se produit si fréquemment. On désire une joie, et le moyen matériel de l'atteindre fait défaut. « Il est triste, a dit La Bruyère, d'aimer sans une grande fortune[2]. » Il ne reste plus qu'à essayer d'anéantir peu à peu le désir de cette joie. Pour moi, au contraire, le moyen matériel avait été obtenu, mais, au même moment, sinon par un effet logique, du moins par une conséquence fortuite de cette réussite première, la joie avait été dérobée. Il semble, d'ailleurs, qu'elle doive nous l'être toujours. D'ordinaire, il est vrai, pas dans la même soirée où nous avons acquis ce qui la rend possible. Le plus souvent nous continuons de nous évertuer et d'espérer quelque temps. Mais le bonheur ne peut jamais avoir lieu. Si les circonstances arrivent à être surmontées, être vaincues, la nature transporte la lutte du dehors au dedans et fait peu à peu

changer assez notre cœur pour qu'il désire autre chose
que ce qu'il va posséder. Et si la péripétie a été si rapide
que notre cœur n'a pas eu le temps de changer, la nature
ne désespère pas pour cela de nous vaincre, d'une manière
plus tardive il est vrai, plus subtile, mais aussi efficace. C'est
alors à la dernière seconde que la possession du bonheur
nous est enlevée, ou plutôt c'est cette possession même
que par une ruse diabolique la nature charge de détruire
le bonheur. Ayant échoué dans tout ce qui était du
domaine des faits et de la vie, c'est une impossibilité
dernière, l'impossibilité psychologique du bonheur que
la nature crée. Le phénomène du bonheur ne se produit
pas ou donne lieu aux réactions les plus amères.

Je serrai les dix mille francs. Mais ils ne me servaient
plus à rien. Je les dépensai du reste encore plus vite que
si j'eusse envoyé tous les jours des fleurs à Gilberte, car
quand le soir venait, j'étais si malheureux que je ne pouvais
rester chez moi et allais pleurer dans les bras de femmes
que je n'aimais pas. Quant à chercher à faire un plaisir
quelconque à Gilberte, je ne le souhaitais plus ; maintenant
retourner dans la maison de Gilberte n'eût pu que me faire
souffrir. Même revoir Gilberte qui m'eût été si délicieux
la veille ne m'eût plus suffi. Car j'aurais été inquiet tout
le temps où je n'aurais pas été près d'elle. C'est ce qui
fait qu'une femme par toute nouvelle souffrance qu'elle
nous inflige, souvent sans le savoir, augmente son pouvoir
sur nous, mais aussi nos exigences envers elle. Par ce mal
qu'elle nous a fait, la femme nous cerne de plus en plus,
redouble nos chaînes, mais aussi celles dont il nous aurait
jusque-là semblé suffisant de la garrotter pour que nous
nous sentions tranquilles. La veille encore, si je n'avais pas
cru ennuyer Gilberte, je me serais contenté de réclamer
de rares entrevues, lesquelles maintenant ne m'eussent
plus contenté et que j'eusse remplacées par bien d'autres
conditions. Car en amour, au contraire de ce qui se passe
après les combats, on les fait plus dures, on ne cesse de
les aggraver, plus on est vaincu, si toutefois on est en
situation de les imposer. Ce n'était pas mon cas à l'égard
de Gilberte. Aussi je préférai d'abord ne pas retourner
chez sa mère. Je continuais bien à me dire que Gilberte
ne m'aimait pas, que je le savais depuis assez longtemps,
que je pouvais la revoir si je voulais, et, si je ne le voulais
pas, l'oublier à la longue. Mais ces idées, comme un

remède qui n'agit pas contre certaines affections, étaient sans aucune espèce de pouvoir efficace contre ces deux lignes parallèles que je revoyais de temps à autre, de Gilberte et du jeune homme s'enfonçant à petits pas dans l'avenue des Champs-Élysées. C'était un mal nouveau, qui lui aussi finirait par s'user, c'était une image qui un jour se présenterait à mon esprit entièrement décantée de tout ce qu'elle contenait de nocif, comme ces poisons mortels qu'on manie sans danger, comme un peu de dynamite à quoi on peut allumer sa cigarette sans crainte d'explosion. En attendant, il y avait en moi une autre force qui luttait de toute sa puissance contre cette force malsaine qui me représentait sans changement la promenade de Gilberte dans le crépuscule : pour briser les assauts renouvelés de ma mémoire, travaillait utilement en sens inverse mon imagination. La première de ces deux forces, certes, continuait à me montrer ces deux promeneurs de l'avenue des Champs-Elysées, et m'offrait d'autres images désagréables, tirées du passé, par exemple Gilberte haussant les épaules quand sa mère lui demandait de rester avec moi. Mais la seconde force travaillant sur le canevas de mes espérances, dessinait un avenir bien plus complaisamment développé que ce pauvre passé en somme si restreint. Pour une minute où je revoyais Gilberte maussade, combien n'y en avait-il pas où je combinais une démarche qu'elle ferait faire pour notre réconciliation, pour nos fiançailles peut-être ! Il est vrai que cette force que l'imagination dirigeait vers l'avenir, elle la puisait malgré tout dans le passé. Au fur et à mesure que s'effacerait mon ennui que Gilberte eût haussé les épaules, diminuerait aussi le souvenir de son charme, souvenir qui me faisait souhaiter qu'elle revînt vers moi. Mais j'étais encore bien loin de cette mort du passé. J'aimais toujours celle qu'il est vrai que je croyais détester. Mais chaque fois qu'on me trouvait bien coiffé, ayant bonne mine, j'aurais voulu qu'elle fût là. J'étais irrité du désir que beaucoup de gens manifestèrent à cette époque de me recevoir et chez lesquels je refusai d'aller. Il y eut une scène à la maison parce que je n'accompagnai pas mon père à un dîner officiel où il devait y avoir les Bontemps avec leur nièce Albertine, petite jeune fille presque encore enfant[1]. Les différentes périodes de notre vie se chevauchent ainsi l'une l'autre. On refuse dédaigneusement, à cause de ce qu'on aime et

qui vous sera un jour si égal, de voir ce qui vous est égal
aujourd'hui, qu'on aimera demain, qu'on aurait peut-être
pu, si on avait consenti à le voir, aimer plus tôt, et qui
eût ainsi abrégé vos souffrances actuelles, pour les
remplacer il est vrai par d'autres. Les miennes allaient se
modifiant. J'avais l'étonnement d'apercevoir au fond de
moi-même, un jour un sentiment, le jour suivant un autre,
généralement inspirés par telle espérance ou telle crainte
relatives à Gilberte. À la Gilberte que je portais en moi.
J'aurais dû me dire que l'autre, la réelle, était peut-être
entièrement différente de celle-là, ignorait tous les regrets
que je lui prêtais, pensait probablement beaucoup moins
à moi non seulement que moi à elle, mais que je ne la
faisais elle-même penser à moi quand j'étais seul en tête
à tête avec ma Gilberte fictive, cherchais quelles pouvaient
être ses vraies intentions à mon égard et l'imaginais ainsi,
son attention toujours tournée vers moi.

Pendant ces périodes où, tout en s'affaiblissant, persiste
le chagrin, il faut distinguer entre celui que nous cause
la pensée constante de la personne elle-même, et celui que
raniment certains souvenirs, telle phrase méchante dite,
tel verbe employé dans une lettre qu'on a reçue. En
réservant de décrire à l'occasion d'un amour ultérieur les
formes diverses du chagrin[1], disons que de ces deux-là,
la première est infiniment moins cruelle que la seconde.
Cela tient à ce que notre notion de la personne vivant
toujours en nous, y est embellie de l'auréole que nous ne
tardons pas à lui rendre, et s'empreint sinon des douceurs
fréquentes de l'espoir, tout au moins du calme d'une
tristesse permanente. (D'ailleurs, il est à remarquer que
l'image d'une personne qui nous fait souffrir tient peu de
place dans ces complications qui aggravent un chagrin
d'amour, le prolongent et l'empêchent de guérir, comme
dans certaines maladies la cause est hors de proportions
avec la fièvre consécutive et la lenteur à entrer en
convalescence.) Mais si l'idée de la personne que nous
aimons reçoit le reflet d'une intelligence généralement
optimiste, il n'en est pas de même de ces souvenirs
particuliers, de ces propos méchants, de cette lettre hostile
(je n'en reçus qu'une seule qui le fût, de Gilberte), on
dirait que la personne elle-même réside dans ces fragments
pourtant si restreints, et portée à une puissance qu'elle
est bien loin d'avoir dans l'idée habituelle que nous

formons d'elle tout entière. C'est que la lettre nous ne l'avons pas, comme l'image de l'être aimé, contemplée dans le calme mélancolique du regret ; nous l'avons lue, dévorée, dans l'angoisse affreuse dont nous étreignait un malheur inattendu. La formation de cette sorte de chagrins est autre ; ils nous viennent du dehors et c'est par le chemin de la plus cruelle souffrance qu'ils sont allés jusqu'à notre cœur. L'image de notre amie que nous croyons ancienne, authentique, a été en réalité refaite par nous bien des fois. Le souvenir cruel, lui, n'est pas contemporain de cette image restaurée, il est d'un autre âge, il est un des rares témoins d'un monstrueux passé. Mais comme ce passé continue à exister, sauf en nous à qui il a plu de lui substituer un merveilleux âge d'or, un paradis où tout le monde sera réconcilié, ces souvenirs, ces lettres sont un rappel à la réalité et devraient nous faire sentir par le brusque mal qu'ils nous font, combien nous nous sommes éloignés d'elle dans les folles espérances de notre attente quotidienne. Ce n'est pas que cette réalité doive toujours rester la même bien que cela arrive parfois. Il y a dans notre vie bien des femmes que nous n'avons jamais cherché à revoir et qui ont tout naturellement répondu à notre silence nullement voulu par un silence pareil. Seulement celles-là, comme nous ne les aimions pas, nous n'avons pas compté les années passées loin d'elles, et cet exemple qui l'infirmerait est négligé par nous quand nous raisonnons sur l'efficacité de l'isolement, comme le sont, par ceux qui croient aux pressentiments, tous les cas où les leurs ne furent pas vérifiés.

Mais enfin l'éloignement peut être efficace. Le désir, l'appétit de nous revoir finissent par renaître dans le cœur qui actuellement nous méconnaît. Seulement il y faut du temps. Or, nos exigences en ce qui concerne le temps ne sont pas moins exorbitantes que celles réclamées par le cœur pour changer. D'abord, du temps, c'est précisément ce que nous accordons le moins aisément, car notre souffrance est cruelle et nous sommes pressés de la voir finir. Ensuite, ce temps dont l'autre cœur aura besoin pour changer, le nôtre s'en servira pour changer lui aussi, de sorte que quand le but que nous nous proposions deviendra accessible, il aura cessé d'être un but pour nous. D'ailleurs, l'idée même qu'il sera accessible, qu'il n'est pas de bonheur que, lorsqu'il ne sera plus un bonheur pour

nous, nous ne finissions par atteindre, cette idée comporte
une part, mais une part seulement de vérité. Il nous échoit
quand nous y sommes devenus indifférents. Mais précisément cette indifférence nous a rendus moins exigeants et
nous permet de croire rétrospectivement qu'il nous eût
ravis à une époque où il nous eût peut-être semblé fort
incomplet. On n'est pas très difficile ni très bon juge sur
ce dont on ne se soucie point. L'amabilité d'un être que
nous n'aimons plus et qui semble encore excessive à notre
indifférence eût peut-être été bien loin de suffire à notre
amour. Ces tendres paroles, cette offre d'un rendez-vous,
nous pensons au plaisir qu'elles nous auraient causé, non
à toutes celles dont nous les aurions voulu voir immédiatement suivies et que par cette avidité nous aurions peut-être
empêché de se produire. De sorte qu'il n'est pas certain
que le bonheur survenu trop tard, quand on ne peut plus
en jouir, quand on n'aime plus, soit tout à fait ce même
bonheur dont le manque nous rendit jadis si malheureux.
Une seule personne pourrait en décider, notre moi
d'alors ; il n'est plus là ; et sans doute suffirait-il qu'il revînt
pour que, identique ou non, le bonheur s'évanouît.

En attendant ces réalisations après coup d'un rêve
auquel je ne tiendrais plus, à force d'inventer, comme au
temps où je connaissais à peine Gilberte, des paroles, des
lettres où elle implorait mon pardon, avouait n'avoir jamais
aimé que moi et demandait à m'épouser, une série de
douces images incessamment recréées finirent par prendre
plus de place dans mon esprit que la vision de Gilberte
et du jeune homme, laquelle n'était plus alimentée par
rien. Je serais peut-être dès lors retourné chez Mme Swann
sans un rêve que je fis et où un de mes amis, lequel n'était
pourtant pas de ceux que je me connaissais, agissait envers
moi, avec la plus grande fausseté et croyait à la mienne.
Brusquement réveillé par la souffrance que venait de me
causer ce rêve et voyant qu'elle persistait, je repensai à
lui, cherchai à me rappeler quel était l'ami que j'avais vu
en dormant et dont le nom espagnol n'était déjà plus
distinct. À la fois Joseph et Pharaon, je me mis à interpréter
mon rêve[1]. Je savais que dans beaucoup d'entre eux il ne
faut tenir compte ni de l'apparence des personnes,
lesquelles peuvent être déguisées et avoir interchangé
leurs visages, comme ces saints mutilés des cathédrales que
des archéologues ignorants ont refaits, en mettant sur le

corps de l'un la tête de l'autre, et en mêlant les attributs
et les noms. Ceux que les êtres portent dans un rêve
peuvent nous abuser. La personne que nous aimons doit
y être reconnue seulement à la force de la douleur
éprouvée[1]. La mienne m'apprit que devenue pendant mon
sommeil un jeune homme, la personne dont la fausseté
récente me faisait encore mal était Gilberte. Je me rappelai
alors que, la dernière fois que je l'avais vue, le jour où
sa mère l'avait empêchée d'aller à une matinée de danse,
elle avait soit sincèrement, soit en le feignant, refusé tout
en riant d'une façon étrange, de croire à mes bonnes
intentions pour elle. Par association, ce souvenir en ramena
un autre dans ma mémoire. Longtemps auparavant, ç'avait
été Swann qui n'avait pas voulu croire à ma sincérité, ni
que je fusse un bon ami pour Gilberte. Inutilement je lui
avais écrit, Gilberte m'avait rapporté ma lettre et me l'avait
rendue avec le même rire incompréhensible. Elle ne me
l'avait pas rendue tout de suite, je me rappelai toute la
scène derrière le massif de lauriers. On devient moral dès
qu'on est malheureux. L'antipathie actuelle de Gilberte
pour moi me sembla comme un châtiment infligé par la
vie à cause de la conduite que j'avais eue ce jour-là. Les
châtiments on croit les éviter, parce qu'on fait attention
aux voitures en traversant, qu'on évite les dangers. Mais
il en est d'internes. L'accident vient du côté auquel on
ne songeait pas, du dedans, du cœur. Les mots de
Gilberte : « Si vous voulez, continuons à lutter » me firent
horreur. Je l'imaginai telle, chez elle peut-être, dans la
lingerie, avec le jeune homme que j'avais vu l'accompa-
gnant dans l'avenue des Champs-Élysées. Ainsi, autant que
(il y avait quelque temps) de croire que j'étais tranquille-
ment installé dans le bonheur, j'avais été insensé,
maintenant que j'avais renoncé à être heureux, de tenir
pour assuré que du moins j'étais devenu, je pourrais rester
calme. Car tant que notre cœur enferme d'une façon
permanente l'image d'un autre être, ce n'est pas seulement
notre bonheur qui peut à tout moment être détruit ; quand
ce bonheur est évanoui, quand nous avons souffert, puis,
que nous avons réussi à endormir notre souffrance, ce qui
est aussi trompeur et précaire qu'avait été le bonheur
même, c'est le calme. Le mien finit par revenir, car ce qui,
modifiant notre état moral, nos désirs, est entré, à la faveur
d'un rêve, dans notre esprit, cela aussi peu à peu se dissipe,

la permanence et la durée ne sont promises à rien, pas
même à la douleur. D'ailleurs, ceux qui souffrent par
l'amour sont, comme on dit de certains malades, leur
propre médecin. Comme il ne peut leur venir de
consolation que de l'être qui cause leur douleur et que
cette douleur est une émanation de lui, c'est en elle qu'ils
finissent par trouver un remède. Elle le leur découvre
elle-même à un moment donné, car au fur et à mesure
qu'ils la retournent en eux, cette douleur leur montre un
autre aspect de la personne regrettée, tantôt si haïssable
qu'on n'a même plus le désir de la revoir parce qu'avant
de se plaire avec elle il faudrait la faire souffrir, tantôt si
douce que la douceur qu'on lui prête on lui en fait un
mérite et on en tire une raison d'espérer. Mais la souffrance
qui s'était renouvelée en moi eut beau finir par s'apaiser,
je ne voulus plus retourner que rarement chez
Mme Swann. C'est d'abord que chez ceux qui aiment et
sont abandonnés, le sentiment d'attente — même d'attente
inavouée — dans lequel ils vivent se transforme de
lui-même, et bien qu'en apparence identique, fait succéder
à un premier état, un second exactement contraire. Le
premier était la suite, le reflet des incidents douloureux
qui nous avaient bouleversés. L'attente de ce qui pourrait
se produire est mêlée d'effroi, d'autant plus que nous
désirons à ce moment-là, si rien de nouveau ne nous vient
du côté de celle que nous aimons, agir nous-mêmes, et
nous ne savons trop quel sera le succès d'une démarche
après laquelle il ne sera peut-être plus possible d'en
entamer d'autre. Mais bientôt, sans que nous nous en
rendions compte, notre attente qui continue est détermi-
née, nous l'avons vu, non plus par le souvenir du passé
que nous avons subi, mais par l'espérance d'un avenir
imaginaire. Dès lors, elle est presque agréable. Puis la
première, en durant un peu, nous a habitués à vivre dans
l'expectative. La souffrance que nous avons éprouvée
durant nos derniers rendez-vous, survit encore en nous,
mais déjà ensommeillée. Nous ne sommes pas trop pressés
de la renouveler, d'autant plus que nous ne voyons pas
bien ce que nous demanderions maintenant. La possession
d'un peu plus de la femme que nous aimons ne ferait que
nous rendre plus nécessaire ce que nous ne possédons pas,
et qui resterait malgré tout, nos besoins naissant de nos
satisfactions, quelque chose d'irréductible.

Enfin une dernière raison s'ajouta plus tard à celle-ci pour me faire cesser complètement mes visites à Mme Swann. Cette raison, plus tardive, n'était pas que j'eusse encore oublié Gilberte, mais de tâcher de l'oublier plus vite. Sans doute, depuis que ma grande souffrance était finie, mes visites chez Mme Swann étaient redevenues pour ce qui me restait de tristesse, le calmant et la distraction qui m'avaient été si précieux au début. Mais la raison de l'efficacité du premier faisait aussi l'inconvénient de la seconde, à savoir qu'à ces visites le souvenir de Gilberte était intimement mêlé. La distraction ne m'eût été utile que si elle eût mis en lutte avec un sentiment que la présence de Gilberte n'alimentait plus, des pensées, des intérêts, des passions où Gilberte ne fût entrée pour rien. Ces états de conscience auxquels l'être qu'on aime reste étranger occupent alors une place qui, si petite qu'elle soit d'abord est autant de retranché à l'amour qui occupait l'âme tout entière. Il faut chercher à nourrir, à faire croître ces pensées, cependant que décline le sentiment qui n'est plus qu'un souvenir, de façon que les éléments nouveaux introduits dans l'esprit lui disputent, lui arrachent une part de plus en plus grande de l'âme, et finalement la lui dérobent toute. Je me rendais compte que c'était la seule manière de tuer un amour et j'étais encore assez jeune, assez courageux pour entreprendre de le faire, pour assumer la plus cruelle des douleurs qui naît de la certitude que, quelque temps qu'on doive y mettre, on réussira. La raison que je donnais maintenant dans mes lettres à Gilberte, de mon refus de la voir, c'était une allusion à quelque mystérieux malentendu, parfaitement fictif, qu'il y aurait eu entre elle et moi et sur lequel j'avais espéré d'abord que Gilberte me demanderait des explications. Mais, en fait jamais, même dans les relations les plus insignifiantes de la vie, un éclaircissement n'est sollicité par un correspondant qui sait qu'une phrase obscure, mensongère, incriminatrice, est mise à dessein pour qu'il proteste, et qui est trop heureux de sentir par là qu'il possède — et de garder — la maîtrise et l'initiative des opérations. À plus forte raison en est-il de même dans des relations plus tendres, où l'amour a tant d'éloquence, l'indifférence si peu de curiosité. Gilberte n'ayant pas mis en doute ni cherché à connaître ce malentendu, il devint pour moi quelque chose de réel auquel je me référais dans chaque lettre. Et il y a dans ces situations prises à faux, dans l'affectation de la froideur, un sortilège qui vous y fait persévérer. À force d'écrire : « Depuis que nos cœurs sont désunis » pour que Gilberte me répondît : « Mais ils ne le sont pas, expliquons-nous », j'avais fini par me persuader qu'ils l'étaient. En répétant toujours : « La vie a pu changer pour nous, elle n'effacera pas le sentiment que nous eûmes », par désir de m'entendre dire enfin : « Mais il n'y a rien de changé, ce sentiment est plus fort que jamais », je vivais avec l'idée que la vie avait changé en effet, que nous garderions le souvenir du sentiment qui n'était plus, comme certains nerveux pour avoir simulé une maladie finissent par rester toujours malades. Maintenant chaque fois que j'avais à écrire à Gilberte, je me reportais à ce changement imaginé et dont l'existence désormais tacitement reconnue par le silence qu'elle gardait à ce sujet dans ses réponses, subsisterait entre nous. Puis Gilberte cessa de s'en tenir à la prétérition. Elle-même adopta mon point de vue ; et, comme dans les toasts officiels où le chef d'État qui est reçu reprend à peu près les mêmes expressions dont vient d'user le chef d'État qui le reçoit, chaque fois que j'écrivais à Gilberte : « La vie a pu nous séparer, le souvenir du temps où nous nous connûmes durera », elle ne manqua pas de répondre : « La vie a pu nous séparer, elle ne pourra nous faire oublier les bonnes heures qui nous seront toujours chères » (nous aurions été bien embarrassés de dire pourquoi « la vie » nous avait séparés, quel changement s'était produit). Je ne souffrais plus trop. Pourtant un jour où je lui disais dans une lettre que j'avais appris la mort de notre vieille marchande de sucre d'orge des Champs-Élysées, comme je venais d'écrire ces mots : « J'ai pensé que cela vous a fait de la peine, en moi cela a remué bien des souvenirs », je ne pus m'empêcher de fondre en larmes en voyant que je parlais au passé, et comme s'il s'agissait d'un mort déjà presque oublié, de cet amour auquel malgré moi je n'avais jamais cessé de penser comme étant vivant, pouvant du moins renaître. Rien de plus tendre que cette correspondance entre amis qui ne voulaient plus se voir. Les lettres de Gilberte avaient la délicatesse de celles que j'écrivais aux indifférents et me donnaient les mêmes marques apparentes d'affection si douces pour moi à recevoir d'elle.

D'ailleurs peu à peu chaque refus de la voir me fit moins de peine. Et comme elle me devenait moins chère, mes souvenirs douloureux n'avaient plus assez de force pour détruire dans leur retour incessant la formation du plaisir que j'avais à penser à Florence, à Venise. Je regrettais, à ces moments-là d'avoir renoncé à entrer dans la diplomatie et de m'être fait une existence sédentaire, pour ne pas m'éloigner d'une jeune fille que je ne verrais plus et que j'avais déjà presque oubliée. On construit sa vie pour une personne et quand enfin on peut l'y recevoir, cette personne ne vient pas, puis meurt pour nous et on vit prisonnier, dans ce qui n'était destiné qu'à elle. Si Venise semblait à mes parents bien lointain et bien fiévreux pour moi, il était du moins facile d'aller sans fatigue s'installer à Balbec. Mais pour cela il eût fallu quitter Paris, renoncer à ces visites, grâce auxquelles, si rares qu'elles fussent, j'entendais quelquefois Mme Swann me parler de sa fille. Je commençais du reste à y trouver tel ou tel plaisir où Gilberte n'était pour rien.

Quand le printemps approcha, ramenant le froid, au temps des Saints de glace et des giboulées de la Semaine sainte, comme Mme Swann trouvait qu'on gelait chez elle, il m'arrivait souvent de la voir recevant dans des fourrures, ses mains et ses épaules frileuses disparaissant sous le blanc et brillant tapis d'un immense manchon plat et d'un collet, tous deux de zibeline[1], qu'elle n'avait pas quittés en rentrant et qui avaient l'air des derniers carrés des neiges de l'hiver plus persistants que les autres et que la chaleur du feu ni le progrès de la saison n'avaient réussi à fondre. Et la vérité totale de ces semaines glaciales mais déjà fleurissantes était suggérée pour moi dans ce salon, où bientôt je n'irais plus, par d'autres blancheurs plus enivrantes, celles, par exemple, des « boules de neige » assemblant au sommet de leurs hautes tiges nues comme les arbustes linéaires des préraphaélites[2], leurs globes parcellés mais unis, blancs comme des anges annonciateurs et qu'entourait une odeur de citron. Car la châtelaine de Tansonville savait qu'avril, même glacé, n'est pas dépourvu de fleurs, que l'hiver, le printemps, l'été, ne sont pas séparés par des cloisons aussi hermétiques que tend à le croire le boulevardier qui jusqu'aux premières chaleurs s'imagine le monde comme renfermant seulement des maisons nues sous la pluie. Que Mme Swann se

contentât des envois que lui faisait son jardinier de
Combray, et que par l'intermédiaire de sa fleuriste
« attitrée », elle ne comblât pas les lacunes d'une
insuffisante évocation à l'aide d'emprunts faits à la
précocité méditerranéenne, je suis loin de le prétendre
et je ne m'en souciais pas. Il me suffisait pour avoir la
nostalgie de la campagne, qu'à côté des névés du manchon
que tenait Mme Swann, les boules de neige (qui n'avaient
peut-être dans la pensée de la maîtresse de la maison
d'autre but que de faire, sur les conseils de Bergotte,
« symphonie en blanc majeur[1] » avec son ameublement
et sa toilette) me rappelassent que l'Enchantement du
Vendredi Saint[2] figure un miracle naturel auquel on
pourrait assister tous les ans si l'on était plus sage, et aidées
du parfum acide et capiteux de corolles d'autres espèces
dont j'ignorais les noms et qui m'avait fait rester tant de
fois en arrêt dans mes promenades de Combray, rendissent
le salon de Mme Swann aussi virginal, aussi candidement
fleuri sans aucune feuille, aussi surchargé d'odeurs
authentiques, que le petit raidillon de Tansonville.
    Mais c'était encore trop que celui-ci me fût rappelé. Son
souvenir risquait d'entretenir le peu qui subsistait de mon
amour pour Gilberte. Aussi, bien que je ne souffrisse plus
du tout durant ces visites à Mme Swann, je les espaçai
encore et cherchai à la voir le moins possible. Tout au
plus, comme je continuais à ne pas quitter Paris, me
concédai-je certaines promenades avec elle. Les beaux
jours étaient enfin revenus, et la chaleur. Comme je savais
qu'avant le déjeuner Mme Swann sortait pendant une
heure et allait faire quelques pas avenue du Bois, près de
l'Étoile, et de l'endroit qu'on appelait alors, à cause des
gens qui venaient regarder les riches qu'ils ne
connaissaient que de nom, le « club des Pannés[3] »,
j'obtins de mes parents que le dimanche — car je n'étais
pas libre en semaine à cette heure-là — je pourrais ne
déjeuner que bien après eux, à une heure un quart, et
aller faire un tour auparavant. Je n'y manquai jamais
pendant ce mois de mai, Gilberte étant allée à la campagne
chez des amies. J'arrivais à l'Arc de Triomphe vers midi.
Je faisais le guet à l'entrée de l'avenue, ne perdant pas
des yeux le coin de la petite rue par où Mme Swann, qui
n'avait que quelques mètres à franchir, venait de chez elle.
Comme c'était déjà l'heure où beaucoup de promeneurs

rentraient déjeuner, ceux qui restaient étaient peu nombreux et, pour la plus grande part, des gens élégants. Tout d'un coup, sur le sable de l'allée, tardive, alentie et luxuriante comme la plus belle fleur et qui ne s'ouvrirait qu'à midi, Mme Swann apparaissait, épanouissant autour d'elle une toilette toujours différente mais que je me rappelle surtout mauve ; puis elle hissait et déployait sur un long pédoncule, au moment de sa plus complète irradiation, le pavillon de soie d'une large ombrelle de la même nuance que l'effeuillaison des pétales de sa robe. Toute une suite l'environnait ; Swann, quatre ou cinq hommes de club qui étaient venus la voir le matin chez elle ou qu'elle avait rencontrés : et leur noire ou grise agglomération obéissante, exécutant les mouvements presque mécaniques d'un cadre inerte autour d'Odette, donnait l'air à cette femme qui seule avait de l'intensité dans les yeux, de regarder devant elle, d'entre tous ces hommes, comme d'une fenêtre dont elle se fût approchée, et la faisait surgir, frêle, sans crainte, dans la nudité de ses tendres couleurs, comme l'apparition d'un être d'une espèce différente, d'une race inconnue, et d'une puissance presque guerrière, grâce à quoi elle compensait à elle seule sa multiple escorte. Souriante, heureuse du beau temps, du soleil qui n'incommodait pas encore, ayant l'air d'assurance et de calme du créateur qui a accompli son œuvre et ne se soucie plus du reste, certaine que sa toilette — dussent des passants vulgaires ne pas l'apprécier — était la plus élégante de toutes, elle la portait pour soi-même et pour ses amis, naturellement, sans attention exagérée, mais aussi sans détachement complet, n'empêchant pas les petits nœuds de son corsage et de sa jupe de flotter légèrement devant elle comme des créatures dont elle n'ignorait pas la présence et à qui elle permettait avec indulgence de se livrer à leurs jeux, selon leur rythme propre, pourvu qu'ils suivissent sa marche, et même sur son ombrelle mauve que souvent elle tenait encore fermée quand elle arrivait, elle laissait tomber par moment comme sur un bouquet de violettes de Parme, son regard heureux et si doux que quand il ne s'attachait plus à ses amis mais à un objet inanimé, il avait l'air de sourire encore. Elle réservait ainsi, elle faisait occuper à sa toilette cet intervalle d'élégance dont les hommes à qui Mme Swann parlait le plus en camarade, respectaient l'espace et la nécessité, non sans une certaine déférence de profanes, un aveu de leur propre ignorance, et sur lequel ils reconnaissaient à leur amie, comme à un malade sur les soins spéciaux qu'il doit prendre, ou comme à une mère sur l'éducation de ses enfants, compétence et juridiction. Non moins que par la cour qui l'entourait et ne semblait pas voir les passants, Mme Swann, à cause de l'heure tardive de son apparition, évoquait cet appartement où elle avait passé une matinée si longue et où il faudrait qu'elle rentrât bientôt déjeuner ; elle semblait en indiquer la proximité par la tranquillité flâneuse de sa promenade, pareille à celle qu'on fait à petits pas dans son jardin ; de cet appartement on aurait dit qu'elle portait encore autour d'elle l'ombre intérieure et fraîche. Mais, par tout cela même, sa vue ne me donnait que davantage la sensation du plein air et de la chaleur. D'autant plus que déjà persuadé qu'en vertu de la liturgie et des rites dans lesquels Mme Swann était profondément versée, sa toilette était unie à la saison et à l'heure par un lien nécessaire, unique, les fleurs de son flexible chapeau de paille, les petits rubans de sa robe me semblaient naître du mois de mai plus naturellement encore que les fleurs des jardins et des bois ; et pour connaître le trouble nouveau de la saison, je ne levais pas les yeux plus haut que son ombrelle, ouverte et tendue comme un autre ciel plus proche, clément, mobile et bleu. Car ces rites, s'ils étaient souverains, mettaient leur gloire, et par conséquent Mme Swann mettait la sienne, à obéir avec condescendance au matin, au printemps, au soleil, lesquels ne me semblaient pas assez flattés qu'une femme si élégante voulût bien ne pas les ignorer et eût choisi à cause d'eux une robe d'une étoffe plus claire, plus légère, faisant penser, par son évasement au col et aux manches, à la moiteur du cou et des poignets, fît enfin pour eux tous les frais d'une grande dame qui s'étant gaiement abaissée à aller voir à la campagne des gens communs et que tout le monde, même le vulgaire, connaît, n'en a pas moins tenu à revêtir spécialement pour ce jour-là une toilette champêtre. Dès son arrivée, je saluais Mme Swann, elle m'arrêtait et me disait : « *Good morning* » en souriant. Nous faisions quelques pas. Et je comprenais que ces canons selon lesquels elle s'habillait, c'était pour elle-même qu'elle y obéissait, comme à une sagesse supérieure dont elle eût été la grande prêtresse : car s'il lui arrivait qu'ayant

trop chaud, elle entrouvrît, ou même ôtât tout à fait et
me donnât à porter sa jaquette qu'elle avait cru garder
fermée, je découvrais dans la chemisette mille détails
d'exécution qui avaient eu grande chance de rester
inaperçus, comme ces parties d'orchestre auxquelles le
compositeur a donné tous ses soins, bien qu'elles ne
doivent jamais arriver aux oreilles du public ; ou dans les
manches de la jaquette pliée sur mon bras je voyais, je
regardais longuement, par plaisir ou par amabilité, quelque
détail exquis, une bande d'une teinte délicieuse, une
satinette mauve habituellement cachée aux yeux de tous,
mais aussi délicatement travaillées que les parties extérieures, comme ces sculptures gothiques d'une cathédrale
dissimulées au revers d'une balustrade à quatre-vingts
pieds de hauteur, aussi parfaites que les bas-reliefs du
grand porche mais que personne n'avait jamais vues avant
qu'au hasard d'un voyage, un artiste n'eût obtenu de
monter se promener en plein ciel, pour dominer toute la
ville, entre les deux tours.

Ce qui augmentait cette impression que Mme Swann
se promenait dans l'avenue du Bois comme dans l'allée
d'un jardin à elle, c'était — pour ces gens qui ignoraient
ses habitudes de « footing » — qu'elle fût venue à pied,
sans voiture qui suivît, elle que dès le mois de mai, on
avait l'habitude de voir passer avec l'attelage le plus soigné,
la livrée la mieux tenue de Paris, mollement et majestueu-
sement assise comme une déesse, dans le tiède plein air
d'une immense victoria à huit ressorts. À pied,
Mme Swann avait l'air, surtout avec sa démarche que
ralentissait la chaleur, d'avoir cédé à une curiosité, de
commettre une élégante infraction aux règles du protocole, comme ces souverains qui sans consulter personne,
accompagnés par l'admiration un peu scandalisée d'une
suite qui n'ose formuler une critique, sortent de leur loge
pendant un gala et visitent le foyer en se mêlant pendant
quelques instants aux autres spectateurs. Ainsi, entre
Mme Swann et la foule, celle-ci sentait ces barrières d'une
certaine sorte de richesse, lesquelles lui semblent les plus
infranchissables de toutes. Le faubourg Saint-Germain a
bien aussi les siennes, mais moins parlantes aux yeux et
à l'imagination des « pannés ». Ceux-ci auprès d'une
grande dame plus simple, plus facile à confondre avec une
petite bourgeoise, moins éloignée du peuple, n'éprouve-

ront pas ce sentiment de leur inégalité, presque de leur indignité, qu'ils ont devant une Mme Swann. Sans doute, ces sortes de femmes ne sont pas elles-mêmes frappées comme eux du brillant appareil dont elles sont entourées, elles n'y font plus attention, mais c'est à force d'y être habituées, c'est-à-dire d'avoir fini par le trouver d'autant plus naturel, d'autant plus nécessaire, par juger les autres êtres selon qu'ils sont plus ou moins initiés à ces habitudes du luxe : de sorte que (la grandeur qu'elles laissent éclater en elles, qu'elles découvrent chez les autres, étant toute matérielle, facile à constater, longue à acquérir, difficile à compenser), si ces femmes mettent un passant au rang le plus bas, c'est de la même manière qu'elles lui sont apparues au plus haut, à savoir immédiatement, à première vue, sans appel. Peut-être cette classe sociale particulière qui comptait alors des femmes comme Lady Israels, mêlée à celles de l'aristocratie, et Mme Swann qui devait les fréquenter un jour, cette classe intermédiaire, inférieure au faubourg Saint-Germain, puisqu'elle le courtisait, mais supérieure à ce qui n'est pas du faubourg Saint-Germain, et qui avait ceci de particulier que déjà dégagée du monde des riches, elle était la richesse encore, mais la richesse devenue ductile, obéissant à une destination, à une pensée artistiques, l'argent malléable, poétiquement ciselé et qui sait sourire, peut-être cette classe, du moins avec le même caractère et le même charme, n'existe-t-elle plus. D'ailleurs, les femmes qui en faisaient partie n'auraient plus aujourd'hui ce qui était la première condition de leur règne, puisque avec l'âge elles ont, presque toutes, perdu leur beauté. Or, autant que du faîte de sa noble richesse, c'était du comble glorieux de son été mûr et si savoureux encore, que Mme Swann, majestueuse, souriante et bonne, s'avançant dans l'avenue du Bois, voyait comme Hypatie[1], sous la lente marche de ses pieds, rouler les mondes. Des jeunes gens qui passaient la regardaient anxieusement, incertains si leurs vagues relations avec elle (d'autant plus qu'ayant à peine été présentés une fois à Swann ils craignaient qu'il ne les reconnût pas) étaient suffisantes pour qu'ils se permissent de la saluer. Et ce n'était qu'en tremblant devant les conséquences, qu'ils s'y décidaient, se demandant si leur geste audacieusement provocateur et sacrilège, attentant à l'inviolable suprématie d'une caste, n'allait pas déchaîner des catastrophes ou faire descendre le châtiment d'un dieu. Il déclenchait seulement, comme un mouvement d'horlogerie, la gesticulation de petits personnages salueurs qui n'étaient autres que l'entourage d'Odette, à commencer par Swann, lequel soulevait son tube doublé de cuir vert, avec une grâce souriante, apprise dans le faubourg Saint-Germain, mais à laquelle ne s'alliait plus l'indifférence qu'il aurait eue autrefois. Elle était remplacée (comme il s'était dans une certaine mesure pénétré des préjugés d'Odette) à la fois par l'ennui d'avoir à répondre à quelqu'un d'assez mal habillé et par la satisfaction que sa femme connût tant de monde, sentiment mixte qu'il traduisait en disant aux amis élégants qui l'accompagnaient : « Encore un ! Ma parole, je me demande où Odette va chercher tous ces gens-là ! » Cependant, ayant répondu par un signe de tête au passant alarmé déjà hors de vue, mais dont le cœur battait encore, Mme Swann se tournait vers moi : « Alors, me disait-elle, c'est fini ? Vous ne viendrez plus jamais voir Gilberte ? Je suis contente d'être exceptée et que vous ne me " dropiez¹ " pas tout à fait. J'aime vous voir, mais j'aimais aussi l'influence que vous aviez sur ma fille. Je crois qu'elle le regrette beaucoup aussi. Enfin, je ne veux pas vous tyranniser, parce que vous n'auriez qu'à ne plus vouloir me voir non plus ! — Odette, Sagan² qui vous dit bonjour », faisait remarquer Swann à sa femme. Et, en effet, le prince, faisant comme dans une apothéose de théâtre, de cirque, ou dans un tableau ancien, faire front à son cheval, adressait à Odette un grand salut théâtral et comme allégorique, où s'amplifiait toute la chevaleresque courtoisie du grand seigneur inclinant son respect devant la Femme, fût-elle incarnée en une femme que sa mère ou sa sœur ne pourraient pas fréquenter. D'ailleurs à tout moment, reconnue au fond de la transparence liquide et du vernis lumineux de l'ombre que versait sur elle son ombrelle, Mme Swann était saluée par les derniers cavaliers attardés, comme cinématographiés au galop sur l'ensoleillement blanc de l'avenue, hommes de cercle dont les noms, célèbres pour le public — Antoine de Castellane, Adalbert de Montmorency³ et tant d'autres — étaient pour Mme Swann des noms familiers d'amis. Et, comme la durée moyenne de la vie — la longévité relative — est beaucoup plus grande pour les souvenirs des sensations poétiques que pour ceux des souffrances du cœur, depuis si longtemps que se sont évanouis les chagrins que

j'avais alors à cause de Gilberte, il leur a survécu le plaisir
que j'éprouve, chaque fois que je veux lire, en une sorte
de cadran solaire, les minutes qu'il y a entre midi un quart
et une heure, au mois de mai, à me revoir causant ainsi
avec Mme Swann, sous son ombrelle, comme sous le reflet
d'un berceau de glycines[1].

NOMS DE PAYS : LE PAYS

J'étais arrivé à une presque complète indifférence à l'égard de Gilberte, quand deux ans plus tard je partis avec ma grand-mère pour Balbec. Quand je subissais le charme d'un visage nouveau, quand c'était à l'aide d'une autre jeune fille que j'espérais connaître les cathédrales gothiques, les palais et les jardins de l'Italie, je me disais tristement que notre amour, en tant qu'il est l'amour d'une certaine créature, n'est peut-être pas quelque chose de bien réel, puisque si des associations de rêveries agréables ou douloureuses peuvent le lier pendant quelque temps à une femme jusqu'à nous faire penser qu'il a été inspiré par elle d'une façon nécessaire, en revanche si nous nous dégageons volontairement ou à notre insu de ces associations, cet amour, comme s'il était au contraire spontané et venait de nous seuls, renaît pour se donner à une autre femme. Pourtant au moment de ce départ pour Balbec et pendant les premiers temps de mon séjour, mon indifférence n'était encore qu'intermittente. Souvent (notre vie étant si peu chronologique, interférant tant d'anachronismes dans la suite des jours), je vivais dans ceux, plus anciens que la veille ou l'avant-veille, où j'aimais Gilberte. Alors ne plus la voir m'était soudain douloureux, comme c'eût été dans ce temps-là. Le moi qui l'avait aimée, remplacé déjà presque entièrement par un autre, resurgissait, et il m'était rendu beaucoup plus fréquemment par une chose futile que par une chose importante. Par exemple, pour anticiper sur mon séjour en Normandie, j'entendis à Balbec un inconnu que je croisai sur la digue dire : « La famille du directeur du ministère des Postes. » Or (comme je ne savais pas alors l'influence que cette famille devait avoir sur ma vie), ce propos aurait dû me paraître oiseux, mais il me causa une vive souffrance, celle qu'éprouvait un moi, aboli pour une grande part depuis longtemps, à être séparé de Gilberte. C'est que jamais je n'avais repensé à une conversation que Gilberte avait eue devant moi avec son père, relativement à la famille du « directeur du ministère des Postes ». Or, les souvenirs d'amour ne font pas exception aux lois générales de la mémoire, elles-mêmes régies par les lois plus générales de l'habitude. Comme celle-ci affaiblit tout, ce qui nous rappelle le mieux un être, c'est justement ce que nous avions oublié (parce que c'était insignifiant, et que nous lui avions ainsi laissé toute sa force). C'est pourquoi la meilleure part de notre mémoire est hors de nous, dans un souffle pluvieux, dans l'odeur de renfermé d'une chambre ou dans l'odeur d'une première flambée, partout où nous retrouvons de nous-même ce que notre intelligence, n'en ayant pas l'emploi, avait dédaigné, la dernière réserve du passé, la meilleure, celle qui, quand toutes nos larmes semblent taries, sait nous faire pleurer encore. Hors de nous ? En nous pour mieux dire, mais dérobée à nos propres regards, dans un oubli plus ou moins prolongé. C'est grâce à cet oubli seul que nous pouvons de temps à autre retrouver l'être que nous fûmes, nous placer vis-à-vis des choses comme cet être l'était, souffrir à nouveau, parce que nous ne sommes plus nous, mais lui, et qu'il aimait ce qui nous est maintenant indifférent. Au grand jour de la mémoire habituelle, les images du passé pâlissent peu à peu, s'effacent, il ne reste plus rien d'elles, nous ne le retrouverons plus. Ou plutôt nous ne le retrouverions plus, si quelques mots (comme « directeur au ministère des Postes ») n'avaient été soigneusement enfermés dans l'oubli, de même qu'on dépose à la Bibliothèque nationale un exemplaire d'un livre qui sans cela risquerait de devenir introuvable.

Mais cette souffrance et ce regain d'amour pour Gilberte ne furent pas plus longs que ceux qu'on a en rêve, et cette fois au contraire parce qu'à Balbec, l'Habitude ancienne n'était plus là pour les faire durer. Et si ces effets de l'Habitude semblent contradictoires, c'est qu'elle obéit à des lois multiples. À Paris, j'étais devenu de plus en plus indifférent à Gilberte, grâce à l'Habitude. Le changement d'habitude, c'est-à-dire la cessation momentanée de l'Habitude, paracheva l'œuvre de l'Habitude quand je partis pour Balbec. Elle affaiblit mais stabilise, elle amène la désagrégation mais la fait durer indéfiniment. Chaque jour depuis des années je calquais tant bien que mal mon état d'âme sur celui de la veille. À Balbec un lit nouveau, à côté duquel on m'apportait le matin un petit déjeuner différent de celui de Paris, ne devait plus soutenir les pensées dont s'était nourri mon amour pour Gilberte : il y a des cas (assez rares il est vrai) où la sédentarité immobilisant les jours, le meilleur moyen de gagner du temps, c'est de changer de place. Mon voyage à Balbec fut comme la première sortie d'un convalescent qui n'attendait plus qu'elle pour s'apercevoir qu'il est guéri.

Ce voyage, on le ferait sans doute aujourd'hui en automobile, croyant le rendre ainsi plus agréable. On verra qu'accompli de cette façon, il serait même en un sens plus vrai puisqu'on y suivrait de plus près, dans une intimité plus étroite, les diverses gradations par lesquelles change la surface de la terre. Mais enfin le plaisir spécifique du voyage n'est pas de pouvoir descendre en route et s'arrêter quand on est fatigué, c'est de rendre la différence entre le départ et l'arrivée non pas aussi insensible, mais aussi profonde qu'on peut, de la ressentir dans sa totalité, intacte, telle qu'elle était dans notre pensée quand notre imagination nous portait du lieu où nous vivions jusqu'au cœur d'un lieu désiré, en un bond qui nous semblait moins miraculeux parce qu'il franchissait une distance que parce qu'il unissait deux individualités distinctes de la terre, qu'il nous menait d'un nom à un autre nom, et que schématise (mieux qu'une promenade où, comme on débarque où l'on veut, il n'y a guère plus d'arrivée) l'opération mystérieuse qui s'accomplissait dans ces lieux spéciaux, les gares, lesquels ne font pas partie pour ainsi dire de la ville mais contiennent l'essence de sa personnalité de même que sur un écriteau signalétique elles portent son nom.

Mais en tout genre, notre temps a la manie de vouloir ne montrer les choses qu'avec ce qui les entoure dans la réalité, et par là de supprimer l'essentiel, l'acte de l'esprit qui les isola d'elle. On « présente » un tableau au milieu de meubles, de bibelots, de tentures de la même époque, fade décor qu'excelle à composer dans les hôtels d'aujourd'hui la maîtresse de maison la plus ignorante la veille, passant maintenant ses journées dans les archives et les bibliothèques et au milieu duquel le chef-d'œuvre qu'on regarde tout en dînant ne nous donne pas la même enivrante joie qu'on ne doit lui demander que dans une salle de musée, laquelle symbolise bien mieux par sa nudité et son dépouillement de toutes particularités, les espaces intérieurs où l'artiste s'est abstrait pour créer[1].

Malheureusement ces lieux merveilleux que sont les gares, d'où l'on part pour une destination éloignée, sont aussi des lieux tragiques, car si le miracle s'y accomplit grâce auquel les pays qui n'avaient encore d'existence que dans notre pensée vont être ceux au milieu desquels nous vivrons, pour cette raison même il faut renoncer, au sortir de la salle d'attente, à retrouver tout à l'heure la chambre familière où l'on était il y a un instant encore. Il faut laisser toute espérance de rentrer coucher chez soi, une fois qu'on s'est décidé à pénétrer dans l'antre empesté par où l'on accède au mystère, dans un de ces grands ateliers vitrés, comme celui de Saint-Lazare où j'allai chercher le train de Balbec, et qui déployait au-dessus de la ville éventrée un de ces immenses ciels crus et gros de menaces amoncelées de drame, pareils à certains ciels, d'une modernité presque parisienne, de Mantegna ou de Véronèse, et sous lequel ne pouvait s'accomplir que quelque acte terrible et solennel comme un départ en chemin de fer ou l'érection de la Croix[2].

Tant que je m'étais contenté d'apercevoir du fond de mon lit de Paris l'église persane de Balbec au milieu des flocons de la tempête, aucune objection à ce voyage n'avait été faite par mon corps. Elles avaient commencé seulement quand il avait compris qu'il serait de la partie et que le soir de l'arrivée on me conduirait à « ma » chambre qui lui serait inconnue. Sa révolte était d'autant plus profonde que la veille même du départ j'avais appris que ma mère ne nous accompagnerait pas, mon père, retenu au ministère jusqu'au moment où il partirait pour l'Espagne avec M. de Norpois, ayant préféré louer une maison dans les environs de Paris. D'ailleurs la contemplation de Balbec ne me semblait pas moins désirable parce qu'il fallait l'acheter au prix d'un mal qui au contraire me semblait figurer et garantir la réalité de l'impression que j'allais chercher, impression que n'aurait remplacée aucun spectacle prétendu équivalent, aucun « panorama » que j'eusse pu aller voir sans être empêché par cela même de rentrer dormir dans mon lit. Ce n'était pas la première fois que je sentais que ceux qui aiment et ceux qui ont du plaisir ne sont pas les mêmes. Je croyais désirer aussi profondément Balbec que le docteur qui me soignait et qui me dit s'étonnant, le matin du départ, de mon air malheureux : « Je vous réponds que si je pouvais seulement trouver huit jours pour aller prendre le frais au bord de la mer, je ne me ferais pas prier. Vous allez avoir les courses, les régates, ce sera exquis. » Pour moi j'avais déjà appris et même bien avant d'aller entendre la Berma, que quelle que fût la chose que j'aimerais, elle ne serait jamais placée qu'au terme d'une poursuite douloureuse au cours de laquelle il me faudrait d'abord sacrifier mon plaisir à ce bien suprême, au lieu de l'y chercher.

Ma grand-mère concevait naturellement notre départ d'une façon un peu différente et toujours aussi désireuse qu'autrefois de donner aux présents qu'on me faisait un caractère artistique, avait voulu, pour m'offrir de ce voyage une « épreuve » en partie ancienne, que nous refissions moitié en chemin de fer, moitié en voiture le trajet qu'avait suivi Mme de Sévigné quand elle était allée de Paris à « L'Orient » en passant par Chaulnes et par « le Pont-Audemer[1] ». Mais ma grand-mère avait été obligée de renoncer à ce projet, sur la défense de mon père, qui savait, quand elle organisait un déplacement en vue de lui faire rendre tout le profit intellectuel qu'il pouvait comporter, combien on pouvait pronostiquer de trains manqués, de bagages perdus, de maux de gorge et de contraventions. Elle se réjouissait du moins à la pensée que jamais au moment d'aller sur la plage, nous ne serions exposés à en être empêchés par la survenue de ce que sa chère Sévigné appelle une chienne de carrossée[2], puisque nous ne connaîtrions personne à Balbec, Legrandin ne nous ayant pas offert de lettre d'introduction pour sa sœur. (Abstention qui n'avait pas été appréciée de même par mes tantes Céline et Victoire[3], lesquelles ayant connu jeune fille celle qu'elles n'avaient appelée jusqu'ici, pour marquer cette intimité d'autrefois, que « Renée de Cambremer », et possédant encore d'elle de ces cadeaux qui meublent une chambre et la conversation mais auxquels la réalité actuelle

ne correspond pas, croyaient venger notre affront en ne
prononçant plus jamais, chez Mme Legrandin mère, le nom
de sa fille, et se bornant à se congratuler une fois sorties
par des phrases comme : « Je n'ai pas fait allusion à qui
tu sais », « Je crois qu'*on* aura compris. »)

Donc nous partirions simplement de Paris par ce train
de une heure vingt-deux que je m'étais plu trop longtemps
à chercher dans l'indicateur des chemins de fer où il me
donnait chaque fois l'émotion, presque la bienheureuse
illusion du départ, pour ne pas me figurer que je le
connaissais. Comme la détermination dans notre imagination des traits d'un bonheur tient plutôt à l'identité des
désirs qu'il nous inspire qu'à la précision des renseignements que nous avons sur lui, je croyais connaître celui-là
dans ses détails, et je ne doutais pas que j'éprouverais dans
le wagon un plaisir spécial quand la journée commencerait
à fraîchir, que je contemplerais tel effet à l'approche d'une
certaine station ; si bien que ce train réveillant toujours
en moi les images des mêmes villes que j'enveloppais dans
la lumière de ces heures de l'après-midi qu'il traverse, me
semblait différent de tous les autres trains ; et j'avais fini,
comme on fait souvent pour un être qu'on n'a jamais vu
mais dont on se plaît à s'imaginer qu'on a conquis l'amitié,
par donner une physionomie particulière et immuable à
ce voyageur artiste et blond qui m'aurait emmené sur sa
route, et à qui j'aurais dit adieu au pied de la cathédrale
de Saint-Lô[1], avant qu'il se fût éloigné vers le couchant.

Comme ma grand-mère ne pouvait se résoudre à aller
« tout bêtement » à Balbec, elle s'arrêterait vingt-quatre
heures chez une de ses amies, de chez laquelle je repartirais
le soir même pour ne pas déranger, et aussi de façon à
voir dans la journée du lendemain l'église de Balbec, qui,
avions-nous appris, était assez éloignée de Balbec-Plage,
et où je ne pourrais peut-être pas aller ensuite au début
de mon traitement de bains. Et peut-être était-il moins
pénible pour moi de sentir l'objet admirable de mon
voyage placé avant la cruelle première nuit où j'entrerais
dans une demeure nouvelle et accepterais d'y vivre. Mais
il avait fallu d'abord quitter l'ancienne ; ma mère avait
arrangé de s'installer ce jour-là même à Saint-Cloud, et elle
avait pris, ou feint de prendre, toutes ses dispositions pour
y aller directement après nous avoir conduits à la gare,
sans avoir à repasser par la maison où elle craignait que

je ne voulusse, au lieu de partir pour Balbec, rentrer avec elle. Et même, sous le prétexte d'avoir beaucoup à faire dans la maison qu'elle venait de louer et d'être à court de temps, en réalité pour m'éviter la cruauté de ce genre d'adieux, elle avait décidé de ne pas rester avec nous jusqu'à ce départ du train où, dissimulée auparavant dans des allées et venues et des préparatifs qui n'engagent pas définitivement, une séparation apparaît brusquement impossible à souffrir, alors qu'elle n'est déjà plus possible à éviter, concentrée tout entière dans un instant immense de lucidité impuissante et suprême.

Pour la première fois je sentais qu'il était possible que ma mère vécût sans moi, autrement que pour moi, d'une autre vie. Elle allait habiter de son côté avec mon père à qui peut-être elle trouvait que ma mauvaise santé, ma nervosité, rendaient l'existence un peu compliquée et triste. Cette séparation me désolait davantage parce que je me disais qu'elle était probablement pour ma mère le terme des déceptions successives que je lui avais causées, qu'elle m'avait tues et après lesquelles elle avait compris la difficulté de vacances communes ; et peut-être aussi le premier essai d'une existence à laquelle elle commençait à se résigner pour l'avenir, au fur et à mesure que les années viendraient pour mon père et pour elle, d'une existence où je la verrais moins, où, ce qui même dans mes cauchemars ne m'était jamais apparu, elle serait déjà pour moi un peu étrangère, une dame qu'on verrait rentrer seule dans une maison où je ne serais pas, demandant au concierge s'il n'y avait pas de lettres de moi.

Je pus à peine répondre à l'employé qui voulut me prendre ma valise. Ma mère essayait pour me consoler des moyens qui lui paraissaient les plus efficaces. Elle croyait inutile d'avoir l'air de ne pas voir mon chagrin, elle le plaisantait doucement :

« Eh bien, qu'est-ce que dirait l'église de Balbec si elle savait que c'est avec cet air malheureux qu'on s'apprête à aller la voir ? Est-ce cela le voyageur ravi dont parle Ruskin[1] ? D'ailleurs, je saurai si tu as été à la hauteur des circonstances, même loin je serai encore avec mon petit loup. Tu auras demain une lettre de ta maman.

— Ma fille, dit ma grand-mère, je te vois comme Mme de Sévigné, une carte devant les yeux et ne nous quittant pas un instant[2]. »

Puis maman cherchait à me distraire, elle me demandait ce que je commanderais pour dîner, elle admirait Françoise, lui faisait compliment d'un chapeau et d'un manteau qu'elle ne reconnaissait pas, bien qu'ils eussent jadis excité son horreur quand elle les avait vus neufs sur ma grand-tante, l'un avec l'immense oiseau qui le surmontait, l'autre surchargé de dessins affreux et de jais. Mais le manteau étant hors d'usage, Françoise l'avait fait retourner et exhibait un envers de drap uni d'un beau ton. Quant à l'oiseau, il y avait longtemps que, cassé, il avait été mis au rancart. Et, de même qu'il est quelquefois troublant de rencontrer les raffinements vers lesquels les artistes les plus conscients s'efforcent, dans une chanson populaire, à la façade de quelque maison de paysan qui fait épanouir au-dessus de la porte une rose blanche ou soufrée juste à la place qu'il fallait — de même le nœud de velours, la coque de ruban qui eussent ravi dans un portrait de Chardin ou de Whistler[1], Françoise les avait placés avec un goût infaillible et naïf sur le chapeau devenu charmant.

Pour remonter à un temps plus ancien, la modestie et l'honnêteté qui donnaient souvent de la noblesse au visage de notre vieille servante ayant gagné les vêtements que, en femme réservée mais sans bassesse, qui sait « tenir son rang et garder sa place », elle avait revêtus pour le voyage afin d'être digne d'être vue avec nous sans avoir l'air de chercher à se faire voir, Françoise, dans le drap cerise mais passé de son manteau et les poils sans rudesse de son collet de fourrure, faisait penser à quelqu'une de ces images d'Anne de Bretagne peintes dans des livres d'heures par un vieux maître, et dans lesquelles tout est si bien en place, le sentiment de l'ensemble s'est si également répandu dans toutes les parties que la riche et désuète singularité du costume exprime la même gravité pieuse que les yeux, les lèvres et les mains.

On n'aurait pu parler de pensée à propos de Françoise. Elle ne savait rien, dans ce sens total où ne rien savoir équivaut à ne rien comprendre, sauf les rares vérités que le cœur est capable d'atteindre directement. Le monde immense des idées n'existait pas pour elle. Mais devant la clarté de son regard, devant les lignes délicates de ce nez, de ces lèvres, devant tous ces témoignages absents de tant d'êtres cultivés chez qui ils eussent signifié la distinction suprême, le noble détachement d'un esprit d'élite, on était troublé comme devant le regard intelligent et bon d'un chien à qui on sait pourtant que sont étrangères toutes les conceptions des hommes, et on pouvait se demander s'il n'y a pas parmi ces autres humbles frères, les paysans, des êtres qui sont comme les hommes supérieurs du monde des simples d'esprit, ou plutôt qui, condamnés par une injuste destinée à vivre parmi les simples d'esprit, privés de lumière, mais pourtant plus naturellement, plus essentiellement apparentés aux natures d'élite que ne le sont la plupart des gens instruits, sont comme des membres dispersés, égarés, privés de raison, de la famille sainte, des parents, restés en enfance, des plus hautes intelligences, et auxquels — comme il apparaît dans la lueur impossible à méconnaître de leurs yeux où pourtant elle ne s'applique à rien — il n'a manqué, pour avoir du talent, que du savoir.

Ma mère, voyant que j'avais peine à contenir mes larmes, me disait : « Régulus avait coutume dans les grandes circonstances[1]... Et puis ce n'est pas gentil pour ta maman. Citons Mme de Sévigné, comme ta grand-mère : "Je vais être obligée de me servir de tout le courage que tu n'as pas[2]". » Et se rappelant que l'affection pour autrui détourne des douleurs égoïstes, elle tâchait de me faire plaisir en me disant qu'elle croyait que son trajet de Saint-Cloud s'effectuerait bien, qu'elle était contente du fiacre qu'elle avait gardé, que le cocher était poli et la voiture confortable. Je m'efforçais de sourire à ces détails et j'inclinais la tête d'un air d'acquiescement et de satisfaction. Mais ils ne m'aidaient qu'à me représenter avec plus de vérité le départ de maman et c'est le cœur serré que je la regardais comme si elle était déjà séparée de moi, sous ce chapeau de paille rond qu'elle avait acheté pour la campagne, dans une robe légère qu'elle avait mise à cause de cette longue course par la pleine chaleur, et qui la faisaient autre, appartenant déjà à la villa de « Montretout[3] » où je ne la verrais pas.

Pour éviter les crises de suffocation que me donnerait le voyage, le médecin m'avait conseillé de prendre au moment du départ un peu trop de bière ou de cognac, afin d'être dans cet état qu'il appelait « euphorie », où le système nerveux est momentanément moins vulnérable. J'étais encore incertain si je le ferais, mais je voulais au moins que ma grand-mère reconnût qu'au cas où je m'y déciderais, j'aurais pour moi le droit et la sagesse. Aussi j'en parlais comme si mon hésitation ne portait que sur l'endroit où je boirais de l'alcool, buffet ou wagon-bar. Mais aussitôt, à l'air de blâme que prit le visage de ma grand-mère et de ne pas même vouloir s'arrêter à cette idée : « Comment », m'écriai-je, me résolvant soudain à cette action d'aller boire, dont l'exécution devenait nécessaire à prouver ma liberté puisque son annonce verbale n'avait pu passer sans protestation, « comment, tu sais combien je suis malade, tu sais ce que le médecin m'a dit, et voilà le conseil que tu me donnes ! »

Quand j'eus expliqué mon malaise à ma grand-mère, elle eut un air si désolé, si bon, en répondant : « Mais alors, va vite chercher de la bière ou une liqueur, si cela doit te faire du bien » que je me jetai sur elle et la couvris de baisers. Et si j'allai cependant boire beaucoup trop dans le bar du train, ce fut parce que je sentais que sans cela j'aurais un accès trop violent et que c'est encore ce qui la peinerait le plus. Quand, à la première station, je remontai dans notre wagon, je dis à ma grand-mère combien j'étais heureux d'aller à Balbec, que je sentais que tout s'arrangerait bien, qu'au fond je m'habituerais vite à être loin de maman, que ce train était agréable, l'homme du bar et les employés si charmants que j'aurais voulu refaire souvent ce trajet pour avoir la possibilité de les revoir. Ma grand-mère cependant ne paraissait pas éprouver la même joie que moi de toutes ces bonnes nouvelles. Elle me répondit en évitant de me regarder : « Tu devrais peut-être essayer de dormir un peu », et tourna les yeux vers la fenêtre dont nous avions abaissé le rideau qui ne remplissait pas tout le cadre de la vitre, de sorte que le soleil pouvait glisser sur le chêne ciré de la portière et le drap de la banquette (comme une réclame beaucoup plus persuasive pour une vie mêlée à la nature que celles accrochées trop haut dans le wagon, par les soins de la Compagnie, et représentant des paysages dont je ne pouvais pas lire les noms) la même clarté tiède et dormante qui faisait la sieste dans les clairières.

Mais quand ma grand-mère croyait que j'avais les yeux fermés, je la voyais par moments sous son voile à gros pois jeter un regard sur moi puis le retirer, puis recommencer, comme quelqu'un qui cherche à s'efforcer, pour s'y habituer, à un exercice qui lui est pénible.

Alors je lui parlais, mais cela ne semblait pas lui être agréable. Et à moi pourtant ma propre voix me donnait du plaisir, et de même les mouvements les plus insensibles, les plus intérieurs de mon corps. Aussi je tâchais de les faire durer, je laissais chacune de mes inflexions s'attarder longtemps aux mots, je sentais chacun de mes regards se trouver bien là où il s'était posé et y rester au-delà du temps habituel. « Allons, repose-toi, me dit ma grand-mère. Si tu ne peux pas dormir, lis quelque chose. » Et elle me passa un volume de Mme de Sévigné que j'ouvris, pendant qu'elle-même s'absorbait dans les *Mémoires* de Mme de Beausergent[1]. Elle ne voyageait jamais sans un tome de l'une et de l'autre. C'était ses deux auteurs de prédilection. Ne bougeant pas volontiers ma tête en ce moment et éprouvant un grand plaisir à garder une position une fois que je l'avais prise, je restai à tenir le volume de Mme de Sévigné sans l'ouvrir, et je n'abaissai pas sur lui mon regard qui n'avait devant lui que le store bleu de la fenêtre. Mais contempler ce store me paraissait admirable et je n'eusse pas pris la peine de répondre à qui eût voulu me détourner de ma contemplation. La couleur bleue du store me semblait non peut-être par sa beauté mais par sa vivacité intense, effacer à tel point toutes les couleurs qui avaient été devant mes yeux depuis le jour de ma naissance jusqu'au moment où j'avais fini d'avaler ma boisson et où elle avait commencé de faire son effet, qu'à côté de ce bleu du store, elles étaient pour moi aussi ternes, aussi nulles, que peut l'être rétrospectivement l'obscurité où ils ont vécu pour les aveugles-nés qu'on opère sur le tard et qui voient enfin les couleurs. Un vieil employé vint nous demander nos billets. Les reflets argentés qu'avaient les boutons en métal de sa tunique ne laissèrent pas de me charmer. Je voulus lui demander de s'asseoir à côté de nous. Mais il passa dans un autre wagon, et je songeai avec nostalgie à la vie des cheminots, lesquels, passant tout leur temps en chemin de fer, ne devaient guère manquer un seul jour de voir ce vieil employé. Le plaisir que j'éprouvais à regarder le store bleu et à sentir que ma bouche était à demi ouverte commença enfin à diminuer. Je devins plus mobile ; je remuai un peu ; j'ouvris le volume que ma grand-mère m'avait tendu et je pus fixer mon attention sur les pages que je choisis çà et là. Tout

en lisant je sentais grandir mon admiration pour Mme de
Sévigné.

Il ne faut pas se laisser tromper par des particularités
purement formelles qui tiennent à l'époque, à la vie de
salon et qui font que certaines personnes croient qu'elles
ont fait leur Sévigné quand elles ont dit : « Mandez-moi,
ma bonne » ou « Ce comte me parut avoir bien de
l'esprit », ou « Faner est la plus jolie chose du monde[1] ».
Déjà Mme de Simiane s'imagine ressembler à sa grand-
mère, parce qu'elle écrit : « M. de la Boulie se porte à
merveille, Monsieur, et il est fort en état d'entendre des
nouvelles de sa mort », ou « Oh ! mon cher marquis, que
votre lettre me plaît ! Le moyen de ne pas y répondre »,
ou encore : « Il me semble, Monsieur, que vous me devez
une réponse, et moi des tabatières de bergamote. Je m'en
acquitte pour huit, il en viendra d'autres... ; jamais la terre
n'en avait tant porté. C'est apparemment pour vous
plaire. » Et elle écrit dans ce même genre la lettre sur
la saignée, sur les citrons, etc., qu'elle se figure être des
lettres de Mme de Sévigné[2]. Mais ma grand-mère qui était
venue à celle-ci par le dedans, par l'amour pour les siens,
pour la nature, m'avait appris à en aimer les vraies beautés,
qui sont tout autres. Elles devaient bientôt me frapper
d'autant plus que Mme de Sévigné est une grande artiste
de la même famille qu'un peintre que j'allais rencontrer
à Balbec et qui eut une influence si profonde sur ma vision
des choses, Elstir[3]. Je me rendis compte à Balbec que c'est
de la même façon que lui qu'elle nous présente les choses,
dans l'ordre de nos perceptions, au lieu de les expliquer
d'abord par leur cause. Mais déjà cet après-midi-là, dans
ce wagon, en relisant la lettre où apparaît le clair de lune :
« Je ne pus résister à la tentation, je mets toutes mes coiffes
et casaques qui n'étaient pas nécessaires, je vais dans ce
mail dont l'air est bon comme celui de ma chambre ; je
trouve mille coquecigrues, *des moines blancs et noirs, plusieurs
religieuses grises et blanches, du linge jeté par-ci par-là, des
hommes ensevelis tout droits contre des arbres,* etc.[4] », je fus
ravi par ce que j'eusse appelé un peu plus tard (ne
peint-elle pas les paysages de la même façon que lui, les
caractères ?) le côté Dostoïevski des *Lettres de Madame de
Sévigné.*

Quand le soir, après avoir conduit ma grand-mère et
être resté quelques heures chez son amie, j'eus repris seul

le train, du moins je ne trouvai pas pénible la nuit qui vint ; c'est que je n'avais pas à la passer dans la prison d'une chambre dont l'ensommeillement me tiendrait éveillé ; j'étais entouré par la calmante activité de tous ces mouvements du train, qui me tenaient compagnie, s'offraient à causer avec moi si je ne trouvais pas le sommeil, me berçaient de leurs bruits que j'accouplais comme le son des cloches à Combray tantôt sur un rythme tantôt sur un autre (entendant selon ma fantaisie d'abord quatre doubles croches égales, puis une double croche furieusement précipitée contre une noire) ; ils neutralisaient la force centrifuge de mon insomnie en exerçant sur elle des pressions contraires qui me maintenaient en équilibre et sur lesquelles mon immobilité et bientôt mon sommeil se sentirent portés avec la même impression rafraîchissante que m'aurait donnée un repos dû à la vigilance de forces puissantes au sein de la nature et de la vie, si j'avais pu pour un moment m'incarner en quelque poisson qui dort dans la mer, promené dans son assoupissement par les courants et la vague, ou en quelque aigle étendu sur le seul appui de la tempête.

Les levers de soleil sont un accompagnement des longs voyages en chemin de fer, comme les œufs durs, les journaux illustrés, les jeux de cartes, les rivières où des barques s'évertuent sans avancer. À un moment où je dénombrais les pensées qui avaient rempli mon esprit pendant les minutes précédentes, pour me rendre compte si je venais ou non de dormir (et où l'incertitude même qui me faisait me poser la question était en train de me fournir une réponse affirmative), dans le carreau de la fenêtre, au-dessus d'un petit bois noir, je vis des nuages échancrés dont le doux duvet était d'un rose fixé, mort, qui ne changera plus, comme celui qui teint les plumes de l'aile qui l'a assimilé ou le pastel sur lequel l'a déposé la fantaisie du peintre. Mais je sentais qu'au contraire cette couleur n'était ni inertie, ni caprice, mais nécessité et vie. Bientôt s'amoncelèrent derrière elle des réserves de lumière. Elle s'aviva, le ciel devint d'un incarnat que je tâchais, en collant mes yeux à la vitre, de mieux voir car je le sentais en rapport avec l'existence profonde de la nature, mais la ligne du chemin de fer ayant changé de direction, le train tourna, la scène matinale fut remplacée dans le cadre de la fenêtre par un village nocturne aux toits bleus de clair de lune, avec un lavoir encrassé de la nacre opaline de la nuit, sous un ciel encore semé de toutes ses étoiles, et je me désolais d'avoir perdu ma bande de ciel rose quand je l'aperçus de nouveau, mais rouge cette fois, dans la fenêtre d'en face qu'elle abandonna à un deuxième coude de la voie ferrée ; si bien que je passais mon temps à courir d'une fenêtre à l'autre pour rapprocher, pour rentoiler les fragments intermittents et opposites de mon beau matin écarlate et versatile et en avoir une vue totale et un tableau continu.

Le paysage devint accidenté, abrupt, le train s'arrêta à une petite gare entre deux montagnes[1]. On ne voyait au fond de la gorge, au bord du torrent, qu'une maison de garde enfoncée dans l'eau qui coulait au ras des fenêtres. Si un être peut être le produit d'un sol dont on goûte en lui le charme particulier, plus encore que la paysanne que j'avais tant désiré voir apparaître quand j'errais seul du côté de Méséglise, dans les bois de Roussainville, ce devait être la grande fille que je vis sortir de cette maison et, sur le sentier qu'illuminait obliquement le soleil levant, venir vers la gare en portant une jarre de lait. Dans la vallée à qui ces hauteurs cachaient le reste du monde, elle ne devait jamais voir personne que dans ces trains qui ne s'arrêtaient qu'un instant. Elle longea les wagons, offrant du café au lait à quelques voyageurs réveillés. Empourpré des reflets du matin, son visage était plus rose que le ciel. Je ressentis devant elle ce désir de vivre qui renaît en nous chaque fois que nous prenons de nouveau conscience de la beauté et du bonheur. Nous oublions toujours qu'ils sont individuels et, leur substituant dans notre esprit un type de convention que nous formons en faisant une sorte de moyenne entre les différents visages qui nous ont plu, entre les plaisirs que nous avons connus, nous n'avons que des images abstraites qui sont languissantes et fades parce qu'il leur manque précisément ce caractère d'une chose nouvelle, différente de ce que nous avons connu, ce caractère qui est propre à la beauté et au bonheur. Et nous portons sur la vie un jugement pessimiste et que nous supposons juste, car nous avons cru y faire entrer en ligne de compte le bonheur et la beauté, quand nous les avons omis et remplacés par des synthèses où d'eux il n'y a pas un seul atome. C'est ainsi que bâille d'avance d'ennui un lettré à qui on parle d'un nouveau

« beau livre », parce qu'il imagine une sorte de composé
de tous les beaux livres qu'il a lus, tandis qu'un beau livre
est particulier, imprévisible, et n'est pas fait de la somme
de tous les chefs-d'œuvre précédents mais de quelque
chose que s'être parfaitement assimilé cette somme ne suffit
nullement à faire trouver, car c'est justement en dehors
d'elle. Dès qu'il a eu connaissance de cette nouvelle
œuvre, le lettré, tout à l'heure blasé, se sent de l'intérêt
pour la réalité qu'elle dépeint. Telle, étrangère aux
modèles de beauté que dessinait ma pensée quand je me
trouvais seul, la belle fille me donna aussitôt le goût d'un
certain bonheur (seule forme, toujours particulière, sous
laquelle nous puissions connaître le goût du bonheur),
d'un bonheur qui se réaliserait en vivant auprès d'elle.
Mais ici encore la cessation momentanée de l'Habitude
agissait pour une grande part. Je faisais bénéficier la
marchande de lait de ce que c'était mon être au complet,
apte à goûter de vives jouissances, qui était en face d'elle.
C'est d'ordinaire avec notre être réduit au minimum que
nous vivons ; la plupart de nos facultés restent endormies,
parce qu'elles se reposent sur l'habitude qui sait ce qu'il
y a à faire et n'a pas besoin d'elles. Mais par ce matin de
voyage l'interruption de la routine de mon existence, le
changement de lieu et d'heure avaient rendu leur présence
indispensable. Mon habitude qui était sédentaire et n'était
pas matinale, faisait défaut, et toutes mes facultés étaient
accourues pour la remplacer, rivalisant entre elles de zèle
— s'élevant toutes, comme des vagues, à un même niveau
inaccoutumé — de la plus basse à la plus noble, de la
respiration, de l'appétit, et de la circulation sanguine à la
sensibilité et à l'imagination. Je ne sais si, en me faisant
croire que cette fille n'était pas pareille aux autres femmes,
le charme sauvage de ces lieux ajoutait au sien, mais elle
le leur rendait. La vie m'aurait paru délicieuse si seulement
j'avais pu, heure par heure, la passer avec elle, l'accompagner jusqu'au torrent, jusqu'à la vache, jusqu'au train, être
toujours à ses côtés, me sentir connu d'elle, ayant ma place
dans sa pensée. Elle m'aurait initié aux charmes de la vie
rustique et des premières heures du jour. Je lui fis signe
qu'elle vînt me donner du café au lait. J'avais besoin d'être
remarqué d'elle. Elle ne me vit pas, je l'appelai. Au-dessus
de son corps très grand, le teint de sa figure était si doré
et si rose qu'elle avait l'air d'être vue à travers un vitrail

illuminé. Elle revint sur ses pas, je ne pouvais détacher
mes yeux de son visage de plus en plus large, pareil à un
soleil qu'on pourrait fixer et qui s'approcherait jusqu'à
venir tout près de vous, se laissant regarder de près, vous
éblouissant d'or et de rouge. Elle posa sur moi son regard
perçant, mais comme les employés fermaient les portières,
le train se mit en marche ; je la vis quitter la gare et
reprendre le sentier, il faisait grand jour maintenant : je
m'éloignais de l'aurore. Que mon exaltation eût été
produite par cette fille, ou au contraire eût causé la plus
grande partie du plaisir que j'avais eu à me trouver près
d'elle, en tout cas elle était si mêlée à lui que mon désir
de la revoir était avant tout le désir moral de ne pas laisser
cet état d'excitation périr entièrement, de ne pas être
séparé à jamais de l'être qui y avait, même à son insu,
participé. Ce n'est pas seulement que cet état fût agréable.
C'est surtout que (comme la tension plus grande d'une
corde ou la vibration plus rapide d'un nerf produit une
sonorité ou une couleur différente) il donnait une autre
tonalité à ce que je voyais, il m'introduisait comme acteur
dans un univers inconnu et infiniment plus intéressant ;
cette belle fille que j'apercevais encore, tandis que le train
accélérait sa marche, c'était comme une partie d'une vie
autre que celle que je connaissais, séparée d'elle par un
liséré, et où les sensations qu'éveillaient les objets n'étaient
plus les mêmes, et d'où sortir maintenant eût été comme
mourir à moi-même. Pour avoir la douceur de me sentir
du moins rattaché à cette vie, il eût suffi que j'habitasse
assez près de la petite station pour pouvoir venir tous les
matins demander du café au lait à cette paysanne. Mais,
hélas ! elle serait toujours absente de l'autre vie vers
laquelle je m'en allais de plus en plus vite et que je ne
me résignais à accepter qu'en combinant des plans qui me
permettraient un jour de reprendre ce même train et de
m'arrêter à cette même gare, projet qui avait aussi
l'avantage de fournir un aliment à la disposition intéressée,
active, pratique, machinale, paresseuse, centrifuge qui est
celle de notre esprit car il se détourne volontiers de l'effort
qu'il faut pour approfondir en soi-même, d'une façon
générale et désintéressée, une impression agréable que
nous avons eue. Et comme d'autre part nous voulons
continuer à penser à elle, il préfère l'imaginer dans
l'avenir, préparer habilement les circonstances qui pour-

ront la faire renaître, ce qui ne nous apprend rien sur son essence, mais nous évite la fatigue de la recréer en nous-même et nous permet d'espérer la recevoir de nouveau du dehors.

Certains noms de villes, Vézelay ou Chartres, Bourges[1] ou Beauvais servent à désigner, par abréviation, leur église principale. Cette acception partielle où nous le prenons si souvent, finit — s'il s'agit de lieux que nous ne connaissons pas encore — par sculpter le nom tout entier qui dès lors, quand nous voudrons y faire entrer l'idée de la ville — de la ville que nous n'avons jamais vue, — lui imposera — comme un moule — les mêmes ciselures, et du même style, en fera une sorte de grande cathédrale. Ce fut pourtant à une station de chemin de fer, au-dessus d'un buffet, en lettres blanches sur un avertisseur bleu, que je lus le nom, presque de style persan, de Balbec. Je traversai vivement la gare et le boulevard qui y aboutissait, je demandai la grève pour ne voir que l'église et la mer ; on n'avait pas l'air de comprendre ce que je voulais dire. Balbec-le-Vieux, Balbec-en-Terre, où je me trouvais, n'était ni une plage ni un port. Certes, c'était bien dans la mer que les pêcheurs avaient trouvé, selon la légende, le Christ miraculeux dont un vitrail de cette église qui était à quelques mètres de moi racontait la découverte ; c'était bien de falaises battues par les flots qu'avait été tirée la pierre de la nef et des tours[2]. Mais cette mer, qu'à cause de cela j'avais imaginée venant mourir au pied du vitrail, était à plus de cinq lieues de distance, à Balbec-Plage, et, à côté de sa coupole, ce clocher que, parce que j'avais lu qu'il était lui-même une âpre falaise normande où s'amassaient les grains, où tournoyaient les oiseaux, je m'étais toujours représenté comme recevant à sa base la dernière écume des vagues soulevées, il se dressait sur une place où était l'embranchement de deux lignes de tramways, en face d'un café qui portait, écrit en lettres d'or, le mot « Billard » ; il se détachait sur un fond de maisons aux toits desquelles ne se mêlait aucun mât. Et l'église — entrant dans mon attention avec le café, avec le passant à qui il avait fallu demander mon chemin, avec la gare où j'allais retourner — faisait un avec tout le reste, semblait un accident, un produit de cette fin d'après-midi, dans laquelle la coupole moelleuse et gonflée sur le ciel était comme un fruit dont la même lumière qui baignait les cheminées des maisons, mûrissait la peau rose, dorée et fondante. Mais je ne voulus plus penser qu'à la signification éternelle des sculptures, quand je reconnus les Apôtres dont j'avais vu les statues moulées au musée du Trocadéro et qui des deux côtés de la Vierge, devant la baie profonde du porche, m'attendaient comme pour me faire honneur. La figure bienveillante, camuse et douce, le dos voûté, ils semblaient s'avancer d'un air de bienvenue en chantant l'*Alleluia* d'un beau jour. Mais on s'apercevait que leur expression était immuable comme celle d'un mort et ne se modifiait que si on tournait autour d'eux. Je me disais : C'est ici, c'est l'église de Balbec. Cette place qui a l'air de savoir sa gloire, est le seul lieu du monde qui possède l'église de Balbec. Ce que j'ai vu jusqu'ici c'était des photographies de cette église, et, de ces Apôtres, de cette Vierge du porche si célèbres, les moulages seulement. Maintenant c'est l'église elle-même, c'est la statue elle-même, ce sont elles ; elles, les uniques, c'est bien plus.

C'était moins aussi peut-être. Comme un jeune homme, un jour d'examen ou de duel, trouve le fait sur lequel on l'a interrogé, la balle qu'il a tirée, bien peu de chose quand il pense aux réserves de science et de courage qu'il possède et dont il aurait voulu faire preuve, de même mon esprit qui avait dressé la Vierge du porche hors des reproductions que j'en avais eues sous les yeux, inaccessible aux vicissitudes qui pouvaient menacer celles-ci, intacte si on les détruisait, idéale, ayant une valeur universelle, s'étonnait de voir la statue qu'il avait mille fois sculptée réduite maintenant à sa propre apparence de pierre, occupant par rapport à la portée de mon bras une place où elle avait pour rivales une affiche électorale et la pointe de ma canne, enchaînée à la Place, inséparable du débouché de la grand-rue, ne pouvant fuir les regards du café et du bureau d'omnibus, recevant sur son visage la moitié du rayon de soleil couchant — et bientôt, dans quelques heures, de la clarté du réverbère — dont le bureau du Comptoir d'escompte recevait l'autre moitié, gagnée, en même temps que cette succursale d'un établissement de crédit, par le relent des cuisines du pâtissier, soumise à la tyrannie du Particulier au point que, si j'avais voulu tracer ma signature sur cette pierre, c'est elle, la Vierge illustre que jusque-là j'avais douée d'une existence générale et d'une intangible beauté, la Vierge de Balbec, l'unique (ce qui, hélas ! voulait dire la seule), qui, sur son corps encrassé de la même suie que les maisons voisines, aurait, sans pouvoir s'en défaire, montré à tous les admirateurs venus là pour la contempler, la trace de mon morceau de craie et les lettres de mon nom, et c'était elle enfin, l'œuvre d'art immortelle et si longtemps désirée, que je trouvais métamorphosée, ainsi que l'église elle-même, en une petite vieille de pierre dont je pouvais mesurer la hauteur et compter les rides. L'heure passait, il fallait retourner à la gare où je devais attendre ma grand-mère et Françoise pour gagner ensemble Balbec-Plage. Je me rappelais ce que j'avais lu sur Balbec, les paroles de Swann : « C'est délicieux, c'est aussi beau que Sienne. » Et n'accusant de ma déception que des contingences, la mauvaise disposition où j'étais, ma fatigue, mon incapacité de savoir regarder, j'essayais de me consoler en pensant qu'il restait d'autres villes encore intactes pour moi, que je pourrais prochainement peut-être pénétrer, comme au milieu d'une pluie de perles, dans le frais gazouillis des égouttements de Quimperlé, traverser le reflet verdissant et rose qui baignait Pont-Aven ; mais pour Balbec, dès que j'y étais entré, ç'avait été comme si j'avais entrouvert un nom, qu'il eût fallu tenir hermétiquement clos et où, profitant de l'issue que je leur avais imprudemment offerte en chassant toutes les images qui y vivaient jusque-là, un tramway, un café, les gens qui passaient sur la place, la succursale du Comptoir d'escompte, irrésistiblement poussés par une pression externe et une force pneumatique, s'étaient engouffrés à l'intérieur des syllabes qui, refermées sur eux, les laissaient maintenant encadrer le porche de l'église persane et ne cesseraient plus de les contenir.

Dans le petit chemin de fer d'intérêt local qui devait nous conduire à Balbec-Plage, je retrouvai ma grand-mère, mais l'y retrouvai seule — car elle avait imaginé de faire partir avant elle pour que tout fût préparé d'avance (mais lui ayant donné un renseignement faux n'avait réussi qu'à faire partir dans une mauvaise direction) Françoise qui en ce moment sans s'en douter filait à toute vitesse sur Nantes et se réveillerait peut-être à Bordeaux. À peine fus-je assis dans le wagon rempli par la lumière fugitive du couchant et par la chaleur persistante de l'après-midi (la première, hélas ! me permettant de voir en plein sur le visage de

ma grand-mère combien la seconde l'avait fatiguée), elle
me demanda : « Hé bien, Balbec ? » avec un sourire si
ardemment éclairé par l'espérance du grand plaisir qu'elle
pensait que j'avais éprouvé, que je n'osai pas lui avouer
tout d'un coup ma déception. D'ailleurs, l'impression que
mon esprit avait recherchée m'occupait moins au fur et
à mesure que se rapprochait le lieu auquel mon corps aurait
à s'accoutumer. Au terme, encore éloigné de plus d'une
heure, de ce trajet, je cherchais à imaginer le directeur
de l'hôtel de Balbec pour qui j'étais, en ce moment,
inexistant et j'aurais voulu me présenter à lui dans une
compagnie plus prestigieuse que celle de ma grand-mère
qui allait certainement lui demander des rabais. Il
m'apparaissait empreint d'une morgue certaine, mais très
vague de contours.

À tout moment le petit chemin de fer nous arrêtait à
l'une des stations qui précédaient Balbec-Plage et dont les
noms mêmes (Incarville, Marcouville, Doville, Pont-à-
Couleuvre, Arambouville, Saint-Mars-le-Vieux, Hermon-
ville, Maineville) me semblaient étranges, alors que lus
dans un livre ils auraient eu quelque rapport avec les noms
de certaines localités qui étaient voisines de Combray. Mais
à l'oreille d'un musicien deux motifs, matériellement
composés de plusieurs des mêmes notes, peuvent ne
présenter aucune ressemblance, s'ils diffèrent par la
couleur de l'harmonie et de l'orchestration. De même, rien
moins que ces tristes noms faits de sable, d'espace trop
aéré et vide, et de sel, au-dessus desquels le mot « ville »
s'échappait comme vole dans Pigeon-vole, ne me faisait
penser à ces autres noms de Roussainville ou de
Martinville qui, parce que je les avais entendu prononcer
si souvent par ma grand-tante à table, dans la « salle »,
avaient acquis un certain charme sombre où s'étaient
peut-être mélangés des extraits du goût des confitures, de
l'odeur du feu de bois et du papier d'un livre de Bergotte,
de la couleur de grès de la maison d'en face, et qui,
aujourd'hui encore, quand ils remontent comme une bulle
gazeuse du fond de ma mémoire, conservent leur vertu
spécifique à travers les couches superposées de milieux
différents qu'ils ont à franchir avant d'atteindre jusqu'à
la surface.

C'était, dominant la mer lointaine du haut de leur
dune ou s'accommodant déjà pour la nuit au pied de

collines d'un vert cru et d'une forme désobligeante,
comme celle du canapé d'une chambre d'hôtel où l'on
vient d'arriver, composées de quelques villas que prolongeait un terrain de tennis et quelquefois un casino dont
le drapeau claquait au vent fraîchissant, évidé et anxieux,
de petites stations qui me montraient pour la première fois
leurs hôtes habituels, mais me les montraient par leur
dehors — des joueurs de tennis en casquettes blanches, le
chef de gare vivant là, près de ses tamaris et de ses roses,
une dame coiffée d'un « canotier », qui, décrivant le tracé
quotidien d'une vie que je ne connaîtrais jamais, rappelait
son lévrier qui s'attardait, et rentrait dans son chalet où
la lampe était déjà allumée — et qui blessaient cruellement
de ces images étrangement usuelles et dédaigneusement
familières mes regards inconnus et mon cœur dépaysé.
Mais combien ma souffrance s'aggrava quand nous eûmes
débarqué dans le hall du Grand-Hôtel de Balbec[1], en face
de l'escalier monumental qui imitait le marbre, et pendant
que ma grand-mère, sans souci d'accroître l'hostilité et le
mépris des étrangers au milieu desquels nous allions vivre,
discutait les « conditions » avec le directeur, sorte de
poussah à la figure et à la voix pleines de cicatrices (qu'avait
laissées l'extirpation sur l'une, de nombreux boutons, sur
l'autre des divers accents dus à des origines lointaines et
à une enfance cosmopolite), au smoking de mondain, au
regard de psychologue prenant généralement, à l'arrivée
de l'« omnibus », les grands seigneurs pour des râleux
et les rats d'hôtels pour des grands seigneurs ! Oubliant
sans doute que lui-même ne touchait pas cinq cents francs
d'appointements mensuels, il méprisait profondément les
personnes pour qui cinq cents francs, ou plutôt comme
il disait « vingt-cinq louis » est « une somme » et les
considérait comme faisant partie d'une race de parias à
qui n'était pas destiné le Grand-Hôtel. Il est vrai que dans
ce Palace même, il y avait des gens qui ne payaient pas
très cher tout en étant estimés du directeur, à condition
que celui-ci fût certain qu'ils regardaient à dépenser non
pas par pauvreté mais par avarice. Elle ne saurait en effet
rien ôter au prestige, puisqu'elle est un vice et peut par
conséquent se rencontrer dans toutes les situations sociales.
La situation sociale était la seule chose à laquelle le
directeur fît attention, la situation sociale, ou plutôt les
signes qui lui paraissaient impliquer qu'elle était élevée,

comme de ne pas se découvrir en entrant dans le hall, de
porter des knickerbockers, un paletot à taille, et de sortir
un cigare ceint de pourpre et d'or d'un étui en maroquin
écrasé (tous avantages, hélas ! qui me faisaient défaut). Il
émaillait ses propos commerciaux d'expressions choisies,
mais à contresens.

Tandis que j'entendais ma grand-mère, sans se froisser
qu'il l'écoutât son chapeau sur la tête et tout en sifflotant,
lui demander sur une intonation artificielle : « Et quels
sont... vos prix ?... Oh ! beaucoup trop élevés pour mon
petit budget », attendant sur une banquette, je me
réfugiais au plus profond de moi-même, je m'efforçais
d'émigrer dans des pensées éternelles, de ne laisser rien
de moi, rien de vivant, à la surface de mon corps
— insensibilisée comme l'est celle des animaux qui par
inhibition font les morts quand on les blesse —, afin de
ne pas trop souffrir dans ce lieu où mon manque total
d'habitude m'était rendu plus sensible encore par la vue
de celle que semblaient en avoir au même moment une
dame élégante à qui le directeur témoignait son respect
en prenant des familiarités avec le petit chien dont elle
était suivie, le jeune gandin qui, la plume au chapeau,
rentrait en demandant « s'il avait des lettres », tous ces
gens pour qui c'était regagner leur *home* que de gravir les
degrés en faux marbre. Et en même temps le regard de
Minos, Éaque et Rhadamante (regard dans lequel je
plongeai mon âme dépouillée, comme dans un inconnu
où plus rien ne la protégeait) me fut jeté sévèrement par
des messieurs qui, peu versés peut-être dans l'art de
« recevoir », portaient le titre de « chefs de réception » ;
plus loin, derrière un vitrage clos, des gens étaient assis
dans un salon de lecture pour la description duquel il
m'aurait fallu choisir dans le Dante tour à tour les couleurs
qu'il prête au Paradis et à l'Enfer, selon que je pensais
au bonheur des élus qui avaient le droit d'y lire en toute
tranquillité, ou à la terreur que m'eût causée ma
grand-mère si dans son insouci de ce genre d'impressions,
elle m'eût ordonné d'y pénétrer.

Mon impression de solitude s'accrut encore un moment
après. Comme j'avais avoué à ma grand-mère que je n'étais
pas bien, que je croyais que nous allions être obligés de
revenir à Paris, sans protester elle avait dit qu'elle sortait
pour quelques emplettes, utiles aussi bien si nous partions

que si nous restions (et que je sus ensuite m'être toutes
destinées, Françoise ayant avec elle des affaires qui
m'eussent manqué[1]) ; en l'attendant j'étais allé faire les
cent pas dans les rues encombrées d'une foule qui y
maintenait une chaleur d'appartement et où étaient encore
ouverts la boutique du coiffeur et le salon d'un pâtissier
chez lequel des habitués prenaient des glaces, devant la
statue de Duguay-Trouin[2]. Elle me causa à peu près autant
de plaisir que son image au milieu d'un « illustré » peut
en procurer au malade qui le feuillette dans le cabinet
d'attente d'un chirurgien. Je m'étonnais qu'il y eût des
gens assez différents de moi pour que, cette promenade
dans la ville, le directeur eût pu me la conseiller comme
une distraction, et aussi pour que le lieu de supplice qu'est
une demeure nouvelle pût paraître à certains « un séjour
de délices » comme disait le prospectus de l'hôtel qui
pouvait exagérer, mais pourtant s'adressait à toute une
clientèle dont il flattait les goûts. Il est vrai qu'il invoquait,
pour la faire venir au Grand-Hôtel de Balbec, non
seulement « la chère exquise » et le « coup d'œil féerique
des jardins du Casino », mais encore les « arrêts de Sa
Majesté la Mode, qu'on ne peut violer impunément sans
passer pour un béotien, ce à quoi aucun homme bien élevé
ne voudrait s'exposer ».

Le besoin que j'avais de ma grand-mère était grandi par
ma crainte de lui avoir causé une désillusion. Elle devait
être découragée, sentir que si je ne supportais pas cette
fatigue c'était à désespérer qu'aucun voyage pût me faire
du bien. Je me décidai à rentrer l'attendre ; le directeur
vint lui-même pousser un bouton : et un personnage
encore inconnu de moi, qu'on appelait « lift » (et qui au
point le plus haut de l'hôtel, là où serait le lanternon d'une
église normande, était installé comme un photographe
derrière son vitrage ou comme un organiste dans sa
chambre), se mit à descendre vers moi avec l'agilité d'un
écureuil domestique, industrieux et captif. Puis en glissant
de nouveau le long d'un pilier il m'entraîna à sa suite vers
le dôme de la nef commerciale. À chaque étage, des deux
côtés de petits escaliers de communication, se dépliaient
en éventails de sombres galeries, dans lesquelles, portant
un traversin, passait une femme de chambre. J'appliquais
à son visage rendu indécis par le crépuscule, le masque
de mes rêves les plus passionnés, mais lisais dans son regard

tourné vers moi l'horreur de mon néant. Cependant pour dissiper, au cours de l'interminable ascension, l'angoisse mortelle que j'éprouvais à traverser en silence le mystère de ce clair-obscur sans poésie, éclairé d'une seule rangée verticale de verrières que faisait l'unique water-closet de chaque étage, j'adressai la parole au jeune organiste, artisan de mon voyage et compagnon de ma captivité, lequel continuait à tirer les registres de son instrument et à pousser les tuyaux. Je m'excusai de tenir autant de place, de lui donner tellement de peine, et lui demandai si je ne le gênais pas dans l'exercice d'un art à l'endroit duquel, pour flatter le virtuose, je fis plus que manifester de la curiosité, je confessai ma prédilection. Mais il ne me répondit pas, soit étonnement de mes paroles, attention à son travail, souci de l'étiquette, dureté de son ouïe, respect du lieu, crainte du danger, paresse d'intelligence ou consigne du directeur.

Il n'est peut-être rien qui donne plus l'impression de la réalité de ce qui nous est extérieur, que le changement de la position, par rapport à nous, d'une personne même insignifiante, avant que nous l'ayons connue, et après. J'étais le même homme qui avait pris à la fin de l'après-midi le petit chemin de fer de Balbec, je portais en moi la même âme. Mais dans cette âme, à l'endroit où, à six heures, il y avait, avec l'impossibilité d'imaginer le directeur, le Palace, son personnel, une attente vague et craintive du moment où j'arriverais, se trouvaient maintenant les boutons extirpés dans la figure du directeur cosmopolite (en réalité naturalisé Monégasque, bien qu'il fût — comme il disait parce qu'il employait toujours des expressions qu'il croyait distinguées, sans s'apercevoir qu'elles étaient vicieuses — « d'originalité roumaine »), son geste pour sonner le lift, le lift lui-même, toute une frise de personnages de guignol sortis de cette boîte de Pandore qu'était le Grand-Hôtel, indéniables, inamovibles, et comme tout ce qui est réalisé, stérilisants. Mais du moins ce changement dans lequel je n'étais pas intervenu me prouvait qu'il s'était passé quelque chose d'extérieur à moi — si dénuée d'intérêt que cette chose fût en soi — et j'étais comme le voyageur qui ayant eu le soleil devant lui en commençant une course, constate que les heures ont passé quand il le voit derrière lui. J'étais brisé par la fatigue, j'avais la fièvre, je me serais bien couché, mais je n'avais

rien de ce qu'il eût fallu pour cela. J'aurais voulu au moins
m'étendre un instant sur le lit, mais à quoi bon puisque
je n'aurais pu y faire trouver de repos à cet ensemble de
sensations qui est pour chacun de nous son corps conscient,
sinon son corps matériel, et puisque les objets inconnus
qui l'encerclaient, en le forçant à mettre ses perceptions
sur le pied permanent d'une défensive vigilante, auraient
maintenu mes regards, mon ouïe, tous mes sens, dans une
position aussi réduite et incommode (même si j'avais
allongé mes jambes) que celle du cardinal La Balue[1] dans
la cage où il ne pouvait ni se tenir debout ni s'asseoir.
C'est notre attention qui met des objets dans une chambre,
et l'habitude qui les en retire et nous y fait de la place.
De la place, il n'y en avait pas pour moi dans ma chambre
de Balbec (mienne de nom seulement), elle était pleine
de choses qui ne me connaissaient pas, me rendirent le
coup d'œil méfiant que je leur jetai et sans tenir aucun
compte de mon existence, témoignèrent que je dérangeais
le train-train de la leur. La pendule — alors qu'à la maison
je n'entendais la mienne que quelques secondes par
semaine, seulement quand je sortais d'une profonde
méditation — continua sans s'interrompre un instant à
tenir dans une langue inconnue des propos qui devaient
être désobligeants pour moi, car les grands rideaux violets
l'écoutaient sans répondre mais dans une attitude analogue
à celle des gens qui haussent les épaules pour montrer que
la vue d'un tiers les irrite. Ils donnaient à cette chambre
si haute un caractère quasi historique qui eût pu la rendre
appropriée à l'assassinat du duc de Guise[2], et plus tard
à une visite de touristes conduits par un guide de l'agence
Cook, — mais nullement à mon sommeil. J'étais
tourmenté par la présence de petites bibliothèques à
vitrines, qui couraient le long des murs, mais surtout par
une grande glace à pieds, arrêtée en travers de la pièce
et avant le départ de laquelle je sentais qu'il n'y aurait
pas pour moi de détente possible. Je levais à tout moment
mes regards — que les objets de ma chambre de Paris
ne gênaient pas plus que ne faisaient mes propres
prunelles, car ils n'étaient plus que des annexes de mes
organes, un agrandissement de moi-même — vers le
plafond surélevé de ce belvédère situé au sommet de
l'hôtel et que ma grand-mère avait choisi pour moi ; et,
jusque dans cette région plus intime que celle où nous

voyons et où nous entendons, dans cette région où nous éprouvons la qualité des odeurs, c'était presque à l'intérieur de mon moi que celle du vétiver venait pousser dans mes derniers retranchements son offensive, à laquelle j'opposais non sans fatigue la riposte inutile et incessante d'un reniflement alarmé. N'ayant plus d'univers, plus de chambre, plus de corps que menacé par les ennemis qui m'entouraient, qu'envahi jusque dans les os par la fièvre, j'étais seul, j'avais envie de mourir. Alors ma grand-mère entra ; et à l'expansion de mon cœur refoulé s'ouvrirent aussitôt des espaces infinis.

Elle portait une robe de chambre de percale qu'elle revêtait à la maison chaque fois que l'un de nous était malade (parce qu'elle s'y sentait plus à l'aise, disait-elle, attribuant toujours à ce qu'elle faisait des mobiles égoïstes), et qui était pour nous soigner, pour nous veiller, sa blouse de servante et de garde, son habit de religieuse. Mais tandis que les soins de celles-là, la bonté qu'elles ont, le mérite qu'on leur trouve et la reconnaissance qu'on leur doit, augmentent encore l'impression qu'on a d'être, pour elles, un autre, de se sentir seul, gardant pour soi la charge de ses pensées, de son propre désir de vivre, je savais, quand j'étais avec ma grand-mère, si grand chagrin qu'il y eût en moi, qu'il serait reçu dans une pitié plus vaste encore ; que tout ce qui était mien, mes soucis, mon vouloir, serait, en ma grand-mère, étayé sur un désir de conservation et d'accroissement de ma propre vie autrement fort que celui que j'avais moi-même ; et mes pensées se prolongeaient en elle sans subir de déviation parce qu'elles passaient de mon esprit dans le sien sans changer de milieu, de personne. Et — comme quelqu'un qui veut nouer sa cravate devant une glace sans comprendre que le bout qu'il voit n'est pas placé par rapport à lui du côté où il dirige sa main, ou comme un chien qui poursuit à terre l'ombre dansante d'un insecte — trompé par l'apparence du corps comme on l'est dans ce monde où nous ne percevons pas directement les âmes, je me jetai dans les bras de ma grand-mère et je suspendis mes lèvres à sa figure comme si j'accédais ainsi à ce cœur immense qu'elle m'ouvrait. Quand j'avais ainsi ma bouche collée à ses joues, à son front, j'y puisais quelque chose de si bienfaisant, de si nourricier, que je gardais l'immobilité, le sérieux, la tranquille avidité d'un enfant qui tète.

Je regardais ensuite sans me lasser son grand visage découpé comme un beau nuage ardent et calme, derrière lequel on sentait rayonner la tendresse. Et tout ce qui recevait encore, si faiblement que ce fût, un peu de ses sensations, tout ce qui pouvait ainsi être dit encore à elle en était aussitôt si spiritualisé, si sanctifié que de mes paumes je lissais ses beaux cheveux à peine gris avec autant de respect, de précaution et de douceur que si j'y avais caressé sa bonté. Elle trouvait un tel plaisir dans toute peine qui m'en épargnait une, et, dans un moment d'immobilité et de calme pour mes membres fatigués, quelque chose de si délicieux, que quand, ayant vu qu'elle voulait m'aider à me coucher et me déchausser, je fis le geste de l'en empêcher et de commencer à me déshabiller moi-même, elle arrêta d'un regard suppliant mes mains qui touchaient aux premiers boutons de ma veste et de mes bottines.

« Oh, je t'en prie, me dit-elle. C'est une telle joie pour ta grand-mère. Et surtout ne manque pas de frapper au mur si tu as besoin de quelque chose cette nuit, mon lit est adossé au tien, la cloison est très mince. D'ici un moment quand tu seras couché, fais-le, pour voir si nous nous comprenons bien. »

Et, en effet, ce soir-là, je frappai trois coups — que, une semaine plus tard quand je fus souffrant je renouvelai pendant quelques jours tous les matins parce que ma grand-mère voulait me donner du lait de bonne heure. Alors quand je croyais entendre qu'elle était réveillée — pour qu'elle n'attendît pas et pût, tout de suite après, se rendormir — je risquais trois petits coups, timidement, faiblement, distinctement malgré tout, car si je craignais d'interrompre son sommeil dans le cas où je me serais trompé et où elle eût dormi, je n'aurais pas voulu non plus qu'elle continuât d'épier un appel qu'elle n'aurait pas distingué d'abord et que je n'oserais pas renouveler. Et à peine j'avais frappé mes coups que j'en entendais trois autres, d'une intonation différente ceux-là, empreints d'une calme autorité, répétés à deux reprises pour plus de clarté et qui disaient : « Ne t'agite pas, j'ai entendu ; dans quelques instants je serai là » ; et bientôt après ma grand-mère arrivait. Je lui disais que j'avais eu peur qu'elle ne m'entendît pas ou crût que c'était un voisin qui avait frappé ; elle riait :

« Confondre les coups de mon pauvre chou[1] avec d'autres, mais entre mille sa grand-mère les reconnaîtrait ! Crois-tu donc qu'il y en ait d'autres au monde qui soient aussi bêtas, aussi fébriles, aussi partagés entre la crainte de me réveiller et de ne pas être compris ? Mais quand même elle se contenterait d'un grattement on reconnaîtrait tout de suite sa petite souris, surtout quand elle est aussi unique et à plaindre que la mienne. Je l'entendais déjà depuis un moment qui hésitait, qui se remuait dans le lit, qui faisait tous ses manèges. »

Elle entrouvrait les persiennes ; à l'annexe en saillie de l'hôtel, le soleil était déjà installé sur les toits comme un couvreur matinal qui commence tôt son ouvrage et l'accomplit en silence pour ne pas réveiller la ville qui dort encore et de laquelle l'immobilité le fait paraître plus agile. Elle me disait l'heure, le temps qu'il ferait, que ce n'était pas la peine que j'allasse jusqu'à la fenêtre, qu'il y avait de la brume sur la mer, si la boulangerie était déjà ouverte, quelle était cette voiture qu'on entendait : tout cet insignifiant lever de rideau, ce négligeable *introït* du jour auquel personne n'assiste, petit morceau de vie qui n'était qu'à nous deux, que j'évoquerais volontiers dans la journée devant Françoise ou des étrangers en parlant du brouillard à couper au couteau qu'il y avait eu le matin à six heures, avec l'ostentation non d'un savoir acquis, mais d'une marque d'affection reçue par moi seul ; doux instant matinal qui s'ouvrait comme une symphonie par le dialogue rythmé de mes trois coups auquel la cloison pénétrée de tendresse et de joie, devenue harmonieuse, immatérielle, chantant comme les anges, répondait par trois autres coups, ardemment attendus, deux fois répétés, et où elle savait transporter l'âme de ma grand-mère tout entière et la promesse de sa venue, avec une allégresse d'annonciation et une fidélité musicale. Mais cette première nuit d'arrivée, quand ma grand-mère m'eut quitté, je recommençai à souffrir, comme j'avais déjà souffert à Paris au moment de quitter la maison. Peut-être cet effroi que j'avais — qu'ont tant d'autres — de coucher dans une chambre inconnue, peut-être cet effroi n'est-il que la forme la plus humble, obscure, organique, presque inconsciente, de ce grand refus désespéré qu'opposent les choses qui constituent le meilleur de notre vie présente à ce que nous revêtions mentalement de notre acceptation la formule d'un avenir où elles ne figurent pas ; refus qui était au fond de l'horreur que m'avait fait si souvent éprouver la pensée que mes parents mourraient un jour, que les nécessités de la vie pourraient m'obliger à vivre loin de Gilberte, ou simplement à me fixer définitivement dans un pays où je ne verrais plus jamais mes amis ; refus qui était encore au fond de la difficulté que j'avais à penser à ma propre mort ou à une survie comme celle que Bergotte promettait aux hommes dans ses livres, dans laquelle je ne pourrais emporter mes souvenirs, mes défauts, mon caractère qui ne se résignaient pas à l'idée de ne plus être et ne voulaient pour moi ni du néant, ni d'une éternité où ils ne seraient plus.

Quand Swann m'avait dit à Paris, un jour que j'étais particulièrement souffrant : « Vous devriez partir pour ces délicieuses îles de l'Océanie, vous verrez que vous n'en reviendrez plus », j'aurais voulu lui répondre : « Mais alors je ne verrai plus votre fille, je vivrai au milieu de choses et de gens qu'elle n'a jamais vus. » Et pourtant ma raison me disait : « Qu'est-ce que cela peut faire, puisque tu n'en seras pas affligé ? Quand M. Swann te dit que tu ne reviendras pas, il entend par là que tu ne voudras pas revenir, et puisque tu ne le voudras pas, c'est que, là-bas, tu seras heureux. » Car ma raison savait que l'habitude — l'habitude qui allait assumer maintenant l'entreprise de me faire aimer ce logis inconnu, de changer la place de la glace, la nuance des rideaux, d'arrêter la pendule — se charge aussi bien de nous rendre chers les compagnons qui nous avaient déplu d'abord, de donner une autre forme aux visages, de rendre sympathique le son d'une voix, de modifier l'inclination des cœurs. Certes ces amitiés nouvelles pour des lieux et des gens ont pour trame l'oubli des anciennes ; mais justement ma raison pensait que je pouvais envisager sans terreur la perspective d'une vie où je serais à jamais séparé d'êtres dont je perdrais le souvenir, et c'est comme une consolation qu'elle offrait à mon cœur une promesse d'oubli qui ne faisait au contraire qu'affoler son désespoir. Ce n'est pas que notre cœur ne doive éprouver, lui aussi, quand la séparation sera consommée, les effets analgésiques de l'habitude ; mais jusque-là il continuera de souffrir. Et la crainte d'un avenir où nous seront enlevés la vue et l'entretien de ceux que nous aimons et d'où nous tirons

aujourd'hui notre plus chère joie, cette crainte, loin de
se dissiper, s'accroît, si à la douleur d'une telle privation
nous pensons que s'ajoutera ce qui pour nous semble
actuellement plus cruel encore : ne pas la ressentir comme
une douleur, y rester indifférent ; car alors notre moi serait
changé : ce ne serait plus seulement le charme de nos
parents, de notre maîtresse, de nos amis, qui ne serait plus
autour de nous ; notre affection pour eux aurait été si
parfaitement arrachée de notre cœur dont elle est
aujourd'hui une notable part, que nous pourrions nous
plaire à cette vie séparée d'eux dont la pensée nous fait
horreur aujourd'hui ; ce serait donc une vraie mort de
nous-même, mort suivie, il est vrai, de résurrection, mais
en un moi différent et jusqu'à l'amour duquel ne peuvent
s'élever les parties de l'ancien moi condamnées à mourir.
Ce sont elles — même les plus chétives, comme les obscurs
attachements aux dimensions, à l'atmosphère d'une chambre — qui s'effarent et refusent, en des rébellions où il
faut voir un mode secret, partiel, tangible et vrai de la
résistance à la mort, de la longue résistance désespérée
et quotidienne à la mort fragmentaire et successive telle
qu'elle s'insère dans toute la durée de notre vie, détachant
de nous à chaque moment des lambeaux de nous-mêmes
sur la mortification desquels des cellules nouvelles multi-
plieront. Et pour une nature nerveuse comme était la
mienne (c'est-à-dire chez qui les intermédiaires, les nerfs,
remplissent mal leurs fonctions, n'arrêtent pas dans sa
route vers la conscience, mais y laissent au contraire
parvenir, distincte, épuisante, innombrable et douloureuse, la plainte des plus humbles éléments du moi qui
vont disparaître), l'anxieuse alarme que j'éprouvais sous
ce plafond inconnu et trop haut n'était que la protestation
d'une amitié qui survivait en moi pour un plafond familier
et bas. Sans doute cette amitié disparaîtrait, une autre ayant
pris sa place (alors la mort, puis une nouvelle vie auraient,
sous le nom d'Habitude, accompli leur œuvre double) ;
mais jusqu'à son anéantissement, chaque soir elle souffri-
rait, et ce premier soir-là surtout, mise en présence d'un
avenir déjà réalisé où il n'y avait plus de place pour elle,
elle se révoltait, elle me torturait du cri de ses lamentations
chaque fois que mes regards, ne pouvant se détourner de
ce qui les blessait, essayaient de se poser au plafond
inaccessible.

Mais le lendemain matin ! — après qu'un domestique fut venu m'éveiller et m'apporter de l'eau chaude, et pendant que je faisais ma toilette et essayais vainement de trouver les affaires dont j'avais besoin dans ma malle d'où je ne tirais, pêle-mêle, que celles qui ne pouvaient me servir à rien, quelle joie, pensant déjà au plaisir du déjeuner et de la promenade, de voir dans la fenêtre et dans toutes les vitrines des bibliothèques, comme dans les hublots d'une cabine de navire, la mer nue, sans ombrages et pourtant à l'ombre sur une moitié de son étendue que délimitait une ligne mince et mobile, et de suivre des yeux les flots qui s'élançaient l'un après l'autre comme des sauteurs sur un tremplin ! À tous moments, tenant à la main la serviette raide et empesée où était écrit le nom de l'hôtel et avec laquelle je faisais d'inutiles efforts pour me sécher, je retournais près de la fenêtre jeter encore un regard sur ce vaste cirque éblouissant et montagneux et sur les sommets neigeux de ses vagues en pierre d'émeraude çà et là polie et translucide, lesquelles avec une placide violence et un froncement léonin laissaient s'accomplir et dévaler l'écroulement de leurs pentes auxquelles le soleil ajoutait un sourire sans visage. Fenêtre à laquelle je devais ensuite me mettre chaque matin comme au carreau d'une diligence dans laquelle on a dormi, pour voir si pendant la nuit s'est rapprochée ou éloignée une chaîne désirée — ici ces collines de la mer qui avant de revenir vers nous en dansant, peuvent reculer si loin que souvent ce n'était qu'après une longue plaine sablonneuse que j'apercevais à une grande distance leurs premières ondulations, dans un lointain transparent, vaporeux et bleuâtre comme ces glaciers qu'on voit au fond des tableaux des primitifs toscans. D'autres fois c'était tout près de moi que le soleil riait sur ces flots d'un vert aussi tendre que celui que conserve aux prairies alpestres (dans les montagnes où le soleil s'étale çà et là comme un géant qui en descendrait gaiement, par bonds inégaux, les pentes) moins l'humidité du sol que la liquide mobilité de la lumière[1]. Au reste, dans cette brèche que la plage et les flots pratiquent au milieu du reste du monde pour y faire passer, pour y accumuler la lumière, c'est elle surtout, selon la direction d'où elle vient et que suit notre œil, c'est elle qui déplace et situe les vallonnements de la mer. La diversité de l'éclairage ne modifie pas moins l'orientation d'un lieu, ne dresse pas moins devant nous de nouveaux buts qu'il nous donne le désir d'atteindre, que ne ferait un trajet longuement et effectivement parcouru en voyage. Quand, le matin, le soleil venait de derrière l'hôtel, découvrant devant moi les grèves illuminées jusqu'aux premiers contreforts de la mer, il semblait m'en montrer un autre versant et m'engager à poursuivre, sur la route tournante de ses rayons, un voyage immobile et varié à travers les plus beaux sites du paysage accidenté des heures. Et dès ce premier matin le soleil me désignait au loin d'un doigt souriant ces cimes bleues de la mer qui n'ont de nom sur aucune carte géographique, jusqu'à ce qu'étourdi de sa sublime promenade à la surface retentissante et chaotique de leurs crêtes et de leurs avalanches, il vînt se mettre à l'abri du vent dans ma chambre, se prélassant sur le lit défait et égrenant ses richesses sur le lavabo mouillé, dans la malle ouverte, où, par sa splendeur même et son luxe déplacé, il ajoutait encore à l'impression du désordre. Hélas, le vent de mer, une heure plus tard, dans la grande salle à manger — tandis que nous déjeunions et que, de la gourde de cuir d'un citron, nous répandions quelques gouttes d'or sur deux soles qui bientôt laissèrent dans nos assiettes le panache de leurs arêtes, frisé comme une plume et sonore comme une cithare — il parut cruel à ma grand-mère de n'en pas sentir le souffle vivifiant à cause du châssis transparent mais clos qui, comme une vitrine, nous séparait de la plage tout en nous la laissant entièrement voir et dans lequel le ciel entrait si complètement que son azur avait l'air d'être la couleur des fenêtres et ses nuages blancs, un défaut du verre. Me persuadant que j'étais « assis sur le môle » ou au fond du « boudoir » dont parle Baudelaire, je me demandais si son « soleil rayonnant sur la mer[1] », ce n'était pas — bien différent du rayon du soir, simple et superficiel comme un trait doré et tremblant — celui qui en ce moment brûlait la mer comme une topaze, la faisait fermenter, devenir blonde et laiteuse comme de la bière, écumante comme du lait, tandis que par moments s'y promenaient çà et là de grandes ombres bleues que quelque dieu semblait s'amuser à déplacer, en bougeant un miroir dans le ciel. Malheureusement ce n'était pas seulement par son aspect que différait de la « salle » de Combray donnant sur les maisons d'en face, cette salle à

manger de Balbec, nue, emplie de soleil vert comme l'eau
d'une piscine, et à quelques mètres de laquelle la marée
pleine et le grand jour élevaient, comme devant la cité
céleste, un rempart indestructible et mobile d'émeraude
et d'or. À Combray, comme nous étions connus de tout
le monde, je ne me souciais de personne. Dans la vie de
bains de mer on ne connaît pas ses voisins. Je n'étais pas
encore assez âgé et j'étais resté trop sensible pour avoir
renoncé au désir de plaire aux êtres et de les posséder.
Je n'avais pas l'indifférence plus noble qu'aurait éprouvée
un homme du monde à l'égard des personnes qui
déjeunaient dans la salle à manger, ni des jeunes gens et
des jeunes filles passant sur la digue, avec lesquels je
souffrais de penser que je ne pourrais pas faire d'excursions, moins pourtant que si ma grand-mère, dédaigneuse
des formes mondaines et ne s'occupant que de ma santé,
leur avait adressé la demande, humiliante pour moi, de
m'agréer comme compagnon de promenade. Soit qu'ils
rentrassent vers quelque chalet inconnu, soit qu'ils en
sortissent pour se rendre raquette en main à un terrain
de tennis, ou montassent sur des chevaux dont les sabots
me piétinaient le cœur, je les regardais avec une curiosité
passionnée, dans cet éclairage aveuglant de la plage où
les proportions sociales sont changées, je suivais tous leurs
mouvements à travers la transparence de cette grande baie
vitrée qui laissait passer tant de lumière. Mais elle
interceptait le vent et c'était un défaut à l'avis de ma
grand-mère qui ne pouvant supporter l'idée que je perdisse
le bénéfice d'une heure d'air, ouvrit subrepticement un
carreau et fit envoler du même coup, avec les menus, les
journaux, voiles et casquettes de toutes les personnes qui
étaient en train de déjeuner ; elle-même, soutenue par le
souffle céleste, restait calme et souriante comme sainte
Blandine, au milieu des invectives qui, augmentant mon
impression d'isolement et de tristesse, réunissaient contre
nous les touristes méprisants, dépeignés et furieux.

Pour une certaine partie — ce qui, à Balbec, donnait
à la population, d'ordinaire banalement riche et cosmopolite, de ces sortes d'hôtels de grand luxe, un caractère
régional assez accentué — ils se composaient de personnalités éminentes des principaux départements de cette partie
de la France, d'un premier président de Caen, d'un
bâtonnier de Cherbourg, d'un grand notaire du Mans qui

à l'époque des vacances, partant des points sur lesquels
toute l'année ils étaient disséminés en tirailleurs ou comme
des pions au jeu de dames, venaient se concentrer dans
cet hôtel. Ils y conservaient toujours les mêmes chambres,
et, avec leurs femmes qui avaient des prétentions à
l'aristocratie, formaient un petit groupe, auquel s'étaient
adjoints un grand avocat et un grand médecin de Paris
qui le jour du départ leur disaient :

« Ah ! c'est vrai, vous ne prenez pas le même train que
nous, vous êtes privilégiés, vous serez rendus pour le
déjeuner.

— Comment privilégiés ? Vous qui habitez la capitale,
Paris, la grand-ville, tandis que j'habite un pauvre chef-lieu
de cent mille âmes, il est vrai cent deux mille au dernier
recensement ; mais qu'est-ce à côté de vous qui en comptez
deux millions cinq cent mille, et qui allez retrouver
l'asphalte et tout l'éclat du monde parisien ? »

Ils le disaient avec un roulement d'*r* paysan, sans y
mettre d'aigreur, car c'étaient des lumières de leur
province qui auraient pu comme d'autres venir à Paris
— on avait plusieurs fois offert au premier président de
Caen un siège à la Cour de cassation — mais avaient
préféré rester sur place, par amour de leur ville, ou de
l'obscurité, ou de la gloire, ou parce qu'ils étaient
réactionnaires, et pour l'agrément des relations de
voisinage avec les châteaux. Plusieurs d'ailleurs ne
regagnaient pas tout de suite leur chef-lieu.

Car — comme la baie de Balbec était un petit univers
à part au milieu du grand, une corbeille des saisons où
étaient rassemblés en cercle les jours variés et les mois
successifs, si bien que, non seulement les jours où on
apercevait Rivebelle[1], ce qui était signe d'orage, on y
distinguait du soleil sur les maisons pendant qu'il faisait
noir à Balbec, mais encore que quand les froids avaient
gagné Balbec, on était certain de trouver sur cette autre
rive deux ou trois mois supplémentaires de chaleur — ceux
de ces habitués du Grand-Hôtel dont les vacances
commençaient tard ou duraient longtemps faisaient, quand
arrivaient les pluies et les brumes, à l'approche de
l'automne, charger leurs malles sur une barque, et
traversaient rejoindre l'été à Rivebelle ou à Costedor. Ce
petit groupe de l'hôtel de Balbec regardait d'un air méfiant
chaque nouveau venu, et, en ayant l'air de ne pas

s'intéresser à lui, tous interrogeaient sur son compte
leur ami le maître d'hôtel. Car c'était le même — Aimé
— qui revenait tous les ans faire la saison et leur gardait
leurs tables ; et mesdames leurs épouses, sachant que sa
femme attendait un bébé, travaillaient après les repas
chacune à une pièce de la layette, tout en nous toisant avec
leur face-à-main, ma grand-mère et moi, parce que nous
mangions des œufs durs dans la salade, ce qui était réputé
commun et ne se faisait pas dans la bonne société
d'Alençon. Ils affectaient une attitude de méprisante ironie
à l'égard d'un Français qu'on appelait Majesté et qui s'était,
en effet, proclamé lui-même roi d'un petit îlot de l'Océanie
peuplé par quelques sauvages. Il habitait l'hôtel avec sa
jolie maîtresse, sur le passage de qui, quand elle allait se
baigner, les gamins criaient : « Vive la reine ! » parce
qu'elle faisait pleuvoir sur eux des pièces de cinquante
centimes[1]. Le premier président et le bâtonnier ne
voulaient même pas avoir l'air de la voir, et si quelqu'un
de leurs amis la regardait, ils croyaient devoir le prévenir
que c'était une petite ouvrière.

« Mais on m'avait assuré qu'à Ostende ils usaient de
la cabine royale.

— Naturellement ! On la loue pour vingt francs. Vous
pouvez la prendre si cela vous fait plaisir. Et je sais
pertinemment que, lui, avait fait demander une audience
au roi qui lui a fait savoir qu'il n'avait pas à connaître ce
souverain de Guignol.

— Ah, vraiment, c'est intéressant ! il y a tout de même
des gens !... »

Et sans doute tout cela était vrai, mais c'était aussi par
ennui de sentir que pour une bonne partie de la foule ils
n'étaient, eux, que de bons bourgeois qui ne connaissaient
pas ce roi et cette reine prodigues de leur monnaie, que
le notaire, le président, le bâtonnier, au passage de ce qu'ils
appelaient un carnaval, éprouvaient tant de mauvaise
humeur et manifestaient tout haut une indignation au
courant de laquelle était leur ami le maître d'hôtel,
qui, obligé de faire bon visage aux souverains plus
généreux qu'authentiques, cependant tout en prenant
leur commande, adressait de loin à ses vieux clients
un clignement d'œil significatif. Peut-être y avait-il
aussi un peu de ce même ennui d'être par erreur crus
moins « chic » et de ne pouvoir expliquer qu'ils l'étaient

davantage, au fond du « Joli Monsieur ! » dont ils
qualifiaient un jeune gommeux, fils poitrinaire et fêtard
d'un grand industriel et qui, tous les jours, dans un veston
nouveau, une orchidée à la boutonnière, déjeunait au
champagne, et allait, pâle, impassible, un sourire d'indifférence aux lèvres, jeter au Casino sur la table de baccara
des sommes énormes « qu'il n'a pas les moyens de
perdre », disait d'un air renseigné le notaire au premier
président duquel la femme « tenait de bonne source »
que ce jeune homme « fin de siècle » faisait mourir de
chagrin ses parents[1].

D'autre part, le bâtonnier et ses amis ne tarissaient pas
de sarcasmes au sujet d'une vieille dame riche et titrée,
parce qu'elle ne se déplaçait qu'avec tout son train de
maison. Chaque fois que la femme du notaire et la femme
du premier président la voyaient dans la salle à manger
au moment des repas, elles l'inspectaient insolemment avec
leur face-à-main du même air minutieux et défiant que si
elle avait été quelque plat au nom pompeux mais à
l'apparence suspecte qu'après le résultat défavorable d'une
observation méthodique on fait éloigner, avec un geste
distant et une grimace de dégoût.

Sans doute par là voulaient-elles seulement montrer que
s'il y avait certaines choses dont elles manquaient — dans
l'espèce certaines prérogatives de la vieille dame, et être
en relations avec elle —, c'était non pas parce qu'elles ne
pouvaient, mais ne voulaient pas les posséder. Mais elles
avaient fini par s'en convaincre elles-mêmes ; et c'est la
suppression de tout désir, de la curiosité pour les formes
de la vie qu'on ne connaît pas, de l'espoir de plaire à de
nouveaux êtres, remplacés chez ces femmes par un dédain
simulé, par une allégresse factice, qui avait l'inconvénient
de leur faire mettre du déplaisir sous l'étiquette de
contentement et se mentir perpétuellement à elles-mêmes,
deux conditions pour qu'elles fussent malheureuses. Mais
tout le monde dans cet hôtel agissait sans doute de la même
manière qu'elles, bien que sous d'autres formes, et
sacrifiait, sinon à l'amour propre, du moins à certains
principes d'éducation ou à des habitudes intellectuelles,
le trouble délicieux de se mêler à une vie inconnue. Sans
doute le microcosme dans lequel s'isolait la vieille dame
n'était pas empoisonné de virulentes aigreurs comme le
groupe où ricanaient de rage la femme du notaire et du

premier président. Il était au contraire, embaumé d'un
parfum fin et vieillot mais qui n'était pas moins factice.
Car au fond, la vieille dame eût probablement trouvé, à
séduire, à s'attacher (en se renouvelant pour cela
elle-même) la sympathie mystérieuse d'êtres nouveaux, un
charme dont est dénué le plaisir qu'il y a à ne fréquenter
que des gens de son monde et à se rappeler que, ce monde
étant le meilleur qui soit, le dédain mal informé d'autrui
est négligeable. Peut-être sentait-elle que, si elle était
arrivée inconnue au Grand-Hôtel de Balbec, elle eût avec
sa robe de laine noire et son bonnet démodé fait sourire
quelque noceur qui de son « rocking » eût murmuré
« quelle purée ! » ou surtout quelque homme de valeur
ayant gardé, comme le premier président entre ses favoris
poivre et sel, un visage frais et des yeux spirituels comme
elle les aimait, et qui eût aussitôt désigné à la lentille
rapprochante du face-à-main conjugal l'apparition de ce
phénomène insolite ; et peut-être était-ce par inconsciente
appréhension de cette première minute qu'on sait courte
mais qui n'est pas moins redoutée — comme la première
tête qu'on pique dans l'eau — que cette dame envoyait
d'avance un domestique mettre l'hôtel au courant de sa
personnalité et de ses habitudes, et coupant court aux
salutations du directeur gagnait avec une brièveté où il
y avait plus de timidité que d'orgueil sa chambre où des
rideaux personnels, remplaçant ceux qui pendaient aux
fenêtres, des paravents, des photographies, mettaient si
bien, entre elle et le monde extérieur auquel il eût fallu
s'adapter, la cloison de ses habitudes, que c'était son chez
elle, au sein duquel elle était restée, qui voyageait plutôt
qu'elle-même.

Dès lors, ayant placé entre elle d'une part, le personnel
de l'hôtel et les fournisseurs de l'autre, ses domestiques
qui recevaient à sa place le contact de cette humanité
nouvelle et entretenaient autour de leur maîtresse l'atmosphère accoutumée, ayant mis ses préjugés entre elle et les
baigneurs, insoucieuse de déplaire à des gens que ses amis
n'auraient pas reçus, c'est dans son monde qu'elle
continuait à vivre par la correspondance avec ses amies,
par le souvenir, par la conscience intime qu'elle avait de
sa situation, de la qualité de ses manières, de la compétence
de sa politesse. Et tous les jours, quand elle descendait
pour aller dans sa calèche faire une promenade, sa femme

de chambre qui portait ses affaires derrière elle, son valet
de pied qui la devançait semblaient comme ces sentinelles
qui, aux portes d'une ambassade pavoisée aux couleurs
du pays dont elle dépend, garantissent pour elle, au milieu
d'un sol étranger, le privilège de son exterritorialité. Elle
ne quitta pas sa chambre avant le milieu de l'après-midi,
le jour de notre arrivée, et nous ne l'aperçûmes pas dans
la salle à manger où le directeur, comme nous étions
nouveaux venus, nous conduisit, sous sa protection, à
l'heure du déjeuner, comme un gradé qui mène des bleus
chez le caporal tailleur pour les faire habiller ; mais nous
y vîmes, en revanche, au bout d'un instant un hobereau
et sa fille, d'une obscure mais très ancienne famille de
Bretagne, M. et Mlle de Stermaria[1], dont on nous avait
fait donner la table, croyant qu'ils ne rentreraient que le
soir. Venus seulement à Balbec pour retrouver des
châtelains qu'ils connaissaient dans le voisinage, ils ne
passaient dans la salle à manger de l'hôtel, entre les
invitations acceptées au-dehors et les visites rendues, que
le temps strictement nécessaire. C'était leur morgue qui
les préservait de toute sympathie humaine, de tout intérêt
pour les inconnus assis autour d'eux, et au milieu desquels
M. de Stermaria gardait l'air glacial, pressé, distant, rude,
pointilleux et malintentionné, qu'on a dans un buffet de
chemin de fer au milieu des voyageurs qu'on n'a jamais
vus, qu'on ne reverra pas, et avec qui on ne conçoit
d'autres rapports que de défendre contre eux son poulet
froid et son coin dans le wagon. À peine commencions-
nous à déjeuner qu'on vint nous faire lever sur l'ordre
de M. de Stermaria, lequel venait d'arriver et sans le
moindre geste d'excuse à notre adresse, pria à haute voix
le maître d'hôtel de veiller à ce qu'une pareille erreur ne
se renouvelât pas, car il lui était désagréable que « des
gens qu'il ne connaissait pas » eussent pris sa table.

Et certes dans le sentiment qui poussait une certaine
actrice (plus connue d'ailleurs à cause de son élégance,
de son esprit, de ses belles collections de porcelaine
allemande que pour quelques rôles joués à l'Odéon),
son amant, jeune homme très riche pour lequel elle s'était
cultivée, et deux hommes très en vue de l'aristocratie à
faire dans la vie bande à part, à ne voyager qu'ensemble,
à prendre à Balbec leur déjeuner, très tard, quand tout
le monde avait fini, à passer la journée dans leur salon

à jouer aux cartes, il n'entrait aucune malveillance, mais
seulement les exigences du goût qu'ils avaient pour
certaines formes spirituelles de conversation, pour certains
raffinements de bonne chère, lequel leur faisait trouver
plaisir à ne vivre, à ne prendre leurs repas qu'ensemble,
et leur eût rendu insupportable la vie en commun avec
des gens qui n'y avaient pas été initiés. Même devant une
table servie ou devant une table à jeu, chacun d'eux avait
besoin de savoir que dans le convive ou le partenaire qui
était assis en face de lui, reposaient en suspens et inutilisés
un certain savoir qui permet de reconnaître la camelote
dont tant de demeures parisiennes se parent comme d'un
« Moyen Âge » ou d'une « Renaissance » authentiques
et, en toutes choses, des critériums communs à eux pour
distinguer le bon et le mauvais. Sans doute ce n'était plus,
dans ces moments-là, que par quelque rare et drôle
interjection jetée au milieu du silence du repas ou de la
partie, ou par la robe charmante et nouvelle que la jeune
actrice avait revêtue pour déjeuner ou faire un poker, que
se manifestait l'existence spéciale dans laquelle ces amis
voulaient partout rester plongés. Mais en les enveloppant
ainsi d'habitudes qu'ils connaissaient à fond, elle suffisait
à les protéger contre le mystère de la vie ambiante.
Pendant les longs après-midi, la mer n'était suspendue en
face d'eux que comme une toile d'une couleur agréable
accrochée dans le boudoir d'un riche célibataire, et ce
n'était que dans l'intervalle des coups qu'un des joueurs,
n'ayant rien de mieux à faire, levait les yeux vers elle pour
en tirer une indication sur le beau temps ou sur l'heure,
et rappeler aux autres que le goûter attendait. Et le soir
ils ne dînaient pas à l'hôtel où, les sources électriques
faisant sourdre à flots la lumière dans la grande salle à
manger, celle-ci devenait comme un immense et merveilleux aquarium devant la paroi de verre duquel la
population ouvrière de Balbec, les pêcheurs et aussi les
familles de petits bourgeois, invisibles dans l'ombre,
s'écrasaient au vitrage pour apercevoir, lentement balancée
dans des remous d'or, la vie luxueuse de ces gens, aussi
extraordinaire pour les pauvres que celle de poissons et
de mollusques étranges (une grande question sociale, de
savoir si la paroi de verre protégera toujours le festin des
bêtes merveilleuses et si les gens obscurs qui regardent
avidement dans la nuit ne viendront pas les cueillir dans

leur aquarium et les manger). En attendant, peut-être parmi la foule arrêtée et confondue dans la nuit y avait-il quelque écrivain, quelque amateur d'ichtyologie humaine, qui, regardant les mâchoires de vieux monstres féminins se refermer sur un morceau de nourriture engloutie, se complaisait à classer ceux-ci par race, par caractères innés et aussi par ces caractères acquis qui font qu'une vieille dame serbe dont l'appendice buccal est d'un grand poisson de mer, parce que depuis son enfance elle vit dans les eaux douces du faubourg Saint-Germain, mange la salade comme une La Rochefoucauld.

À cette heure-là on apercevait les trois hommes en smoking attendant la femme en retard, laquelle bientôt, en une robe presque chaque fois nouvelle et des écharpes choisies selon un goût particulier à son amant, après avoir, de son étage, sonné le lift, sortait de l'ascenseur comme d'une boîte de joujoux. Et tous les quatre qui trouvaient que le phénomène international du Palace, implanté à Balbec, y avait fait fleurir le luxe plus que la bonne cuisine, s'engouffrant dans une voiture, allaient dîner à une demi-lieue de là dans un petit restaurant réputé où ils avaient avec le cuisinier d'interminables conférences sur la composition du menu et la confection des plats. Pendant ce trajet la route bordée de pommiers qui part de Balbec n'était pour eux que la distance qu'il fallait franchir — peu distincte dans la nuit noire de celle qui séparait leurs domiciles parisiens du Café Anglais ou de la Tour d'Argent — avant d'arriver au petit restaurant élégant où, tandis que les amis du jeune homme riche l'enviaient d'avoir une maîtresse si bien habillée, les écharpes de celle-ci tendaient devant la petite société comme un voile parfumé et souple, mais qui la séparait du monde.

Malheureusement pour ma tranquillité, j'étais bien loin d'être comme tous ces gens. De beaucoup d'entre eux je me souciais ; j'aurais voulu ne pas être ignoré d'un homme au front déprimé, au regard fuyant entre les œillères de ses préjugés et de son éducation, le grand seigneur de la contrée, lequel n'était autre que le beau-frère de Legrandin qui venait quelquefois en visite à Balbec et, le dimanche, par la garden-party hebdomadaire que sa femme et lui donnaient, dépeuplait l'hôtel d'une partie de ses habitants, parce qu'un ou deux d'entre eux étaient invités à ces fêtes et parce que les autres, pour ne pas avoir l'air de ne pas l'être, choisissaient ce jour-là pour faire une excursion éloignée. Il avait, d'ailleurs, été le premier jour fort mal reçu à l'hôtel quand le personnel, frais débarqué de la Côte d'Azur, ne savait pas encore qui il était. Non seulement il n'était pas habillé en flanelle blanche, mais par vieille manière française et ignorance de la vie des Palaces, entrant dans un hall où il y avait des femmes, il avait ôté son chapeau dès la porte, ce qui avait fait que le directeur n'avait même pas touché le sien pour lui répondre, estimant que ce devait être quelqu'un de la plus humble extraction, ce qu'il appelait un homme « sortant de l'ordinaire ». Seule la femme du notaire s'était sentie attirée vers le nouveau venu qui fleurait toute la vulgarité gourmée des gens comme il faut et elle avait déclaré, avec le fond de discernement infaillible et d'autorité sans réplique d'une personne pour qui la première société du Mans n'a pas de secrets, qu'on se sentait devant lui en présence d'un homme d'une haute distinction, parfaitement bien élevé et qui tranchait sur tout ce qu'on rencontrait à Balbec et qu'elle jugeait infréquentable tant qu'elle ne le fréquentait pas. Ce jugement favorable qu'elle avait porté sur le beau-frère de Legrandin tenait peut-être au terne aspect de quelqu'un qui n'avait rien d'intimidant, peut-être à ce qu'elle avait reconnu dans ce gentilhomme-fermier à allure de sacristain les signes maçonniques de son propre cléricalisme.

J'avais beau avoir appris que les jeunes gens qui montaient tous les jours à cheval devant l'hôtel étaient les fils du propriétaire véreux d'un magasin de nouveautés et que mon père n'eût jamais consenti à connaître, la « vie de bains de mer » les dressait, à mes yeux, en statues équestres de demi-dieux, et le mieux que je pouvais espérer était qu'ils ne laissassent jamais tomber leurs regards sur le pauvre garçon que j'étais, qui ne quittait la salle à manger de l'hôtel que pour aller s'asseoir sur le sable. J'aurais voulu inspirer de la sympathie même à l'aventurier qui avait été roi d'une île déserte en Océanie, même au jeune tuberculeux dont j'aimais à supposer qu'il cachait sous ses dehors insolents une âme craintive et tendre qui eût peut-être prodigué pour moi seul des trésors d'affection. D'ailleurs (au contraire de ce qu'on dit d'habitude des relations de voyage) comme être vu avec certaines personnes peut vous ajouter, sur une plage où l'on retourne quelquefois, un coefficient sans équivalent dans la vraie vie mondaine, il n'y a rien, non pas qu'on tienne aussi à distance, mais qu'on cultive si soigneusement dans la vie de Paris, que les amitiés de bains de mer. Je me souciais de l'opinion que pouvaient avoir de moi toutes ces notabilités momentanées ou locales que ma disposition à me mettre à la place des gens et à recréer leur état d'esprit me faisait situer non à leur rang réel, à celui qu'ils auraient occupé à Paris par exemple et qui eût été fort bas, mais à celui qu'ils devaient croire le leur, et qui l'était à vrai dire à Balbec où l'absence de commune mesure leur donnait une sorte de supériorité relative et d'intérêt singulier. Hélas, d'aucune de ces personnes le mépris ne m'était aussi pénible que celui de M. de Stermaria.

Car j'avais remarqué sa fille dès son entrée, son joli visage pâle et presque bleuté, ce qu'il y avait de particulier dans le port de sa haute taille, dans sa démarche, et qui m'évoquait avec raison son hérédité, son éducation aristocratique et d'autant plus clairement que je savais son nom, — comme ces thèmes expressifs inventés par des musiciens de génie et qui peignent splendidement le scintillement de la flamme, le bruissement du fleuve et la paix de la campagne, pour les auditeurs qui en parcourant préalablement le livret, ont aiguillé leur imagination dans la bonne voie. La « race » en ajoutant aux charmes de Mlle de Stermaria l'idée de leur cause les rendait plus intelligibles, plus complets. Elle les faisait aussi plus désirables, annonçant qu'ils étaient peu accessibles, comme un prix élevé ajoute à la valeur d'un objet qui nous a plu. Et la tige héréditaire donnait à ce teint composé de sucs choisis la saveur d'un fruit exotique ou d'un cru célèbre.

Or, un hasard mit tout d'un coup entre nos mains le moyen de nous donner à ma grand-mère et à moi, pour tous les habitants de l'hôtel un prestige immédiat. En effet, dès ce premier jour, au moment où la vieille dame descendait de chez elle, exerçant, grâce au valet de pied qui la précédait, à la femme de chambre qui courait derrière avec un livre et une couverture oubliés, une action sur les âmes et excitant chez tous une curiosité et un respect auxquels il fut visible qu'échappait moins que personne M. de Stermaria, le directeur se pencha vers ma grand-mère, et par amabilité (comme on montre le shah de Perse ou la reine Ranavalo à un spectateur obscur qui ne peut évidemment avoir aucune relation avec le puissant souverain, mais peut trouver intéressant de l'avoir vu à quelques pas) il lui coula dans l'oreille : « La marquise de Villeparisis », cependant qu'au même moment cette dame apercevant ma grand-mère ne pouvait retenir un regard de joyeuse surprise.

On peut penser que l'apparition soudaine, sous les traits d'une petite vieille, de la plus puissante des fées ne m'aurait pas causé plus de plaisir, dénué comme j'étais de tout recours pour m'approcher de Mlle de Stermaria, dans un pays où je ne connaissais personne. J'entends personne au point de vue pratique. Esthétiquement, le nombre des types humains est trop restreint pour qu'on n'ait pas bien souvent, dans quelque endroit qu'on aille, la joie de revoir des gens de connaissance, même sans les chercher dans les tableaux des vieux maîtres, comme faisait Swann. C'est ainsi que dès les premiers jours de notre séjour à Balbec, il m'était arrivé de rencontrer Legrandin, le concierge de Swann, et Mme Swann elle-même, devenus le premier un garçon de café, le second un étranger de passage que je ne revis pas, et la dernière un maître baigneur. Et une sorte d'aimantation attire et retient si inséparablement les uns auprès des autres certains caractères de physionomie et de mentalité que quand la nature introduit ainsi une personne dans un nouveau corps, elle ne la mutile pas trop. Legrandin changé en garçon de café gardait intacts sa stature, le profil de son nez et une partie du menton ; Mme Swann dans le sexe masculin et la condition de maître baigneur avait été suivie non seulement par sa physionomie habituelle, mais même par une certaine manière de parler. Seulement elle ne pouvait pas m'être de plus d'utilité entourée de sa ceinture rouge, et hissant, à la moindre houle, le drapeau qui interdit les bains (car les maîtres baigneurs sont prudents, sachant rarement nager), qu'elle ne l'eût pu dans la fresque de la *Vie de Moïse* où Swann l'avait reconnue jadis sous les traits de la fille de Jethro. Tandis que cette Mme de Villeparisis était bien la véritable, elle n'avait pas été victime d'un enchantement qui l'eût dépouillée de sa puissance, mais était capable au contraire d'en mettre un à la disposition de la mienne qu'il centuplerait, et grâce auquel, comme si j'avais été porté par les ailes d'un oiseau fabuleux, j'allais franchir en quelques instants les distances sociales infinies — au moins à Balbec — qui me séparaient de Mlle de Stermaria.

Malheureusement, s'il y avait quelqu'un qui, plus que quiconque, vécût enfermé dans son univers particulier, c'était ma grand-mère. Elle ne m'aurait même pas méprisé, elle ne m'aurait pas compris, si elle avait su que j'attachais de l'importance à l'opinion, que j'éprouvais de l'intérêt pour la personne, de gens dont elle ne remarquait seulement pas l'existence et dont elle devait quitter Balbec sans avoir retenu le nom ; je n'osais pas lui avouer que si ces mêmes gens l'avaient vue causer avec Mme de Villeparisis, j'en aurais eu un grand plaisir, parce que je sentais que la marquise avait du prestige dans l'hôtel et que son amitié nous eût posés aux yeux de M. de Stermaria. Non d'ailleurs que l'amie de ma grand-mère me représentât le moins du monde une personne de l'aristocratie : j'étais trop habitué à son nom devenu familier à mes oreilles avant que mon esprit s'arrêtât sur lui, quand tout enfant je l'entendais prononcer à la maison ; et son titre n'y ajoutait qu'une particularité bizarre comme aurait fait un prénom peu usité, ainsi qu'il arrive dans les noms de rue où on n'aperçoit rien de plus noble dans la rue Lord-Byron, dans la si populaire et vulgaire rue Rochechouart, ou dans la rue de Gramont que dans la rue Léonce-Reynaud ou la rue Hippolyte-Lebas. Mme de Villeparisis ne me faisait pas plus penser à une personne d'un monde spécial que son cousin Mac-Mahon que je ne différenciais pas de M. Carnot, président de la République comme lui, et de Raspail dont Françoise avait acheté la photographie avec celle de Pie IX. Ma grand-mère avait pour principe qu'en voyage on ne doit plus avoir de relations, qu'on ne va pas au bord de la mer pour voir des gens, qu'on a tout le temps pour cela à Paris, qu'ils vous feraient perdre en politesses, en banalités, le temps précieux qu'il faut passer tout entier au grand air, devant les vagues ; et trouvant plus commode de supposer que cette opinion était partagée par tout le monde et qu'elle autorisait entre de vieux amis que le hasard mettait en présence dans le même hôtel la fiction d'un incognito réciproque, au nom que lui cita le directeur, elle se contenta de détourner les yeux et eut l'air de ne pas voir Mme de Villeparisis qui, comprenant que ma grand-mère ne tenait pas à faire de reconnaissances, regarda à son tour dans le vague. Elle s'éloigna, et je restai dans mon isolement comme un naufragé de qui a paru s'approcher un vaisseau, lequel a disparu ensuite sans s'être arrêté.

Elle prenait aussi ses repas dans la salle à manger, mais à l'autre bout. Elle ne connaissait aucune des personnes qui habitaient l'hôtel ou y venaient en visite, pas même M. de Cambremer ; en effet, je vis qu'il ne la saluait pas, un jour où il avait accepté avec sa femme une invitation à déjeuner du bâtonnier, lequel, ivre de l'honneur d'avoir le gentilhomme à sa table, évitait ses amis des autres jours et se contentait de leur adresser de loin un clignement d'œil pour faire à cet événement historique une allusion toutefois assez discrète pour qu'elle ne pût être interprétée comme une invite à s'approcher.

« Eh bien, j'espère que vous vous mettez bien, que vous êtes un homme chic, lui dit le soir la femme du premier président.

— Chic ? pourquoi ? » demanda le bâtonnier, dissimu-lant sa joie sous un étonnement exagéré ; « à cause de mes invités ? » dit-il en sentant qu'il était incapable de feindre plus longtemps ; « mais qu'est-ce que ça a de chic d'avoir des amis à déjeuner ? Faut bien qu'ils déjeunent quelque part !

— Mais si, c'est chic ! C'était bien les *de* Cambremer[1], n'est-ce pas ? Je les ai bien reconnus. C'est une marquise. Et authentique. Pas par les femmes.

— Oh ! c'est une femme bien simple, elle est charmante, on ne fait pas moins de façons. Je pensais que vous alliez venir, je vous faisais des signes... je vous aurais présenté ! » dit-il en corrigeant par une légère ironie l'énormité de cette proposition, comme Assuérus quand il dit à Esther : « Faut-il de mes États vous donner la moitié[2] ? »

« Non, non, non, non, nous restons cachés, comme l'humble violette.

— Mais vous avez eu tort, je vous le répète », répondit le bâtonnier, enhardi maintenant que le danger était passé. « Ils ne vous auraient pas mangés. Allons-nous faire notre petit bésigue ?

— Mais volontiers, nous n'osions pas vous le proposer, maintenant que vous traitez des marquises !

— Oh ! allez, elles n'ont rien de si extraordinaire. Tenez, j'y dîne demain soir. Voulez-vous y aller à ma place ? C'est de grand cœur. Franchement, j'aime autant rester ici.

— Non, non !... on me révoquerait comme réaction-naire, s'écria le président, riant aux larmes de sa plaisanterie. Mais vous aussi, vous êtes reçu à Féterne[1], ajouta-t-il en se tournant vers le notaire.

— Oh ! je vais là les dimanches, on entre par une porte, on sort par l'autre. Mais ils ne déjeunent pas chez moi comme chez le bâtonnier. »

M. de Stermaria n'était pas ce jour-là à Balbec, au grand regret du bâtonnier. Mais insidieusement il dit au maître d'hôtel :

« Aimé, vous pourrez dire à M. de Stermaria qu'il n'est pas le seul noble qu'il y ait eu dans cette salle à manger. Vous avez bien vu ce monsieur qui a déjeuné avec moi ce matin ? Hein ? petites moustaches, air militaire ? Eh bien, c'est le marquis de Cambremer.

— Ah, vraiment ? cela ne m'étonne pas !

— Ça lui montrera qu'il n'est pas le seul homme titré. Et attrape donc ! Il n'est pas mal de leur rabattre leur caquet à ces nobles. Vous savez, Aimé, ne lui dites rien si vous voulez, moi, ce que j'en dis, ce n'est pas pour moi ; du reste, il le connaît bien. »

Et le lendemain, M. de Stermaria qui savait que le bâtonnier avait plaidé pour un de ses amis, alla se présenter lui-même.

« Nos amis communs, les de Cambremer, voulaient justement nous réunir, nos jours n'ont pas coïncidé, enfin je ne sais plus », dit le bâtonnier, qui comme beaucoup de menteurs s'imaginent qu'on ne cherchera pas à élucider un détail insignifiant qui suffit pourtant (si le hasard vous met en possession de l'humble réalité qui est en contradiction avec lui) pour dénoncer un caractère et inspirer à jamais la méfiance.

Comme toujours, mais plus facilement pendant que son père s'était éloigné pour causer avec le bâtonnier, je regardais Mlle de Stermaria. Autant que la singularité hardie et toujours belle de ses attitudes, comme quand, les deux coudes posés sur la table, elle élevait son verre au-dessus de ses deux avant-bras, la sécheresse d'un regard vite épuisé, la dureté foncière, familiale, qu'on sentait, mal recouverte sous ses inflexions personnelles, au fond de sa voix, et qui avait choqué ma grand-mère, une sorte de cran d'arrêt atavique auquel elle revenait dès que dans un coup d'œil ou une intonation elle avait achevé de donner sa pensée propre ; tout cela ramenait la pensée de celui qui la regardait vers la lignée qui lui avait légué cette

insuffisance de sympathie humaine, des lacunes de sensibilité, un manque d'ampleur dans l'étoffe qui à tout moment
faisait faute. Mais à certains regards qui passaient un instant
sur le fond si vite à sec de sa prunelle et dans lesquels
on sentait cette douceur presque humble que le goût
prédominant des plaisirs des sens donne à la plus fière,
laquelle bientôt ne reconnaît plus qu'un prestige, celui qu'a
pour elle tout être qui peut les lui faire éprouver, fût-ce
un comédien ou un saltimbanque pour lequel elle quittera
peut-être un jour son mari ; à certaine teinte d'un rose
sensuel et vif qui s'épanouissait dans ses joues pâles,
pareille à celle qui mettait son incarnat au cœur des
nymphéas blancs de la Vivonne, je croyais sentir qu'elle
eût facilement permis que je vinsse chercher sur elle le
goût de cette vie si poétique qu'elle menait en Bretagne,
vie à laquelle, soit par trop d'habitude, soit par distinction
innée, soit par dégoût de la pauvreté ou de l'avarice des
siens, elle ne semblait pas trouver grand prix, mais que
pourtant elle contenait enclose en son corps. Dans la
chétive réserve de volonté qui lui avait été transmise et
qui donnait à son expression quelque chose de lâche,
peut-être n'eût-elle pas trouvé les ressources d'une
résistance. Et surmonté d'une plume un peu démodée et
prétentieuse, le feutre gris qu'elle portait invariablement
à chaque repas me la rendait plus douce, non parce qu'il
s'harmonisait avec son teint d'argent et de rose, mais parce
qu'en me la faisant supposer pauvre, il la rapprochait de
moi. Obligée à une attitude de convention par la présence
de son père, mais apportant déjà à la perception et au
classement des êtres qui étaient devant elle des principes
autres que lui, peut-être voyait-elle en moi non le rang
insignifiant, mais le sexe et l'âge. Si un jour M. de
Stermaria était sorti sans elle, surtout si Mme de
Villeparisis en venant s'asseoir à notre table lui avait donné
de nous une opinion qui m'eût enhardi à m'approcher
d'elle, peut-être aurions-nous pu échanger quelques
paroles, prendre un rendez-vous, nous lier davantage. Et,
un mois où elle serait restée seule sans ses parents dans
son château romanesque, peut-être aurions-nous pu nous
promener seuls le soir tous deux dans le crépuscule où
luiraient plus doucement au-dessus de l'eau assombrie les
fleurs roses des bruyères, sous les chênes battus par le
clapotement des vagues. Ensemble nous aurions parcouru

cette île empreinte pour moi de tant de charme parce qu'elle avait enfermé la vie habituelle de Mlle de Stermaria et qu'elle reposait dans la mémoire de ses yeux. Car il me semblait que je ne l'aurais vraiment possédée que là, quand j'aurais traversé ces lieux qui l'enveloppaient de tant de souvenirs — voile que mon désir voulait arracher et de ceux que la nature interpose entre la femme et quelques êtres (dans la même intention qui lui fait, pour tous, mettre l'acte de la reproduction entre eux et le plus vif plaisir, et pour les insectes, placer devant le nectar le pollen qu'ils doivent emporter) afin que trompés par l'illusion de la posséder ainsi plus entière ils soient forcés de s'emparer d'abord des paysages au milieu desquels elle vit et qui plus utiles pour leur imagination que le plaisir sensuel, n'eussent pas suffi pourtant, sans lui, à les attirer.

Mais je dus détourner mes regards de Mlle de Stermaria, car déjà, considérant sans doute que faire la connaissance d'une personnalité importante était un acte curieux et bref qui se suffisait à lui-même et qui pour développer tout l'intérêt qu'il comportait n'exigeait qu'une poignée de main et un coup d'œil pénétrant sans conversation immédiate ni relations ultérieures, son père avait pris congé du bâtonnier et retournait s'asseoir en face d'elle, en se frottant les mains comme un homme qui vient de faire une précieuse acquisition. Quant au bâtonnier, la première émotion de cette entrevue une fois passée, comme les autres jours, on l'entendait par moments, s'adressant au maître d'hôtel :

« Mais moi je ne suis pas roi, Aimé ; allez donc près du roi... Dites, Premier, cela a l'air très bon, ces petites truites-là, nous allons en demander à Aimé. Aimé, cela me semble tout à fait recommandable, ce petit poisson que vous avez là-bas : vous allez nous apporter de cela, Aimé, et à discrétion. »

Il répétait tout le temps le nom d'Aimé, ce qui faisait que quand il avait quelqu'un à dîner, son invité lui disait : « Je vois que vous êtes tout à fait bien dans la maison » et croyait devoir aussi prononcer constamment « Aimé » par cette disposition, où il entre à la fois de la timidité, de la vulgarité et de la sottise, qu'ont certaines personnes à croire qu'il est spirituel et élégant d'imiter à la lettre les gens avec qui elles se trouvent. Il le répétait sans cesse, mais avec un sourire, car il tenait à étaler à la fois ses bonnes relations avec le maître d'hôtel et sa supériorité sur lui. Et le maître d'hôtel lui aussi, chaque fois que revenait son nom, souriait d'un air attendri et fier, montrant qu'il ressentait l'honneur et comprenait la plaisanterie.

Si intimidants que fussent toujours pour moi les repas, dans ce vaste restaurant, habituellement comble, du Grand-Hôtel, ils le devenaient davantage encore quand arrivait pour quelques jours le propriétaire (ou directeur général élu par une société de commanditaires, je ne sais) non seulement de ce palace, mais de sept ou huit autres situés aux quatre coins de la France et dans chacun desquels, faisant entre eux la navette, il venait passer, de temps en temps, une semaine. Alors, presque au commencement du dîner, apparaissait chaque soir, à l'entrée de la salle à manger, cet homme petit, à cheveux blancs, à nez rouge, d'une impassibilité et d'une correction extraordinaires, et qui était connu, paraît-il, à Londres aussi bien qu'à Monte-Carlo, pour un des premiers hôteliers de l'Europe. Une fois que j'étais sorti un instant au commencement du dîner, comme en rentrant je passai devant lui, il me salua, sans doute pour montrer que j'étais chez lui, mais avec une froideur dont je ne pus démêler si la cause était la réserve de quelqu'un qui n'oublie pas ce qu'il est, ou le dédain pour un client sans importance. Devant ceux qui en avaient au contraire une très grande, le Directeur général s'inclinait avec autant de froideur mais plus profondément, les paupières abaissées par une sorte de respect pudique, comme s'il eût eu devant lui, à un enterrement, le père de la défunte ou le Saint Sacrement. Sauf pour ces saluts glacés et rares, il ne faisait pas un mouvement, comme pour montrer que ses yeux étincelants qui semblaient lui sortir de la figure, voyaient tout, réglaient tout, assuraient dans « le Dîner au Grand-Hôtel » aussi bien le fini des détails que l'harmonie de l'ensemble. Il se sentait évidemment plus que metteur en scène, que chef d'orchestre, véritable généralissime. Jugeant qu'une contemplation portée à son maximum d'intensité lui suffisait pour s'assurer que tout était prêt, qu'aucune faute commise ne pouvait entraîner la déroute et pour prendre enfin ses responsabilités, il s'abstenait non seulement de tout geste, même de bouger ses yeux pétrifiés par l'attention qui embrassaient et dirigeaient la totalité des opérations. Je sentais que les mouvements de ma cuiller eux-mêmes ne lui échappaient pas, et s'éclipsât-il dès après le potage, pour tout le dîner la revue qu'il venait de passer m'avait coupé l'appétit. Le sien était fort bon, comme on pouvait le voir au déjeuner qu'il prenait comme un simple particulier, à la même heure que tout le monde, dans la salle à manger. Sa table n'avait qu'une particularité, c'est qu'à côté, pendant qu'il mangeait, l'autre directeur, l'habituel, restait debout tout le temps à faire la conversation. Car étant le subordonné du directeur général, il cherchait à le flatter et avait de lui une grande peur. La mienne était moindre pendant ces déjeuners, car perdu alors au milieu des clients, il mettait la discrétion d'un général assis dans un restaurant où se trouvent aussi des soldats, à ne pas avoir l'air de s'occuper d'eux. Néanmoins quand le concierge, entouré de ses « chasseurs », m'annonçait : « Il repart demain matin pour Dinard. De là il va à Biarritz et après à Cannes », je respirais plus librement.

Ma vie dans l'hôtel était rendue non seulement triste parce que je n'y avais pas de relations, mais incommode, parce que Françoise en avait noué de nombreuses. Il peut sembler qu'elles auraient dû nous faciliter bien des choses. C'était tout le contraire. Les prolétaires, s'ils avaient quelque peine à être traités en personnes de connaissance par Françoise et ne le pouvaient qu'à de certaines conditions de grande politesse envers elle, en revanche, une fois qu'ils y étaient arrivés, étaient les seules gens qui comptassent pour elle. Son vieux code lui enseignait qu'elle n'était tenue à rien envers les amis de ses maîtres, qu'elle pouvait si elle était pressée envoyer promener une dame venue pour voir ma grand-mère. Mais envers ses relations à elle, c'est-à-dire avec les rares gens du peuple admis à sa difficile amitié, le protocole le plus subtil et le plus absolu réglait ses actions. Ainsi Françoise ayant fait la connaissance du cafetier et d'une petite femme de chambre qui faisait des robes pour une dame belge, ne remontait plus préparer les affaires de ma grand-mère tout de suite après déjeuner, mais seulement une heure plus tard parce que le cafetier voulait lui faire du café ou une tisane à la caféterie[1], que la femme de chambre lui demandait de venir la regarder coudre et que leur refuser eût été impossible et de ces choses qui ne se font pas.

D'ailleurs des égards particuliers étaient dus à la petite
femme de chambre qui était orpheline et avait été élevée
chez des étrangers auprès desquels elle allait passer parfois
quelques jours. Cette situation excitait la pitié de Françoise
et aussi son dédain bienveillant. Elle qui avait de la famille,
une petite maison qui lui venait de ses parents et où son
frère élevait quelques vaches, elle ne pouvait pas considérer comme son égale une déracinée. Et comme cette petite
espérait pour le 15 août aller voir ses bienfaiteurs, Françoise
ne pouvait se tenir de répéter : « Elle me fait rire. Elle
dit : j'espère d'aller chez moi pour le 15 août. Chez moi,
qu'elle dit ! C'est seulement pas son pays, c'est des gens
qui l'ont recueillie, et ça dit chez moi comme si c'était
vraiment chez elle. Pauvre petite ! quelle misère qu'elle
peut bien avoir pour qu'elle ne connaisse pas ce que c'est
que d'avoir un chez soi. » Mais si encore Françoise ne
s'était liée qu'avec des femmes de chambre amenées par
des clients, lesquelles dînaient avec elle aux « courriers[1] »
et devant son beau bonnet de dentelles et son fin profil
la prenaient pour quelque dame, noble peut-être, réduite
par les circonstances ou poussée par l'attachement à servir
de dame de compagnie à ma grand-mère, si en un mot
Françoise n'eût connu que des gens qui n'étaient pas de
l'hôtel, le mal n'eût pas été grand, parce qu'elle n'eût pu
les empêcher de nous servir à quelque chose, pour la raison
qu'en aucun cas, et même inconnus d'elle, ils n'auraient
pu nous servir à rien. Mais elle s'était liée aussi avec un
sommelier, avec un homme de la cuisine, avec une
gouvernante d'étage. Et il en résultait en ce qui concernait
notre vie de tous les jours que Françoise qui le jour de
son arrivée, quand elle ne connaissait encore personne,
sonnait à tort et à travers pour la moindre chose, à des
heures où ma grand-mère et moi nous n'aurions pas osé
le faire, et si nous lui en faisions une légère observation,
répondait : « Mais on paye assez cher pour ça », comme
si elle avait payé elle-même, maintenant depuis qu'elle était
amie d'une personnalité de la cuisine, ce qui nous avait
paru de bon augure pour notre commodité, si ma
grand-mère ou moi nous avions froid aux pieds, Françoise,
fût-il une heure tout à fait normale, n'osait pas sonner ;
elle assurait que ce serait mal vu parce que cela obligerait
à rallumer les fourneaux ou gênerait le dîner des
domestiques qui seraient mécontents. Et elle finissait par

une locution qui malgré la façon incertaine dont elle la prononçait, n'en était pas moins claire et nous donnait nettement tort : « Le fait est... » Nous n'insistions pas, de peur de nous en faire infliger une, bien plus grave : « C'est quelque chose !... » De sorte qu'en somme nous ne pouvions plus avoir d'eau chaude parce que Françoise était devenue l'amie de celui qui la faisait chauffer.

À la fin, nous aussi, nous fîmes une relation, malgré mais par ma grand-mère, car elle et Mme de Villeparisis tombèrent un matin l'une sur l'autre dans une porte et furent obligées de s'aborder non sans échanger au préalable des gestes de surprise, d'hésitation, exécuter des mouvements de recul, de doute et enfin des protestations de politesse et de joie comme dans certaines scènes de Molière où deux acteurs monologuant depuis longtemps chacun de son côté à quelques pas l'un de l'autre, sont censés ne pas s'être vus encore, et tout à coup s'aperçoivent, n'en peuvent croire leurs yeux, entrecoupent leurs propos, finalement parlent ensemble, le chœur ayant suivi le dialogue, et se jettent dans les bras l'un de l'autre[1]. Mme de Villeparisis par discrétion voulut au bout d'un instant quitter ma grand-mère qui, au contraire, préféra la retenir jusqu'au déjeuner, désirant apprendre comment elle faisait pour avoir son courrier plus tôt que nous et de bonnes grillades (car Mme de Villeparisis, très gourmande, goûtait fort peu la cuisine de l'hôtel où l'on nous servait des repas que ma grand-mère, citant toujours Mme de Sévigné, prétendait être « d'une magnificence à mourir de faim[2] »). Et la marquise prit l'habitude de venir tous les jours en attendant qu'on la servît, s'asseoir un moment près de nous dans la salle à manger, sans permettre que nous nous levions, que nous nous dérangions en rien. Tout au plus nous attardions-nous souvent à causer avec elle, notre déjeuner fini, à ce moment sordide où les couteaux traînent sur la nappe à côté des serviettes défaites[3]. Pour ma part, afin de garder, pour pouvoir aimer Balbec, l'idée que j'étais sur la pointe extrême de la terre[4], je m'efforçais de regarder plus loin, de ne voir que la mer, d'y chercher des effets décrits par Baudelaire et de ne laisser tomber mes regards sur notre table que les jours où y était servi quelque vaste poisson, monstre marin qui au contraire des couteaux et des fourchettes était contemporain des époques primitives où la vie commençait à affluer dans l'Océan, au temps des Cimmériens[1], et duquel le corps aux innombrables vertèbres, aux nerfs bleus et roses, avait été construit par la nature, mais selon un plan architectural, comme une polychrome cathédrale de la mer.

Comme un coiffeur, voyant un officier qu'il sert avec une considération particulière reconnaître un client qui vient d'entrer et entamer un bout de causette avec lui, se réjouit en comprenant qu'ils sont du même monde et ne peut s'empêcher de sourire en allant chercher le bol de savon, car il sait que dans son établissement, aux besognes vulgaires du simple salon de coiffure s'ajoutent des plaisirs sociaux, voire aristocratiques, tel Aimé, voyant que Mme de Villeparisis avait retrouvé en nous d'anciennes relations, s'en allait chercher nos rince-bouches avec le même sourire orgueilleusement modeste et savamment discret de maîtresse de maison qui sait se retirer à propos. On eût dit aussi un père heureux et attendri qui veille sans le troubler sur le bonheur de fiançailles qui se sont nouées à sa table. Du reste, il suffisait qu'on prononçât le nom d'une personne titrée pour qu'Aimé parût heureux, au contraire de Françoise devant qui on ne pouvait dire « le comte Un tel » sans que son visage s'assombrît et que sa parole devînt sèche et brève, ce qui signifiait qu'elle chérissait la noblesse, non pas moins que ne faisait Aimé, mais davantage. Puis Françoise avait la qualité qu'elle trouvait chez les autres le plus grand des défauts, elle était fière. Elle n'était pas de la race agréable et pleine de bonhomie dont Aimé faisait partie. Ils éprouvent, ils manifestent un vif plaisir quand on leur raconte un fait plus ou moins piquant, mais inédit qui n'est pas dans le journal. Françoise ne voulait pas avoir l'air étonné. On aurait dit devant elle que l'archiduc Rodolphe[2], dont elle n'avait jamais soupçonné l'existence, était non pas mort comme cela passait pour assuré, mais vivant, qu'elle eût répondu « Oui », comme si elle le savait depuis longtemps. Il est, d'ailleurs, à croire que, pour que même de notre bouche à nous, qu'elle appelait si humblement ses maîtres et qui l'avions presque si entièrement domptée, elle ne pût entendre, sans avoir à réprimer un mouvement de colère, le nom d'un noble, il fallait que la famille dont elle était sortie occupât dans son village une situation aisée, indépendante, et qui ne devait être troublée dans la considération dont elle jouissait que par ces mêmes nobles chez lesquels au contraire, dès l'enfance, un Aimé a servi comme domestique, s'il n'y a pas été élevé par charité. Pour Françoise, Mme de Villeparisis avait donc à se faire pardonner d'être noble. Mais, en France du moins, c'est justement le talent, comme la seule occupation, des grands seigneurs et des grandes dames. Françoise, obéissant à la tendance des domestiques qui recueillent sans cesse sur les rapports de leurs maîtres avec les autres personnes des observations fragmentaires dont ils tirent parfois des inductions erronées — comme font les humains sur la vie des animaux —, trouvait à tout moment qu'on nous avait « manqué », conclusion à laquelle l'amenait facilement, d'ailleurs, autant que son amour excessif pour nous, le plaisir qu'elle avait à nous être désagréable. Mais ayant constaté, sans erreur possible, les mille prévenances dont nous entourait et dont l'entourait elle-même Mme de Villeparisis, Françoise l'excusa d'être marquise et comme elle n'avait jamais cessé de lui savoir gré de l'être, elle la préféra à toutes les personnes que nous connaissions. C'est qu'aussi aucune ne s'efforçait d'être aussi continuellement aimable. Chaque fois que ma grand-mère remarquait un livre que Mme de Villeparisis lisait, ou disait avoir trouvé beaux des fruits que celle-ci avait reçus d'une amie, une heure après un valet de chambre montait nous remettre livre ou fruits. Et quand nous la voyions ensuite, pour répondre à nos remerciements, elle se contentait de dire, ayant l'air de chercher une excuse à son présent dans quelque utilité spéciale : « Ce n'est pas un chef d'œuvre, mais les journaux arrivent si tard, il faut bien avoir quelque chose à lire » ou : « C'est toujours plus prudent d'avoir du fruit dont on est sûr au bord de la mer. »

« Mais il me semble que vous ne mangez jamais d'huîtres, nous dit Mme de Villeparisis (augmentant l'impression de dégoût que j'avais à cette heure-là, car la chair vivante des huîtres me répugnait encore plus que la viscosité des méduses ne me ternissait la plage de Balbec) ; elles sont exquises sur cette côte ! Ah ! je dirai à ma femme de chambre d'aller prendre vos lettres en même temps que les miennes. Comment, votre fille vous écrit *tous les jours* ? Mais qu'est-ce que vous pouvez trouver à vous dire ! » Ma grand-mère se tut, mais on peut croire que ce fut par dédain, elle qui répétait pour maman les mots de Mme de Sévigné : « Dès que j'ai reçu une lettre, j'en voudrais tout à l'heure une autre, je ne respire que d'en recevoir. Peu de gens sont dignes de comprendre ce que je sens. » Et je craignais qu'elle n'appliquât à Mme de Villeparisis la conclusion : « Je cherche ceux qui sont de ce petit nombre, et j'évite les autres[1]. » Elle se rabattit sur l'éloge des fruits que Mme de Villeparisis nous avait fait porter la veille. Et ils étaient en effet si beaux que le directeur, malgré la jalousie de ses compotiers dédaignés, m'avait dit : « Je suis comme vous, je suis plus frivole de fruit que de tout autre dessert. » Ma grand-mère dit à son amie qu'elle les avait d'autant plus appréciés que ceux qu'on servait à l'hôtel étaient généralement détestables. « Je ne peux pas, ajouta-t-elle, dire comme Mme de Sévigné que si nous voulions par fantaisie trouver un mauvais fruit, nous serions obligés de le faire venir de Paris[2]. — Ah, oui, vous lisez Mme de Sévigné. Je vous vois depuis le premier jour avec ses *Lettres* (elle oubliait qu'elle n'avait jamais aperçu ma grand-mère dans l'hôtel avant de la rencontrer dans cette porte). Est-ce que vous ne trouvez pas que c'est un peu exagéré ce souci constant de sa fille, elle en parle trop pour que ce soit bien sincère. Elle manque de naturel. » Ma grand-mère trouva la discussion inutile et pour éviter d'avoir à parler des choses qu'elle aimait devant quelqu'un qui ne pouvait les comprendre, elle cacha, en posant son sac sur eux, les *Mémoires* de Mme de Beausergent.

Quand Mme de Villeparisis rencontrait Françoise au moment (que celle-ci appelait « le midi ») où, coiffée d'un beau bonnet et entourée de la considération générale, elle descendait « manger aux courriers », Mme de Villeparisis l'arrêtait pour lui demander de nos nouvelles. Et Françoise, nous transmettant les commissions de la marquise : « Elle a dit : Vous leur donnerez bien le bonjour », contrefaisant la voix de Mme de Villeparisis de laquelle elle croyait citer textuellement les paroles, tout en ne les déformant pas moins que Platon celles de Socrate ou saint Jean celles de Jésus. Françoise était naturellement très touchée de ces attentions. Tout au plus ne croyait-elle pas ma grand-mère et pensait-elle que celle-ci mentait dans un intérêt de classe, les gens riches se soutenant les uns les autres, quand elle assurait que Mme de Villeparisis avait été autrefois ravissante. Il est vrai qu'il n'en subsistait que de bien faibles restes dont on n'eût pu, à moins d'être plus artiste que Françoise, restituer la beauté détruite. Car, pour comprendre combien une vieille femme a pu être jolie, il ne faut pas seulement regarder, mais traduire chaque trait.

« Il faudra que je pense une fois à lui demander si je me trompe et si elle n'a pas quelque parenté avec des Guermantes », me dit ma grand-mère qui excita par là mon indignation. Comment aurais-je pu croire à une communauté d'origine entre deux noms qui étaient entrés en moi, l'un par la porte basse et honteuse de l'expérience, l'autre par la porte d'or de l'imagination ?

On voyait souvent passer depuis quelques jours, en pompeux équipage, grande, rousse, belle, avec un nez un peu fort, la princesse de Luxembourg[1] qui était en villégiature pour quelques semaines dans le pays. Sa calèche s'était arrêtée devant l'hôtel, un valet de pied était venu parler au directeur, était retourné à la voiture et avait rapporté des fruits merveilleux (qui unissaient dans une seule corbeille, comme la baie elle-même, diverses saisons), avec une carte : « La princesse de Luxembourg », où étaient écrits quelques mots au crayon. À quel voyageur princier demeurant ici incognito, pouvaient être destinés ces prunes glauques, lumineuses et sphériques comme était à ce moment-là la rotondité de la mer, des raisins transparents suspendus au bois desséché comme une claire journée d'automne, des poires d'un outremer céleste ? Car ce ne pouvait être à l'amie de ma grand-mère que la princesse avait voulu faire visite. Pourtant le lendemain soir Mme de Villeparisis nous envoya la grappe de raisins fraîche et dorée et des prunes et des poires que nous reconnûmes aussi, quoique les prunes eussent passé comme la mer à l'heure de notre dîner, au mauve et que dans l'outremer des poires flottassent quelques formes de nuages roses. Quelques jours après nous rencontrâmes Mme de Villeparisis en sortant du concert symphonique qui se donnait le matin sur la plage. Persuadé que les œuvres que j'y entendais (le prélude de *Lohengrin*, l'ouverture de *Tannhäiser*, etc.) exprimaient les vérités les plus hautes, je tâchais de m'élever autant que je pouvais pour atteindre jusqu'à elles, je tirais de moi pour les comprendre, je leur remettais tout ce que je recelais alors de meilleur, de plus profond.

Or, en sortant du concert, comme, en reprenant le chemin qui va vers l'hôtel, nous nous étions arrêtés un instant sur la digue, ma grand-mère et moi, pour échanger quelques mots avec Mme de Villeparisis qui nous annonçait qu'elle avait commandé pour nous à l'hôtel des « croque-monsieur » et des œufs à la crème, je vis de loin venir dans notre direction la princesse de Luxembourg, à demi appuyée sur une ombrelle de façon à imprimer à son grand et merveilleux corps cette légère inclinaison, à lui faire dessiner cette arabesque si chère aux femmes qui avaient été belles sous l'Empire et qui savaient, les épaules tombantes, le dos remonté, la hanche creuse, la jambe tendue, faire flotter mollement leur corps comme un foulard, autour de l'armature d'une invisible tige inflexible et oblique qui l'aurait traversé. Elle sortait tous les matins faire son tour de plage presque à l'heure où tout le monde après le bain remontait pour le déjeuner et comme le sien était seulement à une heure et demie, elle ne rentrait à sa villa que longtemps après que les baigneurs avaient abandonné la digue déserte et brûlante. Mme de Villeparisis présenta ma grand-mère, voulut me présenter, mais dut me demander mon nom, car elle ne se le rappelait pas. Elle ne l'avait peut-être jamais su ou, en tous cas, avait oublié depuis bien des années à qui ma grand-mère avait marié sa fille. Ce nom parut faire une vive impression sur Mme de Villeparisis. Cependant la princesse de Luxembourg nous avait tendu la main et, de temps en temps, tout en causant avec la marquise, elle se détournait pour poser de doux regards sur ma grand-mère et sur moi, avec cet embryon de baiser qu'on ajoute au sourire quand celui-ci s'adresse à un bébé avec sa nounou. Même dans son désir de ne pas avoir l'air de siéger dans une sphère supérieure à la nôtre elle avait sans doute mal calculé la distance, car, par une erreur de réglage, ses regards s'imprégnèrent d'une telle bonté que je vis approcher le moment où elle nous flatterait de la main comme deux bêtes sympathiques qui eussent passé la tête vers elle, à travers un grillage, au jardin d'Acclimatation. Aussitôt du reste cette idée d'animaux et de bois de Boulogne prit plus de consistance pour moi. C'était l'heure où la digue est parcourue par des marchands ambulants et criards qui vendent des gâteaux, des bonbons, des petits pains. Ne sachant que faire pour nous témoigner

sa bienveillance, la princesse arrêta le premier qui passa ;
il n'avait plus qu'un pain de seigle, du genre de ceux
qu'on jette aux canards. La princesse le prit et me dit :
« C'est pour votre grand-mère. » Pourtant, ce fut à moi
qu'elle le tendit, en me disant avec un fin sourire : « Vous
le lui donnerez vous-même », pensant qu'ainsi mon plaisir
serait plus complet s'il n'y avait pas d'intermédiaires entre
moi et les animaux. D'autres marchands s'approchèrent,
elle remplit mes poches de tout ce qu'ils avaient, de
paquets tout ficelés, de plaisirs, de babas et de sucres
d'orge. Elle me dit : « Vous en mangerez et vous en
ferez manger aussi à votre grand-mère » et elle fit payer
les marchands par le petit nègre habillé en satin rouge
qui la suivait partout et qui faisait l'émerveillement de
la plage. Puis elle dit adieu à Mme de Villeparisis et
nous tendit la main avec l'intention de nous traiter de
la même manière que son amie, en intimes, et de se
mettre à notre portée. Mais cette fois, elle plaça sans
doute notre niveau un peu moins bas dans l'échelle des
êtres, car son égalité avec nous fut signifiée par la
princesse à ma grand-mère au moyen de ce tendre et
maternel sourire qu'on adresse à un gamin quand on
lui dit au revoir comme à une grande personne. Par un
merveilleux progrès de l'évolution, ma grand-mère n'était
plus un canard ou une antilope, mais déjà ce que Mme
Swann eût appelé un « baby ». Enfin, nous ayant quittés
tous trois, la princesse reprit sa promenade sur la digue
ensoleillée en incurvant sa taille magnifique qui comme
un serpent autour d'une baguette s'enlaçait à l'ombrelle
blanche imprimée de bleu que Mme de Luxembourg
tenait fermée à la main. C'était ma première altesse, je
dis la première, car la princesse Mathilde n'était pas
altesse du tout de façons. La seconde, on le verra plus
tard, ne devait pas moins m'étonner par sa bonne grâce[1].
Une forme de l'amabilité des grands seigneurs, intermédiaires bénévoles entre les souverains et les bourgeois,
me fut apprise le lendemain quand Mme de Villeparisis
nous dit : « Elle vous a trouvés charmants. C'est une
femme d'un grand jugement, de beaucoup de cœur. Elle
n'est pas comme tant de souveraines ou d'altesses. Elle
a une vraie valeur. » Et Mme de Villeparisis ajouta d'un
air convaincu, et toute ravie de pouvoir nous le dire :
« Je crois qu'elle serait enchantée de vous revoir. »

Mais ce matin-là même, en quittant la princesse de Luxembourg, Mme de Villeparisis me dit une chose qui me frappa davantage et qui n'était pas du domaine de l'amabilité.

« Est-ce que vous êtes le fils du directeur au ministère ? me demanda-t-elle. Ah ! il paraît que votre père est un homme charmant. Il fait un bien beau voyage en ce moment. »

Quelques jours auparavant nous avions appris par une lettre de Maman que mon père et son compagnon M. de Norpois avaient perdu leurs bagages.

« Ils sont retrouvés, ou plutôt ils n'ont jamais été perdus, voici ce qui était arrivé », nous dit Mme de Villeparisis, qui, sans que nous sussions comment, avait l'air beaucoup plus renseigné que nous sur les détails du voyage. « Je crois que votre père avancera son retour à la semaine prochaine, car il renoncera probablement à aller à Algésiras. Mais il a envie de consacrer un jour de plus à Tolède, car il est admirateur d'un élève de Titien dont je ne me rappelle pas le nom et qu'on ne voit bien que là[1]. »

Et je me demandais par quel hasard, dans la lunette indifférente à travers laquelle Mme de Villeparisis considérait d'assez loin l'agitation sommaire, minuscule et vague de la foule des gens qu'elle connaissait, se trouvait intercalé à l'endroit où elle considérait mon père un morceau de verre prodigieusement grossissant qui lui faisait voir avec tant de relief et dans le plus grand détail tout ce qu'il avait d'agréable, les contingences qui le forçaient à revenir, ses ennuis de douane, son goût pour le Greco, et changeant pour elle l'échelle de sa vision, lui montrait ce seul homme si grand au milieu des autres, tout petits, comme ce Jupiter à qui Gustave Moreau a donné, quand il l'a peint à côté d'une faible mortelle, une stature plus qu'humaine[2].

Ma grand-mère prit congé de Mme de Villeparisis pour que nous pussions rester à respirer l'air un instant de plus devant l'hôtel, en attendant qu'on nous fît signe à travers le vitrage que notre déjeuner était servi. On entendit un tumulte. C'était la jeune maîtresse du roi des sauvages, qui venait de prendre son bain et rentrait déjeuner.

« Vraiment c'est un fléau, c'est à quitter la France ! » s'écria rageusement le bâtonnier qui passait à ce moment

Cependant la femme du notaire attachait des yeux écarquillés sur la fausse souveraine.

« Je ne peux pas vous dire comme Mme Blandais m'agace en regardant ces gens-là comme cela, dit le bâtonnier au président. Je voudrais pouvoir lui donner une gifle. C'est comme cela qu'on donne de l'importance à cette canaille qui naturellement ne demande qu'à ce que l'on s'occupe d'elle. Dites donc à son mari de l'avertir que c'est ridicule ; moi, je ne sors plus avec eux s'ils ont l'air de faire attention aux déguisés. »

Quant à la venue de la princesse de Luxembourg, dont l'équipage, le jour où elle avait apporté des fruits, s'était arrêté devant l'hôtel, elle n'avait pas échappé au groupe de la femme du notaire, du bâtonnier et du premier président, déjà depuis quelque temps fort agitées de savoir si c'était une marquise authentique et non une aventurière que cette Mme de Villeparisis qu'on traitait avec tant d'égards, desquels toutes ces dames brûlaient d'apprendre qu'elle était indigne. Quand Mme de Villeparisis traversait le hall, la femme du premier président, qui flairait partout des irrégulières, levait son nez de sur son ouvrage et la regardait d'une façon qui faisait mourir de rire ses amies.

« Oh ! moi, vous savez, disait-elle avec orgueil, je commence toujours par croire le mal. Je ne consens à admettre qu'une femme est vraiment mariée que quand on m'a sorti les extraits de naissance et les actes notariés. Du reste, n'ayez crainte, je vais procéder à ma petite enquête. »

Et chaque jour toutes ces dames accouraient en riant.

« Nous venons aux nouvelles. »

Mais le soir de la visite de la princesse du Luxembourg, la femme du Premier mit un doigt sur sa bouche.

« Il y a du nouveau.

— Oh ! elle est extraordinaire, Mme Poncin ! je n'ai jamais vu... mais dites, qu'y a-t-il ?

— Hé bien, il y a qu'une femme aux cheveux jaunes, avec un pied de rouge sur la figure, une voiture qui sentait l'horizontale d'une lieue, et comme n'en ont que ces demoiselles, est venue tantôt pour voir la prétendue marquise.

— Ouil you uouil ! patatras ! Voyez-vous ça ! mais c'est cette dame que nous avons vue, vous vous rappelez, bâtonnier, nous avons bien trouvé qu'elle marquait très

mal mais nous ne savions pas qu'elle était venue pour la
marquise. Une femme avec un nègre, n'est-ce pas ?
— C'est cela même.
— Ah ! vous m'en direz tant. Vous ne savez pas son nom ?
— Si, j'ai fait semblant de me tromper, j'ai pris la carte,
elle a comme nom de guerre la princesse de Luxembourg !
Avais-je raison de me méfier ! C'est agréable d'avoir ici
une promiscuité avec cette espèce de baronne d'Ange[1]. »
Le bâtonnier cita Mathurin Régnier et *Macette*[2] au premier
président.

Il ne faut, d'ailleurs, pas croire que ce malentendu fut
momentané comme ceux qui se forment au deuxième acte
d'un vaudeville pour se dissiper au dernier. Mme de
Luxembourg, nièce du roi d'Angleterre et de l'empereur
d'Autriche, et Mme de Villeparisis parurent toujours
quand la première venait chercher la seconde pour se
promener en voiture deux drôlesses de l'espèce de celles
dont on se gare difficilement dans les villes d'eaux. Les
trois quarts des hommes du faubourg Saint-Germain
passent aux yeux d'une bonne partie de la bourgeoisie
pour des décavés crapuleux (qu'ils sont d'ailleurs quelquefois individuellement) et que, par conséquent, personne
ne reçoit. La bourgeoisie est trop honnête en cela car leurs
tares ne les empêcheraient nullement d'être reçus avec la
plus grande faveur là où elle ne le sera jamais. Et eux
s'imaginent tellement que la bourgeoisie le sait qu'ils
affectent une simplicité en ce qui les concerne, un
dénigrement pour leurs amis particulièrement « à la
côte[3] », qui achève le malentendu. Si par hasard un
homme du grand monde est en rapports avec la petite
bourgeoisie parce qu'il se trouve, étant extrêmement riche,
avoir la présidence des plus importantes sociétés financières, la bourgeoisie qui voit enfin un noble digne d'être
grand bourgeois jurerait qu'il ne fraye pas avec le marquis
joueur et ruiné qu'elle croit d'autant plus dénué de
relations qu'il est plus aimable. Et elle n'en revient pas
quand le duc, président du conseil d'administration de la
colossale Affaire, donne pour femme à son fils la fille du
marquis joueur, mais dont le nom est le plus ancien de
France, de même qu'un souverain fera plutôt épouser à
son fils la fille d'un roi détrôné que d'un président de la
république en fonctions. C'est dire que les deux mondes
ont l'un de l'autre une vue aussi chimérique que les

habitants d'une plage située à une des extrémités de la baie de Balbec, ont de la plage située à l'autre extrémité : de Rivebelle on voit un peu Marcouville-l'Orgueilleuse[1] ; mais cela même trompe, car on croit qu'on est vu de Marcouville, d'où au contraire les splendeurs de Rivebelle sont en grande partie invisibles.

Le médecin de Balbec appelé pour un accès de fièvre que j'avais eu, ayant estimé que je ne devrais pas rester toute la journée au bord de la mer, en plein soleil, par les grandes chaleurs, et rédigé à mon usage quelques ordonnances pharmaceutiques, ma grand-mère prit les ordonnances avec un respect apparent où je reconnus tout de suite sa ferme décision de n'en faire exécuter aucune, mais tint compte du conseil en matière d'hygiène et accepta l'offre de Mme de Villeparisis de nous faire faire quelques promenades en voiture. J'allais et je venais, jusqu'à l'heure du déjeuner, de ma chambre à celle de ma grand-mère[2]. Elle ne donnait pas directement sur la mer comme la mienne mais prenait jour de trois côtés différents : sur un coin de la digue, sur une cour et sur la campagne, et était meublée autrement, avec des fauteuils brodés de filigranes métalliques et de fleurs roses d'où semblait émaner l'agréable et fraîche odeur qu'on trouvait en entrant. Et à cette heure où des rayons venus d'expositions et comme d'heures différentes, brisaient les angles du mur, à côté d'un reflet de la plage mettaient sur la commode un reposoir diapré comme les fleurs du sentier, suspendaient à la paroi les ailes repliées, tremblantes et tièdes d'une clarté prête à reprendre son vol, chauffaient comme un bain un carré de tapis provincial devant la fenêtre de la courette que le soleil festonnait comme une vigne, ajoutaient au charme et à la complexité de la décoration mobilière en semblant exfolier la soie fleurie des fauteuils et détacher leur passementerie, cette chambre que je traversais un moment avant de m'habiller pour la promenade, avait l'air d'un prisme où se décomposaient les couleurs de la lumière du dehors, d'une ruche où les sucs de la journée que j'allais goûter étaient dissociés, épars, enivrants et visibles, d'un jardin de l'espérance qui se dissolvait en une palpitation de rayons d'argent et de pétales de rose. Mais avant tout j'avais ouvert mes rideaux dans l'impatience de savoir quelle était la Mer qui jouait ce matin-là au bord du rivage, comme une Néréide. Car chacune de ces Mers ne restait jamais plus d'un jour. Le lendemain il y en avait une autre qui parfois lui ressemblait. Mais je ne vis jamais deux fois la même.

Il y en avait qui étaient d'une beauté si rare qu'en les apercevant mon plaisir était encore accru par la surprise. Par quel privilège, un matin plutôt qu'un autre, la fenêtre en s'entrouvrant découvrit-elle à mes yeux émerveillés la nymphe Glaukonomè[1], dont la beauté paresseuse et qui respirait mollement, avait la transparence d'une vaporeuse émeraude à travers laquelle je voyais affluer les éléments pondérables qui la coloraient ? Elle faisait jouer le soleil avec un sourire alangui par une brume invisible qui n'était qu'un espace vide réservé autour de sa surface translucide rendue ainsi plus abrégée et plus saisissante, comme ces déesses que le sculpteur détache sur le reste du bloc qu'il ne daigne pas dégrossir. Telle, dans sa couleur unique, elle nous invitait à la promenade sur ces routes grossières et terriennes, d'où, installés dans la calèche de Mme de Villeparisis, nous apercevrions tout le jour et sans jamais l'atteindre la fraîcheur de sa molle palpitation.

Mme de Villeparisis faisait atteler de bonne heure, pour que nous eussions le temps d'aller soit jusqu'à Saint-Mars-le-Vêtu, soit jusqu'aux rochers de Quetteholme ou à quelque autre but d'excursion qui, pour une voiture assez lente, était fort lointain et demandait toute la journée. Dans ma joie de la longue promenade que nous allions entreprendre, je fredonnais quelque air récemment écouté, et je faisais les cent pas en attendant que Mme de Villeparisis fût prête. Si c'était dimanche, sa voiture n'était pas seule devant l'hôtel ; plusieurs fiacres loués attendaient non seulement les personnes qui étaient invitées au château de Féterne chez Mme de Cambremer, mais celles qui plutôt que de rester là comme des enfants punis déclaraient que le dimanche était un jour assommant à Balbec et partaient dès après déjeuner se cacher dans une plage voisine ou visiter quelque site. Et même souvent quand on demandait à Mme Blandais si elle avait été chez les Cambremer, elle répondait péremptoirement : « Non, nous étions aux cascades du Bec », comme si c'était là la seule raison pour laquelle elle n'avait pas passé la journée à Féterne. Et le bâtonnier disait charitablement :

« Je vous envie, j'aurais bien changé avec vous, c'est autrement intéressant. »

À côté des voitures, devant le porche où j'attendais, était planté comme un arbrisseau d'une espèce rare un jeune chasseur qui ne frappait pas moins les yeux par l'harmonie singulière de ses cheveux colorés que par son épiderme de plante. À l'intérieur, dans le hall qui correspondait au narthex ou église des catéchumènes des églises romanes, et où les personnes qui n'habitaient pas l'hôtel avaient le droit de passer, les camarades du groom « extérieur » ne travaillaient pas beaucoup plus que lui mais exécutaient du moins quelques mouvements. Il est probable que le matin ils aidaient au nettoyage. Mais l'après-midi ils restaient là seulement comme des choristes qui, même quand ils ne servent à rien, demeurent en scène pour ajouter à la figuration. Le directeur général, celui qui me faisait si peur, comptait augmenter considérablement leur nombre l'année suivante, car il « voyait grand ». Et sa décision affligeait beaucoup le directeur de l'hôtel, lequel trouvait que tous ces enfants n'étaient que des « faiseurs d'embarras », entendant par là qu'ils embarrassaient le passage et ne servaient à rien. Du moins, entre le déjeuner et le dîner, entre les sorties et les rentrées des clients, remplissaient-ils le vide de l'action, comme ces élèves de Mme de Maintenon qui sous le costume de jeunes Israélites, font intermède chaque fois qu'Esther ou Joad s'en vont. Mais le chasseur du dehors, aux nuances précieuses, à la taille élancée et frêle, non loin duquel j'attendais que la marquise descendît, gardait une immobilité à laquelle s'ajoutait de la mélancolie, car ses frères aînés avaient quitté l'hôtel pour des destinées plus brillantes et il se sentait isolé sur cette terre étrangère. Enfin Mme de Villeparisis arrivait. S'occuper de sa voiture et l'y faire monter eût peut-être dû faire partie des fonctions du chasseur. Mais il savait d'une part qu'une personne qui amène ses gens avec soi se fait servir par eux et d'habitude donne peu de pourboires dans un hôtel, que les nobles de l'ancien faubourg Saint-Germain agissent de même. Mme de Villeparisis appartenait à la fois à ces deux catégories. Le chasseur arborescent en concluait qu'il n'avait rien à attendre de la marquise et laissant le maître d'hôtel et la femme de chambre de celle-ci l'installer avec ses affaires, il rêvait tristement au sort envié de ses frères et conservait son immobilité végétale.

Nous partions ; quelque temps après avoir contourné la station du chemin de fer, nous entrions dans une route campagnarde qui me devint bientôt aussi familière que celle de Combray, depuis le coude où elle s'amorçait entre des clos charmants jusqu'au tournant où nous la quittions et qui avait de chaque côté des terres labourées. Au milieu d'elles, on voyait çà et là un pommier, privé il est vrai de ses fleurs et ne portant plus qu'un bouquet de pistils, mais qui suffisait à m'enchanter parce que je reconnaissais ces feuilles inimitables dont la large étendue, comme le tapis d'estrade d'une fête nuptiale maintenant terminée, avait été tout récemment foulée par la traîne de satin blanc des fleurs rougissantes.

Combien de fois à Paris, dans le mois de mai de l'année suivante, il m'arriva d'acheter une branche de pommier chez le fleuriste et de passer ensuite la nuit devant ses fleurs où s'épanouissait la même essence crémeuse qui poudrait encore de son écume les bourgeons de feuilles et entre les blanches corolles desquelles il semblait que ce fût le marchand qui par générosité envers moi, par goût inventif aussi et contraste ingénieux, eût ajouté de chaque côté, en surplus, un seyant bouton rose ; je les regardais, je les faisais poser sous ma lampe — si longtemps que j'étais souvent encore là quand l'aurore leur apportait la même rougeur qu'elle devait faire en même temps à Balbec — et je cherchais à les reporter sur cette route par l'imagination, à les multiplier, à les étendre dans le cadre préparé, sur la toile toute prête, de ces clos dont je savais le dessin par cœur et que j'aurais tant voulu, qu'un jour je devais, revoir, au moment où avec la verve ravissante du génie, le printemps couvre leur canevas de ses couleurs.

Avant de monter en voiture, j'avais composé le tableau de mer que j'allais chercher, que j'espérais voir avec le « soleil rayonnant[1] », et qu'à Balbec je n'apercevais que trop morcelé entre tant d'enclaves vulgaires et que mon rêve n'admettait pas, de baigneurs, de cabines, de yachts de plaisance. Mais quand, la voiture de Mme de Villeparisis étant parvenue en haut d'une côte, j'apercevais la mer entre les feuillages des arbres, alors sans doute de si loin disparaissaient ces détails contemporains qui l'avaient mise comme en dehors de la nature et de l'histoire, et je pouvais en regardant les flots m'efforcer de penser que c'était les mêmes que Leconte de Lisle nous

peint dans *L'Orestie* quand « tel qu'un vol d'oiseaux
carnassiers dans l'aurore », les guerriers chevelus de
l'héroïque Hellas « de cent mille avirons battaient le flot
sonore[1] ». Mais en revanche je n'étais plus assez près de
la mer qui ne me semblait pas vivante, mais figée, je ne
sentais plus de puissance sous ses couleurs étendues comme
celles d'une peinture entre les feuilles où elle apparaissait
aussi inconsistante que le ciel, et seulement plus foncée
que lui.

Mme de Villeparisis voyant que j'aimais les églises me
promettait que nous irions voir une fois l'une, une fois
l'autre, et surtout celle de Carqueville « toute cachée sous
son vieux lierre[2] », dit-elle avec un mouvement de la main
qui semblait envelopper avec goût la façade absente dans
un feuillage invisible et délicat. Mme de Villeparisis avait
souvent, avec ce petit geste descriptif, un mot juste pour
définir le charme et la particularité d'un monument, évitant
toujours les termes techniques, mais ne pouvant dissimuler
qu'elle savait très bien les choses dont elle parlait. Elle
semblait chercher à s'en excuser sur ce qu'un des châteaux
de son père, et où elle avait été élevée, étant situé dans
une région où il y avait des églises du même style
qu'autour de Balbec, il eût été honteux qu'elle n'eût pas
pris le goût de l'architecture, ce château étant d'ailleurs
le plus bel exemplaire de celle de la Renaissance. Mais
comme il était aussi un vrai musée, comme d'autre part
Chopin et Liszt y avaient joué, Lamartine récité des vers,
tous les artistes connus de tout un siècle écrit des pensées,
des mélodies, fait des croquis sur l'album familial, Mme
de Villeparisis ne donnait, par grâce, bonne éducation,
modestie réelle, ou manque d'esprit philosophique, que
cette origine purement matérielle à sa connaissance de tous
les arts, et finissait par avoir l'air de considérer la peinture,
la musique, la littérature et la philosophie comme
l'apanage d'une jeune fille élevée de la façon la plus
aristocratique dans un monument classé et illustre. On
aurait dit qu'il n'y avait pas pour elle d'autres tableaux
que ceux dont on a hérité. Elle fut contente que ma
grand-mère aimât un collier qu'elle portait et qui dépassait
de sa robe. Il était dans le portrait d'une bisaïeule à elle,
par Titien, et qui n'était jamais sorti de la famille. Comme
cela on était sûr que c'était un vrai. Elle ne voulait pas
entendre parler des tableaux achetés on ne sait comment

par un Crésus, elle était d'avance persuadée qu'ils étaient faux et n'avait aucun désir de les voir. Nous savions qu'elle-même faisait des aquarelles de fleurs, et ma grand-mère qui les avait entendu vanter lui en parla. Mme de Villeparisis changea de conversation par modestie, mais sans montrer plus d'étonnement ni de plaisir qu'une artiste suffisamment connue à qui les compliments n'apprennent rien. Elle se contenta de dire que c'était un passe-temps charmant parce que si les fleurs nées du pinceau n'étaient pas fameuses, du moins les peindre vous faisait vivre dans la société des fleurs naturelles, de la beauté desquelles, surtout quand on était obligé de les regarder de plus près pour les imiter, on ne se lassait pas. Mais à Balbec Mme de Villeparisis se donnait congé pour laisser reposer ses yeux.

Nous fûmes étonnés, ma grand-mère et moi, de voir combien elle était plus « libérale » que même la plus grande partie de la bourgeoisie. Elle s'étonnait qu'on fût scandalisé des expulsions des jésuites, disant que cela s'était toujours fait, même sous la monarchie, même en Espagne. Elle défendait la République à laquelle elle ne reprochait son anticléricalisme que dans cette mesure : « Je trouverais tout aussi mauvais qu'on m'empêchât d'aller à la messe si j'en ai envie que d'être forcée d'y aller si je ne le veux pas », lançant même certains mots comme : « Oh ! la noblesse aujourd'hui, qu'est-ce que c'est ! » « Pour moi, un homme qui ne travaille pas, ce n'est rien », peut-être seulement parce qu'elle sentait ce qu'ils prenaient de piquant, de savoureux, de mémorable dans sa bouche.

En entendant souvent exprimer avec franchise des opinions avancées — pas jusqu'au socialisme cependant, qui était la bête noire de Mme de Villeparisis — précisément par une de ces personnes en considération de l'esprit desquelles notre scrupuleuse et timide impartialité se refuse à condamner les idées des conservateurs, nous n'étions pas loin, ma grand-mère et moi, de croire qu'en notre agréable compagne se trouvaient la mesure et le modèle de la vérité en toutes choses. Nous la croyions sur parole tandis qu'elle jugeait ses Titiens, la colonnade de son château, l'esprit de conversation de Louis-Philippe. Mais — comme ces érudits qui émerveillent quand on les met sur la peinture égyptienne et les inscriptions étrusques

et qui parlent d'une façon si banale des œuvres modernes
que nous nous demandons si nous n'avons pas surfait
l'intérêt des sciences où ils sont versés, puisque n'y apparaît
pas cette même médiocrité qu'ils ont pourtant dû y
apporter aussi bien que dans leurs niaises études sur
Baudelaire — Mme de Villeparisis, interrogée par moi sur
Chateaubriand, sur Balzac, sur Victor Hugo, tous reçus
jadis par ses parents et entrevus par elle-même, riait de
mon admiration, racontait sur eux des traits piquants
comme elle venait de faire sur des grands seigneurs ou
des hommes politiques, et jugeait sévèrement ces écrivains,
précisément parce qu'ils avaient manqué de cette modestie, de cet effacement de soi, de cet art sobre qui se
contente d'un seul trait juste et n'appuie pas, qui fuit plus
que tout le ridicule de la grandiloquence, de cet à-propos,
de ces qualités de modération de jugement et de simplicité,
auxquelles on lui avait appris qu'atteint la vraie valeur ;
on voyait qu'elle n'hésitait pas à leur préférer des hommes
qui, peut-être, en effet, avaient eu, à cause d'elles,
l'avantage sur un Balzac, un Hugo, un Vigny, dans un
salon, une académie, un conseil des ministres, Molé,
Fontanes, Vitrolles, Bersot, Pasquier, Lebrun, Salvandy ou
Daru[1].

« C'est comme les romans de Stendhal pour qui vous
aviez l'air d'avoir de l'admiration. Vous l'auriez beaucoup
étonné en lui parlant sur ce ton. Mon père qui le voyait
chez M. Mérimée[2] — un homme de talent, au moins,
celui-là — m'a souvent dit que Beyle (c'était son nom)
était d'une vulgarité affreuse, mais spirituel dans un dîner,
et ne s'en faisant pas accroire pour ses livres. Du reste,
vous avez pu voir vous-même par quel haussement
d'épaules il a répondu aux éloges outrés de M. de Balzac.
En cela, du moins, il était homme de bonne compagnie[3]. »
Elle avait de tous ces grands hommes des autographes,
et semblait, se prévalant des relations particulières que sa
famille avait eues avec eux, penser que son jugement à
leur égard était plus juste que celui de jeunes gens qui
comme moi n'avaient pas pu les fréquenter.

« Je crois que je peux en parler, car ils venaient chez
mon père, et, comme disait M. Sainte-Beuve qui avait bien
de l'esprit, il faut croire sur eux ceux qui les ont vus de
près et ont pu juger plus exactement de ce qu'ils
valaient. »

Parfois, comme la voiture gravissait une route montante entre des terres labourées, rendant les champs plus réels, leur ajoutant une marque d'authenticité, comme la précieuse fleurette dont certains maîtres anciens signaient leurs tableaux, quelques bleuets hésitants pareils à ceux de Combray suivaient notre voiture. Bientôt nos chevaux les distançaient, mais après quelques pas, nous en apercevions un autre qui en nous attendant avait piqué devant nous dans l'herbe son étoile bleue ; plusieurs s'enhardissaient jusqu'à venir se poser au bord de la route et c'était toute une nébuleuse qui se formait avec mes souvenirs lointains et les fleurs apprivoisées.

Nous redescendions la côte ; alors nous croisions, la montant à pied, à bicyclette, en carriole ou en voiture, quelqu'une de ces créatures — fleurs de la belle journée, mais qui ne sont pas comme les fleurs des champs, car chacune recèle quelque chose qui n'est pas dans une autre et qui empêchera que nous puissions contenter avec ses pareilles le désir qu'elle a fait naître en nous —, quelque fille de ferme poussant sa vache ou à demi couchée sur une charrette, quelque fille de boutiquier en promenade, quelque élégante demoiselle assise sur le strapontin d'un landau, en face de ses parents. Certes Bloch m'avait ouvert une ère nouvelle et avait changé pour moi la valeur de la vie, le jour où il m'avait appris que les rêves que j'avais promenés solitairement du côté de Méséglise quand je souhaitais que passât une paysanne que je prendrais dans mes bras, n'étaient pas une chimère qui ne correspondait à rien d'extérieur à moi, mais que toutes les filles qu'on rencontrait, villageoises ou demoiselles, étaient toutes prêtes à en exaucer de pareils. Et dussé-je, maintenant que j'étais souffrant et ne sortais pas seul, ne jamais pouvoir faire l'amour avec elles, j'étais tout de même heureux comme un enfant né dans une prison ou dans un hôpital et qui ayant cru longtemps que l'organisme humain ne peut digérer que du pain sec et des médicaments, a appris tout d'un coup que les pêches, les abricots, le raisin, ne sont pas une simple parure de la campagne, mais des aliments délicieux et assimilables. Même si son geôlier ou son garde-malade ne lui permettent pas de cueillir ces beaux fruits, le monde cependant lui paraît meilleur et l'existence plus clémente. Car un désir nous semble plus beau, nous nous appuyons à lui avec plus de confiance quand nous savons qu'en dehors de nous la réalité s'y conforme, même si pour nous il n'est pas réalisable. Et nous pensons avec plus de joie à une vie où, à condition que nous écartions pour un instant de notre pensée le petit obstacle accidentel et particulier qui nous empêche personnellement de le faire, nous pouvons nous imaginer l'assouvissant. Pour les belles filles qui passaient, du jour où j'avais su que leurs joues pouvaient être embrassées, j'étais devenu curieux de leur âme. Et l'univers m'avait paru plus intéressant.

La voiture de Mme de Villeparisis allait vite. À peine avais-je le temps de voir la fillette qui venait dans notre direction ; et pourtant — comme la beauté des êtres n'est pas comme celle des choses, et que nous sentons qu'elle est celle d'une créature unique, consciente et volontaire — dès que son individualité, âme vague, volonté inconnue de moi, se peignait en une petite image prodigieusement réduite, mais complète, au fond de son regard distrait, aussitôt, mystérieuse réplique des pollens tout préparés pour les pistils, je sentais saillir en moi l'embryon aussi vague, aussi minuscule, du désir de ne pas laisser passer cette fille sans que sa pensée prît conscience de ma personne, sans que j'empêchasse ses désirs d'aller à quelqu'un d'autre, sans que je vinsse me fixer dans sa rêverie et saisir son cœur. Cependant notre voiture s'éloignait, la belle fille était déjà derrière nous et comme elle ne possédait de moi aucune des notions qui constituent une personne, ses yeux, qui m'avaient à peine vu, m'avaient déjà oublié. Était-ce parce que je ne l'avais qu'entr'aperçue que je l'avais trouvée si belle ? Peut-être. D'abord l'impossibilité de s'arrêter auprès d'une femme, le risque de ne pas la retrouver un autre jour lui donnent brusquement le même charme qu'à un pays la maladie ou la pauvreté qui nous empêchent de le visiter, ou qu'aux jours si ternes qui nous restaient à vivre le combat où nous succomberons sans doute. De sorte que s'il n'y avait pas l'habitude, la vie devrait paraître délicieuse à des êtres qui seraient à chaque heure menacés de mourir, — c'est-à-dire à tous les hommes. Puis si l'imagination est entraînée par le désir de ce que nous ne pouvons posséder, son essor n'est pas limité par une réalité complètement perçue dans ces rencontres où les charmes de la passante sont généralement en relation directe avec la rapidité du passage. Pour peu que la nuit tombe et que la voiture aille vite, à la campagne, dans une ville, il n'y a pas un torse féminin, mutilé comme un marbre antique par la vitesse qui nous entraîne et le crépuscule qui le noie, qui ne tire sur notre cœur, à chaque coin de route, du fond de chaque boutique, les flèches de la Beauté, de la Beauté dont on serait parfois tenté de se demander si elle est en ce monde autre chose que la partie de complément qu'ajoute à une passante fragmentaire et fugitive notre imagination sur-excitée par le regret[1].

Si j'avais pu descendre parler à la fille que nous croisions, peut-être eussé-je été désillusionné par quelque défaut de sa peau que de la voiture je n'avais pas distingué ? (Et alors, tout effort pour pénétrer dans sa vie m'eût semblé soudain impossible. Car la beauté est une suite d'hypothèses que rétrécit la laideur en barrant la route que nous voyions déjà s'ouvrir sur l'inconnu.) Peut-être un seul mot qu'elle eût dit, un sourire, m'eussent fourni une clef, un chiffre inattendus, pour lire l'expression de sa figure et de sa démarche, qui seraient aussitôt devenues banales. C'est possible, car je n'ai jamais rencontré dans la vie des filles aussi désirables que les jours où j'étais avec quelque grave personne que malgré les mille prétextes que j'inventais je ne pouvais quitter : quelques années après celle où j'allai pour la première fois à Balbec, faisant à Paris une course en voiture avec un ami de mon père et ayant aperçu une femme qui marchait vite dans la nuit, je pensai qu'il était déraisonnable de perdre pour une raison de convenances ma part de bonheur dans la seule vie qu'il y ait sans doute[2], et sautant à terre sans m'excuser, je me mis à la recherche de l'inconnue, la perdis au carrefour de deux rues, la retrouvai dans une troisième, et me trouvai enfin, tout essoufflé, sous un réverbère, en face de la vieille Mme Verdurin que j'évitais partout et qui, heureuse et surprise, s'écria : « Oh ! comme c'est aimable d'avoir couru pour me dire bonjour ! ».

Cette année-là, à Balbec, au moment de ces rencontres, j'assurais à ma grand-mère, à Mme de Villeparisis qu'à cause d'un grand mal de tête il valait mieux que je rentrasse seul à pied. Elles refusaient de me laisser descendre. Et j'ajoutais la belle fille (bien plus difficile à retrouver que ne l'est un monument, car elle était anonyme et mobile) à la collection de toutes celles que je me promettais de voir de près. Une pourtant se trouva repasser sous mes yeux, dans des conditions telles que je crus que je pourrais la connaître comme je voudrais. C'était une laitière qui vint d'une ferme apporter un supplément de crème à l'hôtel. Je pensai qu'elle m'avait aussi reconnu et elle me regardait, en effet, avec une attention qui n'était peut-être causée que par l'étonnement que lui causait la mienne. Or le lende-main, jour où je m'étais reposé toute la matinée, quand Françoise vint ouvrir les rideaux vers midi, elle me remit une lettre qui avait été déposée pour moi à l'hôtel. Je ne connaissais personne à Balbec. Je ne doutai pas que la lettre ne fût de la laitière. Hélas, elle n'était que de Bergotte qui, de passage, avait essayé de me voir, mais ayant su que je dormais m'avait laissé un mot charmant pour lequel le liftman avait fait une enveloppe que j'avais crue écrite par la laitière. J'étais affreusement déçu, et l'idée qu'il était plus difficile et plus flatteur d'avoir une lettre de Bergotte, ne me consolait en rien qu'elle ne fût pas de la laitière. Cette fille-là même, je ne la retrouvai pas plus que celles que j'apercevais seulement de la voiture de Mme de Villepari-sis. La vue et la perte de toutes accroissaient l'état d'agitation où je vivais et je trouvais quelque sagesse aux philosophes qui nous recommandent de borner nos désirs (si toutefois ils veulent parler du désir des êtres, car c'est le seul qui puisse laisser de l'anxiété, s'appliquant à de l'inconnu conscient. Supposer que la philosophie veut parler du désir des richesses serait trop absurde). Pourtant j'étais disposé à juger cette sagesse incomplète, car je me disais que ces rencontres me faisaient trouver encore plus beau un monde qui fait ainsi croître sur toutes les routes campagnardes des fleurs à la fois singulières et communes, trésors fugitifs de la journée, aubaines de la promenade, dont des circonstances contingentes qui ne se reprodui-raient peut-être pas toujours m'avaient seules empêché de profiter, et qui donnent un goût nouveau à la vie.

Mais peut-être, en espérant qu'un jour, plus libre, je pourrais trouver sur d'autres routes de semblables filles, je commençais déjà à fausser ce qu'a d'exclusivement individuel le désir de vivre auprès d'une femme qu'on a trouvée jolie, et du seul fait que j'admettais la possibilité de le faire naître artificiellement, j'en avais implicitement reconnu l'illusion.

Le jour que Mme de Villeparisis nous mena à Carqueville[1] où était cette église couverte de lierre dont elle nous
avait parlé et qui, bâtie sur un tertre, domine le village,
la rivière qui le traverse et qui a conservé son petit pont
du Moyen Âge, ma grand-mère, pensant que je serais
content d'être seul pour regarder le monument, proposa
à son amie d'aller goûter chez le pâtissier, sur la place
qu'on apercevait distinctement et qui sous sa patine dorée
était comme une autre partie d'un objet tout entier ancien.
Il fut convenu que j'irais les y retrouver. Dans le bloc de
verdure devant lequel on me laissa, il fallait pour
reconnaître une église faire un effort qui me fît serrer de
plus près l'idée d'église ; en effet, comme il arrive aux
élèves qui saisissent plus complètement le sens d'une
phrase quand on les oblige par la version ou par le thème
à la dévêtir des formes auxquelles ils sont accoutumés,
cette idée d'église dont je n'avais guère besoin d'habitude
devant des clochers qui se faisaient reconnaître d'eux-
mêmes, j'étais obligé d'y faire perpétuellement appel pour
ne pas oublier, ici que le cintre de cette touffe de lierre
était celui d'une verrière ogivale, là, que la saillie des
feuilles était due au relief d'un chapiteau. Mais alors un
peu de vent soufflait, faisait frémir le porche mobile que
parcouraient des remous propagés et tremblants comme
une clarté ; les feuilles déferlaient les unes contre les
autres ; et frissonnante, la façade végétale entraînait avec
elle les piliers onduleux, caressés et fuyants.

Comme je quittais l'église, je vis devant le vieux pont
des filles du village qui, sans doute parce que c'était un
dimanche, se tenaient attifées, interpellant les garçons qui
passaient. Moins bien vêtue que les autres, mais semblant
les dominer par quelque ascendant — car elle répondait
à peine à ce qu'elles lui disaient —, l'air plus grave et plus
volontaire, il y en avait une grande qui assise à demi sur
le rebord du pont, laissant pendre ses jambes, avait devant
elle un petit pot plein de poissons qu'elle venait
probablement de pêcher. Elle avait un teint bruni, des yeux
doux, mais un regard dédaigneux de ce qui l'entourait,
un nez petit, d'une forme fine et charmante. Mes regards
se posaient sur sa peau et mes lèvres à la rigueur pouvaient
croire qu'elles avaient suivi mes regards. Mais ce n'est pas
seulement son corps que j'aurais voulu atteindre, c'était
aussi la personne qui vivait en lui et avec laquelle il n'est

qu'une sorte d'attouchement, qui est d'attirer son attention, qu'une sorte de pénétration, y éveiller une idée.

Et cet être intérieur de la belle pêcheuse semblait m'être clos encore, je doutais si j'y étais entré, même après que j'eus aperçu ma propre image se refléter furtivement dans le miroir de son regard, suivant un indice de réfraction qui m'était aussi inconnu que si je me fusse placé dans le champ visuel d'une biche. Mais de même qu'il ne m'eût pas suffi que mes lèvres prissent du plaisir sur les siennes mais leur en donnassent, de même j'aurais voulu que l'idée de moi qui entrerait en cet être, qui s'y accrocherait, n'amenât pas à moi seulement son attention, mais son admiration, son désir, et le forçât à garder mon souvenir jusqu'au jour où je pourrais le retrouver. Cependant, j'apercevais à quelques pas la place où devait m'attendre la voiture de Mme de Villeparisis. Je n'avais qu'un instant ; et déjà je sentais que les filles commençaient à rire de me voir ainsi arrêté. J'avais cinq francs dans ma poche. Je les en sortis, et avant d'expliquer à la belle fille la commission dont je la chargeais, pour avoir plus de chance qu'elle m'écoutât je tins un instant la pièce devant ses yeux :

« Puisque vous avez l'air d'être du pays, dis-je à la pêcheuse, est-ce que vous auriez la bonté de faire une petite course pour moi ? Il faudrait aller devant un pâtissier qui est, paraît-il, sur une place, mais je ne sais pas où c'est, et où une voiture m'attend. Attendez !... pour ne pas confondre vous demanderez si c'est la voiture de la marquise de Villeparisis. Du reste vous verrez bien, elle a deux chevaux. »

C'était cela que je voulais qu'elle sût pour prendre une grande idée de moi. Mais quand j'eus prononcé les mots « marquise » et « deux chevaux », soudain j'éprouvai un grand apaisement. Je sentis que la pêcheuse se souviendrait de moi et se dissiper avec mon effroi de ne pouvoir la retrouver une partie de mon désir de la retrouver. Il me semblait que je venais de toucher sa personne avec des lèvres invisibles et que je lui avais plu. Et cette prise de force de son esprit, cette possession immatérielle, lui avait ôté de son mystère autant que fait la possession physique.

Nous descendîmes sur Hudimesnil ; tout d'un coup je fus rempli de ce bonheur profond que je n'avais pas souvent ressenti depuis Combray, un bonheur analogue à celui que m'avaient donné, entre autres, les clochers de

Martinville. Mais cette fois il resta incomplet. Je venais
d'apercevoir, en retrait de la route en dos d'âne que nous
suivions, trois arbres qui devaient servir d'entrée à une
allée couverte et formaient un dessin que je ne voyais pas
pour la première fois, je ne pouvais arriver à reconnaître
le lieu dont ils étaient comme détachés mais je sentais qu'il
m'avait été familier autrefois ; de sorte que mon esprit
ayant trébuché entre quelque année lointaine et le moment
présent, les environs de Balbec vacillèrent et je me
demandai si toute cette promenade n'était pas une fiction,
Balbec un endroit où je n'étais jamais allé que par
l'imagination, Mme de Villeparisis un personnage de
roman et les trois vieux arbres la réalité qu'on retrouve
en levant les yeux de dessus le livre qu'on était en train
de lire et qui vous décrivait un milieu dans lequel on avait
fini par se croire effectivement transporté.

Je regardais les trois arbres, je les voyais bien, mais mon
esprit sentait qu'ils recouvraient quelque chose sur quoi
il n'avait pas prise, comme sur ces objets placés trop loin
dont nos doigts, allongés au bout de notre bras tendu,
effleurent seulement par instant l'enveloppe sans arriver
à rien saisir. Alors on se repose un moment pour jeter
le bras en avant d'un élan plus fort et tâcher d'atteindre
plus loin. Mais pour que mon esprit pût ainsi se rassembler,
prendre son élan, il m'eût fallu être seul. Que j'aurais
voulu pouvoir m'écarter comme je faisais dans les
promenades du côté de Guermantes quand je m'isolais de
mes parents ! Il me semblait même que j'aurais dû le faire.
Je reconnaissais ce genre de plaisir qui requiert, il est vrai,
un certain travail de la pensée sur elle-même, mais à côté
duquel les agréments de la nonchalance qui vous fait
renoncer à lui, semblent bien médiocres. Ce plaisir, dont
l'objet n'était que pressenti, que j'avais à créer moi-même,
je ne l'éprouvais que de rares fois, mais à chacune d'elles
il me semblait que les choses qui s'étaient passées dans
l'intervalle n'avaient guère d'importance et qu'en m'attachant à sa seule réalité je pourrais commencer enfin une
vraie vie. Je mis un instant ma main devant mes yeux pour
pouvoir les fermer sans que Mme de Villeparisis s'en
aperçût. Je restai sans penser à rien, puis de ma pensée
ramassée, ressaisie avec plus de force, je bondis plus avant
dans la direction des arbres, ou plutôt dans cette direction
intérieure au bout de laquelle je les voyais en moi-même.

Je sentis de nouveau derrière eux le même objet connu mais vague et que je ne pus ramener à moi. Cependant tous trois, au fur et à mesure que la voiture avançait, je les voyais s'approcher. Où les avais-je déjà regardés ? Il n'y avait aucun lieu autour de Combray où une allée s'ouvrît ainsi. Le site qu'ils me rappelaient, il n'y avait pas de place pour lui davantage dans la campagne allemande où j'étais allé une année avec ma grand-mère prendre les eaux. Fallait-il croire qu'ils venaient d'années déjà si lointaines de ma vie que le paysage qui les entourait avait été entièrement aboli dans ma mémoire et que comme ces pages qu'on est tout d'un coup ému de retrouver dans un ouvrage qu'on s'imaginait n'avoir jamais lu, ils surnageaient seuls du livre oublié de ma première enfance ? N'appartenaient-ils au contraire qu'à ces paysages du rêve, toujours les mêmes, du moins pour moi chez qui leur aspect étrange n'était que l'objectivation dans mon sommeil de l'effort que je faisais pendant la veille, soit pour atteindre le mystère dans un lieu derrière l'apparence duquel je le pressentais, comme cela m'était arrivé si souvent du côté de Guermantes, soit pour essayer de le réintroduire dans un lieu que j'avais désiré connaître et qui du jour où je l'avais connu m'avait paru tout superficiel, comme Balbec ? N'étaient-ils qu'une image toute nouvelle détachée d'un rêve de la nuit précédente mais déjà si effacée qu'elle me semblait venir de beaucoup plus loin ? Ou bien ne les avais-je jamais vus et cachaient-ils derrière eux comme tels arbres, telle touffe d'herbe que j'avais vus du côté de Guermantes, un sens aussi obscur, aussi difficile à saisir qu'un passé lointain de sorte que, sollicité par eux d'approfondir une pensée, je croyais avoir à reconnaître un souvenir ? Ou encore ne cachaient-ils même pas de pensée et était-ce une fatigue de ma vision qui me les faisait voir doubles dans le temps comme on voit quelquefois double dans l'espace ? Je ne savais. Cependant ils venaient vers moi ; peut-être apparition mythique, ronde de sorcières ou de nornes qui me proposait ses oracles. Je crus plutôt que c'étaient des fantômes du passé, de chers compagnons de mon enfance, des amis disparus qui invoquaient nos communs souvenirs. Comme des ombres ils semblaient me demander de les emmener avec moi, de les rendre à la vie. Dans leur gesticulation naïve et passionnée, je reconnaissais le regret

impuissant d'un être aimé qui a perdu l'usage de la parole,
sent qu'il ne pourra nous dire ce qu'il veut et que nous
ne savons pas deviner. Bientôt, à un croisement de routes,
la voiture les abandonna. Elle m'entraînait loin de ce que
je croyais seul vrai, de ce qui m'eût rendu vraiment
heureux, elle ressemblait à ma vie.

Je vis les arbres s'éloigner en agitant leurs bras désespérés, semblant me dire : « Ce que tu n'apprends pas de
nous aujourd'hui, tu ne le sauras jamais. Si tu nous laisses
retomber au fond de ce chemin d'où nous cherchions à nous
hisser jusqu'à toi, toute une partie de toi-même que nous
t'apportions tombera pour jamais au néant. » En effet, si
dans la suite je retrouvai le genre de plaisir et d'inquiétude
que je venais de sentir encore une fois, et si un soir — trop
tard, mais pour toujours — je m'attachai à lui, de ces arbres
eux-mêmes, en revanche, je ne sus jamais ce qu'ils avaient
voulu m'apporter ni où je les avais vus. Et quand, la voiture
ayant bifurqué, je leur tournai le dos et cessai de les voir,
tandis que Mme de Villeparisis me demandait pourquoi
j'avais l'air rêveur, j'étais triste comme si je venais de
perdre un ami, de mourir à moi-même, de renier un mort
ou de méconnaître un dieu[1].

Il fallait songer au retour. Mme de Villeparisis qui avait
un certain sens de la nature, plus froid que celui de ma
grand-mère, mais qui savait reconnaître, même en dehors
des musées et des demeures aristocratiques, la beauté
simple et majestueuse de certaines choses anciennes, disait
au cocher de prendre la vieille route de Balbec, peu
fréquentée, mais plantée de vieux ormes qui nous
semblaient admirables.

Une fois que nous connûmes cette vieille route, pour
changer, nous revînmes, à moins que nous ne l'eussions
prise à l'aller, par une autre qui traversait les bois de
Chantereine et de Canteloup. L'invisibilité des innombrables oiseaux qui s'y répondaient tout à côté de nous dans
les arbres donnait la même impression de repos qu'on a
les yeux fermés. Enchaîné à mon strapontin comme
Prométhée sur son rocher, j'écoutais mes Océanides. Et
quand, par hasard, j'apercevais l'un de ces oiseaux qui
passait d'une feuille sous une autre, il y avait si peu de
lien apparent entre lui et ces chants, que je ne croyais pas
voir la cause de ceux-ci dans ce petit corps sautillant,
étonné et sans regard.

Cette route était pareille à bien d'autres de ce genre qu'on rencontre en France, montant en pente assez raide, puis redescendant sur une grande longueur. Au moment même, je ne lui trouvais pas un grand charme, j'étais seulement content de rentrer. Mais elle devint pour moi dans la suite une cause de joies en restant dans ma mémoire comme une amorce où toutes les routes semblables sur lesquelles je passerais plus tard au cours d'une promenade ou d'un voyage s'embrancheraient aussitôt sans solution de continuité et pourraient, grâce à elle, communiquer immédiatement avec mon cœur. Car dès que la voiture ou l'automobile s'engagerait dans une de ces routes qui auraient l'air d'être la continuation de celle que j'avais parcourue avec Mme de Villeparisis, ce à quoi ma conscience actuelle se trouverait immédiatement appuyée comme à mon passé le plus récent, ce serait (toutes les années intermédiaires se trouvant abolies) les impressions que j'avais eues par ces fins d'après-midi-là, en promenade près de Balbec, quand les feuilles sentaient bon, que la brume s'élevait et qu'au-delà du prochain village, on apercevait entre les arbres le coucher du soleil comme s'il avait été quelque localité suivante, forestière, distante et qu'on n'atteindra pas le soir même. Raccordées à celles que j'éprouvais maintenant dans un autre pays, sur une route semblable, s'entourant de toutes les sensations accessoires de libre respiration, de curiosité, d'indolence, d'appétit, de gaieté qui leur étaient communes, excluant toutes les autres, ces impressions se renforceraient, prendraient la consistance d'un type particulier de plaisir, et presque d'un cadre d'existence que j'avais d'ailleurs rarement l'occasion de retrouver, mais dans lequel le réveil des souvenirs mettait au milieu de la réalité matériellement perçue une part assez grande de réalité évoquée, songée, insaisissable, pour me donner, au milieu de ces régions où je passais, plus qu'un sentiment esthétique, un désir fugitif mais exalté, d'y vivre désormais pour toujours. Que de fois, pour avoir simplement senti une odeur de feuillée, être assis sur un strapontin en face de Mme de Villeparisis, croiser la princesse de Luxembourg qui lui envoyait des bonjours de sa voiture, rentrer dîner au Grand-Hôtel, ne m'est-il pas apparu comme un de ces bonheurs ineffables que ni le présent ni l'avenir ne peuvent nous rendre et qu'on ne goûte qu'une fois dans la vie !

Souvent le jour était tombé avant que nous fussions de retour. Timidement je citais à Mme de Villeparisis, en lui montrant la lune dans le ciel, quelque belle expression de Chateaubriand ou de Vigny ou de Victor Hugo : « Elle répandait ce vieux secret de mélancolie » ou « pleurant comme Diane au bord de ses fontaines » ou « L'ombre était nuptiale, auguste et solennelle[1]. »

« Et vous trouvez cela beau ? me demandait-elle, "génial", comme vous dites ? Je vous dirai que je suis toujours étonnée de voir qu'on prend maintenant très au sérieux des choses que les amis de ces messieurs, tout en rendant pleine justice à leurs qualités, étaient les premiers à plaisanter. On ne prodiguait pas le nom de génie comme aujourd'hui, où si vous dites à un écrivain qu'il n'a que du talent il prend cela pour une injure. Vous me citez une grande phrase de M. de Chateaubriand sur le clair de lune. Vous allez voir que j'ai mes raisons pour y être réfractaire. M. de Chateaubriand venait bien souvent chez mon père. Il était du reste agréable quand on était seul parce qu'alors il était simple et amusant, mais dès qu'il y avait du monde il se mettait à poser et devenait ridicule ; devant mon père, il prétendait avoir jeté sa démission à la face du roi et dirigé le conclave, oubliant que mon père avait été chargé par lui de supplier le roi de le reprendre, et l'avait entendu faire sur l'élection du pape les pronostics les plus insensés. Il fallait entendre sur ce fameux conclave M. de Blacas, qui était un autre homme que M. de Chateaubriand[2]. Quant aux phrases de celui-ci sur le clair de lune, elles étaient tout simplement devenues une charge à la maison. Chaque fois qu'il faisait clair de lune autour du château, s'il y avait quelque invité nouveau, on lui conseillait d'emmener M. de Chateaubriand prendre l'air après le dîner. Quand ils revenaient, mon père ne manquait pas de prendre à part l'invité : "M. de Chateaubriand a été bien éloquent ? — Oh ! oui. — Il vous a parlé du clair de lune. — Oui, comment savez-vous ? — Attendez, ne vous a-t-il pas dit, et il lui citait la phrase. — Oui, mais par quel mystère ? — Et il vous a parlé même du clair de lune dans la campagne romaine[3]. — Mais vous êtes sorcier." Mon père n'était pas sorcier, mais M. de Chateaubriand se contentait de servir toujours un même morceau tout préparé. »

Au nom de Vigny elle se mit à rire.

« Celui qui disait : "Je suis le comte Alfred de Vigny."

On est comte ou on n'est pas comte, ça n'a aucune espèce d'importance. »

Et peut-être trouvait-elle que cela en avait tout de même un peu, car elle ajoutait :

« D'abord je ne suis pas sûre qu'il le fût, et il était en tout cas de très petite souche, ce monsieur qui a parlé dans ses vers de son "cimier de gentilhomme". Comme c'est de bon goût et comme c'est intéressant pour le lecteur ! C'est comme Musset, simple bourgeois de Paris, qui disait emphatiquement : "L'épervier d'or dont mon casque est armé." Jamais un vrai grand seigneur ne dit de ces choses-là. Au moins Musset avait du talent comme poète. Mais à part *Cinq-Mars*, je n'ai jamais rien pu lire de M. de Vigny, l'ennui me fait tomber le livre des mains. M. Molé, qui avait autant d'esprit et de tact que M. de Vigny en avait peu, l'a arrangé de belle façon en le recevant à l'Académie. Comment, vous ne connaissez pas son discours ? C'est un chef-d'œuvre de malice et d'impertinence[1]. »

Elle reprochait à Balzac, qu'elle s'étonnait de voir admiré par ses neveux, d'avoir prétendu peindre une société « où il n'était pas reçu », et dont il a raconté mille invraisemblances. Quant à Victor Hugo, elle nous disait que M. de Bouillon, son père, qui avait des camarades dans la jeunesse romantique, était entré grâce à eux à la première d'*Hernani* mais qu'il n'avait pu rester jusqu'au bout, tant il avait trouvé ridicules les vers de cet écrivain doué mais exagéré et qui n'a reçu le titre de grand poète qu'en vertu d'un marché fait, et comme récompense de l'indulgence intéressée qu'il a professée pour les dangereuses divagations des socialistes.

Nous apercevions déjà l'hôtel, ses lumières si hostiles le premier soir, à l'arrivée, maintenant protectrices et douces, annonciatrices du foyer. Et quand la voiture arrivait près de la porte, le concierge, les grooms, le lift, empressés, naïfs, vaguement inquiets de notre retard, massés sur les degrés à nous attendre, étaient, devenus familiers, de ces êtres qui changent tant de fois au cours de notre vie, comme nous changeons nous-mêmes, mais dans lesquels au moment où ils sont pour un temps le miroir de nos habitudes, nous trouvons de la douceur à nous sentir fidèlement et amicalement reflétés. Nous les préférons à des amis que nous n'avons pas vus depuis longtemps, car ils contiennent davantage de ce que nous

sommes actuellement. Seul le « chasseur », exposé au
soleil dans la journée, avait été rentré pour ne pas
supporter la rigueur du soir, et emmailloté de lainages,
lesquels joints à l'éplorement orangé de sa chevelure et
à la fleur curieusement rose de ses joues, faisaient, au
milieu du hall vitré, penser à une plante de serre qu'on
protège contre le froid. Nous descendions de voiture,
aidés par beaucoup plus de serviteurs qu'il n'était
nécessaire, mais ils sentaient l'importance de la scène et
se croyaient obligés d'y jouer un rôle. J'étais affamé. Aussi,
souvent, pour ne pas retarder le moment de dîner, je ne
remontais pas la chambre qui avait fini par devenir
si réellement mienne que revoir les grands rideaux violets
et les bibliothèques basses, c'était me retrouver seul avec
ce moi-même dont les choses, comme les gens, m'offraient
l'image, et nous attendions tous ensemble dans le hall que
le maître d'hôtel vînt nous dire que nous étions servis.
C'était encore l'occasion pour nous d'écouter Mme de
Villeparisis.

« Nous abusons de vous, disait ma grand-mère.

— Mais comment, je suis ravie, cela m'enchante »,
répondait son amie avec un sourire câlin, en filant les sons,
sur un ton mélodieux qui contrastait avec sa simplicité
coutumière.

C'est qu'en effet dans ces moments-là elle n'était pas
naturelle, elle se souvenait de son éducation, des façons
aristocratiques avec lesquelles une grande dame doit
montrer à des bourgeois qu'elle est heureuse de se trouver
avec eux, qu'elle est sans morgue. Et le seul manque de
véritable politesse qu'il y eût en elle était dans l'excès de
ses politesses ; car on y reconnaissait ce pli professionnel
d'une dame du faubourg Saint-Germain, laquelle, voyant
toujours dans certains bourgeois les mécontents qu'elle est
destinée à faire certains jours, profite avidement de toutes
les occasions où il lui est possible, dans le livre de comptes
de son amabilité avec eux, de prendre l'avance d'un solde
créditeur, qui lui permettra prochainement d'inscrire à son
débit le dîner ou le raout où le ne les invitera pas. Ainsi,
ayant agi jadis sur elle une fois pour toutes, et ignorant
que maintenant les circonstances étaient autres, les
personnes différentes, et qu'à Paris elle souhaiterait de
nous voir chez elle souvent, le génie de sa caste poussait
avec une ardeur fiévreuse Mme de Villeparisis et comme

si le temps qui lui était concédé pour être aimable était court, à multiplier avec nous, pendant que nous étions à Balbec, les envois de roses et de melons, les prêts de livres, les promenades en voiture et les effusions verbales. Et par là — tout autant que la splendeur aveuglante de la plage, que le flamboiement multicolore et les lueurs sous-océaniques des chambres, tout autant même que les leçons d'équitation par lesquelles des fils de commerçants étaient déifiés comme Alexandre de Macédoine — les amabilités quotidiennes de Mme de Villeparisis, et aussi la facilité momentanée, estivale, avec laquelle ma grand-mère les acceptait, sont restées dans mon souvenir comme caractéristiques de la vie de bains de mer.

« Donnez donc vos manteaux pour qu'on les remonte. »

Ma grand-mère les passait au directeur, et à cause de ses gentillesses pour moi, j'étais désolé de ce manque d'égards dont il paraissait souffrir.

« Je crois que ce monsieur est froissé, disait la marquise. Il se croit probablement trop grand seigneur pour prendre vos châles. Je me rappelle le duc de Nemours, quand j'étais encore bien petite, entrant chez mon père qui habitait le dernier étage de l'hôtel Bouillon, avec un gros paquet sous le bras, des lettres et des journaux. Je crois voir le prince dans son habit bleu sous l'encadrement de notre porte qui avait de jolies boiseries, je crois que c'est Bagard¹ qui faisait cela, vous savez ces fines baguettes si souples que l'ébéniste parfois leur faisait former des petites coques, et des fleurs, comme des rubans qui nouent un bouquet. "Tenez, Cyrus, dit-il à mon père, voilà ce que votre concierge m'a donné pour vous. Il m'a dit : 'Puisque vous allez chez M. le comte, ce n'est pas la peine que je monte les étages, mais prenez garde de ne pas gâter la ficelle.' " Maintenant que vous avez donné vos affaires, asseyez-vous, tenez, mettez-vous là, disait-elle à ma grand-mère en lui prenant la main.

— Oh ! si cela vous est égal, pas dans ce fauteuil ! Il est trop petit pour deux, mais trop grand pour moi seule, j'y serais mal.

— Vous me faites penser, car c'était tout à fait le même, à un fauteuil que j'ai eu longtemps, mais que j'ai fini par ne pas pouvoir garder, parce qu'il avait été donné à ma mère par la malheureuse duchesse de Praslin. Ma mère

qui était pourtant la personne la plus simple du monde,
mais qui avait encore des idées qui viennent d'un autre
temps et que déjà je ne comprenais pas très bien, n'avait
pas d'abord voulu se laisser présenter à Mme de Praslin
qui n'était que Mlle Sebastiani, tandis que celle-ci, parce
qu'elle était duchesse, trouvait que ce n'était pas à elle
à se faire présenter. Et par le fait », ajoutait Mme de
Villeparisis oubliant qu'elle ne comprenait pas ce genre
de nuances, « n'eût-elle été que Mme de Choiseul que
sa prétention aurait pu se soutenir. Les Choiseul sont tout
ce qu'il y a de plus grand, ils sortent d'une sœur du roi
Louis le Gros, ils étaient de vrais souverains en Bassigny[1].
J'admets que nous l'emportons par les alliances et
l'illustration, mais l'ancienneté est presque la même. Il était
résulté de cette question de préséance des incidents
comiques, comme un déjeuner qui fut servi en retard de
plus d'une grande heure que mit l'une de ces dames à
accepter de se laisser présenter. Elles étaient malgré cela
devenues de grandes amies et elle avait donné à ma mère
un fauteuil du genre de celui-ci et où, comme vous venez
de faire, chacun refusait de s'asseoir. Un jour ma mère
entend une voiture dans la cour de son hôtel. Elle demande
à un petit domestique qui c'est. "C'est Mme la duchesse
de La Rochefoucauld, madame la comtesse. — Ah ! bien,
je la recevrai." Au bout d'un quart d'heure, personne :
"Hé bien, Mme la duchesse de La Rochefoucauld ? où
est-elle donc ? — Elle est dans l'escalier, a soufflé, Madame
la comtesse", répond le petit domestique qui arrivait
depuis peu de la campagne où ma mère avait la bonne
habitude de les prendre. Elle les avait souvent vus naître.
C'est comme cela qu'on a chez soi de braves gens. Et c'est
le premier des luxes. En effet, la duchesse de La
Rochefoucauld montait difficilement, étant énorme, si
énorme que quand elle entra ma mère eut un instant
d'inquiétude en se demandant où elle pourrait la placer.
À ce moment le meuble donné par Mme de Praslin frappa
ses yeux : "Prenez donc la peine de vous asseoir", dit ma
mère en le lui avançant. Et la duchesse le remplit jusqu'aux
bords. Elle était, malgré cette importance, restée assez
agréable. "Elle fait encore un certain effet quand elle
entre", disait un de nos amis. "Elle en fait surtout quand
elle sort", répondit ma mère qui avait le mot plus leste
qu'il ne serait de mise aujourd'hui. Chez Mme de La

Rochefoucauld même, on ne se gênait pas pour plaisanter devant elle, qui en riait la première, ses amples proportions. "Mais est-ce que vous êtes seul ?" demanda un jour à M. de La Rochefoucauld ma mère qui venait faire visite à la duchesse et qui, reçue à l'entrée par le mari, n'avait pas aperçu sa femme qui était dans une baie du fond. "Est-ce que Mme de La Rochefoucauld n'est pas là ? je ne la vois pas. — Comme vous êtes aimable !" répondit le duc qui avait un des jugements les plus faux que j'aie jamais connus, mais ne manquait pas d'un certain esprit. »

Après le dîner, quand j'étais remonté avec ma grand-mère, je lui disais que les qualités qui nous charmaient chez Mme de Villeparisis, le tact, la finesse, la discrétion, l'effacement de soi-même n'étaient peut-être pas bien précieuses, puisque ceux qui les possédèrent au plus haut degré ne furent que des Molé et des Loménie[1], et que si leur absence peut rendre les relations quotidiennes désagréables, elle n'a pas empêché de devenir Chateaubriand, Vigny, Hugo, Balzac, des vaniteux qui n'avaient pas de jugement, qu'il était facile de railler, comme Bloch... Mais au nom de Bloch ma grand-mère se récriait. Et elle me vantait Mme de Villeparisis. Comme on dit que c'est l'intérêt de l'espèce qui guide en amour les préférences de chacun, et pour que l'enfant soit constitué de la façon la plus normale, fait rechercher les femmes maigres aux hommes gras et les grasses aux maigres, de même c'était obscurément les exigences de mon bonheur menacé par le nervosisme, par mon penchant maladif à la tristesse, à l'isolement, qui lui faisaient donner le premier rang aux qualités de pondération et de jugement, particulières non seulement à Mme de Villeparisis mais à une société où je pourrais trouver une distraction, un apaisement, — une société pareille à celle où l'on vit fleurir l'esprit d'un Doudan, d'un M. de Rémusat, pour ne pas dire d'une Beausergent, d'un Joubert[2], d'une Sévigné, esprit qui met plus de bonheur, plus de dignité dans la vie que les raffinements opposés, lesquels ont conduit un Baudelaire, un Poe, un Verlaine, un Rimbaud, à des souffrances, à une déconsidération dont ma grand-mère ne voulait pas pour son petit-fils. Je l'interrompais pour l'embrasser et lui demandais si elle avait remarqué telle phrase que Mme de Villeparisis avait dite et dans laquelle se marquait la femme qui tenait plus à sa naissance qu'elle

ne l'avouait. Ainsi soumettais-je à ma grand-mère mes
impressions, car je ne savais jamais le degré d'estime dû
à quelqu'un que quand elle me l'avait indiqué. Chaque
soir je venais lui apporter les croquis que j'avais pris dans
la journée d'après tous ces êtres inexistants qui n'étaient
pas elle. Une fois je lui dis : « Sans toi je ne pourrai pas
vivre. — Mais il ne faut pas, me répondit-elle d'une voix
troublée. Il faut nous faire un cœur plus dur que ça. Sans
cela que deviendrais-tu si je partais en voyage ? J'espère
au contraire que tu serais très raisonnable et très heureux.
— Je saurais être raisonnable si tu partais pour quelques
jours, mais je compterais les heures. — Mais si je partais
pour des mois... (à cette seule idée mon cœur se serrait),
pour des années... pour... »

Nous nous taisions tous les deux. Nous n'osions pas
nous regarder. Pourtant je souffrais plus de son angoisse
que de la mienne. Aussi je m'approchai de la fenêtre et
distinctement je lui dis en détournant les yeux :

« Tu sais comme je suis un être d'habitudes. Les
premiers jours où je viens d'être séparé des gens que j'aime
le plus, je suis malheureux. Mais tout en les aimant
toujours autant, je m'accoutume, ma vie devient calme,
douce ; je supporterais d'être séparé d'eux, des mois, des
années... »

Je dus me taire et regarder tout à fait par la fenêtre.
Ma grand-mère sortit un instant de la chambre. Mais le
lendemain je me mis à parler de philosophie, sur le ton
le plus indifférent, en m'arrangeant cependant pour que
ma grand-mère fît attention à mes paroles, je dis que c'était
curieux, qu'après les dernières découvertes de la science
le matérialisme semblait ruiné, et que le plus probable était
encore l'éternité des âmes et leur future réunion.

Mme de Villeparisis nous prévint que bientôt elle ne
pourrait nous voir aussi souvent. Un jeune neveu qui
préparait Saumur, actuellement en garnison dans le
voisinage, à Doncières[1], devait venir passer auprès d'elle
un congé de quelques semaines et elle lui donnerait
beaucoup de son temps. Au cours de nos promenades, elle
nous avait vanté sa grande intelligence, surtout son bon
cœur ; déjà je me figurais qu'il allait se prendre de
sympathie pour moi, que je serais son ami préféré, et
quand avant son arrivée, sa tante laissa entendre à ma
grand-mère qu'il était malheureusement tombé dans les

griffes d'une mauvaise femme dont il était fou et qui ne
le lâcherait pas, comme j'étais persuadé que ce genre
d'amour finissait fatalement par l'aliénation mentale, le
crime et le suicide, pensant au temps si court qui était
réservé à notre amitié, déjà si grande dans mon cœur sans
que je l'eusse encore vu, je pleurai sur elle et sur les
malheurs qui l'attendaient comme sur un être cher dont
on vient de nous apprendre qu'il est gravement atteint et
que ses jours sont comptés.

Une après-midi de grande chaleur j'étais dans la salle
à manger de l'hôtel qu'on avait laissée à demi dans
l'obscurité pour la protéger du soleil en tirant des rideaux
qu'il jaunissait et qui par leurs interstices laissaient
clignoter le bleu de la mer, quand dans la travée centrale
qui allait de la plage à la route, je vis, grand, mince, le
cou dégagé, la tête haute et fièrement portée, passer un
jeune homme aux yeux pénétrants et dont la peau était
aussi blonde et les cheveux aussi dorés que s'ils avaient
absorbé tous les rayons du soleil. Vêtu d'une étoffe souple
et blanchâtre comme je n'aurais jamais cru qu'un homme
eût osé en porter, et dont la minceur n'évoquait pas moins
que le frais de la salle à manger, la chaleur et le beau temps
du dehors, il marchait vite. Ses yeux, de l'un desquels
tombait à tout moment un monocle, étaient de la couleur
de la mer. Chacun le regarda curieusement passer, on
savait que ce jeune marquis de Saint-Loup-en-Bray[1] était
célèbre pour son élégance. Tous les journaux avaient décrit
le costume dans lequel il avait récemment servi de témoin
au jeune duc d'Uzès, dans un duel. Il semblait que la
qualité si particulière de ses cheveux, de ses yeux, de sa
peau, de sa tournure, qui l'eussent distingué au milieu
d'une foule comme un filon précieux d'opale azurée et
lumineuse, engainé dans une matière grossière, devait
correspondre à une vie différente de celle des autres
hommes. Et en conséquence, quand, avant la liaison dont
Mme de Villeparisis se plaignait, les plus jolies femmes
du grand monde se l'étaient disputé, sa présence, dans une
plage par exemple, à côté de la beauté en renom à laquelle
il faisait la cour, ne la mettait pas seulement tout à fait
en vedette, mais attirait les regards autant sur lui que sur
elle. À cause de son « chic », de son impertinence de
jeune « lion », à cause de son extraordinaire beauté
surtout, certains lui trouvaient même un air efféminé,

mais sans le lui reprocher, car on savait combien il était viril et qu'il aimait passionnément les femmes. C'était ce neveu de Mme de Villeparisis duquel elle nous avait parlé. Je fus ravi de penser que j'allais le connaître pendant quelques semaines et sûr qu'il me donnerait toute son affection. Il traversa rapidement l'hôtel dans toute sa largeur, semblant poursuivre son monocle qui voltigeait devant lui comme un papillon. Il venait de la plage, et la mer qui remplissait jusqu'à mi-hauteur le vitrage du hall lui faisait un fond sur lequel il se détachait en pied, comme dans certains portraits où des peintres prétendent, sans tricher en rien sur l'observation la plus exacte de la vie actuelle, mais en choisissant pour leur modèle un cadre approprié, pelouse de polo, de golf, champ de courses, pont de yacht, donner un équivalent moderne de ces toiles où les primitifs faisaient apparaître la figure humaine au premier plan d'un paysage. Une voiture à deux chevaux l'attendait devant la porte ; et tandis que son monocle reprenait ses ébats sur la route ensoleillée, avec l'élégance et la maîtrise qu'un grand pianiste trouve le moyen de montrer dans le trait le plus simple, où il ne semblait pas possible qu'il sût se montrer supérieur à un exécutant de deuxième ordre, le neveu de Mme de Villeparisis, prenant les guides que lui passa le cocher, s'assit à côté de lui et tout en décachetant une lettre que le directeur de l'hôtel lui remit, fit partir les bêtes.

Quelle déception j'éprouvai les jours suivants quand, chaque fois que je le rencontrai dehors ou dans l'hôtel — le col haut, équilibrant perpétuellement les mouvements de ses membres autour de son monocle fugitif et dansant qui semblait leur centre de gravité — je pus me rendre compte qu'il ne cherchait pas à se rapprocher de nous et vis qu'il ne nous saluait pas quoiqu'il ne pût ignorer que nous étions les amis de sa tante ! Et me rappelant l'amabilité que m'avaient témoignée Mme de Villeparisis et avant elle M. de Norpois, je pensais que peut-être ils n'étaient que des nobles pour rire et qu'un article secret des lois qui gouvernent l'aristocratie doit y permettre peut-être aux femmes et à certains diplomates de manquer dans leurs rapports avec les roturiers, et pour une raison qui m'échappait, à la morgue que devait au contraire pratiquer impitoyablement un jeune marquis. Mon intelligence aurait pu me dire le contraire. Mais la caractéristique de l'âge ridicule que je traversais — âge nullement ingrat, très fécond — est qu'on n'y consulte pas l'intelligence et que les moindres attributs des êtres semblent faire partie indivisible de leur personnalité. Tout entouré de monstres et de dieux, on ne connaît guère le calme. Il n'y a presque pas un des gestes qu'on a faits alors, qu'on ne voudrait plus tard pouvoir abolir. Mais ce qu'on devrait regretter au contraire, c'est de ne plus posséder la spontanéité qui nous les faisait accomplir. Plus tard on voit les choses d'une façon plus pratique, en pleine conformité avec le reste de la société, mais l'adolescence est le seul temps où l'on ait appris quelque chose.

Cette insolence que je devinais chez M. de Saint-Loup, et tout ce qu'elle impliquait de dureté naturelle, se trouva vérifiée par son attitude chaque fois qu'il passait à côté de nous, le corps aussi inflexiblement élancé, la tête toujours aussi haute, le regard impassible, ce n'est pas assez dire, aussi implacable, dépouillé de ce vague respect qu'on a pour les droits d'autres créatures, même si elles ne connaissent pas votre tante, et qui faisait que je n'étais pas tout à fait le même devant une vieille dame que devant un bec de gaz. Ces manières glacées étaient aussi loin des lettres charmantes que je l'imaginais encore il y a quelques jours, m'écrivant pour me dire sa sympathie, qu'est loin de l'enthousiasme de la Chambre et du peuple qu'il s'est représenté en train de soulever par un discours inoubliable, la situation médiocre, obscure, de l'imaginatif qui après avoir ainsi rêvassé tout seul, pour son compte, à haute voix, se retrouve, les acclamations imaginaires une fois apaisées, Gros-Jean comme devant. Quand Mme de Villeparisis, sans doute pour tâcher d'effacer la mauvaise impression que nous avaient causée ces dehors révélateurs d'une nature orgueilleuse et méchante, nous reparla de l'inépuisable bonté de son petit-neveu (il était le fils d'une de ses nièces et était un peu plus âgé que moi) j'admirai comme dans le monde, au mépris de toute vérité, on prête des qualités de cœur à ceux qui l'ont si sec, fussent-ils d'ailleurs aimables avec des gens brillants qui font partie de leur milieu. Mme de Villeparisis ajouta elle-même, quoique indirectement, une confirmation aux traits essentiels, déjà certains pour moi, de la nature de son neveu, un jour où je les rencontrai tous deux dans un chemin si étroit qu'elle ne put faire autrement que de me présenter

à lui. Il sembla ne pas entendre qu'on lui nommait
quelqu'un, aucun muscle de son visage ne bougea ; ses
yeux où ne brilla pas la plus faible lueur de sympathie
humaine, montrèrent simplement dans l'insensibilité, dans
l'inanité du regard, une exagération à défaut de laquelle
rien ne les eût différenciés de miroirs sans vie. Puis fixant
sur moi ces yeux durs comme s'il eût voulu se renseigner
sur moi, avant de me rendre mon salut, par un brusque
déclenchement qui sembla plutôt dû à un réflexe musculaire qu'à un acte de volonté, mettant entre lui et moi
le plus grand intervalle possible, allongea le bras dans toute
sa longueur, et me tendit la main, à distance. Je crus qu'il
s'agissait au moins d'un duel, quand le lendemain il me
fit passer sa carte. Mais il ne me parla que de littérature,
déclara après une longue causerie qu'il avait une envie
extrême de me voir plusieurs heures chaque jour. Il n'avait
pas, durant cette visite, fait preuve seulement d'un goût
très ardent pour les choses de l'esprit, il m'avait témoigné
une sympathie qui allait fort peu avec le salut de la veille.
Quand je le lui eus vu refaire chaque fois qu'on lui
présentait quelqu'un, je compris que c'était une simple
habitude mondaine particulière à une certaine partie de
sa famille et à laquelle sa mère, qui tenait à ce qu'il fût
admirablement bien élevé, avait plié son corps ; il faisait
ces saluts-là sans y penser plus qu'à ses beaux vêtements,
à ses beaux cheveux ; c'était une chose dénuée de la
signification morale que je lui avais donnée d'abord, une
chose purement apprise, comme cette autre habitude qu'il
avait aussi de se faire présenter immédiatement aux parents
de quelqu'un qu'il connaissait, et qui était devenue chez
lui si instinctive que me voyant le lendemain de notre
rencontre, il fonça sur moi et, sans me dire bonjour, me
demanda de le nommer à ma grand-mère qui était auprès
de moi, avec la même rapidité fébrile que si cette requête
eût été due à quelque instinct défensif, comme le geste
de parer un coup ou de fermer les yeux devant un jet d'eau
bouillante, sans le préservatif duquel il y eût eu péril à
demeurer une seconde de plus.

Les premiers rites d'exorcisme une fois accomplis,
comme une fée hargneuse dépouille sa première apparence et se pare de grâces enchanteresses, je vis cet être
dédaigneux devenir le plus aimable, le plus prévenant
jeune homme que j'eusse jamais rencontré. « Bon, me

dis-je, je me suis déjà trompé sur lui, j'avais été victime d'un mirage, mais je n'ai triomphé du premier que pour tomber dans un second, car c'est un grand seigneur féru de noblesse et cherchant à le dissimuler. » Or, toute la charmante éducation, toute l'amabilité de Saint-Loup devait, en effet, au bout de peu de temps, me laisser voir un autre être mais bien différent de celui que je soupçonnais.

Ce jeune homme qui avait l'air d'un aristocrate et d'un sportsman dédaigneux n'avait d'estime et de curiosité que pour les choses de l'esprit, surtout pour ces manifestations modernistes de la littérature et de l'art qui semblaient si ridicules à sa tante ; il était imbu, d'autre part, de ce qu'elle appelait les déclamations socialistes, rempli du plus profond mépris pour sa caste et passait des heures à étudier Nietzsche et Proudhon. C'était un de ces « intellectuels[1] » prompts à l'admiration qui s'enferment dans un livre, soucieux seulement de haute pensée. Même, chez Saint-Loup l'expression de cette tendance très abstraite et qui l'éloignait tant de mes préoccupations habituelles, tout en me paraissant touchante m'ennuyait un peu. Je peux dire que, quand je sus bien qui avait été son père, les jours où je venais de lire des Mémoires tout nourris d'anecdotes sur ce fameux comte de Marsantes en qui se résume l'élégance si spéciale d'une époque déjà lointaine, l'esprit empli de rêveries, désireux d'avoir des précisions sur la vie qu'avait menée M. de Marsantes, j'enrageais que Robert de Saint-Loup au lieu de se contenter d'être le fils de son père, au lieu d'être capable de me guider dans le roman démodé qu'avait été l'existence de celui-ci, se fût élevé jusqu'à l'amour de Nietzsche et de Proudhon. Son père n'eût pas partagé mes regrets. Il était lui-même un homme intelligent, excédant les bornes de sa vie d'homme du monde. Il n'avait guère eu le temps de connaître son fils, mais avait souhaité qu'il valût mieux que lui. Et je crois bien que contrairement au reste de la famille, il l'eût admiré, se fût réjoui qu'il délaissât ce qui avait fait ses minces divertissements pour d'austères méditations, et sans en rien dire, dans sa modestie de grand seigneur spirituel, eût lu en cachette les auteurs favoris de son fils pour apprécier de combien Robert lui était supérieur.

Il y avait, du reste, cette chose assez triste, c'est que si M. de Marsantes, à l'esprit fort ouvert, eût apprécié un fils si différent de lui, Robert de Saint-Loup parce qu'il

était de ceux qui croient que le mérite est attaché à
certaines formes d'art et de vie, avait un souvenir
affectueux mais un peu méprisant d'un père qui s'était
occupé toute sa vie de chasse et de course, avait bâillé
à Wagner et raffolé d'Offenbach. Saint-Loup n'était pas
assez intelligent pour comprendre que la valeur intellectuelle n'a rien à voir avec l'adhésion à une certaine
formule esthétique, et il avait pour l'« intellectualité » de
M. de Marsantes un peu le même genre de dédain
qu'auraient pu avoir pour Boieldieu ou pour Labiche un
fils Boieldieu ou un fils Labiche qui eussent été des adeptes
de la littérature la plus symboliste et de la musique la plus
compliquée. « J'ai très peu connu mon père, disait Robert.
Il paraît que c'était un homme exquis. Son désastre a été
la déplorable époque où il a vécu. Être né dans le faubourg
Saint-Germain et avoir vécu à l'époque de la *Belle-Hélène,*
cela fait cataclysme dans une existence. Peut-être, petit
bourgeois fanatique du "Ring", eût-il donné tout autre
chose. On me dit même qu'il aimait la littérature. Mais
on ne peut pas savoir, puisque ce qu'il entendait par
littérature se compose d'œuvres périmées. » Et pour ce
qui était de moi, si je trouvais Saint-Loup un peu sérieux,
lui ne comprenait pas que je ne le fusse pas davantage.
Ne jugeant chaque chose qu'au poids d'intelligence qu'elle
contient, ne percevant pas les enchantements d'imagination que me donnaient certaines qu'il jugeait frivoles, il
s'étonnait que moi — moi à qui il s'imaginait être tellement
inférieur — je pusse m'y intéresser.

Dès les premiers jours Saint-Loup fit la conquête de ma
grand-mère, non seulement par la bonté incessante qu'il
s'ingéniait à nous témoigner à tous deux, mais par le
naturel qu'il y mettait comme en toutes choses. Or, le
naturel — sans doute parce que, sous l'art de l'homme,
il laisse sentir la nature — était la qualité que ma
grand-mère préférait à toutes, tant dans les jardins où elle
n'aimait pas qu'il y eût, comme dans celui de Combray,
de plates-bandes trop régulières, qu'en cuisine où elle
détestait ces « pièces montées » dans lesquelles on
reconnaît à peine les aliments qui ont servi à les faire, ou
dans l'interprétation pianistique qu'elle ne voulait pas trop
fignolée, trop léchée, ayant même eu pour les notes
accrochées, pour les fausses notes, de Rubinstein[1], une
complaisance particulière. Ce naturel, elle le goûtait jusque

dans les vêtements de Saint-Loup, d'une élégance souple
sans rien de « gommeux » ni de « compassé », sans
raideur et sans empois. Elle prisait davantage encore ce
jeune homme riche dans la façon négligente et libre qu'il
avait de vivre dans le luxe sans « sentir l'argent », sans
airs importants ; elle retrouvait même le charme de ce
naturel dans l'incapacité que Saint-Loup avait gardée — et
qui généralement disparaît avec l'enfance en même temps
que certaines particularités physiologiques de cet âge
— d'empêcher son visage de refléter une émotion.
Quelque chose qu'il désirait par exemple et sur quoi il
n'avait pas compté, ne fût-ce qu'un compliment, faisait se
dégager en lui un plaisir si brusque, si brûlant, si volatil,
si expansif, qu'il lui était impossible de le contenir et de
le cacher ; une grimace de plaisir s'emparait irrésistiblement de son visage ; la peau trop fine de ses joues laissait
transparaître une vive rougeur, ses yeux reflétaient la
confusion et la joie ; et ma grand-mère était infiniment
sensible à cette gracieuse apparence de franchise et
d'innocence, laquelle d'ailleurs chez Saint-Loup, au moins
à l'époque où je me liai avec lui, ne trompait pas. Mais
j'ai connu un autre être et il y en a beaucoup, chez lequel
la sincérité physiologique de cet incarnat passager
n'excluait nullement la duplicité morale ; bien souvent il
prouve seulement la vivacité avec laquelle ressentent le
plaisir, jusqu'à être désarmées devant lui et à être forcées
de le confesser aux autres, des natures capables des plus
viles fourberies. Mais où ma grand-mère adorait surtout
le naturel de Saint-Loup, c'était dans sa façon d'avouer
sans aucun détour la sympathie qu'il avait pour moi, et
pour l'expression de laquelle il avait de ces mots comme
elle n'eût pas pu en trouver elle-même, disait-elle, de plus
justes, et vraiment aimants, des mots qu'eussent contre-
signés « Sévigné et Beausergent » ; il ne se gênait pas
pour plaisanter mes défauts — qu'il avait démêlés avec
une finesse dont elle était amusée — mais comme
elle-même aurait fait, avec tendresse, exaltant au contraire
mes qualités avec une chaleur, un abandon qui ne
connaissait pas les réserves et la froideur grâce auxquelles
les jeunes gens de son âge croient généralement se donner
de l'importance. Et il montrait à prévenir mes moindres
malaises, à remettre des couvertures sur mes jambes si
le temps fraîchissait sans que je m'en fusse aperçu, à

s'arranger sans le dire à rester le soir avec moi plus tard, s'il me sentait triste ou mal disposé, une vigilance que, du point de vue de ma santé, pour laquelle plus d'endurcissement eût peut-être été préférable, ma grand-mère trouvait presque excessive, mais qui comme preuve d'affection pour moi la touchait profondément.

Il fut bien vite convenu entre lui et moi que nous étions devenus de grands amis pour toujours, et il disait « notre amitié » comme s'il eût parlé de quelque chose d'important et de délicieux qui eût existé en dehors de nous-mêmes et qu'il appela bientôt — en mettant à part son amour pour sa maîtresse — la meilleure joie de sa vie. Ces paroles me causaient une sorte de tristesse, et j'étais embarrassé pour y répondre, car je n'éprouvais à me trouver, à causer avec lui — et sans doute c'eût été de même avec tout autre — rien de ce bonheur qu'il m'était au contraire possible de ressentir quand j'étais sans compagnon. Seul, quelquefois, je sentais affluer du fond de moi quelqu'une de ces impressions qui me donnaient un bien-être délicieux. Mais dès que j'étais avec quelqu'un, dès que je parlais à un ami, mon esprit faisait volte-face, c'était vers cet interlocuteur et non vers moi-même qu'il dirigeait ses pensées, et quand elles suivaient ce sens inverse, elles ne me procuraient aucun plaisir. Une fois que j'avais quitté Saint-Loup, je mettais, à l'aide de mots, une sorte d'ordre dans les minutes confuses que j'avais passées avec lui ; je me disais que j'avais un bon ami, qu'un bon ami est une chose rare, et je goûtais, à me sentir entouré de biens difficiles à acquérir, ce qui était justement l'opposé du plaisir qui m'était naturel, l'opposé du plaisir d'avoir extrait de moi-même et amené à la lumière quelque chose qui y était caché dans la pénombre. Si j'avais passé deux ou trois heures à causer avec Robert de Saint-Loup et qu'il eût admiré ce que je lui avais dit, j'éprouvais une sorte de remords, de regret, de fatigue de ne pas être resté seul et prêt enfin à travailler. Mais je me disais qu'on n'est pas intelligent que pour soi-même, que les plus grands ont désiré d'être appréciés, que je ne pouvais pas considérer comme perdues des heures où j'avais bâti une haute idée de moi dans l'esprit de mon ami, je me persuadais facilement que je devais en être heureux et je souhaitais d'autant plus vivement que ce bonheur ne me fût jamais enlevé que je ne l'avais pas ressenti. On craint plus que de tous les autres la disparition des biens restés en dehors de nous parce que notre cœur ne s'en est pas emparé. Je me sentais capable d'exercer les vertus de l'amitié mieux que beaucoup (parce que je ferais toujours passer le bien de mes amis avant ces intérêts personnels auxquels d'autres sont attachés et qui ne comptaient pas pour moi), mais non pas de connaître la joie par un sentiment qui au lieu d'accroître les différences qu'il y avait entre mon âme et celle des autres — comme il y en a entre les âmes de chacun de nous — les effacerait. En revanche par moments ma pensée démêlait en Saint-Loup un être plus général que lui-même, le « noble », et qui comme un esprit intérieur mouvait ses membres, ordonnait ses gestes et ses actions ; alors, à ces moments-là, quoique près de lui, j'étais seul, comme je l'eusse été devant un paysage dont j'aurais compris l'harmonie. Il n'était plus qu'un objet que ma rêverie cherchait à approfondir. À retrouver toujours en lui cet être antérieur, séculaire, cet aristocrate que Robert aspirait justement à ne pas être, j'éprouvais une vive joie, mais d'intelligence, non d'amitié. Dans l'agilité morale et physique qui donnait tant de grâce à son amabilité, dans l'aisance avec laquelle il offrait sa voiture à ma grand-mère et l'y faisait monter, dans son adresse à sauter du siège quand il avait peur que j'eusse froid, pour jeter son propre manteau sur mes épaules, je ne sentais pas seulement la souplesse héréditaire des grands chasseurs qu'avaient été depuis des générations les ancêtres de ce jeune homme qui ne prétendait qu'à l'intellectualité, leur dédain de la richesse qui, subsistant chez lui à côté du goût qu'il avait d'elle rien que pour pouvoir mieux fêter ses amis, lui faisait mettre si négligemment son luxe à leurs pieds ; j'y sentais surtout la certitude ou l'illusion qu'avaient eues ces grands seigneurs d'être « plus que les autres », grâce à quoi ils n'avaient pu léguer à Saint-Loup ce désir de montrer qu'on est « autant que les autres », cette peur de paraître trop empressé qui lui était en effet vraiment inconnue et qui enlaidit de tant de raideur et de gaucherie la plus sincère amabilité plébéienne. Quelquefois je me reprochais de prendre ainsi plaisir à considérer mon ami comme une œuvre d'art, c'est-à-dire à regarder le jeu de toutes les parties de son être comme harmonieusement réglé par une idée générale à laquelle elles étaient suspendues mais qu'il ne connaissait pas et qui par conséquent n'ajoutait rien à ses qualités propres, à cette valeur personnelle d'intelligence et de moralité à quoi il attachait tant de prix.

Et pourtant elle était dans une certaine mesure leur condition. C'est parce qu'il était un gentilhomme que cette activité mentale, ces aspirations socialistes, qui lui faisaient rechercher de jeunes étudiants prétentieux et mal mis, avaient chez lui quelque chose de vraiment pur et désintéressé qu'elles n'avaient pas chez eux. Se croyant l'héritier d'une caste ignorante et égoïste, il cherchait sincèrement à ce qu'ils lui pardonnassent ces origines aristocratiques[1] qui exerçaient sur eux, au contraire, une séduction et à cause desquelles ils le recherchaient, tout en simulant à son égard la froideur et même l'insolence. Il était ainsi amené à faire des avances à des gens dont mes parents, fidèles à la sociologie de Combray, eussent été stupéfaits qu'il ne se détournât pas. Un jour que nous étions assis sur le sable, Saint-Loup et moi, nous entendîmes d'une tente de toile contre laquelle nous étions, sortir des imprécations contre le fourmillement d'Israélites qui infestait Balbec. « On ne peut pas faire deux pas sans en rencontrer, disait la voix. Je ne suis pas par principe irréductiblement hostile à la nationalité juive, mais ici il y a pléthore. On n'entend que : "Dis donc, Apraham, chai fu Chakop." On se croirait rue d'Aboukir. » L'homme qui tonnait ainsi contre Israël sortit enfin de la tente, nous levâmes les yeux sur cet antisémite. C'était mon camarade Bloch. Saint-Loup me demanda immédiatement de rappeler à celui-ci qu'ils s'étaient rencontrés au Concours général où Bloch avait eu le prix d'honneur, puis dans une université populaire[2].

Tout au plus souriais-je parfois de retrouver chez Robert les leçons des jésuites dans la gêne que la peur de froisser faisait naître en lui, chaque fois que quelqu'un de ses amis intellectuels commettait une erreur mondaine, faisait une chose ridicule. à laquelle lui, Saint-Loup, n'attachait aucune importance, mais dont il sentait que l'autre aurait rougi si l'on s'en était aperçu. Et c'était Robert qui rougissait comme si ç'avait été lui le coupable, par exemple le jour où Bloch lui promettant d'aller le voir à l'hôtel, ajouta :

« Comme je ne peux pas supporter d'attendre parmi le faux chic de ces grands caravansérails, et que les tziganes me feraient trouver mal, dites au "laïft" de les faire taire et de vous prévenir de suite. »

Personnellement, je ne tenais pas beaucoup à ce que Bloch vînt à l'hôtel. Il était à Balbec, non pas seul, malheureusement, mais avec ses sœurs qui y avaient elles-mêmes beaucoup de parents et d'amis. Or cette colonie juive était plus pittoresque qu'agréable. Il en était de Balbec comme de certains pays, la Russie ou la Roumanie, où les cours de géographie nous enseignent que la population israélite n'y jouit point de la même faveur et n'y est pas parvenue au même degré d'assimilation qu'à Paris par exemple. Toujours ensemble, sans mélange d'aucun autre élément, quand les cousines et les oncles de Bloch, ou leurs coreligionnaires mâles ou femelles se rendaient au Casino, les unes pour le « bal », les autres bifurquant vers le baccara, ils formaient un cortège homogène en soi et entièrement dissemblable des gens qui les regardaient passer et les retrouvaient là tous les ans sans jamais échanger un salut avec eux, que ce fût la société des Cambremer, le clan du premier président, ou des grands et petits bourgeois, ou même de simples grainetiers de Paris, dont les filles, belles, fières, moqueuses et françaises comme les statues de Reims, n'auraient pas voulu se mêler à cette horde de fillasses mal élevées, poussant le souci des modes de « bains de mer » jusqu'à toujours avoir l'air de revenir de pêcher la crevette ou d'être en train de danser le tango. Quant aux hommes, malgré l'éclat des smokings et des souliers vernis, l'exagération de leur type faisait penser à ces recherches dites « intelligentes » des peintres qui ayant à illustrer les Évangiles ou les *Mille et Une Nuits*, pensent au pays où la scène se passe et donnent à saint Pierre ou à Ali-Baba précisément la figure qu'avait le plus gros « ponte » de Balbec. Bloch me présenta ses sœurs, auxquelles il fermait le bec avec la dernière brusquerie et qui riaient aux éclats des moindres boutades de leur frère, leur admiration et leur idole. De sorte qu'il est probable que ce milieu devait renfermer comme tout autre, peut-être plus que tout autre, beaucoup d'agréments, de qualités et de vertus. Mais pour les éprouver, il eût fallu y pénétrer. Or, il ne plaisait pas, le sentait, voyait là la preuve d'un antisémitisme contre lequel il faisait front en une phalange compacte et close où personne d'ailleurs ne songeait à se frayer un chemin.

Pour ce qui est de « laïft », cela avait d'autant moins lieu de me surprendre que quelques jours auparavant, Bloch m'ayant demandé pourquoi j'étais venu à Balbec (il lui semblait, au contraire, tout naturel que lui-même y fût) et si c'était « dans l'espoir de faire de belles connaissances », comme je lui avais dit que ce voyage répondait à un de mes plus anciens désirs, moins profond pourtant que celui d'aller à Venise, il avait répondu : « Oui, naturellement, pour boire des sorbets avec les belles madames, tout en faisant semblant de lire les *Stones of Venaïce* de Lord John Ruskin, sombre raseur et l'un des plus barbifiants bonshommes qui soient. » Bloch croyait donc évidemment qu'en Angleterre non seulement tous les individus du sexe mâle sont lords, mais encore que la lettre *i* s'y prononce toujours *aï*. Quant à Saint-Loup, il trouvait cette faute de prononciation d'autant moins grave qu'il y voyait surtout un manque de ces notions presque mondaines que mon nouvel ami méprisait autant qu'il les possédait. Mais la peur que Bloch, apprenant un jour qu'on dit Venice et que Ruskin n'était pas lord, crût rétrospectivement que Robert l'avait trouvé ridicule, fit que ce dernier se sentit coupable comme s'il avait manqué de l'indulgence dont il débordait et que la rougeur qui colorerait sans doute un jour le visage de Bloch à la découverte de son erreur, il la sentit par anticipation et réversibilité monter au sien. Car il pensait bien que Bloch attachait plus d'importance que lui à cette faute. Ce que Bloch prouva quelque temps après, un jour qu'il m'entendit prononcer « lift », en interrompant : « Ah ! on dit lift. » Et d'un ton sec et hautain : « Cela n'a d'ailleurs aucune espèce d'importance. » Phrase analogue à un réflexe, la même chez tous les hommes qui ont de l'amour-propre, dans les plus graves circonstances aussi bien que dans les plus infimes ; dénonçant alors aussi bien que dans celle-ci combien importante paraît la chose en question à celui qui la déclare sans importance ; phrase tragique parfois qui la première de toutes s'échappe, si navrante alors, des lèvres de tout homme un peu fier à qui on vient d'enlever la dernière espérance à laquelle il se raccrochait, en lui refusant un service : « Ah ! bien, cela n'a aucune espèce d'importance, je m'arrangerai autrement », l'autre arrangement vers lequel il est sans aucune espèce d'importance d'être rejeté étant quelquefois le suicide.

Puis Bloch me dit des choses fort gentilles. Il avait certainement envie d'être très aimable avec moi. Pourtant, il me demanda : « Est-ce par goût de t'élever vers la noblesse — une noblesse très à-côté du reste, mais tu es demeuré naïf — que tu fréquentes de Saint-Loup-en-Bray ? Tu dois être en train de traverser une jolie crise de snobisme. Dis-moi, es-tu snob ? Oui, n'est-ce pas ? » Ce n'est pas que son désir d'amabilité eût brusquement changé. Mais ce qu'on appelle en un français assez incorrect « la mauvaise éducation » était son défaut, par conséquent le défaut dont il ne s'apercevait pas, à plus forte raison dont il ne crût pas que les autres pussent être choqués. Dans l'humanité, la fréquence des vertus identiques pour tous n'est pas plus merveilleuse que la multiplicité des défauts particuliers à chacun. Sans doute, ce n'est pas le bon sens qui est « la chose du monde la plus répandue », c'est la bonté. Dans les coins les plus lointains, les plus perdus, on s'émerveille de la voir fleurir d'elle-même, comme dans un vallon écarté un coquelicot pareil à ceux du reste du monde, lui qui ne les a jamais vus, et n'a jamais connu que le vent qui fait frissonner parfois son rouge chaperon solitaire. Même si cette bonté, paralysée par l'intérêt, ne s'exerce pas, elle existe pourtant, et chaque fois qu'aucun mobile égoïste ne l'empêche de le faire, par exemple pendant la lecture d'un roman ou d'un journal, elle s'épanouit, se tourne, même dans le cœur de celui qui, assassin dans la vie, reste tendre comme amateur de feuilletons, vers le faible, vers le juste et le persécuté. Mais la variété des défauts n'est pas moins admirable que la similitude des vertus. La personne la plus parfaite a un certain défaut qui choque ou qui met en rage. L'une est d'une belle intelligence, voit tout d'un point de vue élevé, ne dit jamais de mal de personne, mais oublie dans sa poche les lettres les plus importantes qu'elle vous a demandé elle-même de lui confier, et vous fait manquer ensuite un rendez-vous capital, sans vous faire d'excuses, avec un sourire, parce qu'elle met sa fierté à ne jamais savoir l'heure. Un autre a tant de finesse, de douceur, de procédés délicats, qu'il ne vous dit jamais de vous-même que les choses qui peuvent vous rendre heureux, mais vous sentez qu'il en tait, qu'il en ensevelit dans son cœur, où elles aigrissent, de toutes différentes, et le plaisir qu'il a à vous voir lui est si cher qu'il vous ferait crever de fatigue plutôt que de vous quitter. Un troisième a plus de sincérité, mais la pousse jusqu'à tenir à ce que vous sachiez, quand vous vous êtes excusé sur votre état de santé de ne pas être allé le voir, que vous avez été vu vous rendant au théâtre et qu'on vous a trouvé bonne mine, ou qu'il n'a pu profiter entièrement de la démarche que vous avez faite pour lui, que d'ailleurs déjà trois autres lui ont proposé de faire et dont il ne vous est ainsi que légèrement obligé. Dans les deux circonstances, l'ami précédent aurait fait semblant d'ignorer que vous étiez au théâtre et que d'autres personnes eussent pu lui rendre le même service. Quant à ce dernier ami, il éprouve le besoin de répéter ou de révéler à quelqu'un ce qui peut le plus vous contrarier, est ravi de sa franchise et vous dit avec force : « Je suis comme cela. » Tandis que d'autres vous agacent par leur curiosité exagérée, ou leur incuriosité si absolue, que vous pouvez leur parler des événements les plus sensationnels sans qu'ils sachent de quoi il s'agit ; que d'autres encore restent des mois à vous répondre si votre lettre a trait à un fait qui concerne vous et non eux, ou bien s'ils vous disent qu'ils vont venir vous demander quelque chose et que vous n'osiez pas sortir de peur de les manquer, ne viennent pas et vous laissent attendre des semaines parce que n'ayant pas reçu de vous la réponse que leur lettre ne demandait nullement, ils avaient cru vous avoir fâché. Et certains, consultant leur désir et non le vôtre, vous parlent sans vous laisser placer un mot s'ils sont gais et ont envie de vous voir, quelque travail urgent que vous ayez à faire ; mais, s'ils se sentent fatigués par le temps, ou de mauvaise humeur, vous ne pouvez pas tirer d'eux une parole, ils opposent à vos efforts une inerte langueur et ne prennent pas plus la peine de répondre, même par monosyllabes, à ce que vous dites que s'ils ne vous avaient pas entendu. Chacun de nos amis a tellement ses défauts que pour continuer à l'aimer nous sommes obligés d'essayer de nous consoler d'eux — en pensant à son talent, à sa bonté, à sa tendresse, — ou plutôt de ne pas en tenir compte en déployant pour cela toute notre bonne volonté. Malheureusement notre complaisante obstination à ne pas voir le défaut de notre ami est surpassée par celle qu'il met à s'y adonner à cause de son aveuglement ou de celui qu'il prête aux autres. Car il ne le voit pas ou croit qu'on ne le voit pas. Comme le risque de déplaire vient surtout de la difficulté d'apprécier ce qui passe ou non inaperçu, on devrait au moins, par prudence, ne jamais parler de soi, parce que c'est un sujet où on peut être sûr que la vue des autres et la nôtre propre ne concordent jamais. Si on a autant de surprises qu'à visiter une maison d'apparence quelconque dont l'intérieur est rempli de trésors, de pinces-monseigneur et de cadavres quand on découvre la vraie vie des autres, l'univers réel sous l'univers apparent, on n'en éprouve pas moins si, au lieu de l'image qu'on s'était faite de soi-même grâce à ce que chacun nous en disait, on apprend par le langage qu'ils tiennent à notre égard en notre absence, quelle image entièrement différente ils portaient en eux de nous et de notre vie. De sorte que chaque fois que nous avons parlé de nous, nous pouvons être sûrs que nos inoffensives et prudentes paroles, écoutées avec une politesse apparente et une hypocrite approbation, ont donné lieu aux commentaires les plus exaspérés ou les plus joyeux, en tous cas les moins favorables. Le moins que nous risquions est d'agacer par la disproportion qu'il y a entre notre idée de nous-mêmes et nos paroles, disproportion qui rend généralement les propos des gens sur eux aussi risibles que ces chantonnements des faux amateurs de musique qui éprouvent le besoin de fredonner un air qu'ils aiment en compensant l'insuffisance de leur murmure inarticulé par une mimique énergique et un air d'admiration que ce qu'ils nous font entendre ne justifie pas. Et à la mauvaise habitude de parler de soi et de ses défauts il faut ajouter, comme faisant bloc avec elle, cette autre de dénoncer chez les autres des défauts précisément analogues à ceux qu'on a. Or, c'est toujours de ces défauts-là qu'on parle, comme si c'était une manière de parler de soi, détournée, et qui joint au plaisir de s'absoudre celui d'avouer. D'ailleurs il semble que notre attention, toujours attirée sur ce qui nous caractérise, le remarque plus que toute autre chose chez les autres. Un myope dit d'un autre : « Mais il peut à peine ouvrir les yeux » ; un poitrinaire a des doutes sur l'intégrité pulmonaire du plus solide ; un malpropre ne parle que des bains que les autres ne prennent pas ; un malodorant prétend qu'on sent mauvais ; un mari trompé voit partout des maris trompés ; une femme légère des femmes légères ; le snob des snobs. Et puis chaque vice, comme chaque profession, exige et développe un savoir spécial qu'on n'est pas fâché d'étaler. L'inverti dépiste les invertis, le couturier invité dans le monde n'a pas encore causé avec vous qu'il a déjà apprécié l'étoffe de votre vêtement et que ses doigts brûlent d'en palper les qualités, et si après quelques instants de conversation vous demandiez sa vraie opinion sur vous à un odontalgiste, il vous dirait le nombre de vos mauvaises dents. Rien ne lui paraît plus important, et à vous qui avez remarqué les siennes, plus ridicule. Et ce n'est pas seulement quand nous parlons de nous que nous croyons les autres aveugles ; nous agissons comme s'ils l'étaient. Pour chacun de nous, un dieu spécial est là qui lui cache ou lui promet l'invisibilité de son défaut, de même qu'il ferme les yeux et les narines aux gens qui ne se lavent pas, sur la raie de crasse qu'ils portent aux oreilles et l'odeur de transpiration qu'ils gardent aux creux des bras et les persuade qu'ils peuvent impunément promener l'une et l'autre dans le monde qui ne s'apercevra de rien. Et ceux qui portent ou donnent en présent de fausses perles s'imaginent qu'on les prendra pour des vraies. Bloch était mal élevé, névropathe, snob et appartenant à une famille peu estimée supportait comme au fond des mers les incalculables pressions que faisaient peser sur lui non seulement les chrétiens de la surface, mais les couches superposées des castes juives supérieures à la sienne, chacune accablant de son mépris celle qui lui était immédiatement inférieure. Percer jusqu'à l'air libre en s'élevant de famille juive en famille juive eût demandé à Bloch plusieurs milliers d'années. Il valait mieux chercher à se frayer une issue d'un autre côté.

Quand Bloch me parla de la crise de snobisme que je devais traverser et me demanda de lui avouer que j'étais snob, j'aurais pu lui répondre : « Si je l'étais, je ne te fréquenterais pas. » Je lui dis seulement qu'il était peu aimable. Alors il voulut s'excuser, mais selon le mode qui est justement celui de l'homme mal élevé, lequel est trop heureux, en revenant sur ses paroles, de trouver une occasion de les aggraver. « Pardonne-moi, me disait-il maintenant chaque fois qu'il me rencontrait, je t'ai chagriné, torturé, j'ai été méchant à plaisir. Et pourtant — l'homme en général et ton ami en particulier est un si singulier animal — tu ne peux imaginer, moi qui te

taquine si cruellement, la tendresse que j'ai pour toi. Elle
va souvent, quand je pense à toi, jusqu'aux larmes. » Et
il fit entendre un sanglot.

Ce qui m'étonnait plus chez Bloch que ses mauvaises
manières, c'était combien la qualité de sa conversation était
inégale. Ce garçon si difficile qui des écrivains les plus en
vogue disait : « C'est un sombre idiot, c'est tout à fait
un imbécile », par moments racontait avec une grande
gaieté des anecdotes qui n'avaient rien de drôle et citait
comme « quelqu'un de vraiment curieux » tel homme
entièrement médiocre. Cette double balance pour juger
de l'esprit, de la valeur, de l'intérêt des êtres, ne laissa
pas de m'étonner jusqu'au jour où je connus M. Bloch
père.

Je n'avais pas cru que nous serions jamais admis à le
connaître, car Bloch fils avait mal parlé de moi à Saint-Loup
et de Saint-Loup à moi. Il avait notamment dit à Robert
que j'étais (toujours) affreusement snob. « Si, si, il est
enchanté de connaître M. LLLLegrandin », dit-il. Cette
manière de détacher un mot était chez Bloch le signe à
la fois de l'ironie et de la littérature. Saint-Loup qui n'avait
jamais entendu le nom de Legrandin s'étonna : « Mais
qui est-ce ? — Oh ! c'est quelqu'un de *très bien* », répondit
Bloch en riant et en mettant frileusement ses mains dans
les poches de son veston, persuadé qu'il était en ce moment
en train de contempler le pittoresque aspect d'un
extraordinaire gentilhomme provincial auprès de quoi
ceux de Barbey d'Aurevilly n'étaient rien. Il se consolait
de ne pas savoir peindre M. Legrandin, en lui donnant
plusieurs *l* et en savourant ce nom comme un vin de
derrière les fagots. Mais ces jouissances subjectives
restaient inconnues aux autres. S'il dit à Saint-Loup du mal
de moi, d'autre part il ne m'en dit pas moins de Saint-Loup.
Nous avions connu le détail de ces médisances chacun dès
le lendemain, non que nous nous les fussions répétées l'un
à l'autre, ce qui nous eût semblé très coupable, mais
paraissait si naturel et presque si inévitable à Bloch que
dans son inquiétude, et tenant pour certain qu'il ne ferait
qu'apprendre à l'un ou à l'autre ce qu'ils allaient savoir,
il préféra prendre les devants, et emmenant Saint-Loup
à part lui avoua qu'il avait dit du mal de lui, exprès, pour
que cela lui fût redit, lui jura « par le Kroniôn Zeus[1],
gardien des serments », qu'il l'aimait, qu'il donnerait sa

vie pour lui et essuya une larme. Le même jour, il s'arrangea pour me voir seul, me fit sa confession, déclara qu'il avait agi dans mon intérêt parce qu'il croyait qu'un certain genre de relations mondaines m'était néfaste et que je « valais mieux que cela ». Puis, me prenant la main avec un attendrissement d'ivrogne, bien que son ivresse fût purement nerveuse : « Crois-moi, dit-il, et que la noire Kèr me saisisse à l'instant et me fasse franchir les portes d'Hadès, odieux aux hommes, si hier en pensant à toi, à Combray, à ma tendresse infinie pour toi, à telles après-midi en classe que tu ne te rappelles même pas, je n'ai pas sangloté toute la nuit. Oui, toute la nuit, je te le jure, et hélas, je le sais, car je connais les âmes, tu ne me croiras pas. » Je ne le croyais pas, en effet, et à ces paroles que je sentais inventées à l'instant même et au fur et à mesure qu'il parlait, son serment « par la Kèr » n'ajoutait pas un grand poids, le culte hellénique étant chez Bloch purement littéraire. D'ailleurs, dès qu'il commençait à s'attendrir et désirait qu'on s'attendrît sur un fait faux, il disait : « Je te le jure », plus encore pour la volupté hystérique de mentir que dans l'intérêt de faire croire qu'il disait la vérité. Je ne croyais pas ce qu'il me disait, mais je ne lui en voulais pas, car je tenais de ma mère et de ma grand-mère d'être incapable de rancune, même contre de bien plus grands coupables, et de ne jamais condamner personne.

Ce n'était du reste pas absolument un mauvais garçon que Bloch, il pouvait avoir de grandes gentillesses. Et depuis que la race de Combray, la race d'où sortaient des êtres absolument intacts comme ma grand-mère et ma mère, semble presque éteinte, comme je n'ai plus guère le choix qu'entre d'honnêtes brutes, insensibles et loyales et chez qui le simple son de la voix montre bien vite qu'ils ne se soucient en rien de votre vie — et une autre espèce d'hommes qui tant qu'ils sont auprès de vous vous comprennent, vous chérissent, s'attendrissent jusqu'à pleurer, prennent leur revanche quelques heures plus tard en faisant une cruelle plaisanterie sur vous, mais vous reviennent, toujours aussi compréhensifs, aussi charmants, aussi momentanément assimilés à vous-même, je crois que c'est cette dernière sorte d'hommes dont je préfère, sinon la valeur morale, du moins la société.

« Tu ne peux t'imaginer ma douleur quand je pense à toi, reprit Bloch. Au fond, c'est un côté assez juif chez

moi », ajouta-t-il ironiquement en rétrécissant sa prunelle
comme s'il s'agissait de doser au microscope une quantité
infinitésimale de « sang juif » et comme aurait pu le dire
(mais ne l'eût pas dit) un grand seigneur français qui parmi
ses ancêtres tous chrétiens eût pourtant compté Samuel
Bernard ou plus anciennement encore la Sainte Vierge
de qui prétendent descendre, dit-on, les Lévy, « qui
reparaît. J'aime assez, ajouta-t-il, faire ainsi dans mes
sentiments la part, assez mince d'ailleurs, qui peut tenir
à mes origines juives. » Il prononça cette phrase parce
que cela lui paraissait à la fois spirituel et brave de dire
la vérité sur sa race, vérité que par la même occasion il
s'arrangeait à atténuer singulièrement, comme les avares
qui se décident à acquitter leurs dettes mais n'ont le
courage d'en payer que la moitié. Le genre de fraude qui
consiste à avoir l'audace de proclamer la vérité, mais en
y mêlant pour une bonne part des mensonges qui la
falsifient, est plus répandu qu'on ne pense et même chez
ceux qui ne le pratiquent pas habituellement, certaines
crises dans la vie, notamment celles où une liaison
amoureuse est en jeu, leur donnent l'occasion de s'y livrer.

Toutes ces diatribes confidentielles de Bloch à Saint-
Loup contre moi, à moi contre Saint-Loup finirent par une
invitation à dîner. Je ne suis pas bien sûr qu'il ne fît pas
d'abord une tentative pour avoir Saint-Loup seul. La
vraisemblance rend cette tentative probable, le succès ne
la couronna pas, car ce fut à moi et à Saint-Loup que Bloch
dit un jour : « Cher maître, et vous, cavalier aimé d'Arès,
de Saint-Loup-en-Bray, dompteur de chevaux, puisque je
vous ai rencontrés sur le rivage d'Amphitrite, résonnant
d'écume, près des tentes des Menier aux nefs rapides[1],
voulez-vous tous deux venir dîner, un jour de la semaine,
chez mon illustre père au cœur irréprochable ? » Il nous
adressait cette invitation parce qu'il avait le désir de se
lier plus étroitement avec Saint-Loup qui le ferait,
espérait-il, pénétrer dans des milieux aristocratiques.
Formé par moi, pour moi, ce souhait eût paru à Bloch
la marque du plus hideux snobisme, bien conforme à
l'opinion qu'il avait de tout un côté de ma nature qu'il
ne jugeait pas, jusqu'ici du moins, le principal ; mais le
même souhait, de sa part, lui semblait la preuve d'une belle
curiosité de son intelligence désireuse de certains dépayse-
ments sociaux où il pouvait peut-être trouver quelque

utilité littéraire. M. Bloch père, quand son fils lui avait dit qu'il amènerait dîner un de ses amis, dont il avait décliné sur un ton de satisfaction sarcastique le titre et le nom : « Le marquis de Saint-Loup-en-Bray », avait éprouvé une commotion violente. « Le marquis de Saint-Loup-en-Bray ! Ah ! bougre ! » s'était-il écrié, usant du juron qui était chez lui la marque la plus forte de la déférence sociale. Et il avait jeté sur son fils, capable de s'être fait de telles relations, un regard admiratif qui signifiait : « Il est vraiment étonnant. Ce prodige est-il mon enfant ? » et causa autant de plaisir à mon camarade que si cinquante francs avaient été ajoutés à sa pension mensuelle. Car Bloch était mal à l'aise chez lui et sentait que son père le traitait de dévoyé parce qu'il vivait dans l'admiration de Leconte de Lisle, Heredia et autres « bohèmes ». Mais des relations avec Saint-Loup-en-Bray dont le père avait été président du Canal de Suez ! (ah ! bougre !), c'était un résultat « indiscutable ». On regretta d'autant plus d'avoir laissé à Paris, par crainte de l'abîmer, le stéréoscope[1]. Seul, M. Bloch, le père, avait l'art ou du moins le droit de s'en servir. Il ne le faisait du reste que rarement, à bon escient, les jours où il y avait gala et domestiques mâles en extra. De sorte que de ces séances de stéréoscope émanaient pour ceux qui y assistaient comme une distinction, une faveur de privilégiés et pour le maître de maison qui les donnait, un prestige analogue à celui que le talent confère et qui n'aurait pas pu être plus grand si les vues avaient été prises par M. Bloch lui-même et l'appareil, de son invention. « Vous n'étiez pas invité hier chez Salomon ? disait-on dans la famille. — Non, je n'étais pas des élus ! Qu'est-ce qu'il y avait ? — Un grand tralala, le stéréoscope, toute la boutique. — Ah ! s'il y avait le stéréoscope, je regrette, car il paraît que Salomon est extraordinaire quand il le montre. » « Que veux-tu, dit M. Bloch à son fils, il ne faut pas lui donner tout à la fois, comme cela il lui restera quelque chose à désirer. » Il avait bien pensé dans sa tendresse paternelle et pour émouvoir son fils à faire venir l'instrument. Mais le « temps matériel » manquait, ou plutôt on avait cru qu'il manquerait ; mais nous dûmes faire remettre le dîner parce que Saint-Loup ne put se déplacer, attendant un oncle qui allait venir passer quarante-huit heures auprès de Mme de Villeparisis. Comme, très adonné aux exercices physiques, surtout aux longues marches, c'était en grande partie à pied, en couchant la nuit dans les fermes, que cet oncle devait faire la route depuis le château où il était en villégiature, le moment où il arriverait à Balbec était assez incertain. Et Saint-Loup n'osant bouger, me chargea même d'aller porter à Incarville, où était le bureau télégraphique, la dépêche que mon ami envoyait quotidiennement à sa maîtresse. L'oncle qu'on attendait s'appelait Palamède, d'un prénom qu'il avait hérité des princes de Sicile, ses ancêtres. Et plus tard quand je retrouvai dans mes lectures historiques, appartenant à tel podestat ou tel prince de l'Église, ce prénom même, belle médaille de la Renaissance — d'aucuns disaient un véritable antique — toujours restée dans la famille, ayant glissé de descendant en descendant depuis le cabinet du Vatican jusqu'à l'oncle de mon ami, j'éprouvais le plaisir réservé à ceux qui ne pouvant faute d'argent constituer un médaillier, une pinacothèque, recherchent les vieux noms (noms de localités, documentaires et pittoresques comme une carte ancienne, une vue cavalière, une enseigne ou un coutumier, noms de baptême où résonne et s'entend, dans les belles finales françaises, le défaut de langue, l'intonation d'une vulgarité ethnique, la prononciation vicieuse selon lesquels nos ancêtres faisaient subir aux mots latins et saxons des mutilations durables, devenues plus tard les augustes législatrices des grammaires) et en somme grâce à ces collections de sonorités anciennes se donnent à eux-mêmes des concerts, à la façon de ceux qui acquièrent des violes de gambe et des violes d'amour pour jouer de la musique d'autrefois sur des instruments anciens. Saint-Loup me dit que même dans la société aristocratique la plus fermée, son oncle Palamède se distinguait encore comme particulièrement difficile d'accès, dédaigneux, entiché de sa noblesse, formant avec la femme de son frère et quelques autres personnes choisies, ce qu'on appelait le cercle des Phénix. Là même il était si redouté pour ses insolences qu'autrefois il était arrivé que des gens du monde qui désiraient le connaître et s'étaient adressés à son propre frère, avaient essuyé un refus. « Non, ne me demandez pas de vous présenter à mon frère Palamède. Ma femme, nous tous, nous nous y attellerions que nous ne pourrions pas. Ou bien vous risqueriez qu'il ne soit pas aimable et

je ne le voudrais pas. » Au Jockey, il avait avec quelques
amis désigné deux cents membres qu'ils ne se laisseraient
jamais présenter. Et chez le comte de Paris il était connu
sous le sobriquet du « Prince » à cause de son élégance
et de sa fierté.

Saint-Loup me parla de la jeunesse, depuis longtemps
passée, de son oncle. Il amenait tous les jours des femmes
dans une garçonnière qu'il avait en commun avec deux
de ses amis, beaux comme lui, ce qui faisait qu'on les
appelait « les trois Grâces ».

« Un jour un des hommes qui est aujourd'hui des plus
en vue dans le faubourg Saint-Germain, comme eût dit
Balzac, mais qui dans une première période assez fâcheuse
montrait des goûts bizarres avait demandé à mon oncle
de venir dans cette garçonnière. Mais à peine arrivé ce
ne fut pas aux femmes, mais à mon oncle Palamède, qu'il
se mit à faire une déclaration. Mon oncle fit semblant de
ne pas comprendre, emmena sous un prétexte ses deux
amis, ils revinrent, prirent le coupable, le déshabillèrent,
le frappèrent jusqu'au sang et, par un froid de dix degrés
au-dessous de zéro, le jetèrent à coups de pieds dehors
où il fut trouvé à demi mort, si bien que la justice fit une
enquête à laquelle le malheureux eut toute la peine du
monde à la faire renoncer[1]. Mon oncle ne se livrerait plus
aujourd'hui à une exécution aussi cruelle et tu n'imagines
pas le nombre d'hommes du peuple, lui si hautain avec
les gens du monde, qu'il prend en affection, qu'il protège,
quitte à être payé d'ingratitude. Ce sera un domestique
qui l'aura servi dans un hôtel et qu'il placera à Paris, ou
un paysan à qui il fera apprendre un métier. C'est même
le côté assez gentil qu'il y a chez lui, par contraste avec
le côté mondain. » Saint-Loup appartenait, en effet, à ce
genre de jeunes gens du monde situés à une altitude où
on a pu faire pousser ces expressions : « Ce qu'il y a même
d'assez gentil chez lui, son côté assez gentil », semences
assez précieuses, produisant très vite une manière de
concevoir les choses dans laquelle on se compte pour rien,
et le « peuple » pour tout ; en somme tout le contraire
de l'orgueil plébéien. « Il paraît qu'on ne peut se figurer
comme il donnait le ton, comme il faisait la loi à toute
la société dans sa jeunesse. Pour lui en toute circonstance
il faisait ce qui lui paraissait le plus agréable, le plus
commode, mais aussitôt c'était imité par les snobs. S'il avait

eu soif au théâtre et s'était fait apporter a boire dans le fond de sa loge, les petits salons qu'il y avait derrière chacune se remplissaient, la semaine suivante, de rafraîchissements. Un été très pluvieux où il avait un peu de rhumatisme, il s'était commandé un pardessus d'une vigogne souple mais chaude qui ne sert guère que pour faire des couvertures de voyage et dont il avait respecté les raies bleues et orange. Les grands tailleurs se virent commander aussitôt par leurs clients des pardessus bleus et frangés, à longs poils[1]. Si pour une raison quelconque il désirait ôter tout caractère de solennité à un dîner dans un château où il passait une journée, et pour marquer cette nuance n'avait pas apporté d'habit et s'était mis à table avec le veston de l'après-midi, la mode devenait de dîner à la campagne en veston. Que pour manger un gâteau il se servît, au lieu de sa cuiller, d'une fourchette ou d'un couvert de son invention commandé par lui à un orfèvre, ou de ses doigts, il n'était plus permis de faire autrement. Il avait eu envie de réentendre certains quatuors de Beethoven (car avec toutes ses idées saugrenues il est loin d'être bête et est fort doué) et avait fait venir des artistes pour les jouer chaque semaine, pour lui et quelques amis[2]. La grande élégance fut cette année-là de donner des réunions peu nombreuses où on entendait de la musique de chambre. Je crois d'ailleurs qu'il ne s'est pas ennuyé dans la vie. Beau comme il a été, il a dû en avoir, des femmes ! Je ne pourrais pas vous dire d'ailleurs exactement lesquelles parce qu'il est très discret. Mais je sais qu'il a bien trompé ma pauvre tante. Ce qui n'empêche pas qu'il était délicieux avec elle, qu'elle l'adorait, et qu'il l'a pleurée pendant des années. Quand il est à Paris, il va encore au cimetière presque chaque jour. »

Le lendemain matin du jour où Robert m'avait ainsi parlé de son oncle tout en l'attendant, vainement du reste, comme je passais seul devant le casino en rentrant à l'hôtel, j'eus la sensation d'être regardé par quelqu'un qui n'était pas loin de moi. Je tournai la tête et j'aperçus un homme d'une quarantaine d'années, très grand et assez gros, avec des moustaches très noires, et qui, tout en frappant nerveusement son pantalon avec une badine, fixait sur moi des yeux dilatés par l'attention. Par moments, ils étaient percés en tous sens par des regards d'une extrême activité comme en ont seuls devant une personne

qu'ils ne connaissent pas des hommes à qui, pour un motif
quelconque, elle inspire des pensées qui ne viendraient
pas à tout autre — par exemple des fous ou des espions.
Il lança sur moi une suprême œillade à la fois hardie,
prudente, rapide et profonde, comme un dernier coup que
l'on tire au moment de prendre la fuite, et après avoir
regardé tout autour de lui, prenant soudain un air distrait
et hautain, par un brusque revirement de toute sa personne
il se tourna vers une affiche dans la lecture de laquelle
il s'absorba, en fredonnant un air et en arrangeant la rose
mousseuse qui pendait à sa boutonnière[1]. Il sortit de sa
poche un calepin sur lequel il eut l'air de prendre en note
le titre du spectacle annoncé, tira deux ou trois fois sa
montre, abaissa sur ses yeux un canotier de paille noire
dont il prolongea le rebord avec sa main mise en visière
comme pour voir si quelqu'un n'arrivait pas, fit le geste
de mécontentement par lequel on croit faire voir qu'on
a assez d'attendre, mais qu'on ne fait jamais quand on
attend réellement, puis rejetant en arrière son chapeau et
laissant voir une brosse coupée ras qui admettait cependant
de chaque côté d'assez longues ailes de pigeon ondulées,
il exhala le souffle bruyant des personnes qui ont non pas
trop chaud mais le désir de montrer qu'elles ont trop
chaud. J'eus l'idée d'un escroc d'hôtel qui, nous ayant
peut-être déjà remarqués les jours précédents, ma grand-
mère et moi, et préparant quelque mauvais coup, venait
de s'apercevoir que je l'avais surpris pendant qu'il
m'épiait ; pour me donner le change, peut-être cherchait-il
seulement, par sa nouvelle attitude, à exprimer la
distraction et le détachement, mais c'était avec une
exagération si agressive que son but semblait au moins
autant que de dissiper les soupçons que j'avais dû avoir,
de venger une humiliation qu'à mon insu je lui eusse
infligée, de me donner l'idée non pas tant qu'il ne m'avait
pas vu, que celle que j'étais un objet de trop petite
importance pour attirer son attention. Il cambrait sa taille
d'un air de bravade, pinçait les lèvres, relevait ses
moustaches et dans son regard ajustait quelque chose
d'indifférent, de dur, de presque insultant. Si bien que la
singularité de son expression me le faisait prendre tantôt
pour un voleur et tantôt pour un aliéné. Pourtant sa mise
extrêmement soignée était beaucoup plus grave et
beaucoup plus simple que celles de tous les baigneurs que

je voyais à Balbec, et rassurante pour mon veston si
souvent humilié par la blancheur éclatante et banale de
leurs costumes de plage. Mais ma grand-mère venait à ma
rencontre, nous fîmes un tour ensemble, et je l'attendais,
une heure après, devant l'hôtel où elle était rentrée un
instant, quand je vis sortir Mme de Villeparisis avec Robert
de Saint-Loup et l'inconnu qui m'avait regardé si fixement
devant le casino. Avec la rapidité d'un éclair son regard
me traversa ainsi qu'au moment où je l'avais aperçu, et
revint, comme s'il ne m'avait pas vu, se ranger, un peu
bas, devant ses yeux, émoussé, comme le regard neutre
qui feint de ne rien voir au-dehors et n'est capable de rien
lire au-dedans, le regard qui exprime seulement la
satisfaction de sentir autour de soi les cils qu'il écarte de
sa rondeur béate, le regard dévot et confit qu'ont certains
hypocrites, le regard fat qu'ont certains sots. Je vis qu'il
avait changé de costume. Celui qu'il portait était encore
plus sombre ; et sans doute c'est que la véritable élégance
est moins loin de la simplicité que la fausse ; mais il y avait
autre chose : d'un peu près on sentait que si la couleur
était presque entièrement absente de ces vêtements, ce
n'était pas parce que celui qui l'en avait bannie y était
indifférent, mais plutôt parce que, pour une raison
quelconque, il se l'interdisait. Et la sobriété qu'ils laissaient
paraître semblait de celles qui viennent de l'obéissance à
un régime, plutôt que du manque de gourmandise. Un
filet de vert sombre s'harmonisait, dans le tissu du
pantalon, à la rayure des chaussettes avec un raffinement
qui décelait la vivacité d'un goût maté partout ailleurs et
à qui cette seule concession avait été faite par tolérance,
tandis qu'une tache rouge sur la cravate était imperceptible
comme une liberté qu'on n'ose prendre.

« Comment allez-vous ? Je vous présente mon neveu,
le baron de Guermantes », me dit Mme de Villeparisis,
pendant que l'inconnu, sans me regarder, grommelant un
vague : « Charmé » qu'il fit suivre de : « heue, heue,
heue » pour donner à son amabilité quelque chose de
forcé, et repliant le petit doigt, l'index et le pouce, me
tendait le troisième doigt et l'annulaire, dépourvus de
toute bague, que je serrai sous son gant de Suède ; puis
sans avoir levé les yeux sur moi il se détourna vers Mme
de Villeparisis.

« Mon Dieu, est-ce que je perds la tête ? dit celle-ci,

voilà que je t'appelle le baron de Guermantes. Je vous présente le baron de Charlus. Après tout, l'erreur n'est pas si grande, ajouta-t-elle, tu es bien un Guermantes tout de même. »

Cependant ma grand-mère sortait, nous fîmes route ensemble. L'oncle de Saint-Loup ne m'honora non seulement pas d'une parole mais même d'un regard. S'il dévisageait les inconnus (et pendant cette courte promenade il lança deux ou trois fois son terrible et profond regard en coup de sonde sur des gens insignifiants et de la plus modeste extraction qui passaient), en revanche il ne regardait à aucun moment, si j'en jugeais par moi, les personnes qu'il connaissait, — comme un policier en mission secrète mais qui tient ses amis en dehors de sa surveillance professionnelle. Les laissant causer ensemble, ma grand-mère, Mme de Villeparisis et lui, je retins Saint-Loup en arrière :

« Dites-moi, ai-je bien entendu ? Madame de Villeparisis a dit à votre oncle qu'il était un Guermantes.

— Mais oui, naturellement, c'est Palamède de Guermantes.

— Mais des mêmes Guermantes qui ont un château près de Combray et qui prétendent descendre de Geneviève de Brabant ?

— Mais absolument : mon oncle qui est on ne peut plus héraldique vous répondrait que notre *cri*, notre cri de guerre, qui devint ensuite Passavant, était d'abord Combraysis, dit-il en riant pour ne pas avoir l'air de tirer vanité de cette prérogative du cri qu'avaient seules les maisons quasi souveraines, les grands chefs des bandes. Il est le frère du possesseur actuel du château. »

Ainsi s'apparentait et de tout près aux Guermantes, cette Mme de Villeparisis, restée si longtemps pour moi la dame qui m'avait donné une boîte de chocolat tenue par un canard, quand j'étais petit, plus éloignée alors du côté de Guermantes que si elle avait été enfermée dans le côté de Méséglise, moins brillante, moins haut située par moi que l'opticien de Combray, et qui maintenant subissait brusquement une de ces hausses fantastiques, parallèles aux dépréciations non moins imprévues d'autres objets que nous possédons, lesquelles — les unes comme les autres — introduisent dans notre adolescence et dans les parties de notre vie où persiste un peu de notre adolescence, des changements aussi nombreux que les métamorphoses d'Ovide.

« Est-ce qu'il n'y a pas dans ce château tous les bustes des anciens seigneurs de Guermantes ?

— Oui, c'est un beau spectacle, dit ironiquement Saint-Loup. Entre nous, je trouve toutes ces choses-là un peu falotes. Mais il y a à Guermantes, ce qui est un peu plus intéressant ! un portrait bien touchant de ma tante par Carrière[1]. C'est beau comme du Whistler ou du Velasquez », ajouta Saint-Loup qui dans son zèle de néophyte ne gardait pas toujours exactement l'échelle des grandeurs. « Il y a aussi d'émouvantes peintures de Gustave Moreau. Ma tante est la nièce de votre amie Mme de Villeparisis, elle a été élevée par elle, et a épousé son cousin qui était neveu aussi de ma tante Villeparisis, le duc de Guermantes actuel.

— Et alors qu'est votre oncle ?

— Il porte le titre de baron de Charlus. Régulièrement, quand mon grand-oncle est mort, mon oncle Palamède aurait dû prendre le titre de prince des Laumes, qui était celui de son frère avant qu'il devînt duc de Guermantes, car dans cette famille-là ils changent de nom comme de chemise. Mais mon oncle a sur tout cela des idées particulières. Et comme il trouve qu'on abuse un peu des duchés italiens, grandesses espagnoles, etc., et bien qu'il eût le choix entre quatre ou cinq titres de prince, il a gardé celui de baron de Charlus, par protestation et avec une apparente simplicité où il y a beaucoup d'orgueil. "Aujourd'hui, dit-il, tout le monde est prince, il faut pourtant bien avoir quelque chose qui vous distingue ; je prendrai un titre de prince quand je voudrai voyager incognito." Il n'y a pas selon lui de titre plus ancien que celui de baron de Charlus ; pour vous prouver qu'il est antérieur à celui des Montmorency, qui se disaient faussement les premiers barons de France, alors qu'ils l'étaient seulement de l'Ile-de-France où était leur fief, mon oncle vous donnera des explications pendant des heures et avec plaisir parce que quoiqu'il soit très fin, très doué, il trouve cela un sujet de conversation tout à fait vivant, dit Saint-Loup avec un sourire. Mais comme je ne suis pas comme lui, vous n'allez pas me faire parler généalogie, je ne sais rien de plus assommant, de plus périmé, vraiment l'existence est trop courte. »

Je reconnaissais maintenant dans le regard dur qui m'avait fait retourner tout à l'heure près du casino celui que j'avais vu fixé sur moi à Tansonville au moment où Mme Swann avait appelé Gilberte.

« Mais parmi les nombreuses maîtresses que vous me disiez qu'avait eues votre oncle, M. de Charlus, est-ce qu'il n'y avait pas Mme Swann ?

— Oh ! pas du tout ! C'est-à-dire qu'il est un grand ami de Swann et l'a toujours beaucoup soutenu. Mais on n'a jamais dit qu'il fût l'amant de sa femme. Vous causeriez beaucoup d'étonnement dans le monde, si vous aviez l'air de croire cela. »

Je n'osai lui répondre qu'on en aurait éprouvé bien plus à Combray, si j'avais eu l'air de ne pas le croire.

Ma grand-mère fut enchantée de M. de Charlus. Sans doute il attachait une extrême importance à toutes les questions de naissance et de situation mondaine, et ma grand-mère l'avait remarqué, mais sans rien de cette sévérité où entrent d'habitude une secrète envie et l'irritation de voir un autre se réjouir d'avantages qu'on voudrait et qu'on ne peut posséder. Comme au contraire ma grand-mère, contente de son sort et ne regrettant nullement de ne pas vivre dans une société plus brillante, ne se servait que de son intelligence pour observer les travers de M. de Charlus, elle parlait de l'oncle de Saint-Loup avec cette bienveillance détachée, souriante, presque sympathique, par laquelle nous récompensons l'objet de notre observation désintéressée du plaisir qu'elle nous procure, et d'autant plus que cette fois l'objet était un personnage dont elle trouvait que les prétentions, sinon légitimes, du moins pittoresques, le faisaient assez vivement trancher sur les personnes qu'elle avait généralement l'occasion de voir. Mais c'était surtout en faveur de l'intelligence et de la sensibilité, qu'on devinait extrêmement vives chez M. de Charlus, au contraire de tant de gens du monde dont se moquait Saint-Loup, que ma grand-mère lui avait si aisément pardonné son préjugé aristocratique. Celui-ci n'avait pourtant pas été sacrifié par l'oncle, comme par le neveu, à des qualités supérieures. M. de Charlus l'avait plutôt concilié avec elles. Possédant comme descendant des ducs de Nemours et des princes de Lamballe, des archives, des meubles, des tapisseries, des portraits faits pour ses aïeux par Raphaël, par

Velasquez, par Boucher, pouvant dire justement qu'il
« visitait » un musée et une incomparable bibliothèque
rien qu'en parcourant ses souvenirs de famille, il plaçait
au contraire au rang d'où son neveu l'avait fait déchoir
tout l'héritage de l'aristocratie. Peut-être aussi, moins
idéologue que Saint-Loup, se payant moins de mots, plus
réaliste observateur des hommes, ne voulait-il pas négliger
un élément essentiel de prestige à leurs yeux et qui, s'il
donnait à son imagination des jouissances désintéressées,
pouvait être souvent pour son activité utilitaire un adjuvant
puissamment efficace. Le débat reste ouvert entre les
hommes de cette sorte et ceux qui obéissent à l'idéal
intérieur qui les pousse à se défaire de ces avantages pour
chercher uniquement à le réaliser, semblables en cela aux
peintres, aux écrivains qui renoncent leur virtuosité, aux
peuples artistes qui se modernisent, aux peuples guerriers
prenant l'initiative du désarmement universel, aux gouvernements absolus qui se font démocratiques et abrogent
de dures lois, bien souvent sans que la réalité récompense
leur noble effort ; car les uns perdent leur talent, les autres
leur prédominance séculaire ; le pacifisme multiplie quelquefois les guerres et l'indulgence, la criminalité. Si les
efforts de sincérité et d'émancipation de Saint-Loup ne
pouvaient être trouvés que très nobles, à juger par le
résultat extérieur, il était permis de se féliciter qu'ils
eussent fait défaut chez M. de Charlus, lequel avait fait
transporter chez lui une grande partie des admirables
boiseries de l'hôtel Guermantes au lieu de les échanger,
comme son neveu, contre un mobilier modern style, des
Lebourg et des Guillaumin[1]. Il n'en était pas moins vrai
que l'idéal de M. de Charlus était fort factice, et si cette
épithète peut être rapprochée du mot idéal, tout autant
mondain qu'artistique. À quelques femmes de grande
beauté et de rare culture dont les aïeules avaient été deux
siècles plus tôt mêlées à toute la gloire et à toute l'élégance
de l'ancien régime, il trouvait une distinction qui le faisait
pouvoir se plaire seulement avec elles, et sans doute
l'admiration qu'il leur avait vouée était sincère, mais de
nombreuses réminiscences d'histoire et d'art évoquées par
leurs noms y entraient pour une grande part, comme des
souvenirs de l'Antiquité sont une des raisons du plaisir
qu'un lettré trouve à lire une ode d'Horace peut-être
inférieure à des poèmes de nos jours qui laisseraient ce

même lettré indifférent. Chacune de ces femmes à côté d'une jolie bourgeoise était pour lui ce que sont à une toile contemporaine représentant une route ou une noce, ces tableaux anciens dont on sait l'histoire, depuis le Pape ou le Roi qui les commandèrent, en passant par tels personnages auprès de qui leur présence, par don, achat, prise ou héritage, nous rappelle quelque événement ou tout au moins quelque alliance d'un intérêt historique, par conséquent des connaissances que nous avons acquises, leur donne une nouvelle utilité, augmente le sentiment de la richesse des possessions de notre mémoire ou de notre érudition. M. de Charlus se félicitait qu'un préjugé analogue au sien, en empêchant ces quelques grandes dames de frayer avec des femmes d'un sang moins pur, les offrît à son culte intactes dans leur noblesse inaltérée, comme telle façade du XVIIIe siècle soutenue par ses colonnes plates de marbre rose et à laquelle les temps nouveaux n'ont rien changé.

M. de Charlus célébrait la véritable *noblesse* d'esprit et de cœur de ces femmes, jouant ainsi sur le mot par une équivoque qui le trompait lui-même et où résidait le mensonge de cette conception bâtarde, de cet ambigu d'aristocratie, de générosité et d'art, mais aussi sa séduction, dangereuse pour des êtres comme ma grand-mère à qui le préjugé plus grossier mais plus innocent d'un noble qui ne regarde qu'aux quartiers et ne se soucie pas du reste, eût semblé trop ridicule, mais qui était sans défense dès que quelque chose se présentait sous les dehors d'une supériorité spirituelle, au point qu'elle trouvait les princes enviables par-dessus tous les hommes parce qu'ils purent avoir un La Bruyère, un Fénelon comme précepteurs.

Devant le Grand-Hôtel, les trois Guermantes nous quittèrent ; ils allaient déjeuner chez la princesse de Luxembourg. Au moment où ma grand-mère disait au revoir à Mme de Villeparisis et Saint-Loup à ma grand-mère, M. de Charlus, qui jusque-là ne m'avait pas adressé la parole, fit quelque pas en arrière et arrivé à côté de moi : « Je prendrai le thé ce soir après dîner dans l'appartement de ma tante Villeparisis, me dit-il. J'espère que vous me ferez le plaisir de venir avec madame votre grand-mère. » Et il rejoignit la marquise.

Quoique ce fût dimanche, il n'y avait pas plus de fiacres

devant l'hôtel qu'au commencement de la saison. La femme du notaire en particulier trouvait que c'était faire bien des frais que de louer chaque fois une voiture pour ne pas aller chez les Cambremer, et elle se contentait de rester dans sa chambre.

« Est-ce que Mme Blandais est souffrante ? demandait-on au notaire, on ne l'a pas vue aujourd'hui.

— Elle a un peu mal à la tête, la chaleur, cet orage. Il lui suffit d'un rien ; mais je crois que vous la verrez ce soir. Je lui ai conseillé de descendre. Cela ne peut lui faire que du bien. »

J'avais pensé qu'en nous invitant ainsi chez sa tante, que je ne doutais pas qu'il eût prévenue, M. de Charlus eût voulu réparer l'impolitesse qu'il m'avait témoignée pendant la promenade du matin. Mais quand arrivé dans le salon de Mme de Villeparisis je voulus saluer le neveu de celle-ci, j'eus beau tourner autour de lui qui, d'une voix aiguë, racontait une histoire assez malveillante pour un de ses parents, je ne pus pas attraper son regard ; je me décidai à lui dire bonjour et assez fort, pour l'avertir de ma présence, mais je compris qu'il l'avait remarquée, car avant même qu'aucun mot ne fût sorti de mes lèvres, au moment où je m'inclinais, je vis ses deux doigts tendus pour que je les serrasse, sans qu'il eût tourné les yeux ou interrompu la conversation. Il m'avait évidemment vu, sans le laisser paraître, et je m'aperçus alors que ses yeux qui n'étaient jamais fixés sur l'interlocuteur, se promenaient perpétuellement dans toutes les directions, comme ceux de certains animaux effrayés, ou ceux de ces marchands en plein air qui, tandis qu'ils débitent leur boniment et exhibent leur marchandise illicite, scrutent, sans pourtant tourner la tête, les différents points de l'horizon par où pourrait venir la police. Cependant j'étais un peu étonné de voir que Mme de Villeparisis, heureuse de nous voir venir, ne semblait pas s'y être attendue, je le fus plus encore d'entendre M. de Charlus dire à ma grand-mère : « Ah ! c'est une très bonne idée que vous avez eue de venir, c'est charmant, n'est-ce pas, ma tante ? » Sans doute avait-il remarqué la surprise de celle-ci à notre entrée et pensait-il, en homme habitué à donner le ton, le *la,* qu'il lui suffirait pour changer cette surprise en joie d'indiquer qu'il en éprouvait lui-même, que c'était bien le sentiment que notre venue devait exciter. En quoi il calculait bien, car Mme de Villeparisis qui comptait fort son neveu et savait combien il était difficile de lui plaire, parut soudain avoir trouvé à ma grand-mère de nouvelles qualités et ne cessa de lui faire fête. Mais je ne pouvais comprendre que M. de Charlus eût oublié en quelques heures l'invitation si brève, mais en apparence si intentionnelle, si préméditée qu'il m'avait adressée le matin même et qu'il appelât « bonne idée » de ma grand-mère, une idée qui était toute de lui. Avec un scrupule de précision que je gardai jusqu'à l'âge où je compris que ce n'est pas en la lui demandant qu'on apprend la vérité sur l'intention qu'un homme a eue et que le risque d'un malentendu qui passera probablement inaperçu est moindre que celui d'une naïve insistance : « Mais, monsieur, lui dis-je, vous vous rappelez bien, n'est-ce pas, que c'est vous qui m'avez demandé que nous vinssions ce soir ? » Aucun mouvement, aucun son ne trahit que M. de Charlus eût entendu ma question. Ce que voyant je la répétai comme les diplomates ou ces jeunes gens brouillés qui mettent une bonne volonté inlassable et vaine à obtenir des éclaircissements que l'adversaire est décidé à ne pas donner. M. de Charlus ne me répondit pas davantage. Il me sembla voir flotter sur ses lèvres le sourire de ceux qui de très haut jugent les caractères et les éducations.

Puisqu'il refusait toute explication, j'essayai de m'en donner une, et je n'arrivai qu'à hésiter entre plusieurs dont aucune pouvait n'être la bonne. Peut-être ne se rappelait-il pas, ou peut-être c'était moi qui avais mal compris ce qu'il avait dit le matin... Plus probablement par orgueil ne voulait-il pas paraître avoir cherché à attirer des gens qu'il dédaignait, et préférait-il rejeter sur eux l'initiative de leur venue. Mais alors, s'il nous dédaignait, pourquoi avait-il tenu à ce que nous vinssions, ou plutôt à ce que ma grand-mère vînt, car de nous deux ce fut à elle seule qu'il adressa la parole pendant cette soirée et pas une seule fois à moi. Causant avec la plus grande animation avec elle ainsi qu'avec Mme de Villeparisis, caché en quelque sorte derrière elles, comme il eût été au fond d'une loge, il se contentait seulement, détournant par moments le regard investigateur de ses yeux pénétrants, de l'attacher sur ma figure, avec le même sérieux, le même air de préoccupation, que si elle eût été un manuscrit difficile à déchiffrer.

Sans doute s'il n'y avait pas eu ces yeux, le visage de

M. de Charlus était semblable à celui de beaucoup de
beaux hommes. Et quand Saint-Loup en me parlant
d'autres Guermantes me dit plus tard : « Dame, ils n'ont
pas cet air de race, de grand seigneur jusqu'au bout des
ongles qu'a mon oncle Palamède », en confirmant que
l'air de race et la distinction aristocratiques n'étaient rien
de mystérieux et de nouveau, mais consistaient en des
éléments que j'avais reconnus sans difficulté et sans
éprouver d'impression particulière, je devais sentir se
dissiper une de mes illusions. Mais ce visage, auquel une
légère couche de poudre donnait un peu l'aspect d'un
visage de théâtre, M. de Charlus avait beau en fermer
hermétiquement l'expression, les yeux étaient comme une
lézarde, comme une meurtrière que seule il n'avait pu
boucher et par laquelle, selon le point où on était placé
par rapport à lui, on se sentait brusquement croisé du reflet
de quelque engin intérieur qui semblait n'avoir rien de
rassurant, même pour celui qui, sans en être absolument
maître, le portait en soi, à l'état d'équilibre instable et
toujours sur le point d'éclater ; et l'expression circonspecte
et incessamment inquiète de ces yeux, avec toute la fatigue
qui, autour d'eux, jusqu'à un cerne descendu très bas, en
résultait pour le visage, si bien composé et arrangé qu'il
fût, faisait penser à quelque incognito, à quelque déguisement d'un homme puissant en danger, ou seulement d'un
individu dangereux, mais tragique. J'aurais voulu deviner
quel était ce secret que ne portaient pas en eux les autres
hommes et qui m'avait déjà rendu si énigmatique le regard
de M. de Charlus quand je l'avais vu le matin près du
casino. Mais avec ce que je savais maintenant de sa parenté,
je ne pouvais plus croire ni que ce fût celui d'un voleur,
ni d'après ce que j'entendais de sa conversation, que ce
fût celui d'un fou. S'il était si froid avec moi, alors qu'il
était tellement aimable avec ma grand-mère, cela ne tenait
peut-être pas à une antipathie personnelle, car d'une
manière générale, autant il était bienveillant pour les
femmes, des défauts de qui il parlait sans se départir,
habituellement, d'une grande indulgence, autant il avait
à l'égard des hommes, et particulièrement des jeunes gens,
une haine d'une violence qui rappelait celle de certains
misogynes pour les femmes. De deux ou trois « gigolos »
qui étaient de la famille ou de l'intimité de Saint-Loup et
dont celui-ci cita par hasard le nom, M. de Charlus dit

avec une expression presque féroce qui tranchait sur sa froideur habituelle : « Ce sont de petites canailles. » Je compris que ce qu'il reprochait surtout aux jeunes gens d'aujourd'hui, c'était d'être trop efféminés. « Ce sont de vraies femmes », disait-il avec mépris. Mais quelle vie n'eût pas semblé efféminée auprès de celle qu'il voulait que menât un homme et qu'il ne trouvait jamais assez énergique et virile ? (Lui-même dans ses voyages à pied, après des heures de course, se jetait brûlant dans des rivières glacées.) Il n'admettait même pas qu'un homme portât une seule bague. Mais ce parti pris de virilité ne l'empêchait pas d'avoir des qualités de sensibilité des plus fines. À Mme de Villeparisis qui le priait de décrire pour ma grand-mère un château où avait séjourné Mme de Sévigné, ajoutant qu'elle voyait un peu de littérature dans ce désespoir d'être séparée de cette ennuyeuse Mme de Grignan :

« Rien au contraire, répondit-il, ne me semble plus vrai. C'était du reste une époque où ces sentiments-là étaient bien compris. L'habitant du Monomotapa de La Fontaine¹ courant chez son ami qui lui est apparu un peu triste pendant son sommeil, le pigeon trouvant que le plus grand des maux est l'absence de l'autre pigeon, vous semblent peut-être, ma tante, aussi exagérés que Mme de Sévigné ne pouvant pas attendre le moment où elle sera seule avec sa fille. C'est si beau ce qu'elle dit quand elle la quitte . "Cette séparation me fait une douleur à l'âme, que je sens comme un mal du corps. Dans l'absence on est libéral des heures. On avance dans un temps auquel on aspire²" ». Ma grand-mère était ravie d'entendre parler de ces *Lettres* exactement de la façon qu'elle eût fait. Elle s'étonnait qu'un homme pût les comprendre si bien. Elle trouvait à M. de Charlus des délicatesses, une sensibilité féminines. Nous nous dîmes plus tard quand nous fûmes seuls et parlâmes tous les deux de lui, qu'il avait dû subir l'influence profonde d'une femme, sa mère, ou plus tard sa fille s'il avait des enfants. Moi je pensai : « Une maîtresse », en me reportant à l'influence que celle de Saint-Loup me semblait avoir eue sur lui et qui me permettait de me rendre compte à quel point les femmes avec lesquelles ils vivent affinent les hommes.

« Une fois près de sa fille elle n'avait probablement rien à lui dire, répondit Mme de Villeparisis.

— Certainement si ; fût-ce de ce qu'elle appelait "choses si légères qu'il n'y a que vous et moi qui les remarquions[1]". Et en tout cas, elle était près d'elle. Et La Bruyère nous dit que c'est tout : "Être près des gens qu'on aime, leur parler, ne leur parler point, tout est égal[2]". Il a raison ; c'est le seul bonheur, ajouta M. de Charlus d'une voix mélancolique ; et ce bonheur-là, hélas, la vie est si mal arrangée qu'on le goûte bien rarement ; Mme de Sévigné a été en somme moins à plaindre que d'autres. Elle a passé une grande partie de sa vie auprès de ce qu'elle aimait.

— Tu oublies que ce n'était pas de l'amour, c'était de sa fille qu'il s'agissait.

— Mais l'important dans la vie n'est pas ce qu'on aime », reprit-il d'un ton compétent, péremptoire et presque tranchant, « c'est d'aimer. Ce que ressentait Mme de Sévigné pour sa fille peut prétendre beaucoup plus justement ressembler à la passion que Racine a dépeinte dans *Andromaque* ou dans *Phèdre*, que les banales relations que le jeune Sévigné avait avec ses maîtresses. De même l'amour de tel mystique pour son Dieu. Les démarcations trop étroites que nous traçons autour de l'amour viennent seulement de notre grande ignorance de la vie.

— Tu aimes beaucoup *Andromaque* et *Phèdre* ? demanda Saint-Loup à son oncle, sur un ton légèrement dédaigneux.

— Il y a plus de vérité dans une tragédie de Racine que dans tous les drames de M. Victor Hugo, répondit M. de Charlus.

— C'est tout de même effrayant, le monde, me dit Saint-Loup à l'oreille. Préférer Racine à Victor, c'est quand même quelque chose d'énorme ! » Il était sincèrement attristé des paroles de son oncle, mais le plaisir de dire « quand même » et surtout « énorme » le consolait.

Dans ces réflexions sur la tristesse qu'il y a à vivre loin de ce qu'on aime (qui devaient amener ma grand-mère à me dire que le neveu de Mme de Villeparisis comprenait autrement bien certaines œuvres que sa tante, et surtout avait quelque chose qui le mettait bien au-dessus de la plupart des gens de club), M. de Charlus ne laissait pas seulement paraître une finesse de sentiment que montrent en effet rarement les hommes ; sa voix elle-même, pareille à certaines voix de contralto en qui on n'a pas assez cultivé le médium et dont le chant semble le duo alterné d'un jeune homme et d'une femme, se posait au moment où il exprimait ces pensées si délicates, sur des notes hautes, prenait une douceur imprévue et semblait contenir des chœurs de fiancées, de sœurs, qui répandaient leur tendresse. Mais la nichée de jeunes filles que M. de Charlus, avec son horreur de tout efféminement, aurait été si navré d'avoir l'air d'abriter ainsi dans sa voix, ne s'y bornait pas à l'interprétation, à la modulation des morceaux de sentiment. Souvent, tandis que causait M. de Charlus, on entendait leur rire aigu et frais de pensionnaires ou de coquettes ajuster leur prochain avec des malices de bonnes langues et de fines mouches.

Il raconta qu'une demeure qui avait appartenu à sa famille, où Marie-Antoinette avait couché, dont le parc était de Le Nôtre, appartenait maintenant aux riches financiers Israël, qui l'avaient achetée. « Israël, du moins c'est le nom que portent ces gens, qui me semble un terme générique, ethnique, plutôt qu'un nom propre. On ne sait pas, peut-être que ce genre de personnes ne portent pas de noms et sont seulement désignées par la collectivité à laquelle elles appartiennent. Cela ne fait rien ! Avoir été la demeure des Guermantes et appartenir aux Israël ! ! ! s'écria-t-il. Cela fait penser à cette chambre du château de Blois où le gardien qui le faisait visiter me dit : "C'est ici que Marie Stuart faisait sa prière ; et c'est là maintenant où ce que je mets mes balais." Naturellement je ne veux rien savoir de cette demeure qui s'est déshonorée, pas plus que de ma cousine Clara de Chimay qui a quitté son mari[1]. Mais je conserve la photographie de la première encore intacte, comme celle de la princesse quand ses grands yeux n'avaient de regards que pour mon cousin. La photographie acquiert un peu de la dignité qui lui manque quand elle cesse d'être une reproduction du réel et nous montre des choses qui n'existent plus. Je pourrai vous en donner une, puisque ce genre d'architecture vous intéresse », dit-il à ma grand-mère. À ce moment, apercevant que le mouchoir brodé qu'il avait dans sa poche laissait dépasser des lisérés de couleur, il le rentra vivement avec la mine effarouchée d'une femme pudibonde mais point innocente dissimulant des appas que, par un excès de scrupule, elle juge indécents. « Imaginez-vous, reprit-il, que ces gens ont commencé par détruire le parc de Le Nôtre, ce qui est aussi coupable que de lacérer un tableau de Poussin. Pour cela, ces Israël devraient être en prison. Il est vrai, ajouta-t-il en souriant après un moment de silence, qu'il y a sans doute tant d'autres choses pour lesquelles ils devraient y être ! En tous cas, vous vous imaginez l'effet que produit devant ces architectures un jardin anglais.

— Mais la maison est du même style que le Petit Trianon, dit Mme de Villeparisis, et Marie-Antoinette y a bien fait faire un jardin anglais.

— Qui dépare tout de même la façade de Gabriel, répondit M. de Charlus. Évidemment ce serait maintenant une sauvagerie que de détruire le Hameau. Mais quel que soit l'esprit du jour, je doute tout de même qu'à cet égard une fantaisie de Mme Israël ait le même prestige que le souvenir de la Reine. »

Cependant ma grand-mère m'avait fait signe de monter me coucher, malgré l'insistance de Saint-Loup qui, à ma grande honte, avait fait allusion devant M. de Charlus à la tristesse que j'éprouvais souvent le soir avant de m'endormir et que son oncle devait trouver quelque chose de bien peu viril. Je tardai encore quelques instants, puis m'en allai, et fus bien étonné quand un peu après, ayant entendu frapper à la porte de ma chambre et ayant demandé qui était là, j'entendis la voix de M. de Charlus qui disait d'un ton sec :

« C'est Charlus. Puis-je entrer, monsieur ? Monsieur, reprit-il du même ton une fois qu'il eut refermé la porte, mon neveu racontait tout à l'heure que vous étiez un peu ennuyé avant de vous endormir, et d'autre part que vous admiriez les livres de Bergotte. Comme j'en ai dans ma malle un que vous ne connaissez probablement pas, je vous l'apporte pour vous aider à passer ces moments où vous ne vous sentez pas heureux. »

Je remerciai M. de Charlus avec émotion et lui dis que j'avais au contraire eu peur que ce que Saint-Loup lui avait dit de mon malaise à l'approche de la nuit, m'eût fait paraître à ses yeux plus stupide encore que je n'étais.

« Mais non, répondit-il avec un accent plus doux. Vous n'avez peut-être pas de mérite personnel, si peu d'êtres en ont ! Mais, pour un temps du moins, vous avez la jeunesse et c'est toujours une séduction. D'ailleurs, monsieur, la plus grande des sottises, c'est de trouver ridicules ou blâmables les sentiments qu'on n'éprouve pas. J'aime la nuit et vous me dites que vous la redoutez ; j'aime sentir les roses et j'ai un ami à qui leur odeur donne la fièvre. Croyez-vous que je pense pour cela qu'il vaut moins que moi ? Je m'efforce de tout comprendre et je me garde de rien condamner. En somme, ne vous plaignez pas trop, je ne dirai pas que ces tristesses ne sont pas pénibles, je sais ce qu'on peut souffrir pour des choses que les autres ne comprendraient pas. Mais du moins vous avez bien placé votre affection dans votre grand-mère. Vous la voyez beaucoup. Et puis c'est une tendresse permise, je veux dire une tendresse payée de retour. Il y en a tant dont on ne peut pas dire cela ! »

Il marchait de long en large dans la chambre, regardant un objet, en soulevant un autre. J'avais l'impression qu'il avait quelque chose à m'annoncer et ne trouvait pas en quels termes le faire.

« J'ai un autre volume de Bergotte ici, je vais vous le chercher », ajouta-t-il, et il sonna. Un groom vint au bout d'un moment. « Allez me chercher votre maître d'hôtel. Il n'y a que lui ici qui soit capable de faire une commission intelligemment, dit M. de Charlus avec hauteur. — Monsieur Aimé, monsieur ? demanda le groom. — Je ne sais pas son nom, mais si, je me rappelle que je l'ai entendu appeler Aimé. Allez vite, je suis pressé. — Il va être tout de suite ici, monsieur, je l'ai justement vu en bas », répondit le groom qui voulait avoir l'air au courant. Un certain temps se passa. Le groom revint. « Monsieur, M. Aimé est couché. Mais je peux faire la commission. — Non, vous n'avez qu'à le faire lever. — Monsieur, je ne peux pas, il ne couche pas là. — Alors, laissez-nous tranquilles. — Mais, monsieur, dis-je, le groom parti, vous êtes trop bon, un seul volume de Bergotte me suffira. — C'est ce qui me semble, après tout. » M. de Charlus marchait. Quelques minutes se passèrent ainsi, puis, après quelques instants d'hésitation et se reprenant à plusieurs fois, il pivota sur lui-même et de sa voix redevenue cinglante, il me jeta : « Bonsoir, monsieur » et partit. Après tous les sentiments élevés que je lui avais entendu exprimer ce soir-là, le lendemain qui était le jour de son départ, sur la plage, dans la matinée, au moment où j'allais prendre mon bain, comme M. de Charlus s'était approché de moi pour m'avertir que ma grand-mère m'attendait aussitôt que je serais sorti de l'eau, je fus bien étonné de l'entendre me dire, en me pinçant le cou, avec une familiarité et un rire vulgaires :

« Mais on s'en fiche bien de sa vieille grand-mère, hein ? petite fripouille !

— Comment, monsieur, je l'adore !

— Monsieur, me dit-il en s'éloignant d'un pas, et avec un air glacial, vous êtes encore jeune, vous devriez en profiter pour apprendre deux choses : la première c'est de vous abstenir d'exprimer des sentiments trop naturels pour n'être pas sous-entendus ; la seconde c'est de ne pas partir en guerre pour répondre aux choses qu'on vous dit avant d'avoir pénétré leur signification. Si vous aviez pris cette précaution, il y a un instant, vous vous seriez évité d'avoir l'air de parler à tort et à travers comme un sourd et d'ajouter par là un second ridicule à celui d'avoir des ancres brodées sur votre costume de bain. Je vous ai prêté un livre de Bergotte dont j'ai besoin. Faites-le moi rapporter dans une heure par ce maître d'hôtel au prénom risible et mal porté, qui je suppose, n'est pas couché à cette heure-ci. Vous me faites apercevoir que je vous ai parlé trop tôt hier soir des séductions de la jeunesse, je vous aurais rendu meilleur service en vous signalant son étourderie, ses inconséquences et son incompréhension. J'espère, monsieur, que cette petite douche ne vous sera pas moins salutaire que votre bain. Mais ne restez pas ainsi immobile, car vous pourriez prendre froid. Bonsoir, monsieur. »

Sans doute eut-il regret de ces paroles, car quelque temps après je reçus — dans une reliure de maroquin sur le plat de laquelle avait été encastrée une plaque de cuir incisé qui représentait en demi-relief une branche de myosotis — le livre qu'il m'avait prêté et que je lui avais fait remettre non par Aimé qui se trouvait « de sortie », mais par le liftier.

Une fois M. de Charlus parti, nous pûmes enfin, Robert et moi, aller dîner chez Bloch. Or je compris pendant cette petite fête que les histoires trop facilement trouvées drôles par notre camarade étaient des histoires de M. Bloch père, et que l'homme « tout à fait curieux » était toujours un de ses amis qu'il jugeait de cette façon. Il y a un certain nombre de gens qu'on admire dans son enfance, un père plus spirituel que le reste de la famille, un professeur qui bénéficie à nos yeux de la métaphysique qu'il nous révèle, un camarade plus avancé que nous (ce que Bloch avait été pour moi) qui méprise le Musset de « L'Espoir en

Dieu[1] » quand nous l'aimons encore, et quand nous en serons venus au père Leconte ou à Claudel, ne s'extasiera plus que sur

> *À Saint-Blaise, à la Zuecca,*
> *Vous étiez, vous étiez bien aise..*

en y ajoutant :

> *Padoue est un fort bel endroit*
> *Où de très grands docteurs en droit...*
> *Mais j'aime mieux la polenta...*
> *...Passe dans son domino noir*
> *La Toppatelle.*

et de toutes les « Nuits » ne retient que :

> *Au Havre, devant l'Atlantique,*
> *À Venise, à l'affreux Lido,*
> *Où vient sur l'herbe d'un tombeau*
> *Mourir la pâle Adriatique[2].*

Or, de quelqu'un qu'on admire de confiance, on recueille, on cite avec admiration, des choses très inférieures à celles que livré à son propre génie on refuserait avec sévérité, de même qu'un écrivain utilise dans un roman, sous prétexte qu'ils sont vrais, des « mots », des personnages qui dans l'ensemble vivant font au contraire poids mort, partie médiocre. Les portraits de Saint-Simon, écrits par lui sans qu'il s'admire sans doute, sont admirables, les traits qu'il cite comme charmants de gens d'esprit qu'il a connus, sont restés médiocres ou devenus incompréhensibles. Il eût dédaigné d'inventer ce qu'il rapporte comme si fin ou si coloré de Mme Cornuel[3] ou de Louis XIV, fait qui du reste est à noter chez bien d'autres et comporte diverses interprétations dont il suffit en ce moment de retenir celle-ci : c'est que dans l'état d'esprit où l'on « observe » on est très au-dessous du niveau où l'on se trouve quand on crée.

Il y avait donc enclavé en mon camarade Bloch, un père Bloch qui retardait de quarante ans sur son fils, débitait des anecdotes saugrenues et en riait autant, au fond de mon ami, que ne faisait le père Bloch extérieur et véritable, puisque au rire que ce dernier lâchait non sans répéter deux ou trois fois le dernier mot pour que son public goûtât bien l'histoire, s'ajoutait le rire bruyant par lequel le fils ne manquait pas à table de saluer les histoires de son père. C'est ainsi qu'après avoir dit les choses les plus intelligentes, Bloch jeune, manifestant l'apport qu'il avait reçu de sa famille, nous racontait pour la trentième fois quelques-uns des mots que le père Bloch sortait seulement (en même temps que sa redingote) les jours solennels où Bloch jeune amenait quelqu'un qu'il valait la peine d'éblouir : un de ses professeurs, un « copain » qui avait tous les prix, ou, ce soir-là, Saint-Loup et moi. Par exemple : « Un critique militaire très fort, qui avait savamment déduit avec preuves à l'appui pour quelles raisons infaillibles, dans la guerre russo-japonaise, les Japonais seraient battus et les Russes vainqueurs[1] » ou bien : « C'est un homme éminent qui passe pour un grand financier dans les milieux politiques et pour un grand politique dans les milieux financiers. » Ces histoires étaient interchangeables avec une du baron de Rothschild et une de sir Rufus Israël, personnages mis en scène d'une manière équivoque qui pouvait donner à entendre que M. Bloch les avait personnellement connus.

J'y fus moi-même pris et, à la manière dont M.Bloch père parla de Bergotte, je crus aussi que c'était un de ses vieux amis. Or, tous les gens célèbres, M. Bloch ne les connaissait que « sans les connaître », pour les avoir vus de loin au théâtre, sur les boulevards. Il s'imaginait du reste que sa propre figure, son nom, sa personnalité ne leur étaient pas inconnus et qu'en l'apercevant, ils étaient souvent obligés de retenir une furtive envie de le saluer. Les gens du monde, parce qu'ils connaissent les gens de talent, d'original, qu'ils les reçoivent à dîner, ne les comprennent pas mieux pour cela. Mais quand on a un peu vécu dans le monde, la sottise de ses habitants vous fait trop souhaiter de vivre, trop supposer d'intelligence, dans les milieux obscurs où l'on ne connaît que « sans connaître ». J'allais m'en rendre compte en parlant de Bergotte. M. Bloch n'était pas le seul qui eût des succès chez lui. Mon camarade en avait davantage encore auprès de ses sœurs qu'il ne cessait d'interpeller sur un ton bougon, en enfonçant sa tête dans son assiette ; il les faisait ainsi rire aux larmes. Elles avaient d'ailleurs adopté la langue de leur frère qu'elles parlaient couramment, comme si elle eût été obligatoire et la seule dont pussent user des personnes intelligentes. Quand nous arrivâmes, l'aînée dit à une de ses cadettes : « Va prévenir notre père prudent et notre mère vénérable. — Chiennes, leur dit Bloch, je vous présente le cavalier Saint-Loup, aux javelots rapides, qui est venu pour quelques jours de Doncières aux demeures de pierre polie, féconde en chevaux. » Comme il était aussi vulgaire que lettré, le discours se terminait d'habitude par quelque plaisanterie moins homérique : « Voyons, fermez un peu plus vos peplos aux belles agrafes, qu'est-ce que c'est que ce chichi-là ? Après tout c'est pas mon père[1] ! » Et les demoiselles Bloch s'écroulaient dans une tempête de rires. Je dis à leur frère combien de joies il m'avait données en me recommandant la lecture de Bergotte dont j'avais adoré les livres.

M. Bloch père qui ne connaissait Bergotte que de loin, et la vie de Bergotte que par les racontars du parterre, avait une manière tout aussi indirecte de prendre connaissance de ses œuvres, à l'aide de jugements d'apparence littéraire. Il vivait dans le monde des à peu près, où l'on salue dans le vide, où l'on juge dans le faux. L'inexactitude, l'incompétence, n'y diminuent pas l'assurance, au contraire. C'est le miracle bienfaisant de l'amour-propre que, peu de gens pouvant avoir les relations brillantes et les connaissances profondes, ceux auxquels elles font défaut se croient encore les mieux partagés parce que l'optique des gradins sociaux fait que tout rang semble le meilleur à celui qui l'occupe et qui voit moins favorisés que lui, mal lotis, à plaindre, les plus grands qu'il nomme et calomnie sans les connaître, juge et dédaigne sans les comprendre. Même dans les cas où la multiplication des faibles avantages personnels que l'amour-propre ne suffirait pas à assurer à chacun la dose de bonheur, supérieure à celle accordée aux autres, qui lui est nécessaire, l'envie est là pour combler la différence. Il est vrai que si l'envie s'exprime en phrases dédaigneuses, il faut traduire : « Je ne veux pas le connaître » par « je ne peux pas le connaître ». C'est le sens intellectuel. Mais le sens passionné est bien : « Je ne veux pas le connaître. » On sait que cela n'est pas vrai, mais on ne le dit pas cependant par simple artifice, on le dit parce qu'on éprouve ainsi, et cela suffit pour supprimer la distance, c'est-à-dire pour le bonheur.

L'égocentrisme permettant de la sorte à chaque humain de voir l'univers étagé au-dessous de lui qui est roi, M. Bloch se donnait le luxe d'en être un impitoyable quand le matin en prenant son chocolat, voyant la signature de Bergotte au bas d'un article dans le journal à peine entrouvert, il lui accordait dédaigneusement une audience écourtée, prononçait sa sentence, et s'octroyait le confortable plaisir de répéter entre chaque gorgée du breuvage bouillant : « Ce Bergotte est devenu illisible. Ce que cet animal-là peut être embêtant. C'est à se désabonner. Comme c'est emberlificoté ! Quelle tartine ! » Et il reprenait une beurrée.

Cette importance illusoire, de M. Bloch père était d'ailleurs étendue un peu au-delà du cercle de sa propre perception. D'abord ses enfants le considéraient comme un homme supérieur. Les enfants ont toujours une tendance soit à déprécier, soit à exalter leurs parents, et pour un bon fils, son père est toujours le meilleur des pères, en dehors même de toutes raisons objectives de l'admirer. Or celles-ci ne manquaient pas absolument pour M. Bloch, lequel était instruit, fin, affectueux pour les siens. Dans la famille la plus proche, on se plaisait d'autant plus avec lui que si, dans la « société », on juge les gens d'après un étalon d'ailleurs absurde et selon des règles fausses mais fixes, par comparaison avec la totalité des autres gens élégants, en revanche dans le morcellement de la vie bourgeoise, les dîners, les soirées de famille tournent autour de personnes qu'on déclare agréables, amusantes, et qui dans le monde ne tiendraient pas l'affiche deux soirs. Enfin, dans ce milieu où les grandeurs factices de l'aristocratie n'existent pas, on les remplace par des distinctions plus folles encore. C'est ainsi que pour sa famille et jusqu'à un degré de parenté fort éloigné, une prétendue ressemblance dans la façon de porter la moustache et dans le haut du nez faisait qu'on appelait M. Bloch un « faux duc d'Aumale ». (Dans le monde des « chasseurs » de cercle, l'un qui porte sa casquette de travers et sa vareuse très serrée de manière à se donner l'air, croit-il, d'un officier étranger, n'est-il pas une manière de personnage pour ses camarades ?)

La ressemblance était des plus vagues mais on eût dit que ce fût un titre. On répétait : « Bloch ? lequel ? le duc

d'Aumale ? » Comme on dit : « La princesse Murat ?
laquelle ? la Reine de (Naples[1]) ? » Un certain nombre
d'autres infimes indices achevaient de lui donner aux yeux
du cousinage une prétendue distinction. N'allant pas
jusqu'à avoir une voiture, M. Bloch louait à certains jours
une victoria découverte à deux chevaux de la Compagnie
et traversait le bois de Boulogne, mollement étendu de
travers, deux doigts sur la tempe, deux autres sous le
menton, et si les gens qui ne le connaissaient pas le
trouvaient à cause de cela « faiseur d'embarras », on était
persuadé dans la famille que pour le chic, l'oncle Salomon
aurait pu en remontrer à Gramont-Caderousse[2]. Il était
de ces personnes qui quand elles meurent et à cause d'une
table commune avec le rédacteur en chef de cette feuille
dans un restaurant des boulevards, sont qualifiées de
« physionomie bien connue des Parisiens », par la
chronique mondaine du *Radical*[3]. M. Bloch nous dit à
Saint-Loup et à moi que Bergotte savait si bien pourquoi
lui, M. Bloch, ne le saluait pas, que dès qu'il l'apercevait
au théâtre ou au cercle, il fuyait son regard. Saint-Loup
rougit, car il réfléchit que ce cercle ne pouvait pas être
le Jockey dont son père avait été président. D'autre part
ce cercle devait être un cercle relativement fermé, car M. Bloch
avait dit que Bergotte n'y serait plus reçu aujourd'hui.
Aussi est-ce en tremblant de « sous-estimer l'adversaire »
que Saint-Loup demanda si ce cercle était le cercle de la
rue Royale, lequel était jugé « déclassant » par la famille
de Saint-Loup et où il savait qu'étaient reçus certains
Israëlites. « Non, répondit M. Bloch d'un air négligent,
fier et honteux, c'est un petit cercle, mais beaucoup plus
agréable, le Cercle des Ganaches[4]. On y juge sévèrement
la galerie. — Est-ce que sir Rufus Israël n'en est pas
président ? » demanda Bloch fils à son père, pour lui
fournir l'occasion d'un mensonge honorable et sans se
douter que ce financier n'avait pas le même prestige aux
yeux de Saint-Loup qu'aux siens. En réalité, il y avait au
Cercle des Ganaches non point sir Rufus Israël, mais un
de ses employés. Mais comme il était fort bien avec son
patron, il avait à sa disposition des cartes du grand
financier, et en donnait une à M. Bloch quand celui-ci
partait en voyage sur une ligne dont sir Rufus était
administrateur, ce qui faisait dire au père Bloch : « Je vais
passer au cercle demander une recommandation de sir

Rufus. » Et la carte lui permettait d'éblouir les chefs de train. Les demoiselles Bloch furent plus intéressées par Bergotte et revenant à lui au lieu de poursuivre sur les « Ganaches », la cadette demanda à son frère du ton le plus sérieux du monde car elle croyait qu'il n'existait pas au monde pour désigner les gens de talent d'autres expressions que celles qu'il employait : « Est-ce un coco vraiment étonnant, ce Bergotte ? Est-il de la catégorie des grands bonshommes, des cocos comme Villiers ou Catulle[1] ? — Je l'ai rencontré à plusieurs générales, dit M. Nissim Bernard. Il est gauche, c'est une espèce de Schlemihl[2]. » Cette allusion au conte de Chamisso n'avait rien de bien grave, mais l'épithète de Schlemihl faisait partie de ce dialecte mi-allemand, mi-juif dont l'emploi ravissait M. Bloch dans l'intimité, mais qu'il trouvait vulgaire et déplacé devant des étrangers. Aussi jeta-t-il un regard sévère sur son oncle. « Il a du talent, dit Bloch. — Ah ! fit gravement sa sœur comme pour dire que dans ces conditions j'étais excusable. — Tous les écrivains ont du talent, dit avec mépris M. Bloch père. — Il paraît même », dit son fils en levant sa fourchette et en plissant ses yeux d'un air diaboliquement ironique, « qu'il va se présenter à l'Académie. — Allons donc ! il n'a pas un bagage suffisant », répondit M. Bloch le père qui ne semblait pas avoir pour l'Académie le mépris de son fils et de ses filles. « Il n'a pas le calibre nécessaire. — D'ailleurs l'Académie est un salon et Bergotte ne jouit d'aucune surface », déclara l'oncle à héritage de Mme Bloch, personnage inoffensif et doux dont le nom de Bernard eût peut-être à lui seul éveillé les dons de diagnostic de mon grand-père, mais eût paru insuffisamment en harmonie avec un visage qui semblait rapporté du palais de Darius et reconstitué par Mme Dieulafoy[3], si choisi par quelque amateur désireux de donner un couronnement oriental à cette figure de Suse, ce prénom de Nissim n'avait fait planer au-dessus d'elle les ailes de quelque taureau androcéphale de Khorsabad. Mais M. Bloch ne cessait d'insulter son oncle, soit qu'il fût excité par la bonhomie sans défense de son souffre-douleur soit que la villa étant payée par M. Nissim Bernard, le bénéficiaire voulût montrer qu'il gardait son indépendance et surtout qu'il ne cherchait pas par des cajoleries à s'assurer l'héritage à venir du richard. Celui-ci était surtout froissé qu'on le

traitât si grossièrement devant le maître d'hôtel. Il
murmura une phrase inintelligible où on distinguait
seulement : « Quand les Meschorès sont là. » Meschorès
désigne dans la Bible le serviteur de Dieu. Entre eux les
Bloch s'en servaient pour désigner les domestiques et en
étaient toujours égayés parce que leur certitude de n'être
compris ni des chrétiens ni des domestiques eux-mêmes
exaltait chez M. Nissim Bernard et M. Bloch leur double
particularisme de « maîtres » et de « juifs ». Mais cette
dernière cause de satisfaction en devenait une de
mécontentement quand il y avait du monde. Alors
M. Bloch entendant son oncle dire « Meschorès » trouvait
qu'il laissait trop paraître son côté oriental, de même
qu'une cocotte qui invite de ses amies avec des gens
comme il faut, est irritée si elles font allusion à leur métier
de cocotte ou emploient des mots malsonnants. Aussi, bien
loin que la prière de son oncle produisît quelque effet sur
M. Bloch, celui-ci, hors de lui, ne put plus se contenir.
Il ne perdit plus une occasion d'invectiver le malheureux
oncle. « Naturellement, quand il y a quelque bêtise
prudhommesque à dire, on peut être sûr que vous ne la
ratez pas. Vous seriez le premier à lui[1] lécher les pieds
s'il était là », cria M. Bloch tandis que M. Nissim Bernard
attristé inclinait vers son assiette la barbe annelée du roi
Sargon. Mon camarade, depuis qu'il portait la sienne qu'il
avait aussi crépue et bleutée, ressemblait beaucoup à son
grand-oncle. « Comment, vous êtes le fils du marquis de
Marsantes ? mais je l'ai très bien connu », dit à Saint-Loup
M. Nissim Bernard. Je crus qu'il voulait dire « connu »
au sens où le père de Bloch disait qu'il connaissait
Bergotte, c'est-à-dire de vue. Mais il ajouta : « Votre père
était un de mes bons amis. » Cependant Bloch était devenu
excessivement rouge, son père avait l'air profondément
contrarié, les demoiselles Bloch riaient en s'étouffant. C'est
que chez M. Nissim Bernard le goût de l'ostentation,
contenu chez M. Bloch le père et chez ses enfants, avait
engendré l'habitude du mensonge perpétuel. Par exemple,
en voyage, à l'hôtel, M. Nissim Bernard, comme aurait
pu faire M. Bloch le père, se faisait apporter tous ses
journaux par son valet de chambre dans la salle à manger,
au milieu du déjeuner, quand tout le monde était réuni
pour qu'on vît bien qu'il voyageait avec un valet de
chambre. Mais aux gens avec qui il se liait dans l'hôtel,

l'oncle disait, ce que le neveu n'eût jamais fait, qu'il était
sénateur. Il avait beau être certain qu'on apprendrait un
jour que le titre était usurpé, il ne pouvait au moment
même résister au besoin de se le donner. M. Bloch souffrait
beaucoup des mensonges de son oncle et de tous les ennuis
qu'ils lui causaient. « Ne faites pas attention, il est
extrêmement blagueur », dit-il à mi-voix à Saint-Loup qui
n'en fut que plus intéressé étant très curieux de la
psychologie des menteurs. « Plus menteur encore que
l'Ithakèsien Odysseus qu'Athénè appelait pourtant le plus
menteur des hommes, compléta notre camarade Bloch.
— Ah ! par exemple ! s'écria M. Nissim Bernard, si je
m'attendais à dîner avec le fils de mon ami ! Mais j'ai à
Paris chez moi, une photographie de votre père et combien
de lettres de lui. Il m'appelait toujours "mon oncle", on
n'a jamais su pourquoi. C'était un homme charmant,
étincelant. Je me rappelle un dîner chez moi, à Nice, où
il y avait Sardou, Labiche, Augier... — Molière, Racine,
Corneille, continua ironiquement M. Bloch le père, dont
le fils acheva l'énumération en ajoutant : Plaute, Ménandre, Kalidasa[1]. » M. Nissim Bernard, blessé, arrêta
brusquement son récit et, se privant ascétiquement d'un
grand plaisir, resta muet jusqu'à la fin du dîner.

« Saint-Loup au casque d'airain, dit Bloch, reprenez un
peu de ce canard aux cuisses lourdes de graisse sur
lesquelles l'illustre sacrificateur des volailles a répandu de
nombreuses libations de vin rouge. »

D'habitude, après avoir sorti de derrière les fagots pour
un camarade de marque les histoires sur sir Rufus Israël
et autres, M. Bloch sentant qu'il avait touché son fils
jusqu'à l'attendrissement, se retirait pour ne pas se
« galvauder » aux yeux du « potache ». Cependant s'il
y avait une raison tout à fait capitale, comme quand son
fils par exemple fut reçu à l'agrégation, M. Bloch ajoutait
à la série habituelle des anecdotes cette réflexion ironique
qu'il réservait plutôt pour ses amis personnels et que Bloch
jeune fut extrêmement fier de voir débiter pour ses amis
à lui : « Le gouvernement a été impardonnable. Il n'a pas
consulté M. Coquelin[2] ! M. Coquelin a fait savoir qu'il était
mécontent. » (M. Bloch se piquait d'être réactionnaire et
méprisant pour les gens de théâtre.)

Mais les demoiselles Bloch et leur frère rougirent
jusqu'aux oreilles tant ils furent impressionnés quand Bloch

père, pour se montrer royal jusqu'au bout envers les deux
« labadens[1] » de son fils, donna l'ordre d'apporter du
champagne et annonça négligemment que pour nous
« régaler », il avait fait prendre trois fauteuils pour la
représentation qu'une troupe d'opéra-comique donnait le
soir même au Casino. Il regrettait de n'avoir pu avoir de
loge. Elles étaient toutes prises. D'ailleurs il les avait
souvent expérimentées, on était mieux à l'orchestre.
Seulement, si le défaut de son fils, c'est-à-dire ce que son
fils croyait invisible aux autres, était la grossièreté, celui
du père était l'avarice. Aussi, c'est dans une carafe qu'il
fit servir sous le nom de champagne un petit vin mousseux
et sous celui de fauteuils d'orchestre il avait fait prendre
des parterres qui coûtaient moitié moins, miraculeusement
persuadé par l'intervention divine de son défaut que ni
à table, ni au théâtre (où toutes les loges étaient vides)
on ne s'apercevrait de la différence. Quand M. Bloch nous
eût laissé tremper nos lèvres dans des coupes plates que
son fils décorait du nom de « cratères aux flancs
profondément creusés », il nous fit admirer un tableau
qu'il aimait tant qu'il l'apportait avec lui à Balbec. Il nous
dit que c'était un Rubens. Saint-Loup lui demanda
naïvement s'il était signé. M. Bloch répondit en rougissant
qu'il avait fait couper la signature à cause du cadre, ce
qui n'avait pas d'importance, puisqu'il ne voulait pas le
vendre. Puis il nous congédia rapidement pour se plonger
dans le *Journal officiel* dont les numéros encombraient la
maison et dont la lecture lui était rendue nécessaire, nous
dit-il, « par sa situation parlementaire » sur la nature
exacte de laquelle il ne nous fournit pas de lumières. « Je
prends un foulard, nous dit Bloch, car Zéphyros et Boréas
se disputent à qui mieux mieux la mer poissonneuse, et
pour peu que nous nous attardions après le spectacle, nous
ne rentrerons qu'aux premières lueurs d'Eôs aux doigts
de pourpre[2]. À propos », demanda-t-il à Saint-Loup quand
nous fûmes dehors (et je tremblai car je compris bien vite
que c'était de M. de Charlus que Bloch parlait sur ce ton
ironique), « quel était cet excellent fantoche en costume
sombre que je vous ai vu promener avant-hier matin sur
la plage ? — C'est mon oncle », répondit Saint-Loup
piqué. Malheureusement, une « gaffe » était bien loin de
paraître à Bloch chose à éviter. Il se tordit de rire : « Tous
mes compliments, j'aurais dû le deviner, il a un excellent

chic, et une impayable bobine de gaga de la plus haute
lignée. — Vous vous trompez du tout au tout, il est très
intelligent, riposta Saint-Loup furieux. — Je le regrette,
car alors il est moins complet. J'aimerais du reste beaucoup
le connaître car je suis sûr que j'écrirais des machines
adéquates sur des bonshommes comme ça. Celui-là, à voir
passer, est crevant. Mais je négligerais le côté caricatural,
au fond assez méprisable pour un artiste épris de la beauté
plastique des phrases, de la binette qui, excusez-moi, m'a
fait gondoler un bon moment, et je mettrais en relief le
côté aristocratique de votre oncle qui en somme fait un
effet bœuf, et la première rigolade passée, frappe par un
très grand style. Mais, dit-il, en s'adressant cette fois à moi,
il y a une chose, dans un tout autre ordre d'idées, sur
laquelle je veux t'interroger, et chaque fois que nous
sommes ensemble, quelque dieu, bienheureux habitant de
l'Olympe, me fait oublier totalement de te demander ce
renseignement qui eût pu m'être déjà et me sera sûrement
fort utile. Quelle est donc cette belle personne avec
laquelle je t'ai rencontré au Jardin d'acclimatation et qui
était accompagnée d'un monsieur que je crois connaître
de vue et d'une jeune fille à la longue chevelure ? » J'avais
bien vu que Mme Swann ne se rappelait pas le nom de
Bloch, puisqu'elle m'en avait dit un autre et avait qualifié
mon camarade d'attaché à un ministère où je n'avais jamais
pensé depuis à m'informer s'il était entré. Mais comment
Bloch qui, à ce qu'elle m'avait dit alors, s'était fait
présenter à elle pouvait-il ignorer son nom ? J'étais si
étonné que je restai un moment sans répondre. « En tous
cas, tous mes compliments, me dit-il, tu n'as pas dû
t'embêter avec elle. Je l'avais rencontrée quelques jours
auparavant dans le train de Ceinture. Elle voulut bien
dénouer la sienne en faveur de ton serviteur, je n'ai jamais
passé de si bons moments et nous allions prendre toutes
dispositions pour nous revoir quand une personne qu'elle
connaissait eut le mauvais goût de monter à l'avant-
dernière station. » Le silence que je gardai ne parut pas
plaire à Bloch. « J'espérais, me dit-il, connaître grâce à
toi son adresse et aller goûter chez elle, plusieurs fois par
semaine, les plaisirs d'Éros, cher aux dieux, mais je
n'insiste pas puisque tu poses pour la discrétion à l'égard
d'une professionnelle qui s'est donnée à moi trois fois de
suite et de la manière la plus raffinée, entre Paris et le

Point-du-Jour. Je la retrouverai bien, un soir ou l'autre. »

J'allai voir Bloch à la suite de ce dîner, il me rendit ma visite, mais j'étais sorti et il fut aperçu, me demandant, par Françoise, laquelle par hasard, bien qu'il fût venu à Combray, ne l'avait jamais vu jusque-là. De sorte qu'elle savait seulement qu'un « des Monsieur » que je connaissais était passé pour me voir, elle ignorait « à quel effet », vêtu d'une manière quelconque et qui ne lui avait pas fait grande impression. Or j'avais beau savoir que certaines idées sociales de Françoise me resteraient toujours impénétrables, qui reposaient peut-être en partie sur des confusions entre des mots, des noms qu'elle avait pris une fois, et à jamais, les uns pour les autres, je ne pus m'empêcher, moi qui avais depuis longtemps renoncé à me poser des questions dans ces cas-là, de chercher, vainement d'ailleurs, ce que le nom de Bloch pouvait représenter d'immense pour Françoise. Car à peine lui eus-je dit que ce jeune homme qu'elle avait aperçu était M. Bloch, elle recula de quelques pas, tant furent grandes sa stupeur et sa déception. « Comment, c'est cela, M. Bloch ! » s'écria-t-elle d'un air atterré, comme si un personnage aussi prestigieux eût dû posséder une apparence qui « fît connaître » immédiatement qu'on se trouvait en présence d'un grand de la terre, et à la façon de quelqu'un qui trouve qu'un personnage historique n'est pas à la hauteur de sa réputation, elle répétait, d'un ton impressionné et où on sentait pour l'avenir les germes d'un scepticisme universel : « Comment, c'est ça M. Bloch ! Ah ! vraiment on ne dirait pas à le voir. » Elle avait l'air de m'en garder rancune comme si je lui eusse jamais « surfait » Bloch. Et pourtant elle eut la bonté d'ajouter : « Hé bien, tout M. Bloch qu'il est, Monsieur peut dire qu'il est aussi bien que lui. »

Elle eut bientôt à l'égard de Saint-Loup qu'elle adorait une désillusion d'un autre genre, et d'une moindre durée : elle apprit qu'il était républicain. Or, bien qu'en parlant par exemple de la reine de Portugal, elle dît avec cet irrespect qui dans le peuple est le respect suprême « Amélie, la sœur à Philippe », Françoise était royaliste. Mais surtout un marquis, un marquis qui l'avait éblouie, et qui était pour la République, ne lui paraissait plus vrai. Elle en marquait la même mauvaise humeur que si je lui eusse donné une boîte qu'elle eût crue d'or, de laquelle

elle m'eût remercié avec effusion et qu'ensuite un bijoutier lui eût révélé être en plaqué. Elle retira aussitôt son estime à Saint-Loup, mais bientôt après la lui rendit, ayant réfléchi qu'il ne pouvait pas, étant le marquis de Saint-Loup, être républicain, qu'il faisait seulement semblant, par intérêt, car avec le gouvernement qu'on avait, cela pouvait lui rapporter gros. De ce jour sa froideur envers lui, son dépit contre moi cessèrent. Et quand elle parlait de Saint-Loup, elle disait : « C'est un hypocrite », avec un large et bon sourire qui faisait bien comprendre qu'elle le « considérait » de nouveau autant qu'au premier jour et qu'elle lui avait pardonné.

Or la sincérité et le désintéressement de Saint-Loup étaient au contraire absolus et c'était cette grande pureté morale qui, ne pouvant se satisfaire entièrement dans un sentiment égoïste comme l'amour, ne rencontrant pas d'autre part en lui l'impossibilité qui existait par exemple en moi de trouver sa nourriture spirituelle autre part qu'en soi-même, le rendait vraiment capable, autant que moi incapable, d'amitié.

Françoise ne se trompait pas moins sur Saint-Loup quand elle disait qu'il avait l'air comme ça de ne pas dédaigner le peuple, mais que ce n'était pas vrai, et qu'il n'y avait qu'à le voir quand il était en colère après son cocher. Il était arrivé en effet quelquefois à Robert de le gronder avec une certaine rudesse, qui prouvait chez lui moins le sentiment de la différence que de l'égalité entre les classes. « Mais », me dit-il en réponse aux reproches que je lui faisais d'avoir traité un peu durement ce cocher, « pourquoi affecterais-je de lui parler poliment ? N'est-il pas mon égal ? N'est-il pas aussi près de moi que mes oncles ou mes cousins ? Vous avez l'air de trouver que je devrais le traiter avec égards, comme un inférieur ! Vous parlez comme un aristocrate », ajouta-t-il avec dédain.

En effet, s'il y avait une classe contre laquelle il eût de la prévention et de la partialité, c'était l'aristocratie, et jusqu'à croire aussi difficilement à la supériorité d'un homme du monde, qu'il croyait facilement à celle d'un homme du peuple. Comme je lui parlais de la princesse de Luxembourg que j'avais rencontrée avec sa tante :

« Une carpe, me dit-il, comme toutes ses pareilles. C'est d'ailleurs un peu ma cousine. »

Ayant un préjugé contre les gens qui le fréquentaient,

il allait rarement dans le monde et l'attitude méprisante
ou hostile qu'il y prenait augmentait encore chez tous ses
proches parents le chagrin de sa liaison avec une femme
« de théâtre », liaison qu'ils accusaient de lui être fatale
et notamment d'avoir développé chez lui cet esprit de
dénigrement, ce mauvais esprit, de l'avoir « dévoyé », en
attendant qu'il se « déclassât » complètement. Aussi, bien
des hommes légers du faubourg Saint-Germain étaient-ils
sans pitié quand ils parlaient de la maîtresse de Robert.
« Les grues font leur métier, disait-on, elles valent autant
que d'autres ; mais celle-là, non ! Nous ne lui pardonne-
rons pas ! Elle a fait trop de mal à quelqu'un que nous
aimons. » Certes, il n'était pas le premier qui eût un fil
à la patte. Mais les autres s'amusaient en hommes du
monde, continuaient à penser en hommes du monde sur
la politique, sur tout. Lui, sa famille le trouvait « aigri ».
Elle ne se rendait pas compte que pour bien des jeunes
gens du monde, lesquels sans cela resteraient incultes
d'esprit, rudes dans leurs amitiés, sans douceur et sans
goût, c'est bien souvent leur maîtresse qui est leur vrai
maître et les liaisons de ce genre, la seule école de morale
où ils soient initiés à une culture supérieure, où ils
apprennent le prix des connaissances désintéressées. Même
dans le bas peuple (qui au point de vue de la grossièreté
ressemble si souvent au grand monde), la femme, plus
sensible, plus fine, plus oisive, a la curiosité de certaines
délicatesses, respecte certaines beautés de sentiment et
d'art que, ne les comprît-elle pas, elle place pourtant
au-dessus de ce qui semblait le plus désirable à l'homme,
l'argent, la situation. Or, qu'il s'agisse de la maîtresse d'un
jeune clubman comme Saint-Loup ou d'un jeune ouvrier
(les électriciens par exemple comptent aujourd'hui dans
les rangs de la Chevalerie véritable), son amant a pour
elle trop d'admiration et de respect pour ne pas les étendre
à ce qu'elle-même respecte et admire ; et pour lui l'échelle
des valeurs s'en trouve renversée. À cause de son sexe
même elle est faible, elle a des troubles nerveux,
inexplicables, qui chez un homme, et même chez une autre
femme, chez une femme dont il est neveu ou cousin
auraient fait sourire ce jeune homme robuste. Mais il ne
peut voir souffrir celle qu'il aime. Le jeune noble qui
comme Saint-Loup a une maîtresse, prend l'habitude
quand il va dîner avec elle au cabaret d'avoir dans sa poche

le valérianate dont elle peut avoir besoin, d'enjoindre au garçon, avec force et sans ironie, de faire attention à fermer les portes sans bruit, à ne pas mettre de mousse humide sur la table, afin d'éviter à son amie ces malaises que pour sa part il n'a jamais ressentis, qui composent pour lui un monde occulte à la réalité duquel elle lui a appris à croire, malaises qu'il plaint maintenant sans avoir besoin pour cela de les connaître, qu'il plaindra même quand ce sera d'autres qu'elle qui les ressentiront. La maîtresse de Saint-Loup — comme les premiers moines du Moyen Âge, à la chrétienté — lui avait enseigné la pitié envers les animaux car elle en avait la passion, ne se déplaçant jamais sans son chien, ses serins, ses perroquets ; Saint-Loup veillait sur eux avec des soins maternels et traitait de brutes les gens qui ne sont pas bons avec les bêtes. D'autre part, une actrice, ou soi-disant telle, comme celle qui vivait avec lui — qu'elle fût intelligente ou non, ce que j'ignorais — en lui faisant trouver ennuyeuse la société des femmes du monde et considérer comme une corvée l'obligation d'aller dans une soirée, l'avait préservé du snobisme et guéri de la frivolité. Si grâce à elle les relations mondaines tenaient moins de place dans la vie de son jeune amant, en revanche tandis que s'il avait été un simple homme de salon, la vanité ou l'intérêt auraient dirigé ses amitiés comme la rudesse les aurait empreintes, sa maîtresse lui avait appris à y mettre de la noblesse et du raffinement. Avec son instinct de femme et appréciant plus chez les hommes certaines qualités de sensibilité que son amant eût peut-être sans elle méconnues ou plaisantées, elle avait toujours vite fait de distinguer entre les autres celui des amis de Saint-Loup qui avait pour lui une affection vraie, et de le préférer. Elle savait le forcer à éprouver pour celui-là de la reconnaissance, à la lui témoigner, à remarquer les choses qui lui faisaient plaisir, celles qui lui faisaient de la peine. Et bientôt Saint-Loup, sans plus avoir besoin qu'elle l'avertît, commença à se soucier de tout cela, et à Balbec où elle n'était pas, pour moi qu'elle n'avait jamais vu et dont il ne lui avait même peut-être pas encore parlé dans ses lettres, de lui-même il fermait la fenêtre d'une voiture où j'étais, emportait les fleurs qui me faisaient mal, et quand il eut à dire au revoir à la fois à plusieurs personnes, à son départ s'arrangea à les quitter un peu plus tôt afin de rester seul et en dernier avec moi,

de mettre cette différence entre elles et moi, de me traiter
autrement que les autres. Sa maîtresse avait ouvert son
esprit à l'invisible, elle avait mis du sérieux dans sa vie,
des délicatesses dans son cœur, mais tout cela échappait
à la famille en larmes qui répétait : « Cette gueuse le tuera,
et en attendant elle le déshonore. » Il est vrai qu'il avait
fini de tirer d'elle tout le bien qu'elle pouvait lui faire ;
et maintenant elle était cause seulement qu'il souffrait sans
cesse, car elle l'avait pris en horreur et le torturait. Elle
avait commencé un beau jour à le trouver bête et ridicule,
parce que les amis qu'elle avait parmi de jeunes auteurs
et acteurs lui avaient assuré qu'il l'était, et elle répétait
à son tour ce qu'ils avaient dit avec cette passion, cette
absence de réserves qu'on montre chaque fois qu'on reçoit
du dehors et qu'on adopte des opinions ou des usages
qu'on ignorait entièrement. Elle professait volontiers,
comme ces comédiens, qu'entre elle et Saint-Loup le fossé
était infranchissable, parce qu'ils étaient d'une autre race,
qu'elle était une intellectuelle et que lui, quoi qu'il
prétendît, était, de naissance, un ennemi de l'intelligence.
Cette vue lui semblait profonde et elle en cherchait la
vérification dans les paroles les plus insignifiantes, les
moindres gestes de son amant. Mais quand les mêmes amis
l'eurent en outre convaincue qu'elle détruisait dans une
compagnie aussi peu faite pour elle les grandes espérances
qu'elle avait, disaient-ils, données, que son amant finirait
par déteindre sur elle, qu'à vivre avec lui elle gâchait son
avenir d'artiste, à son mépris pour Saint-Loup s'ajouta la
même haine que s'il s'était obstiné à vouloir lui inoculer
une maladie mortelle. Elle le voyait le moins possible tout
en reculant encore le moment d'une rupture définitive,
laquelle me paraissait à moi bien peu vraisemblable.
Saint-Loup faisait pour elle de tels sacrifices que, à moins
qu'elle fût ravissante (mais il n'avait jamais voulu me
montrer sa photographie, me disant : « D'abord ce n'est
pas une beauté, et puis elle vient mal en photographie,
ce sont des instantanés que j'ai faits moi-même avec mon
Kodak[1] et ils vous donneraient une fausse idée d'elle »),
il semblait difficile qu'elle trouvât un second homme qui
en consentît de semblables. Je ne songeais pas qu'une
certaine toquade de se faire un nom, même quand on n'a
pas de talent, que l'estime, rien que l'estime privée, de
personnes qui vous imposent, peuvent (ce n'était peut-être

du reste pas le cas pour la maîtresse de Saint-Loup) être
même pour une petite cocotte, des motifs plus détermi-
nants que le plaisir de gagner de l'argent. Saint-Loup qui
sans bien comprendre ce qui se passait dans la pensée de
sa maîtresse, ne la croyait pas complètement sincère, ni
dans les reproches injustes ni dans les promesses d'amour
éternel, avait pourtant à certains moments le sentiment
qu'elle romprait quand elle le pourrait, et à cause de cela,
mû sans doute par l'instinct de conservation de son amour
plus clairvoyant peut-être que Saint-Loup n'était lui-même,
usant d'ailleurs d'une habileté pratique qui se conciliait
chez lui avec les plus grands et les plus aveugles élans du
cœur, il s'était refusé à lui constituer un capital, avait
emprunté un argent énorme pour qu'elle ne manquât de
rien, mais ne le lui remettait qu'au jour le jour. Et sans
doute, au cas où elle eût vraiment songé à le quitter,
attendait-elle froidement d'avoir « fait sa pelote », ce qui
avec les sommes données par Saint-Loup demanderait sans
doute un temps fort court, mais tout de même concédé
en supplément pour prolonger le bonheur de mon nouvel
ami — ou son malheur.

Cette période dramatique de leur liaison — et qui était
arrivée maintenant à son point le plus aigu, le plus cruel
pour Saint-Loup, car elle lui avait défendu de rester à Paris
où sa présence l'exaspérait et l'avait forcé de prendre son
congé à Balbec, à côté de sa garnison — avait commencé
un soir chez une tante de Saint-Loup, lequel avait obtenu
d'elle que son amie viendrait pour de nombreux invités
dire des fragments d'une pièce symboliste qu'elle avait
jouée une fois sur une scène d'avant-garde et pour laquelle
elle lui avait fait partager l'admiration qu'elle éprouvait
elle-même.

Mais quand elle était apparue, un grand lys à la main,
dans un costume copié de l'« Ancilla Domini[1] » et qu'elle
avait persuadé à Robert être une véritable « vision d'art »,
son entrée avait été accueillie dans cette assemblée
d'hommes de cercle et de duchesses par des sourires que
le ton monotone de la psalmodie, la bizarrerie de certains
mots, leur fréquente répétition avaient changés en fous
rires, d'abord étouffés, puis si irrésistibles que la pauvre
récitante n'avait pu continuer. Le lendemain, la tante de
Saint-Loup avait été unanimement blâmée d'avoir laissé
paraître chez elle une artiste aussi grotesque. Un duc bien

connu ne lui cacha pas qu'elle n'avait à s'en prendre qu'à
elle-même si elle se faisait critiquer :

« Que diable aussi, on ne nous sort pas des numéros
de cette force-là ! Si encore cette femme avait du talent,
mais elle n'en a et n'en aura jamais aucun. Sapristi ! Paris
n'est pas si bête qu'on veut bien le dire. La société n'est
pas composée que d'imbéciles. Cette petite demoiselle a
évidemment cru étonner Paris. Mais Paris est plus difficile
à étonner que cela et il y a tout de même des affaires qu'on
ne nous fera pas avaler. »

Quant à l'artiste, elle sortit en disant à Saint-Loup :
« Chez quelles dindes, chez quelles garces sans éducation,
chez quels goujats m'as-tu fourvoyée ? J'aime mieux te le
dire, il n'y en avait pas un, des hommes présents qui ne
m'eût fait de l'œil, du pied, et c'est parce que j'ai repoussé
leurs avances qu'ils ont cherché à se venger. »

Paroles qui avaient changé l'antipathie de Robert pour
les gens du monde en une horreur autrement profonde
et douloureuse et que lui inspiraient particulièrement ceux
qui la méritaient le moins, des parents dévoués qui,
délégués par la famille avaient cherché à persuader à l'amie
de Saint-Loup de rompre avec lui, démarche qu'elle lui
présentait comme inspirée par leur amour pour elle.
Robert quoiqu'il eût aussitôt cessé de les fréquenter
pensait, quand il était loin de son amie comme maintenant,
qu'eux ou d'autres en profitaient pour revenir à la charge
et avaient peut-être reçu ses faveurs. Et quand il parlait
des viveurs qui trompent leurs amis, cherchent à corrompre les femmes, tâchent de les faire venir dans des maisons
de passe, son visage respirait la souffrance et la haine.

« Je les tuerais avec moins de remords qu'un chien qui
est du moins une bête gentille, loyale et fidèle. En voilà
qui méritent la guillotine, plus que des malheureux qui
ont été conduits au crime par la misère et par la cruauté
des riches. »

Il passait la plus grande partie de son temps à envoyer
à sa maîtresse des lettres et des dépêches. Chaque fois que,
tout en l'empêchant de venir à Paris, elle trouvait, à
distance, le moyen d'avoir une brouille avec lui, je
l'apprenais de sa figure décomposée. Comme sa maîtresse
ne lui disait jamais ce qu'elle avait à lui reprocher,
soupçonnant que, peut-être, si elle ne le lui disait pas, c'est
qu'elle ne le savait pas et qu'elle avait simplement assez

de lui, il aurait pourtant voulu avoir des explications, il lui écrivait : « Dis-moi ce que j'ai fait de mal. Je suis prêt à reconnaître mes torts », le chagrin qu'il éprouvait ayant pour effet de le persuader qu'il avait mal agi.

Mais elle lui faisait attendre indéfiniment des réponses d'ailleurs dénuées de sens. Aussi c'est presque toujours le front soucieux et bien souvent les mains vides que je voyais Saint-Loup revenir de la poste où seul de tout l'hôtel avec Françoise, il allait chercher ou porter lui-même ses lettres, lui par impatience d'amant, elle par méfiance de domestique. (Les dépêches le forçaient à faire beaucoup plus de chemin).

Quand quelques jours après le dîner chez les Bloch, ma grand-mère me dit d'un air joyeux que Saint-Loup venait de lui demander si avant qu'il quittât Balbec elle ne voulait pas qu'il la photographiât, et quand je vis qu'elle avait mis pour cela sa plus belle toilette et hésitait entre diverses coiffures, je me sentis un peu irrité de cet enfantillage qui m'étonnait tellement de sa part. J'en arrivais même à me demander si je ne m'étais pas trompé sur ma grand-mère, si je ne la plaçais pas trop haut, si elle était aussi détachée que j'avais toujours cru de ce qui concernait sa personne, si elle n'avait pas ce que je croyais lui être le plus étranger, de la coquetterie.

Malheureusement, ce mécontentement que me causaient le projet de séance photographique et surtout la satisfaction que ma grand-mère paraissait en ressentir, je le laissai suffisamment apercevoir pour que Françoise le remarquât et s'empressât involontairement de l'accroître en me tenant un discours sentimental et attendri auquel je ne voulus pas avoir l'air d'adhérer.

« Oh ! Monsieur, cette pauvre Madame qui sera si heureuse qu'on tire son portrait, et qu'elle va même mettre le chapeau que sa vieille Françoise, elle lui a arrangé, il faut la laisser faire, Monsieur. »

Je me convainquis que je n'étais pas cruel de me moquer de la sensibilité de Françoise, en me rappelant que ma mère et ma grand-mère, mes modèles en tout, le faisaient souvent aussi. Mais ma grand-mère, s'apercevant que j'avais l'air ennuyé, me dit que si cette séance de pose pouvait me contrarier elle y renoncerait. Je ne le voulus pas, je l'assurai que je n'y voyais aucun inconvénient et la laissai se faire belle, mais crus faire preuve de péné-

tration et de force en lui disant quelques paroles ironiques
et blessantes destinées à neutraliser le plaisir qu'elle
semblait trouver à être photographiée, de sorte que si
je fus contraint de voir le magnifique chapeau de ma
grand-mère, je réussis du moins à faire disparaître de son
visage cette expression joyeuse qui aurait dû me rendre
heureux et qui, comme il arrive trop souvent tant que sont
encore en vie les êtres que nous aimons le mieux, nous
apparaît comme la manifestation exaspérante d'un travers
mesquin plutôt que comme la forme précieuse du bonheur
que nous voudrions tant leur procurer[1]. Ma mauvaise
humeur venait surtout de ce que cette semaine-là, ma
grand-mère avait paru me fuir et que je n'avais pu l'avoir
un instant à moi, pas plus le jour que le soir. Quand je
rentrais dans l'après-midi pour être un peu seul avec elle,
on me disait qu'elle n'était pas là ; ou bien elle s'enfermait
avec Françoise pour de longs conciliabules qu'il ne m'était
pas permis de troubler. Et quand ayant passé la soirée
dehors avec Saint-Loup, je songeais pendant le trajet du
retour au moment où j'allais pouvoir retrouver et
embrasser ma grand-mère, j'avais beau attendre qu'elle
frappât contre la cloison ces petits coups qui me diraient
d'entrer lui dire bonsoir, je n'entendais rien ; je finissais
par me coucher, lui en voulant un peu de ce qu'elle me
privât, avec une indifférence si nouvelle de sa part, d'une
joie sur laquelle j'avais tant compté, je restais encore, le
cœur palpitant comme dans mon enfance, à écouter le mur
qui restait muet et je m'endormais dans les larmes.

★

Ce jour-là comme les précédents, Saint-Loup avait été
obligé d'aller à Doncières où en attendant qu'il y rentrât
d'une manière définitive, on aurait toujours besoin de lui
maintenant jusqu'à la fin de l'après-midi. Je regrettais qu'il
ne fût pas à Balbec. J'avais vu descendre de voiture et
entrer, les unes dans la salle de danse du Casino, les autres
chez le glacier, des jeunes femmes qui, de loin, m'avaient
paru ravissantes. J'étais dans une de ces périodes de la
jeunesse, dépourvues d'un amour particulier, vacantes, où
partout — comme un amoureux, la femme dont il est épris
— on désire, on cherche, on voit la Beauté. Qu'un seul
trait réel — le peu qu'on distingue d'une femme vue de

loin, ou de dos — nous permette de projeter la Beauté devant nous, nous nous figurons l'avoir reconnue, notre cœur bat, nous pressons le pas, et nous resterons toujours à demi persuadés que c'était elle, pourvu que la femme ait disparu : ce n'est que si nous pouvons la rattraper que nous comprenons notre erreur.

D'ailleurs, de plus en plus souffrant, j'étais tenté de surfaire les plaisirs les plus simples à cause des difficultés mêmes qu'il y avait pour moi à les atteindre. Des femmes élégantes, je croyais en apercevoir partout, parce que j'étais trop fatigué si c'était sur la plage, trop timide si c'était au Casino ou dans une pâtisserie, pour les approcher nulle part. Pourtant, si je devais bientôt mourir, j'aurais aimé savoir comment étaient faites de près, en réalité, les plus jolies jeunes filles que la vie pût offrir, quand même c'eût été un autre que moi, ou même personne, qui dût profiter de cette offre (je ne me rendais pas compte, en effet, qu'il y avait un désir de possession à l'origine de ma curiosité). J'aurais osé entrer dans la salle de bal, si Saint-Loup avait été avec moi. Seul je restai simplement devant le Grand-Hôtel à attendre le moment d'aller retrouver ma grand-mère, quand, presque encore à l'extrémité de la digue où elles faisaient mouvoir une tache singulière, je vis s'avancer cinq ou six fillettes, aussi différentes, par l'aspect et par les façons, de toutes les personnes auxquelles on était accoutumé à Balbec, qu'aurait pu l'être, débarquée on ne sait d'où, une bande de mouettes qui exécute à pas comptés sur la plage — les retardataires rattrapant les autres en voletant — une promenade dont le but semble aussi obscur aux baigneurs qu'elles ne paraissent pas voir, que clairement déterminé pour leur esprit d'oiseaux.

Une de ces inconnues poussait devant elle, de la main, sa bicyclette ; deux autres tenaient des « clubs » de golf ; et leur accoutrement tranchait sur celui des autres jeunes filles de Balbec, parmi lesquelles quelques-unes, il est vrai, se livraient aux sports, mais sans adopter pour cela une tenue spéciale.

C'était l'heure où dames et messieurs venaient tous les jours faire leur tour de digue, exposés aux feux impitoyables du face-à-main que fixait sur eux, comme s'ils eussent été porteurs de quelque tare qu'elle tenait à inspecter dans ses moindres détails, la femme du premier président, fièrement assise devant le kiosque de musique, au milieu de cette rangée de chaises redoutée où eux-mêmes tout à l'heure, d'acteurs devenus critiques, viendraient s'installer pour juger à leur tour ceux qui défileraient devant eux. Tous ces gens qui longeaient la digue en tanguant aussi fort que si elle avait été le pont d'un bateau (car ils ne savaient pas lever une jambe sans du même coup remuer le bras, tourner les yeux, remettre d'aplomb leurs épaules, compenser par un mouvement balancé du côté opposé le mouvement qu'ils venaient de faire de l'autre côté, et congestionner leur face) et qui faisant semblant de ne pas voir pour faire croire qu'ils ne se souciaient pas d'elles, mais regardant à la dérobée, pour ne pas risquer de les heurter, les personnes qui marchaient à leurs côtés ou venaient en sens inverse, butaient au contraire contre elles, s'accrochaient à elles, parce qu'ils avaient été réciproquement de leur part l'objet de la même attention secrète, cachée sous le même dédain apparent ; l'amour — par conséquent la crainte — de la foule étant un des plus puissants mobiles chez tous les hommes, soit qu'ils cherchent à plaire aux autres ou à les étonner, soit à leur montrer qu'ils les méprisent. Chez le solitaire la claustration même absolue et durant jusqu'à la fin de la vie a souvent pour principe un amour déréglé de la foule qui l'emporte tellement sur tout autre sentiment que, ne pouvant obtenir, quand il sort, l'admiration de la concierge, des passants, du cocher arrêté, il préfère n'être jamais vu d'eux, et pour cela renoncer à toute activité qui rendrait nécessaire de sortir.

Au milieu de tous ces gens dont quelques-uns poursuivaient une pensée, mais en trahissaient alors la mobilité par une saccade de gestes, une divagation de regards, aussi peu harmonieuses que la circonspecte titubation de leurs voisins, les fillettes que j'avais aperçues, avec la maîtrise de gestes que donne un parfait assouplissement de son propre corps et un mépris sincère du reste de l'humanité, venaient droit devant elles, sans hésitation ni raideur, exécutant exactement les mouvements qu'elles voulaient, dans une pleine indépendance de chacun de leurs membres par rapport aux autres, la plus grande partie de leur corps gardant cette immobilité si remarquable chez les bonnes valseuses. Elles n'étaient plus loin de moi. Quoique chacune fût d'un type absolument différent des autres, elles

avaient toutes de la beauté ; mais, à vrai dire, je les voyais
depuis si peu d'instants et sans oser les regarder fixement
que je n'avais encore individualisé aucune d'elles. Sauf
une, que son nez droit, sa peau brune mettaient en
contraste au milieu des autres comme, dans quelque
tableau de la Renaissance, un roi Mage de type arabe, elles
ne m'étaient connues, l'une, que par une paire d'yeux durs,
butés et rieurs ; une autre que par des joues où le rose
avait cette teinte cuivrée qui évoque l'idée de géranium ;
et même ces traits je n'avais encore indissolublement
attaché aucun d'entre eux à l'une des jeunes filles plutôt
qu'à l'autre ; et quand (selon l'ordre dans lequel se
déroulait cet ensemble, merveilleux parce qu'y voisinaient
les aspects les plus différents, que toutes les gammes de
couleurs y étaient rapprochées, mais qui était confus
comme une musique où je n'aurais pas su isoler et
reconnaître au moment de leur passage les phrases,
distinguées mais oubliées aussitôt après) je voyais émerger
un ovale blanc, des yeux noirs, des yeux verts, je ne savais
pas si c'était les mêmes qui m'avaient déjà apporté du
charme tout à l'heure, je ne pouvais pas les rapporter à
telle jeune fille que j'eusse séparée des autres et reconnue.
Et cette absence, dans ma vision, des démarcations que
j'établirais bientôt entre elles, propageait à travers leur
groupe un flottement harmonieux, la translation continue
d'une beauté fluide, collective et mobile.

Ce n'était peut-être pas, dans la vie, le hasard seul qui,
pour réunir ces amies, les avait toutes choisies si belles ;
peut-être ces filles (dont l'attitude suffisait à révéler la
nature hardie, frivole et dure,) extrêmement sensibles à
tout ridicule et à toute laideur, incapables de subir un
attrait d'ordre intellectuel ou moral, s'étaient-elles naturellement trouvées, parmi les camarades de leur âge,
éprouver de la répulsion pour toutes celles chez qui des
dispositions pensives ou sensibles se trahissaient par de la
timidité, de la gêne, de la gaucherie, par ce qu'elles
devaient appeler « un genre antipathique », et les
avaient-elles tenues à l'écart ; tandis qu'elles s'étaient liées
au contraire avec d'autres vers qui les attirait un certain
mélange de grâce, de souplesse et d'élégance physique,
seule forme sous laquelle elles pussent se représenter la
franchise d'un caractère séduisant et la promesse de bonnes
heures à passer ensemble. Peut-être aussi la classe à

laquelle elles appartenaient et que je n'aurais pu préciser, était-elle à ce point de son évolution où, soit grâce à l'enrichissement et au loisir, soit grâce aux habitudes nouvelles de sport, répandues même dans certains milieux populaires, et d'une culture physique à laquelle ne s'est pas encore ajoutée celle de l'intelligence, un milieu social pareil aux écoles de sculpture harmonieuses et fécondes qui ne recherchent pas encore l'expression tourmentée produit naturellement, et en abondance, de beaux corps aux belles jambes, aux belles hanches, aux visages sains et reposés, avec un air d'agilité et de ruse. Et n'était-ce pas de nobles et calmes modèles de beauté humaine que je voyais là, devant la mer, comme des statues exposées au soleil sur un rivage de la Grèce ?

Telles que si, du sein de leur bande qui progressait le long de la digue comme une lumineuse comète, elles eussent jugé que la foule environnante était composée d'êtres d'une autre race et dont la souffrance même n'eût pu éveiller en elles un sentiment de solidarité, elles ne paraissaient pas la voir, forçaient les personnes arrêtées à s'écarter ainsi que sur le passage d'une machine qui eût été lâchée et dont il ne fallait pas attendre qu'elle évitât les piétons, et se contentaient tout au plus, si quelque vieux monsieur dont elles n'admettaient pas l'existence et dont elles repoussaient le contact s'était enfui avec des mouvements craintifs ou furieux, mais précipités ou risibles, de se regarder entre elles en riant. Elles n'avaient à l'égard de ce qui n'était pas de leur groupe aucune affectation de mépris, leur mépris sincère suffisait. Mais elles ne pouvaient voir un obstacle sans s'amuser à le franchir en prenant leur élan ou à pieds joints, parce qu'elles étaient toutes remplies, exubérantes de cette jeunesse qu'on a si grand besoin de dépenser que même quand on est triste ou souffrant, obéissant plus aux nécessités de l'âge qu'à l'humeur de la journée, on ne laisse jamais passer une occasion de saut ou de glissade sans s'y livrer consciencieusement, interrompant, semant sa marche lente — comme Chopin la phrase la plus mélancolique — de gracieux détours où le caprice se mêle à la virtuosité. La femme d'un vieux banquier, après avoir hésité pour son mari entre diverses expositions, l'avait assis, sur un pliant, face à la digue, abrité du vent et du soleil par le kiosque des musiciens. Le voyant bien installé,

elle venait de le quitter pour aller lui acheter un journal
qu'elle lui lirait et qui le distrairait, petites absences
pendant lesquelles elle le laissait seul et qu'elle ne
prolongeait jamais au-delà de cinq minutes, ce qui lui
semblait déjà bien long, mais qu'elle renouvelait assez
fréquemment pour que le vieil époux à qui elle prodiguait
à la fois et dissimulait ses soins eût l'impression qu'il était
encore en état de vivre comme tout le monde et n'avait
nul besoin de protection. La tribune des musiciens formait
au-dessus de lui un tremplin naturel et tentant sur lequel
sans une hésitation l'aînée de la petite bande se mit à
courir ; et elle sauta par-dessus le vieillard épouvanté, dont
la casquette marine fut effleurée par les pieds agiles, au
grand amusement des autres jeunes filles, surtout de deux
yeux verts dans une figure poupine qui exprimèrent pour
cet acte une admiration et une gaieté où je crus discerner
un peu de timidité, d'une timidité honteuse et fanfaronne,
qui n'existait pas chez les autres. « C'pauvre vieux, i m'fait
d'la peine, il a l'air à moitié crevé », dit l'une de ces filles
d'une voix rogommeuse et avec un accent à demi
ironique[1]. Elles firent quelques pas encore, puis s'arrêtèrent un moment au milieu du chemin sans s'occuper
d'arrêter la circulation des passants, en un agrégat de forme
irrégulière, compact, insolite et piaillant, comme un
conciliabule d'oiseaux qui s'assemblent au moment de
s'envoler ; puis elles reprirent leur lente promenade le
long de la digue, au-dessus de la mer.

Maintenant, leurs traits charmants n'étaient plus indistincts et mêlés. Je les avais répartis et agglomérés (à
défaut du nom de chacune, que j'ignorais) autour de la
grande qui avait sauté par-dessus le vieux banquier ; de
la petite qui détachait sur l'horizon de la mer ses joues
bouffies et roses, ses yeux verts ; de celle au teint bruni,
au nez droit, qui tranchait au milieu des autres ; d'une
autre, au visage blanc comme un œuf dans lequel un petit
nez faisait un arc de cercle comme un bec de poussin,
visage comme en ont certains très jeunes gens ; d'une autre
encore, grande, couverte d'une pèlerine (qui lui donnait
un aspect si pauvre et démentait tellement sa tournure
élégante que l'explication qui se présentait à l'esprit était
que cette jeune fille devait avoir des parents assez brillants
et plaçant leur amour-propre assez au-dessus des baigneurs
de Balbec et de l'élégance vestimentaire de leurs propres

enfants pour qu'il leur fût absolument égal de la laisser
se promener sur la digue dans une tenue que de petites
gens eussent jugée trop modeste) ; d'une fille aux yeux
brillants, rieurs, aux grosses joues mates, sous un « polo »
noir, enfoncé sur sa tête, qui poussait une bicyclette avec
un dandinement de hanches si dégingandé, en employant
des termes d'argot si voyous et criés si fort, quand je passai
auprès d'elle (parmi lesquels je distinguai cependant la
phrase fâcheuse de « vivre sa vie ») qu'abandonnant
l'hypothèse que la pèlerine de sa camarade m'avait fait
échafauder, je conclus plutôt que toutes ces filles appartenaient à la population qui fréquente les vélodromes, et
devaient être les très jeunes maîtresses de coureurs
cyclistes. En tout cas, dans aucune de mes suppositions,
ne figurait celle qu'elles eussent pu être vertueuses. À
première vue — dans la manière dont elles se regardaient
en riant, dans le regard insistant de celle aux joues mates
— j'avais compris qu'elles ne l'étaient pas. D'ailleurs, ma
grand-mère avait toujours veillé sur moi avec une
délicatesse trop timorée pour que je ne crusse pas que
l'ensemble des choses qu'on ne doit pas faire est indivisible
et que des jeunes filles qui manquent de respect à la
vieillesse fussent tout d'un coup arrêtées par des scrupules
quand il s'agit de plaisirs plus tentateurs que de sauter
par-dessus un octogénaire.

Individualisées maintenant, pourtant la réplique que se
donnaient les uns aux autres leurs regards animés de
suffisance et d'esprit de camaraderie et dans lesquels se
rallumaient d'instant en instant tantôt l'intérêt, tantôt
l'insolente indifférence dont brillait chacune, selon qu'il
s'agissait de ses amies ou des passants, cette conscience
aussi de se connaître entre elles assez intimement pour se
promener toujours ensemble, en faisant « bande à part »,
mettaient entre leurs corps indépendants et séparés, tandis
qu'ils s'avançaient lentement, une liaison invisible, mais
harmonieuse comme une même ombre chaude, une même
atmosphère, faisant d'eux un tout aussi homogène en ses
parties qu'il était différent de la foule au milieu de laquelle
se déroulait lentement leur cortège.

Un instant, tandis que je passais à côté de la brune aux
grosses joues qui poussait une bicyclette, je croisai ses
regards obliques et rieurs, dirigés du fond de ce monde
inhumain qui enfermait la vie de cette petite tribu,

inaccessible inconnu où l'idée de ce que j'étais ne pouvait certainement ni parvenir ni trouver place. Tout occupée à ce que disaient ses camarades, cette jeune fille coiffée d'un polo qui descendait très bas sur son front, m'avait-elle vu au moment où le rayon noir émané de ses yeux m'avait rencontré ? Si elle m'avait vu, qu'avais-je pu lui représenter ? Du sein de quel univers me distinguait-elle ? Il m'eût été aussi difficile de le dire que lorsque certaines particularités nous apparaissent grâce au télescope, dans un astre voisin, il est malaisé de conclure d'elles que des humains y habitent, qu'ils nous voient, et quelles idées cette vue a pu éveiller en eux.

Si nous pensions que les yeux d'une telle fille ne sont qu'une brillante rondelle de mica, nous ne serions pas avides de connaître et d'unir à nous sa vie. Mais nous sentons que ce qui luit dans ce disque réfléchissant n'est pas dû uniquement à sa composition matérielle ; que ce sont, inconnues de nous, les noires ombres des idées que cet être se fait, relativement aux gens et aux lieux qu'il connaît — pelouses des hippodromes, sable des chemins où, pédalant à travers champs et bois, m'eût entraîné cette petite péri, plus séduisante pour moi que celle du paradis persan — , les ombres aussi de la maison où elle va rentrer, des projets qu'elle forme ou qu'on a formés pour elle ; et surtout que c'est elle, avec ses désirs, ses sympathies, ses répulsions, son obscure et incessante volonté. Je savais que je ne posséderais pas cette jeune cycliste si je ne possédais aussi ce qu'il y avait dans ses yeux. Et c'était par conséquent toute sa vie qui m'inspirait du désir ; désir douloureux, parce que je le sentais irréalisable, mais enivrant, parce que ce qui avait été jusque-là ma vie ayant brusquement cessé d'être ma vie totale, n'étant plus qu'une petite partie de l'espace étendu devant moi que je brûlais de couvrir, et qui était fait de la vie de ces jeunes filles, m'offrait ce prolongement, cette multiplication possible de soi-même, qui est le bonheur. Et, sans doute, qu'il n'y eût entre nous aucune habitude — comme aucune idée — communes, devait me rendre plus difficile de me lier avec elles et de leur plaire. Mais peut-être aussi c'était grâce à ces différences, à la conscience qu'il n'entrait pas, dans la composition de la nature et des actions de ces filles, un seul élément que je connusse ou possédasse, que venait en moi de succéder à la satiété, la soif — pareille à celle dont brûle une terre altérée — d'une vie que mon âme, parce qu'elle n'en avait jamais reçu jusqu'ici une seule goutte, absorberait d'autant plus avidement, à longs traits, dans une plus parfaite imbibition.

J'avais tant regardé cette cycliste aux yeux brillants qu'elle parut s'en apercevoir et dit à la plus grande un mot que je n'entendis pas mais qui fit rire celle-ci. À vrai dire, cette brune n'était pas celle qui me plaisait le plus, justement parce qu'elle était brune et que (depuis le jour où dans le petit raidillon de Tansonville, j'avais vu Gilberte) une jeune fille rousse à la peau dorée était restée pour moi l'idéal inaccessible. Mais Gilberte elle-même, ne l'avais-je pas aimée surtout parce qu'elle m'était apparue nimbée par cette auréole d'être l'amie de Bergotte, d'aller visiter avec lui les cathédrales ? Et de la même façon ne pouvais-je me réjouir d'avoir vu cette brune me regarder (ce qui me faisait espérer qu'il me serait plus facile d'entrer en relations avec elle d'abord), car elle me présenterait aux autres, à l'impitoyable qui avait sauté par-dessus le vieillard, à la cruelle qui avait dit : « Il me fait de la peine, ce pauvre vieux » ; à toutes successivement, desquelles elle avait d'ailleurs le prestige d'être l'inséparable compagne. Et cependant, la supposition que je pourrais un jour être l'ami de telle ou telle de ces jeunes filles, que ces yeux dont les regards inconnus me frappaient parfois en jouant sur moi sans le savoir comme un effet de soleil sur un mur, pourraient jamais par une alchimie miraculeuse laisser transpénétrer entre leurs parcelles ineffables l'idée de mon existence, quelque amitié pour ma personne, que moi-même je pourrais un jour prendre place entre elles, dans la théorie qu'elles déroulaient le long de la mer, — cette supposition me paraissait enfermer en elle une contra-diction aussi insoluble, que si devant quelque frise antique ou quelque fresque figurant un cortège, j'avais cru possible, moi spectateur, de prendre place, aimé d'elles, entre les divines processionnaires.

Le bonheur de connaître ces jeunes filles était-il donc irréalisable ? Certes ce n'eût pas été le premier de ce genre auquel j'eusse renoncé. Je n'avais qu'à me rappeler tant d'inconnues que, même à Balbec, la voiture s'éloignant à toute vitesse m'avait fait à jamais abandonner. Et même le plaisir que me donnait la petite bande noble comme si elle était composée de vierges helléniques, venait de ce qu'elle avait quelque chose de la fuite des passantes sur la route. Cette fugacité des êtres qui ne sont pas connus de nous, qui nous forcent à démarrer de la vie habituelle où les femmes que nous fréquentons finissent par dévoiler leurs tares, nous met dans cet état de poursuite où rien n'arrête plus l'imagination. Or dépouiller d'elle nos plaisirs, c'est les réduire à eux-mêmes, à rien. Offertes chez une de ces entremetteuses que, par ailleurs, on a vu que je ne méprisais pas, retirées de l'élément qui leur donnait tant de nuances et de vague, ces jeunes filles m'eussent moins enchanté. Il faut que l'imagination, éveillée par l'incertitude de pouvoir atteindre son objet, crée un but qui nous cache l'autre, et en substituant au plaisir sensuel l'idée de pénétrer dans une vie, nous empêche de reconnaître ce plaisir, d'éprouver son goût véritable, de le restreindre à sa portée. Il faut qu'entre nous et le poisson qui si nous le voyions pour la première fois servi sur une table ne paraîtrait pas valoir les mille ruses et détours nécessaires pour nous emparer de lui, s'interpose, pendant les après-midi de pêche, le remous à la surface duquel viennent affleurer, sans que nous sachions bien ce que nous voulons en faire, le poli d'une chair, l'indécision d'une forme, dans la fluidité d'un transparent et mobile azur.

Ces jeunes filles bénéficiaient aussi de ce changement des proportions sociales caractéristique de la vie de bains de mer. Tous les avantages qui dans notre milieu habituel nous prolongent, nous agrandissent, se trouvent là devenus invisibles, en fait supprimés ; en revanche les êtres à qui on suppose indûment de tels avantages, ne s'avancent qu'amplifiés d'une étendue postiche. Elle rendait plus aisé que des inconnues et ce jour-là ces jeunes filles, prissent à mes yeux une importance énorme, et impossible de leur faire connaître celle que je pouvais avoir.

Mais si la promenade de la petite bande avait pour elle de n'être qu'un extrait de la fuite innombrable de passantes, laquelle m'avait toujours troublé, cette fuite était ici ramenée à un mouvement tellement lent qu'il se rapprochait de l'immobilité. Or, précisément, que dans une phase aussi peu rapide, les visages non plus emportés dans un tourbillon, mais calmes et distincts, me parussent encore beaux, cela m'empêchait de croire, comme je l'avais fait si souvent quand m'emportait la voiture de Mme de Villeparisis, que, de plus près, si je me fusse arrêté un instant, tels détails, une peau grêlée, un défaut dans les ailes du nez, un regard banal, la grimace du sourire, une vilaine taille, eussent remplacé dans le visage et dans le corps de la femme ceux que j'avais sans doute imaginés ; car il avait suffi d'une jolie ligne de corps, d'un teint frais entrevu, pour que de très bonne foi j'y eusse ajouté quelque ravissante épaule, quelque regard délicieux dont je portais toujours en moi le souvenir ou l'idée préconçue, ces déchiffrages rapides d'un être qu'on voit à la volée nous exposant ainsi aux mêmes erreurs que ces lectures trop rapides où, sur une seule syllabe et sans prendre le temps d'identifier les autres, on met à la place du mot qui est écrit, un tout différent que nous fournit notre mémoire. Il ne pouvait en être ainsi maintenant. J'avais bien regardé leurs visages ; chacun d'eux je l'avais vu, non pas dans tous ses profils, et rarement de face, mais tout de même selon deux ou trois aspects assez différents pour que je pusse faire soit la rectification, soit la vérification et la « preuve » des différentes suppositions de lignes et de couleurs que hasarde la première vue, et pour voir subsister en eux, à travers les expressions successives, quelque chose d'inaltérablement matériel. Aussi, je pouvais me dire avec certitude que, ni à Paris, ni à Balbec, dans les hypothèses les plus favorables de ce qu'auraient pu être, même si j'avais pu rester à causer avec elles, les passantes qui avaient arrêté mes yeux, il n'y en avait jamais eu dont l'apparition, puis la disparition sans que je les eusse connues, m'eussent laissé plus de regrets que ne feraient celles-ci, m'eussent donné l'idée que leur amitié pût être une telle ivresse. Ni parmi les actrices, ou les paysannes, ou les demoiselles de pensionnat religieux, je n'avais rien vu d'aussi beau, imprégné d'autant d'inconnu, aussi inestimablement précieux, aussi vraisemblablement inaccessible. Elles étaient, du bonheur inconnu et possible de la vie, un exemplaire si délicieux et en si parfait état, que c'était presque pour des raisons intellectuelles que j'étais désespéré de ne pas pouvoir faire dans des conditions uniques, ne laissant aucune place à l'erreur possible, l'expérience de ce que nous offre de plus mystérieux la beauté qu'on désire et qu'on se console de ne posséder jamais en demandant du plaisir — comme Swann avait toujours refusé de faire, avant Odette — à des femmes qu'on n'a pas désirées, si bien qu'on meurt sans avoir jamais su ce qu'était cet autre plaisir. Sans doute, il se pouvait qu'il ne fût pas en réalité un plaisir inconnu, que de près son mystère se dissipât, qu'il ne fût qu'une projection, qu'un mirage du désir. Mais, dans ce cas, je ne pourrais m'en prendre qu'à la nécessité d'une loi de la nature — qui si elle s'appliquait à ces jeunes filles-ci, s'appliquerait à toutes — et non à la défectuosité de l'objet. Car il était celui que j'eusse choisi entre tous, me rendant bien compte, avec une satisfaction de botaniste, qu'il n'était pas possible de trouver réunies des espèces plus rares que celles de ces jeunes fleurs qui interrompaient en ce moment devant moi la ligne du flot de leur haie légère, pareille à un bosquet de roses de Pennsylvanie, ornement d'un jardin sur la falaise, entre lesquelles tient tout le trajet de l'océan parcouru par quelque steamer, si lent à glisser sur le trait horizontal et bleu qui va d'une tige à l'autre, qu'un papillon paresseux, attardé au fond de la corolle que la coque du navire a depuis longtemps dépassée, peut pour s'envoler en étant sûr d'arriver avant le vaisseau, attendre que rien qu'une seule parcelle azurée sépare encore la proue de celui-ci du premier pétale de la fleur vers laquelle il navigue.

Je rentrai parce que je devais aller dîner à Rivebelle avec Robert et que ma grand-mère exigeait qu'avant de partir je m'étendisse ces soirs-là pendant une heure sur mon lit, sieste que le médecin de Balbec m'ordonna bientôt d'étendre à tous les autres soirs.

D'ailleurs, il n'y avait même pas besoin pour rentrer de quitter la digue et de pénétrer dans l'hôtel par le hall, c'est-à-dire par derrière. En vertu d'une avance comparable à celle du samedi où à Combray on déjeunait une heure plus tôt, maintenant avec le plein de l'été les jours étaient devenus si longs que le soleil était encore haut dans le ciel, comme à une heure de goûter, quand on mettait le couvert pour le dîner au Grand-Hôtel de Balbec. Aussi les grandes fenêtres vitrées et à coulisses restaient-elles ouvertes de plain-pied avec la digue. Je n'avais qu'à enjamber un mince cadre de bois pour me trouver dans la salle à manger que je quittais aussitôt pour prendre l'ascenseur.

En passant devant le bureau j'adressai un sourire au directeur, et sans l'ombre de dégoût, en recueillis un dans sa figure que, depuis que j'étais à Balbec, mon attention compréhensive injectait et transformait peu à peu comme

une préparation d'histoire naturelle. Ses traits m'étaient
devenus courants, chargés d'un sens médiocre, mais
intelligible comme une écriture qu'on lit et ne ressemblaient plus en rien à ces caractères bizarres, intolérables
que son visage m'avait présentés ce premier jour où j'avais
vu devant moi un personnage maintenant oublié ou, si
je parvenais à l'évoquer, méconnaissable, difficile à
identifier avec la personnalité insignifiante et polie dont
il n'était que la caricature, hideuse et sommaire. Sans la
timidité ni la tristesse du soir de mon arrivée, je sonnai
le lift qui ne restait plus silencieux pendant que je m'élevais
à côté de lui dans l'ascenseur, comme dans une cage
thoracique mobile qui se fût déplacée le long de la colonne
montante, mais me répétait : « Il y a plus autant de monde
comme il y a un mois. On va commencer à s'en aller, les
jours baissent. » Il disait cela, non que ce fût vrai, mais
parce qu'ayant un engagement pour une partie plus chaude
de la côte, il aurait voulu que nous partissions tous le plus
tôt possible afin que l'hôtel fermât et qu'il eût quelques
jours à lui, avant de « rentrer » dans sa nouvelle place.
« Rentrer » et « nouvelle » n'étaient du reste pas des
expressions contradictoires, car pour le lift « rentrer »
était la forme usuelle du verbe « entrer ». La seule chose
qui m'étonnât était qu'il condescendît à dire « place »,
car il appartenait à ce prolétariat moderne qui désire
effacer dans le langage la trace du régime de la domesticité.
Du reste, au bout d'un instant, il m'apprit que dans « la
situation » où il allait « rentrer », il aurait une plus jolie
« tunique » et un meilleur « traitement » ; les mots
« livrée » et « gages » lui paraissaient désuets et inconvenants. Et comme, par une contradiction absurde, le
vocabulaire a, malgré tout, chez les « patrons », survécu
à la conception de l'inégalité, je comprenais toujours mal
ce que me disait le lift. Ainsi la seule chose qui m'intéressât
était de savoir si ma grand-mère était à l'hôtel. Or,
prévenant mes questions, le lift me disait : « Cette dame
vient de sortir de chez vous. » J'y étais toujours pris, je
croyais que c'était ma grand-mère. « Non, cette dame qui
est je crois employée chez vous. » Comme dans l'ancien
langage bourgeois qui devrait bien être aboli, une
cuisinière ne s'appelle pas une employée, je pensais un
instant : « Mais il se trompe, nous ne possédons ni usine,
ni employés. » Tout d'un coup, je me rappelais que le

nom d'employé est comme le port de la moustache pour les garçons de café, une satisfaction d'amour-propre donnée aux domestiques et que cette dame qui venait de sortir était Françoise (probablement en visite à la caféterie ou en train de regarder coudre la femme de chambre de la dame belge), satisfaction qui ne suffisait pas encore au lift car il disait volontiers en s'apitoyant sur sa propre classe « chez l'ouvrier » ou « chez le petit », se servant du même singulier que Racine quand il dit : « le pauvre[1]... ». Mais d'habitude, car mon zèle et ma timidité du premier jour étaient loin, je ne parlais plus au lift. C'était lui maintenant qui restait sans recevoir de réponses dans la courte traversée dont il filait les nœuds à travers l'hôtel, évidé comme un jouet et qui déployait autour de nous, étage par étage, ses ramifications de couloirs dans les profondeurs desquels la lumière se veloutait, se dégradait, amincissait les portes de communication ou les degrés des escaliers intérieurs qu'elle convertissait en cette ambre dorée, inconsistante et mystérieuse comme un crépuscule, où Rembrandt découpe tantôt l'appui d'une fenêtre ou la manivelle d'un puits[2]. Et à chaque étage une lueur d'or reflétée sur le tapis annonçait le coucher du soleil et la fenêtre des cabinets.

Je me demandais si les jeunes filles que je venais de voir habitaient Balbec et qui elles pouvaient être. Quand le désir est ainsi orienté vers une petite tribu humaine qu'il sélectionne, tout ce qui peut se rattacher à elle devient motif d'émotion, puis de rêverie. J'avais entendu une dame dire sur la digue : « C'est une amie de la petite Simonet » avec l'air de précision avantageuse de quelqu'un qui explique : « C'est le camarade inséparable du petit de la Rochefoucauld. » Et aussitôt on avait senti sur la figure de la personne à qui on apprenait cela une curiosité de mieux regarder la personne favorisée qui était « amie de la petite Simonet ». Un privilège assurément qui ne paraissait pas donné à tout le monde. Car l'aristocratie est une chose relative. Et il y a des petits trous pas chers où le fils d'un marchand de meubles est prince des élégances et règne sur une cour comme un jeune prince de Galles. J'ai souvent cherché depuis à me rappeler comment avait résonné pour moi sur la plage ce nom de Simonet, encore incertain alors dans sa forme que j'avais mal distinguée, et aussi quant à sa signification, à la désignation par lui

de telle personne ou peut-être de telle autre ; en somme
empreint de ce vague et de cette nouveauté si émouvants
pour nous dans la suite, quand ce nom dont les lettres sont
à chaque seconde plus profondément gravées en nous par
notre attention incessante, est devenu (ce qui ne devait
arriver pour moi, à l'égard de la petite Simonet, que
quelques années plus tard) le premier vocable que nous
retrouvions (soit au moment du réveil, soit après un
évanouissement), même avant la notion de l'heure qu'il
est, du lieu où nous sommes, presque avant le mot « je »,
comme si l'être qu'il nomme était plus nous que
nous-même, et si après quelques moments d'inconscience,
la trêve qui expire avant toute autre était celle pendant
laquelle on ne pensait pas à lui. Je ne sais pourquoi je me
dis dès le premier jour que le nom de Simonet devait être
celui d'une des jeunes filles ; je ne cessai plus de me
demander comment je pourrais connaître la famille
Simonet ; et cela par des gens qu'elle jugeât supérieurs
à elle-même, ce qui ne devait pas être difficile si ce n'étaient
que de petites grues du peuple, pour qu'elle ne pût avoir
une idée dédaigneuse de moi. Car on ne peut avoir de
connaissance parfaite, on ne peut pratiquer l'absorption
complète de qui vous dédaigne, tant qu'on n'a pas vaincu
ce dédain. Or, chaque fois que l'image de femmes si
différentes pénètre en nous, à moins que l'oubli ou la
concurrence d'autres images ne l'élimine, nous n'avons de
repos que nous n'ayons converti ces étrangères en quelque
chose qui soit pareil à nous, notre âme étant à cet égard
douée du même genre de réaction et d'activité que notre
organisme physique, lequel ne peut tolérer l'immixtion
dans son sein d'un corps étranger sans qu'il s'exerce
aussitôt à digérer et assimiler l'intrus. La petite Simonet
devait être la plus jolie de toutes — celle, d'ailleurs, qui,
me semblait-il, aurait pu devenir ma maîtresse, car elle
était la seule qui à deux ou trois reprises, détournant à
demi la tête, avait paru prendre conscience de mon fixe
regard. Je demandai au lift s'il ne connaissait pas à Balbec
des Simonet. N'aimant pas à dire qu'il ignorait quelque
chose il répondit qu'il lui semblait avoir entendu causer
de ce nom-là. Arrivé au dernier étage, je le priai de me
faire apporter les dernières listes d'étrangers.

Je sortis de l'ascenseur, mais au lieu d'aller vers ma
chambre je m'engageai plus avant dans le couloir, car à

cette heure-là le valet de chambre de l'étage, quoiqu'il craignît les courants d'air, avait ouvert la fenêtre du bout, laquelle regardait, au lieu de la mer, le côté de la colline et de la vallée, mais ne les laissait jamais voir, car ses vitres, d'un verre opaque, étaient le plus souvent fermées. Je m'arrêtai devant elle en une courte station et le temps de faire mes dévotions à la « vue » que pour une fois elle découvrait au-delà de la colline à laquelle était adossé l'hôtel et qui ne contenait qu'une maison posée à quelque distance mais à laquelle la perspective et la lumière du soir en lui conservant son volume donnaient une ciselure précieuse et un écrin de velours, comme à une de ces architectures en miniature, petit temple ou petite chapelle d'orfèvrerie et d'émaux qui servent de reliquaires et qu'on n'expose qu'à de rares jours à la vénération des fidèles. Mais cet instant d'adoration avait déjà trop duré, car le valet de chambre qui tenait d'une main un trousseau de clefs et de l'autre me saluait en touchant sa calotte de sacristain, mais sans la soulever à cause de l'air pur et frais du soir, venait refermer comme ceux d'une châsse les deux battants de la croisée et dérobait à mon adoration le monument réduit et la relique d'or. J'entrai dans ma chambre. Au fur et à mesure que la saison s'avança, changea le tableau que j'y trouvais dans la fenêtre. D'abord il faisait grand jour, et sombre seulement s'il faisait mauvais temps ; alors, dans le verre glauque et qu'elle boursouflait de ses vagues rondes, la mer, sertie entre les montants de fer de ma croisée comme dans les plombs d'un vitrail, effilochait sur toute la profonde bordure rocheuse de la baie des triangles empennés d'une immobile écume linéamentée avec la délicatesse d'une plume ou d'un duvet dessinés par Pisanello, et fixés par cet émail blanc, inaltérable et crémeux qui figure une couche de neige dans les verreries de Gallé[1].

Bientôt les jours diminuèrent et au moment où j'entrais dans la chambre, le ciel violet, qui semblait stigmatisé par la figure raide, géométrique, passagère et fulgurante du soleil (pareille à la représentation de quelque signe miraculeux, de quelque apparition mystique), s'inclinait vers la mer sur la charnière de l'horizon comme un tableau religieux au-dessus du maître-autel, tandis que les parties différentes du couchant, exposées dans les glaces des bibliothèques basses en acajou qui couraient le long des

murs et que je rapportais par la pensée à la merveilleuse
peinture dont elles étaient détachées, semblaient comme
ces scènes différentes que quelque maître ancien exécuta
jadis pour une confrérie sur une châsse et dont on exhibe
à côté les uns des autres dans une salle de musée les volets
séparés que l'imagination seule du visiteur remet à leur
place sur les prédelles du retable. Quelques semaines plus
tard, quand je remontais, le soleil était déjà couché.
Pareille à celle que je voyais à Combray au-dessus du
Calvaire quand je rentrais de promenade et m'apprêtais
à descendre avant le dîner à la cuisine, une bande de ciel
rouge au-dessus de la mer compacte et coupante comme
de la gelée de viande, puis bientôt, sur la mer déjà froide
et bleue comme le poisson appelé mulet, le ciel du même
rose qu'un de ces saumons que nous nous ferions servir
tout à l'heure à Rivebelle ravivaient le plaisir que j'allais
avoir à me mettre en habit pour partir dîner. Sur la mer,
tout près du rivage, essayaient de s'élever, les unes
par-dessus les autres, à étages de plus en plus larges, des
vapeurs d'un noir de suie mais aussi d'un poli, d'une
consistance d'agate, d'une pesanteur visible, si bien que
les plus élevées penchant au-dessus de la tige déformée
et jusqu'en dehors du centre de gravité de celles qui les
avaient soutenues jusqu'ici, semblaient sur le point
d'entraîner cet échafaudage déjà à demi-hauteur du ciel
et de le précipiter dans la mer. La vue d'un vaisseau qui
s'éloignait comme un voyageur de nuit me donnait cette
même impression que j'avais eue en wagon, d'être
affranchi des nécessités du sommeil et de la claustration
dans une chambre. D'ailleurs je ne me sentais pas
emprisonné dans celle où j'étais puisque dans une heure
j'allais la quitter pour monter en voiture. Je me jetais sur
mon lit ; et, comme si j'avais été sur la couchette d'un des
bateaux que je voyais assez près de moi et que la nuit on
s'étonnerait de voir se déplacer lentement dans l'obscurité,
comme des cygnes assombris et silencieux mais qui ne
dorment pas, j'étais de tous côtés entouré des images de
la mer.

Mais bien souvent ce n'était, en effet, que des images ;
j'oubliais que sous leur couleur se creusait le triste vide
de la plage, parcouru par le vent inquiet du soir que j'avais
si anxieusement ressenti à mon arrivée à Balbec ; d'ailleurs,
même dans ma chambre, tout occupé des jeunes filles que

j'avais vues passer, je n'étais plus dans des dispositions
assez calmes ni assez désintéressées pour que pussent se
produire en moi des impressions vraiment profondes de
beauté. L'attente du dîner à Rivebelle rendait mon humeur
plus frivole encore et ma pensée, habitant à ces moments-là
la surface de mon corps que j'allais habiller pour tâcher
de paraître le plus plaisant possible aux regards féminins
qui me dévisageraient dans le restaurant illuminé, était
incapable de mettre de la profondeur derrière la couleur
des choses. Et si, sous ma fenêtre, le vol inlassable et doux
des martinets et des hirondelles n'avait pas monté comme
un jet d'eau, comme un feu d'artifice de vie, unissant
l'intervalle de ses hautes fusées par la filée immobile et
blanche de longs sillages horizontaux, sans le miracle
charmant de ce phénomène naturel et local qui rattachait
à la réalité les paysages que j'avais devant les yeux, j'aurais
pu croire qu'ils n'étaient qu'un choix, chaque jour
renouvelé, de peintures qu'on montrait arbitrairement
dans l'endroit où je me trouvais et sans qu'elles eussent
de rapport nécessaire avec lui. Une fois c'était une
exposition d'estampes japonaises : à côté de la mince
découpure du soleil rouge et rond comme la lune, un
nuage jaune paraissait un lac contre lequel des glaives noirs
se profilaient ainsi que les arbres de sa rive, une barre d'un
rose tendre que je n'avais jamais revu depuis ma première
boîte de couleurs s'enflait comme un fleuve sur les deux
rives duquel des bateaux semblaient attendre à sec qu'on
vînt les tirer pour les mettre à flot. Et avec le regard
dédaigneux, ennuyé et frivole d'un amateur ou d'une
femme parcourant, entre deux visites mondaines, une
galerie, je me disais : « C'est curieux, ce coucher de soleil,
c'est différent, mais enfin j'en ai déjà vu d'aussi délicats,
d'aussi étonnants que celui-ci. » J'avais plus de plaisir les
soirs où un navire absorbé et fluidifié par l'horizon
apparaissait tellement de la même couleur que lui, ainsi
que dans une toile impressionniste, qu'il semblait aussi de
la même matière, comme si on n'eût fait que découper
sa coque et les cordages en lesquels elle s'était amincie
et filigranée dans le bleu vaporeux du ciel. Parfois l'océan
emplissait presque toute ma fenêtre, surélevée qu'elle était
par une bande de ciel bordée en haut seulement d'une
ligne qui était du même bleu que celui de la mer, mais
qu'à cause de cela je croyais être la mer encore et ne

devant sa couleur différente qu'à un effet d'éclairage. Un
autre jour, la mer n'était peinte que dans la partie basse
de la fenêtre dont tout le reste était rempli de tant de
nuages poussés les uns contre les autres par bandes
horizontales, que les carreaux avaient l'air, par une
préméditation ou une spécialité de l'artiste, de présenter
une « étude de nuages », cependant que les différentes
vitrines de la bibliothèque montrant des nuages semblables
mais dans une autre partie de l'horizon et diversement
colorés par la lumière, paraissaient offrir comme la
répétition, chère à certains maîtres contemporains, d'un
seul et même effet, pris toujours à des heures différentes
mais qui maintenant avec l'immobilité de l'art pouvaient
être tous vus ensemble dans une même pièce, exécutés
au pastel et mis sous verre. Et parfois sur le ciel et la mer
uniformément gris, un peu de rose s'ajoutait avec un
raffinement exquis, cependant qu'un petit papillon qui
s'était endormi au bas de la fenêtre semblait apposer avec
ses ailes, au bas de cette « harmonie gris et rose » dans
le goût de celles de Whistler, la signature favorite du
maître de Chelsea[1]. Le rose même disparaissait, il n'y avait
plus rien à regarder. Je me mettais debout un instant et
avant de m'étendre de nouveau, je fermais les grands
rideaux. Au-dessus d'eux, je voyais de mon lit la raie de
clarté qui y restait encore, s'assombrissant, s'amincissant
progressivement, mais c'est sans m'attrister et sans lui
donner de regret que je laissais ainsi mourir au haut des
rideaux l'heure où d'habitude j'étais à table, car je savais
que ce jour-ci était d'une autre sorte que les autres, plus
long comme ceux du pôle que la nuit interrompt seulement
quelques minutes ; je savais que de la chrysalide de ce
crépuscule se préparait à sortir, par une radieuse métamorphose, la lumière éclatante du restaurant de Rivebelle. Je
me disais : « Il est temps » ; je m'étirais sur le lit, je me
levais, j'achevais ma toilette ; et je trouvais du charme à
ces instants inutiles, allégés de tout fardeau matériel, où
tandis qu'en bas les autres dînaient, je n'employais les
forces accumulées pendant l'inactivité de cette fin de
journée qu'à sécher mon corps, à passer un smoking, à
attacher ma cravate, à faire tous ces gestes que guidait déjà
le plaisir attendu de revoir telle femme que j'avais
remarquée la dernière fois à Rivebelle, qui avait paru me
regarder, n'était peut-être sortie un instant de table que

dans l'espoir que je la suivrais ; c'est avec joie que j'ajoutais à moi tous ces appâts pour me donner entier et dispos à une vie nouvelle, libre, sans souci, où j'appuierais mes hésitations au calme de Saint-Loup et choisirais entre les espèces de l'histoire naturelle et les provenances de tous les pays, celles qui, composant les plats inusités aussitôt commandés par mon ami, auraient tenté ma gourmandise ou mon imagination.

Et tout à la fin, les jours vinrent où je ne pouvais plus rentrer de la digue par la salle à manger, ses vitres n'étaient plus ouvertes, car il faisait nuit dehors, et l'essaim des pauvres et des curieux attirés par le flamboiement qu'ils ne pouvaient atteindre pendait, en noires grappes morfondues par la bise, aux parois lumineuses et glissantes de la ruche de verre.

On frappa ; c'était Aimé qui avait tenu à m'apporter lui-même les dernières listes d'étrangers.

Aimé, avant de se retirer, tint à me dire que Dreyfus était mille fois coupable. « On saura tout, me dit-il, pas cette année, mais l'année prochaine : c'est un monsieur très lié dans l'état-major qui me l'a dit[1]. » Je lui demandais si on ne se déciderait pas à tout découvrir tout de suite avant la fin de l'année. « Il a posé sa cigarette », continua Aimé en mimant la scène et en secouant la tête et l'index comme avait fait son client, voulant dire : il ne faut pas être trop exigeant. « Pas cette année, Aimé, qu'il m'a dit en me touchant l'épaule, ce n'est pas possible. Mais à Pâques, oui ! » Et Aimé me frappa légèrement sur l'épaule en me disant : « Vous voyez, je vous montre exactement comme il a fait », soit qu'il fût flatté de cette familiarité d'un grand personnage, soit pour que je pusse mieux apprécier en pleine connaissance de cause la valeur de l'argument et nos raisons d'espérer.

Ce ne fut pas sans un léger choc au cœur qu'à la première page de la liste des étrangers, j'aperçus les mots : « Simonet et famille. » J'avais en moi de vieilles rêveries qui dataient de mon enfance et où toute la tendresse qui était dans mon cœur mais qui, éprouvée par lui, ne s'en distinguait pas, m'était apportée par un être aussi différent que possible de moi. Cet être, une fois de plus je le fabriquais, en utilisant pour cela le nom de Simonet et le souvenir de l'harmonie qui régnait entre les jeunes corps que j'avais vus se déployer sur la plage en une procession

sportive digne de l'antique et de Giotto[1]. Je ne savais pas
laquelle de ces jeunes filles était Mlle Simonet, si aucune
d'elles s'appelait ainsi, mais je savais que j'étais aimé de
Mlle Simonet et que j'allais grâce à Saint-Loup essayer de
la connaître. Malheureusement, n'ayant obtenu qu'à cette
condition une prolongation de congé, il était obligé de
retourner tous les jours à Doncières ; mais, pour le faire
manquer à ses obligations militaires, j'avais cru pouvoir
compter, plus encore que sur son amitié pour moi, sur
cette même curiosité de naturaliste humain que si souvent
— même sans avoir vu la personne dont on parlait et rien
qu'à entendre dire qu'il y avait une jolie caissière chez
un fruitier — j'avais eue de faire connaissance avec une
nouvelle variété de la beauté féminine. Or, cette curiosité,
c'est à tort que j'avais espéré l'exciter chez Saint-Loup en
lui parlant de mes jeunes filles. Car elle était pour
longtemps paralysée en lui par l'amour qu'il avait pour
cette actrice dont il était l'amant. Et même l'eût-il
légèrement ressentie qu'il l'eût réprimée, à cause d'une
sorte de croyance superstitieuse que de sa propre fidélité
pouvait dépendre celle de sa maîtresse. Aussi fut-ce sans
qu'il m'eût promis de s'occuper activement de mes jeunes
filles que nous partîmes dîner à Rivebelle.

Les premiers temps, quand nous y arrivions, le soleil
venait de se coucher, mais il faisait encore clair ; dans le
jardin du restaurant dont les lumières n'étaient pas encore
allumées, la chaleur du jour tombait, se déposait, comme
au fond d'un vase le long des parois duquel la gelée
transparente et sombre de l'air semblait si consistante
qu'un grand rosier, appliqué au mur obscurci qu'il veinait
de rose, avait l'air de l'arborisation qu'on voit au fond
d'une pierre d'onyx. Bientôt ce ne fut qu'à la nuit que
nous descendions de voiture, souvent même que nous
partions de Balbec si le temps était mauvais et que nous
eussions retardé le moment de faire atteler, dans l'espoir
d'une accalmie. Mais ces jours-là, c'est sans tristesse que
j'entendais le vent souffler, je savais qu'il ne signifiait pas
l'abandon de mes projets, la réclusion dans une chambre,
je savais que, dans la grande salle à manger du restaurant
où nous entrerions au son de la musique des tziganes, les
innombrables lampes triompheraient aisément de l'obscurité et du froid en leur appliquant leurs larges cautères
d'or, et je montais gaiement à côté de Saint-Loup dans

le coupé qui nous attendait sous l'averse. Depuis quelque temps, les paroles de Bergotte se disant convaincu que, malgré ce que je prétendais, j'étais fait pour goûter surtout les plaisirs de l'intelligence, m'avaient rendu au sujet de ce que je pourrais faire plus tard une espérance que décevait chaque jour l'ennui que j'éprouvais à me mettre devant une table à commencer une étude critique ou un roman. « Après tout, me disais-je, peut-être le plaisir qu'on a eu à l'écrire n'est-il pas le critérium infaillible de la valeur d'une belle page ; peut-être n'est-il qu'un état accessoire qui s'y surajoute souvent, mais dont le défaut ne peut préjuger contre elle. Peut-être certains chefs-d'œuvre ont-ils été composés en bâillant. » Ma grand-mère apaisait mes doutes en me disant que je travaillerais bien et avec joie si je me portais bien. Et, notre médecin ayant trouvé plus prudent de m'avertir des graves risques auxquels pouvait m'exposer mon état de santé, et m'ayant tracé toutes les précautions d'hygiène à suivre pour éviter un accident, je subordonnais tous les plaisirs au but, que je jugeais infiniment plus important qu'eux, de devenir assez fort pour pouvoir réaliser l'œuvre que je portais peut-être en moi, j'exerçais sur moi-même depuis que j'étais à Balbec un contrôle minutieux et constant. On n'aurait pu me faire toucher à la tasse de café qui m'eût privé du sommeil de la nuit, nécessaire pour ne pas être fatigué le lendemain. Mais quand nous arrivions à Rivebelle, aussitôt — à cause de l'excitation d'un plaisir nouveau et me trouvant dans cette zone différente où l'exceptionnel nous fait entrer après avoir coupé le fil, patiemment tissé depuis tant de jours, qui nous conduisait vers la sagesse — comme s'il ne devait plus jamais y avoir de lendemain, ni de fins élevées à réaliser, disparaissait ce mécanisme précis de prudente hygiène qui fonctionnait pour les sauvegarder. Tandis qu'un valet de pied me demandait mon paletot, Saint-Loup me disait :

« Vous n'aurez pas froid ? Vous feriez peut-être mieux de le garder, il ne fait pas très chaud. »

Je répondais : « Non, non », et peut-être je ne sentais pas le froid, mais en tout cas je ne savais plus la peur de tomber malade, la nécessité de ne pas mourir, l'importance de travailler. Je donnais mon paletot ; nous entrions dans la salle du restaurant aux sons de quelque marche guerrière jouée par les tziganes, nous nous avancions entre les rangées des tables servies comme dans un facile chemin de gloire, et, sentant l'ardeur joyeuse imprimée à notre corps par les rythmes de l'orchestre qui nous décernait ses honneurs militaires et ce triomphe immérité, nous la dissimulions sous une mine grave et glacée, sous une démarche pleine de lassitude, pour ne pas imiter ces gommeuses de café-concert qui, venant chanter sur un air belliqueux un couplet grivois, entrent en courant sur la scène avec la contenance martiale d'un général vainqueur.

À partir de ce moment-là, j'étais un homme nouveau, qui n'était plus le petit-fils de ma grand-mère et ne se souviendrait d'elle qu'en sortant, mais le frère momentané des garçons qui allaient nous servir.

La dose de bière, à plus forte raison de champagne, qu'à Balbec je n'aurais pas voulu atteindre en une semaine, alors pourtant qu'à ma conscience calme et lucide la saveur de ces breuvages représentait un plaisir clairement appréciable mais aisément sacrifié, je l'absorbais en une heure en y ajoutant quelques gouttes de porto, trop distrait pour pouvoir le goûter, et je donnais au violoniste qui venait de jouer, les deux « louis » que j'avais économisés depuis un mois en vue d'un achat que je ne me rappelais pas. Quelques-uns des garçons qui servaient, lâchés entre les tables, fuyaient à toute vitesse, ayant sur leurs paumes tendues un plat que cela semblait être le but de ce genre de courses de ne pas laisser choir. Et de fait, les soufflés au chocolat arrivaient à destination sans avoir été renversés, les pommes à l'anglaise, malgré le galop qui avait dû les secouer, rangées comme au départ autour de l'agneau de Pauillac. Je remarquai un de ces servants, très grand, emplumé de superbes cheveux noirs, la figure fardée d'un teint qui rappelait davantage certaines espèces d'oiseaux rares que l'espèce humaine et qui, courant sans trêve et, eût-on dit, sans but, d'un bout à l'autre de la salle, faisait penser à quelqu'un de ces « aras » qui remplissent les grandes volières des jardins zoologiques de leur ardent coloris et de leur incompréhensible agitation. Bientôt le spectacle s'ordonna, à mes yeux du moins, d'une façon plus noble et plus calme. Toute cette activité vertigineuse se fixait en une calme harmonie. Je regardais les tables rondes dont l'assemblée innombrable emplissait le restaurant, comme autant de planètes, telles que celles-ci sont figurées dans les tableaux allégoriques d'autrefois. D'ailleurs, une force d'attraction irrésistible s'exerçait entre ces astres divers et à chaque table les dîneurs n'avaient d'yeux que pour les tables où ils n'étaient pas, exception faite pour quelque riche amphitryon, lequel ayant réussi à amener un écrivain célèbre, s'évertuait à tirer de lui, grâce aux vertus de la table tournante, des propos insignifiants dont les dames s'émerveillaient. L'harmonie de ces tables astrales n'empêchait pas l'incessante révolution des servants innombrables, lesquels parce qu'au lieu d'être assis, comme les dîneurs, ils étaient debout, évoluaient dans une zone supérieure. Sans doute l'un courait porter des hors-d'œuvre, changer le vin, ajouter des verres. Mais malgré ces raisons particulières, leur course perpétuelle entre les tables rondes finissait par dégager la loi de sa circulation vertigineuse et réglée. Assises derrière un massif de fleurs, deux horribles caissières, occupées à des calculs sans fin, semblaient deux magiciennes occupées à prévoir par des calculs astrologiques les bouleversements qui pouvaient parfois se produire dans cette voûte céleste conçue selon la science du Moyen Âge.

Et je plaignais un peu tous les dîneurs parce que je sentais que pour eux les tables rondes n'étaient pas des planètes et qu'ils n'avaient pas pratiqué dans les choses un sectionnement qui nous débarrasse de leur apparence coutumière et nous permet d'apercevoir des analogies. Ils pensaient qu'ils dînaient avec telle ou telle personne, que le repas coûterait à peu près tant, et qu'ils recommenceraient le lendemain. Et ils paraissaient absolument insensibles au déroulement d'un cortège de jeunes commis qui, probablement n'ayant pas à ce moment de besogne urgente, portaient processionnellement des pains dans des paniers. Quelques-uns, trop jeunes, abrutis par les taloches que leur donnaient en passant les maîtres d'hôtel, fixaient mélancoliquement leurs yeux sur un rêve lointain et n'étaient consolés que si quelque client de l'hôtel de Balbec où ils avaient jadis été employés, les reconnaissant, leur adressait la parole et leur disait personnellement d'emporter le champagne, qui n'était pas buvable, ce qui les remplissait d'orgueil.

J'entendais le grondement de mes nerfs dans lesquels il y avait du bien-être, indépendant des objets extérieurs qui peuvent en donner et que le moindre déplacement que j'occasionnais à mon corps, à mon attention, suffisait à me faire éprouver, comme à un œil fermé une légère compression donne la sensation de la couleur. J'avais déjà bu beaucoup de porto, et si je demandais à en prendre encore, c'était moins en vue du bien-être que les verres nouveaux m'apporteraient que par l'effet du bien-être produit par les verres précédents. Je laissais la musique conduire elle-même mon plaisir sur chaque note où, docilement, il venait alors se poser. Si, pareil à ces industries chimiques grâce auxquelles sont débités en grandes quantités des corps qui ne se rencontrent dans la nature que d'une façon accidentelle et fort rarement, ce restaurant de Rivebelle réunissait en un même moment plus de femmes au fond desquelles me sollicitaient des perspectives de bonheur que le hasard des promenades ou des voyages ne m'en eût fait rencontrer en une année, d'autre part, cette musique que nous entendions — arrangements de valses, d'opérettes allemandes, de chansons de cafés-concerts, toutes nouvelles pour moi — était elle-même comme un lieu de plaisir aérien superposé à l'autre et plus grisant que lui. Car chaque motif, particulier comme une femme, ne réservait pas comme elle eût fait, pour quelque privilégié, le secret de volupté qu'il recélait : il me le proposait, me reluquait, venait à moi d'une allure capricieuse ou canaille, m'accostait, me caressait, comme si j'étais devenu tout d'un coup plus séduisant, plus puissant ou plus riche ; je leur trouvais bien, à ces airs, quelque chose de cruel ; c'est que tout sentiment désintéressé de la beauté, tout reflet de l'intelligence leur était inconnu ; pour eux le plaisir physique existe seul. Et ils sont l'enfer le plus impitoyable, le plus dépourvu d'issues pour le malheureux jaloux à qui ils présentent ce plaisir — ce plaisir que la femme aimée goûte avec un autre — comme la seule chose qui existe au monde pour celle qui le remplit tout entier. Mais tandis que je répétais à mi-voix les notes de cet air et lui rendais son baiser, la volupté à lui spéciale qu'il me faisait éprouver me devint si chère, que j'aurais quitté mes parents pour suivre le motif dans le monde singulier qu'il construisait dans l'invisible, en lignes tour à tour pleines de langueur et de vivacité. Quoiqu'un tel plaisir ne soit pas d'une sorte qui donne plus de valeur à l'être auquel il s'ajoute, car il n'est perçu que de lui seul, et quoique, chaque fois que dans notre

vie nous avons déplu à une femme qui nous a aperçu elle
ignorât si à ce moment-là nous possédions ou non cette
félicité intérieure et subjective qui, par conséquent, n'eût
rien changé au jugement qu'elle porta sur nous, je me
sentais plus puissant, presque irrésistible. Il me semblait
que mon amour n'était plus quelque chose de déplaisant
et dont on pouvait sourire mais avait précisément la beauté
touchante, la séduction de cette musique, semblable
elle-même à un milieu sympathique où celle que j'aimais
et moi nous nous serions rencontrés, soudain devenus
intimes.

Le restaurant n'était pas fréquenté seulement par des
demi-mondaines, mais aussi par des gens du monde le plus
élégant, qui y venaient goûter vers cinq heures ou y
donnaient de grands dîners. Les goûters avaient lieu dans
une longue galerie vitrée, étroite, en forme de couloir qui,
allant du vestibule à la salle à manger, longeait sur un côté
le jardin, duquel elle n'était séparée en exceptant quelques
colonnes de pierre que par le vitrage qu'on ouvrait ici ou
là. Il en résultait outre de nombreux courants d'air, des
coups de soleil brusques, intermittents, un éclairage
éblouissant et instable, empêchant presque de distinguer
les goûteuses, ce qui faisait que, quand elles étaient là,
empilées deux tables par deux tables dans toute la longueur
de l'étroit goulot, comme elles chatoyaient à tous les
mouvements qu'elles faisaient pour boire leur thé ou se
saluer entre elles, on aurait dit un réservoir, une nasse
où le pêcheur a entassé les éclatants poissons qu'il a pris,
lesquels à moitié hors de l'eau et baignés de rayons
miroitent aux regards en leur éclat changeant.

Quelques heures plus tard, pendant le dîner qui, lui,
était naturellement servi dans la salle à manger, on allumait
les lumières, bien qu'il fît encore clair dehors, de sorte
qu'on voyait devant soi, dans le jardin, à côté de pavillons
éclairés par le crépuscule et qui semblaient les pâles
spectres du soir, des charmilles dont la glauque verdure
était traversée par les derniers rayons et qui de la pièce
éclairée par les lampes où on dînait, apparaissaient au-delà
du vitrage — non plus, comme on aurait dit des dames
qui goûtaient à la fin de l'après-midi le long du couloir
bleuâtre et or, dans un filet étincelant et humide — mais
comme les végétations d'un pâle et vert aquarium géant
à la lumière surnaturelle. On se levait de table ; et si les

convives, pendant le repas, tout en passant leur temps à
regarder, à reconnaître, à se faire nommer les convives
du dîner voisin, avaient été retenus dans une cohésion
parfaite autour de leur propre table, la force attractive qui
les faisait graviter autour de leur amphitryon d'un soir
perdait de sa puissance, au moment où pour prendre le
café ils se rendaient dans ce même couloir qui avait servi
aux goûters ; il arrivait souvent qu'au moment du passage
tel dîner en marche abandonnait l'un ou plusieurs de ses
corpuscules, qui ayant subi trop fortement l'attraction du
dîner rival se détachaient un instant du leur, où ils étaient
remplacés par des messieurs ou des dames qui étaient
venus saluer des amis, avant de rejoindre, en disant : « Il
faut que je me sauve retrouver M. X dont je suis ce soir
l'invité. » Et pendant un instant, on aurait dit de deux
bouquets séparés qui auraient interchangé quelques-unes
de leurs fleurs. Puis le couloir lui-même se vidait. Souvent,
comme il faisait, même après dîner, encore un peu jour,
on n'allumait pas ce long corridor, et côtoyé par les arbres
qui se penchaient au-dehors de l'autre côté du vitrage, il
avait l'air d'une allée dans un jardin boisé et ténébreux.
Parfois, dans l'ombre, une dîneuse s'y attardait. En le
traversant pour sortir, j'y distinguai un soir, assise au milieu
d'un groupe inconnu, la belle princesse de Luxembourg.
Je me découvris sans m'arrêter. Elle me reconnut, inclina
la tête en souriant ; très au-dessus de ce salut, émanant
de ce mouvement même, s'élevèrent mélodieusement
quelques paroles à mon adresse, qui devaient être un
bonsoir un peu long, non pour que je m'arrêtasse, mais
seulement pour compléter le salut, pour en faire un salut
parlé. Mais les paroles restèrent si indistinctes et le son
que seul je perçus se prolongea si doucement et me sembla
si musical, que ce fut comme si, dans la ramure assombrie
des arbres, un rossignol se fût mis à chanter. Si par hasard
pour finir la soirée avec telle bande d'amis à lui que nous
avions rencontrée, Saint-Loup décidait de nous rendre au
Casino d'une plage voisine, et partant avec eux, s'il me
mettait seul dans une voiture, je recommandais au cocher
d'aller à toute vitesse, afin que fussent moins longs les
instants que je passerais sans avoir l'aide de personne pour
me dispenser de fournir moi-même à ma sensibilité — en
faisant machine en arrière et en sortant de la passivité où
j'étais pris comme dans un engrenage — ces modifications

que depuis mon arrivée à Rivebelle je recevais des autres. Le choc possible avec une voiture venant en sens inverse dans ces sentiers où il n'y avait de place que pour une seule et où il faisait nuit noire, l'instabilité du sol souvent éboulé de la falaise, la proximité de son versant à pic sur la mer, rien de tout cela ne trouvait en moi le petit effort qui eût été nécessaire pour amener la représentation et la crainte du danger jusqu'à ma raison. C'est que pas plus que ce n'est le désir de devenir célèbre, mais l'habitude d'être laborieux qui nous permet de produire une œuvre, ce n'est l'allégresse du moment présent, mais les sages réflexions du passé, qui nous aident à préserver le futur. Or, si déjà, en arrivant à Rivebelle, j'avais jeté loin de moi ces béquilles du raisonnement, du contrôle de soi-même qui aident notre infirmité à suivre le droit chemin, et me trouvais en proie à une sorte d'ataxie morale, l'alcool, en tendant exceptionnellement mes nerfs, avait donné aux minutes actuelles une qualité, un charme qui n'avaient pas eu pour effet de me rendre plus apte ni même plus résolu à les défendre ; car en me les faisant préférer mille fois au reste de ma vie, mon exaltation les en isolait ; j'étais enfermé dans le présent, comme les héros, comme les ivrognes ; momentanément éclipsé, mon passé ne projetait plus devant moi cette ombre de lui-même que nous appelons notre avenir ; plaçant le but de ma vie, non plus dans la réalisation des rêves de ce passé, mais dans la félicité de la minute présente, je ne voyais pas plus loin qu'elle. De sorte que par une contradiction qui n'était qu'apparente, c'est au moment où j'éprouvais un plaisir exceptionnel, où je sentais que ma vie pouvait être heureuse, où elle aurait dû avoir à mes yeux plus de prix, c'est à ce moment que, délivré des soucis qu'elle avait pu m'inspirer jusque-là, je la livrais sans hésitation au hasard d'un accident. Je ne faisais, du reste, en somme, que concentrer dans une soirée l'incurie qui pour les autres hommes est diluée dans leur existence entière où journellement ils affrontent sans nécessité le risque d'un voyage en mer, d'une promenade en aéroplane ou en automobile quand les attend à la maison l'être que leur mort briserait ou quand est encore lié à la fragilité de leur cerveau le livre dont la prochaine mise au jour est la seule raison de leur vie. Et de même dans le restaurant de Rivebelle, les soirs où nous y restions, si

quelqu'un était venu dans l'intention de me tuer, comme
je ne voyais plus que dans un lointain sans réalité ma
grand-mère, ma vie à venir, mes livres à composer, comme
j'adhérais tout entier à l'odeur de la femme qui était à
la table voisine, à la politesse des maîtres d'hôtel, au
contour de la valse qu'on jouait, que j'étais collé à la
sensation présente, n'ayant pas plus d'extension qu'elle ni
d'autre but que de ne pas en être séparé, je serais mort
contre elle, je me serais laissé massacrer sans offrir de
défense, sans bouger, abeille engourdie par la fumée du
tabac, qui n'a plus le souci de préserver la provision de
ses efforts accumulés et l'espoir de sa ruche.

Je dois du reste dire que cette insignifiance où tombaient les choses les plus graves par contraste avec la
violence de mon exaltation finissait par comprendre même
Mlle Simonet et ses amies. L'entreprise de les connaître
me semblait maintenant facile mais indifférente, car ma
sensation présente seule, grâce à son extraordinaire
puissance, à la joie que provoquaient ses moindres
modifications et même sa simple continuité, avait de
l'importance pour moi ; tout le reste, parents, travail,
plaisirs, jeunes filles de Balbec, ne pesait pas plus qu'un
flocon d'écume dans un grand vent qui ne la¹ laisse pas
se poser, n'existait plus que relativement à cette puissance
intérieure : l'ivresse réalise pour quelques heures l'idéa-
lisme subjectif, le phénoménisme pur ; tout n'est plus
qu'apparences et n'existe plus qu'en fonction de notre
sublime nous-même. Ce n'est pas, du reste, qu'un amour
véritable, si nous en avons un, ne puisse subsister dans
un semblable état. Mais nous sentons si bien, comme dans
un milieu nouveau, que des pressions inconnues ont
changé les dimensions de ce sentiment que nous ne
pouvons pas le considérer pareillement. Ce même amour,
nous le retrouvons bien, mais déplacé, ne pesant plus sur
nous, satisfait de la sensation que lui accorde le présent
et qui lui suffit, car de ce qui n'est pas actuel nous ne
nous soucions pas. Malheureusement le coefficient qui
change ainsi les valeurs ne les change que dans cette heure
d'ivresse. Les personnes qui n'avaient plus d'importance
et sur lesquelles nous soufflions comme sur des bulles de
savon reprendront le lendemain leur densité ; il faudra
essayer de nouveau de se remettre aux travaux qui ne
signifiaient plus rien. Chose plus grave encore, cette

mathématique du lendemain, la même que celle d'hier et avec les problèmes de laquelle nous nous retrouverons inexorablement aux prises, c'est celle qui nous régit même pendant ces heures-là, sauf pour nous-même. S'il se trouve près de nous une femme vertueuse ou hostile, cette chose si difficile la veille — à savoir que nous arrivions à lui plaire — nous semble maintenant un million de fois plus aisée sans l'être devenue en rien, car ce n'est qu'à nos propres yeux, à nos propres yeux intérieurs que nous avons changé. Et elle est aussi mécontente à l'instant même que nous nous soyons permis une familiarité que nous le serons le lendemain d'avoir donné cent francs au chasseur, et pour la même raison qui pour nous a été seulement retardée : l'absence d'ivresse.

Je ne connaissais aucune des femmes qui étaient à Rivebelle, et qui parce qu'elles faisaient partie de mon ivresse comme les reflets font partie du miroir, me paraissaient mille fois plus désirables que la de moins en moins existante Mlle Simonet. Une jeune blonde, seule, à l'air triste, sous son chapeau de paille piqué de fleurs des champs me regarda un instant d'un air rêveur et me parut agréable. Puis ce fut le tour d'une autre, puis d'une troisième ; enfin d'une brune au teint éclatant. Presque toutes étaient connues, à défaut de moi, par Saint-Loup.

Avant qu'il eût fait la connaissance de sa maîtresse actuelle, il avait en effet tellement vécu dans le monde restreint de la noce, que de toutes les femmes qui dînaient ces soirs-là à Rivebelle et dont beaucoup s'y trouvaient par hasard, étant venues au bord de la mer, certaines pour retrouver leur amant, d'autres pour tâcher d'en trouver un, il n'y en avait guère qu'il ne connût pour avoir passé — lui-même ou tel de ses amis — au moins une nuit avec elles. Il ne les saluait pas si elles étaient avec un homme, et elles, tout en le regardant plus qu'un autre parce que l'indifférence qu'on lui savait pour toute femme qui n'était pas son actrice lui donnait aux yeux de celles-ci un prestige singulier, elles avaient l'air de ne pas le connaître. Et l'une chuchotait : « C'est le petit Saint-Loup. Il paraît qu'il aime toujours sa grue. C'est la grande amour. Quel joli garçon ! Moi je le trouve épatant ! Et quel chic ! Il y a tout de même des femmes qui ont une sacrée veine. Et un chic type en tout. Je l'ai bien connu quand j'étais avec d'Orléans. C'était les deux inséparables. Il en faisait une noce à ce moment-là ! Mais ce n'est plus ça ; il ne lui fait pas de queues[1]. Ah ! elle peut dire qu'elle en a une chance. Et je me demande qu'est-ce qu'il peut lui trouver. Il faut qu'il soit tout de même une fameuse truffe. Elle a des pieds comme des bateaux, des moustaches à l'américaine et des dessous sales ! Je crois qu'une petite ouvrière ne voudrait pas de ses pantalons. Regardez-moi un peu quels yeux il a, on se jetterait au feu pour un homme comme ça. Tiens, tais-toi, il m'a reconnue, il rit, oh ! il me connaissait bien. On n'a qu'à lui parler de moi. » Entre elles et lui je surprenais un regard d'intelligence. J'aurais voulu qu'il me présentât à ces femmes, pouvoir leur demander un rendez-vous et qu'elles me l'accordassent même si je n'avais pas pu l'accepter. Car sans cela leur visage resterait éternellement dépourvu, dans ma mémoire, de cette partie de lui-même — et comme si elle était cachée par un voile — qui varie avec toutes les femmes, que nous ne pouvons imaginer chez l'une quand nous ne l'y avons pas vue, et qui apparaît seulement dans le regard qui s'adresse à nous et qui acquiesce à notre désir et nous promet qu'il sera satisfait. Et pourtant même aussi réduit, leur visage était pour moi bien plus que celui des femmes que j'aurais su vertueuses et ne me semblait pas comme le leur, plat, sans dessous, composé d'une pièce unique et sans épaisseur. Sans doute, il n'était pas pour moi ce qu'il devait être pour Saint-Loup qui par la mémoire, sous l'indifférence, pour lui transparente, des traits immobiles qui affectaient de ne pas le connaître ou sous la banalité du même salut que l'on eût adressé aussi bien à tout autre, se rappelait, voyait, entre des cheveux défaits, une bouche pâmée et des yeux mi-clos, tout un tableau silencieux comme ceux que les peintres, pour tromper le gros des visiteurs, revêtent d'une toile décente. Certes, pour moi au contraire qui sentais que rien de mon être n'avait pénétré en telle ou telle de ces femmes et n'y serait emporté dans les routes inconnues qu'elle suivrait pendant sa vie, ces visages restaient fermés. Mais c'était déjà assez de savoir qu'ils s'ouvraient pour qu'ils me semblassent d'un prix que je ne leur aurais pas trouvé s'ils n'avaient été que de belles médailles, au lieu de médaillons sous lesquels se cachaient des souvenirs d'amour. Quant à Robert, tenant à peine en place quand il était assis, dissimulant sous un sourire d'homme de cour l'avidité d'agir en homme de guerre, à le bien regarder, je me rendais compte combien l'ossature énergique de son visage triangulaire devait être la même que celle de ses ancêtres, plus faite pour un ardent archer que pour un lettré délicat. Sous la peau fine, la construction hardie, l'architecture féodale apparaissaient. Sa tête faisait penser à ces tours d'antique donjon dont les créneaux inutilisés restent visibles, mais qu'on a aménagées intérieurement en bibliothèque[1].

En rentrant à Balbec, de telle de ces inconnues à qui il m'avait présenté je me redisais sans m'arrêter une seconde et pourtant sans presque m'en apercevoir : « Quelle femme délicieuse ! » comme on chante un refrain. Certes, ces paroles étaient plutôt dictées par des dispositions nerveuses que par un jugement durable. Il n'en est pas moins vrai que si j'eusse eu mille francs sur moi et qu'il y eût encore des bijoutiers d'ouverts à cette heure-là, j'eusse acheté une bague à l'inconnue. Quand les heures de notre vie se déroulent ainsi que des plans trop différents, on se trouve donner trop de soi pour des personnes diverses qui le lendemain vous semblent sans intérêt. Mais on se sent responsable de ce qu'on leur a dit la veille et on veut y faire honneur.

Comme ces soirs-là je rentrais tard, je retrouvais avec plaisir dans ma chambre qui n'était plus hostile le lit où le jour de mon arrivée, j'avais cru qu'il me serait toujours impossible de me reposer et où maintenant mes membres si las cherchaient un soutien ; de sorte que successivement mes cuisses, mes hanches, mes épaules tâchaient d'adhérer en tous leurs points aux draps qui enveloppaient le matelas, comme si ma fatigue, pareille à un sculpteur, avait voulu prendre un moulage total d'un corps humain. Mais je ne pouvais m'endormir ; je sentais approcher le matin ; le calme, la bonne santé n'étaient plus en moi. Dans ma détresse, il me semblait que jamais je ne les retrouverais plus. Il m'eût fallu dormir longtemps pour les rejoindre. Or, me fussé-je assoupi, que de toutes façons je serais réveillé deux heures après par le concert symphonique. Tout à coup je m'endormais, je tombais dans ce sommeil lourd où se dévoilent pour nous le retour à la jeunesse, la reprise des années passées, des sentiments perdus, la désincarnation, la transmigration des âmes, l'évocation des morts, les illusions de la folie, la régression vers les règnes les plus élémentaires de la nature (car on dit que nous voyons souvent des animaux en rêve, mais on oublie que presque toujours nous y sommes nous-même un animal privé de cette raison qui projette sur les choses une clarté de certitude ; nous n'y offrons au contraire au spectacle de la vie qu'une vision douteuse et à chaque minute anéantie par l'oubli, la réalité précédente s'évanouissant devant celle qui lui succède, comme une projection de lanterne magique devant la suivante quand on a changé le verre), tous ces mystères que nous croyons ne pas connaître et auxquels nous sommes en réalité initiés presque toutes les nuits ainsi qu'à l'autre grand mystère de l'anéantissement et de la résurrection. Rendue plus vagabonde par la digestion difficile du dîner de Rivebelle, l'illumination successive et errante de zones assombries de mon passé faisait de moi un être dont le suprême bonheur eût été de rencontrer Legrandin avec lequel je venais de causer en rêve.

Puis, même ma propre vie m'était entièrement cachée par un décor nouveau, comme celui planté tout au bord du plateau et devant lequel pendant que, derrière, on procède aux changements de tableaux, des acteurs donnent un divertissement. Celui où je tenais alors mon rôle était dans le goût des contes orientaux, je n'y savais rien de mon passé ni de moi-même, à cause de cet extrême rapprochement d'un décor interposé ; je n'étais qu'un personnage qui recevais la bastonnade et subissais des châtiments variés pour une faute que je n'apercevais pas mais qui était d'avoir bu trop de porto. Tout à coup je m'éveillais, je m'apercevais qu'à la faveur d'un long sommeil, je n'avais pas entendu le concert symphonique. C'était déjà l'après-midi ; je m'en assurais à ma montre, après quelques efforts pour me redresser, efforts infructueux d'abord et interrompus par des chutes sur l'oreiller, mais de ces chutes courtes qui suivent le sommeil comme les autres ivresses, que ce soit le vin qui les procure ou une convalescence ; du reste, avant même d'avoir regardé l'heure, j'étais certain que midi était passé. Hier soir, je n'étais plus qu'un être vidé, sans poids, et (comme il faut avoir été couché pour être capable de s'asseoir et avoir dormi pour l'être de se taire) je ne pouvais cesser de remuer ni de parler, je n'avais plus de consistance, de centre de gravité, j'étais lancé, il me semblait que j'aurais pu continuer ma morne course jusque dans la lune. Or, si en dormant mes yeux n'avaient pas vu l'heure, mon corps avait su la calculer, il avait mesuré le temps non pas sur un cadran superficiellement figuré, mais par la pesée progressive de toutes mes forces refaites que, comme une puissante horloge il avait cran par cran laissé descendre de mon cerveau dans le reste de mon corps où elles entassaient maintenant jusqu'au-dessus de mes genoux l'abondance intacte de leurs provisions. S'il est vrai que la mer ait été autrefois notre milieu vital où il faille replonger notre sang pour retrouver nos forces, il en est de même de l'oubli, du néant mental ; on semble alors absent du temps pendant quelques heures ; mais les forces qui se sont rangées pendant ce temps-là sans être dépensées le mesurent par leur quantité aussi exactement que les poids de l'horloge ou les croulants monticules du sablier. On ne sort pas, d'ailleurs, plus aisément d'un tel sommeil que de la veille prolongée, tant toutes choses tendent à durer et s'il est vrai que certains narcotiques font dormir, dormir longtemps est un narcotique plus puissant encore, après lequel on a bien de la peine à se réveiller. Pareil à un matelot qui voit bien le quai où amarrer sa barque, secouée cependant encore par les flots, j'avais bien l'idée de regarder l'heure et de me lever, mais mon corps était à tout instant rejeté dans le sommeil ; l'atterrissage était difficile, et avant de me mettre debout pour atteindre ma montre et confronter son heure avec celle qu'indiquait la richesse de matériaux dont disposaient mes jambes rompues, je retombais encore deux ou trois fois sur mon oreiller.

Enfin je voyais clairement : « Deux heures de l'après-midi ! », je sonnais, mais aussitôt je rentrais dans un sommeil qui cette fois devait être infiniment plus long si j'en jugeais par le repos et la vision d'une immense nuit dépassée, que je trouvais au réveil. Pourtant comme celui-ci était causé par l'entrée de Françoise, entrée qu'avait elle-même motivée mon coup de sonnette, ce nouveau sommeil qui me paraissait avoir dû être plus long que l'autre et avait amené en moi tant de bien-être et d'oubli, n'avait duré qu'une demi-minute.

Ma grand-mère ouvrait la porte de ma chambre, je lui posais quelques questions sur la famille Legrandin.

Ce n'est pas assez dire que j'avais rejoint le calme et

la santé, car c'était plus qu'une simple distance qui les avait
la veille séparés de moi, j'avais eu toute la nuit à lutter
contre un flot contraire, et puis je ne me retrouvais pas
seulement auprès d'eux, ils étaient rentrés en moi. À des
points précis et encore un peu douloureux de ma tête vide
et qui serait un jour brisée, laissant mes idées s'échapper
à jamais, celles-ci avaient une fois encore repris leur place,
et retrouvé cette existence dont hélas ! jusqu'ici elles
n'avaient pas su profiter.

Une fois de plus j'avais échappé à l'impossibilité de
dormir, au déluge, au naufrage des crises nerveuses. Je
ne craignais plus du tout ce qui me menaçait la veille au
soir quand j'étais démuni de repos. Une nouvelle vie
s'ouvrait devant moi ; sans faire un seul mouvement, car
j'étais encore brisé quoique déjà dispos, je goûtais ma
fatigue avec allégresse ; elle avait isolé et rompu les os
de mes jambes, de mes bras, que je sentais assemblés
devant moi, prêts à se rejoindre, et que j'allais relever rien
qu'en chantant comme l'architecte de la fable[1].

Tout à coup je me rappelai la jeune blonde à l'air triste
que j'avais vue à Rivebelle et qui m'avait regardé un
instant. Pendant toute la soirée, bien d'autres m'avaient
semblé agréables, maintenant elle venait seule de s'élever
du fond de mon souvenir. Il me semblait qu'elle m'avait
remarqué, je m'attendais à ce qu'un des garçons de
Rivebelle vînt me dire un mot de sa part. Saint-Loup ne
la connaissait pas et croyait qu'elle était comme il faut.
Il serait bien difficile de la voir, de la voir sans cesse. Mais
j'étais prêt à tout pour cela, je ne pensais plus qu'à elle.
La philosophie parle souvent d'actes libres et d'actes
nécessaires. Peut-être n'en est-il pas de plus complètement
subi par nous que celui qui en vertu d'une force
ascensionnelle comprimée pendant l'action, fait, une fois
notre pensée au repos, remonter ainsi un souvenir jusque-
là nivelé avec les autres par la force oppressive de la
distraction, et s'élancer parce qu'à notre insu il contenait
plus que les autres un charme dont nous ne nous
apercevons que vingt-quatre heures après. Et peut-être n'y
a-t-il pas non plus d'acte aussi libre, car il est encore
dépourvu de l'habitude, de cette sorte de manie mentale
qui dans l'amour favorise la renaissance exclusive de
l'image d'une certaine personne.

Ce jour-là était justement le lendemain de celui où

j'avais vu défiler devant la mer le beau cortège de jeunes
filles. J'interrogeai à leur sujet plusieurs clients de l'hôtel
qui venaient presque tous les ans à Balbec. Ils ne purent
me renseigner. Plus tard une photographie m'expliqua
pourquoi. Qui eût pu reconnaître maintenant en elles, à
peine mais déjà sorties d'un âge où on change si
complètement, telle masse amorphe et délicieuse, encore
tout enfantine, de petites filles que, quelques années
seulement auparavant, on pouvait voir assises en cercle
sur le sable, autour d'une tente : sorte de blanche et vague
constellation où l'on n'eût distingué deux yeux plus
brillants que les autres, un malicieux visage, des cheveux
blonds, que pour les reperdre et les confondre bien vite
au sein de la nébuleuse indistincte et lactée ?

Sans doute en ces années-là encore si peu éloignées,
ce n'était pas comme la veille dans leur première apparition
devant moi, la vision du groupe, mais le groupe lui-même
qui manquait de netteté. Alors, ces enfants trop jeunes
étaient encore à ce degré élémentaire de formation où la
personnalité n'a pas mis son sceau sur chaque visage.
Comme ces organismes primitifs où l'individu n'existe
guère par lui-même, est plutôt constitué par le polypier
que par chacun des polypes qui le composent, elles
restaient pressées les unes contre les autres. Parfois l'une
faisait tomber sa voisine, et alors un fou rire, qui semblait
la seule manifestation de leur vie personnelle, les agitait
toutes à la fois, effaçant, confondant ces visages indécis
et grimaçants dans la gelée d'une seule grappe scintillatrice
et tremblante. Dans une photographie ancienne qu'elles
devaient me donner un jour, et que j'ai gardée, leur
troupe enfantine offre déjà le même nombre de figurantes
que, plus tard, leur cortège féminin ; on y sent qu'elles
devaient déjà faire sur la plage une tache singulière qui
forçait à les regarder, mais on ne peut les y reconnaître
individuellement que par le raisonnement, en laissant le
champ libre à toutes les transformations possibles pendant
la jeunesse jusqu'à la limite où ces formes reconstituées
empiéteraient sur une autre individualité qu'il faut
identifier aussi et dont le beau visage, à cause de la
concomitance d'une grande taille et de cheveux frisés, a
chance d'avoir été jadis ce ratatinement de grimace
rabougrie présenté par la carte-album ; et la distance
parcourue en peu de temps par les caractères physiques

de chacune de ces jeunes filles faisant d'eux un critérium fort vague, et d'autre part ce qu'elles avaient de commun et comme de collectif étant dès lors fort marqué, il arrivait parfois à leurs meilleures amies de les prendre l'une pour l'autre sur cette photographie, si bien que le doute ne pouvait finalement être tranché que par tel accessoire de toilette que l'une était certaine d'avoir porté, à l'exclusion des autres. Depuis ces jours si différents de celui où je venais de les voir sur la digue, si différents et pourtant si proches, elles se laissaient encore aller au rire comme je m'en étais rendu compte la veille, mais à un rire qui n'était plus celui intermittent et presque automatique de l'enfance, détente spasmodique qui autrefois faisait à tous moments faire un plongeon à ces têtes comme les blocs de vairons dans la Vivonne se dispersaient et disparaissaient pour se reformer un instant après ; leurs physionomies maintenant étaient devenues maîtresses d'elles-mêmes, leurs yeux étaient fixés sur le but qu'ils poursuivaient ; et il avait fallu hier l'indécision et le tremblé de ma perception première pour confondre indistinctement, comme l'avaient fait l'hilarité ancienne et la vieille photographie, les sporades aujourd'hui individualisées et désunies du pâle madrépore.

Sans doute, bien des fois, au passage de jolies jeunes filles, je m'étais fait la promesse de les revoir. D'habitude, elles ne reparaissent pas ; d'ailleurs la mémoire, qui oublie vite leur existence, retrouverait difficilement leurs traits ; nos yeux ne les reconnaîtraient peut-être pas, et déjà nous avons vu passer de nouvelles jeunes filles que nous ne reverrons pas non plus. Mais d'autres fois, et c'est ainsi que cela devait arriver pour la petite bande insolente, le hasard les ramène avec insistance devant nous. Il nous paraît alors beau, car nous discernons en lui comme un commencement d'organisation, d'effort, pour composer notre vie ; et il nous rend facile, inévitable, et quelquefois — après des interruptions qui ont pu faire espérer de cesser de nous souvenir — cruelle, la fidélité à des images à la possession desquelles nous nous croirons plus tard avoir été prédestinés, et que sans lui nous aurions pu, tout au début, oublier, comme tant d'autres, si aisément.

Bientôt le séjour de Saint-Loup toucha à sa fin. Je n'avais pas revu ces jeunes filles sur la plage. Il restait trop peu l'après-midi à Balbec pour pouvoir s'occuper d'elles et tâcher de faire, à mon intention, leur connaissance. Le soir il était plus libre et continuait à m'emmener souvent à Rivebelle. Il y a dans ces restaurants, comme dans les jardins publics et les trains, des gens enfermés dans une apparence ordinaire et dont le nom nous étonne, si l'ayant par hasard demandé, nous découvrons qu'ils sont non l'inoffensif premier venu que nous supposons, mais rien de moins que le ministre ou le duc dont nous avons si souvent entendu parler. Déjà deux ou trois fois dans le restaurant de Rivebelle, nous avions, Saint-Loup et moi, vu venir s'asseoir à une table quand tout le monde commençait à partir un homme de grande taille, très musclé, aux traits réguliers, à la barbe grisonnante, mais de qui le regard songeur restait fixé avec application dans le vide. Un soir que nous demandions au patron qui était ce dîneur obscur, isolé et retardataire : « Comment, vous ne connaissiez pas le célèbre peintre Elstir ? » nous dit-il. Swann avait une fois prononcé son nom devant moi, j'avais entièrement oublié à quel propos ; mais l'omission d'un souvenir, comme celle d'un membre de phrase dans une lecture, favorise parfois non l'incertitude, mais l'éclosion d'une certitude prématurée. « C'est un ami de Swann, et un artiste très connu, de grande valeur », dis-je à Saint-Loup. Aussitôt passa sur lui et sur moi, comme un frisson, la pensée qu'Elstir était un grand artiste, un homme célèbre, puis, que nous confondant avec les autres dîneurs, il ne se doutait pas de l'exaltation où nous jetait l'idée de son talent. Sans doute, qu'il ignorât notre admiration et que nous connaissions Swann, ne nous eût pas été pénible si nous n'avions pas été aux bains de mer. Mais, attardés à un âge où l'enthousiasme ne peut rester silencieux et transportés dans une vie où l'incognito semble étouffant, nous écrivîmes une lettre signée de nos noms, où nous dévoilions à Elstir dans les deux dîneurs assis à quelques pas de lui deux amateurs passionnés de son talent, deux amis de son grand ami Swann et où nous demandions à lui présenter nos hommages. Un garçon se chargea de porter cette missive à l'homme célèbre.

Célèbre, Elstir ne l'était peut-être pas encore à cette époque tout à fait autant que le prétendait le patron de l'établissement, et qu'il le fut d'ailleurs bien peu d'années plus tard. Mais il avait été un des premiers à habiter ce restaurant alors que ce n'était encore qu'une sorte de

ferme et à y amener une colonie d'artistes (qui avaient
du reste tous émigré ailleurs dès que la ferme où l'on
mangeait en plein air sous un simple auvent, était devenue
un centre élégant ; Elstir lui-même ne revenait en ce
moment à Rivebelle qu'à cause d'une absence de sa femme
avec laquelle il habitait non loin de là). Mais un grand
talent, même quand il n'est pas encore reconnu, provoque
nécessairement quelques phénomènes d'admiration, tels
que le patron de la ferme avait été à même d'en distinguer
dans les questions de plus d'une Anglaise de passage, avide
de renseignements sur la vie que menait Elstir, ou dans
le nombre de lettres que celui-ci recevait de l'étranger.
Alors le patron avait remarqué davantage qu'Elstir n'aimait
pas être dérangé pendant qu'il travaillait, qu'il se relevait
la nuit pour emmener un petit modèle poser nu au bord
de la mer, quand il y avait clair de lune, et il s'était dit
que tant de fatigues n'étaient pas perdues, ni l'admiration
des touristes injustifiée, quand il avait dans un tableau
d'Elstir reconnu une croix de bois qui était plantée à
l'entrée de Rivebelle. « C'est bien elle, répétait-il avec
stupéfaction. Il y a les quatre morceaux ! Ah ! aussi, il s'en
donne une peine ! »

Et il ne savait pas si un petit « lever de soleil sur la
mer » qu'Elstir lui avait donné, ne valait pas une fortune.

Nous le vîmes lire notre lettre, la remettre dans sa
poche, continuer à dîner, commencer à demander ses
affaires, se lever pour partir et nous étions tellement sûrs
de l'avoir choqué par notre démarche que nous eussions
souhaité maintenant (tout autant que nous l'avions
redouté) de partir sans avoir été remarqués par lui. Nous
ne pensions pas un seul instant à une chose qui aurait dû
pourtant nous sembler la plus importante, c'est que notre
enthousiasme pour Elstir, de la sincérité duquel nous
n'aurions pas permis qu'on doutât et dont nous aurions
pu, en effet, donner comme témoignage notre respiration
entrecoupée par l'attente, notre désir de faire n'importe
quoi de difficile ou d'héroïque pour le grand homme,
n'était pas, comme nous nous le figurions, de l'admiration,
puisque nous n'avions jamais rien vu d'Elstir ; notre
sentiment pouvait avoir pour objet l'idée creuse de « un
grand artiste », non pas une œuvre qui nous était
inconnue. C'était tout au plus de l'admiration à vide, le
cadre nerveux, l'armature sentimentale d'une admiration

sans contenu, c'est-à-dire quelque chose d'aussi indissolublement attaché à l'enfance que certains organes qui n'existent plus chez l'homme adulte ; nous étions encore des enfants. Elstir cependant allait arriver à la porte, quand tout à coup il fit un crochet et vint à nous. J'étais transporté d'une délicieuse épouvante comme je n'aurais pu en éprouver quelques années plus tard, parce que, en même temps que l'âge diminue la capacité, l'habitude du monde ôte toute idée de provoquer d'aussi étranges occasions, de ressentir ce genre d'émotions[1].

Dans les quelques mots qu'Elstir vint nous dire en s'asseyant à notre table, il ne me répondit jamais, les diverses fois où je lui parlai de Swann. Je commençai à croire qu'il ne le connaissait pas. Il ne m'en demanda pas moins d'aller le voir à son atelier de Balbec, invitation qu'il n'adressa pas à Saint-Loup, et que me valurent, ce que n'aurait peut-être pas fait la recommandation de Swann si Elstir eût été lié avec lui (car la part des sentiments désintéressés est plus grande qu'on ne croit dans la vie des hommes), quelques paroles qui lui firent penser que j'aimais les arts. Il prodigua pour moi une amabilité qui était aussi supérieure à celle de Saint-Loup que celle-ci à l'affabilité d'un petit bourgeois. À côté de celle d'un grand artiste, l'amabilité d'un grand seigneur, si charmante soit-elle, a l'air d'un jeu d'acteur, d'une simulation. Saint-Loup cherchait à plaire, Elstir aimait à donner, à se donner. Tout ce qu'il possédait, idées, œuvres, et le reste qu'il comptait pour bien moins, il l'eût donné avec joie à quelqu'un qui l'eût compris. Mais faute d'une société supportable, il vivait dans un isolement, avec une sauvagerie que les gens du monde appelaient de la pose et de la mauvaise éducation, les pouvoirs publics un mauvais esprit, ses voisins de la folie, sa famille de l'égoïsme et de l'orgueil.

Et sans doute les premiers temps avait-il pensé, dans la solitude même, avec plaisir que, par le moyen de ses œuvres, il s'adressait à distance, il donnait une plus haute idée de lui, à ceux qui l'avaient méconnu ou froissé. Peut-être alors vécut-il seul, non par indifférence, mais par amour des autres, et, comme j'avais renoncé à Gilberte pour lui réapparaître un jour sous des couleurs plus aimables, destinait-il son œuvre à certains, comme un retour vers eux, où sans le revoir lui-même, on l'aimerait, on l'admirerait, on s'entretiendrait de lui ; un renoncement n'est pas toujours total dès le début, quand nous le décidons avec notre âme ancienne et avant que par réaction il n'ait agi sur nous, qu'il s'agisse du renoncement d'un malade, d'un moine, d'un artiste, d'un héros. Mais s'il avait voulu produire en vue de quelques personnes, en produisant, il avait vécu pour lui-même, loin de la société à laquelle il était devenu indifférent ; la pratique de la solitude lui en avait donné l'amour comme il arrive pour toute grande chose que nous avons crainte d'abord, parce que nous la savions incompatible avec de plus petites auxquelles nous tenions et dont elle nous prive moins qu'elle ne nous détache. Avant de la connaître, toute notre préoccupation est de savoir dans quelle mesure nous pourrons la concilier avec certains plaisirs qui cessent d'en être dès que nous l'avons connue.

Elstir ne resta pas longtemps à causer avec nous. Je me promettais d'aller à son atelier dans les deux ou trois jours suivants, mais le lendemain de cette soirée, comme j'avais accompagné ma grand-mère tout au bout de la digue vers les falaises de Canapville[1], en revenant, au coin d'une des petites rues qui débouchent, perpendiculairement, sur la plage, nous croisâmes une jeune fille qui, tête basse comme un animal qu'on fait rentrer malgré lui dans l'étable, et tenant des clubs de golf, marchait devant une personne autoritaire, vraisemblablement son « anglaise », ou celle d'une de ses amies, laquelle ressemblait au portrait de *Jeffries* par Hogarth[2], le teint rouge comme si sa boisson favorite avait été plutôt le gin que le thé, et prolongeant par le croc noir d'un reste de chique une moustache grise, mais bien fournie. La fillette qui la précédait ressemblait à celle de la petite bande qui, sous un polo noir, avait dans un visage immobile et joufflu des yeux rieurs. Or, celle qui rentrait en ce moment avait aussi un polo noir, mais elle me semblait encore plus jolie que l'autre, la ligne de son nez était plus droite, à la base l'aile en était plus large et plus charnue. Puis l'autre m'était apparue comme une fière jeune fille pâle, celle-ci comme une enfant domptée et de teint rose. Pourtant, comme elle poussait une bicyclette pareille et comme elle portait les mêmes gants de renne, je conclus que les différences tenaient peut-être à la façon dont j'étais placé et aux circonstances, car il était peu probable qu'il y eût à Balbec une seconde jeune fille de visage malgré tout si semblable et qui dans son accoutrement réunît les mêmes particularités. Elle jeta dans ma direction un regard rapide ; les jours suivants, quand je revis la petite bande sur la plage, et même plus tard quand je connus toutes les jeunes filles qui la composaient, je n'eus jamais la certitude absolue qu'aucune d'elles — même celle qui de toutes lui ressemblait le plus, la jeune fille à la bicyclette — fût bien celle que j'avais vue ce soir-là au bout de la plage, au coin de la rue, jeune fille qui n'était guère, mais était tout de même un peu différente de celle que j'avais remarquée dans le cortège.

À partir de cet après-midi-là, moi, qui les jours précédents avais surtout pensé à la grande, ce fut celle aux clubs de golf, présumée être Mlle Simonet, qui recommença à me préoccuper. Au milieu des autres, elle s'arrêtait souvent, forçant ses amies qui semblaient la respecter beaucoup à interrompre aussi leur marche. C'est ainsi, faisant halte, les yeux brillants sous son « polo » que je la revois encore maintenant, silhouettée sur l'écran que lui fait, au fond, la mer, et séparée de moi par un espace transparent et azuré, le temps écoulé depuis lors, première image, toute mince dans mon souvenir, désirée, poursuivie, puis oubliée, puis retrouvée, d'un visage que j'ai souvent depuis projeté dans le passé pour pouvoir me dire d'une jeune fille qui était dans ma chambre : « C'est elle ! »

Mais c'est peut-être encore celle au teint de géranium, aux yeux verts, que j'aurais le plus désiré connaître. Quelle que fût, d'ailleurs, tel jour donné, celle que je préférais apercevoir, les autres, sans celle-là, suffisaient à m'émouvoir ; mon désir, même se portant une fois plutôt sur l'une, une fois plutôt sur l'autre, continuait — comme le premier jour ma confuse vision — à les réunir, à faire d'elles le petit monde à part animé d'une vie commune qu'elles avaient, sans doute, d'ailleurs, la prétention de constituer ; j'eusse pénétré en devenant l'ami de l'une d'elles — comme un païen raffiné ou un chrétien scrupuleux chez les barbares — dans une société rajeunissante où régnaient la santé, l'inconscience, la volupté, la cruauté, l'inintellectualité et la joie.

Ma grand-mère, à qui j'avais raconté mon entrevue avec Elstir et qui se réjouissait de tout le profit intellectuel que je pouvais tirer de son amitié, trouvait absurde et peu gentil que je ne fusse pas encore allé lui faire une visite.

Mais je ne pensais qu'à la petite bande, et incertain de l'heure où ces jeunes filles passeraient sur la digue, je n'osais pas m'éloigner. Ma grand-mère s'étonnait aussi de mon élégance, car je m'étais soudain souvenu de costumes que j'avais jusqu'ici laissés au fond de la malle. J'en mettais chaque jour un différent et j'avais même écrit à Paris pour me faire envoyer de nouveaux chapeaux et de nouvelles cravates.

C'est un grand charme ajouté à la vie dans une station balnéaire comme était Balbec, si le visage d'une jolie fille, une marchande de coquillages, de gâteaux ou de fleurs, peint en vives couleurs dans notre pensée, est quotidiennement pour nous dès le matin le but de chacune de ces journées oisives et lumineuses qu'on passe sur la plage. Elles sont alors, et par là, bien que désœuvrées, alertes comme des journées de travail, aiguillées, aimantées, soulevées légèrement vers un instant prochain, celui où tout en achetant des sablés, des roses, des ammonites, on se délectera à voir, sur un visage féminin, les couleurs étalées aussi purement que sur une fleur. Mais au moins, ces petites marchandes, d'abord on peut leur parler, ce qui évite d'avoir à construire avec l'imagination les autres côtés que ceux que nous fournit la simple perception visuelle, et à recréer leur vie, à s'exagérer son charme, comme devant un portrait ; surtout, justement parce qu'on leur parle, on peut apprendre où, à quelles heures on peut les retrouver. Or il n'en était nullement ainsi pour moi en ce qui concernait les jeunes filles de la petite bande. Leurs habitudes m'étant inconnues, quand certains jours je ne les apercevais pas, ignorant la cause de leur absence, je cherchais si celle-ci était quelque chose de fixe, si on ne les voyait que tous les deux jours, ou quand il faisait tel temps, ou s'il y avait des jours où on ne les voyait jamais. Je me figurais d'avance ami avec elles et leur disant : « Mais vous n'étiez pas là tel jour ? — Ah ! oui, c'est parce que c'était un samedi, le samedi nous ne venons jamais parce que... » Encore si c'était aussi simple que de savoir que le triste samedi il est inutile de s'acharner, qu'on pourrait parcourir la plage en tous sens, s'asseoir à la devanture du pâtissier, faire semblant de manger un éclair, entrer chez le marchand de curiosités, attendre l'heure du bain, le concert, l'arrivée de la marée, le coucher du soleil, la nuit, sans voir la petite bande désirée. Mais le jour fatal

ne revenait peut-être pas une fois par semaine. Il ne
tombait peut-être pas forcément un samedi. Peut-être
certaines conditions atmosphériques influaient-elles sur lui
ou lui étaient-elles entièrement étrangères. Combien
d'observations patientes, mais non point sereines, il faut
recueillir sur les mouvements en apparence irréguliers de
ces mondes inconnus avant de pouvoir être sûr qu'on ne
s'est pas laissé abuser par des coïncidences, que nos
prévisions ne seront pas trompées, avant de dégager les
lois certaines, acquises au prix d'expériences cruelles, de
cette astronomie passionnée ! Me rappelant que je ne les
avais pas vues le même jour qu'aujourd'hui, je me disais
qu'elles ne viendraient pas, qu'il était inutile de rester sur
la plage. Et justement je les apercevais. En revanche, un
jour où, autant que j'avais pu supposer que des lois
réglaient le retour de ces constellations, j'avais calculé
devoir être un jour faste, elles ne venaient pas. Mais à
cette première incertitude si je les verrais ou non le jour
même venait s'en ajouter une plus grave, si je les reverrais
jamais, car j'ignorais en somme si elles ne devaient pas
partir pour l'Amérique ou rentrer à Paris. Cela suffisait
pour me faire commencer à les aimer. On peut avoir du
goût pour une personne. Mais pour déchaîner cette
tristesse, ce sentiment de l'irréparable, ces angoisses qui
préparent l'amour, il faut — et il est peut-être ainsi, plutôt
que ne l'est une personne, l'objet même que cherche
anxieusement à étreindre la passion — le risque d'une
impossibilité. Ainsi agissaient déjà ces influences qui se
répètent au cours d'amours successives (pouvant du reste
se produire, mais alors plutôt dans l'existence des grandes
villes au sujet d'ouvrières dont on ne sait pas les jours de
congé et qu'on s'effraye de ne pas avoir vues à la sortie
de l'atelier), ou du moins qui se renouvelèrent au cours
des miennes. Peut-être sont-elles inséparables de l'amour ;
peut-être tout ce qui fut une particularité du premier
vient-il s'ajouter aux suivants par souvenir, suggestion,
habitude et à travers les périodes successives de notre vie
donner à ses aspects différents un caractère général.

Je prenais tous les prétextes pour aller sur la plage aux
heures où j'espérais pouvoir les rencontrer. Les ayant
aperçues une fois pendant notre déjeuner je n'y arrivais
plus qu'en retard, attendant indéfiniment sur la digue
qu'elles y passassent ; restant le peu de temps que j'étais

assis dans la salle à manger à interroger des yeux l'azur du vitrage ; me levant bien avant le dessert pour ne pas les manquer dans le cas où elles se fussent promenées à une autre heure et m'irritant contre ma grand-mère, inconsciemment méchante, quand elle me faisait rester avec elle au-delà de l'heure qui me semblait propice. Je tâchais de prolonger l'horizon en mettant ma chaise de travers ; si par hasard j'apercevais n'importe laquelle des jeunes filles, comme elles participaient toutes à la même essence spéciale, c'était comme si j'avais vu projeté en face de moi dans une hallucination mobile et diabolique un peu du rêve ennemi et pourtant passionnément convoité qui l'instant d'avant encore, n'existait, y stagnant d'ailleurs d'une façon permanente, que dans mon cerveau.

Je n'en aimais aucune les aimant toutes, et pourtant leur rencontre possible était pour mes journées le seul élément délicieux, faisait seule naître en moi de ces espoirs où on briserait tous les obstacles, espoirs souvent suivis de rage, si je ne les avais pas vues. En ce moment, ces jeunes filles éclipsaient pour moi ma grand-mère ; un voyage m'eût tout de suite souri si ç'avait été pour aller dans un lieu où elles dussent se trouver. C'était à elles que ma pensée s'était agréablement suspendue quand je croyais penser à autre chose, ou à rien. Mais quand, même ne le sachant pas, je pensais à elles, plus inconsciemment encore, elles, c'était pour moi les ondulations montueuses et bleues de la mer, le profil d'un défilé devant la mer. C'était la mer que j'espérais retrouver, si j'allais dans quelques villes où elles seraient. L'amour le plus exclusif pour une personne est toujours l'amour d'autre chose.

Ma grand-mère me témoignait, parce que maintenant je m'intéressais extrêmement au golf et au tennis et laissais échapper l'occasion de regarder travailler et entendre discourir un artiste qu'elle savait des plus grands, un mépris qui me semblait procéder de vues un peu étroites. J'avais autrefois entrevu aux Champs-Élysées et je m'étais mieux rendu compte depuis, qu'en étant amoureux d'une femme nous projetons simplement en elle un état de notre âme ; que par conséquent l'important n'est pas la valeur de la femme mais la profondeur de l'état ; et que les émotions qu'une jeune fille médiocre nous donne peuvent nous permettre de faire monter à notre conscience des parties plus intimes de nous-même, plus personnelles, plus lointaines, plus essentielles, que ne ferait le plaisir que nous donne la conversation d'un homme supérieur ou même la contemplation admirative de ses œuvres.

Je dus finir par obéir à ma grand-mère avec d'autant plus d'ennui qu'Elstir habitait assez loin de la digue, dans une des avenues les plus nouvelles de Balbec. La chaleur du jour m'obligea à prendre le tramway qui passait par la rue de la Plage, et je m'efforçais, pour penser que j'étais dans l'antique royaume des Cimmériens, dans la patrie peut-être du roi Mark ou sur l'emplacement de la forêt de Brocéliande, de ne pas regarder le luxe de pacotille des constructions qui se développaient devant moi et entre lesquelles la villa d'Elstir était peut-être la plus somptueuse-ment laide, louée malgré cela par lui, parce que de toutes celles qui existaient à Balbec, c'était la seule qui pouvait lui offrir un vaste atelier.

C'est aussi en détournant les yeux que je traversai le jardin qui avait une pelouse — en plus petit comme chez n'importe quel bourgeois dans la banlieue de Paris —, une petite statuette de galant jardinier, des boules de verre où l'on se regardait, des bordures de bégonias et une petite tonnelle sous laquelle des rocking-chairs étaient allongés devant une table de fer. Mais après tous ces abords empreints de laideur citadine, je ne fis plus attention aux moulures chocolat des plinthes quand je fus dans l'atelier ; je me sentis parfaitement heureux, car par toutes les études qui étaient autour de moi, je sentais la possibilité de m'élever à une connaissance poétique, féconde en joies, de maintes formes que je n'avais pas isolées jusque-là du spectacle total de la réalité. Et l'atelier d'Elstir m'apparut comme le laboratoire d'une sorte de nouvelle création du monde, où, du chaos que sont toutes choses que nous voyons, il avait tiré, en les peignant sur divers rectangles de toile qui étaient posés dans tous les sens, ici une vague de la mer écrasant avec colère sur le sable son écume lilas, là un jeune homme en coutil blanc accoudé sur le pont d'un bateau. Le veston du jeune homme et la vague éclaboussante avaient pris une dignité nouvelle du fait qu'ils continuaient à être, encore que dépourvus de ce en quoi ils passaient pour consister, la vague ne pouvant plus mouiller, ni le veston habiller personne.

Au moment où j'entrai, le créateur était en train d'achever, avec le pinceau qu'il tenait dans sa main, la forme du soleil à son coucher.

Les stores étaient clos de presque tous les côtés, l'atelier était assez frais et, sauf à un endroit où le grand jour apposait au mur sa décoration éclatante et passagère, obscur ; seule était ouverte une petite fenêtre rectangulaire encadrée de chèvrefeuilles qui, après une bande de jardin, donnait sur une avenue ; de sorte que l'atmosphère de la plus grande partie de l'atelier était sombre, transparente et compacte dans sa masse, mais humide et brillante aux cassures où la sertissait la lumière, comme un bloc de cristal de roche dont une face déjà taillée et polie, çà et là, luit comme un miroir et s'irise. Tandis qu'Elstir, sur ma prière, continuait à peindre, je circulais dans ce clair-obscur, m'arrêtant devant un tableau puis devant un autre.

Le plus grand nombre de ceux qui m'entouraient n'étaient pas ce que j'aurais le plus aimé voir de lui, les peintures appartenant à ses première et deuxième manières, comme disait une revue d'art anglaise qui traînait sur la table du salon du Grand-Hôtel, la manière mythologique et celle où il avait subi l'influence du Japon[1], toutes deux admirablement représentées, disait-on, dans la collection de Mme de Guermantes. Naturellement, ce qu'il avait dans son atelier, ce n'était guère que des marines prises ici, à Balbec. Mais j'y pouvais discerner que le charme de chacune consistait en une sorte de métamorphose des choses représentées, analogue à celle qu'en poésie on nomme métaphore[2] et que si Dieu le Père avait créé les choses en les nommant, c'est en leur ôtant leur nom, ou en leur en donnant un autre qu'Elstir les recréait. Les noms qui désignent les choses répondent toujours à une notion de l'intelligence, étrangère à nos impressions véritables et qui nous force à éliminer d'elles tout ce qui ne se rapporte pas à cette notion.

Parfois à ma fenêtre, dans l'hôtel de Balbec, le matin quand Françoise défaisait les couvertures qui cachaient la lumière, le soir quand j'attendais le moment de partir avec Saint-Loup, il m'était arrivé grâce à un effet de soleil, de prendre une partie plus sombre de la mer pour une côte éloignée, ou de regarder avec joie une zone bleue et fluide sans savoir si elle appartenait à la mer ou au ciel. Bien vite mon intelligence rétablissait entre les éléments la séparation que mon impression avait abolie. C'est ainsi qu'il m'arrivait à Paris, dans ma chambre, d'entendre une

dispute, presque une émeute, jusqu'à ce que j'eusse
rapporté à sa cause, par exemple une voiture dont le
roulement approchait, ce bruit dont j'éliminais alors ces
vociférations aiguës et discordantes que mon oreille avait
réellement entendues, mais que mon intelligence savait
que des roues ne produisaient pas. Mais les rares moments
où l'on voit la nature telle qu'elle est, poétiquement, c'était
de ceux-là qu'était faite l'œuvre d'Elstir. Une de ses
métaphores les plus fréquentes dans les marines qu'il avait
près de lui en ce moment était justement celle qui
comparant la terre à la mer, supprimait entre elles toute
démarcation[1]. C'était cette comparaison, tacitement et
inlassablement répétée dans une même toile qui y
introduisait cette multiforme et puissante unité, cause,
parfois non clairement aperçue par eux, de l'enthousiasme
qu'excitait chez certains amateurs la peinture d'Elstir.

C'est par exemple à une métaphore de ce genre — dans
un tableau représentant le port de Carquethuit, tableau
qu'il avait terminé depuis peu de jours et que je regardai
longuement — qu'Elstir avait préparé l'esprit du spectateur
en n'employant pour la petite ville que des termes marins,
et que des termes urbains pour la mer. Soit que les maisons
cachassent une partie du port, un bassin de calfatage ou
peut-être la mer même s'enfonçant en golfe dans les terres
ainsi que cela arrivait constamment dans ce pays de Balbec,
de l'autre côté de la pointe avancée où était construite la
ville, les toits étaient dépassés (comme ils l'eussent été par
des cheminées ou par des clochers) par des mâts, lesquels
avaient l'air de faire des vaisseaux auxquels ils appartenaient, quelque chose de citadin, de construit sur terre,
impression qu'augmentaient d'autres bateaux, demeurés
le long de la jetée, mais en rangs si pressés que les hommes
y causaient d'un bâtiment à l'autre sans qu'on pût
distinguer leur séparation et l'interstice de l'eau, et ainsi
cette flottille de pêche avait moins l'air d'appartenir à la
mer que, par exemple, les églises de Criquebec qui, au
loin, entourées d'eau de tous côtés parce qu'on les voyait
sans la ville, dans un poudroiement de soleil et de vagues,
semblaient sortir des eaux, soufflées en albâtre ou en
écume et, enfermées dans la ceinture d'un arc-en-ciel
versicolore, former un tableau irréel et mystique. Dans
le premier plan de la plage, le peintre avait su habituer
les yeux à ne pas reconnaître de frontière fixe, de

démarcation absolue, entre la terre et l'océan. Des
hommes qui poussaient des bateaux à la mer couraient
aussi bien dans les flots que sur le sable, lequel, mouillé,
réfléchissait déjà les coques comme s'il avait été de l'eau.
La mer elle-même ne montait pas régulièrement, mais
suivait les accidents de la grève, que la perspective
déchiquetait encore davantage, si bien qu'un navire en
pleine mer, à demi caché par les ouvrages avancés de
l'arsenal, semblait voguer au milieu de la ville ; des femmes
qui ramassaient des crevettes dans les rochers, avaient l'air,
parce qu'elles étaient entourées d'eau et à cause de la
dépression qui, après la barrière circulaire des roches,
abaissait la plage (des deux côtés les plus rapprochés des
terres) au niveau de la mer, d'être dans une grotte marine
surplombée de barques et de vagues, ouverte et protégée
au milieu des flots écartés miraculeusement. Si tout le
tableau donnait cette impression des ports où la mer entre
dans la terre, où la terre est déjà marine et la population
amphibie, la force de l'élément marin éclatait partout ; et
près des rochers, à l'entrée de la jetée, où la mer était
agitée, on sentait, aux efforts des matelots et à l'obliquité
des barques couchées à angle aigu devant la calme
verticalité de l'entrepôt, de l'église, des maisons de la ville,
où les uns rentraient, d'où les autres partaient pour la
pêche, qu'ils trottaient rudement sur l'eau comme sur un
animal fougueux et rapide dont les soubresauts, sans leur
adresse, les eussent jetés à terre. Une bande de promeneurs sortait gaiement en une barque secouée comme une
carriole ; un matelot joyeux, mais attentif aussi la
gouvernait comme avec des guides, menait la voile
fougueuse, chacun se tenait bien à sa place pour ne pas
faire trop de poids d'un côté et ne pas verser, et on courait
ainsi par les champs ensoleillés, dans les sites ombreux,
dégringolant les pentes. C'était une belle matinée malgré
l'orage qu'il avait fait. Et même on sentait encore les
puissantes actions qu'avait à neutraliser le bel équilibre
des barques immobiles, jouissant du soleil et de la
fraîcheur, dans les parties où la mer était si calme que les
reflets avaient presque plus de solidité et de réalité que
les coques vaporisées par un effet de soleil et que la
perspective faisait s'enjamber les unes les autres. Ou plutôt
on n'aurait pas dit d'autres parties de la mer. Car entre
ces parties, il y avait autant de différence qu'entre l'une

d'elles et l'église sortant des eaux, et les bateaux derrière la ville. L'intelligence faisait ensuite un même élément de ce qui était, ici noir dans un effet d'orage, plus loin tout d'une couleur avec le ciel et aussi verni que lui, et là si blanc de soleil, de brume et d'écume, si compact, si terrien, si circonvenu de maisons, qu'on pensait à quelque chaussée de pierres ou à un champ de neige, sur lequel on était effrayé de voir un navire s'élever en pente raide et à sec comme une voiture qui s'ébroue en sortant d'un gué, mais qu'au bout d'un moment, en y voyant sur l'étendue haute et inégale du plateau solide des bateaux titubants, on comprenait, identique en tous ces aspects divers, être encore la mer[1].

Bien qu'on dise avec raison qu'il n'y a pas de progrès, pas de découvertes en art, mais seulement dans les sciences, et que chaque artiste recommençant pour son compte un effort individuel ne peut y être aidé ni entravé par les efforts de tout autre, il faut pourtant reconnaître que dans la mesure où l'art met en lumière certaines lois, une fois qu'une industrie les a vulgarisées, l'art antérieur perd rétrospectivement un peu de son originalité. Depuis les débuts d'Elstir, nous avons connu ce qu'on appelle « d'admirables » photographies de paysages et de villes. Si on cherche à préciser ce que les amateurs désignent dans ce cas par cette épithète, on verra qu'elle s'applique d'ordinaire à quelque image singulière d'une chose connue, image différente de celles que nous avons l'habitude de voir, singulière et pourtant vraie et qui à cause de cela est pour nous doublement saisissante parce qu'elle nous étonne, nous fait sortir de nos habitudes, et tout à la fois nous fait rentrer en nous-même en nous rappelant une impression. Par exemple, telle de ces photographies « magnifiques » illustrera une loi de la perspective, nous montrera telle cathédrale que nous avons l'habitude de voir au milieu de la ville, prise au contraire d'un point choisi d'où elle aura l'air trente fois plus haute que les maisons et faisant éperon au bord du fleuve d'où elle est en réalité distante. Or, l'effort d'Elstir de ne pas exposer les choses telles qu'il savait qu'elles étaient, mais selon ces illusions optiques dont notre vision première est faite[2], l'avait précisément amené à mettre en lumière certaines de ces lois de perspective, plus frappantes alors, car l'art était le premier à les dévoiler. Un fleuve, à cause

du tournant de son cours, un golfe à cause du rapprochement apparent des falaises, avaient l'air de creuser au
milieu de la plaine ou des montagnes un lac absolument
fermé de toutes parts. Dans un tableau pris de Balbec par
une torride journée d'été, un rentrant de la mer semblait,
enfermé dans des murailles de granit rose, n'être pas la
mer, laquelle commençait plus loin. La continuité de
l'océan n'était suggérée que par des mouettes qui,
tournoyant sur ce qui semblait au spectateur de la pierre,
humaient au contraire l'humidité du flot. D'autres lois se
dégageaient de cette même toile comme, au pied des
immenses falaises, la grâce lilliputienne des voiles blanches
sur le miroir bleu où elles semblaient des papillons
endormis, et certains contrastes entre la profondeur des
ombres et la pâleur de la lumière. Ces jeux des ombres,
que la photographie a banalisés aussi, avaient intéressé
Elstir au point qu'il s'était complu autrefois à peindre de
véritables mirages, où un château coiffé d'une tour
apparaissait comme un château complètement circulaire
prolongé d'une tour à son faîte, et en bas d'une tour
inverse, soit que la pureté extraordinaire d'un beau temps
donnât à l'ombre qui se reflétait dans l'eau la dureté et
l'éclat de la pierre, soit que les brumes du matin rendissent
la pierre aussi vaporeuse que l'ombre. De même au-delà
de la mer, derrière une rangée de bois, une autre mer
commençait, rosée par le coucher du soleil, et qui était
le ciel. La lumière, inventant comme de nouveaux solides,
poussait la coque du bateau qu'elle frappait, en retrait de
celle qui était dans l'ombre, et disposait comme les degrés
d'un escalier de cristal sur la surface matériellement plane,
mais brisée par l'éclairage de la mer au matin. Un fleuve
qui passe sous les ponts d'une ville était pris d'un point
de vue tel qu'il apparaissait entièrement disloqué, étalé
ici en lac, aminci là en filet, rompu ailleurs par
l'interposition d'une colline couronnée de bois où le
citadin va le soir respirer la fraîcheur du soir ; et le rythme
même de cette ville bouleversée n'était assuré que par la
verticale inflexible des clochers qui ne montaient pas, mais
plutôt, selon le fil à plomb de la pesanteur marquant la
cadence comme dans une marche triomphale, semblaient
tenir en suspens au-dessous d'eux toute la masse plus
confuse des maisons étagées dans la brume, le long du
fleuve écrasé et décousu. Et (comme les premières œuvres

d'Elstir dataient de l'époque où on agrémentait les paysages par la présence d'un personnage) sur la falaise ou dans la montagne, le chemin, cette partie à demi humaine de la nature, subissait, comme le fleuve ou l'océan, les éclipses de la perspective. Et soit qu'une arête montagneuse, ou la brume d'une cascade, ou la mer empêchât de suivre la continuité de la route, visible pour le promeneur mais non pour nous, le petit personnage humain en habits démodés perdu dans ces solitudes semblait souvent arrêté devant un abîme, le sentier qu'il suivait finissant là, tandis que, trois cents mètres plus haut dans ces bois de sapins, c'est d'un œil attendri et d'un cœur rassuré que nous voyions reparaître la mince blancheur de son sable hospitalier au pas du voyageur, mais dont le versant de la montagne nous avait dérobé, contournant la cascade ou le golfe, les lacets intermédiaires.

L'effort qu'Elstir faisait pour se dépouiller en présence de la réalité de toutes les notions de son intelligence était d'autant plus admirable que cet homme qui avant de peindre se faisait ignorant, oubliait tout par probité (car ce qu'on sait n'est pas à soi), avait justement une intelligence exceptionnellement cultivée. Comme je lui avouais la déception que j'avais eue devant l'église de Balbec : « Comment, me dit-il, vous avez été déçu par ce porche, mais c'est la plus belle Bible historiée que le peuple ait jamais pu lire. Cette Vierge et tous les bas-reliefs qui racontent sa vie, c'est l'expression la plus tendre, la plus inspirée, de ce long poème d'adoration et de louanges que le Moyen Âge déroulera à la gloire de la Madone. Si vous saviez, à côté de l'exactitude la plus minutieuse à traduire le texte saint, quelles trouvailles de délicatesse a eues le vieux sculpteur, que de profondes pensées, quelle délicieuse poésie ! L'idée de ce grand voile dans lequel les Anges portent le corps de la Vierge, trop sacré pour qu'ils osent le toucher directement (je lui dis que le même sujet était traité à Saint-André-des-Champs ; il avait vu des photographies du porche de cette dernière église, mais me fit remarquer que l'empressement de ces petits paysans qui courent tous à la fois autour de la Vierge était autre chose que la gravité des deux grands anges presque italiens, si élancés, si doux) ; l'ange qui emporte l'âme de la Vierge pour la réunir à son corps ; dans la rencontre de la Vierge et d'Élisabeth, le geste de cette dernière qui touche le sein de Marie et s'émerveille de le sentir gonflé ; et le bras bandé de la sage-femme qui n'avait pas voulu croire, sans toucher, à l'Immaculée Conception ; et la ceinture jetée par la Vierge à saint Thomas pour lui donner la preuve de sa résurrection ; ce voile, aussi, que la Vierge arrache de son sein pour en voiler la nudité de son fils d'un côté de qui l'Église recueille le sang, la liqueur de l'Eucharistie, tandis que, de l'autre, la Synagogue, dont le règne est fini, a les yeux bandés, tient un sceptre à demi brisé et laisse échapper, avec sa couronne qui lui tombe de la tête, les tables de l'ancienne Loi ; et l'époux qui aidant, à l'heure du Jugement dernier, sa jeune femme à sortir du tombeau lui appuie la main contre son propre cœur pour la rassurer et lui prouver qu'il bat vraiment, est-ce aussi assez chouette comme idée, assez trouvé ? Et l'ange qui emporte le soleil et la lune devenus inutiles puisqu'il est dit que la Lumière de la Croix sera sept fois plus puissante que celle des astres ; et celui qui trempe sa main dans l'eau du bain de Jésus pour voir si elle est assez chaude ; et celui qui sort des nuées pour poser sa couronne sur le front de la Vierge ; et tous ceux qui penchés du haut du ciel entre les balustres de la Jérusalem céleste, lèvent les bras d'épouvante ou de joie à la vue des supplices des méchants et du bonheur des élus ! Car c'est tous les cercles du ciel, tout un gigantesque poème théologique et symbolique que vous avez là. C'est fou, c'est divin, c'est mille fois supérieur à tout ce que vous verrez en Italie où d'ailleurs ce tympan a été littéralement copié par des sculpteurs de bien moins de génie. Parce que, vous comprenez, tout ça c'est une question de génie. Il n'y a pas eu d'époque où tout le monde a du génie, tout ça c'est des blagues, ça serait plus fort que l'âge d'or. Le type qui a sculpté cette façade-là, croyez bien qu'il était aussi fort, qu'il avait des idées aussi profondes que les gens de maintenant que vous admirez le plus[1]. Je vous montrerais cela, si nous y allions ensemble. Il y a certaines paroles de l'office de l'Assomption qui ont été traduites avec une subtilité qu'un Redon[2] n'a pas égalée. »

Cette vaste vision céleste dont il me parlait, ce gigantesque poème théologique que je comprenais avoir été écrit là, pourtant quand mes yeux pleins de désirs s'étaient ouverts devant la façade, ce n'est pas eux que j'avais vus. Je lui parlai de ces grandes statues de saints qui montées sur ces échasses forment une sorte d'avenue.

« Elle part des fonds des âges pour aboutir à Jésus-Christ, me dit-il. Ce sont d'un côté ses ancêtres selon l'esprit, de l'autre, les Rois de Juda, ses ancêtres selon la chair. Tous les siècles sont là. Et si vous aviez mieux regardé ce qui vous a paru des échasses, vous auriez pu nommer ceux qui étaient perchés. Car sous les pieds de Moïse, vous auriez reconnu le veau d'or, sous les pieds d'Abraham, le bélier, sous ceux de Joseph, le démon conseillant la femme de Putiphar. »

Je lui dis aussi que je m'étais attendu à trouver un monument presque persan et que ç'avait sans doute été là une des causes de mon mécompte « Mais non, me répondit-il, il y a beaucoup de vrai. Certaines parties sont tout orientales ; un chapiteau reproduit si exactement un sujet persan que la persistance des traditions orientales ne suffit pas à l'expliquer. Le sculpteur a dû copier quelque coffret apporté par des navigateurs. » Et en effet, il devait me montrer plus tard la photographie d'un chapiteau où je vis des dragons quasi chinois qui se dévoraient, mais à Balbec ce petit morceau de sculpture avait passé pour moi inaperçu dans l'ensemble du monument qui ne ressemblait pas à ce que m'avaient montré ces mots : « église presque persane[1] ».

Les joies intellectuelles que je goûtais dans cet atelier ne m'empêchaient nullement de sentir, quoiqu'ils nous entourassent comme malgré nous, les tièdes glacis, la pénombre étincelante de la pièce, et au bout de la petite fenêtre encadrée de chèvrefeuilles, dans l'avenue toute rustique, la résistante sécheresse de la terre brûlée de soleil que voilait seulement la transparence de l'éloignement et de l'ombre des arbres. Peut-être l'inconscient bien-être que me causait ce jour d'été venait-il agrandir, comme un affluent, la joie que me causait la vue du « Port de Carquethuit ».

J'avais cru Elstir modeste mais je compris que je m'étais trompé, en voyant son visage se nuancer de tristesse quand dans une phrase de remerciement je prononçai le mot de gloire. Ceux qui croient leurs œuvres durables — et c'était le cas pour Elstir — prennent l'habitude de les situer dans une époque où eux-même ne seront plus que poussière. Et ainsi en les forçant à réfléchir au néant, l'idée de la gloire les attriste parce qu'elle est inséparable de l'idée de la mort. Je changeai de conversation pour dissiper ce nuage d'orgueilleuse mélancolie dont j'avais sans le vouloir chargé le front d'Elstir. « On m'avait conseillé », lui dis-je en pensant à la conversation que nous avions eue avec Legrandin à Combray et sur laquelle j'étais content d'avoir son avis, « de ne pas aller en Bretagne, parce que c'était malsain pour un esprit déjà porté au rêve. — Mais non, me répondit-il, quand un esprit est porté au rêve, il ne faut pas l'en tenir écarté, le lui rationner. Tant que vous détournerez votre esprit de ses rêves, il ne les connaîtra pas ; vous serez le jouet de mille apparences parce que vous n'en aurez pas compris la nature. Si un peu de rêve est dangereux, ce qui en guérit, ce n'est pas moins de rêve, mais plus de rêve, mais tout le rêve. Il importe qu'on connaisse entièrement ses rêves pour n'en plus souffrir ; il y a une certaine séparation du rêve et de la vie qu'il est si souvent utile de faire que je me demande si on ne devrait pas à tout hasard la pratiquer préventivement comme certains chirurgiens prétendent qu'il faudrait, pour éviter la possibilité d'une appendicite future, enlever l'appendice chez tous les enfants. »

Elstir et moi nous étions allés jusqu'au fond de l'atelier, devant la fenêtre qui donnait derrière le jardin sur une étroite avenue de traverse, presque un petit chemin rustique. Nous étions venus là pour respirer l'air rafraîchi de l'après-midi plus avancé. Je me croyais bien loin des jeunes filles de la petite bande et c'est en sacrifiant pour une fois l'espérance de les voir que j'avais fini par obéir à la prière de ma grand-mère et aller voir Elstir. Car où se trouve ce qu'on cherche on ne le sait pas, et on fuit souvent pendant bien longtemps le lieu où, pour d'autres raisons, chacun nous invite ; mais nous ne soupçonnons pas que nous y verrions justement l'être auquel nous pensons. Je regardais vaguement le chemin campagnard qui, extérieur à l'atelier, passait tout près de lui mais n'appartenait pas à Elstir. Tout à coup y apparut, le suivant à pas rapides, la jeune cycliste de la petite bande avec, sur ses cheveux noirs, son polo abaissé vers ses grosses joues, ses yeux gais et un peu insistants ; et dans ce sentier fortuné miraculeusement rempli de douces promesses, je la vis sous les arbres adresser à Elstir un salut souriant d'amie, arc-en-ciel qui unit pour moi notre monde terraqué à des régions que j'avais jugées jusque-là inaccessibles.

Elle s'approcha même pour tendre la main au peintre, sans s'arrêter, et je vis qu'elle avait un petit grain de beauté au menton. « Vous connaissez cette jeune fille, Monsieur ? » dis-je à Elstir, comprenant qu'il pourrait me présenter à elle, l'inviter chez lui. Et cet atelier paisible avec son horizon rural s'était rempli d'un surcroît délicieux comme il arrive d'une maison où un enfant se plaisait déjà et où il apprend que, en plus, de par la générosité qu'ont les belles choses et les nobles gens à accroître indéfiniment leurs dons, se prépare pour lui un magnifique goûter. Elstir me dit qu'elle s'appelait Albertine Simonet et me nomma aussi ses autres amies que je lui décrivis avec assez d'exactitude pour qu'il n'eût guère d'hésitation. J'avais commis à l'égard de leur situation sociale une erreur, mais pas dans le même sens que d'habitude à Balbec. J'y prenais facilement pour des princes des fils de boutiquiers montant à cheval. Cette fois j'avais situé dans un milieu interlope des filles d'une petite bourgeoisie fort riche, du monde de l'industrie et des affaires. C'était celui qui, de prime abord, m'intéressait le moins, n'ayant pour moi le mystère ni du peuple, ni d'une société comme celle des Guermantes. Et sans doute, si un prestige préalable, qu'elles ne perdraient plus, ne leur avait été conféré, devant mes yeux éblouis, par la vacuité éclatante de la vie de plage, je ne serais peut-être pas arrivé à lutter victorieusement contre l'idée qu'elles étaient les filles de gros négociants. Je ne pus qu'admirer combien la bourgeoisie française était un atelier merveilleux de la sculpture la plus variée. Que de types imprévus, quelle invention dans le caractère des visages, quelle décision, quelle fraîcheur, quelle naïveté dans les traits ! Les vieux bourgeois avares d'où étaient issues ces Dianes et ces nymphes me semblaient les plus grands des statuaires. Avant que j'eusse eu le temps de m'apercevoir de la métamorphose sociale de ces jeunes filles, et tant ces découvertes d'une erreur, ces modifications de la notion qu'on a d'une personne ont l'instantanéité d'une réaction chimique, s'était déjà installée derrière le visage d'un genre si voyou de ces jeunes filles que j'avais prises pour des maîtresses de coureurs cyclistes, de champions de boxe, l'idée qu'elles pouvaient très bien être liées avec la famille de tel notaire que nous connaissions. Je ne savais guère ce qu'était Albertine Simonet. Elle ignorait certes ce qu'elle devait être un jour

pour moi. Même ce nom de Simonet que j'avais déjà
entendu sur la plage, si on m'avait demandé de l'écrire
je l'aurais orthographié avec deux *n*, ne me doutant pas
de l'importance que cette famille attachait à n'en posséder
qu'un seul. Au fur et à mesure que l'on descend dans
l'échelle sociale, le snobisme s'accroche à des riens qui
ne sont peut-être pas plus nuls que les distinctions de
l'aristocratie, mais qui plus obscurs, plus particuliers à
chacun, surprennent davantage. Peut-être y avait-il eu des
Simonet qui avaient fait de mauvaises affaires, ou pis
encore. Toujours est-il que les Simonet s'étaient, paraît-il,
toujours irrités comme d'une calomnie quand on doublait
leur *n*. Ils avaient, d'être les seuls Simonet avec un *n* au
lieu de deux, autant de fierté peut-être que les Montmorency d'être les premiers barons de France. Je demandai
à Elstir si ces jeunes filles habitaient Balbec, il me répondit
oui pour certaines d'entre elles. La villa de l'une était
précisément située tout au bout de la plage, là où
commencent les falaises de Canapville. Comme cette
jeune fille était une grande amie d'Albertine Simonet, ce
me fut une raison de plus de croire que c'était bien cette
dernière que j'avais rencontrée, quand j'étais avec ma
grand-mère. Certes il y avait tant de ces petites rues
perpendiculaires à la plage où elles faisaient un angle
pareil, que je n'aurais pu spécifier exactement laquelle
c'était. On voudrait avoir un souvenir exact mais au
moment même la vision a été trouble. Pourtant qu'Albertine et cette jeune fille entrant chez son amie fussent une
seule et même personne, c'était pratiquement une certitude. Malgré cela, tandis que les innombrables images que
m'a présentées dans la suite la brune joueuse de golf, si
différentes qu'elles soient les unes des autres, se superpo-
sent (parce que je sais qu'elles lui appartiennent toutes)
et que si je remonte le fil de mes souvenirs, je peux, sous
le couvert de cette identité et comme dans un chemin de
communication intérieure, repasser par toutes ces images
sans sortir d'une même personne, en revanche, si je veux
remonter jusqu'à la jeune fille que je croisai le jour où
j'étais avec ma grand-mère, il me faut ressortir à l'air libre.
Je suis persuadé que c'est Albertine que je retrouve, la
même que celle qui s'arrêtait souvent, au milieu de ses
amies, dans sa promenade, dépassant l'horizon de la mer ;
mais toutes ces images restent séparées de cette autre parce

que je ne peux pas lui conférer rétrospectivement une identité qu'elle n'avait pas pour moi au moment où elle a frappé mes yeux ; quoi que puisse m'assurer le calcul des probabilités, cette jeune fille aux grosses joues qui me regarda si hardiment au coin de la petite rue et de la plage et par qui je crois que j'aurais pu être aimé, au sens strict du mot revoir, je ne l'ai jamais revue.

Mon hésitation entre les diverses jeunes filles de la petite bande, lesquelles gardaient toutes un peu du charme collectif qui m'avait d'abord troublé, s'ajouta-t-elle aussi à ces causes pour me laisser plus tard, même au temps de mon plus grand — de mon second — amour pour Albertine, une sorte de liberté intermittente, et bien brève, de ne l'aimer pas ? Pour avoir erré entre toutes ses amies avant de se porter définitivement sur elle, mon amour garda parfois entre lui et l'image d'Albertine un certain « jeu » qui lui permettait comme un éclairage mal adapté de se poser sur d'autres avant de revenir s'appliquer à elle ; le rapport entre le mal que je ressentais au cœur et le souvenir d'Albertine ne me semblait pas nécessaire, j'aurais peut-être pu le coordonner avec l'image d'une autre personne. Ce qui me permettait, l'éclair d'un instant, de faire évanouir la réalité, non pas seulement la réalité extérieure comme dans mon amour pour Gilberte (que j'avais reconnu pour un état intérieur où je tirais de moi seul la qualité particulière, le caractère spécial de l'être que j'aimais, tout ce qui le rendait indispensable à mon bonheur), mais même la réalité intérieure et purement subjective.

« Il n'y a pas de jour qu'une ou l'autre d'entre elles ne passe devant l'atelier et n'entre me faire un bout de visite », me dit Elstir, me désespérant aussi par la pensée que si j'avais été le voir aussitôt que ma grand-mère m'avait demandé de le faire, j'eusse probablement depuis long-temps déjà fait la connaissance d'Albertine.

Elle s'était éloignée ; de l'atelier on ne la voyait plus. Je pensai qu'elle était allée rejoindre ses amies sur la digue. Si j'avais pu m'y trouver avec Elstir, j'eusse fait leur connaissance. J'inventai mille prétextes pour qu'il consentît à venir faire un tour de plage avec moi. Je n'avais plus le même calme qu'avant l'apparition de la jeune fille dans le cadre de la petite fenêtre si charmante jusque-là sous ses chèvrefeuilles et maintenant bien vide. Elstir me causa une joie mêlée de torture en me disant qu'il ferait quelques pas avec moi, mais qu'il était obligé de terminer d'abord le morceau qu'il était en train de peindre. C'était des fleurs, mais pas de celles dont j'eusse mieux aimé lui commander le portrait que celui d'une personne, afin d'apprendre par la révélation de son génie ce que j'avais si souvent cherché en vain devant elles — aubépines, épines roses, bluets, fleurs de pommiers. Elstir tout en peignant me parlait de botanique, mais je ne l'écoutais guère ; il ne se suffisait plus à lui-même, il n'était plus que l'intermédiaire nécessaire entre ces jeunes filles et moi ; le prestige que quelques instants encore auparavant lui donnait pour moi son talent, ne valait plus qu'en tant qu'il m'en conférait un peu à moi-même aux yeux de la petite bande à qui je serais présenté par lui.

J'allais et venais, impatient qu'il eût fini de travailler ; je saisissais pour les regarder des études dont beaucoup, tournées contre le mur, étaient empilées les unes sur les autres. Je me trouvai ainsi mettre au jour une aquarelle qui devait être d'un temps bien plus ancien de la vie d'Elstir et me causa cette sorte particulière d'enchantement que dispensent des œuvres non seulement d'une exécution délicieuse, mais aussi d'un sujet si singulier et si séduisant que c'est à lui que nous attribuons une partie de leur charme, comme si, ce charme, le peintre n'avait eu qu'à le découvrir, qu'à l'observer, matériellement réalisé déjà dans la nature et à le reproduire. Que de tels objets puissent exister, beaux en dehors même de l'interprétation du peintre, cela contente en nous un matérialisme inné, combattu par la raison, et sert de contrepoids aux abstractions de l'esthétique. C'était — cette aquarelle — le portrait d'une jeune femme pas jolie, mais d'un type curieux, que coiffait un serre-tête assez semblable à un chapeau melon bordé d'un ruban de soie cerise ; une de ses mains gantées de mitaines tenait une cigarette allumée, tandis que l'autre élevait à la hauteur du genou une sorte de grand chapeau de jardin, simple écran de paille contre le soleil. À côté d'elle, un porte-bouquet plein de roses[1] sur une table. Souvent, et c'était le cas ici, la singularité de ces œuvres tient surtout à ce qu'elles ont été exécutées dans des conditions particulières dont nous ne nous rendons pas clairement compte d'abord, par exemple si la toilette étrange d'un modèle féminin est un déguisement

de bal costumé, ou si au contraire le manteau rouge d'un
vieillard qui a l'air de l'avoir revêtu pour se prêter à une
fantaisie du peintre, est sa robe de professeur ou de
conseiller, ou son camail de cardinal. Le caractère ambigu
de l'être dont j'avais le portrait sous les yeux tenait sans
que je le comprisse à ce que c'était une jeune actrice
d'autrefois en demi-travesti. Mais son melon, sous lequel
ses cheveux étaient bouffants, mais courts, son veston de
velours sans revers ouvrant sur un plastron blanc me firent
hésiter sur la date de la mode et le sexe du modèle, de
façon que je ne savais pas exactement ce que j'avais sous
les yeux, sinon le plus clair des morceaux de peinture. Et
le plaisir qu'il me donnait était troublé seulement par la
peur qu'Elstir en s'attardant encore me fît manquer les
jeunes filles, car le soleil était déjà oblique et bas dans
la petite fenêtre. Aucune chose dans cette aquarelle n'était
simplement constatée en fait et peinte à cause de son utilité
dans la scène, le costume parce qu'il fallait que la femme
fût habillée, le porte-bouquet pour les fleurs. Le verre du
porte-bouquet, aimé pour lui-même, avait l'air d'enfermer
l'eau où trempaient les tiges des œillets, dans quelque
chose d'aussi limpide, presque d'aussi liquide qu'elle ;
l'habillement de la femme l'entourait d'une matière qui
avait un charme indépendant, fraternel, et si les œuvres
de l'industrie pouvaient rivaliser de charme avec les
merveilles de la nature, aussi délicates, aussi savoureuses
au toucher du regard, aussi fraîchement peintes que la
fourrure d'une chatte, les pétales d'un œillet, les plumes
d'une colombe. La blancheur du plastron, d'une finesse
de grésil et dont le frivole plissage avait des clochettes
comme celles du muguet, s'étoilait des clairs reflets de la
chambre, aigus eux-mêmes et finement nuancés comme
des bouquets de fleurs qui auraient broché le linge. Et le
velours du veston, brillant et nacré, avait çà et là quelque
chose de hérissé, de déchiqueté et de velu qui faisait penser
à l'ébouriffage des œillets dans le vase. Mais surtout on
sentait qu'Elstir, insoucieux de ce que pouvait présenter
d'immoral ce travesti d'une jeune actrice pour qui le talent
avec lequel elle jouerait son rôle avait sans doute moins
d'importance que l'attrait irritant qu'elle allait offrir aux
sens blasés ou dépravés de certains spectateurs, s'était au
contraire attaché à ces traits d'ambiguïté comme à un
élément esthétique qui valait d'être mis en relief et qu'il

avait tout fait pour souligner. Le long des lignes du visage,
le sexe avait l'air d'être sur le point d'avouer qu'il était
celui d'une fille un peu garçonnière, s'évanouissait, et plus
loin se retrouvait, suggérant plutôt l'idée d'un jeune
efféminé vicieux et songeur, puis fuyait encore, restait
insaisissable. Le caractère de tristesse rêveuse du regard,
par son contraste même avec les accessoires appartenant
au monde de la noce et du théâtre, n'était pas ce qui était
le moins troublant. On pensait du reste qu'il devait être
factice et que le jeune être qui semblait s'offrir aux caresses
dans ce provocant costume avait probablement trouvé
piquant d'y ajouter l'expression romanesque d'un sentiment secret, d'un chagrin inavoué. Au bas du portrait était
écrit : *Miss Sacripant*, octobre 1872. Je ne pus contenir mon
admiration. « Oh ! ce n'est rien, c'est une pochade de
jeunesse, c'était un costume pour une revue des Variétés[1].
Tout cela est bien loin. — Et qu'est devenu le modèle ? »
Un étonnement provoqué par mes paroles précéda sur la
figure d'Elstir l'air indifférent et distrait qu'au bout d'une
seconde il y étendit. « Tenez, passez-moi vite cette toile,
me dit-il, j'entends Mme Elstir qui arrive et bien que la
jeune personne en melon n'ait joué, je vous assure, aucun
rôle dans ma vie, il est inutile que ma femme ait cette
aquarelle sous les yeux. Je n'ai gardé cela que comme un
document amusant sur le théâtre de cette époque ». Et
avant de cacher l'aquarelle derrière lui, Elstir qui peut-être
ne l'avait pas vue depuis longtemps y attacha un regard
attentif. « Il faudra que je ne garde que la tête,
murmura-t-il, le bas est vraiment trop mal peint, les mains
sont d'un commençant. » J'étais désolé de l'arrivée de
Mme Elstir qui allait encore nous retarder. Le rebord de
la fenêtre fut bientôt rose. Notre sortie serait en pure
perte. Il n'y avait plus aucune chance de voir les jeunes
filles, par conséquent plus aucune importance à ce que
Mme Elstir nous quittât plus ou moins vite. Elle ne resta,
d'ailleurs, pas très longtemps. Je la trouvai très ennuyeuse ;
elle aurait pu être belle, si elle avait eu vingt ans,
conduisant un bœuf dans la campagne romaine ; mais ses
cheveux noirs blanchissaient ; et elle était commune sans
être simple, parce qu'elle croyait que la solennité des
manières et la majesté de l'attitude étaient requises par
sa beauté sculpturale à laquelle, d'ailleurs, l'âge avait
enlevé toutes ses séductions. Elle était mise avec la plus

grande simplicité. Et on était touché mais surpris d'entendre Elstir dire à tout propos et avec une douceur respectueuse, comme si rien que prononcer ces mots lui causait de l'attendrissement et de la vénération : « Ma belle Gabrielle ! » Plus tard, quand je connus la peinture mythologique d'Elstir, Mme Elstir prit pour moi aussi de la beauté. Je compris qu'à certain type idéal résumé en certaines lignes, en certaines arabesques qui se retrouvaient sans cesse dans son œuvre, à un certain canon, il avait attribué en fait un caractère presque divin, puisque tout son temps, tout l'effort de pensée dont il était capable, en un mot toute sa vie, il l'avait consacrée à la tâche de distinguer mieux ces lignes, de les reproduire plus fidèlement. Ce qu'un tel idéal inspirait à Elstir, c'était vraiment un culte si grave, si exigeant, qu'il ne lui permettait jamais d'être content ; c'était la partie la plus intime de lui-même : aussi n'avait-il pu le considérer avec détachement, en tirer des émotions, jusqu'au jour où il le rencontra, réalisé au-dehors, dans le corps d'une femme, le corps de celle qui était par la suite devenue Mme Elstir et chez qui il avait pu — comme cela ne nous est possible que pour ce qui n'est pas nous-mêmes — le trouver méritoire, attendrissant, divin. Quel repos, d'ailleurs, de poser ses lèvres sur ce Beau que jusqu'ici il fallait avec tant de peine extraire de soi, et qui maintenant mystérieusement incarné s'offrait à lui pour une suite de communions efficaces ! Elstir à cette époque n'était plus dans la première jeunesse où l'on n'attend que de la puissance de la pensée la réalisation de son idéal. Il approchait de l'âge où l'on compte sur les satisfactions du corps pour stimuler la force de l'esprit, où la fatigue de celui-ci en nous inclinant au matérialisme et la diminution de l'activité à la possibilité d'influences passivement reçues commencent à nous faire admettre qu'il y a peut-être bien certains corps, certains métiers, certains rythmes privilégiés, réalisant si naturellement notre idéal, que même sans génie, rien qu'en copiant le mouvement d'une épaule, la tension d'un cou, nous ferions un chef-d'œuvre ; c'est l'âge où nous aimons à caresser la Beauté du regard hors de nous, près de nous, dans une tapisserie, dans une belle esquisse de Titien découverte chez un brocanteur, dans une maîtresse aussi belle que l'esquisse de Titien. Quand j'eus compris cela, je ne pus plus voir sans plaisir Mme Elstir, et son corps perdit de sa lourdeur, car je le remplis d'une idée, l'idée qu'elle était une créature immatérielle, un portrait d'Elstir. Elle en était un pour moi et pour lui aussi sans doute[1]. Les données de la vie ne comptent pas pour l'artiste, elles ne sont pour lui qu'une occasion de mettre à nu son génie. On sent bien à voir les uns à côté des autres dix portraits de personnes différentes peintes par Elstir, que ce sont avant tout des Elstir. Seulement, après cette marée montante du génie qui recouvre la vie, quand le cerveau se fatigue, peu à peu l'équilibre se rompt, et comme un fleuve qui reprend son cours après le contre-flux d'une grande marée, c'est la vie qui reprend le dessus. Or, pendant que durait la première période, l'artiste a peu à peu dégagé la loi, la formule de son don inconscient. Il sait quelles situations s'il est romancier, quels paysages s'il est peintre, lui fournissent la matière, indifférente en soi, mais nécessaire à ses recherches comme serait un laboratoire ou un atelier. Il sait qu'il a fait ses chefs-d'œuvre avec des effets de lumière atténuée, avec des remords modifiant l'idée d'une faute, avec des femmes posées sous les arbres ou à demi plongées dans l'eau comme des statues. Un jour viendra où par l'usure de son cerveau, il n'aura plus devant ces matériaux dont se servait son génie, la force de faire l'effort intellectuel qui seul peut produire l'œuvre et continuera pourtant à les rechercher, heureux de se trouver près d'eux à cause du plaisir spirituel, amorce du travail, qu'ils éveillent en lui ; et les entourant d'ailleurs d'une sorte de superstition comme s'ils étaient supérieurs à autre chose, si en eux résidait déjà une bonne part de l'œuvre d'art qu'ils porteraient en quelque sorte toute faite, il n'ira pas plus loin que la fréquentation, l'adoration des modèles. Il causera indéfiniment avec des criminels repentis, dont les remords, la régénération a fait jadis l'objet de ses romans ; il achètera une maison de campagne dans un pays où la brume atténue la lumière ; il passera de longues heures à regarder des femmes se baigner ; il collectionnera les belles étoffes. Et ainsi la beauté de la vie, mot en quelque sorte dépourvu de signification, stade situé en deçà de l'art et auquel j'avais vu s'arrêter Swann, était celui où par ralentissement du génie créateur, idolâtrie des formes qui l'avaient favorisé, désir du moindre effort, devait un jour rétrograder peu à peu un Elstir.

Il venait enfin de donner un dernier coup de pinceau à ses fleurs ; je perdis un instant à les regarder ; je n'avais pas de mérite à le faire, puisque je savais que les jeunes filles ne se trouveraient plus sur la plage ; mais j'aurais cru qu'elles y étaient encore et que ces minutes perdues me les faisaient manquer que j'aurais regardé tout de même, car je me serais dit qu'Elstir s'intéressait plus à ses fleurs qu'à ma rencontre avec les jeunes filles. La nature de ma grand-mère, nature qui était juste l'opposé de mon total égoïsme, se reflétait pourtant dans la mienne. Dans une circonstance où quelqu'un qui m'était indifférent, pour qui j'avais toujours feint de l'affection ou du respect, ne risquait qu'un désagrément tandis que je courais un danger, je n'aurais pas pu faire autrement que de le plaindre de son ennui comme d'une chose considérable et de traiter mon danger comme un rien, parce qu'il me semblait que c'était avec ces proportions que les choses devaient lui apparaître. Pour dire les choses telles qu'elles sont, c'est même un peu plus que cela, et pas seulement ne pas déplorer le danger que je courais moi-même, mais aller au-devant de ce danger-là, et pour celui qui concernait les autres, tâcher au contraire, dussé-je avoir plus de chances d'être atteint moi-même, de le leur éviter. Cela tient à plusieurs raisons qui ne sont point à mon honneur. L'une est que si tant que je ne faisais que raisonner, je croyais surtout tenir à la vie, chaque fois qu'au cours de mon existence je me suis trouvé obsédé par des soucis moraux ou seulement par des inquiétudes nerveuses, quelquefois si puériles que je n'oserais pas les rapporter, si une circonstance imprévue survenait alors, amenant pour moi le risque d'être tué, cette nouvelle préoccupation était si légère, relativement aux autres, que je l'accueillais avec un sentiment de détente qui allait jusqu'à l'allégresse. Je me trouve ainsi avoir connu quoique étant l'homme le moins brave du monde, cette chose qui me semblait, quand je raisonnais, si étrangère à ma nature, si inconcevable, l'ivresse du danger. Mais même fussé-je, quand il y en a un, et mortel, qui se présente, dans une période entièrement calme et heureuse, je ne pourrais pas si je suis avec une autre personne, ne pas la mettre à l'abri et choisir pour moi la place dangereuse. Quand un assez grand nombre d'expériences m'eurent appris que j'agissais toujours ainsi, et avec plaisir, je découvris et à ma grande honte, que c'est que contrairement à ce que j'avais toujours cru et affirmé, j'étais très sensible à l'opinion des autres. Cette sorte d'amour-propre inavoué n'a pourtant aucun rapport avec la vanité ni avec l'orgueil. Car ce qui peut contenter l'une ou l'autre ne me causerait aucun plaisir et je m'en suis toujours abstenu. Mais les gens devant qui j'ai réussi à cacher le plus complètement les petits avantages qui auraient pu leur donner une moins piètre idée de moi, je n'ai jamais pu me refuser le plaisir de leur montrer que je mets plus de soin à écarter la mort de leur route que de la mienne. Comme mon mobile est alors l'amour-propre et non la vertu, je trouve bien naturel qu'en toute circonstance ils agissent autrement. Je suis bien loin de les en blâmer, ce que je ferais peut-être si j'avais été mû par l'idée d'un devoir qui me semblerait dans ce cas être obligatoire pour eux aussi bien que pour moi. Au contraire je les trouve fort sages de préserver leur vie, tout en ne pouvant m'empêcher de faire passer au second plan la mienne, ce qui est particulièrement absurde et coupable, depuis que j'ai cru reconnaître que celle de beaucoup de gens devant qui je me place quand éclate une bombe est plus dénuée de prix. D'ailleurs, le jour de cette visite à Elstir, les temps étaient encore loin où je devais prendre conscience de cette différence de valeur, et il ne s'agissait d'aucun danger, mais simplement, signe avant-coureur du pernicieux amour-propre, de ne pas avoir l'air d'attacher au plaisir que je désirais si ardemment plus d'importance qu'à la besogne d'aquarelliste qu'il n'avait pas achevée. Elle le fut enfin. Et, une fois dehors, je m'aperçus que — tant les jours étaient longs dans cette saison-là — il était moins tard que je ne croyais ; nous allâmes sur la digue. Que de ruses j'employai pour faire demeurer Elstir à l'endroit où je croyais que ces jeunes filles pouvaient encore passer ! Lui montrant les falaises qui s'élevaient à côté de nous, je ne cessais de lui demander de me parler d'elles, afin de lui faire oublier l'heure et de le faire rester. Il me semblait que nous avions plus de chance de cerner la petite bande en allant vers l'extrémité de la plage. « J'aurais voulu voir d'un tout petit peu près avec vous ces falaises, », dis-je à Elstir, ayant remarqué qu'une de ces jeunes filles s'en allait souvent de ce côté. « Et pendant ce temps-là, parlez-moi de Carquethuit. Ah ! que j'aimerais aller à Carquethuit[1] ! » ajoutai-je sans penser que le caractère si nouveau qui se manifestait avec tant de puissance dans le « Port de Carquethuit » d'Elstir tenait peut-être plus à la vision du peintre qu'à un mérite spécial de cette plage. « Depuis que j'ai vu ce tableau, c'est peut-être ce que je désire le plus connaître avec la Pointe du Raz, qui serait, d'ailleurs, d'ici, tout un voyage[1]. — Et puis même si ce n'était pas plus près je vous conseillerais peut-être tout de même davantage Carquethuit, me répondit Elstir. La Pointe du Raz est admirable, mais enfin c'est toujours la grande falaise normande ou bretonne que vous connaissez. Carquethuit, c'est tout autre chose avec ses roches sur une plage basse. Je ne connais rien en France d'analogue, cela me rappelle plutôt certains aspects de la Floride. C'est très curieux, et du reste extrêmement sauvage aussi. C'est entre Clitourps et Nehomme[2], et vous savez combien ces parages sont désolés ; la ligne des plages est ravissante. Ici, la ligne de la plage est quelconque ; mais là-bas, je ne peux vous dire quelle grâce elle a, quelle douceur. »

Le soir tombait ; il fallut revenir ; je ramenais Elstir vers sa villa, quand tout d'un coup, tel Méphistophélès surgissant devant Faust, apparurent au bout de l'avenue — comme une simple objectivation irréelle et diabolique du tempérament opposé au mien, de la vitalité quasi barbare et cruelle dont était si dépourvue ma faiblesse, mon excès de sensibilité douloureuse et d'intellectualité — quelques taches de l'essence impossible à confondre avec rien d'autre, quelques sporades de la bande zoophytique des jeunes filles, lesquelles avaient l'air de ne pas me voir, mais sans aucun doute n'en étaient pas moins en train de porter sur moi un jugement ironique. Sentant qu'il était inévitable que la rencontre entre elles et nous se produisît, et qu'Elstir allait m'appeler, je tournai le dos comme un baigneur qui va recevoir la lame ; je m'arrêtai net et laissant mon illustre compagnon poursuivre son chemin, je restai en arrière, penché, comme si j'étais subitement intéressé par elle, vers la vitrine du marchand d'antiquités devant lequel nous passions en ce moment ; je n'étais pas fâché d'avoir l'air de pouvoir penser à autre chose qu'à ces jeunes filles, et je savais déjà obscurément que quand Elstir m'appellerait pour me présenter, j'aurais la sorte de regard interrogateur qui décèle non la surprise, mais le désir d'avoir l'air surpris — tant chacun est un

mauvais acteur ou le prochain un bon physiognomoniste
— , que j'irais même jusqu'à indiquer ma poitrine avec
mon doigt pour demander : « C'est bien moi que vous
appelez ? » et accourir vite, la tête courbée par l'obéissance et la docilité, le visage dissimulant froidement
l'ennui d'être arraché à la contemplation de vieilles
faïences pour être présenté à des personnes que je ne
souhaitais pas de connaître. Cependant je considérais la
devanture en attendant le moment où mon nom crié par
Elstir viendrait me frapper comme une balle attendue et
inoffensive. La certitude de la présentation à ces jeunes
filles avait eu pour résultat, non seulement de me faire
à leur égard jouer, mais éprouver, l'indifférence. Désormais inévitable, le plaisir de les connaître fut comprimé,
réduit, me parut plus petit que celui de causer avec
Saint-Loup, de dîner avec ma grand-mère, de faire dans
les environs des excursions que je regretterais d'être
probablement, par le fait de relations avec des personnes
qui devaient peu s'intéresser aux monuments historiques,
contraint de négliger. D'ailleurs ce qui diminuait le plaisir
que j'allais avoir, ce n'était pas seulement l'imminence,
mais l'incohérence de sa réalisation. Des lois aussi précises
que celles de l'hydrostatique maintiennent la superposition
des images que nous formons dans un ordre fixe que la
proximité de l'événement bouleverse. Elstir allait m'appeler. Ce n'était pas du tout de cette façon que je m'étais
souvent, sur la plage, dans ma chambre, figuré que je
connaîtrais ces jeunes filles. Ce qui allait avoir lieu, c'était
un autre événement auquel je n'étais pas préparé. Je n'y
reconnaissais ni mon désir, ni son objet ; je regrettais
presque d'être sorti avec Elstir. Mais, surtout, la
contraction du plaisir que j'avais auparavant cru avoir était
due à la certitude que rien ne pouvait plus me l'enlever.
Et il reprit, comme en vertu d'une force élastique, toute
sa hauteur, quand il cessa de subir l'étreinte de cette
certitude, au moment où m'étant décidé à tourner la tête,
je vis Elstir arrêté quelques pas plus loin avec les jeunes
filles, leur dire au revoir. La figure de celle qui était le
plus près de lui, grosse et éclairée par ses regards, avait
l'air d'un gâteau où on eût réservé de la place pour un
peu de ciel. Ses yeux, même fixes, donnaient l'impression
de la mobilité, comme il arrive par ces jours de grand vent
où l'air, quoique invisible, laisse percevoir la vitesse avec

laquelle il passe sur le fond de l'azur. Un instant ses regards croisèrent les miens, comme ces ciels voyageurs des jours d'orage qui approchent d'une nuée moins rapide, la côtoient, la touchent, la dépassent. Mais ils ne se connaissent pas et s'en vont loin l'un de l'autre. Tels nos regards furent un instant face à face, ignorant chacun ce que le continent céleste qui était devant lui contenait de promesses et de menaces pour l'avenir. Au moment seulement où son regard passa exactement sous le mien sans ralentir sa marche, il se voila légèrement. Ainsi, par une nuit claire, la lune emportée par le vent passe sous un nuage et voile un instant son éclat, puis reparaît bien vite. Mais déjà Elstir avait quitté les jeunes filles sans m'avoir appelé. Elles prirent une rue de traverse, il vint vers moi. Tout était manqué.

J'ai dit qu'Albertine ne m'était pas apparue, ce jour-là, la même que les précédents, et que chaque fois elle devait me sembler différente. Mais je sentis à ce moment que certaines modifications dans l'aspect, l'importance, la grandeur d'un être peuvent tenir aussi à la variabilité de certains états interposés entre cet être et nous. L'un de ceux qui jouent à cet égard le rôle le plus considérable est la croyance, (ce soir-là la croyance, puis l'évanouissement de la croyance, que j'allais connaître Albertine, l'avait, à quelques secondes d'intervalle, rendue presque insignifiante puis infiniment précieuse à mes yeux ; quelques années plus tard, la croyance, puis la disparition de la croyance, qu'Albertine m'était fidèle, amena des changements analogues).

Certes, à Combray déjà j'avais vu diminuer ou grandir selon les heures, selon que j'entrais dans l'un ou l'autre des deux grands modes qui se partageaient ma sensibilité, le chagrin de n'être pas près de ma mère, aussi imperceptible, tout l'après-midi, que la lumière de la lune tant que brille le soleil et, la nuit venue, régnant seul dans mon âme anxieuse à la place de souvenirs effacés et récents. Mais ce jour-là, en voyant qu'Elstir quittait les jeunes filles sans m'avoir appelé, j'appris que les variations de l'importance qu'ont à nos yeux un plaisir ou un chagrin peuvent ne pas tenir seulement à cette alternance de deux états, mais au déplacement de croyances invisibles, lesquelles par exemple nous font paraître indifférente la mort parce qu'elles répandent sur celle-ci une lumière d'irréalité, et nous permettent ainsi d'attacher de l'importance à nous rendre à une soirée musicale qui perdrait de son charme si, à l'annonce que nous allons être guillotinés, la croyance qui baigne cette soirée se dissipait tout à coup ; ce rôle des croyances, il est vrai que quelque chose en moi le savait, c'était la volonté, mais elle le sait en vain si l'intelligence, la sensibilité continuent à l'ignorer ; celles-ci sont de bonne foi quand elles croient que nous avons envie de quitter une maîtresse à laquelle seule notre volonté sait que nous tenons. C'est qu'elles sont obscurcies par la croyance que nous la retrouverons dans un instant. Mais que cette croyance se dissipe, qu'elles apprennent tout d'un coup que cette maîtresse est partie pour toujours, alors l'intelligence et la sensibilité, ayant perdu leur mise au point, sont comme folles, le plaisir infime s'agrandit à l'infini.

Variation d'une croyance, néant de l'amour aussi, lequel, préexistant et mobile, s'arrête à l'image d'une femme simplement parce que cette femme sera presque impossible à atteindre. Dès lors on pense moins à la femme, qu'on se représente difficilement, qu'aux moyens de la connaître. Tout un processus d'angoisses se développe et suffit pour fixer notre amour sur elle, qui en est l'objet à peine connu de nous. L'amour devient immense, nous ne songeons pas combien la femme réelle y tient peu de place. Et si tout d'un coup, comme au moment où j'avais vu Elstir s'arrêter avec les jeunes filles, nous cessons d'être inquiets, d'avoir de l'angoisse, comme c'est elle qui est tout notre amour, il semble brusquement qu'il se soit évanoui au moment où nous tenons enfin la proie à la valeur de laquelle nous n'avons pas assez pensé. Que connaissais-je d'Albertine ? Un ou deux profils sur la mer, moins beaux assurément que ceux des femmes de Véronèse que j'aurais dû, si j'avais obéi à des raisons purement esthétiques, lui préférer. Or, est-ce à d'autres raisons que je pouvais obéir, puisque, l'anxiété tombée, je ne pouvais retrouver que ces profils muets, je ne possédais rien d'autre ? Depuis que j'avais vu Albertine, j'avais fait chaque jour à son sujet des milliers de réflexions, j'avais poursuivi, avec ce que j'appelais elle, tout un entretien intérieur où je la faisais questionner, répondre, penser, agir, et dans la série indéfinie d'Albertines imaginées qui se succédaient en moi heure par heure, l'Albertine réelle, aperçue sur la plage, ne figurait qu'en tête, comme la « créatrice » d'un rôle, l'étoile, ne paraît, dans une longue série de représentations, que dans les toutes premières. Cette Albertine-là n'était guère qu'une silhouette, tout ce qui s'y était superposé était de mon cru, tant dans l'amour les apports qui viennent de nous l'emportent — à ne se placer même qu'au point de vue de la quantité — sur ceux qui nous viennent de l'être aimé. Et cela est vrai des amours les plus effectifs. Il en est qui peuvent non seulement se former mais subsister autour de bien peu de chose — et même parmi ceux qui ont reçu leur exaucement charnel. Un ancien professeur de dessin de ma grand-mère avait eu d'une maîtresse obscure une fille. La mère mourut peu de temps après la naissance de l'enfant et le professeur de dessin en eut un chagrin tel qu'il ne survécut pas longtemps. Dans les derniers mois de sa vie, ma grand-mère et quelques dames de Combray, qui n'avaient jamais voulu faire même allusion devant leur professeur à cette femme avec laquelle d'ailleurs il n'avait pas officiellement vécu et n'avait eu que peu de relations, songèrent à assurer le sort de la petite fille en se cotisant pour lui faire une rente viagère. Ce fut ma grand-mère qui le proposa, certaines amies se firent tirer l'oreille : cette petite fille était-elle vraiment si intéressante, était-elle seulement la fille de celui qui s'en croyait le père ? Avec des femmes comme était la mère, on n'est jamais sûr. Enfin on se décida. La petite fille vint remercier. Elle était laide et d'une ressemblance avec le vieux maître de dessin qui ôta tous les doutes ; comme ses cheveux étaient tout ce qu'elle avait de bien, une dame dit au père qui l'avait conduite : « Comme elle a de beaux cheveux ! » Et pensant que maintenant, la femme coupable étant morte et le professeur à demi mort, une allusion à ce passé qu'on avait toujours feint d'ignorer n'avait plus de conséquence, ma grand-mère ajouta : « Ça doit être de famille. Est-ce que sa mère avait ces beaux cheveux-là ? — Je ne sais pas, répondit naïvement le père. Je ne l'ai jamais vue qu'en chapeau[1]. »

Il fallait rejoindre Elstir. Je m'aperçus dans une glace. En plus du désastre de ne pas avoir été présenté, je remarquai que ma cravate était tout de travers, mon chapeau laissait voir mes cheveux longs, ce qui m'allait mal ; mais c'était une chance tout de même qu'elles m'eussent, même ainsi, rencontré avec Elstir et ne pussent pas m'oublier ; c'en était une autre que j'eusse ce jour-là, sur le conseil de ma grand-mère, mis mon joli gilet qu'il s'en était fallu de si peu que j'eusse remplacé par un affreux, et pris ma plus belle canne ; car un événement que nous désirons ne se produisant jamais comme nous avons pensé, à défaut des avantages sur lesquels nous croyions pouvoir compter, d'autres, que nous n'espérions pas, se sont présentés, le tout se compense ; et nous redoutions tellement le pire que nous sommes finalement enclins à trouver que dans l'ensemble pris en bloc, le hasard nous a, somme toute, plutôt favorisés. « J'aurais été si content de les connaître », dis-je à Elstir en arrivant près de lui. « Aussi pourquoi restez-vous à des lieues ? » Ce furent les paroles qu'il prononça, non qu'elles exprimassent sa pensée, puisque si son désir avait été d'exaucer le mien, m'appeler lui eût été bien facile, mais peut-être parce qu'il avait entendu des phrases de ce genre, familier aux gens vulgaires pris en faute, et parce que même les grands hommes sont, en certaines choses, pareils aux gens vulgaires, prennent les excuses journalières dans le même répertoire qu'eux, comme le pain quotidien chez le même boulanger ; soit que de telles paroles, qui doivent en quelque sorte être lues à l'envers puisque leur lettre signifie le contraire de la vérité, soient l'effet nécessaire, le graphique négatif d'un réflexe. « Elles étaient pressées. » Je pensai que surtout elles l'avaient empêché d'appeler quelqu'un qui leur était peu sympathique ; sans cela il n'y eût pas manqué, après toutes les questions que je lui avais posées sur elles, et l'intérêt qu'il avait bien vu que je leur portais. « Je vous parlais de Carquethuit, me dit-il, avant que je l'eusse quitté à sa porte. J'ai fait une petite esquisse où on voit bien mieux la cernure de la plage. Le tableau n'est pas trop mal, mais c'est autre chose. Si vous le permettez, en souvenir de notre amitié, je vous donnerai mon esquisse », ajouta-t-il, car les gens qui vous refusent les choses qu'on désire vous en donnent d'autres.

« J'aurais beaucoup aimé, si vous en possédiez, avoir une photographie du petit portrait de Miss Sacripant. Mais qu'est-ce que c'est que ce nom ? — C'est celui d'un personnage que tint le modèle dans une stupide petite opérette. — Mais vous savez que je ne la connais nullement, monsieur, vous avez l'air de croire le contraire. » Elstir se tut. « Ce n'est pourtant pas Mme

Swann avant son mariage », dis-je par une de ces brusques rencontres fortuites de la vérité, qui sont somme toute assez rares, mais qui suffisent après coup à donner un certain fondement à la théorie des pressentiments si on prend soin d'oublier toutes les erreurs qui l'infirmeraient. Elstir ne me répondit pas. C'était bien un portrait d'Odette de Crécy. Elle n'avait pas voulu le garder pour beaucoup de raisons dont quelques-unes sont trop évidentes. Il y en avait d'autres. Le portrait était antérieur au moment où Odette disciplinant ses traits avait fait de son visage et de sa taille cette création dont, à travers les années, ses coiffeurs, ses couturiers, elle-même — dans sa façon de se tenir, de parler, de sourire, de poser ses mains, ses regards, de penser — devaient respecter les grandes lignes. Il fallait la dépravation d'un amant rassasié pour que Swann préférât aux nombreuses photographies de l'Odette *ne varietur* qu'était sa ravissante femme, la petite photographie qu'il avait dans sa chambre et où sous un chapeau de paille orné de pensées on voyait une maigre jeune femme assez laide, aux cheveux bouffants, aux traits tirés.

Mais d'ailleurs le portrait eût-il été, non pas antérieur, comme la photographie préférée de Swann, à la systématisation des traits d'Odette en un type nouveau, majestueux et charmant, mais postérieur, qu'il eût suffi de la vision d'Elstir pour désorganiser ce type. Le génie artistique agit à la façon de ces températures extrêmement élevées qui ont le pouvoir de dissocier les combinaisons d'atomes et de grouper ceux-ci suivant un ordre absolument contraire, répondant à un autre type. Toute cette harmonie factice que la femme a imposée à ses traits et dont chaque jour avant de sortir elle surveille la persistance dans sa glace, chargeant l'inclinaison du chapeau, le lissage des cheveux, l'enjouement du regard, d'en assurer la continuité, cette harmonie, le coup d'œil du grand peintre la détruit en une seconde, et à sa place il fait un regroupement des traits de la femme, de manière à donner satisfaction à un certain idéal féminin et pictural qu'il porte en lui. De même, il arrive souvent qu'à partir d'un certain âge, l'œil d'un grand chercheur trouve partout les éléments nécessaires à établir les rapports qui seuls l'intéressent. Comme ces ouvriers et ces joueurs qui ne font pas d'embarras et se contentent de ce qui leur tombe sous la main, ils pourraient dire de n'importe quoi : cela fera l'affaire. Ainsi une

cousine de la princesse de Luxembourg, beauté des plus
altières, s'étant éprise autrefois d'un art qui était nouveau
à cette époque, avait demandé au plus grand des peintres
naturalistes de faire son portrait. Aussitôt l'œil de l'artiste
avait trouvé ce qu'il cherchait partout. Et sur la toile il
y avait à la place de la grande dame un trottin[1] et derrière
lui un vaste décor incliné et violet qui faisait penser à la
place Pigalle. Mais même sans aller jusque-là, non
seulement le portrait d'une femme par un grand artiste
ne cherchera aucunement à donner satisfaction à quelques-
unes des exigences de la femme — comme celles qui, par
exemple, quand elle commence à vieillir, la font se faire
photographier dans des tenues presque de fillette qui font
valoir sa taille restée jeune et la font paraître comme la
sœur ou même la fille de sa fille, celle-ci au besoin
« fagotée » pour la circonstance, à côté d'elle — et mettra
au contraire en relief les désavantages qu'elle cherche à
cacher et qui, comme un teint fiévreux, voire verdâtre,
le tentent d'autant plus parce qu'ils ont du « caractère » ;
mais ils suffisent à désenchanter le spectateur vulgaire et
réduisent pour lui en miettes l'idéal dont la femme
soutenait si fièrement l'armature et qui la plaçait dans sa
forme unique, irréductible, si en dehors, si au-dessus du
reste de l'humanité. Maintenant déchue, située hors de
son propre type où elle trônait invulnérable, elle n'est plus
qu'une femme quelconque en la supériorité de qui nous
avons perdu toute foi. Ce type, nous faisions tellement
consister en lui, non seulement la beauté d'une Odette,
mais sa personnalité, son identité, que devant le portrait
qui l'a dépouillée de lui, nous sommes tentés de nous
écrier non pas seulement : « Comme c'est enlaidi ! »,
mais : « Comme c'est peu ressemblant ! » Nous avons
peine à croire que ce soit elle. Nous ne la reconnaissons
pas. Et pourtant il y a là un être que nous sentons bien
que nous avons déjà vu. Mais cet être-là, ce n'est pas
Odette ; le visage de cet être, son corps, son aspect, nous
sont bien connus. Ils nous rappellent, non pas la femme,
qui ne se tenait jamais ainsi, dont la pose habituelle ne
dessine nullement une telle étrange et provocante arabesque, mais d'autres femmes, toutes celles qu'a peintes Elstir
et que toujours, si différentes qu'elles puissent être, il a
aimé à camper ainsi de face, le pied cambré dépassant de
la jupe, le large chapeau rond tenu à la main, répondant

symétriquement à la hauteur du genou qu'il couvre, à cet autre disque vu de face, le visage. Et enfin non seulement un portrait génial disloque le type d'une femme tel que l'ont défini sa coquetterie et sa conception égoïste de la beauté, mais s'il est ancien, il ne se contente pas de vieillir l'original de la même manière que la photographie, en le montrant dans des atours démodés. Dans le portrait, ce n'est pas seulement la manière que la femme avait de s'habiller qui date, c'est aussi la manière que l'artiste avait de peindre. Cette manière, la première manière d'Elstir, était l'extrait de naissance le plus accablant pour Odette parce qu'il faisait d'elle non pas seulement, comme ses photographies d'alors, une cadette de cocottes connues, mais parce qu'il faisait de son portrait le contemporain d'un des nombreux portraits que Manet ou Whistler ont peints d'après tant de modèles disparus qui appartiennent déjà à l'oubli ou à l'histoire.

C'est dans ces pensées silencieusement ruminées à côté d'Elstir, tandis que je le conduisais chez lui, que m'entraînait la découverte que je venais de faire relativement à l'identité de son modèle, quand cette première découverte m'en fit faire une seconde, plus troublante encore pour moi, concernant l'identité de l'artiste. Il avait fait le portrait d'Odette de Crécy. Serait-il possible que cet homme de génie, ce sage, ce solitaire, ce philosophe à la conversation magnifique et qui dominait toutes choses fût le peintre ridicule et pervers adopté jadis par les Verdurin ? Je lui demandai s'il les avait connus, si par hasard ils ne le surnommaient pas alors M. Biche. Il me répondit que si, sans embarras, comme s'il s'agissait d'une partie déjà un peu ancienne de son existence et s'il ne se doutait pas de la déception extraordinaire qu'il éveillait en moi, mais levant les yeux, il la lut sur mon visage. Le sien eut une expression de mécontentement. Et comme nous étions déjà presque arrivés chez lui, un homme moins éminent par l'intelligence et par le cœur m'eût peut-être simplement dit au revoir un peu sèchement et après cela eût évité de me revoir. Mais ce ne fut pas ainsi qu'Elstir agit avec moi ; en vrai maître — et c'était peut-être au point de vue de la création pure son seul défaut d'en être un, dans ce sens du mot maître, car un artiste pour être tout à fait dans la vérité de la vie spirituelle doit être seul, et ne pas prodiguer de son moi, même à des disciples —,

de toute circonstance, qu'elle fût relative à lui ou à
d'autres, il cherchait à extraire pour le meilleur enseignement des jeunes gens la part de vérité qu'elle contenait.
Il préféra donc aux paroles qui auraient pu venger son
amour-propre, celles qui pouvaient m'instruire. « Il n'y
a pas d'homme si sage qu'il soit, me dit-il, qui n'ait à telle
époque de sa jeunesse prononcé des paroles, ou même
mené une vie, dont le souvenir ne lui soit désagréable et
qu'il souhaiterait être aboli. Mais il ne doit pas absolument
le regretter, parce qu'il ne peut être assuré d'être devenu
un sage, dans la mesure où cela est possible, que s'il a
passé par toutes les incarnations ridicules ou odieuses qui
doivent précéder cette dernière incarnation-là. Je sais qu'il
y a des jeunes gens, fils et petit-fils d'hommes distingués,
à qui leurs précepteurs ont enseigné la noblesse de l'esprit
et l'élégance morale dès le collège. Ils n'ont peut-être rien
à retrancher de leur vie, ils pourraient publier et signer
tout ce qu'ils ont dit, mais ce sont de pauvres esprits,
descendants sans force de doctrinaires, et de qui la sagesse
est négative et stérile. On ne reçoit pas la sagesse, il faut
la découvrir soi-même après un trajet que personne ne
peut faire pour nous, ne peut nous épargner, car elle est
un point de vue sur les choses. Les vies que vous admirez,
les attitudes que vous trouvez nobles n'ont pas été
disposées par le père de famille ou par le précepteur, elles
ont été précédées de débuts bien différents, ayant été
influencées par ce qui régnait autour d'elles de mal ou
de banalité. Elles représentent un combat et une victoire.
Je comprends que l'image de ce que nous avons été dans
une période première ne soit plus reconnaissable et soit
en tous cas déplaisante. Elle ne doit pas être reniée
pourtant, car elle est un témoignage que nous avons
vraiment vécu, que c'est selon les lois de la vie et de l'esprit
que nous avons, des éléments communs de la vie, de la
vie des ateliers, des coteries artistiques s'il s'agit d'un
peintre, extrait quelque chose qui les dépasse. » Nous
étions arrivés devant sa porte. J'étais déçu de ne pas avoir
connu ces jeunes filles. Mais enfin maintenant il y aurait
une possibilité de les retrouver dans la vie ; elles avaient
cessé de ne faire que passer à un horizon où j'avais pu
croire que je ne les verrais plus jamais apparaître. Autour
d'elles ne flottait plus comme ce grand remous qui nous
séparait et qui n'était que la traduction du désir en

perpétuelle activité, mobile, urgent, alimenté d'inquiétudes qu'éveillaient en moi leur inaccessibilité, leur fuite peut-être pour toujours. Mon désir d'elles, je pouvais maintenant le mettre au repos, le garder en réserve, à côté de tant d'autres dont, une fois que je la savais possible, j'ajournais la réalisation. Je quittai Elstir, je me retrouvai seul. Alors tout d'un coup malgré ma déception, je vis dans mon esprit tous ces hasards que je n'eusse pas soupçonné pouvoir se produire, qu'Elstir fût justement lié avec ces jeunes filles, que celles qui le matin encore étaient pour moi des figures dans un tableau ayant pour fond la mer, m'eussent vu, m'eussent vu lié avec un grand peintre, lequel savait maintenant mon désir de les connaître et le seconderait sans doute. Tout cela avait causé pour moi du plaisir, mais ce plaisir m'était resté caché ; il était de ces visiteurs qui attendent pour nous faire savoir qu'ils sont là, que les autres nous aient quittés, que nous soyons seuls. Alors nous les apercevons, nous pouvons leur dire : je suis tout à vous, et les écouter. Quelquefois entre le moment où ces plaisirs sont entrés en nous et le moment où nous pouvons y rentrer nous-même, il s'est écoulé tant d'heures, nous avons vu tant de gens dans l'intervalle que nous craignons qu'ils ne nous aient pas attendus. Mais ils sont patients, ils ne se lassent pas, et dès que tout le monde est parti, nous les trouvons en face de nous. Quelquefois c'est nous alors qui sommes si fatigués qu'il nous semble que nous n'aurons plus dans notre pensée défaillante assez de force pour retenir ces souvenirs, ces impressions pour qui notre moi fragile est le seul lieu habitable, l'unique mode de réalisation. Et nous le regretterions car l'existence n'a guère d'intérêt que dans les journées où la poussière des réalités est mêlée de sable magique, où quelque vulgaire incident devient un ressort romanesque. Tout un promontoire du monde inaccessible surgit alors de l'éclairage du songe, et entre dans notre vie, dans notre vie où comme le dormeur éveillé nous voyons les personnes dont nous avions si ardemment rêvé que nous avions cru que nous ne les verrions jamais qu'en rêve.

L'apaisement apporté par la probabilité de connaître maintenant ces jeunes filles quand je le voudrais me fut d'autant plus précieux que je n'aurais pu continuer à les guetter les jours suivants, lesquels furent pris par les préparatifs du départ de Saint-Loup. Ma grand-mère était désireuse de témoigner à mon ami sa reconnaissance de tant de gentillesses qu'il avait eues pour elle et pour moi. Je lui dis qu'il était grand admirateur de Proudhon et je lui donnai l'idée de faire venir de nombreuses lettres autographes de ce philosophe qu'elle avait achetées ; Saint-Loup vint les voir à l'hôtel, le jour où elles arrivèrent qui était la veille de son départ. Il les lut avidement, maniant chaque feuille avec respect, tâchant de retenir les phrases, puis s'étant levé, s'excusait déjà auprès de ma grand-mère d'être resté aussi longtemps, quand il l'entendit lui répondre :

« Mais non, emportez-les, c'est à vous, c'est pour vous les donner que je les ai fait venir. »

Il fut pris d'une joie dont il ne fut pas plus le maître que d'un état physique qui se produit sans intervention de la volonté, il devint écarlate comme un enfant qu'on vient de punir, et ma grand-mère fut beaucoup plus touchée de voir tous les efforts qu'il avait faits (sans y réussir) pour contenir la joie qui le secouait, que par tous les remerciements qu'il aurait pu proférer. Mais lui, craignant d'avoir mal témoigné sa reconnaissance, me priait encore de l'en excuser, le lendemain, penché à la fenêtre du petit chemin de fer d'intérêt local qu'il prit pour rejoindre sa garnison. Celle-ci était en effet, très peu éloignée. Il avait pensé s'y rendre, comme il faisait souvent quand il devait revenir le soir et qu'il ne s'agissait pas d'un départ définitif, en voiture. Mais il eût fallu cette fois-ci qu'il mît ses nombreux bagages dans le train. Et il trouva plus simple d'y monter aussi lui-même, suivant en cela l'avis du directeur qui, consulté, répondit que, voiture ou petit chemin de fer, « ce serait à peu près équivoque ». Il entendait signifier par là que ce serait équivalent (en somme, à peu près ce que Françoise eût exprimé en disant que « cela reviendrait du pareil au même »). « Soit, avait conclu Saint-Loup, je prendrai le petit "tortillard". » Je l'aurais pris aussi si je n'avais été fatigué et aurais accompagné mon ami jusqu'à Doncières ; je lui promis du moins, tout le temps que nous restâmes à la gare de Balbec — c'est-à-dire que le chauffeur du petit train passa à attendre des amis retardataires, sans lesquels il ne voulait pas s'en aller, et aussi à prendre quelques rafraîchissements —, d'aller le voir plusieurs fois par semaine. Comme Bloch était venu aussi à la gare — au grand ennui de

Saint-Loup —, ce dernier voyant que notre camarade l'entendait me prier de venir déjeuner, dîner, habiter à Doncières, finit par lui dire d'un ton extrêmement froid, lequel était chargé de corriger l'amabilité forcée de l'invitation et d'empêcher Bloch de la prendre au sérieux : « Si jamais vous passez par Doncières une après-midi où je sois libre, vous pourrez me demander au quartier, mais libre, je ne le suis à peu près jamais. » Peut-être aussi Robert craignait-il que, seul, je ne vinsse pas et pensant que j'étais plus lié avec Bloch que je ne le disais, me mettait-il ainsi en mesure d'avoir un compagnon de route, un entraîneur.

J'avais peur que ce ton, cette manière d'inviter quelqu'un en lui conseillant de ne pas venir, n'eût froissé Bloch, et je trouvais que Saint-Loup eût mieux fait de ne rien dire. Mais je m'étais trompé, car après le départ du train, tant que nous fîmes route ensemble jusqu'au croisement des deux avenues où il fallait nous séparer, l'une allant à l'hôtel, l'autre à la villa de Bloch, celui-ci ne cessa de me demander quel jour nous irions à Doncières, car après « toutes les amabilités que Saint-Loup lui avait faites », il eût été « trop grossier de sa part » de ne pas se rendre à son invitation. J'étais content qu'il n'eût pas remarqué, ou fût assez peu mécontent pour désirer feindre de ne pas avoir remarqué, sur quel ton moins que pressant, à peine poli, l'invitation avait été faite. J'aurais pourtant voulu pour Bloch qu'il s'évitât le ridicule d'aller tout de suite à Doncières. Mais je n'osais pas lui donner un conseil qui n'eût pu que lui déplaire en lui montrant que Saint-Loup avait été moins pressant que lui n'était empressé. Il l'était beaucoup trop et bien que tous les défauts qu'il avait dans ce genre fussent compensés chez lui par de remarquables qualités que d'autres, plus réservés, n'auraient pas eues, il poussait l'indiscrétion à un point dont on était agacé. La semaine ne pouvait, à l'entendre, se passer sans que nous allions à Doncières (il disait « nous », car je crois qu'il comptait un peu sur ma présence pour excuser la sienne). Tout le long de la route, devant le gymnase perdu dans ses arbres, devant le terrain de tennis, devant la mairie, devant le marchand de coquillages, il m'arrêta, me suppliant de fixer un jour et comme je ne le fis pas, me quitta fâché en me disant : « À ton aise, Messire. Moi en tous cas, je suis obligé d'y aller puisqu'il m'a invité. »

Saint-Loup avait si peur d'avoir mal remercié ma
grand-mère qu'il me chargeait encore de lui dire sa
gratitude le surlendemain, dans une lettre que je reçus
de lui de la ville où il était en garnison[1] et qui semblait
sur l'enveloppe où la poste en avait timbré le nom, accourir
vite vers moi, me dire qu'entre ses murs, dans le quartier
de cavalerie Louis XVI, il pensait à moi. Le papier était
aux armes de Marsantes, dans lesquelles je distinguai un
lion qui surmontait une couronne fermée par un bonnet
de pair de France.

« Après un trajet qui, me disait-il, s'est bien effectué,
en lisant un livre acheté à la gare, qui est par Arvède
Barine (c'est un auteur russe, je pense, cela m'a paru
remarquablement écrit pour un étranger[2], mais donnez-
moi votre appréciation, car vous devez connaître cela,
vous, puits de science qui avez tout lu), me voici revenu
au milieu de cette vie grossière, où hélas, je me sens
bien exilé, n'y ayant pas ce que j'ai laissé à Balbec ; cette
vie où je ne retrouve aucun souvenir d'affection, aucun
charme d'intellectualité ; vie dont vous mépriseriez sans
doute l'ambiance et qui n'est pourtant pas sans charme.
Tout m'y semble avoir changé depuis que j'en étais parti,
car dans l'intervalle, une des ères les plus importantes
de ma vie, celle d'où notre amitié date, a commencé.
J'espère qu'elle ne finira jamais. Je n'ai parlé d'elle, de
vous, qu'à une seule personne, qu'à mon amie qui m'a
fait la surprise de venir passer une heure auprès de moi.
Elle aimerait beaucoup vous connaître et je crois que vous
vous accorderiez car elle est aussi extrêmement littéraire.
En revanche, pour repenser à nos causeries, pour revivre
ces heures que je n'oublierai jamais, je me suis isolé de
mes camarades, excellents garçons mais qui eussent été
bien incapables de comprendre cela. Ce souvenir des
instants passés avec vous, j'aurais presque mieux aimé,
pour le premier jour, l'évoquer pour moi seul et sans
vous écrire. Mais j'ai craint que vous, esprit subtil et cœur
ultra-sensitif, ne vous mettiez martel en tête en ne
recevant pas de lettre si toutefois vous avez daigné
abaisser votre pensée sur le rude cavalier que vous aurez
fort à faire pour dégrossir et rendre un peu plus subtil
et plus digne de vous. »

Au fond cette lettre ressemblait beaucoup par sa
tendresse à celles que, quand je ne connaissais pas encore

Saint-Loup, je m'étais imaginé qu'il m'écrirait, dans ces songeries d'où la froideur de son premier accueil m'avait tiré en me mettant en présence d'une réalité glaciale qui ne devait pas être définitive. Une fois que je l'eus reçue, chaque fois qu'à l'heure du déjeuner on apportait le courrier, je reconnaissais tout de suite quand c'était de lui que venait une lettre, car elle avait toujours ce second visage qu'un être montre quand il est absent et dans les traits duquel (les caractères de l'écriture) il n'y a aucune raison pour que nous ne croyions pas saisir une âme individuelle aussi bien que dans la ligne du nez ou les inflexions de la voix.

Je restais maintenant volontiers à table pendant qu'on desservait, et si ce n'était pas un moment où les jeunes filles de la petite bande pouvaient passer, ce n'était plus uniquement du côté de la mer que je regardais. Depuis que j'en avais vu dans des aquarelles d'Elstir, je cherchais à retrouver dans la réalité, j'aimais comme quelque chose de poétique, le geste interrompu des couteaux encore de travers, la rondeur bombée d'une serviette défaite où le soleil intercale un morceau de velours jaune, le verre à demi vidé qui montre mieux ainsi le noble évasement de ses formes et au fond de son vitrage translucide et pareil à une condensation du jour, un reste de vin sombre mais scintillant de lumières, le déplacement des volumes, la transmutation des liquides par l'éclairage, l'altération des prunes qui passent du vert au bleu et du bleu à l'or dans le compotier déjà à demi dépouillé, la promenade des chaises vieillottes qui deux fois par jour viennent s'installer autour de la nappe, dressée sur la table ainsi que sur un autel où sont célébrées les fêtes de la gourmandise et sur laquelle au fond des huîtres quelques gouttes d'eau lustrale restent comme dans de petits bénitiers de pierre ; j'essayais de trouver la beauté là où je ne m'étais jamais figuré qu'elle fût, dans les choses les plus usuelles, dans la vie profonde des « natures mortes[1] ».

Quand quelques jours après le départ de Saint-Loup, j'eus réussi à ce qu'Elstir donnât une petite matinée où je rencontrerais Albertine, le charme et l'élégance, tout momentanés, qu'on me trouva au moment où je sortais du Grand-Hôtel (et qui étaient dus à un repos prolongé, à des frais de toilette spéciaux), je regrettai de ne pas pouvoir les réserver (et aussi le crédit d'Elstir) pour la

conquête de quelque autre personne plus intéressante, je
regrettai de consommer tout cela pour le simple plaisir
de faire la connaissance d'Albertine. Mon intelligence
jugeait ce plaisir fort peu précieux, depuis qu'il était assuré.
Mais en moi, la volonté ne partagea pas un instant cette
illusion, la volonté qui est le serviteur persévérant et
immuable de nos personnalités successives ; cachée dans
l'ombre, dédaignée, inlassablement fidèle, travaillant sans
cesse, et sans se soucier des variations de notre moi, à ce
qu'il ne manque jamais du nécessaire. Pendant qu'au
moment où va se réaliser un voyage désiré, l'intelligence
et la sensibilité commencent à se demander s'il vaut
vraiment la peine d'être entrepris, la volonté qui sait que
ces maîtres oisifs recommenceraient immédiatement à
trouver merveilleux ce voyage si celui-ci ne pouvait avoir
lieu, la volonté les laisse disserter devant la gare, multiplier
les hésitations ; mais elle s'occupe de prendre les billets
et de nous mettre en wagon pour l'heure du départ. Elle
est aussi invariable que l'intelligence et la sensibilité sont
changeantes, mais comme elle est silencieuse, ne donne
pas ses raisons, elle semble presque inexistante ; c'est sa
ferme détermination que suivent les autres parties de notre
moi, mais sans l'apercevoir, tandis qu'elles distinguent
nettement leurs propres incertitudes. Ma sensibilité et mon
intelligence instituèrent donc une discussion sur la valeur
du plaisir qu'il y aurait à connaître Albertine, tandis que
je regardais dans la glace de vains et fragiles agréments
qu'elles eussent voulu garder intacts pour une autre
occasion. Mais ma volonté ne laissa pas passer l'heure où
il fallait partir, et ce fut l'adresse d'Elstir qu'elle donna
au cocher. Mon intelligence et ma sensibilité eurent le
loisir, puisque le sort en était jeté, de trouver que c'était
dommage. Si ma volonté avait donné une autre adresse,
elles eussent été bien attrapées.

Quand j'arrivai chez Elstir, un peu plus tard, je crus
d'abord que Mlle Simonet n'était pas dans l'atelier. Il y
avait bien une jeune fille assise, en robe de soie, nu-tête,
mais de laquelle je ne connaissais pas la magnifique
chevelure, ni le nez, ni ce teint et où je ne retrouvais pas
l'entité que j'avais extraite d'une jeune cycliste se
promenant coiffée d'un polo, le long de la mer. C'était
pourtant Albertine. Mais même quand je le sus, je ne
m'occupai pas d'elle. En entrant dans toute réunion

mondaine, quand on est jeune, on meurt à soi-même, on devient un homme différent, tout salon étant un nouvel univers où, subissant la loi d'une autre perspective morale, on darde son attention comme si elles devaient nous importer à jamais, sur des personnes, sur des danses, des parties de cartes, que l'on aura oubliées le lendemain. Obligé de suivre, pour me diriger vers une causerie avec Albertine, un chemin nullement tracé par moi et qui s'arrêtait d'abord devant Elstir, passait par d'autres groupes d'invités à qui on me nommait, puis le long du buffet où m'étaient offertes, et où je mangeais, des tartes aux fraises, cependant que j'écoutais, immobile, une musique qu'on commençait d'exécuter, je me trouvais donner à ces divers épisodes la même importance qu'à ma présentation à Mlle Simonet, présentation qui n'était plus que l'un d'entre eux et que j'avais entièrement oubliée avoir été, quelques minutes auparavant, le but unique de ma venue. D'ailleurs n'en est-il pas ainsi dans la vie active, de nos vrais bonheurs, de nos grands malheurs ? Au milieu d'autres personnes, nous recevons de celle que nous aimons la réponse favorable ou mortelle que nous attendions depuis une année. Mais il faut continuer à causer, les idées s'ajoutent les unes aux autres, développant une surface sous laquelle c'est à peine si, de temps à autre, vient sourdement affleurer le souvenir, autrement profond mais fort étroit, que le malheur est venu pour nous. Si, au lieu du malheur, c'est le bonheur, il peut arriver que ce ne soit que plusieurs années après que nous nous rappelons que le plus grand événement de notre vie sentimentale s'est produit, sans que nous eussions le temps de lui accorder une longue attention, presque d'en prendre conscience, dans une réunion mondaine par exemple, et où nous ne nous étions rendus que dans l'attente de cet événement.

Au moment où Elstir me demanda de venir pour qu'il me présentât à Albertine, assise un peu plus loin, je finis d'abord de manger un éclair au café et demandai avec intérêt à un vieux monsieur dont je venais de faire la connaissance et auquel je crus pouvoir offrir la rose qu'il admirait à ma boutonnière, de me donner des détails sur certaines foires normandes. Ce n'est pas à dire que la présentation qui suivit ne me causa aucun plaisir et n'offrit pas à mes yeux une certaine gravité. Pour le plaisir je

ne le connus naturellement qu'un peu plus tard, quand,
rentré à l'hôtel, resté seul, je fus redevenu moi-même. Il
en est des plaisirs comme des photographies. Ce qu'on
prend en présence de l'être aimé, n'est qu'un cliché
négatif, on le développe plus tard, une fois chez soi, quand
on a retrouvé à sa disposition cette chambre noire
intérieure dont l'entrée est « condamnée » tant qu'on voit
du monde.

Si la connaissance du plaisir fut ainsi retardée pour moi
de quelques heures, en revanche la gravité de cette
présentation, je la ressentis tout de suite. Au moment de
la présentation, nous avons beau nous sentir tout à coup
gratifiés et porteurs d'un « bon », valable pour des plaisirs
futurs, après lequel nous courions depuis des semaines,
nous comprenons bien que son obtention met fin pour
nous, non pas seulement à de pénibles recherches — ce
qui ne pourrait que nous remplir de joie — , mais aussi
à l'existence d'un certain être, celui que notre imagination
avait dénaturé, que notre crainte anxieuse de ne jamais
pouvoir être connus de lui avait grandi. Au moment où
notre nom résonne dans la bouche du présentateur, surtout
si celui-ci l'entoure comme fit Elstir de commentaires
élogieux — ce moment sacramentel, analogue à celui où
dans une féerie, le génie ordonne à une personne d'en
être soudain une autre —, celle que nous avons désiré
d'approcher s'évanouit, d'abord comment resterait-elle
pareille à elle-même puisque — de par l'attention que
l'inconnue est obligée de prêter à notre nom et de marquer
à notre personne — dans les yeux hier situés à l'infini (et
que nous croyions que les nôtres, errants, mal réglés,
désespérés, divergents, ne parviendraient jamais à rencontrer) le regard conscient, la pensée inconnaissable que
nous cherchions, viennent d'être miraculeusement et tout
simplement remplacés par notre propre image peinte
comme au fond d'un miroir qui sourirait ? Si l'incarnation
de nous-même en ce qui nous en semblait le plus différent,
est ce qui modifie le plus la personne à qui on vient de
nous présenter, la forme de cette personne reste encore
assez vague ; et nous pouvons nous demander si elle sera
dieu, table ou cuvette[1]. Mais, aussi agiles que ces
ciroplastes[2] qui font un buste devant nous en cinq minutes,
les quelques mots que l'inconnue va nous dire préciseront
cette forme et lui donneront quelque chose de définitif

qui exclura toutes les hypothèses auxquelles se livraient
la veille notre désir et notre imagination. Sans doute,
même avant de venir à cette matinée, Albertine n'était
plus tout à fait pour moi ce seul fantôme digne de hanter
notre vie que reste une passante dont nous ne savons rien,
que nous avons à peine discernée. Sa parenté avec
Mme Bontemps avait déjà restreint ces hypothèses
merveilleuses, en aveuglant une des voies par lesquelles
elles pouvaient se répandre. Au fur et à mesure que je
me rapprochais de la jeune fille et la connaissais davantage,
cette connaissance se faisait par soustraction, chaque partie
d'imagination et de désir étant remplacée par une notion
qui valait infiniment moins, notion à laquelle il est vrai
que venait s'ajouter une sorte d'équivalent, dans le
domaine de la vie, de ce que les Sociétés financières
donnent après le remboursement de l'action primitive, et
qu'elles appellent action de jouissance. Son nom, ses
parentés avaient été une première limite apportée à mes
suppositions. Son amabilité tandis que tout près d'elle je
retrouvais son petit grain de beauté sur la joue au-dessous
de l'œil fut une autre borne ; enfin, je fus étonné de
l'entendre se servir de l'adverbe « parfaitement » au lieu
de « tout à fait », en parlant de deux personnes, disant
de l'une « elle est parfaitement folle, mais très gentille
tout de même » et de l'autre « c'est un monsieur
parfaitement commun et parfaitement ennuyeux ». Si peu
plaisant que soit cet emploi de « parfaitement », il indique
un degré de civilisation et de culture auquel je n'aurais
pu imaginer qu'atteignait la bacchante à bicyclette, la muse
orgiaque du golf. Il n'empêche d'ailleurs qu'après cette
première métamorphose, Albertine devait changer encore
bien des fois pour moi. Les qualités et les défauts qu'un
être présente disposés au premier plan de son visage se
rangent selon une formation tout autre si nous l'abordons
par un côté différent — comme dans une ville les
monuments répandus en ordre dispersé sur une seule
ligne, d'un autre point de vue s'échelonnent en profondeur
et échangent leurs grandeurs relatives. Pour commencer
je trouvai Albertine l'air assez intimidée à la place
d'implacable ; elle me sembla plus comme il faut que mal
élevée, à en juger par les épithètes de « elle a un mauvais
genre, elle a un drôle de genre » qu'elle appliqua à toutes
les jeunes filles dont je lui parlai ; elle avait enfin comme

point de mire du visage une tempe assez enflammée et
peu agréable à voir, et non plus le regard singulier auquel
j'avais toujours repensé jusque-là. Mais ce n'était qu'une
seconde vue et il y en avait d'autres sans doute par
lesquelles je devrais successivement passer. Ainsi ce n'est
qu'après avoir reconnu non sans tâtonnements les erreurs
d'optique du début qu'on pourrait arriver à la connaissance
exacte d'un être si cette connaissance était possible. Mais
elle ne l'est pas ; car tandis que se rectifie la vision que
nous avons de lui, lui-même qui n'est pas un objectif inerte
change pour son compte, nous pensons le rattraper, il se
déplace, et, croyant le voir enfin plus clairement, ce n'est
que les images anciennes que nous en avions prises que
nous avons réussi à éclaircir, mais qui ne le représentent
plus.

Pourtant, quelques déceptions inévitables qu'elle doive
apporter, cette démarche vers ce qu'on n'a qu'entrevu,
ce qu'on a eu le loisir d'imaginer, cette démarche est la
seule qui soit saine pour les sens, qui y entretienne
l'appétit. De quel morne ennui est empreinte la vie des
gens qui par paresse ou timidité, se rendent directement
en voiture chez des amis qu'ils ont connus sans avoir
d'abord rêvé d'eux, sans jamais oser sur le parcours
s'arrêter auprès de ce qu'ils désirent !

Je rentrai en pensant à cette matinée, en revoyant l'éclair
au café que j'avais fini de manger avant de me laisser
conduire par Elstir auprès d'Albertine, la rose que j'avais
donnée au vieux monsieur, tous ces détails choisis à notre
insu par les circonstances et qui composent pour nous, en
un arrangement spécial et fortuit, le tableau d'une
première rencontre. Mais ce tableau, j'eus l'impression de
le voir d'un autre point de vue, de très loin de moi-même,
comprenant qu'il n'avait pas existé que pour moi, quand
quelques mois plus tard, à mon grand étonnement, comme
je parlais à Albertine du premier jour où je l'avais connue,
elle me rappela l'éclair, la fleur que j'avais donnée, tout
ce que je croyais, je ne peux pas dire n'être important
que pour moi, mais n'avoir été aperçu que de moi et que
je retrouvais ainsi, transcrit en une version dont je ne
soupçonnais pas l'existence, dans la pensée d'Albertine.
Dès ce premier jour, quand en rentrant je pus voir le
souvenir que je rapportais, je compris quel tour de
muscade avait été parfaitement exécuté, et comment j'avais

causé un moment avec une personne qui, grâce à l'habileté du prestidigitateur, sans avoir rien de celle que j'avais suivie si longtemps au bord de la mer, lui avait été substituée. J'aurais du reste pu le deviner d'avance, puisque la jeune fille de la plage avait été fabriquée par moi. Malgré cela, comme je l'avais, dans mes conversations avec Elstir, identifiée à Albertine, je me sentais envers celle-ci l'obligation morale de tenir les promesses d'amour faites à l'Albertine imaginaire. On se fiance par procuration, et on se croit obligé d'épouser ensuite la personne interposée. D'ailleurs, si avait disparu provisoirement du moins de ma vie une angoisse qu'eût suffi à apaiser le souvenir des manières comme il faut, de cette expression « parfaitement commun » et de la tempe enflammée, ce souvenir éveillait en moi un autre genre de désir qui, bien que doux et nullement douloureux, semblable à un sentiment fraternel, pouvait à la longue devenir aussi dangereux en me faisant ressentir à tout moment le besoin d'embrasser cette personne nouvelle dont les bonnes façons et la timidité, la disponibilité inattendue, arrêtaient la course inutile de mon imagination, mais donnaient naissance à une gratitude attendrie. Et puis comme la mémoire commence tout de suite à prendre des clichés indépendants les uns des autres, supprime tout lien, tout progrès, entre les scènes qui y sont figurées, dans la collection de ceux qu'elle expose, le dernier ne détruit pas forcément les précédents. En face de la médiocre et touchante Albertine à qui j'avais parlé, je voyais la mystérieuse Albertine en face de la mer. C'était maintenant des souvenirs, c'est-à-dire des tableaux dont l'un ne me semblait pas plus vrai que l'autre. Pour en finir avec ce premier soir de présentation, en cherchant à revoir ce petit grain de beauté sur la joue au-dessous de l'œil, je me rappelai que de chez Elstir, quand Albertine était partie, j'avais vu ce grain de beauté sur le menton. En somme, quand je la voyais, je remarquais qu'elle avait un grain de beauté, mais ma mémoire errante le promenait ensuite sur la figure d'Albertine et le plaçait tantôt ici tantôt là.

J'avais beau être assez désappointé d'avoir trouvé en Mlle Simonet une jeune fille trop peu différente de tout ce que je connaissais, de même que ma déception devant l'église de Balbec ne m'empêchait pas de désirer aller à Quimperlé, à Pont-Aven et à Venise, je me disais que par

Albertine du moins, si elle-même n'était pas ce que j'avais espéré, je pourrais connaître ses amies de la petite bande.

Je crus d'abord que j'y échouerais. Comme elle devait rester fort longtemps encore à Balbec et moi aussi, j'avais trouvé que le mieux était de ne pas trop chercher à la voir et d'attendre une occasion qui me fît la rencontrer. Mais cela arrivât-il tous les jours, il était fort à craindre qu'elle se contentât de répondre de loin à mon salut, lequel dans ce cas, répété quotidiennement pendant toute la saison, ne m'avancerait à rien.

Peu de temps après, un matin où il avait plu et où il faisait presque froid, je fus abordé sur la digue par une jeune fille portant un toquet et un manchon, si différente de celle que j'avais vue à la réunion d'Elstir que reconnaître en elle la même personne semblait pour l'esprit une opération impossible ; le mien y réussit cependant, mais après une seconde de surprise qui je crois n'échappa pas à Albertine. D'autre part, me souvenant à ce moment-là des « bonnes façons » qui m'avaient frappé, elle me fit éprouver l'étonnement inverse par son ton rude et ses manières « petite bande ». Au reste la tempe avait cessé d'être le centre optique et rassurant du visage, soit que je fusse placé de l'autre côté, soit que le toquet la recouvrît, soit que son inflammation ne fût pas constante. « Quel temps ! me dit-elle, au fond l'été sans fin de Balbec est une vaste blague. Vous ne faites rien ici ? On ne vous voit jamais au golf, aux bals du Casino ; vous ne montez pas à cheval non plus. Comme vous devez vous raser ! Vous ne trouvez pas qu'on se bêtifie à rester tout le temps sur la plage ? Ah ! vous aimez à faire le lézard ? Vous avez du temps de reste. Je vois que vous n'êtes pas comme moi, j'adore tous les sports ! Vous n'étiez pas aux courses de la Sogne ? Nous y sommes allés par le tram et je comprends que ça ne vous amuse pas de prendre un tacot pareil ! Nous avons mis deux heures ! J'aurais fait trois fois l'aller et retour avec ma bécane. » Moi qui avais admiré Saint-Loup quand il avait appelé tout naturellement le petit chemin de fer d'intérêt local le « tortillard » à cause des innombrables détours qu'il faisait, j'étais intimidé par la facilité avec laquelle Albertine disait le « tram », le « tacot ». Je sentais sa maîtrise dans un mode de désignations où j'avais peur qu'elle ne constatât et ne méprisât mon infériorité. Encore la richesse de synonymes que possédait la petite bande pour désigner ce chemin de fer ne m'était-elle pas encore révélée. En parlant, Albertine gardait la tête immobile, les narines serrées, ne faisait remuer que le bout des lèvres. Il en résultait ainsi un son traînard et nasal dans la composition duquel entraient peut-être des hérédités provinciales, une affectation juvénile de flegme britannique, les leçons d'une institutrice étrangère et une hypertrophie congestive de la muqueuse du nez. Cette émission, qui cédait bien vite au reste quand elle connaissait plus les gens et redevenait naturellement enfantine, aurait pu passer pour désagréable. Mais elle était particulière et m'enchantait. Chaque fois que j'étais quelques jours sans la rencontrer, je m'exaltais en me répétant : « On ne vous voit jamais au golf », avec le ton nasal sur lequel elle l'avait dit, toute droite, sans bouger la tête. Et je pensais alors qu'il n'existait pas de personne plus désirable.

Nous formions ce matin-là un de ces couples qui piquent çà et là la digue de leur conjonction, de leur arrêt, juste le temps d'échanger quelques paroles avant de se désunir pour reprendre séparément chacun sa promenade divergente. Je profitai de cette immobilité pour regarder et savoir définitivement où était situé le grain de beauté. Or, comme une phrase de Vinteuil qui m'avait enchanté dans la Sonate et que ma mémoire faisait errer de l'andante au finale jusqu'au jour où ayant la partition en main je pus la trouver et l'immobiliser dans mon souvenir à sa place, dans le scherzo, de même le grain de beauté que je m'étais rappelé tantôt sur la joue, tantôt sur le menton, s'arrêta à jamais sur la lèvre supérieure au-dessous du nez. C'est ainsi encore que nous rencontrons avec étonnement des vers que nous savons par cœur, dans une pièce où nous ne soupçonnions pas qu'ils se trouvassent.

À ce moment, comme pour que devant la mer se multipliât en liberté, dans la variété de ses formes, tout le riche ensemble décoratif qu'était le beau déroulement des vierges, à la fois dorées et roses, cuites par le soleil et par le vent, les amies d'Albertine, aux belles jambes, à la taille souple, mais si différentes les unes des autres, montrèrent leur groupe qui se développa, s'avançant dans notre direction, plus près de la mer, sur une ligne parallèle. Je demandai à Albertine la permission de l'accompagner pendant quelques instants. Malheureusement elle se

contenta de leur faire bonjour de la main. « Mais vos amies
vont se plaindre si vous les laissez », lui dis-je, espérant
que nous nous promènerions ensemble. Un jeune homme
aux traits réguliers, qui tenait à la main des raquettes,
s'approcha de nous. C'était le joueur de baccara dont les
folies indignaient tant la femme du premier président.
D'un air froid, impassible, en lequel il se figurait
évidemment que consistait la distinction suprême, il dit
bonjour à Albertine. « Vous venez du golf, Octave ? lui
demanda-t-elle. Ça a-t-il bien marché ? Étiez-vous en
forme ? — Oh ! ça me dégoûte, je suis dans les choux,
répondit-il. — Est-ce qu'Andrée y était ? — Oui, elle a
fait soixante-dix-sept. — Oh ! mais c'est un record.
— J'avais fait quatre-vingt-deux hier[1]. » Il était le fils d'un
très riche industriel qui devait jouer un rôle assez
important dans l'organisation de la prochaine Exposition
universelle[2]. Je fus frappé à quel point chez ce jeune
homme et les autres très rares amis masculins de ces jeunes
filles, la connaissance de tout ce qui était vêtements,
manière de les porter, cigares, boissons anglaises, chevaux
— et qu'il possédait jusque dans ses moindres détails avec
une infaillibilité orgueilleuse qui atteignait à la silencieuse
modestie du savant — s'était développée isolément sans
être accompagnée de la moindre culture intellectuelle. Il
n'avait aucune hésitation sur l'opportunité du smoking ou
du pyjama, mais ne se doutait pas du cas où on peut ou
non employer tel mot, même des règles les plus simples
du français. Cette disparité entre les deux cultures devait
être la même chez son père, président du Syndicat des
propriétaires de Balbec, car dans une lettre ouverte aux
électeurs qu'il venait de faire afficher sur tous les murs
il disait : « J'ai voulu voir le maire pour lui en causer,
il n'a pas voulu écouter mes justes griefs. » Octave
obtenait, au Casino, des prix dans tous les concours de
boston, de tango, etc., ce qui lui ferait faire s'il le voulait
un joli mariage dans ce milieu des « bains de mer » où
ce n'est pas au figuré mais au propre que les jeunes filles
épousent leur « danseur ». Il alluma un cigare en disant
à Albertine : « Vous permettez », comme on demande
l'autorisation de terminer tout en causant un travail pressé.
Car il ne pouvait jamais « rester sans rien faire », quoiqu'il
ne fît d'ailleurs jamais rien. Et comme l'inactivité complète
finit par avoir les mêmes effets que le travail exagéré, aussi

bien dans le domaine moral que dans la vie du corps et des muscles, la constante nullité intellectuelle qui habitait sous le front songeur d'Octave avait fini par lui donner, malgré son air calme, d'inefficaces démangeaisons de penser qui la nuit l'empêchaient de dormir, comme il aurait pu arriver à un métaphysicien surmené.

Pensant que si je connaissais leurs amis j'aurais plus d'occasions de voir ces jeunes filles, j'avais été sur le point de demander à lui être présenté. Je le dis à Albertine, dès qu'il fut parti en répétant : « Je suis dans les choux. » Je pensais lui inculquer ainsi l'idée de le faire la prochaine fois. « Mais voyons, s'écria-t-elle, je ne peux pas vous présenter à un gigolo ! Ici, ça pullule de gigolos. Mais ils ne pourraient pas causer avec vous. Celui-ci joue très bien au golf, un point c'est tout. Je m'y connais, il ne serait pas du tout votre genre. — Vos amies vont se plaindre si vous les laissez ainsi, lui dis-je, espérant qu'elle allait me proposer d'aller avec elle les rejoindre. — Mais non, elles n'ont aucun besoin de moi. » Nous croisâmes Bloch qui m'adressa un sourire fin et insinuant, et, embarrassé au sujet d'Albertine qu'il ne connaissait pas ou du moins connaissait « sans la connaître », abaissa sa tête vers son col d'un mouvement raide et rébarbatif. « Comment s'appelle-t-il, cet ostrogoth-là ? me demanda Albertine. Je ne sais pas pourquoi il me salue puisqu'il ne me connaît pas. Aussi je ne lui ai pas rendu son salut. » Je n'eus pas le temps de répondre à Albertine, car marchant droit sur nous : « Excuse-moi, dit-il, de t'interrompre, mais je voulais t'avertir que je vais demain à Doncières. Je ne peux plus attendre sans impolitesse et je me demande ce que de Saint-Loup-en-Bray doit penser de moi. Je te préviens que je prends le train de deux heures. À la disposition. » Mais je ne pensais plus qu'à revoir Albertine et tâcher de connaître ses amies et Doncières, comme elles n'y allaient pas et me ferait rentrer après l'heure où elles allaient sur la plage, me paraissait au bout du monde. Je dis à Bloch que cela m'était impossible. « Hé bien, j'irai seul. Selon les deux ridicules alexandrins du sieur Arouet, je dirai à Saint-Loup, pour charmer son cléricalisme :

> *Apprends que mon devoir ne dépend pas du sien ;*
> *Qu'il y manque, s'il veut ; je dois faire le mien*[1].

— Je reconnais qu'il est assez joli garçon, me dit Albertine, mais ce qu'il me dégoûte ! »

Je n'avais jamais songé que Bloch pût être joli garçon ; il l'était, en effet. Avec une tête un peu proéminente, un nez très busqué, un air d'extrême finesse et d'être persuadé de sa finesse, il avait un agréable visage. Mais il ne pouvait pas plaire à Albertine. C'était peut-être du reste à cause des mauvais côtés de celle-ci, de la dureté, de l'insensibilité de la petite bande, de sa grossièreté avec tout ce qui n'était pas elle. D'ailleurs plus tard, quand je les présentai, l'antipathie d'Albertine ne diminua pas. Bloch appartenait à un milieu où, entre la blague exercée contre le monde et pourtant le respect suffisant des bonnes manières que doit avoir un homme qui a « les mains propres », on a fait une sorte de compromis spécial qui diffère des manières du monde et est malgré tout une sorte, particulièrement odieuse, de mondanité. Quand on le présentait, il s'inclinait à la fois avec un sourire de scepticisme et un respect exagéré, et si c'était à un homme disait : « Enchanté, monsieur » d'une voix qui se moquait des mots qu'elle prononçait mais avait conscience d'appartenir à quelqu'un qui n'était pas un mufle. Cette première seconde donnée à une coutume qu'il suivait et raillait à la fois (comme il disait le 1er janvier : « Je vous la souhaite bonne et heureuse »), il prenait un air fin et rusé et « proférait des choses subtiles » qui étaient souvent pleines de vérité, mais « tapaient sur les nerfs » d'Albertine. Quand je lui dis ce premier jour qu'il s'appelait Bloch, elle s'écria : « Je l'aurais parié que c'était un youpin. C'est bien leur genre de faire les punaises. » Du reste, Bloch devait dans la suite irriter Albertine d'autre façon. Comme beaucoup d'intellectuels il ne pouvait pas dire simplement les choses simples. Il trouvait pour chacune d'elles un qualificatif précieux, puis généralisait. Cela ennuyait Albertine, laquelle n'aimait pas beaucoup qu'on s'occupât de ce qu'elle faisait, que quand elle s'était foulé le pied et restait tranquille, Bloch dît : « Elle est sur sa chaise longue, mais par ubiquité ne cesse pas de fréquenter simultanément de vagues golfs et de quelconques tennis. » Ce n'était que de la « littérature », mais qui, à cause des difficultés qu'Albertine sentait que cela pouvait lui créer avec des gens chez qui elle avait refusé une invitation en disant qu'elle ne pouvait pas remuer, eût suffi pour lui faire prendre en grippe la figure, le son de voix, du garçon qui disait ces choses. Nous nous quittâmes, Albertine et moi, en nous promettant de sortir une fois ensemble. J'avais causé avec elle sans plus savoir où tombaient mes paroles, ce qu'elles devenaient, que si j'eusse jeté des cailloux dans un abîme sans fond. Qu'elles soient remplies en général par la personne à qui nous les adressons d'un sens qu'elle tire de sa propre substance et qui est très différent de celui que nous avions mis dans ces mêmes paroles, c'est un fait que la vie courante nous révèle perpétuellement. Mais si de plus nous nous trouvons auprès d'une personne dont l'éducation (comme pour moi celle d'Albertine) nous est inconcevable, inconnus les penchants, les lectures, les principes, nous ne savons pas si nos paroles éveillent en elle quelque chose qui y ressemble plus que chez un animal à qui pourtant on aurait à faire comprendre certaines choses. De sorte qu'essayer de me lier avec Albertine m'apparaissait comme une mise en contact avec l'inconnu sinon avec l'impossible, comme un exercice aussi malaisé que dresser un cheval, aussi reposant qu'élever des abeilles ou que cultiver des rosiers.

J'avais cru il y avait quelques heures qu'Albertine ne répondrait à mon salut que de loin. Nous venions de nous quitter en faisant le projet d'une excursion ensemble. Je me promis, quand je rencontrerais Albertine, d'être plus hardi avec elle, et je m'étais tracé d'avance le plan de tout ce que je lui dirais et même (maintenant que j'avais tout à fait l'impression qu'elle devait être légère) de tous les plaisirs que je lui demanderais. Mais l'esprit est influençable comme la plante, comme la cellule, comme les éléments chimiques et le milieu qui le modifie si on l'y plonge, ce sont des circonstances, un cadre nouveau. Devenu différent par le fait de sa présence même, quand je me trouvai de nouveau avec Albertine, je lui dis tout autre chose que ce que j'avais projeté. Puis me souvenant de la tempe enflammée, je me demandais si Albertine n'apprécierait pas davantage une gentillesse qu'elle saurait être désintéressée. Enfin j'étais embarrassé devant certains de ses regards, de ses sourires. Ils pouvaient signifier mœurs faciles, mais aussi gaieté un peu bête d'une jeune fille sémillante mais ayant un fond d'honnêteté. Une même expression, de figure comme de langage, pouvant comporter diverses acceptions, j'étais hésitant comme un élève devant les difficultés d'une version grecque.

Cette fois-là nous rencontrâmes presque tout de suite la grande, Andrée, celle qui avait sauté par-dessus le premier président ; Albertine dut me présenter. Son amie avait des yeux extraordinairement clairs, comme est dans un appartement à l'ombre l'entrée, par la porte ouverte, d'une chambre où donnent le soleil et le reflet verdâtre de la mer illuminée.

Cinq messieurs passèrent que je connaissais très bien de vue depuis que j'étais à Balbec. Je m'étais souvent demandé qui ils étaient. « Ce ne sont pas des gens très chics, me dit Albertine en ricanant d'un air de mépris. Le petit vieux, teint, qui a des gants jaunes, il en a une touche, hein, il dégotte bien, c'est le dentiste de Balbec, c'est un brave type ; le gros c'est le maire, pas le tout petit gros, celui-là vous devez l'avoir vu, c'est le professeur de danse, il est assez moche aussi, il ne peut pas nous souffrir parce que nous faisons trop de bruit au Casino, que nous démolissons ses chaises, que nous voulons danser sans tapis, aussi il ne nous a jamais donné le prix quoiqu'il n'y a que nous qui sachions danser. Le dentiste est un brave homme, je lui aurais fait bonjour pour faire rager le maître de danse, mais je ne pouvais pas parce qu'il y a avec eux M. de Sainte-Croix, le conseiller général, un homme d'une très bonne famille qui s'est mis du côté des républicains, pour de l'argent ; aucune personne propre ne le salue plus. Il connaît mon oncle, à cause du gouvernement, mais le reste de ma famille lui a tourné le dos. Le maigre avec un imperméable, c'est le chef d'orchestre. Comment, vous ne le connaissez pas ! Il joue divinement. Vous n'avez pas été entendre *Cavalleria Rusticana*[1] ? Ah ! je trouve ça idéal ! Il donne un concert ce soir, mais nous ne pouvons pas y aller parce que ça a lieu dans la salle de la Mairie. Au Casino ça ne fait rien, mais dans la salle de la Mairie d'où on a enlevé le Christ, la mère d'Andrée tomberait en apoplexie si nous y allions. Vous me direz que le mari de ma tante est dans le gouvernement. Mais qu'est-ce que vous voulez ? Ma tante est ma tante. Ce n'est pas pour cela que je l'aime ! Elle n'a jamais eu qu'un désir, se débarrasser de moi. La personne qui m'a vraiment servi de mère, et qui a eu double mérite puisqu'elle ne m'est rien, c'est une amie que j'aime du reste comme une mère. Je vous montrerai sa photo. » Nous fûmes abordés un instant par le champion de golf et joueur de baccara, Octave. Je pensai avoir découvert un lien entre nous, car j'appris dans la conversation qu'il était un peu parent, et de plus assez aimé, des Verdurin. Mais il parla avec dédain des fameux mercredis, et ajouta que M. Verdurin ignorait l'usage du smoking ce qui rendait assez gênant de le rencontrer dans certains « music-halls » où on aurait autant aimé ne pas s'entendre crier : « Bonjour, galopin » par un monsieur en veston et en cravate noire de notaire de village. Puis Octave nous quitta, et bientôt après ce fut le tour d'Andrée, arrivée devant son chalet où elle entra sans que de toute la promenade elle m'eût dit un seul mot. Je regrettai d'autant plus son départ que tandis que je faisais remarquer à Albertine combien son amie avait été froide avec moi, et rapprochais en moi-même cette difficulté qu'Albertine semblait avoir à me lier avec ses amies, de l'hostilité contre laquelle, pour exaucer mon souhait, paraissait s'être le premier jour heurté Elstir, passèrent des jeunes filles que je saluai, les demoiselles d'Ambresac, auxquelles Albertine dit aussi bonjour.

Je pensais que ma situation vis-à-vis d'Albertine allait en être améliorée. Elles étaient les filles d'une parente de Mme de Villeparisis et qui connaissait aussi Mme de Luxembourg. M. et Mme d'Ambresac qui avaient une petite villa à Balbec, et, excessivement riches, menaient une vie des plus simples, étaient toujours habillés, le mari du même veston, la femme d'une robe sombre. Tous deux faisaient à ma grand-mère d'immenses saluts qui ne menaient à rien. Les filles, très jolies, s'habillaient avec plus d'élégance mais une élégance de ville et non de plage. Dans leurs robes longues, sous leurs grands chapeaux, elles avaient l'air d'appartenir à une autre humanité qu'Albertine. Celle-ci savait très bien qui elles étaient. « Ah ! vous connaissez les petites d'Ambresac ? Hé bien, vous connaissez des gens très chics. Du reste, ils sont très simples, ajouta-t-elle comme si c'était contradictoire. Elles sont très gentilles mais tellement bien élevées qu'on ne les laisse pas aller au Casino, surtout à cause de nous, parce que nous avons trop mauvais genre. Elles vous plaisent ? Dame, ça dépend. C'est tout à fait les petites oies blanches. Ça a peut-être son charme. Si vous aimez les petites oies blanches, vous êtes servi à souhait. Il paraît qu'elles peuvent plaire puisqu'il y en a déjà une de fiancée au marquis de Saint-Loup. Et cela fait beaucoup de peine à la cadette qui était amoureuse de ce jeune homme. Moi, rien que leur manière de parler du bout des lèvres m'énerve. Et puis elles s'habillent d'une manière ridicule. Elles vont jouer au golf en robes de soie ! À leur âge elles sont mises plus prétentieusement que des femmes âgées qui savent s'habiller. Tenez, Mme Elstir, voilà une femme élégante. » Je répondis qu'elle m'avait semblé vêtue avec beaucoup de simplicité. Albertine se mit à rire. « Elle est mise très simplement, en effet, mais elle s'habille à ravir et pour arriver à ce que vous trouvez de la simplicité, elle dépense un argent fou. » Les robes de Mme Elstir passaient inaperçues aux yeux de quelqu'un qui n'avait pas le goût sûr et sobre des choses de la toilette. Il me faisait défaut. Elstir le possédait au suprême degré, à ce que me dit Albertine. Je ne m'en étais pas douté ni que les choses élégantes mais simples qui emplissaient son atelier étaient des merveilles longtemps désirées par lui, qu'il avait suivies de vente en vente, connaissant toute leur histoire, jusqu'au jour ou il avait gagné assez d'argent pour pouvoir les posséder. Mais là-dessus, Albertine, aussi ignorante que moi, ne pouvait rien m'apprendre. Tandis que pour les toilettes, avertie par un instinct de coquette et peut-être par un regret de jeune fille pauvre qui goûte avec plus de désintéressement, de délicatesse chez les riches ce dont elle ne pourra se parer elle-même, elle sut me parler très bien des raffinements d'Elstir, si difficile qu'il trouvait toute femme mal habillée, et que mettant tout un monde dans une proportion, dans une nuance, il faisait faire pour sa femme à des prix fous des ombrelles, des chapeaux, des manteaux qu'il avait appris à Albertine à trouver charmants et qu'une personne sans goût n'eût pas plus remarqués que je n'avais fait. Du reste, Albertine qui avait fait un peu de peinture sans avoir d'ailleurs, elle l'avouait, aucune « disposition », éprouvait une grande admiration pour Elstir, et grâce à ce qu'il lui avait dit et montré, s'y connaissait en tableaux d'une façon qui contrastait fort avec son enthousiasme pour *Cavalleria Rusticana*. C'est qu'en réalité, bien que cela ne se vît guère encore, elle était très intelligente et dans les choses qu'elle disait, la bêtise n'était pas sienne, mais celle de son milieu et de son âge. Elstir avait eu sur elle une influence heureuse mais partielle. Toutes les formes de l'intelligence n'étaient pas

arrivées chez Albertine au même degré de développement.
Le goût de la peinture avait presque rattrapé celui de la
toilette et de toutes les formes de l'élégance, mais n'avait
pas été suivi par le goût de la musique qui restait fort en
arrière.

Albertine avait beau savoir qui étaient les Ambresac,
comme qui peut le plus ne peut pas forcément le moins,
je ne la trouvai pas, après que j'eusse salué ces jeunes filles,
plus disposée à me faire connaître ses amies. « Vous êtes
bien bon de leur donner de l'importance. Ne faites pas
attention à elles, ce n'est rien du tout. Qu'est-ce que ces
petites gosses peuvent compter pour un homme de votre
valeur ? Andrée au moins est remarquablement intelligente. C'est une bonne petite fille, quoique parfaitement
fantasque, mais les autres sont vraiment très stupides. »
Après avoir quitté Albertine, je ressentis tout à coup
beaucoup de chagrin que Saint-Loup m'eût caché ses
fiançailles, et fît quelque chose d'aussi mal que se marier
sans avoir rompu avec sa maîtresse. Peu de jours après
pourtant, je fus présenté à Andrée et comme elle parla
assez longtemps, j'en profitai pour lui dire que je voudrais
bien la voir le lendemain, mais elle me répondit que c'était
impossible parce qu'elle avait trouvé sa mère assez mal
et ne voulait pas la laisser seule. Deux jours après, étant
allé voir Elstir, il me dit la sympathie très grande
qu'Andrée avait pour moi ; comme je lui répondais :
« Mais c'est moi qui ai eu beaucoup de sympathie pour
elle dès le premier jour, je lui avais demandé à la revoir
le lendemain, mais elle ne pouvait pas. — Oui, je sais,
elle me l'a raconté, me dit Elstir, elle l'a assez regretté,
mais elle avait accepté un pique-nique à dix lieues d'ici
où elle devait aller en break et elle ne pouvait plus se
décommander. » Bien que ce mensonge fût, Andrée me
connaissant si peu, fort insignifiant, je n'aurais pas dû
continuer à fréquenter une personne qui en était capable.
Car ce que les gens ont fait, ils le recommencent
indéfiniment. Et qu'on aille voir chaque année un ami qui
les premières fois n'a pu venir à votre rendez-vous, ou
s'est enrhumé, on le retrouvera avec un autre rhume qu'il
aura pris, on le manquera à un autre rendez-vous où il
ne sera pas venu, pour une même raison permanente à
la place de laquelle il croit voir des raisons variées, tirées
des circonstances.

Un des matins qui suivirent celui où Andrée m'avait dit qu'elle était obligée de rester auprès de sa mère, je faisais quelques pas avec Albertine que j'avais aperçue, élevant au bout d'un cordonnet un attribut bizarre qui la faisait ressembler à l'« Idolâtrie » de Giotto[1] ; il s'appelle d'ailleurs un « diabolo[2] » et est tellement tombé en désuétude que devant le portrait d'une jeune fille en tenant un, les commentateurs de l'avenir pourront disserter comme devant telle figure allégorique de l'Arena[3], sur ce qu'elle a dans la main. Au bout d'un moment, leur amie à l'air pauvre et dur, qui avait ricané le premier jour d'un air si méchant : « Il me fait de la peine, ce pauvre vieux » en parlant du vieux monsieur effleuré par les pieds légers d'Andrée, vint dire à Albertine : « Bonjour, je vous dérange ? » Elle avait ôté son chapeau qui la gênait, et ses cheveux comme une variété végétale ravissante et inconnue reposaient sur son front dans la minutieuse délicatesse de leur foliation. Albertine, peut-être irritée de la voir tête nue, ne répondit rien, garda un silence glacial malgré lequel l'autre resta, tenue à distance de moi par Albertine qui s'arrangeait à certains instants pour être seule avec elle, à d'autres pour marcher avec moi, en la laissant derrière. Je fus obligé pour qu'elle me présentât de le lui demander devant l'autre. Alors au moment où Albertine me nomma, sur la figure et dans les yeux bleus de cette jeune fille à qui j'avais trouvé un air si cruel quand elle avait dit : « Ce pauvre vieux, y m' fait d' la peine », je vis passer et briller un sourire cordial, aimant, et elle me tendit la main. Ses cheveux étaient dorés, et ne l'étaient pas seuls ; car si ses joues étaient roses et ses yeux bleus, c'était comme le ciel encore empourpré du matin où partout pointe et brille l'or.

Prenant feu aussitôt, je me dis que c'était une enfant timide quand elle aimait et que c'était pour moi, par amour pour moi, qu'elle était restée avec nous malgré les rebuffades d'Albertine, et qu'elle avait dû être heureuse de pouvoir m'avouer enfin par ce regard souriant et bon qu'elle serait aussi douce avec moi que terrible aux autres. Sans doute m'avait-elle remarqué sur la plage même quand je ne la connaissais pas encore et pensait-elle à moi depuis ; peut-être était-ce pour se faire admirer de moi qu'elle s'était moquée du vieux monsieur et parce qu'elle ne parvenait pas à me connaître qu'elle avait eu les jours

suivants l'air morose. De l'hôtel, je l'avais souvent aperçue
le soir se promenant sur la plage. C'était probablement
avec l'espoir de me rencontrer. Et maintenant, gênée par
la présence d'Albertine autant qu'elle l'eût été par celle
de toute la petite bande, elle ne s'attachait évidemment
à nos pas, malgré l'attitude de plus en plus froide de son
amie, que dans l'espoir de rester la dernière, de prendre
rendez-vous avec moi pour un moment où elle trouverait
moyen de s'échapper sans que sa famille et ses amies le
sussent et me donner rendez-vous dans un lieu sûr avant
la messe ou après le golf. Il était d'autant plus difficile de
la voir qu'Andrée était mal avec elle et la détestait. « J'ai
supporté longtemps sa terrible fausseté, me dit-elle, sa
bassesse, les innombrables crasses qu'elle m'a faites. J'ai
tout supporté à cause des autres. Mais le dernier trait a
tout fait déborder. » Et elle me raconta un potin qu'avait
fait cette jeune fille et qui, en effet, pouvait nuire à Andrée.

Mais les paroles à moi promises par le regard de Gisèle
pour le moment où Albertine nous aurait laissés ensemble
ne purent m'être dites, parce qu'Albertine obstinément
placée entre nous deux, ayant continué à répondre de plus
en plus brièvement, puis ayant cessé de répondre du tout
aux propos de son amie, celle-ci finit par abandonner la
place. Je reprochai à Albertine d'avoir été si désagréable.
« Cela lui apprendra à être plus discrète. Ce n'est pas une
mauvaise fille mais elle est barbante. Elle n'a pas besoin de
venir fourrer son nez partout. Pourquoi se colle-t-elle à
nous sans qu'on lui demande ? Il était moins cinq que je
l'envoie paître. D'ailleurs, je déteste qu'elle ait ses cheveux
comme ça, ça donne mauvais genre. » Je regardais les joues
d'Albertine pendant qu'elle me parlait et je me demandais
quel parfum, quel goût elles pouvaient avoir : ce jour-là
elle était non pas fraîche, mais lisse, d'un rose uni, violacé,
crémeux, comme certaines roses qui ont un vernis de cire.
J'étais passionné pour elles comme on l'est parfois pour
une espèce de fleurs. « Je ne l'avais pas remarqué, lui
répondis-je. — Vous l'avez pourtant assez regardée, on
aurait dit que vous vouliez faire son portrait », me dit-elle
sans être radoucie par le fait qu'en ce moment ce fût
elle-même que je regardais tant. « Je ne crois pourtant
pas qu'elle vous plairait. Elle n'est pas flirt du tout. Vous
devez aimer les jeunes filles flirt, vous. En tout cas, elle
n'aura plus l'occasion d'être collante et de se faire semer,

parce qu'elle repart tantôt pour Paris. — Vos autres amies s'en vont avec elle ? — Non, elle seulement, elle et Miss. parce qu'elle a à repasser ses examens, elle va potasser la pauvre gosse. Ce n'est pas gai, je vous assure. Il peut arriver qu'on tombe sur un bon sujet. Le hasard est si grand. Ainsi une de nos amies a eu : "Racontez un accident auquel vous avez assisté." Ça c'est une veine. Mais je connais une jeune fille qui a eu à traiter (et à l'écrit encore) : "D'Alceste ou de Philinte, qui préféreriez-vous avoir comme ami ?" Ce que j'aurais séché là-dessus ! D'abord, en dehors de tout, ce n'est pas une question à poser à des jeunes filles. Les jeunes filles sont liées avec d'autres jeunes filles et ne sont pas censées avoir pour amis des messieurs. (Cette phrase, en me montrant que j'avais peu de chance d'être admis dans la petite bande, me fit trembler.) Mais en tous cas, même si la question était posée à des jeunes gens, qu'est-ce que vous voulez qu'on puisse trouver à dire là-dessus ? Plusieurs familles ont écrit au *Gaulois*[1] pour se plaindre de la difficulté de questions pareilles. Le plus fort est que dans un recueil des meilleurs devoirs d'élèves couronnées, le sujet a été traité deux fois d'une façon absolument opposée. Tout dépend de l'examinateur. L'un voulait qu'on dise que Philinte était un homme flatteur et fourbe, l'autre qu'on ne pouvait pas refuser son admiration à Alceste, mais qu'il était par trop acariâtre et que comme ami il fallait lui préférer Philinte. Comment voulez-vous que les malheureuses élèves s'y reconnaissent quand les professeurs ne sont pas d'accord entre eux ? Et encore ce n'est rien, chaque année ça devient plus difficile. Gisèle ne pourrait s'en tirer qu'avec un bon coup de piston. »

Je rentrai à l'hôtel, ma grand-mère n'y était pas, je l'attendis longtemps ; enfin, quand elle rentra, je la suppliai de me laisser aller faire dans des conditions inespérées une excursion qui durerait peut-être quarante-huit heures, je déjeunai avec elle, commandai une voiture et me fis conduire à la gare. Gisèle ne serait pas étonnée de m'y voir ; une fois que nous aurions changé à Doncières, dans le train de Paris, il y avait un wagon-couloir où, tandis que Miss sommeillerait, je pourrais emmener Gisèle dans des coins obscurs, prendre rendez-vous avec elle pour ma rentrée à Paris que je tâcherais de rapprocher le plus possible. Selon la volonté qu'elle m'exprimerait, je l'accompagnerais jusqu'à Caen ou jusqu'à Évreux, et reprendrais le train suivant. Tout de même, qu'eût-elle pensé si elle avait su que j'avais hésité longtemps entre elle et ses amies, que tout autant que d'elle j'avais voulu être amoureux d'Albertine, de la jeune fille aux yeux clairs, et de Rosemonde ! J'en éprouvais des remords, maintenant qu'un amour réciproque allait m'unir à Gisèle. J'aurais pu du reste lui assurer très véridiquement qu'Albertine ne me plaisait plus. Je l'avais vue ce matin s'éloigner en me tournant presque le dos, pour parler à Gisèle. Sur sa tête inclinée d'un air boudeur, ses cheveux qu'elle avait derrière différents et plus noirs encore, luisaient comme si elle venait de sortir de l'eau. J'avais pensé à une poule mouillée et ces cheveux m'avaient fait incarner en Albertine une autre âme que jusque-là, la figure violette et le regard mystérieux. Ces cheveux luisants derrière la tête, c'est tout ce que j'avais pu apercevoir d'elle pendant un moment, et c'est cela seulement que je continuais à voir. Notre mémoire ressemble à ces magasins qui, à leurs devantures, exposent d'une certaine personne, une fois une photographie, une fois une autre. Et d'habitude la plus récente reste quelque temps seule en vue. Tandis que le cocher pressait son cheval, j'écoutais les paroles de reconnaissance et de tendresse que Gisèle me disait, toutes nées de son bon sourire, et de sa main tendue : c'est que dans les périodes de ma vie où je n'étais pas amoureux et où je désirais de l'être, je ne portais pas seulement en moi un idéal physique de beauté qu'on a vu que je reconnaissais de loin dans chaque passante assez éloignée pour que ses traits confus ne s'opposassent pas à cette identification, mais encore le fantôme moral — toujours prêt à être incarné — de la femme qui allait être éprise de moi, me donner la réplique dans la comédie amoureuse que j'avais tout écrite dans ma tête depuis mon enfance et que toute jeune fille aimable me semblait avoir la même envie de jouer, pourvu qu'elle eût aussi un peu le physique de l'emploi. De cette pièce, quelle que fût la nouvelle « étoile » que j'appelais à créer ou à reprendre le rôle, le scénario, les péripéties, le texte même gardaient une forme *ne varietur*.

Quelques jours plus tard, malgré le peu d'empressement qu'Albertine avait mis à nous présenter, je connaissais toute la petite bande du premier jour, restée au complet

à Balbec (sauf Gisèle, qu'à cause d'un arrêt prolongé
devant la barrière de la gare, et un changement dans
l'horaire, je n'avais pu rejoindre au train, parti cinq
minutes avant mon arrivée, et à laquelle d'ailleurs je ne
pensais plus) et en plus deux ou trois de leurs amies qu'à
ma demande elles me firent connaître. Et ainsi l'espoir du
plaisir que je trouverais avec une jeune fille nouvelle
venant d'une autre jeune fille par qui je l'avais connue,
la plus récente était alors comme une de ces variétés de
roses qu'on obtient grâce à une rose d'une autre espèce.
Et remontant de corolle en corolle dans cette chaîne de
fleurs, le plaisir d'en connaître une différente me faisait
retourner vers celle à qui je la devais, avec une
reconnaissance mêlée d'autant de désir que mon espoir
nouveau. Bientôt je passai toutes mes journées avec ces
jeunes filles.

Hélas ! dans la fleur la plus fraîche on peut distinguer
les points imperceptibles qui pour l'esprit averti dessinent
déjà ce qui sera, par la dessiccation ou la fructification des
chairs aujourd'hui en fleur, la forme immuable et déjà
prédestinée de la graine. On suit avec délices un nez pareil
à une vaguelette qui enfle délicieusement une eau matinale
et qui semble immobile, dessinable, parce que la mer est
tellement calme qu'on ne perçoit pas la marée. Les visages
humains ne semblent pas changer au moment qu'on les
regarde parce que la révolution qu'ils accomplissent est
trop lente pour que nous la percevions. Mais il suffisait
de voir à côté de ces jeunes filles leur mère ou leur tante,
pour mesurer les distances que sous l'attraction interne
d'un type généralement affreux, ces traits auraient traversées dans moins de trente ans, jusqu'à l'heure du déclin
des regards, jusqu'à celle où le visage, passé tout entier
au-dessous de l'horizon, ne reçoit plus de lumière. Je savais
que, aussi profond, aussi inéluctable que le patriotisme juif
ou l'atavisme chrétien chez ceux qui se croient le plus
libérés de leur race, habitait sous la rose inflorescence
d'Albertine, de Rosemonde, d'Andrée, inconnu[1] à
elles-mêmes, tenu en réserve pour les circonstances, un
gros nez, une bouche proéminente, un embonpoint qui
étonnerait mais était en réalité dans la coulisse, prêt à
entrer en scène, imprévu, fatal, tout comme tel dreyfu-
sisme, tel cléricalisme, tel héroïsme national et féodal,
soudainement issus, à l'appel des circonstances, d'une

nature antérieure à l'individu lui-même, par laquelle il pense, vit, évolue, se fortifie ou meurt, sans qu'il puisse la distinguer des mobiles particuliers qu'il prend pour elle. Même mentalement, nous dépendons des lois naturelles beaucoup plus que nous ne croyons et notre esprit possède d'avance comme certain cryptogame, comme telle graminée les particularités que nous croyons choisir. Mais nous ne saisissons que les idées secondes sans percevoir la cause première (race juive, famille française, etc.) qui les produisait nécessairement et que nous manifestons au moment voulu. Et peut-être, alors que les unes nous paraissent le résultat d'une délibération, les autres d'une imprudence dans notre hygiène, tenons-nous de notre famille, comme les papilionacées la forme de leur graine, aussi bien les idées dont nous vivons que la maladie dont nous mourrons.

Comme sur un plant où les fleurs mûrissent à des époques différentes, je les avais vues, en de vieilles dames, sur cette plage de Balbec, ces dures graines, ces mous tubercules, que mes amies seraient un jour. Mais qu'importait ? En ce moment, c'était la saison des fleurs. Aussi quand Mme de Villeparisis m'invitait à une promenade, je cherchais une excuse pour n'être pas libre. Je ne fis de visites à Elstir que celles où mes nouvelles amies m'accompagnèrent. Je ne pus même pas trouver un après-midi pour aller à Doncières voir Saint-Loup, comme je le lui avais promis. Les réunions mondaines, les conversations sérieuses, voire une amicale causerie, si elles avaient pris la place de mes sorties avec ces jeunes filles, m'eussent fait le même effet que si à l'heure du déjeuner on nous emmenait non pas manger, mais regarder un album. Les hommes, les jeunes gens, les femmes vieilles ou mûres avec qui nous croyons nous plaire, ne sont portés pour nous que sur une plane et inconsistante superficie parce que nous ne prenons conscience d'eux que par la perception visuelle réduite à elle-même ; mais c'est comme déléguée par les autres sens qu'elle se dirige vers les jeunes filles ; ils vont chercher l'une derrière l'autre les diverses qualités odorantes, tactiles, savoureuses, qu'ils goûtent ainsi même sans le secours des mains et des lèvres ; et, capables, grâce aux arts de transposition, au génie de synthèse où excelle le désir, de restituer sous la couleur des joues ou de la poitrine, l'attouchement, la dégustation, les contacts interdits, ils donnent à ces filles la même consistance mielleuse qu'ils font quand ils butinent dans une roseraie, ou dans une vigne dont ils mangent des yeux les grappes.

S'il pleuvait, bien que le mauvais temps n'effrayât pas Albertine qu'on voyait parfois, dans son caoutchouc, filer en bicyclette sous les averses, nous passions la journée dans le Casino où il m'eût paru ces jours-là impossible de ne pas aller. J'avais le plus grand mépris pour les demoiselles d'Ambresac qui n'y étaient jamais entrées. Et j'aidais volontiers mes amies à jouer de mauvais tours au professeur de danse. Nous subissions généralement quelques admonestations du tenancier ou des employés usurpant un pouvoir directorial parce que mes amies, même Andrée qu'à cause de cela j'avais crue le premier jour une créature si dionysiaque et qui était au contraire frêle, intellectuelle et cette année-là fort souffrante, mais qui obéissait malgré cela moins à l'état de sa santé qu'au génie de cet âge qui emporte tout et confond dans la gaieté les malades et les vigoureux, ne pouvaient pas aller du vestibule à la salle des fêtes sans prendre leur élan, sauter par-dessus toutes les chaises, revenir sur une glissade en gardant leur équilibre par un gracieux mouvement de bras, en chantant, mêlant tous les arts, dans cette première jeunesse, à la façon de ces poètes des anciens âges pour qui les genres ne sont pas encore séparés et qui mêlent dans un poème épique les préceptes agricoles aux enseignements théologiques[1].

Cette Andrée qui m'avait paru la plus froide le premier jour était infiniment plus délicate, plus affectueuse, plus fine qu'Albertine à qui elle montrait une tendresse caressante et douce de grande sœur. Elle venait au Casino s'asseoir à côté de moi et savait — au contraire d'Albertine — refuser un tour de valse ou même si j'étais fatigué renoncer à aller au Casino pour venir à l'hôtel. Elle exprimait son amitié pour moi, pour Albertine, avec des nuances qui prouvaient la plus délicieuse intelligence des choses du cœur, laquelle était peut-être due en partie à son état maladif. Elle avait toujours un sourire gai pour excuser l'enfantillage d'Albertine qui exprimait avec une violence naïve la tentation irrésistible qu'offraient pour elle des parties de plaisir auxquelles elle ne savait pas, comme Andrée, préférer résolument de causer avec moi... Quand l'heure d'aller à un goûter donné au golf approchait, si nous étions tous ensemble à ce moment-là, elle se préparait, puis venant à Andrée : « Hé bien, Andrée, qu'est-ce que tu attends pour venir ? Tu sais que nous allons goûter au golf. — Non, je reste à causer avec lui, répondait Andrée en me désignant. — Mais tu sais que Mme Durieux t'a invitée », s'écriait Albertine, comme si l'intention d'Andrée de rester avec moi ne pouvait s'expliquer que par l'ignorance où elle devait être qu'elle avait été invitée. « Voyons, ma petite, ne sois pas tellement idiote », répondait Andrée. Albertine n'insistait pas, de peur qu'on lui proposât de rester aussi. Elle secouait la tête : « Fais à ton idée », répondait-elle, comme on dit à un malade qui par plaisir se tue à petit feu, « moi je me trotte, car je crois que ta montre retarde », et elle prenait ses jambes à son cou. « Elle est charmante, mais inouïe », disait Andrée en enveloppant son amie d'un sourire qui la caressait et la jugeait à la fois. Si, en ce goût du divertissement, Albertine avait quelque chose de la Gilberte des premiers temps, c'est qu'une certaine ressemblance existe, tout en évoluant, entre les femmes que nous aimons successivement, ressemblance qui tient à la fixité de notre tempérament parce que c'est lui qui les choisit, éliminant toutes celles qui ne nous seraient pas à la fois opposées et complémentaires, c'est-à-dire propres à satisfaire nos sens et à faire souffrir notre cœur. Elles sont, ces femmes, un produit de notre tempérament, une image, une projection renversées, un « négatif » de notre sensibilité. De sorte qu'un romancier pourrait au cours de la vie de son héros, peindre presque exactement semblables ses successives amours et donner par là l'impression non de s'imiter lui-même mais de créer, puisqu'il y a moins de force dans une innovation artificielle que dans une répétition destinée à suggérer une vérité neuve. Encore devrait-il noter dans le caractère de l'amoureux, un indice de variation qui s'accuse au fur et à mesure qu'on arrive dans de nouvelles régions, sous d'autres latitudes de la vie. Et peut-être exprimerait-il encore une vérité de plus si, peignant pour ses autres personnages des caractères, il s'abstenait d'en donner aucun à la femme aimée. Nous connaissons le caractère des indifférents, comment pourrions-nous saisir celui d'un être qui se confond avec notre vie, que bientôt nous ne

séparons plus de nous-même, sur les mobiles duquel nous
ne cessons de faire d'anxieuses hypothèses, perpétuellement remaniées ? S'élançant d'au-delà de l'intelligence,
notre curiosité de la femme que nous aimons dépasse dans
sa course le caractère de cette femme. Nous pourrions
nous y arrêter que sans doute nous ne le voudrions pas.
L'objet de notre inquiète investigation est plus essentiel
que ces particularités de caractère, pareilles à ces petits
losanges d'épiderme dont les combinaisons variées font
l'originalité fleurie de la chair. Notre radiation intuitive
les traverse et les images qu'elle nous rapporte ne sont
point celles d'un visage particulier mais représentent la
morne et douloureuse universalité d'un squelette.

Comme Andrée était extrêmement riche, Albertine
pauvre et orpheline, Andrée avec une grande générosité
la faisait profiter de son luxe. Quant à ses sentiments pour
Gisèle ils n'étaient pas tout à fait ceux que j'avais crus.
On eut en effet bientôt des nouvelles de l'étudiante et
quand Albertine montra la lettre qu'elle en avait reçue,
lettre destinée par Gisèle à donner des nouvelles de son
voyage et de son arrivée à la petite bande, en s'excusant
sur sa paresse de ne pas écrire encore aux autres, je fus
surpris d'entendre Andrée, que je croyais brouillée à mort
avec elle, dire : « Je lui écrirai demain, parce que si
j'attends sa lettre d'abord, je peux attendre longtemps, elle
est si négligente. » Et se tournant vers moi elle ajouta :
« Vous ne la trouveriez pas très remarquable évidemment,
mais c'est une si brave fille, et puis j'ai vraiment une grande
affection pour elle. » Je conclus que les brouilles d'Andrée
ne duraient pas longtemps.

Sauf ces jours de pluie, comme nous devions aller en
bicyclette sur la falaise ou dans la campagne, une heure
d'avance je cherchais à me faire beau et gémissais si
Françoise n'avait pas bien préparé mes affaires.

Or, même à Paris, elle redressait fièrement et rageusement sa taille que l'âge commençait à courber, pour peu
qu'on la trouvât en faute, elle humble, modeste et
charmante quand son amour-propre était flatté. Comme
il était le grand ressort de sa vie, la satisfaction et la bonne
humeur de Françoise étaient en proportion directe de la
difficulté des choses qu'on lui demandait. Celles qu'elle
avait à faire à Balbec étaient si aisées qu'elle montrait
presque toujours un mécontentement qui était soudain

centuplé et auquel s'alliait une ironique expression
d'orgueil quand je me plaignais, au moment d'aller
retrouver mes amies, que mon chapeau ne fût pas brossé,
ou mes cravates en ordre. Elle qui pouvait se donner tant
de peine sans trouver pour cela qu'elle eût rien fait, à la
simple observation qu'un veston n'était pas à sa place, non
seulement elle vantait avec quel soin elle l'avait « renfermé plutôt que non pas le laisser à la poussière », mais
prononçant un éloge en règle de ses travaux, déplorait
que ce ne fussent guère des vacances qu'elle prenait à
Balbec, qu'on ne trouverait pas une seconde personne
comme elle pour mener une telle vie. « Je ne comprends
pas comment qu'on peut laisser ses affaires comme ça et
allez-y voir si une autre saurait se retrouver dans ce pêle
et mêle. Le diable lui-même y perdrait son latin. » Ou
bien elle se contentait de prendre un visage de reine, me
lançant des regards enflammés, et gardait un silence rompu
aussitôt qu'elle avait fermé la porte et s'était engagée dans
le couloir ; il retentissait alors de propos que je devinais
injurieux, mais qui restaient aussi indistincts que ceux des
personnages qui débitent leurs premières paroles derrière
le portant avant d'être entrés en scène. D'ailleurs, quand
je me préparais ainsi à partir avec mes amies, même si
rien ne manquait et si Françoise était de bonne humeur,
elle se montrait tout de même insupportable. Car se
servant de plaisanteries que dans mon besoin de parler
de ces jeunes filles je lui avais faites sur elles, elle prenait
un air de me révéler ce que j'aurais mieux su qu'elle si
cela avait été exact, mais ce qui ne l'était pas car Françoise
avait mal compris. Elle avait comme tout le monde son
caractère propre ; une personne ne ressemble jamais à une
voie droite, mais nous étonne de ses détours singuliers
et inévitables dont les autres ne s'aperçoivent pas et par
où il nous est pénible d'avoir à passer. Chaque fois que
j'arrivais au point : « Chapeau pas en place », « nom
d'Andrée ou d'Albertine », j'étais obligé par Françoise
de m'égarer dans des chemins détournés et absurdes qui
me retardaient beaucoup. Il en était de même quand je
faisais préparer des sandwiches au chester et à la salade
et acheter des tartes que je mangerais à l'heure du goûter,
sur la falaise, avec ces jeunes filles et qu'elles auraient bien
pu payer à tour de rôle si elles n'avaient été aussi
intéressées, déclarait Françoise au secours de qui venait

alors tout un atavisme de rapacité et de vulgarité
provinciales et pour laquelle on eût dit que l'âme divisée
de la défunte Eulalie s'était incarnée plus gracieusement
qu'en saint Éloi dans les corps charmants de mes amies
de la petite bande. J'entendais ces accusations avec la rage
de me sentir buter à un des endroits à partir desquels le
chemin rustique et familier qu'était le caractère de
Françoise devenait impraticable, pas pour longtemps
heureusement. Puis le veston retrouvé et les sandwiches
prêts, j'allais chercher Albertine, Andrée, Rosemonde,
d'autres parfois, et, à pied ou en bicyclette, nous partions.

Autrefois j'eusse préféré que cette promenade eût lieu
par le mauvais temps. Alors je cherchais à retrouver dans
Balbec « le pays des Cimmériens[1] », et de belles journées
étaient une chose qui n'aurait pas dû exister là, une
intrusion du vulgaire été des baigneurs dans cette antique
région voilée par les brumes. Mais maintenant, tout ce que
j'avais dédaigné, écarté de ma vue, non seulement les effets
de soleil, mais même les régates, les courses de chevaux,
je l'eusse recherché avec passion pour la même raison
qu'autrefois je n'aurais voulu que des mers tempétueuses,
et qui était qu'elles se rattachaient, les unes comme
autrefois les autres à une idée esthétique. C'est qu'avec
mes amies nous étions quelquefois allés voir Elstir, et les
jours où les jeunes filles étaient là, ce qu'il avait montré
de préférence, c'était quelques croquis d'après de jolies
yachtswomen ou bien une esquisse prise sur un hippodrome voisin de Balbec. J'avais d'abord timidement avoué
à Elstir que je n'avais pas voulu aller aux réunions qui
y avaient été données. « Vous avez eu tort, me dit-il, c'est
si joli et si curieux aussi. D'abord cet être particulier, le
jockey, sur lequel tant de regards sont fixés, et qui devant
le paddock est là morne, grisâtre dans sa casaque éclatante,
ne faisant qu'un avec le cheval caracolant qu'il ressaisit,
comme ce serait intéressant de dégager ses mouvements
professionnels, de montrer la tache brillante qu'il fait
et que fait aussi la robe des chevaux, sur le champ de
courses ! Quelle transformation de toutes choses dans cette
immensité lumineuse d'un champ de courses où on est
surpris par tant d'ombres, de reflets, qu'on ne voit que
là ! Ce que les femmes peuvent y être jolies ! La première
réunion surtout était ravissante, et il y avait des femmes
d'une extrême élégance, dans une lumière humide,

hollandaise, où l'on sentait monter dans le soleil même le froid pénétrant de l'eau. Jamais je n'ai vu les femmes arrivant en voiture, ou leurs jumelles aux yeux, dans une pareille lumière qui tient sans doute à l'humidité marine. Ah ! que j'aurais aimé la rendre ; je suis revenu de ces courses, fou, avec un tel désir de travailler ! » Puis il s'extasia plus encore sur les réunions de yachting que sur les courses de chevaux et je compris que des régates, que des meetings sportifs où des femmes bien habillées baignent dans la glauque lumière d'un hippodrome marin, pouvaient être, pour un artiste moderne, un motif aussi intéressant que les fêtes qu'ils aimaient tant à décrire pour un Véronèse ou un Carpaccio. « Votre comparaison est d'autant plus exacte, me dit Elstir, qu'à cause de la ville où ils peignaient ces fêtes étaient pour une part nautiques. Seulement, la beauté des embarcations de ce temps-là résidait le plus souvent dans leur lourdeur, dans leur complication. Il y avait des joutes sur l'eau, comme ici, données généralement en l'honneur de quelque ambassade pareille à celle que Carpaccio a représentée dans *La Légende de sainte Ursule*[1]. Les navires étaient massifs, construits comme des architectures, et semblaient presque amphibies comme de moindres Venise au milieu de l'autre, quand amarrés à l'aide de ponts volants, recouverts de satin cramoisi et de tapis persans, ils portaient des femmes en brocart cerise ou en damas vert, tout près des balcons incrustés de marbres multicolores où d'autres femmes se penchaient pour regarder, dans leurs robes aux manches noires à crevés blancs serrés de perles ou ornés de guipures. On ne savait plus où finissait la terre, où commençait l'eau, qu'est-ce qui était encore le palais ou déjà le navire, la caravelle, la galéasse, le Bucentaure. » Albertine écoutait avec une attention passionnée ces détails de toilette, ces images de luxe que nous décrivait Elstir. « Oh ! je voudrais bien voir les guipures dont vous me parlez, c'est si joli le point de Venise, s'écriait-elle ; d'ailleurs j'aimerais tant aller à Venise ! — Vous pourrez peut-être bientôt, lui dit Elstir, contempler les étoffes merveilleuses qu'on portait là-bas. On ne les voyait plus que dans les tableaux des peintres vénitiens, ou alors très rarement dans les trésors des églises, parfois même il y en avait une qui passait dans une vente. Mais on dit qu'un artiste de Venise, Fortuny[2], a retrouvé le secret de leur fabrication et qu'avant quelques années les femmes pourront se promener, et surtout rester chez elles dans des brocarts aussi magnifiques que ceux que Venise ornait, pour ses patriciennes, avec des dessins d'Orient. Mais je ne sais pas si j'aimerai beaucoup cela, si ce ne sera pas un peu trop costume anachronique pour des femmes d'aujourd'hui, même paradant aux régates, car pour en revenir à nos modernes bateaux de plaisance, c'est tout le contraire que du temps de Venise, "Reine de l'Adriatique". Le plus grand charme d'un yacht, de l'ameublement d'un yacht, des toilettes de yachting, est leur simplicité de choses de la mer, et j'aime tant la mer ! Je vous avoue que je préfère les modes d'aujourd'hui aux modes du temps de Véronèse et même de Carpaccio. Ce qu'il y a de joli dans nos yachts — et dans les yachts moyens surtout, je n'aime pas les énormes, trop navires, c'est comme pour les chapeaux, il y a une mesure à garder — c'est la chose unie, simple, claire, grise qui par les temps voilés, bleuâtres, prend un flou crémeux. Il faut que la pièce où l'on se tient ait l'air d'un petit café. Les toilettes des femmes sur un yacht, c'est la même chose ; ce qui est gracieux, ce sont ces toilettes légères, blanches et unies, en toile, en linon, en pékin, en coutil, qui au soleil et sur le bleu de la mer font un blanc aussi éclatant qu'une voile blanche. Il y a très peu de femmes du reste qui s'habillent bien, quelques-unes pourtant sont merveilleuses. Aux courses, Mlle Léa avait un petit chapeau blanc et une petite ombrelle blanche, c'était ravissant. Je ne sais pas ce que je donnerais pour avoir cette petite ombrelle. » J'aurais tant voulu savoir en quoi cette petite ombrelle différait des autres, et pour d'autres raisons, de coquetterie féminine, Albertine l'aurait voulu plus encore. Mais comme Françoise qui disait pour les soufflés : « C'est un tour de main », la différence était dans la coupe. « C'était, disait Elstir, tout petit, tout rond, comme un parasol chinois. » Je citai les ombrelles de certaines femmes, mais ce n'était pas cela du tout. Elstir trouvait toutes ces ombrelles affreuses. Homme d'un goût difficile et exquis, il faisait consister dans un rien qui était tout, la différence entre ce que portaient les trois quarts des femmes et qui lui faisait horreur et une jolie chose qui le ravissait, et au contraire de ce qui m'arrivait à moi pour qui tout luxe était stérilisant, exaltait son désir de peindre « pour tâcher

de faire des choses aussi jolies ». « Tenez, voilà une petite
qui a déjà compris comment étaient le chapeau et
l'ombrelle », me dit Elstir en me montrant Albertine, dont
les yeux brillaient de convoitise. « Comme j'aimerais être
riche pour avoir un yacht ! dit-elle au peintre. Je vous
demanderais des conseils pour l'aménager. Quels beaux
voyages je ferais ! Et comme ce serait joli d'aller aux
régates de Cowes ! Et une automobile ! Est-ce que vous
trouvez que c'est joli, les modes des femmes pour les
automobiles ? — Non, répondit Elstir, mais cela le sera.
D'ailleurs, il y a peu de couturiers, un ou deux, Callot,
quoique donnant un peu trop dans la dentelle, Doucet,
Cheruit, quelquefois Paquin[1]. Le reste sont des horreurs.
— Mais alors, il y a une différence immense entre une
toilette de Callot et celle d'un couturier quelconque ?
demandai-je à Albertine. — Mais énorme, mon petit
bonhomme, me répondit-elle. Oh ! pardon. Seulement,
hélas ! ce qui coûte trois cents francs ailleurs coûte deux
mille francs chez eux. Mais cela ne se ressemble pas, cela
a l'air pareil pour les gens qui n'y connaissent rien.
— Parfaitement, répondit Elstir, sans aller pourtant jusqu'à
dire que la différence soit aussi profonde qu'entre une
statue de la cathédrale de Reims et de l'église Saint-
Augustin[2]. Tenez, à propos de cathédrales », dit-il en
s'adressant spécialement à moi, parce que cela se référait
à une causerie à laquelle ces jeunes filles n'avaient pas pris
part et qui d'ailleurs ne les eût nullement intéressées, « je
vous parlais l'autre jour de l'église de Balbec comme d'une
grande falaise, une grande levée des pierres du pays, mais
inversement, me dit-il en me montrant une aquarelle,
regardez ces falaises (c'est une esquisse prise tout près d'ici,
aux Creuniers[3]), regardez comme ces rochers puissamment
et délicatement découpés font penser à une cathédrale. »
En effet, on eût dit d'immenses arceaux roses. Mais peints
par un jour torride, ils semblaient réduits en poussière,
volatilisés par la chaleur, laquelle avait à demi bu la mer,
presque passée, dans toute l'étendue de la toile, à l'état
gazeux. Dans ce jour où la lumière avait comme détruit
la réalité, celle-ci était concentrée dans des créatures
sombres et transparentes qui par contraste donnaient une
impression de vie plus saisissante, plus proche : les ombres.
Altérées de fraîcheur, la plupart désertant le large
enflammé s'étaient réfugiées au pied des rochers, à l'abri

du soleil ; d'autres nageant lentement sur les eaux comme
des dauphins s'attachaient aux flancs de barques en
promenade dont elles élargissaient la coque, sur l'eau pâle,
de leur corps verni et bleu. C'était peut-être la soif de
fraîcheur communiquée par elles qui donnait le plus la
sensation de la chaleur de ce jour et qui me fit m'écrier
combien je regrettais de ne pas connaître les Creuniers.
Albertine et Andrée assurèrent que j'avais dû y aller cent
fois. En ce cas, c'était sans le savoir, ni me douter qu'un
jour leur vue pourrait m'inspirer une telle soif de beauté,
non pas précisément naturelle comme celle que j'avais
cherchée jusqu'ici dans les falaises de Balbec, mais plutôt
architecturale. Surtout moi qui, parti pour voir le royaume
des tempêtes, ne trouvais jamais dans mes promenades
avec Mme de Villeparisis où souvent nous ne l'apercevions
que de loin, peint dans l'écartement des arbres, l'océan
assez réel, assez liquide, assez vivant, donnant assez
l'impression de lancer ses masses d'eau, et qui n'aurais
aimé le voir immobile que sous un linceul hivernal de
brume, je n'eusse guère pu croire que je rêverais
maintenant d'une mer qui n'était plus qu'une vapeur
blanchâtre ayant perdu la consistance et la couleur. Mais
cette mer, Elstir, comme ceux qui rêvaient dans ces
barques engourdies par la chaleur, en avait jusqu'à une
telle profondeur, goûté l'enchantement qu'il avait su
rapporter, fixer sur sa toile, l'imperceptible reflux de l'eau,
la pulsation d'une minute heureuse ; et on était soudain
devenu si amoureux en voyant ce portrait magique, qu'on
ne pensait plus qu'à courir le monde pour retrouver la
journée enfuie, dans sa grâce instantanée et dormante.

De sorte que si avant ces visites chez Elstir, avant d'avoir
vu une marine de lui où une jeune femme, en robe de
barège ou de linon, dans un yacht arborant le drapeau
américain, mit le « double » spirituel d'une robe de linon
blanc et d'un drapeau dans mon imagination qui aussitôt
couva un désir insatiable de voir sur-le-champ des robes
de linon blanc et des drapeaux près de la mer, comme
si cela ne m'était jamais arrivé jusque-là, je m'étais toujours
efforcé, devant la mer, d'expulser du champ de ma vision,
aussi bien que les baigneurs du premier plan, les yachts
aux voiles trop blanches comme un costume de plage, tout
ce qui m'empêchait de me persuader que je contemplais
le flot immémorial qui déroulait déjà sa même

vie mystérieuse avant l'apparition de l'espèce humaine et jusqu'aux jours radieux qui me semblaient revêtir de l'aspect banal de l'universel été cette côte de brumes et de tempêtes, y marquer un simple temps d'arrêt, l'équivalent de ce qu'on appelle en musique une mesure pour rien, or maintenant c'était[1] le mauvais temps qui me paraissait devenir quelque accident funeste, ne pouvant plus trouver de place dans le monde de la beauté : je désirais vivement aller retrouver dans la réalité ce qui m'exaltait si fort et j'espérais que le temps serait assez favorable pour voir du haut de la falaise les mêmes ombres bleues que dans le tableau d'Elstir.

Le long de la route, je ne me faisais plus d'ailleurs un écran de mes mains comme dans ces jours où concevant la nature comme animée d'une vie antérieure à l'apparition de l'homme et en opposition avec tous ces fastidieux perfectionnements de l'industrie qui m'avaient fait jusqu'ici bâiller d'ennui dans les expositions universelles ou chez les modistes, j'essayais de ne voir de la mer que la section où il n'y avait pas de bateau à vapeur, de façon à me la représenter comme immémoriale, encore contemporaine des âges où elle avait été séparée de la terre, à tout le moins contemporaine des premiers siècles de la Grèce, ce qui me permettait de me redire en toute vérité les vers du « père Leconte » chers à Bloch :

> Ils sont partis, les rois des nefs éperonnées,
> Emmenant sur la mer tempétueuse, hélas !
> Les hommes chevelus de l'héroïque Hellas[2].

Je ne pouvais plus mépriser les modistes puisque Elstir m'avait dit que le geste délicat par lequel elles donnent un dernier chiffonnement, une suprême caresse aux nœuds ou aux plumes d'un chapeau terminé, l'intéresserait autant à rendre que celui des jockeys (ce qui avait ravi Albertine). Mais il fallait attendre mon retour, pour les modistes, à Paris, pour les courses et les régates, à Balbec où on n'en donnerait plus avant l'année prochaine. Même un yacht emmenant des femmes en linon blanc était introuvable.

Souvent nous rencontrions les sœurs de Bloch que j'étais obligé de saluer depuis que j'avais dîné chez leur père. Mes amies ne les connaissaient pas. « On ne me

permet pas de jouer avec des israélites », disait Albertine.
La façon dont elle prononçait « issraélite » au lieu
d'« izraélite » aurait suffi à indiquer, même si on n'avait
pas entendu le commencement de la phrase, que ce n'était
pas de sentiments de sympathie envers le peuple élu
qu'étaient animées ces jeunes bourgeoises, de familles
dévotes, et qui devaient croire aisément que les juifs
égorgeaient les enfants chrétiens. « Du reste, elles ont un
sale genre, vos amies », me disait Andrée avec un sourire
qui signifiait qu'elle savait bien que ce n'était pas mes
amies. « Comme tout ce qui touche à la tribu », répondait
Albertine sur le ton sentencieux d'une personne d'expérience. À vrai dire les sœurs de Bloch, à la fois trop
habillées et à demi nues, l'air languissant, hardi, fastueux
et souillon, ne produisaient pas une impression excellente.
Et une de leurs cousines qui n'avait que quinze ans
scandalisait le Casino par l'admiration qu'elle affichait pour
Mlle Léa, dont M. Bloch père prisait très fort le talent
d'actrice, mais que son goût ne passait pas pour porter
surtout du côté des messieurs.

Il y avait des jours où nous goûtions dans l'une des
fermes-restaurants du voisinage. Ce sont les fermes dites
des Écorres, Marie-Thérèse, de la Croix-d'Heuland, de
Bagatelle, de Californie, de Marie-Antoinette[1]. C'est cette
dernière qu'avait adoptée la petite bande.

Mais quelquefois au lieu d'aller dans une ferme, nous
montions jusqu'au haut de la falaise, et une fois arrivés
et assis sur l'herbe, nous défaisions notre paquet de
sandwiches et de gâteaux. Mes amies préféraient les
sandwiches et s'étonnaient de me voir manger seulement
un gâteau au chocolat gothiquement historié de sucre ou
une tarte à l'abricot. C'est qu'avec les sandwiches au
chester et à la salade, nourriture ignorante et nouvelle,
je n'avais rien à dire. Mais les gâteaux étaient instruits,
les tartes étaient bavardes. Il y avait dans les premiers des
fadeurs de crème et dans les secondes des fraîcheurs de
fruits qui en savaient long sur Combray, sur Gilberte, non
seulement la Gilberte de Combray, mais celle de Paris aux
goûters de qui je les avais retrouvés. Ils me rappelaient
ces assiettes à petits fours, des *Mille et Une Nuits*, qui
distrayaient tant de leurs « sujets » ma tante Léonie quand
Françoise lui apportait, un jour, *Aladin ou la Lampe
Merveilleuse*, un autre, *Ali-Baba*, *le Dormeur éveillé* ou *Sinbad*

le Marin embarquant à Bassora avec toutes ses richesses. J'aurais
bien voulu les revoir, mais ma grand-mère ne savait pas
ce qu'elles étaient devenues et croyait d'ailleurs que c'était
de vulgaires assiettes achetées dans le pays. N'importe,
dans le gris et champenois Combray, leurs vignettes
s'encastraient multicolores, comme dans la noire Église les
vitraux aux mouvantes pierreries, comme dans le crépuscule de ma chambre les projections de la lanterne magique,
comme devant la vue de la gare et du chemin de fer
départemental les boutons d'or des Indes et les lilas de
Perse, comme la collection de vieux Chine de ma
grand-tante dans sa sombre demeure de vieille dame de
province.

Étendu sur la falaise je ne voyais devant moi que des
prés, et, au-dessus d'eux, non pas les sept ciels de la
physique chrétienne, mais la superposition de deux
seulement, un plus foncé — la mer — et en haut un plus
pâle. Nous goûtions, et si j'avais emporté aussi quelque
petit souvenir qui pût plaire à l'une ou à l'autre de mes
amies, la joie remplissait avec une violence si soudaine
leur visage translucide en un instant devenu rouge que
leur bouche n'avait pas la force de la retenir et pour la
laisser passer, éclatait de rire. Elles étaient assemblées
autour de moi ; et entre les visages peu éloignés les uns
des autres, l'air qui les séparait traçait des sentiers d'azur
comme frayés par un jardinier qui a voulu mettre un peu
de jour pour pouvoir circuler lui-même au milieu d'un
bosquet de roses.

Nos provisions épuisées, nous jouions à des jeux qui
jusque-là m'eussent paru ennuyeux, quelquefois aussi
enfantins que « La Tour prends garde » ou « À qui rira
le premier », mais auxquels je n'aurais plus renoncé pour
un empire ; l'aurore de jeunesse dont s'empourprait
encore le visage de ces jeunes filles et hors de laquelle
je me trouvais déjà, à mon âge, illuminait tout devant
elles, et, comme la fluide peinture de certains primitifs,
faisait se détacher les détails les plus insignifiants de leur
vie sur un fond d'or. Pour la plupart les visages mêmes
de ces jeunes filles étaient confondus dans cette rougeur
confuse de l'aurore d'où les véritables traits n'avaient pas
encore jailli. On ne voyait qu'une couleur charmante sous
laquelle ce que devait être dans quelques années le profil
n'était pas discernable. Celui d'aujourd'hui n'avait rien de

définitif et pouvait n'être qu'une ressemblance momentanée avec quelque membre défunt de la famille auquel la nature avait fait cette politesse commémorative. Il vient si vite, le moment où l'on n'a plus rien à attendre, où le corps est figé dans une immobilité qui ne promet plus de surprises, où l'on perd toute espérance en voyant, comme aux arbres en plein été des feuilles déjà mortes, autour de visages encore jeunes des cheveux qui tombent ou blanchissent, il est si court ce matin radieux qu'on en vient à n'aimer que les très jeunes filles, celles chez qui la chair comme une pâte précieuse travaille encore. Elles ne sont qu'un flot de matière ductile pétrie à tout moment par l'impression passagère qui les domine. On dirait que chacune est tour à tour une petite statuette de la gaieté, du sérieux juvénile, de la câlinerie, de l'étonnement, modelée par une expression franche, complète, mais fugitive. Cette plasticité donne beaucoup de variété et de charme aux gentils égards que nous montre une jeune fille. Certes ils sont indispensables aussi chez la femme, et celle à qui nous ne plaisons pas ou qui ne nous laisse pas voir que nous lui plaisons, prend à nos yeux quelque chose d'ennuyeusement uniforme. Mais ces gentillesses elles-mêmes, à partir d'un certain âge, n'amènent plus de molles fluctuations sur un visage que les luttes de l'existence ont durci, rendu à jamais militant ou extatique. L'un — par la force continue de l'obéissance qui soumet l'épouse à son époux — semble, plutôt que d'une femme, le visage d'un soldat ; l'autre, sculpté par les sacrifices qu'a consentis chaque jour la mère pour ses enfants, est d'un apôtre. Un autre encore est, après des années de traverses et d'orages, le visage d'un vieux loup de mer, chez une femme dont les vêtements seuls révèlent le sexe. Et certes les attentions qu'une femme a pour nous peuvent encore, quand nous l'aimons, semer de charmes nouveaux les heures que nous passons auprès d'elle. Mais elle n'est pas successivement pour nous une femme différente. Sa gaieté reste extérieure à une figure inchangée. Mais l'adolescence est antérieure à la solidification complète et de là vient qu'on éprouve auprès des jeunes filles ce rafraîchissement que donne le spectacle des formes sans cesse en train de changer, à jouer en une instable opposition qui fait penser à cette perpétuelle recréation des éléments primordiaux de la nature qu'on contemple devant la mer.

Ce n'était pas seulement une matinée mondaine, une promenade avec Mme de Villeparisis que j'eusse sacrifiées au « furet » ou aux « devinettes » de mes amies. À plusieurs reprises Robert de Saint-Loup me fit dire que puisque je n'allais pas le voir à Doncières, il avait demandé une permission de vingt-quatre heures et la passerait à Balbec. Chaque fois je lui écrivis de n'en rien faire, en invoquant l'excuse d'être obligé de m'absenter justement ce jour-là pour aller remplir dans le voisinage un devoir de famille avec ma grand-mère. Sans doute me jugea-t-il mal en apprenant par sa tante en quoi consistait le devoir de famille et quelles personnes tenaient en l'espèce le rôle de grand-mère. Et pourtant je n'avais peut-être pas tort de sacrifier les plaisirs non seulement de la mondanité, mais de l'amitié, à celui de passer tout le jour dans ce jardin. Les êtres qui en ont la possibilité — il est vrai que ce sont les artistes et j'étais convaincu depuis longtemps que je ne le serais jamais — ont aussi le devoir de vivre pour eux-mêmes ; or l'amitié leur est une dispense de ce devoir, une abdication de soi. La conversation même qui est le mode d'expression de l'amitié est une divagation superficielle, qui ne nous donne rien à acquérir. Nous pouvons causer pendant toute une vie sans rien dire que répéter indéfiniment le vide d'une minute, tandis que la marche de la pensée dans le travail solitaire de la création artistique se fait dans le sens de la profondeur, la seule direction qui ne nous soit pas fermée, où nous puissions progresser, avec plus de peine il est vrai, pour un résultat de vérité. Et l'amitié n'est pas seulement dénuée de vertu comme la conversation, elle est de plus funeste. Car l'impression d'ennui que ne peuvent pas ne pas éprouver auprès de leur ami, c'est-à-dire à rester à la surface de soi-même, au lieu de poursuivre leur voyage de décou-vertes dans les profondeurs, ceux d'entre nous dont la loi de développement est purement interne, cette impression d'ennui, l'amitié nous persuade de la rectifier quand nous nous retrouvons seuls, de nous rappeler avec émotion les paroles que notre ami nous a dites, de les considérer comme un précieux apport alors que nous ne sommes pas comme des bâtiments à qui on peut ajouter des pierres du dehors, mais comme des arbres qui tirent de leur propre sève le nœud suivant de leur tige, l'étage supérieur de leur frondaison. Je me mentais à moi-même, j'interrompais

la croissance dans le sens selon lequel je pouvais en effet
véritablement grandir et être heureux, quand je me
félicitais d'être aimé, admiré, par un être aussi bon, aussi
intelligent, aussi recherché que Saint-Loup, quand j'adap-
tais mon intelligence, non à mes propres obscures
impressions que c'eût été mon devoir de démêler, mais
aux paroles de mon ami à qui en me les redisant — en
me les faisant redire par cet autre que soi-même qui vit
en nous et sur qui on est toujours si content de se
décharger du fardeau de penser — je m'efforçais de
trouver une beauté, bien différente de celle que je
poursuivais silencieusement quand j'étais vraiment seul,
mais qui donnerait plus de mérite à Robert, à moi-même,
à ma vie. Dans celle qu'un tel ami me faisait, je
m'apparaissais comme douillettement préservé de la
solitude, noblement désireux de me sacrifier moi-même
pour lui, en somme incapable de me réaliser. Près de ces
jeunes filles, au contraire, si le plaisir que je goûtais était
égoïste, du moins n'était-il pas basé sur le mensonge qui
cherche à nous faire croire que nous ne sommes pas
irrémédiablement seuls et qui quand nous causons avec
un autre nous empêche de nous avouer que ce n'est plus
nous qui parlons, que nous nous modelons alors à la
ressemblance des étrangers et non d'un moi qui diffère
d'eux. Les paroles qui s'échangeaient entre les jeunes filles
de la petite bande et moi étaient peu intéressantes, rares
d'ailleurs, coupées de ma part de longs silences. Cela ne
m'empêchait pas de prendre à les écouter quand elles me
parlaient autant de plaisir qu'à les regarder, à découvrir
dans la voix de chacune d'elles un tableau vivement coloré.
C'est avec délices que j'écoutais leur pépiement. Aimer
aide à discerner, à différencier. Dans un bois l'amateur
d'oiseaux distingue aussitôt ces gazouillis particuliers à
chaque oiseau, que le vulgaire confond. L'amateur de
jeunes filles sait que les voix humaines sont encore bien
plus variées. Chacune possède plus de notes que le plus
riche instrument. Et les combinaisons selon lesquelles elle
les groupe sont aussi inépuisables que l'infinie variété des
personnalités. Quand je causais avec une de mes amies,
je m'apercevais que le tableau original, unique de son
individualité, m'était ingénieusement dessiné, tyrannique-
ment imposé aussi bien par les inflexions de sa voix que
par celles de son visage et que c'était deux spectacles qui

traduisaient, chacun dans son plan, la même réalité singulière. Sans doute les lignes de la voix, comme celles du visage, n'étaient pas encore définitivement fixées ; la première muerait encore, comme le second changerait. Comme les enfants possèdent une glande dont la liqueur les aide à digérer le lait et qui n'existe plus chez les grandes personnes, il y avait dans le gazouillis de ces jeunes filles des notes que les femmes n'ont plus. Et de cet instrument plus varié, elles jouaient avec leurs lèvres, avec cette application, cette ardeur des petits anges musiciens de Bellini[1], lesquelles sont aussi un apanage exclusif de la jeunesse. Plus tard ces jeunes filles perdraient cet accent de conviction enthousiaste qui donnait du charme aux choses les plus simples, soit qu'Albertine sur un ton d'autorité débitât des calembours que les plus jeunes écoutaient avec admiration jusqu'à ce que le fou rire se saisît d'elles avec la violence irrésistible d'un éternuement, soit qu'Andrée mît à parler de leurs travaux scolaires, plus enfantins encore que leurs jeux, une gravité essentiellement puérile ; et leurs paroles détonnaient, pareilles à ces strophes des temps antiques où la poésie encore peu différenciée de la musique se déclamait sur des notes différentes. Malgré tout la voix de ces jeunes filles accusait déjà nettement le parti pris que chacune de ces petites personnes avait sur la vie, parti pris si individuel que c'est user d'un mot bien trop général que de dire pour l'une : « elle prend tout en plaisantant » ; pour l'autre : « elle va d'affirmation en affirmation » ; pour la troisième : « elle s'arrête à une hésitation expectante ». Les traits de notre visage ne sont guère que des gestes devenus, par l'habitude, définitifs. La nature, comme la catastrophe de Pompéi, comme une métamorphose de nymphe, nous a immobilisés dans le mouvement accoutumé. De même nos intonations contiennent notre philosophie de la vie, ce que la personne se dit à tout moment sur les choses. Sans doute ces traits n'étaient pas qu'à ces jeunes filles. Ils étaient à leurs parents. L'individu baigne dans quelque chose de plus général que lui. À ce compte, les parents ne fournissent pas que ce geste habituel que sont les traits du visage et de la voix, mais aussi certaines manières de parler, certaines phrases consacrées, qui presque aussi inconscientes qu'une intonation, presque aussi profondes, indiquent, comme elle, un point de vue sur la vie. Il est

vrai que pour les jeunes filles, il y a certaines de ces
expressions que leurs parents ne leur donnent pas avant
un certain âge, généralement pas avant qu'elles soient des
femmes. On les garde en réserve. Ainsi par exemple si
on parlait des tableaux d'un ami d'Elstir, Andrée qui avait
encore les cheveux dans le dos ne pouvait encore faire
personnellement usage de l'expression dont usaient sa
mère et sa sœur mariée : « Il paraît que *l'homme* est
charmant. » Mais cela viendrait avec la permission d'aller
au Palais-Royal. Et déjà depuis sa première communion,
Albertine disait comme une amie de sa tante : « Je
trouverais cela assez terrible. » On lui avait aussi donné
en présent l'habitude de faire répéter ce qu'on lui disait
pour avoir l'air de s'intéresser et de chercher à se former
une opinion personnelle. Si on disait que la peinture d'un
peintre était bien, ou sa maison jolie : « Ah ! c'est bien,
sa peinture ? Ah ! c'est joli, sa maison ? » Enfin plus
générale encore que n'est le legs familial était la
savoureuse matière imposée par la province originelle d'où
elles tiraient leur voix et à même laquelle mordaient leurs
intonations. Quand Andrée pinçait sèchement une note
grave, elle ne pouvait faire que la corde périgourdine de
son instrument vocal ne rendît un son chantant fort en
harmonie d'ailleurs avec la pureté méridionale de ses
traits ; et aux perpétuelles gamineries de Rosemonde, la
matière de son visage et de sa voix du Nord répondaient,
quoi qu'elle en eût, avec l'accent de sa province. Entre
cette province et le tempérament de la jeune fille qui dictait
les inflexions, je percevais un beau dialogue. Dialogue,
non pas discorde. Aucune ne saurait diviser la jeune fille
et son pays natal. Elle, c'est lui encore. Du reste cette
réaction des matériaux locaux sur le génie qui les utilise
et à qui elle donne plus de verdeur ne rend pas l'œuvre
moins individuelle, et que ce soit celle d'un architecte,
d'un ébéniste, ou d'un musicien, elle ne reflète pas moins
minutieusement les traits les plus subtils de la personnalité
de l'artiste, parce qu'il a été forcé de travailler dans la
pierre meulière de Senlis ou le grès rouge de Strasbourg,
qu'il a respecté les nœuds particuliers au frêne, qu'il a
tenu compte dans son écriture des ressources et des limites
de la sonorité, des possibilités de la flûte ou de l'alto.

Je m'en rendais compte et pourtant nous causions si
peu ! Tandis qu'avec Mme de Villeparisis ou Saint-Loup,

j'eusse démontré par mes paroles beaucoup plus de plaisir
que je n'en eusse ressenti, car je les quittais avec fatigue,
au contraire couché entre ces jeunes filles, la plénitude
de ce que j'éprouvais l'emportait infiniment sur la
pauvreté, la rareté de nos propos, et débordait de mon
immobilité et de mon silence, en flots de bonheur dont
le clapotis venait mourir au pied de ces jeunes roses.

Pour un convalescent qui se repose tout le jour dans
un jardin fleuriste ou dans un verger, une odeur de fleurs
et de fruits n'imprègne pas plus profondément les mille
riens dont se compose son farniente que pour moi cette
couleur, cet arôme que mes regards allaient chercher sur
ces jeunes filles et dont la douceur finissait par s'incorporer
en moi. Ainsi les raisins se sucrent-ils au soleil. Et par leur
lente continuité, ces jeux si simples avaient aussi amené
en moi, comme chez ceux qui ne font autre chose que
rester étendus au bord de la mer à respirer le sel, à se
hâler, une détente, un sourire béat, un éblouissement
vague qui avait gagné jusqu'à mes yeux.

Parfois une gentille attention de telle ou telle éveillait
en moi d'amples vibrations qui éloignaient pour un temps
le désir des autres. Ainsi un jour Albertine avait dit :
« Qu'est-ce qui a un crayon ? » Andrée l'avait fourni,
Rosemonde le papier, Albertine leur avait dit : « Mes
petites bonnes femmes, je vous défends de regarder ce
que j'écris. » Après s'être appliquée à bien tracer chaque
lettre, le papier appuyé à ses genoux, elle me l'avait passé
en me disant : « Faites attention qu'on ne voie pas. » Alors
je l'avais déplié et j'avais lu ces mots qu'elle m'avait écrits
« Je vous aime bien[1]. »

« Mais au lieu d'écrire des bêtises », cria-t-elle en se
tournant d'un air soudainement impétueux et grave vers
Andrée et Rosemonde, « il faut que je vous montre la
lettre que Gisèle m'a écrite ce matin. Je suis folle, je l'ai
dans ma poche, et dire que cela peut nous être si utile ! »
Gisèle avait cru devoir adresser à son amie, afin qu'elle
la communiquât aux autres, la composition qu'elle avait
faite pour son certificat d'études[2]. Les craintes d'Albertine
sur la difficulté des sujets proposés avaient encore été
dépassées par les deux entre lesquels Gisèle avait eu à
opter. L'un était : « Sophocle écrit des Enfers à Racine
pour le consoler de l'insuccès d'*Athalie*[3] » ; l'autre :
« Vous supposerez qu'après la première représentation

d'*Esther*, Mme de Sévigné écrit à Mme de La Fayette pour lui dire combien elle a regretté son absence[1]. » Or Gisèle, par un excès de zèle qui avait dû toucher les examinateurs, avait choisi le premier, le plus difficile de ces deux sujets, et l'avait traité si remarquablement qu'elle avait eu quatorze et avait été félicitée par le jury. Elle aurait obtenu la mention « très bien » si elle n'avait « séché » dans son examen d'espagnol. La composition dont Gisèle avait envoyé la copie à Albertine nous fut immédiatement lue par celle-ci, car devant elle-même passer le même examen, elle désirait beaucoup avoir l'avis d'Andrée, beaucoup plus forte qu'elles toutes et qui pouvait lui donner de bons tuyaux. « Elle en a une veine, dit Albertine. C'est justement un sujet que lui avait fait piocher ici sa maîtresse de français. » La lettre de Sophocle à Racine, rédigée par Gisèle, commençait ainsi : « Mon cher ami, excusez-moi de vous écrire sans avoir l'honneur d'être personnellement connu de vous, mais votre nouvelle tragédie d'*Athalie* ne montre-t-elle pas que vous avez parfaitement étudié mes modestes ouvrages ? Vous n'avez pas mis de vers que dans la bouche des protagonistes, ou personnages principaux du drame, mais vous en avez écrit, et de charmants, permettez-moi de vous le dire sans cajolerie, pour les chœurs qui ne faisaient pas trop mal, à ce qu'on dit, dans la tragédie grecque, mais qui sont en France une véritable nouveauté. De plus, votre talent, si délié, si fignolé, si charmeur, si fin, si délicat, a atteint à une énergie dont je vous félicite. Athalie, Joad, voilà des personnages que votre rival, Corneille, n'eût pas su mieux charpenter. Les caractères sont virils, l'intrigue est simple et forte. Voilà une tragédie dont l'amour n'est pas le ressort et je vous en fais mes compliments les plus sincères. Les préceptes les plus fameux ne sont pas toujours les plus vrais. Je vous citerai comme exemple :

> *De cette passion la sensible peinture*
> *Est pour aller au cœur la route la plus sûre*[2].

Vous avez montré que le sentiment religieux dont débordent vos chœurs n'est pas moins capable d'attendrir. Le grand public a pu être dérouté, mais les vrais connaisseurs vous rendent justice. J'ai tenu à vous envoyer toutes mes congratulations auxquelles je joins, mon cher confrère, l'expression de mes sentiments les plus distingués. »

Les yeux d'Albertine n'avaient cessé d'étinceler pendant qu'elle faisait cette lecture : « C'est à croire qu'elle a copié cela, s'écria-t-elle quand elle eut fini. Jamais je n'aurais cru Gisèle capable de pondre un devoir pareil. Et ces vers qu'elle cite ! Où a-t-elle pu aller chiper ça ? » L'admiration d'Albertine, changeant il est vrai d'objet, mais encore accrue, ne cessa pas, ainsi que l'application la plus soutenue, de lui faire « sortir les yeux de la tête » tout le temps qu'Andrée, consultée comme plus grande et comme plus calée, d'abord parla du devoir de Gisèle avec une certaine ironie, puis, avec un air de légèreté qui dissimulait mal un sérieux véritable, refit à sa façon la même lettre. « Ce n'est pas mal, dit-elle à Albertine, mais si j'étais toi et qu'on me donne le même sujet, ce qui peut arriver, car on le donne très souvent, je ne ferais pas comme cela. Voilà comment je m'y prendrais. D'abord, si j'avais été Gisèle, je ne me serais pas laissée emballer et j'aurais commencé par écrire sur une feuille à part mon plan. En première ligne, la position de la question et l'exposition du sujet ; puis les idées générales à faire entrer dans le développement. Enfin l'appréciation, le style, la conclusion. Comme cela, en s'inspirant d'un sommaire, on sait où on va. Dès l'exposition du sujet ou si tu aimes mieux, Titine, puisque c'est une lettre, dès l'entrée en matière, Gisèle a gaffé. Écrivant à un homme du XVIIᵉ siècle, Sophocle ne devait pas écrire : mon cher ami. — Elle aurait dû, en effet, lui faire dire : mon cher Racine, s'écria fougueusement Albertine. Ç'aurait été bien mieux. — Non, répondit Andrée sur un ton un peu persifleur, elle aurait dû mettre : "Monsieur". De même, pour finir elle aurait dû trouver quelque chose comme : "Souffrez, Monsieur (tout au plus, cher Monsieur), que je vous dise ici les sentiments d'estime avec lesquels j'ai l'honneur d'être votre serviteur." D'autre part, Gisèle dit que les chœurs sont dans *Athalie* une nouveauté. Elle oublie *Esther*, et deux tragédies peu connues, mais qui ont été précisément analysées cette année par le professeur, de sorte que rien qu'en les citant, comme c'est son dada, on est sûre d'être reçue. Ce sont *Les Juives* de Robert Garnier et l'*Aman*, de Montchrestien. » Andrée cita ces deux titres sans parvenir à cacher un sentiment de bienveillante

supériorité qui s'exprima dans un sourire, assez gracieux
d'ailleurs. Albertine n'y tint plus : « Andrée, tu es
renversante, s'écria-t-elle. Tu vas m'écrire ces deux
titres-là. Crois-tu ? Quelle chance si je passais là-dessus,
même à l'oral, je les citerais aussitôt et je ferais un effet
bœuf. » Mais dans la suite, chaque fois qu'Albertine
demanda à Andrée de lui redire les noms des deux pièces
pour qu'elle les inscrivît, l'amie si savante prétendit les
avoir oubliés et ne les lui rappela jamais. « Ensuite »,
reprit Andrée sur un ton d'imperceptible dédain à l'égard
de camarades plus puériles, mais heureuse pourtant de se
faire admirer et attachant à la manière dont elle aurait fait
sa composition plus d'importance qu'elle ne voulait le
laisser voir, « Sophocle aux Enfers doit être bien informé.
Il doit donc savoir que ce n'est pas devant le grand public,
mais devant le Roi-Soleil et quelques courtisans privilégiés
que fut représentée *Athalie*. Ce que Gisèle dit à ce propos
de l'estime des connaisseurs n'est pas mal du tout, mais
pourrait être complété. Sophocle, devenu immortel, peut
très bien avoir le don de la prophétie et annoncer que
selon Voltaire *Athalie* ne sera pas seulement "le chef-
d'œuvre de Racine, mais celui de l'esprit humain[1]". »
Albertine buvait toutes ces paroles. Ses prunelles étaient
en feu. Et c'est avec l'indignation la plus profonde qu'elle
repoussa la proposition de Rosemonde de se mettre à
jouer. « Enfin », dit Andrée du même ton détaché,
désinvolte, un peu railleur et assez ardemment convaincu,
« si Gisèle avait posément noté d'abord les idées générales
qu'elle avait à développer, elle aurait peut-être pensé à
ce que j'aurais fait, moi, montrer la différence qu'il y a
dans l'inspiration religieuse des chœurs de Sophocle et de
ceux de Racine. J'aurais fait faire par Sophocle la remarque
que si les chœurs de Racine sont empreints de sentiments
religieux comme ceux de la tragédie grecque, pourtant
il ne s'agit pas des mêmes dieux. Celui de Joad n'a rien
à voir avec celui de Sophocle. Et cela amène tout
naturellement, après la fin du développement, la conclusion : "Qu'importe que les croyances soient différentes ?"
Sophocle se ferait un scrupule d'insister là-dessus. Il
craindrait de blesser les convictions de Racine et glissant
à ce propos quelques mots sur ses maîtres de Port-Royal,
il préfère féliciter son émule de l'élévation de son génie
poétique. »

L'admiration et l'attention avaient donné si chaud à Albertine qu'elle suait à grosses gouttes. Andrée gardait le flegme souriant d'un dandy femelle. « Il ne serait pas mauvais non plus de citer quelques jugements de critiques célèbres », dit-elle avant qu'on se remît à jouer. « Oui, répondit Albertine, on m'a dit cela. Les plus recommandables en général, n'est-ce pas, sont les jugements de Sainte-Beuve et de Merlet¹ ? — Tu ne te trompes pas absolument », répliqua Andrée qui se refusa d'ailleurs à lui écrire les deux autres noms malgré les supplications d'Albertine, « Merlet et Sainte-Beuve ne font pas mal. Mais il faut surtout citer Deltour et Gasc-Desfossés². »

Pendant ce temps je songeais à la petite feuille de bloc-notes que m'avait passée Albertine : « Je vous aime bien », et une heure plus tard, tout en descendant les chemins qui ramenaient, un peu trop à pic à mon gré, vers Balbec, je me disais que c'était avec elle que j'aurais mon roman.

L'état caractérisé par l'ensemble de signes auxquels nous reconnaissons d'habitude que nous sommes amoureux, tels les ordres que je donnais à l'hôtel de ne m'éveiller pour aucune visite, sauf si c'était celle d'une ou l'autre de ces jeunes filles, ces battements de cœur en les attendant (quelle que fût celle qui dût venir) et ces jours-là ma rage si je n'avais pu trouver un coiffeur pour me raser et devais paraître enlaidi devant Albertine, Rosemonde ou Andrée, sans doute cet état, renaissant alternativement pour l'une ou l'autre, était aussi différent de ce que nous appelons amour que diffère de la vie humaine celle des zoophytes où l'existence, l'individualité, si l'on peut dire, est répartie entre différents organismes. Mais l'histoire naturelle nous apprend qu'une telle organisation animale est observable et notre propre vie, pour peu qu'elle soit déjà un peu avancée, n'est pas moins affirmative sur la réalité d'états insoupçonnés de nous autrefois et par lesquels nous devons passer, quitte à les abandonner ensuite : tel pour moi cet état amoureux divisé simultanément entre plusieurs jeunes filles. Divisé ou plutôt indivis, car le plus souvent ce qui m'était délicieux, différent du reste du monde, ce qui commençait à me devenir cher au point que l'espoir de le retrouver le lendemain était la meilleure joie de ma vie, c'était plutôt tout le groupe de ces jeunes filles, pris dans l'ensemble de ces après-midi sur la falaise, pendant ces heures éventées, sur cette bande d'herbe où étaient posées ces figures si excitantes pour mon imagination d'Albertine, de Rosemonde, d'Andrée ; et cela, sans que j'eusse pu dire laquelle me rendait ces lieux si précieux, laquelle j'avais le plus envie d'aimer. Au commencement d'un amour comme à sa fin nous ne sommes pas exclusivement attachés à l'objet de cet amour, mais plutôt le désir d'aimer dont il va procéder (et plus tard le souvenir qu'il laisse) erre voluptueusement dans une zone de charmes interchangeables — charmes parfois simplement de nature, de gourmandise, d'habitation — assez harmoniques entre eux pour qu'il ne se sente, auprès d'aucun, dépaysé. D'ailleurs comme, devant elles, je n'étais pas encore blasé par l'habitude, j'avais la faculté de les voir, autant dire d'éprouver un étonnement profond chaque fois que je me retrouvais en leur présence. Sans doute pour une part cet étonnement tient à ce que l'être nous présente alors une nouvelle face de lui-même ; mais, tant est grande la multiplicité de chacun, la richesse des lignes de son visage et de son corps, lignes desquelles si peu se retrouvent, aussitôt que nous ne sommes plus auprès de la personne, dans la simplicité arbitraire de notre souvenir, comme la mémoire a choisi telle particularité qui nous a frappé, l'a isolée, l'a exagérée, faisant d'une femme qui nous a paru grande une étude où la longueur de sa taille est démesurée, ou d'une femme qui nous a semblé rose et blonde une pure « Harmonie en rose et or[1] », au moment où de nouveau cette femme est près de nous, toutes les autres qualités oubliées qui font équilibre à celle-là nous assaillent, dans leur complexité confuse, diminuant la hauteur, noyant le rose, et substituant à ce que nous sommes venus exclusivement chercher d'autres particularités que nous nous rappelons avoir remarquées la première fois et dont nous ne comprenons pas que nous ayons pu si peu nous attendre à les revoir. Nous nous souvenions, nous allions au-devant, d'un paon et nous trouvons une pivoine. Et cet étonnement inévitable n'est pas le seul ; car à côté de celui-là il y en a un autre né de la différence, non plus entre les stylisations du souvenir et la réalité, mais entre l'être que nous avons vu la dernière fois et celui qui nous apparaît aujourd'hui sous un autre angle, nous montrant un nouvel aspect. Le visage humain est vraiment comme celui du Dieu d'une

théogonie orientale, toute une grappe de visages juxta-
posés dans des plans différents et qu'on ne voit pas à la
fois.

Mais pour une grande part, notre étonnement vient
surtout de ce que l'être nous présente aussi une même
face. Il nous faudrait un si grand effort pour recréer tout
ce qui nous a été fourni par ce qui n'est pas nous — fût-ce
le goût d'un fruit — qu'à peine l'impression reçue, nous
descendons insensiblement la pente du souvenir et sans
nous en rendre compte, en très peu de temps, nous sommes
très loin de ce que nous avons senti. De sorte que chaque
nouvelle entrevue est une espèce de redressement qui nous
ramène à ce que nous avions bien vu. Nous ne nous en
souvenions déjà plus, tant ce qu'on appelle se rappeler
un être c'est en réalité l'oublier. Mais aussi longtemps que
nous savons encore voir, au moment où le trait oublié nous
apparaît, nous le reconnaissons, nous sommes obligés de
rectifier la ligne déviée et ainsi la perpétuelle et féconde
surprise qui rendait si salutaires et assouplissants pour moi
ces rendez-vous quotidiens avec les belles jeunes filles du
bord de la mer, était faite, tout autant que de découvertes,
de réminiscence. En ajoutant à cela l'agitation éveillée par
ce qu'elles étaient pour moi, qui n'était jamais tout à fait
ce que j'avais cru et qui faisait que l'espérance de la
prochaine réunion n'était plus semblable à la précédente
espérance mais au souvenir encore vibrant du dernier
entretien, on comprendra que chaque promenade donnait
un violent coup de barre à mes pensées et non pas du
tout dans le sens que dans la solitude de ma chambre j'avais
pu tracer à tête reposée. Cette direction-là était oubliée,
abolie, quand je rentrais vibrant comme une ruche des
propos qui m'avaient troublé, et qui retentissaient longtemps en moi. Chaque être est détruit quand nous cessons
de le voir ; puis son apparition suivante est une création
nouvelle, différente de celle qui l'a immédiatement
précédée, sinon de toutes. Car le minimum de variété qui
puisse régner dans ces créations est de deux. Nous
souvenant d'un coup d'œil énergique, d'un air hardi, c'est
inévitablement la fois suivante par un profil quasi languide,
par une sorte de douceur rêveuse, choses négligées par
nous dans le précédent souvenir que nous serons, à la
prochaine rencontre, étonnés, c'est-à-dire presque uniquement frappés. Dans la confrontation de notre souvenir à

la réalité nouvelle, c'est cela qui marquera notre déception ou notre surprise, nous apparaîtra comme la retouche de la réalité en nous avertissant que nous nous étions mal rappelé. À son tour l'aspect, la dernière fois négligé, du visage, et à cause de cela même, le plus saisissant cette fois-ci, le plus réel, le plus rectificatif, deviendra matière à rêverie, à souvenirs. C'est un profil langoureux et rond, une expression douce, rêveuse que nous désirerons revoir. Et alors de nouveau la fois suivante, ce qu'il y a de volontaire dans les yeux perçants, dans le nez pointu, dans les lèvres serrées, viendra corriger l'écart entre notre désir et l'objet auquel il a cru correspondre. Bien entendu, cette fidélité aux impressions premières, et purement physiques, retrouvées à chaque fois auprès de mes amies, ne concernait pas que les traits de leur visage puisqu'on a vu que j'étais aussi sensible à leur voix, plus troublante peut-être (car elle n'offre pas seulement les mêmes surfaces singulières et sensuelles que lui, elle fait partie de l'abîme inaccessible qui donne le vertige des baisers sans espoir), leur voix pareille au son unique d'un petit instrument où chacune se mettait tout entière et qui n'était qu'à elle. Tracée par une inflexion, telle ligne profonde d'une de ces voix m'étonnait quand je la reconnaissais après l'avoir oubliée. Si bien que les rectifications qu'à chaque rencontre nouvelle j'étais obligé de faire, pour le retour à la parfaite justesse, étaient aussi bien d'un accordeur ou d'un maître de chant que d'un dessinateur.

Quant à l'harmonieuse cohésion où se neutralisaient depuis quelque temps, par la résistance que chacune apportait à l'expansion des autres, les diverses ondes sentimentales propagées en moi par ces jeunes filles, elle fut rompue en faveur d'Albertine, une après-midi que nous jouions au furet. C'était dans un petit bois sur la falaise. Placé entre deux jeunes filles étrangères à la petite bande et que celle-ci avait emmenées parce que nous devions être ce jour-là fort nombreux, je regardais avec envie le voisin d'Albertine, un jeune homme, en me disant que si j'avais eu sa place j'aurais pu toucher les mains de mon amie pendant ces minutes inespérées qui ne reviendraient peut-être pas et eussent pu me conduire très loin. Déjà à lui seul et même sans les conséquences qu'il eût entraînées sans doute, le contact des mains d'Albertine m'eût été délicieux. Non que j'eusse jamais vu de plus

belles mains que les siennes. Même dans le groupe de ses
amies, celles d'Andrée, maigres et bien plus fines, avaient
comme une vie particulière, docile au commandement de
la jeune fille, mais indépendante, et elles s'allongeaient
souvent devant elle comme de nobles lévriers, avec des
paresses, de longs rêves, de brusques étirements d'une
phalange, à cause desquels Elstir avait fait plusieurs études
de ces mains. Et dans l'une où on voyait Andrée les
chauffer devant le feu, elles avaient sous l'éclairage la
diaphanéité dorée de deux feuilles d'automne. Mais, plus
grasses, les mains d'Albertine cédaient un instant, puis
résistaient à la pression de la main qui les serrait, donnant
une sensation toute particulière. La pression de la main
d'Albertine avait une douceur sensuelle qui était comme
en harmonie avec la coloration rose, légèrement mauve
de sa peau. Cette pression semblait vous faire pénétrer
dans la jeune fille, dans la profondeur de ses sens, comme
la sonorité de son rire, indécent à la façon d'un
roucoulement ou de certains cris. Elle était de ces femmes
à qui c'est un si grand plaisir de serrer la main qu'on est
reconnaissant à la civilisation d'avoir fait du shake-hand
un acte permis entre jeunes gens et jeunes filles qui
s'abordent. Si les habitudes arbitraires de la politesse
avaient remplacé la poignée de mains par un autre geste,
j'eusse tous les jours regardé les mains intangibles
d'Albertine avec une curiosité de connaître leur contact
aussi ardente qu'était celle de savoir la saveur de ses joues.
Mais dans le plaisir de tenir longtemps ses mains entre
les miennes, si j'avais été son voisin au furet, je
n'envisageais pas que ce plaisir même : que d'aveux, de
déclarations tus jusqu'ici par timidité j'aurais pu confier
à certaines pressions de mains ; de son côté comme il lui
eût été facile en répondant par d'autres pressions de me
montrer qu'elle acceptait ; quelle complicité, quel
commencement de volupté ! Mon amour pouvait faire plus
de progrès en quelques minutes passées ainsi à côté d'elle
qu'il n'avait fait depuis que je la connaissais. Sentant
qu'elles dureraient peu, étaient bientôt à leur fin, car on
ne continuerait sans doute pas longtemps ce petit jeu, et
qu'une fois qu'il serait fini, ce serait trop tard, je ne tenais
pas en place. Je me laissai exprès prendre la bague et une
fois au milieu, quand elle passa je fis semblant de ne pas
m'en apercevoir et la suivis des yeux attendant le moment

où elle arriverait dans les mains du voisin d'Albertine, laquelle riant de toutes ses forces, et dans l'animation et la joie du jeu, était toute rose. « Nous sommes justement dans le bois joli », me dit Andrée en me désignant les arbres qui nous entouraient, avec un sourire du regard qui n'était que pour moi et semblait passer par-dessus les joueurs comme si nous deux étions seuls assez intelligents pour nous dédoubler et faire à propos du jeu une remarque d'un caractère poétique. Elle poussa même la délicatesse d'esprit jusqu'à chanter sans en avoir envie : « Il a passé par ici, le furet du Bois, Mesdames, il a passé par ici, le furet du Bois joli », comme les personnes qui ne peuvent aller à Trianon sans y donner une fête Louis XVI ou qui trouvent piquant de faire chanter un air dans le cadre pour lequel il fut écrit. J'eusse sans doute été au contraire attristé de ne pas trouver du charme à cette réalisation, si j'avais eu le loisir d'y penser. Mais mon esprit était bien ailleurs. Joueurs et joueuses commençaient à s'étonner de ma stupidité et que je ne prisse pas la bague. Je regardais Albertine si belle, si indifférente, si gaie, qui, sans le prévoir, allait devenir ma voisine quand enfin j'arrêterais la bague dans les mains qu'il faudrait, grâce à un manège qu'elle ne soupçonnait pas et dont sans cela elle se fût irritée. Dans la fièvre du jeu, les longs cheveux d'Albertine s'étaient à demi défaits et, en mèches bouclées, tombaient sur ses joues dont ils faisaient encore mieux ressortir, par leur brune sécheresse, la rose carnation. « Vous avez les tresses de Laura Dianti, d'Éléonore de Guyenne, et de sa descendante si aimée de Chateaubriand[1]. Vous devriez porter toujours les cheveux un peu tombants », lui dis-je à l'oreille pour me rapprocher d'elle. Tout d'un coup la bague passa au voisin d'Albertine. Aussitôt je m'élançai lui ouvris brutalement les mains, saisis la bague ; il fut obligé d'aller à ma place au milieu du cercle et je pris la sienne à côté d'Albertine. Peu de minutes auparavant, j'enviais ce jeune homme quand je voyais ses mains, en glissant sur la ficelle, rencontrer à tout moment celles d'Albertine. Maintenant que mon tour était venu, trop timide pour rechercher, trop ému pour goûter ce contact, je ne sentais plus rien que le battement rapide et douloureux de mon cœur. À un moment, Albertine pencha vers moi d'un air d'intelligence sa figure pleine et rose, faisant ainsi semblant d'avoir la bague, afin de

tromper le furet et de l'empêcher de regarder du côté où
celle-ci était en train de passer. Je compris tout de suite
que c'était à cette ruse que s'appliquaient les sous-entendus
du regard d'Albertine, mais je fus troublé en voyant ainsi
passer dans ses yeux l'image, purement simulée pour les
besoins du jeu, d'un secret, d'une entente qui n'existaient
pas entre elle et moi, mais qui dès lors me semblèrent
possibles et m'eussent été divinement doux. Comme cette
pensée m'exaltait, je sentis une légère pression de la main
d'Albertine contre la mienne, et son doigt caressant qui
se glissait sous mon doigt, et je vis qu'elle m'adressait en
même temps un clin d'œil qu'elle cherchait à rendre
imperceptible. D'un seul coup, une foule d'espoirs
jusque-là invisibles à moi-même cristallisèrent : « Elle
profite du jeu pour me faire sentir qu'elle m'aime bien »,
pensai-je au comble d'une joie d'où je retombai aussitôt
quand j'entendis Albertine me dire avec rage : « Mais
prenez-la donc, voilà une heure que je vous la passe. »
Étourdi de chagrin, je lâchai la ficelle, le furet aperçut la
bague, se jeta sur elle, je dus me remettre au milieu,
désespéré, regardant la ronde effrénée qui continuait
autour de moi, interpellé par les moqueries de toutes les
joueuses, obligé, pour y répondre, de rire quand j'en avais
si peu envie, tandis qu'Albertine ne cessait de dire : « On
ne joue pas quand on ne veut pas faire attention et pour
faire perdre les autres. On ne l'invitera plus les jours où
on jouera, Andrée, ou bien moi je ne viendrai pas[1]. »
Andrée, supérieure au jeu et qui chantait son « Bois joli »,
que par esprit d'imitation reprenait sans conviction
Rosemonde, voulut faire diversion aux reproches d'Albertine en me disant : « Nous sommes à deux pas de ces
Creuniers que vous vouliez tant voir. Tenez, je vais vous
mener jusque-là par un joli petit chemin pendant que ces
folles font les enfants de huit ans. » Comme Andrée était
extrêmement gentille avec moi, en route je lui dis
d'Albertine tout ce qui me semblait propre à me faire
aimer de celle-ci. Elle me répondit qu'elle aussi l'aimait
beaucoup, la trouvait charmante ; pourtant mes compliments à l'adresse de son amie n'avaient pas l'air de lui
faire plaisir. Tout d'un coup, dans le petit chemin creux,
je m'arrêtai touché au cœur par un doux souvenir
d'enfance : je venais de reconnaître, aux feuilles découpées
et brillantes qui s'avançaient sur le seuil, un buisson

d'aubépines défleuries, hélas, depuis la fin du printemps. Autour de moi flottait une atmosphère d'anciens mois de Marie, d'après-midi du dimanche, de croyances, d'erreurs oubliées. J'aurais voulu la saisir. Je m'arrêtai une seconde et Andrée, avec une divination charmante, me laissa causer un instant avec les feuilles de l'arbuste. Je leur demandai des nouvelles des fleurs, ces fleurs de l'aubépine pareilles à de gaies jeunes filles étourdies, coquettes et pieuses. « Ces demoiselles sont parties depuis déjà longtemps », me disaient les feuilles. Et peut-être pensaient-elles que pour le grand ami d'elles que je prétendais être, je ne semblais guère renseigné sur leurs habitudes. Un grand ami, mais qui ne les avais pas revues depuis tant d'années, malgré ses promesses. Et pourtant, comme Gilberte avait été mon premier amour pour une jeune fille, elles avaient été mon premier amour pour une fleur. « Oui, je sais, elles s'en vont vers la mi-juin, répondis-je, mais cela me fait plaisir de voir l'endroit qu'elles habitaient ici. Elles sont venues me voir à Combray dans ma chambre, amenées par ma mère quand j'étais malade. Et nous nous retrouvions le samedi soir au mois de Marie. Elles peuvent y aller ici ? — Oh ! naturellement ! Du reste on tient beaucoup à avoir ces demoiselles à l'église de Saint-Denis-du-Désert qui est la paroisse la plus voisine. — Alors maintenant, pour les voir ? — Oh ! pas avant le mois de mai de l'année prochaine. — Mais je peux être sûr qu'elles seront là ? — Régulièrement tous les ans. — Seulement je ne sais pas si je retrouverai bien la place. — Que si ! ces demoiselles sont si gaies, elles ne s'interrompent de rire que pour chanter des cantiques, de sorte qu'il n'y a pas d'erreur possible et que du bout du sentier vous reconnaîtrez leur parfum. »

Je rejoignis Andrée, recommençai à lui faire des éloges d'Albertine. Il me semblait impossible qu'elle ne les lui répétât pas, étant donnée l'insistance que j'y mis. Et pourtant je n'ai jamais appris qu'Albertine les eût sus. Andrée avait pourtant bien plus qu'elle l'intelligence des choses du cœur, le raffinement dans la gentillesse ; trouver le regard, le mot, l'action qui pouvaient le plus ingénieuse-ment faire plaisir, taire une réflexion qui risquait de peiner, faire le sacrifice (et en ayant l'air que ce ne fût pas un sacrifice) d'une heure de jeu, voire d'une matinée, d'une garden-party, pour rester auprès d'un ami ou d'une amie triste et lui montrer ainsi qu'elle préférait sa simple société à des plaisirs frivoles, telles étaient ses délicatesses coutumières. Mais quand on la connaissait un peu plus on aurait dit qu'il en était d'elle comme de ces héroïques poltrons qui ne veulent pas avoir peur, et de qui la bravoure est particulièrement méritoire ; on aurait dit qu'au fond de sa nature, il n'y avait rien de cette bonté qu'elle manifestait à tout moment par distinction morale, par sensibilité, par noble volonté de se montrer bonne amie. À écouter les charmantes choses qu'elle me disait d'une affection possible entre Albertine et moi, il semblait qu'elle eût dû travailler de toutes ses forces à la réaliser. Or, par hasard peut-être, du moindre des riens dont elle avait la disposition et qui eussent pu m'unir à Albertine, elle ne fit jamais usage, et je ne jurerais pas que mon effort pour être aimé d'Albertine n'ait, sinon provoqué de la part de son amie des manèges secrets destinés à le contrarier, mais éveillé en elle une colère bien cachée d'ailleurs, et contre laquelle par délicatesse elle luttait peut-être elle-même. De mille raffinements de bonté qu'avait Andrée, Albertine eût été incapable, et cependant je n'étais pas certain de la bonté profonde de la première comme je le fus plus tard de celle de la seconde. Se montrant toujours tendrement indulgente à l'exubérante frivolité d'Albertine, Andrée avait avec elle des paroles, des sourires qui étaient d'une amie, bien plus elle agissait en amie. Je l'ai vue, jour par jour, pour faire profiter de son luxe, pour rendre heureuse cette amie pauvre, prendre, sans y avoir aucun intérêt, plus de peine qu'un courtisan qui veut capter la faveur du souverain. Elle était charmante de douceur, de mots tristes et délicieux, quand on plaignait devant elle la pauvreté d'Albertine et se donnait mille fois plus de peine pour elle qu'elle n'eût fait pour une amie riche. Mais si quelqu'un avançait qu'Albertine n'était peut-être pas aussi pauvre qu'on disait, un nuage à peine discernable voilait le front et les yeux d'Andrée ; elle semblait de mauvaise humeur. Et si on allait jusqu'à dire qu'après tout elle serait peut-être moins difficile à marier qu'on pensait, elle vous contredisait avec force et répétait presque rageusement : « Hélas si, elle sera immariable ! Je le sais bien, cela me fait assez de peine ! » Même, en ce qui me concernait, elle était la seule de ces jeunes filles qui jamais ne m'eût répété quelque chose de peu agréable qu'on avait pu dire de moi ;

bien plus, si c'était moi-même qui le racontais, elle faisait
semblant de ne pas le croire ou en donnait une explication
qui rendît le propos inoffensif ; c'est l'ensemble de ces
qualités qui s'appelle le tact. Il est l'apanage des gens qui,
si nous allons sur le terrain, nous félicitent et ajoutent qu'il
n'y avait pas lieu de le faire, pour augmenter encore à
nos yeux le courage dont nous avons fait preuve, sans y
avoir été contraint. Ils sont l'opposé des gens qui dans la
même circonstance disent : « Cela a dû bien vous ennuyer
de vous battre, mais d'un autre côté vous ne pouviez pas
avaler un tel affront, vous ne pouviez faire autrement[1]. »
Mais comme en tout il y a du pour et du contre, si le plaisir
ou du moins l'indifférence de nos amis à nous répéter
quelque chose d'offensant qu'on a dit sur nous prouve
qu'ils ne se mettent guère dans notre peau au moment
où ils nous parlent, et y enfoncent l'épingle et le couteau
comme dans de la baudruche, l'art de nous cacher toujours
ce qui peut nous être désagréable dans ce qu'ils ont
entendu dire de nos actions ou de l'opinion qu'elles leur
ont à eux-mêmes inspirée, peut prouver chez l'autre
catégorie d'amis, chez les amis pleins de tact, une forte
dose de dissimulation. Elle est sans inconvénient si, en
effet, ils ne peuvent penser du mal et si celui qu'on dit
les fait seulement souffrir comme il nous ferait souffrir
nous-même. Je pensais que tel était le cas pour Andrée
sans en être cependant absolument sûr.

Nous étions sortis du petit bois et avions suivi un lacis
de chemins assez peu fréquentés où Andrée se retrouvait
fort bien. « Tenez, me dit-elle tout à coup, voici vos fameux
Creuniers, et encore vous avez de la chance, juste par le
temps, dans la lumière où Elstir les a peints. » Mais j'étais
encore trop triste d'être tombé pendant le jeu du furet d'un
tel faîte d'espérances. Aussi ne fut-ce pas avec le plaisir que
j'aurais sans doute éprouvé sans cela que je pus distinguer
tout d'un coup à mes pieds, tapies entre les roches où elles
se protégeaient contre la chaleur, les Déesses marines
qu'Elstir avait guettées et surprises, sous un sombre glacis
aussi beau qu'eût été celui d'un Léonard, les merveilleuses
Ombres abritées et furtives, agiles et silencieuses, prêtes au
premier remous de lumière à se glisser sous la pierre, à se
cacher dans un trou et promptes, la menace du rayon passée,
à revenir auprès de la roche ou de l'algue dont, sous le soleil
émietteur des falaises et de l'Océan décoloré, elles sem-

blent veiller l'assoupissement, gardiennes immobiles et
légères, laissant paraître à fleur d'eau leur corps gluant et
le regard attentif de leurs yeux foncés.

Nous allâmes retrouver les autres jeunes filles pour
rentrer. Je savais maintenant que j'aimais Albertine ; mais
hélas ! je ne me souciais pas de le lui apprendre. C'est que,
depuis le temps des jeux aux Champs-Élysées, ma conception de l'amour était devenue différente si les êtres auxquels
s'attachait successivement mon amour demeuraient presque
identiques. D'une part l'aveu, la déclaration de ma tendresse à celle que j'aimais ne me semblait plus une des
scènes capitales et nécessaires de l'amour ; ni celui-ci, une
réalité extérieure mais seulement un plaisir subjectif. Et ce
plaisir je sentais qu'Albertine ferait d'autant plus ce qu'il
fallait pour l'entretenir qu'elle ignorerait que je l'éprouvais.

Pendant tout ce retour, l'image d'Albertine noyée dans
la lumière qui émanait des autres jeunes filles ne fut pas
seule à exister pour moi. Mais comme la lune qui n'est
qu'un petit nuage blanc d'une forme plus caractérisée et
plus fixe pendant le jour, prend toute sa puissance dès que
celui-ci s'est éteint, ainsi quand je fus rentré à l'hôtel, ce
fut la seule image d'Albertine qui s'éleva de mon coeur
et se mit à briller. Ma chambre me semblait tout d'un coup
nouvelle. Certes, il y avait bien longtemps qu'elle n'était
plus la chambre ennemie du premier soir. Nous modifions
inlassablement notre demeure autour de nous ; et au fur
et à mesure que l'habitude nous dispense de sentir, nous
supprimons les éléments nocifs de couleur, de dimension
et d'odeur qui objectivaient notre malaise. Ce n'était plus
davantage la chambre, assez puissante encore sur ma
sensibilité, non certes pour me faire souffrir, mais pour
me donner de la joie, la cuve des beaux jours, semblable
à une piscine à mi-hauteur de laquelle ils faisaient miroiter
un azur mouillé de lumière, que recouvrait un moment,
impalpable et blanche comme une émanation de la chaleur,
une voile reflétée et fuyante ; ni la chambre purement
esthétique des soirs picturaux ; c'était la chambre où j'étais
depuis tant de jours que je ne la voyais plus. Or voici que
je venais de recommencer à ouvrir les yeux sur elle, mais
cette fois-ci de ce point de vue égoïste qui est celui de
l'amour. Je songeais que la belle glace oblique, les
élégantes bibliothèques vitrées donneraient à Albertine si
elle venait me voir une bonne idée de moi. À la place

d'un lieu de transition où je passais un instant avant de m'évader vers la plage ou vers Rivebelle, ma chambre me redevenait réelle et chère, se renouvelait car j'en regardais et en appréciais chaque meuble avec les yeux d'Albertine.

Quelques jours après la partie de furet, comme, nous étant laissés entraîner trop loin dans une promenade, nous avions été fort heureux de trouver à Maineville deux petits « tonneaux » à deux places qui nous permettraient de revenir pour l'heure du dîner, la vivacité déjà grande de mon amour pour Albertine eut pour effet que ce fut successivement à Rosemonde et à Andrée que je proposai de monter avec moi, et pas une fois à Albertine ; ensuite que tout en invitant de préférence Andrée ou Rosemonde, j'amenai tout le monde, par des considérations secondaires d'heure, de chemin et de manteaux, à décider comme contre mon gré que le plus pratique était que je prisse avec moi Albertine, à la compagnie de laquelle je feignis de me résigner tant bien que mal. Malheureusement l'amour tendant à l'assimilation complète d'un être, comme aucun n'est comestible par la seule conversation, Albertine eut beau être aussi gentille que possible pendant ce retour, quand je l'eus déposée chez elle, elle me laissa heureux, mais plus affamé d'elle encore que je n'étais au départ et ne comptant les moments que nous venions de passer ensemble que comme un prélude, sans grande importance par lui-même, à ceux qui suivraient. Il avait pourtant ce premier charme qu'on ne retrouve pas. Je n'avais encore rien demandé à Albertine. Elle pouvait imaginer ce que je désirais, mais n'en étant pas sûre, supposer que je ne tendais qu'à des relations sans but précis auxquelles mon amie devait trouver ce vague délicieux, riche de surprises attendues, qui est le romanesque.

Dans la semaine qui suivit je ne cherchai guère à voir Albertine. Je faisais semblant de préférer Andrée. L'amour commence, on voudrait rester pour celle qu'on aime l'inconnu qu'elle peut aimer, mais on a besoin d'elle, on a besoin de toucher moins son corps que son attention, son cœur. On glisse dans une lettre une méchanceté qui forcera l'indifférente à vous demander une gentillesse, et l'amour, suivant une technique infaillible, resserre pour nous d'un mouvement alterné l'engrenage dans lequel on ne peut plus ni ne pas aimer, ni être aimé. Je donnais à Andrée les heures où les autres allaient à quelque matinée que je savais qu'Andrée me sacrifierait par plaisir, et qu'elle m'eût sacrifiées même avec ennui, par élégance morale, pour ne pas donner aux autres ni à elle-même l'idée qu'elle attachait du prix à un plaisir relativement mondain. Je m'arrangeais ainsi à l'avoir chaque soir toute à moi, pensant non pas rendre Albertine jalouse, mais accroître à ses yeux mon prestige ou du moins ne pas le perdre en apprenant à Albertine que c'était elle et non Andrée que j'aimais. Je ne le disais pas non plus à Andrée de peur qu'elle le lui répétât. Quand je parlais d'Albertine avec Andrée, j'affectais une froideur dont Andrée fut peut-être moins dupe que moi de sa crédulité apparente. Elle faisait semblant de croire à mon indifférence pour Albertine, de désirer l'union la plus complète possible entre Albertine et moi. Il est probable qu'au contraire elle ne croyait pas à la première ni ne souhaitait la seconde. Pendant que je lui disais me soucier assez peu de son amie, je ne pensais qu'à une chose, tâcher d'entrer en relations avec Mme Bontemps, qui était pour quelques jours près de Balbec et chez qui Albertine devait bientôt aller passer trois jours. Naturellement, je ne laissais pas voir ce désir à Andrée et quand je lui parlais de la famille d'Albertine, c'était de l'air le plus inattentif. Les réponses explicites d'Andrée ne paraissaient pas mettre en doute ma sincérité. Pourquoi donc lui échappa-t-il un de ces jours-là de me dire : « J'ai *justement* vu la tante à Albertine » ? Certes elle ne m'avait pas dit : « J'ai bien démêlé sous vos paroles, jetées comme par hasard, que vous ne pensiez qu'à vous lier avec la tante d'Albertine. » Mais c'est bien à la présence, dans l'esprit d'Andrée, d'une telle idée qu'elle trouvait plus poli de me cacher, que semblait se rattacher le mot « justement ». Il était de la famille de certains regards, de certains gestes, qui, bien que n'ayant pas une forme logique, rationnelle, directement élaborée pour l'intelligence de celui qui écoute, lui parviennent cependant avec leur signification véritable, de même que la parole humaine, changée en électricité dans le téléphone, se refait parole pour être entendue. Afin d'effacer de l'esprit d'Andrée l'idée que je m'intéressais à Mme Bontemps, je ne parlai plus d'elle avec distraction seulement, mais avec malveillance ; je dis avoir rencontré autrefois cette espèce de folle et que j'espérais bien que cela ne m'arriverait plus. Or je cherchais au contraire de toute façon à la rencontrer.

Je tâchai d'obtenir d'Elstir, mais sans dire à personne que je l'en avais sollicité, qu'il lui parlât de moi et me réunît avec elle. Il me promit de me la faire connaître, s'étonnant toutefois que je le souhaitasse car il la jugeait une femme méprisable, intrigante et aussi inintéressante qu'intéressée. Pensant que si je voyais Mme Bontemps, Andrée le saurait tôt ou tard, je crus qu'il valait mieux l'avertir. « Les choses qu'on cherche le plus à fuir sont celles qu'on arrive à ne pouvoir éviter, lui dis-je. Rien au monde ne peut m'ennuyer autant que de retrouver Mme Bontemps, et pourtant je n'y échapperai pas, Elstir doit m'inviter avec elle. — Je n'en ai jamais douté un seul instant », s'écria Andrée d'un ton amer, pendant que son regard grandi et altéré par le mécontentement se rattachait à je ne sais quoi d'invisible. Ces paroles d'Andrée ne constituaient pas l'exposé le plus ordonné d'une pensée qui peut se résumer ainsi : « Je sais bien que vous aimez Albertine et que vous faites des pieds et des mains pour vous rapprocher de sa famille. » Mais elles étaient les débris informes et reconstituables de cette pensée que j'avais fait exploser, en la heurtant, malgré Andrée. De même que le « justement », ces paroles n'avaient de signification qu'au second degré. C'est dire qu'elles étaient de celles qui (et non pas les affirmations directes) nous inspirent de l'estime ou de la méfiance à l'égard de quelqu'un, nous brouillent avec lui.

Puisque Andrée ne m'avait pas cru quand je lui disais que la famille d'Albertine m'était indifférente, c'est qu'elle pensait que j'aimais Albertine. Et probablement n'en était-elle pas heureuse.

Elle était généralement en tiers dans mes rendez-vous avec son amie. Cependant il y avait des jours où je devais voir Albertine seule, jours que j'attendais dans la fièvre, qui passaient sans rien m'apporter de décisif, sans avoir été ce jour capital dont je confiais immédiatement le rôle au jour suivant, qui ne le tiendrait pas davantage ; ainsi s'écroulaient l'un après l'autre, comme des vagues, ces sommets aussitôt remplacés par d'autres.

Environ un mois après le jour où nous avions joué au furet, on me dit qu'Albertine devait partir le lendemain matin pour aller passer quarante-huit heures chez Mme Bontemps et obligée de prendre le train de bonne heure viendrait coucher la veille au Grand-Hôtel, d'où avec l'omnibus elle pourrait, sans déranger les amies chez qui elle habitait, prendre le premier train. J'en parlai à Andrée. « Je ne le crois pas du tout, me répondit Andrée d'un air mécontent. D'ailleurs cela ne vous avancerait à rien, car je suis bien certaine qu'Albertine ne voudra pas vous voir, si elle vient seule à l'hôtel. Ce ne serait pas protocolaire », ajouta-t-elle en usant d'un adjectif qu'elle aimait beaucoup, depuis peu, dans le sens « ce qui se fait ». « Je vous dis cela parce que je connais les idées d'Albertine. Moi, qu'est-ce que vous voulez que cela me fasse, que vous la voyiez ou non ? Cela m'est bien égal. »

Nous fûmes rejoints par Octave qui ne fit pas de difficulté pour dire à Andrée le nombre de points qu'il avait faits la veille au golf, puis par Albertine qui se promenait en manœuvrant son diabolo comme une religieuse son chapelet. Grâce à ce jeu elle pouvait rester des heures seule sans s'ennuyer. Aussitôt qu'elle nous eut rejoints m'apparut la pointe mutine de son nez, que j'avais omise en pensant à elle ces derniers jours ; sous ses cheveux noirs, la verticalité de son front s'opposa, et ce n'était pas la première fois, à l'image indécise que j'en avais gardée, tandis que par sa blancheur il mordait fortement dans mes regards ; sortant de la poussière du souvenir, Albertine se reconstruisait devant moi. Le golf donne l'habitude des plaisirs solitaires. Celui que procure le diabolo l'est assurément. Pourtant après nous avoir rejoints Albertine continua à y jouer, tout en causant avec nous, comme une dame à qui des amies sont venues faire une visite ne s'arrête pas pour cela de travailler à son crochet. « Il paraît que Mme de Villeparisis, dit-elle à Octave, a fait une réclamation auprès de votre père » (et j'entendis derrière ce mot « il paraît » une de ces notes qui étaient propres à Albertine ; chaque fois que je constatais que je les avais oubliées, je me rappelais en même temps avoir entr'aperçu déjà derrière elles la mine décidée et française d'Albertine. J'aurais pu être aveugle et connaître aussi bien certaines de ses qualités alertes et un peu provinciales dans ces notes-là que dans la pointe de son nez. Les unes et l'autre se valaient et auraient pu se suppléer, et sa voix était comme celle que réalisera, dit-on, le photo-téléphone de l'avenir : dans le son se découpait nettement l'image visuelle). « Elle n'a du reste pas écrit seulement à votre père, mais en même temps au maire de Balbec pour qu'on ne joue plus au diabolo sur la digue, on lui a envoyé une balle dans la figure.

— Oui, j'ai entendu parler de cette réclamation. C'est ridicule. Il n'y a déjà pas tant de distractions ici. »

Andrée ne se mêla pas à la conversation, elle ne connaissait pas, non plus d'ailleurs qu'Albertine ni Octave, Mme de Villeparisis. « Je ne sais pas pourquoi cette dame a fait toute une histoire, dit pourtant Andrée, la vieille Mme de Cambremer a reçu une balle aussi et elle ne s'est pas plainte. — Je vais vous expliquer la différence, répondit gravement Octave en frottant une allumette, c'est qu'à mon avis, Mme de Cambremer est une femme du monde et Mme de Villeparisis est une arriviste. Est-ce que vous irez au golf cet après-midi ? » et il nous quitta, ainsi qu'Andrée. Je restai seul avec Albertine. « Voyez-vous me dit-elle, j'arrange maintenant mes cheveux comme vous les aimez, regardez ma mèche. Tout le monde se moque de cela et personne ne sait pour qui je le fais. Ma tante va se moquer de moi aussi. Je ne lui dirai pas non plus la raison. » Je voyais de côté les joues d'Albertine qui souvent paraissaient pâles, mais ainsi, étaient arrosées d'un sang clair qui les illuminait, leur donnait ce brillant qu'ont certaines matinées d'hiver où les pierres partiellement ensoleillées semblent être du granit rose et dégagent de la joie. Celle que me donnait en ce moment la vue des joues d'Albertine était aussi vive, mais conduisait à un autre désir qui n'était pas celui de la promenade, mais du baiser. Je lui demandai si les projets qu'on lui prêtait étaient vrais : « Oui, me dit-elle, je passe cette nuit-là à votre hôtel, et même, comme je suis un peu enrhumée, je me coucherai avant le dîner. Vous pourrez venir assister à mon dîner à côté de mon lit et après nous jouerons à ce que vous voudrez. J'aurais été contente que vous veniez à la gare demain matin, mais j'ai peur que cela ne paraisse drôle, je ne dis pas à Andrée qui est intelligente, mais aux autres qui y seront ; ça ferait des histoires si on le répétait à ma tante ; mais nous pourrions passer cette soirée ensemble. Cela, ma tante n'en saura rien. Je vais dire au revoir à Andrée. Alors à tout à l'heure. Venez tôt pour que nous ayons de bonnes heures à nous », ajouta-t-elle en souriant. À ces mots, je remontai plus loin qu'aux temps où j'aimais Gilberte, à ceux où l'amour me semblait une entité non pas seulement extérieure, mais réalisable. Tandis que la Gilberte que je voyais aux Champs-Élysées était une autre que celle que je retrouvais en moi dès que j'étais seul, tout d'un coup dans l'Albertine réelle, celle que je voyais tous les jours, que je croyais pleine de préjugés bourgeois et si franche avec sa tante, venait de s'incarner l'Albertine imaginaire, celle par qui, quand je ne la connaissais pas encore, je m'étais cru furtivement regardé sur la digue, celle qui avait eu l'air de rentrer à contrecœur pendant qu'elle me voyait m'éloigner.

J'allai dîner avec ma grand-mère, je sentais en moi un secret qu'elle ne connaissait pas. De même, pour Albertine, demain ses amies seraient avec elle sans savoir ce qu'il y avait de nouveau entre nous, et quand elle embrasserait sa nièce sur le front, Mme Bontemps ignorerait que j'étais entre elles deux, dans cet arrangement de cheveux qui avait pour but, caché à tous, de me plaire, à moi, à moi qui avais jusque-là tant envié Mme Bontemps parce qu'apparentée aux mêmes personnes que sa nièce, elle avait les mêmes deuils à porter, les mêmes visites de famille à faire ; or, je me trouvais être pour Albertine plus que n'était sa tante elle-même. Auprès de sa tante, c'est à moi qu'elle penserait. Qu'allait-il se passer tout à l'heure, je ne le savais pas trop. En tous cas le Grand-Hôtel, la soirée, ne me semblaient plus vides ; ils contenaient mon bonheur. Je sonnai le lift pour monter à la chambre qu'Albertine avait prise, du côté de la vallée. Les moindres mouvements, comme m'asseoir sur la banquette de l'ascenseur, m'étaient doux, parce qu'ils étaient en relation immédiate avec mon cœur ; je ne voyais dans les cordes à l'aide desquelles l'appareil s'élevait, dans les quelques marches qui me restaient à monter, que les rouages, que les degrés matérialisés de ma joie. Je n'avais plus que deux ou trois pas à faire dans le couloir avant d'arriver à cette chambre où était renfermée la substance précieuse de ce corps rose — cette chambre qui même s'il devait s'y dérouler des actes délicieux, garderait cette permanence, cet air d'être, pour un passant non informé, semblable à toutes les autres, qui font des choses les témoins obstinément muets, les scrupuleux confidents, les inviolables dépositaires du plaisir. Ces quelques pas du palier à la chambre d'Albertine, ces quelques pas que personne ne pouvait plus

arrêter, je les fis avec délices, avec prudence, comme
plongé dans un élément nouveau, comme si en avançant
j'avais lentement déplacé du bonheur, et en même temps
avec un sentiment inconnu de toute-puissance, et d'entrer
enfin dans un héritage qui m'eût de tout temps appartenu.
Puis tout à coup je pensai que j'avais tort d'avoir des
doutes, elle m'avait dit de venir quand elle serait couchée.
C'était clair, je trépignais de joie, je renversai à demi
Françoise qui était sur mon chemin, je courais, les yeux
étincelants, vers la chambre de mon amie. Je trouvai
Albertine dans son lit. Dégageant son cou, sa chemise
blanche changeait les proportions de son visage qui
congestionné par le lit, ou le rhume, ou le dîner, semblait
plus rose ; je pensai aux couleurs que j'avais eues quelques
heures auparavant à côté de moi, sur la digue, et desquelles
j'allais enfin savoir le goût ; sa joue était traversée de haut
en bas par une de ses longues tresses noires et bouclées
que pour me plaire elle avait défaites entièrement. Elle
me regardait en souriant. À côté d'elle, dans la fenêtre,
la vallée était éclairée par le clair de lune. La vue du cou
nu d'Albertine, de ces joues trop roses, m'avait jeté dans
une telle ivresse (c'est-à-dire avait tellement mis pour moi
la réalité du monde non plus dans la nature, mais dans
le torrent des sensations que j'avais peine à contenir) que
cette vue avait rompu l'équilibre entre la vie immense,
indestructible qui roulait dans mon être et la vie de
l'univers, si chétive en comparaison. La mer, que
j'apercevais à côté de la vallée dans la fenêtre, les seins
bombés des premières falaises de Maineville, le ciel où
la lune n'était pas encore montée au zénith, tout cela
semblait plus léger à porter que des plumes pour les globes
de mes prunelles qu'entre mes paupières je sentais dilatés,
résistants, prêts à soulever bien d'autres fardeaux, toutes
les montagnes du monde, sur leur surface délicate. Leur
orbe ne se trouvait plus suffisamment rempli par la sphère
même de l'horizon. Et tout ce que la nature eût pu
m'apporter de vie m'eût semblé bien mince, les souffles
de la mer m'eussent paru bien courts pour l'immense
aspiration qui soulevait ma poitrine. Je me penchai vers
Albertine pour l'embrasser. La mort eût dû me frapper
en ce moment que cela m'eût paru indifférent ou plutôt
impossible, car la vie n'était pas hors de moi, elle était
en moi ; j'aurais souri de pitié si un philosophe eût émis

l'idée qu'un jour, même éloigné, j'aurais à mourir, que
les forces éternelles de la nature me survivraient, les forces
de cette nature sous les pieds divins de qui je n'étais qu'un
grain de poussière ; qu'après moi il y aurait encore ces
falaises arrondies et bombées, cette mer, ce clair de lune,
ce ciel ! Comment cela eût-il été possible, comment le
monde eût-il pu durer plus que moi, puisque je n'étais
pas perdu en lui, puisque c'était lui qui était enclos en
moi, en moi qu'il était bien loin de remplir, en moi où,
en sentant la place d'y entasser tant d'autres trésors, je
jetais dédaigneusement dans un coin ciel, mer et falaises ?
« Finissez ou je sonne », s'écria Albertine voyant que je
me jetais sur elle pour l'embrasser. Mais je me disais que
ce n'était pas pour ne rien faire qu'une jeune fille fait venir
un jeune homme en cachette, en s'arrangeant pour que
sa tante ne le sache pas, que d'ailleurs l'audace réussit à
ceux qui savent profiter des occasions ; dans l'état
d'exaltation où j'étais, le visage rond d'Albertine, éclairé
d'un feu intérieur comme par une veilleuse, prenait pour
moi un tel relief qu'imitant la rotation d'une sphère
ardente, il me semblait tourner telles ces figures de
Michel-Ange qu'emporte un immobile et vertigineux
tourbillon[1]. J'allais savoir l'odeur, le goût, qu'avait ce fruit
rose inconnu. J'entendis un son précipité, prolongé et
criard. Albertine avait sonné de toutes ses forces[2].

J'avais cru que l'amour que j'avais pour Albertine n'était
pas fondé sur l'espoir de la possession physique. Pourtant,
quand il m'eut paru résulter de l'expérience de ce soir-là
que cette possession était impossible et qu'après n'avoir
pas douté, le premier jour, sur la plage, qu'Albertine ne
fût dévergondée, puis être passé par des suppositions
intermédiaires, il me sembla acquis d'une manière définitive qu'elle était absolument vertueuse ; quand à son retour
de chez sa tante, huit jours plus tard, elle me dit avec
froideur : « Je vous pardonne, je regrette même de vous
avoir fait de la peine, mais ne recommencez jamais », au
contraire de ce qui s'était produit quand Bloch m'avait
dit qu'on pouvait avoir toutes les femmes, et comme si,
au lieu d'une jeune fille réelle, j'avais connu une poupée
de cire, il arriva que peu à peu se détacha d'elle mon désir
de pénétrer dans sa vie, de la suivre dans les pays où elle
avait passé son enfance, d'être initié par elle à une vie de

sport ; ma curiosité intellectuelle de ce qu'elle pensait sur tel ou tel sujet ne survécut pas à la croyance que je pourrais l'embrasser. Mes rêves l'abandonnèrent dès qu'ils cessèrent d'être alimentés par l'espoir d'une possession dont je les avais crus indépendants. Dès lors ils se retrouvèrent libres de se reporter — selon le charme que je lui avais trouvé un certain jour, surtout selon la possibilité et les chances que j'entrevoyais d'être aimé par elle — sur telle ou telle des amies d'Albertine, et d'abord sur Andrée. Pourtant si Albertine n'avait pas existé, peut-être n'aurais-je pas eu le plaisir que je commençai à prendre de plus en plus, les jours qui suivirent, à la gentillesse que me témoignait Andrée. Albertine ne raconta à personne l'échec que j'avais essuyé auprès d'elle. Elle était une de ces jolies filles qui, dès leur extrême jeunesse, pour leur beauté, mais surtout pour un agrément, un charme qui restent assez mystérieux et qui ont leur source peut-être dans des réserves de vitalité où de moins favorisés par la nature viennent se désaltérer, toujours — dans leur famille, au milieu de leurs amies, dans le monde — ont plu davantage que de plus belles, de plus riches ; elle était de ces êtres à qui, avant l'âge de l'amour et bien plus encore quand il est venu, on demande plus qu'eux ne demandent et même qu'ils ne peuvent donner. Dès son enfance Albertine avait toujours eu en admiration devant elle quatre ou cinq petites camarades, parmi lesquelles se trouvait Andrée qui lui était si supérieure et le savait (et peut-être cette attraction qu'Albertine exerçait bien involontairement avait-elle été à l'origine, avait-elle servi à la fondation de la petite bande). Cette attraction s'exerçait même assez loin dans des milieux relativement plus brillants où s'il y avait une pavane à danser on demandait Albertine plutôt qu'une jeune fille mieux née. La conséquence était que, n'ayant pas un sou de dot, vivant assez mal, d'ailleurs, à la charge de M. Bontemps qu'on disait véreux et qui souhaitait se débarrasser d'elle, elle était pourtant invitée non seulement à dîner, mais à demeure, chez des personnes qui aux yeux de Saint-Loup n'eussent eu aucune élégance, mais qui pour la mère de Rosemonde ou pour la mère d'Andrée, femmes très riches mais qui ne connaissaient pas ces personnes, représentaient quelque chose d'énorme. Ainsi Albertine passait tous les ans quelques semaines dans la famille d'un régent de la

Banque de France, président du Conseil d'administration d'une grande Compagnie de chemins de fer. La femme de ce financier recevait des personnages importants et n'avait jamais dit son « jour » à la mère d'Andrée, laquelle trouvait cette dame impolie, mais n'en était pas moins prodigieusement intéressée par tout ce qui se passait chez elle. Aussi exhortait-elle tous les ans Andrée à inviter Albertine dans leur villa, parce que, disait-elle, c'était une bonne œuvre d'offrir un séjour à la mer à une fille qui n'avait pas elle-même les moyens de voyager et dont la tante ne s'occupait guère ; la mère d'Andrée n'était probablement pas mue par l'espoir que le régent de la Banque et sa femme, apprenant qu'Albertine était choyée par elle et sa fille, concevraient d'elles deux une bonne opinion ; à plus forte raison n'espérait-elle pas qu'Albertine pourtant si bonne et adroite, saurait la faire inviter, ou tout au moins faire inviter Andrée aux garden-parties du financier. Mais chaque soir à dîner, tout en prenant un air dédaigneux et indifférent, elle était enchantée d'entendre Albertine lui raconter ce qui s'était passé au château pendant qu'elle y était, les gens qui y avaient été reçus et qu'elle connaissait presque tous de vue ou de nom. Même la pensée qu'elle ne les connaissait que de cette façon, c'est-à-dire ne les connaissait pas (elle appelait cela connaître les gens « de tout temps ») donnait à la mère d'Andrée une pointe de mélancolie tandis qu'elle posait à Albertine des questions sur eux d'un air hautain et distrait, du bout des lèvres et eût pu la laisser incertaine et inquiète sur l'importance de sa propre situation si elle ne s'était rassurée elle-même et replacée dans la « réalité de la vie » en disant au maître d'hôtel : « Vous direz au chef que ses petits pois ne sont pas assez fondants. » Elle retrouvait alors sa sérénité. Et elle était bien décidée à ce qu'Andrée n'épousât qu'un homme, d'excellente famille naturellement, mais assez riche pour qu'elle pût avoir elle aussi un chef et deux cochers. C'était cela le positif, la vérité effective d'une situation. Mais qu'Albertine eût dîné au château du régent de la Banque avec telle ou telle dame, que cette dame l'eût même invitée pour l'hiver suivant, cela n'en donnait pas moins à la jeune fille, pour la mère d'Andrée, une sorte de considération particulière qui s'alliait très bien à la pitié et même au mépris excités par son infortune, mépris augmenté par le

fait que M. Bontemps eût trahi son drapeau et se fût
— même vaguement panamiste[1], disait-on — rallié au
gouvernement. Ce qui n'empêchait pas, d'ailleurs, la mère
d'Andrée, par amour de la vérité, de foudroyer de son
dédain les gens qui avaient l'air de croire qu'Albertine
était d'une basse extraction. « Comment, c'est tout ce qu'il
y a de mieux, ce sont des Simonet, avec un seul *n*. » Certes,
à cause du milieu où tout cela évoluait, où l'argent joue
un tel rôle, et où l'élégance vous fait inviter mais non
épouser, aucun mariage « potable » ne semblait pouvoir
être pour Albertine la conséquence utile de la considération si distinguée dont elle jouissait et qu'on n'eût pas
trouvée compensatrice de sa pauvreté. Mais même à eux
seuls, et n'apportant pas l'espoir d'une conséquence
matrimoniale, ces « succès » excitaient l'envie de certaines
mères méchantes, furieuses de voir Albertine être reçue
comme « l'enfant de la maison » par la femme du régent
de la Banque, même par la mère d'Andrée, qu'elles
connaissaient à peine. Aussi disaient-elles à des amis
communs d'elles et de ces deux dames que celles-ci seraient
indignées si elles savaient la vérité, c'est-à-dire qu'Albertine racontait chez l'une (et « vice versa ») tout ce que
l'intimité où on l'admettait imprudemment lui permettait
de découvrir chez l'autre, mille petits secrets qu'il eût été
infiniment désagréable à l'intéressée de voir dévoilés. Ces
femmes envieuses disaient cela pour que cela fût répété
et pour brouiller Albertine avec ses protectrices. Mais ces
commissions comme il arrive souvent n'avaient aucun
succès. On sentait trop la méchanceté qui les dictait et cela
ne faisait que faire mépriser un peu plus celles qui en
avaient pris l'initiative. La mère d'Andrée était trop fixée
sur le compte d'Albertine pour changer d'opinion à son
égard. Elle la considérait comme une « malheureuse »
mais d'une nature excellente et qui ne savait qu'inventer
pour faire plaisir.

Si cette sorte de vogue qu'avait obtenue Albertine ne
paraissait devoir comporter aucun résultat pratique, elle
avait imprimé à l'amie d'Andrée le caractère distinctif des
êtres qui, toujours recherchés, n'ont jamais besoin de
s'offrir (caractère qui se retrouve aussi, pour des raisons
analogues, à une autre extrémité de la société, chez des
femmes d'une grande élégance) et qui est de ne pas faire
montre des succès qu'ils ont, de les cacher plutôt. Elle

ne disait jamais de quelqu'un : « Il a envie de me voir »,
parlait de tous avec une grande bienveillance et comme
si ce fût elle qui eût couru après, recherché les autres. Si
on parlait d'un jeune homme qui quelques minutes
auparavant venait de lui faire en tête à tête les plus
sanglants reproches parce qu'elle lui avait refusé un
rendez-vous, bien loin de s'en vanter publiquement ou de
lui en vouloir à lui, elle faisait son éloge : « C'est un si
gentil garçon ! » Elle était même ennuyée de tellement
plaire, parce que cela l'obligeait à faire de la peine, tandis
que, par nature, elle aimait à faire plaisir. Elle aimait même
à faire plaisir au point d'en être arrivée à pratiquer un
mensonge spécial à certaines personnes utilitaires, à
certains hommes arrivés. Existant d'ailleurs à l'état
embryonnaire chez un nombre énorme de personnes, ce
genre d'insincérité consiste à ne pas savoir se contenter,
pour un seul acte, de faire, grâce à lui, plaisir à une seule
personne. Par exemple, si la tante d'Albertine désirait que
sa nièce l'accompagnât à une matinée peu amusante,
Albertine en s'y rendant aurait pu trouver suffisant d'en
tirer le profit moral d'avoir fait plaisir à sa tante. Mais
accueillie gentiment par les maîtres de maison, elle aimait
mieux leur dire qu'elle désirait depuis si longtemps les
voir qu'elle avait choisi cette occasion et sollicité la
permission de sa tante. Cela ne suffisait pas encore : à cette
matinée se trouvait une des amies d'Albertine qui avait
un gros chagrin. Albertine lui disait : « Je n'ai pas voulu
te laisser seule, j'ai pensé que ça te ferait du bien de
m'avoir près de toi. Si tu veux que nous laissions la
matinée, que nous allions ailleurs, je ferai ce que tu
voudras, je désire avant tout te voir moins triste » (ce qui
était vrai aussi, du reste). Parfois, il arrivait pourtant que
le but fictif détruisait le but réel. Ainsi Albertine ayant
un service à demander pour une de ses amies allait pour
cela voir une certaine dame. Mais arrivée chez cette dame
bonne et sympathique, la jeune fille, obéissant à son insu
au principe de l'utilisation multiple d'une seule action,
trouvait plus affectueux d'avoir l'air d'être venue seulement à cause du plaisir qu'elle avait senti qu'elle
éprouverait à revoir cette dame. Celle-ci était infiniment
touchée qu'Albertine eût accompli un long trajet par pure
amitié. En voyant la dame presque émue, Albertine
l'aimait encore davantage. Seulement il arrivait ceci : elle

éprouvait si vivement le plaisir d'amitié pour lequel elle avait prétendu mensongèrement être venue, qu'elle craignait de faire douter la dame de sentiments en réalité sincères, si elle lui demandait le service pour l'amie. La dame croirait qu'Albertine était venue pour cela, ce qui était vrai, mais elle conclurait qu'Albertine n'avait pas de plaisir désintéressé à la voir, ce qui était faux. De sorte qu'Albertine repartait sans avoir demandé le service, comme les hommes qui ont été si bons avec une femme dans l'espoir d'obtenir ses faveurs, qu'ils ne font pas leur déclaration pour garder à cette bonté un caractère de noblesse. Dans d'autres cas on ne peut pas dire que le véritable but fût sacrifié au but accessoire et imaginé après coup, mais le premier était tellement opposé au second que si la personne qu'Albertine attendrissait en lui déclarant l'un avait appris l'autre, son plaisir se serait aussitôt changé en la peine la plus profonde. La suite du récit fera, beaucoup plus loin, mieux comprendre ce genre de contradictions. Disons par un exemple emprunté à un ordre de faits tout différents qu'elles sont très fréquentes dans les situations les plus diverses que présente la vie. Un mari a installé sa maîtresse dans la ville où il est en garnison. Sa femme restée à Paris, et à demi au courant de la vérité, se désole, écrit à son mari des lettres de jalousie. Or, la maîtresse est obligée de venir passer un jour à Paris. Le mari ne peut résister à ses prières de l'accompagner et obtient une permission de vingt-quatre heures. Mais comme il est bon et souffre de faire de la peine à sa femme, il arrive chez celle-ci et lui dit en versant quelques larmes sincères, qu'affolé par ses lettres il a trouvé le moyen de s'échapper pour venir la consoler et l'embrasser. Il a trouvé ainsi le moyen de donner par un seul voyage une preuve d'amour à la fois à sa maîtresse et à sa femme. Mais si cette dernière apprenait pour quelle raison il est venu à Paris, sa joie se changerait sans doute en douleur, à moins que voir l'ingrat ne la rendît malgré tout plus heureuse qu'il ne la fait souffrir[1] par ses mensonges. Parmi les hommes qui m'ont paru pratiquer avec le plus de suite le système des fins multiples se trouve M. de Norpois. Il acceptait quelquefois de s'entremettre entre deux amis brouillés, et cela faisait qu'on l'appelait le plus obligeant des hommes. Mais il ne lui suffisait pas d'avoir l'air de rendre service à celui qui était venu le solliciter, il présentait à l'autre la démarche qu'il faisait auprès de lui comme entreprise non à la requête du premier, mais dans l'intérêt du second, ce qu'il persuadait facilement à un interlocuteur suggestionné d'avance par l'idée qu'il avait devant lui « le plus serviable des hommes ». De cette façon, jouant sur les deux tableaux, faisant ce qu'on appelle en termes de coulisse de la contre-partie, il ne laissait jamais courir aucun risque à son influence, et les services qu'il rendait ne constituaient pas une aliénation, mais une fructification d'une partie de son crédit. D'autre part, chaque service, semblant doublement rendu, augmentait d'autant plus sa réputation d'ami serviable, et encore d'ami serviable avec efficacité, qui ne donne pas des coups d'épée dans l'eau, dont toutes les démarches portent, ce que démontrait la reconnaissance des deux intéressés. Cette duplicité dans l'obligeance était, et avec des démentis comme en toute créature humaine, une partie importante du caractère de M. de Norpois. Et souvent au ministère, il se servit de mon père, lequel était assez naïf, en lui faisant croire qu'il le servait.

Plaisant plus qu'elle ne voulait et n'ayant pas besoin de claironner ses succès, Albertine garda le silence sur la scène qu'elle avait eue avec moi auprès de son lit, et qu'une laide aurait voulu faire connaître à l'univers. D'ailleurs son attitude dans cette scène, je ne parvenais pas à me l'expliquer. Pour ce qui concerne l'hypothèse d'une vertu absolue (hypothèse à laquelle j'avais d'abord attribué la violence avec laquelle Albertine avait refusé de se laisser embrasser et prendre par moi et qui n'était du reste nullement indispensable à ma conception de la bonté, de l'honnêteté foncière de mon amie), je ne laissai pas de la remanier à plusieurs reprises. Cette hypothèse était tellement le contraire de celle que j'avais bâtie le premier jour où j'avais vu Albertine ! Puis tant d'actes différents, tous de gentillesse pour moi (une gentillesse caressante, parfois inquiète, alarmée, jalouse de ma prédilection pour Andrée) baignaient de tous côtés le geste de rudesse par lequel, pour m'échapper, elle avait tiré sur la sonnette. Pourquoi donc m'avait-elle demandé de venir passer la soirée près de son lit ? Pourquoi parlait-elle tout le temps le langage de la tendresse ? Sur quoi repose le désir de voir un ami, de craindre qu'il vous préfère votre amie, de chercher à lui faire plaisir, de lui dire romanesquement

que les autres ne sauront pas qu'il a passé la soirée auprès
de vous, si vous lui refusez un plaisir aussi simple et si
ce n'est pas un plaisir pour vous ? Je ne pouvais croire
tout de même que la vertu d'Albertine allât jusque-là et
j'en arrivais à me demander s'il n'y avait pas eu à sa
violence une raison de coquetterie, par exemple une odeur
désagréable qu'elle aurait cru avoir sur elle et par laquelle
elle eût craint de me déplaire, ou de pusillanimité, si par
exemple elle croyait, dans son ignorance des réalités de
l'amour que mon état de faiblesse nerveuse pouvait avoir
quelque chose de contagieux par le baiser.

Elle fut certainement désolée de n'avoir pu me faire
plaisir et me donna un petit crayon d'or, par cette
vertueuse perversité des gens qui, attendris par votre
gentillesse et ne souscrivant pas à vous accorder ce qu'elle
réclame, veulent cependant faire en votre faveur autre
chose : le critique dont l'article flatterait le romancier
l'invite, à la place, à dîner, la duchesse n'emmène pas le
snob avec elle au théâtre, mais lui envoie sa loge pour
un soir où elle ne l'occupera pas. Tant ceux qui font le
moins et pourraient ne rien faire sont poussés par le
scrupule à faire quelque chose ! Je dis à Albertine qu'en
me donnant ce crayon, elle me faisait un grand plaisir,
moins grand pourtant que celui que j'aurais eu si le soir
où elle était venue coucher à l'hôtel, elle m'avait permis
de l'embrasser. « Cela m'aurait rendu si heureux !
Qu'est-ce que cela pouvait vous faire ? Je suis étonné que
vous me l'ayez refusé. — Ce qui m'étonne, me répondit-
elle, c'est que vous trouviez cela étonnant. Je me demande
quelles jeunes filles vous avez pu connaître pour que ma
conduite vous ait surpris. — Je suis désolé de vous avoir
fâchée, mais, même maintenant, je ne peux pas vous dire
que je trouve que j'ai eu tort. Mon avis est que ce sont
des choses qui n'ont aucune importance, et je ne
comprends pas qu'une jeune fille qui peut si facilement
faire plaisir, n'y consente pas. Entendons-nous, ajoutai-je
pour donner une demi-satisfaction à ses idées morales en
me rappelant comment elle et ses amies avaient flétri l'amie
de l'actrice Léa, je ne veux pas dire qu'une jeune fille
puisse tout faire et qu'il n'y ait rien d'immoral. Ainsi,
tenez, ces relations dont vous parliez l'autre jour à propos
d'une petite qui habite Balbec et qui existeraient entre
elle et une actrice, je trouve cela ignoble, tellement

ignoble que je pense que ce sont des ennemis de la jeune fille qui auront inventé cela et que ce n'est pas vrai. Cela me semble improbable, impossible. Mais se laisser embrasser et même plus par un ami, puisque vous dites que je suis votre ami... — Vous l'êtes, mais j'en ai eu d'autres avant vous, j'ai connu des jeunes gens qui, je vous assure, avaient pour moi tout autant d'amitié. Hé bien, il n'y en a pas un qui aurait osé une chose pareille. Ils savaient la paire de calottes qu'ils auraient reçue. D'ailleurs ils n'y songeaient même pas, on se serrait la main bien franchement, bien amicalement, en bons camarades ; jamais on n'aurait parlé de s'embrasser et on n'en était pas moins amis pour cela. Allez, si vous tenez à mon amitié, vous pouvez être content, car il faut que je vous aime joliment pour vous pardonner. Mais je suis sûre que vous vous fichez bien de moi. Avouez que c'est Andrée qui vous plaît. Au fond, vous avez raison, elle est beaucoup plus gentille que moi, et elle, elle est ravissante ! Ah ! les hommes ! » Malgré ma déception récente, ces paroles si franches, en me donnant une grande estime pour Albertine, me causaient une impression très douce. Et peut-être cette impression eut-elle plus tard pour moi de grandes et fâcheuses conséquences, car ce fut par elle que commença à se former ce sentiment presque familial, ce noyau moral qui devait toujours subsister au milieu de mon amour pour Albertine. Un tel sentiment peut être la cause des plus grandes peines. Car pour souffrir vraiment par une femme, il faut avoir cru complètement en elle. Pour le moment, cet embryon d'estime morale, d'amitié, restait au milieu de mon âme comme une pierre d'attente. Il n'eût rien pu, à lui seul, contre mon bonheur s'il fût demeuré ainsi sans s'accroître, dans une inertie qu'il devait garder l'année suivante et à plus forte raison pendant ces dernières semaines de mon premier séjour à Balbec. Il était en moi comme un de ces hôtes qu'il serait malgré tout plus prudent qu'on expulsât, mais qu'on laisse à leur place sans les inquiéter, tant les rend provisoirement inoffensifs leur faiblesse et leur isolement au milieu d'une âme étrangère.

Mes rêves se retrouvaient libres maintenant de se reporter sur telle ou telle des amies d'Albertine et d'abord sur Andrée, dont les gentillesses m'eussent peut-être moins touché si je n'avais été certain qu'elles seraient connues d'Albertine. Certes la préférence que depuis longtemps j'avais feinte pour Andrée m'avait fourni — en habitudes de causeries, de déclarations de tendresses — comme la matière d'un amour tout prêt pour elle auquel il n'avait jusqu'ici manqué qu'un sentiment sincère qui s'y ajoutât et que maintenant mon cœur redevenu libre aurait pu fournir. Mais pour que j'aimasse vraiment Andrée, elle était trop intellectuelle, trop nerveuse, trop maladive, trop semblable à moi. Si Albertine me semblait maintenant vide, Andrée était remplie de quelque chose que je connaissais trop. J'avais cru le premier jour voir sur la plage une maîtresse de coureur, enivrée de l'amour des sports, et Andrée me disait que si elle s'était mise à en faire, c'était sur l'ordre de son médecin pour soigner sa neurasthénie et ses troubles de nutrition, mais que ses meilleures heures étaient celles où elle traduisait un roman de George Eliot[1]. Ma déception, suite d'une erreur initiale sur ce qu'était Andrée, n'eut, en fait, aucune importance pour moi. Mais l'erreur était du genre de celles qui, si elles permettent à l'amour de naître et ne sont reconnues pour des erreurs que lorsqu'il n'est plus modifiable, deviennent une cause de souffrances. Ces erreurs — qui peuvent être différentes de celles que je commis pour Andrée et même inverses — tiennent souvent, dans le cas d'Andrée en particulier, à ce qu'on prend suffisamment l'aspect, les façons de ce qu'on n'est pas mais qu'on voudrait être, pour faire illusion au premier abord. À l'apparence extérieure, l'affectation, l'imitation, le désir d'être admiré, soit des bons, soit des méchants, ajoutent les faux semblants des paroles, des gestes. Il y a des cynismes, des cruautés qui ne résistent pas plus à l'épreuve que certaines bontés, certaines générosités. De même qu'on découvre souvent un avare vaniteux dans un homme connu pour ses charités, sa forfanterie de vice nous fait supposer une Messaline dans une honnête fille pleine de préjugés. J'avais cru trouver en Andrée une créature saine et primitive, alors qu'elle n'était qu'un être cherchant la santé, comme étaient peut-être beaucoup de ceux en qui elle avait cru la trouver et qui n'en avait pas plus la réalité qu'un gros arthritique à figure rouge et en veste de flanelle blanche n'est forcément un Hercule. Or, il est telles circonstances où il n'est pas indifférent pour le bonheur que la personne qu'on a aimée pour ce qu'elle paraissait avoir de sain, ne fût en réalité qu'un de ces malades qui ne reçoivent leur santé que d'autres, comme les planètes empruntent leur lumière, comme certains corps ne font que laisser passer l'électricité.

N'importe, Andrée, comme Rosemonde et Gisèle, même plus qu'elles, était tout de même une amie d'Albertine, partageant sa vie, imitant ses façons au point que le premier jour je ne les avais pas distinguées d'abord l'une de l'autre. Entre ces jeunes filles, tiges de roses dont le principal charme était de se détacher sur la mer, régnait la même indivision qu'au temps où je ne les connaissais pas et où l'apparition de n'importe laquelle me causait tant d'émotion en m'annonçant que la petite bande n'était pas loin. Maintenant encore la vue de l'une me donnait un plaisir où entrait, dans une proportion que je n'aurais pas su dire de voir les autres la suivre plus tard, et même si elles ne venaient pas ce jour-là de parler d'elles et de savoir qu'il leur serait dit que j'étais allé sur la plage.

Ce n'était plus simplement l'attrait des premiers jours, c'était une véritable velléité d'aimer qui hésitait entre toutes, tant chacune était naturellement le substitut de l'autre. Ma plus grande tristesse n'aurait pas été d'être abandonné par celle de ces jeunes filles que je préférais, mais j'aurais aussitôt préféré parce que j'aurais fixé sur elle la somme de tristesse et de rêve qui flottait indistinctement entre toutes, celle qui m'eût abandonné. Encore dans ce cas est-ce toutes ses amies, aux yeux desquelles j'eusse bientôt perdu tout prestige, que j'eusse, en celle-là, inconsciemment regrettées, leur ayant voué cette sorte d'amour collectif qu'ont l'homme politique ou l'acteur pour le public dont ils ne se consolent pas d'être délaissés après en avoir eu toutes les faveurs. Même celles que je n'avais pu obtenir d'Albertine, je les espérais tout d'un coup de telle ou telle qui m'avait quitté le soir en me disant un mot, en me jetant un regard ambigus, grâce auxquels c'était vers celle-là que, pour une journée, se tournait mon désir.

Il errait entre elles d'autant plus voluptueusement que sur ces visages mobiles, une fixation relative des traits était suffisamment commencée pour qu'on en pût distinguer, dût-elle changer encore, la malléable et flottante effigie. Aux différences qu'il y avait entre eux, étaient bien loin de correspondre sans doute des différences égales dans la longueur et la largeur des traits, lesquels, de l'une à l'autre de ces jeunes filles, et si dissemblables qu'elles parussent, eussent peut-être été presque superposables. Mais notre connaissance des visages n'est pas mathématique. D'abord, elle ne commence pas par mesurer les parties, elle a pour point de départ une expression, un ensemble. Chez Andrée par exemple, la finesse des yeux doux semblait rejoindre le nez étroit, aussi mince qu'une simple courbe qui aurait été tracée pour que pût se poursuivre sur une seule ligne l'intention de délicatesse divisée antérieurement dans le double sourire des regards jumeaux. Une ligne aussi fine était creusée dans ses cheveux, souple et profonde comme celle dont le vent sillonne le sable. Et là elle devait être héréditaire, car les cheveux tout blancs de la mère d'Andrée étaient fouettés de la même manière, formant ici un renflement, là une dépression comme la neige qui se soulève ou s'abîme selon les inégalités du terrain. Certes, comparé à la fine délinéation de celui d'Andrée, le nez de Rosemonde semblait offrir de larges surfaces comme une haute tour assise sur une base puissante. Que l'expression suffise à faire croire à d'énormes différences entre ce que sépare un infiniment petit — qu'un infiniment petit puisse à lui seul créer une expression absolument particulière, une individualité, — ce n'était pas que l'infiniment petit de la ligne et l'originalité de l'expression qui faisaient apparaître ces visages comme irréductibles les uns aux autres. Entre ceux de mes amies la coloration mettait une séparation plus profonde encore, non pas tant par la beauté variée des tons qu'elle leur fournissait, si opposés que je prenais devant Rosemonde — inondée d'un rose soutn sur lequel réagissait encore la lumière verdâtre des yeux — et devant Andrée — dont les joues blanches recevaient tant d'austère distinction de ses cheveux noirs — le même genre de plaisir que si j'avais regardé tour à tour un géranium au bord de la mer ensoleillée et un camélia dans la nuit ; mais surtout parce que les différences infiniment petites des lignes se trouvaient démesurément grandies, les rapports des surfaces entièrement changés par cet élément nouveau de la couleur, lequel tout aussi bien que dispensateur des teintes est un grand générateur ou tout au moins modificateur des dimensions. De sorte que des visages peut-être construits de façon peu dissemblable, selon qu'ils étaient éclairés par les feux d'une rousse

chevelure d'un teint rose, par la lumière blanche d'une
mate pâleur, s'étiraient ou s'élargissaient, devenaient une
autre chose comme ces accessoires des ballets russes,
consistant parfois, s'ils sont vus en plein jour, en une simple
rondelle de papier et que le génie d'un Bakst[1], selon
l'éclairage incarnadin ou lunaire où il plonge le décor, fait
s'y incruster durement comme une turquoise à la façade
d'un palais ou s'y épanouir avec mollesse, rose de bengale
au milieu d'un jardin. Ainsi en prenant connaissance des
visages, nous les mesurons bien, mais en peintres, non en
arpenteurs.

Il en était d'Albertine comme de ses amies. Certains
jours, mince, le teint gris, l'air maussade, une transparence
violette descendant obliquement au fond de ses yeux
comme il arrive quelquefois pour la mer, elle semblait
éprouver une tristesse d'exilée. D'autres jours, sa figure
plus lisse engluait les désirs à sa surface vernie et les
empêchait d'aller au-delà ; à moins que je ne la visse tout
à coup de côté, car ses joues mates comme une blanche
cire à la surface étaient roses par transparence, ce qui
donnait tellement envie de les embrasser, d'atteindre ce
teint différent qui se dérobait. D'autres fois le bonheur
baignait ses joues d'une clarté si mobile que la peau,
devenue fluide et vague, laissait passer comme des regards
sous-jacents qui la faisaient paraître d'une autre couleur,
mais non d'une autre matière que les yeux ; quelquefois,
sans y penser, quand on regardait sa figure ponctuée de
petits points bruns et où flottaient seulement deux taches
plus bleues, c'était comme on eût fait d'un œuf de
chardonneret, souvent comme d'une agate opaline travail-
lée et polie à deux places seulement, où, au milieu de la
pierre brune, luisaient comme les ailes transparentes d'un
papillon d'azur, les yeux où la chair devient miroir et nous
donne l'illusion de nous laisser plus qu'en les autres parties
du corps, approcher de l'âme. Mais le plus souvent aussi
elle était plus colorée, et alors plus animée ; quelquefois
seul était rose, dans sa figure blanche, le bout de son nez,
fin comme celui d'une petite chatte sournoise avec qui l'on
aurait eu envie de jouer ; quelquefois ses joues étaient si
lisses que le regard glissait comme sur celui d'une
miniature sur leur émail rose que faisait encore paraître
plus délicat, plus intérieur, le couvercle entrouvert et
superposé de ses cheveux noirs ; il arrivait que le teint

de ses joues atteignît le rose violacé du cyclamen, et parfois même, quand elle était congestionnée ou fiévreuse, et donnant alors l'idée d'une complexion maladive qui rabaissait mon désir à quelque chose de plus sensuel et faisait exprimer à son regard quelque chose de plus pervers et de plus malsain, la sombre pourpre de certaines roses d'un rouge presque noir ; et chacune de ces Albertine était différente, comme est différente chacune des apparitions de la danseuse dont sont transmutées les couleurs, la forme, le caractère, selon les jeux innombrablement variés d'un projecteur lumineux. C'est peut-être parce qu'étaient si divers les êtres que je contemplais en elle à cette époque que plus tard je pris l'habitude de devenir moi-même un personnage autre selon celle des Albertine à laquelle je pensais : un jaloux, un indifférent, un voluptueux, un mélancolique, un furieux, recréés non seulement au hasard du souvenir qui renaissait, mais selon la force de la croyance interposée, pour un même souvenir, par la façon différente dont je l'appréciais. Car c'est toujours à cela qu'il fallait revenir, à ces croyances qui la plupart du temps remplissent notre âme à notre insu, mais qui ont pourtant plus d'importance pour notre bonheur que tel être que nous voyons, car c'est à travers elles que nous le voyons, ce sont elles qui assignent sa grandeur passagère à l'être regardé. Pour être exact, je devrais donner un nom différent à chacun des moi qui dans la suite pensa à Albertine ; je devrais plus encore donner un nom différent à chacune de ces Albertine qui apparaissaient devant moi, jamais la même, comme — appelées simplement par moi pour plus de commodité la mer — ces mers qui se succédaient et devant lesquelles, autre nymphe, elle se détachait. Mais surtout — de la même manière mais bien plus utilement qu'on dit, dans un récit, le temps qu'il faisait tel jour — je devrais donner toujours son nom à la croyance qui tel jour où je voyais Albertine régnait sur mon âme, en faisait l'atmosphère, l'aspect des êtres, comme celui des mers, dépendant de ces nuées à peine visibles qui changent la couleur de chaque chose par leur concentration, leur mobilité, leur dissémination, leur fuite, — comme celle qu'Elstir avait déchirée, un soir, en ne me présentant pas aux jeunes filles avec qui il s'était arrêté et dont les images m'étaient soudain apparues plus belles quand elles s'éloignaient — nuée qui s'était reformée quelques jours plus tard quand je les avais connues, voilant leur éclat, s'interposant souvent entre elles et mes yeux, opaque et douce, pareille à la Leucothea de Virgile[1].

Sans doute leurs visages à toutes avaient bien changé pour moi de sens depuis que la façon dont il fallait les lire m'avait été dans une certaine mesure indiquée par leurs propos, propos auxquels je pouvais attribuer une valeur d'autant plus grande que par mes questions je les provoquais à mon gré, les faisais varier comme un expérimentateur qui demande à des contre-épreuves la vérification de ce qu'il a supposé. Et c'est en somme une façon comme une autre de résoudre le problème de l'existence, qu'approcher suffisamment les choses et les personnes qui nous ont paru de loin belles et mystérieuses, pour nous rendre compte qu'elles sont sans mystère et sans beauté ; c'est une des hygiènes entre lesquelles on peut opter, une hygiène qui n'est peut-être pas très recommandable, mais elle nous donne un certain calme pour passer la vie, et aussi — comme elle permet de ne rien regretter, en nous persuadant que nous avons atteint le meilleur, et que le meilleur n'était pas grand-chose — pour nous résigner à la mort.

J'avais remplacé au fond du cerveau de ces jeunes filles le mépris de la chasteté, le souvenir de quotidiennes passades par d'honnêtes principes, capables peut-être de fléchir mais ayant jusqu'ici préservé de tout écart celles qui les avaient reçus de leur milieu bourgeois. Or quand on s'est trompé dès le début, même pour les petites choses, quand une erreur de supposition ou de souvenirs vous fait chercher l'auteur d'un potin malveillant ou l'endroit où on a égaré un objet dans une fausse direction, il peut arriver qu'on ne découvre son erreur que pour lui substituer non pas la vérité, mais une autre erreur. Je tirais en ce qui concernait leur manière de vivre et la conduite à tenir avec elles, toutes les conséquences du mot innocence que j'avais lu, en causant familièrement avec elles, sur leur visage. Mais peut-être l'avais-je lu étourdiment, dans le lapsus d'un déchiffrage trop rapide, et n'y était-il pas plus écrit que le nom de Jules Ferry sur le programme de la matinée où j'avais entendu pour la première fois la Berma, ce qui ne m'avait pas empêché de soutenir à M. de Norpois que Jules Ferry, sans doute possible, écrivait des levers de rideau.

Pour n'importe laquelle de mes amies de la petite bande, comment le dernier visage que je lui avais vu n'eût-il pas été le seul que je me rappelasse, puisque, de nos souvenirs relatifs à une personne, l'intelligence élimine tout ce qui ne concourt pas à l'utilité immédiate de nos relations quotidiennes (même et surtout si ces relations sont imprégnées d'un peu d'amour, lequel, toujours insatisfait, vit dans le moment qui va venir) ? Elle laisse filer la chaîne des jours passés, n'en garde fortement que le dernier bout, souvent d'un tout autre métal que les chaînons disparus dans la nuit, et dans le voyage que nous faisons à travers la vie, ne tient pour réel que le pays où nous sommes présentement. Mes toutes premières impressions, déjà si lointaines, ne pouvaient pas trouver contre leur déformation journalière un recours dans ma mémoire ; pendant les longues heures que je passais à causer, à goûter, à jouer avec ces jeunes filles, je ne me souvenais même pas qu'elles étaient les mêmes vierges impitoyables et sensuelles que j'avais vues, comme dans une fresque, défiler devant la mer.

Les géographes, les archéologues nous conduisent bien dans l'île de Calypso, exhument bien le palais de Minos[1]. Seulement Calypso n'est plus qu'une femme, Minos qu'un roi sans rien de divin. Même les qualités et les défauts que l'histoire nous enseigne alors avoir été l'apanage de ces personnes fort réelles, diffèrent souvent beaucoup de ceux que nous avions prêtés aux êtres fabuleux qui portaient le même nom. Ainsi s'était dissipée toute la gracieuse mythologie océanique que j'avais composée les premiers jours. Mais il n'est pas tout à fait indifférent qu'il nous arrive au moins quelquefois de passer notre temps dans la familiarité de ce que nous avons cru inaccessible et que nous avons désiré. Dans le commerce des personnes que nous avons d'abord trouvées désagréables, persiste toujours même au milieu du plaisir factice qu'on peut finir par goûter auprès d'elles, le goût frelaté des défauts qu'elles ont réussi à dissimuler. Mais dans des relations comme celles que j'avais avec Albertine et ses amies, le plaisir vrai qui est à leur origine laisse ce parfum qu'aucun artifice ne parvient à donner aux fruits forcés, aux raisins qui n'ont pas mûri au soleil. Les créatures surnaturelles qu'elles avaient été un instant pour moi mettaient encore, même à mon insu, quelque merveilleux dans les rapports

les plus banals que j'avais avec elles, ou plutôt préservaient
ces rapports d'avoir jamais rien de banal. Mon désir avait
cherché avec tant d'avidité la signification des yeux qui
maintenant me connaissaient et me souriaient, mais qui,
le premier jour, avaient croisé mes regards comme des
rayons d'un autre univers, il avait distribué si largement
et si minutieusement la couleur et le parfum sur les surfaces
carnées de ces jeunes filles qui, étendues sur la falaise, me
tendaient simplement des sandwiches ou jouaient aux
devinettes, que souvent dans l'après-midi pendant que
j'étais allongé, comme ces peintres qui, cherchant la
grandeur de l'antique dans la vie moderne, donnent à une
femme qui se coupe un ongle de pied la noblesse du
« Tireur d'épine[1] » ou qui, comme Rubens, font des
déesses avec des femmes de leur connaissance pour
composer une scène mythologique[2], ces beaux corps bruns
et blonds, de types si opposés, répandus autour de moi
dans l'herbe, je les regardais sans les vider peut-être de
tout le médiocre contenu dont l'expérience journalière les
avait remplis, et pourtant sans me rappeler expressément
leur céleste origine comme si, pareil à Hercule ou à
Télémaque, j'avais été en train de jouer au milieu des
nymphes.

Puis les concerts finirent, le mauvais temps arriva, mes
amies quittèrent Balbec, non pas toutes ensemble, comme
les hirondelles, mais dans la même semaine. Albertine s'en
alla la première, brusquement, sans qu'aucune de ses amies
eût pu comprendre, ni alors, ni plus tard, pourquoi elle
était rentrée tout à coup à Paris, où ni travaux, ni
distractions ne la rappelaient. « Elle n'a dit ni quoi ni
qu'est-ce et puis elle est partie », grommelait Françoise
qui aurait d'ailleurs voulu que nous en fissions autant. Elle
nous trouvait indiscrets vis-à-vis des employés, pourtant
déjà bien réduits en nombre, mais retenus par les rares
clients qui restaient, vis-à-vis du directeur qui « mangeait
de l'argent ». Il est vrai que depuis longtemps l'hôtel qui
n'allait pas tarder à fermer avait vu partir presque tout
le monde ; jamais il n'avait été aussi agréable. Ce n'était
pas l'avis du directeur ; tout le long des salons où l'on gelait
et à la porte desquels ne veillait plus aucun groom, il
arpentait les corridors, vêtu d'une redingote neuve, si
soigné par le coiffeur que sa figure fade avait l'air de
consister en un mélange où pour une partie de chair il

y en aurait eu trois de cosmétique, changeant sans cesse
de cravates (ces élégances coûtent moins cher que
d'assurer le chauffage et de garder le personnel, et tel qui
ne peut plus envoyer dix mille francs à une œuvre de
bienfaisance fait encore sans peine le généreux en donnant
cent sous de pourboire au télégraphiste qui lui apporte
une dépêche). Il avait l'air d'inspecter le néant, de vouloir
donner grâce à sa bonne tenue personnelle un air
provisoire à la misère que l'on sentait dans cet hôtel où
la saison n'avait pas été bonne, et paraissait comme le
fantôme d'un souverain qui revient hanter les ruines de
ce qui fut jadis son palais. Il fut surtout mécontent quand
le chemin de fer d'intérêt local, qui n'avait plus assez de
voyageurs, cessa de fonctionner pour jusqu'au printemps
suivant. « Ce qui manque ici, disait le directeur, ce sont
les moyens de commotion. » Malgré le déficit qu'il
enregistrait, il faisait pour les années suivantes des projets
grandioses. Et comme il était tout de même capable de
retenir exactement de belles expressions quand elles
s'appliquaient à l'industrie hôtelière et avaient pour effet
de la magnifier : « Je n'étais pas suffisamment secondé
quoique à la salle à manger j'avais une bonne équipe,
disait-il ; mais les chasseurs laissaient un peu à désirer ;
vous verrez l'année prochaine quelle phalange je saurai
réunir. » En attendant, l'interruption des services du
B.C.B. l'obligeait à envoyer chercher les lettres et
quelquefois conduire les voyageurs dans une carriole. Je
demandais souvent à monter à côté du cocher et cela me
fit faire des promenades par tous les temps, comme dans
l'hiver que j'avais passé à Combray.

Parfois pourtant la pluie trop cinglante nous retenait,
ma grand-mère et moi ; le Casino étant fermé, dans des
pièces presque complètement vides, comme à fond de cale
d'un bateau quand le vent souffle, et où chaque jour,
comme au cours d'une traversée, une nouvelle personne
d'entre celles près de qui nous avions passé trois mois
sans les connaître, le premier président de Rennes, le
bâtonnier de Caen, une dame américaine et ses filles,
venaient à nous, entamaient la conversation, inventaient
quelque manière de trouver les heures moins longues,
révélaient un talent nous enseignaient un jeu, nous
invitaient à prendre le thé, ou à faire de la musique, à
nous réunir à une certaine heure, à combiner ensemble

de ces distractions qui possèdent le vrai secret de nous faire
donner du plaisir, lequel est de n'y pas prétendre mais
seulement de nous aider à passer le temps de notre ennui,
enfin nouaient avec nous sur la fin de notre séjour des
amitiés que le lendemain leurs départs successifs venaient
interrompre. Je fis même la connaissance du jeune homme
riche, d'un de ses deux amis nobles et de l'actrice qui était
revenue pour quelques jours ; mais la petite société ne se
composait plus que de trois personnes, l'autre ami était
rentré à Paris. Ils me demandèrent de venir dîner avec eux
dans leur restaurant. Je crois qu'ils furent assez contents que
je n'acceptasse pas. Mais ils avaient fait l'invitation le plus
aimablement possible, et bien qu'elle vînt en réalité du
jeune homme riche puisque les autres personnes n'étaient
que ses hôtes, comme l'ami qui l'accompagnait, le marquis
Maurice de Vaudémont, était de très grande maison,
instinctivement l'actrice, en me demandant si je ne voudrais
pas venir, me dit pour me flatter :

« Cela fera tant de plaisir à Maurice. »

Et quand dans le hall je les rencontrai tous trois, ce fut
M. de Vaudémont, le jeune homme riche s'effaçant, qui
me dit :

« Vous ne nous ferez pas le plaisir de dîner avec
nous ? »

En somme j'avais bien peu profité de Balbec, ce qui
ne me donnait que davantage le désir d'y revenir. Il me
semblait que j'y étais resté trop peu de temps. Ce n'était
pas l'avis de mes amis qui m'écrivaient pour me demander
si je comptais y vivre définitivement. Et de voir que c'était
le nom de Balbec qu'ils étaient obligés de mettre sur
l'enveloppe, comme ma fenêtre donnait, au lieu que ce
fût sur une campagne ou sur une rue, sur les champs de
la mer, que j'entendais pendant la nuit sa rumeur, à
laquelle j'avais, avant de m'endormir, confié, comme une
barque, mon sommeil, j'avais l'illusion que cette promiscuité avec les flots devait matériellement, à mon insu, faire
pénétrer en moi la notion de leur charme, à la façon de
ces leçons qu'on apprend en dormant.

Le directeur m'offrait pour l'année prochaine de
meilleures chambres, mais j'étais attaché maintenant à la
mienne où j'entrais sans plus jamais sentir l'odeur du
vétiver, et dont ma pensée, qui s'y élevait jadis si
difficilement, avait fini par prendre si exactement les

dimensions que je fus obligé de lui faire subir un traitement inverse quand je dus coucher à Paris dans mon ancienne chambre, laquelle était basse de plafond.

Il avait fallu quitter Balbec en effet, le froid et l'humidité étant devenus trop pénétrants pour rester plus longtemps dans cet hôtel dépourvu de cheminées et de calorifère. J'oubliai d'ailleurs presque immédiatement ces dernières semaines. Ce que je revis presque invariablement quand je pensai à Balbec, ce furent les moments où chaque matin, pendant la belle saison, comme je devais l'après-midi sortir avec Albertine et ses amies, ma grand-mère sur l'ordre du médecin me força à rester couché dans l'obscurité. Le directeur donnait des ordres pour qu'on ne fît pas de bruit à mon étage et veillait lui-même à ce qu'ils fussent obéis. À cause de la trop grande lumière, je gardais fermés le plus longtemps possible les grands rideaux violets qui m'avaient témoigné tant d'hostilité le premier soir. Mais comme malgré les épingles avec lesquelles, pour que le jour ne passât pas, Françoise les attachait chaque soir et qu'elle seule savait défaire, comme malgré les couvertures, le dessus de table en cretonne rouge, les étoffes prises ici ou là qu'elle y ajustait, elle n'arrivait pas à les faire joindre exactement, l'obscurité n'était pas complète et ils laissaient se répandre sur le tapis comme un écarlate effeuillement d'anémones parmi lesquelles je ne pouvais m'empêcher de venir un instant poser mes pieds nus. Et sur le mur qui faisait face à la fenêtre, et qui se trouvait partiellement éclairé, un cylindre d'or que rien ne soutenait était verticalement posé et se déplaçait lentement comme la colonne lumineuse qui précédait les Hébreux dans le désert[1]. Je me recouchais ; obligé de goûter, sans bouger, par l'imagination seulement, et tous à la fois, les plaisirs des jeux, du bain, de la marche, que la matinée conseillait, la joie faisait battre bruyamment mon cœur comme une machine en pleine action, mais immobile, et qui ne peut que décharger sa vitesse sur place en tournant sur elle-même.

Je savais que mes amies étaient sur la digue mais je ne les voyais pas, tandis qu'elles passaient devant les chaînons inégaux de la mer, tout au fond de laquelle, et perchée au milieu de ses cimes bleuâtres comme une bourgade italienne, se distinguait parfois dans une éclaircie la petite ville de Rivebelle, minutieusement détaillée par le soleil

Je ne voyais pas mes amies, mais (tandis qu'arrivaient jusqu'à mon belvédère l'appel des marchands de journaux, des « journalistes », comme les nommait Françoise, les appels des baigneurs et des enfants qui jouaient, ponctuant à la façon des cris des oiseaux de mer le bruit du flot qui doucement se brisait), je devinais leur présence, j'entendais leur rire enveloppé comme celui des Néréides dans le doux déferlement qui montait jusqu'à mes oreilles. « Nous avons regardé, me disait le soir Albertine, pour voir si vous descendriez. Mais vos volets sont restés fermés même à l'heure du concert. » À dix heures, en effet, il éclatait sous mes fenêtres. Entre les intervalles des instruments, si la mer était pleine, reprenait, coulé et continu, le glissement de l'eau d'une vague qui semblait envelopper les traits du violon dans ses volutes de cristal et faire jaillir son écume au-dessus des échos intermittents d'une musique sous-marine. Je m'impatientais qu'on ne fût pas encore venu me donner mes affaires pour que je puisse m'habiller. Midi sonnait, enfin arrivait Françoise. Et pendant des mois de suite, dans ce Balbec que j'avais tant désiré parce que je ne l'imaginais que battu par la tempête et perdu dans les brumes, le beau temps avait été si éclatant et si fixe que quand elle venait ouvrir la fenêtre, j'avais pu toujours, sans être trompé, m'attendre à trouver le même pan de soleil plié à l'angle du mur extérieur, et d'une couleur immuable qui était moins émouvante comme un signe de l'été qu'elle n'était morne comme celle d'un émail inerte et factice. Et tandis que Françoise ôtait les épingles des impostes, détachait les étoffes, tirait les rideaux, le jour d'été qu'elle découvrait semblait aussi mort, aussi immémorial qu'une somptueuse et millénaire momie que notre vieille servante n'eût fait que précautionneusement désemmailloter de tous ses linges, avant de la faire apparaître, embaumée dans sa robe d'or[1].

DOSSIER

BIBLIOGRAPHIE

ÉDITIONS

À l'ombre des jeunes filles en fleurs, Gallimard, 1918. Un volume de 443 pages. Nombreuses rééditions en deux, puis en trois volumes.

À l'ombre des jeunes filles en fleurs, Gallimard, 1920. Édition de luxe limitée à cinquante exemplaires, tirés sur papier indian bible, ornés d'une reproduction du portrait de Proust par Jacques-Émile Blanche et accompagnés chacun de fragments du manuscrit.

À la recherche du temps perdu, collection « À la Gerbe », Gallimard, 1929-1935. Le premier volume paru en fut *À l'ombre des jeunes filles en fleurs*, en 1929.

À la recherche du temps perdu, édition de Pierre Clarac et André Ferré, préface d'André Maurois, Bibliothèque de la Pléiade, 3 volumes, 1954. *À l'ombre des jeunes filles en fleurs* figure dans le tome I.

À la recherche du temps perdu, édition de Jean-Yves Tadié, Bibliothèque de la Pléiade, 4 volumes, 1987-1989. *À l'ombre des jeunes filles en fleurs* figure dans les tomes I et II ; texte établi, présenté et annoté par Pierre-Louis Rey, avec une transcription des esquisses du roman.

À l'ombre des jeunes filles en fleurs, texte établi, présenté et annoté par Danièle Gasiglia-Laster, « GF » Flammarion, 2 volumes, 1987. Fait partie de l'édition d'*À la recherche du temps perdu* publiée sous la direction de Jean Milly.

À la recherche du temps perdu, édition publiée sous la direction de Bernard Raffalli, « Bouquins », Laffont, 3 volumes, 1987. Le texte d'*À l'ombre des jeunes filles en fleurs* est établi par Michelle Berman et annoté par André Alain Morello.

Nous signalons également l'excellent appareil critique de l'édition d'*À la recherche du temps perdu* : *Alla ricerca del tempo perduto*, traduction italienne de Giovanni Raboni, éditions Mondadori, Milan, 4 volumes. *À l'ombre des jeunes filles en fleurs* (*All'ombra delle fanciulle in fiore*) figure dans le tome I, 1983, avec des notes de Daria Galateria.

ÉTUDES CRITIQUES

Pour la bibliographie qui concerne l'ensemble d'*À la recherche du temps perdu*, nous renvoyons à *Du côté de chez Swann*, Folio-Gallimard, 1988, ainsi qu'à Jean-Yves Tadié, *Proust*, « Dossiers », Belfond, 1983, et *Marcel Proust*, « NRF Biographies », Gallimard, 1996.

Études qui concernent plus particulièrement *À l'ombre des jeunes filles en fleurs* :

Maurice Bardèche, *Marcel Proust romancier*, « Les Sept Couleurs » 1971, tome II, chapitre I (étude de la genèse de l'épisode).

Étiemble, *Cinq états des « Jeunes filles »*, Éditions du Scarabée, Alexandrie, 1947 (avec des fac-similés du manuscrit d'*À l'ombre des jeunes filles en fleurs*).

Jean Milly, *La Phrase de Proust*, coll. « Unichamp », Champion, 1983 (1re édition : Larousse, 1975) (voir notamment le chapitre I, qui éclaire le dîner avec Bergotte d'« Autour de Mme Swann »).

Juliette Monnin-Hornung, *Proust et la peinture*, Droz, Genève, 1951 (étude de modèles possibles des tableaux d'Elstir).

Pierre-Louis Rey, « *À l'ombre des jeunes filles en fleurs* ». *Étude critique*, coll. « Unichamp », Champion, 1983.

Georgette Tupinier, « Autour de cinq ébauches de Mlle de Stermaria », *Cahiers Marcel Proust*, n° 6, Gallimard, 1973.

Jo Yoshida, « La Genèse de l'atelier d'Elstir à la lumière de plusieurs versions inédites », *Bulletin d'informations proustiennes*, n° 8, automne 1978.

Jo Yoshida, « Métamorphose de l'église de Balbec un aperçu génétique du "voyage au Nord" », *Bulletin d'informations proustiennes*, n° 14, 1983.

NOTES

AUTOUR DE Mme SWANN

Page 3.

1. À propos de Norpois, on a pensé à Armand Nisard, qui fut directeur des Affaires politiques au Quai d'Orsay, à Gabriel Hanotaux, historien et ministre des Affaires étrangères, et surtout à Camille Barrère, ambassadeur à peu près inamovible en Italie et d'ailleurs cité à ce titre dans *Albertine disparue*. Barrère dînait souvent chez les parents de Proust et fut outré, lors de la parution des *Jeunes filles*, à la pensée qu'il avait pu servir de modèle à Norpois.

2. À l'exception des Rothschild, le Jockey-Club ne comptait pas, vers cette époque, d'autre membre juif que Charles Haas. Esthète et dandy célèbre, celui-ci était le fils d'un riche agent de change. Proust le rencontra dans le salon de Mme Straus et s'inspira très directement de lui pour composer le personnage de Swann.

Page 4.

1. Twickenham fut la résidence de la famille d'Orléans pendant leur exil en Angleterre. Voir *Du côté de chez Swann*, Folio, p. 18, n. 2.

Page 6.

1. Le 16 mai 1877, le maréchal de Mac-Mahon, président de la République, tenta d'imposer sa volonté à la Chambre des députés. Celle-ci, ayant refusé d'investir le duc de Broglie à la présidence du Conseil, fut dissoute avec l'assentiment du Sénat, en majorité monarchiste. La campagne électorale qui s'ensuivit fut marquée par la fameuse adresse de Gambetta, invitant le président Mac-Mahon à « se soumettre ou se démettre ». Mac-Mahon se soumettra. Cette crise, qui consolida le régime républicain, entraîna un profond renouvellement des personnels politique et diplomatique. Que le marquis de Norpois ait joué un rôle important avant et après cette date donne la mesure de son talent, ou de son opportunisme.

2. Il s'agit de la dette contractée par l'Égypte envers la France et l'Angleterre pour la construction du canal de Suez.

3. Fondé le 29 août 1789, le *Journal des débats* prôna de 1815 à 1870 le principe d'une monarchie constitutionnelle, puis se rallia à la République. Il est ici donné comme l'exemple d'un journal sérieux, modéré, indépendant dans ses jugements. Dans *Du côté de chez Swann*, la vieille dame des Champs-Élysées parle déjà de ses « vieux Débats ».

Page 8.

1. Ernest Legouvé (1807-1903), auteur notamment du drame *Adrienne Lecouvreur*, siégea quarante-sept ans à l'Académie française. Alfred Mézières (1826-1915) y fut élu en 1874 ; il s'illustra principalement par ses études sur des écrivains étrangers. Maxime Du Camp prononça un éloge de Hugo lors de sa réception sous la Coupole en 1880, et Paul Claudel écrivit un éloge de Boileau en 1911 (Paul Claudel, *Œuvres en prose*, Pléiade, p. 437-438).

2. Georges Berry (1852-1915), élu député de Paris en 1893, siégea aux côtés des monarchistes, puis, à partir de 1905, parmi le groupe des républicains indépendants et progressistes. Alexandre Ribot (1842-1923), républicain modéré, ministre des Affaires étrangères en 1890, puis président du Conseil de janvier à octobre 1895, provoqua ensuite la chute du ministère Combes. Paul Deschanel (1855-1922), chef du parti progressiste dans les années 1890, fut président de la Chambre des députés de 1898 à 1902 et de 1912 à 1920, puis président de la République pour quelques mois seulement en 1920.

3. Ce souverain est imaginaire, même si, comme nous le verrons dans la suite du texte, sa visite à Paris est largement inspirée par celle du tsar Nicolas II à l'automne de 1896. Mais la visite du tsar est elle-même mentionnée p. 113.

Page 10.

1. Ce personnage de tragédienne a été inspiré à Proust par Sarah Bernhardt (voir *À la recherche du temps perdu*, Esquisses d'« Autour de Mme Swann », Pléiade, édition de J.-Y. Tadié, t. I, p. 992-1008). Proust a pu assister à ses interprétations de *Phèdre* lors d'un gala donné à l'Opéra le 19 mai 1892 ou lors des représentations données à partir du 19 novembre 1893 au Théâtre de la Renaissance que Sarah Bernhardt venait d'acquérir. Mais le nom de la Berma fait aussi songer à celui de Marie Bréma (1856-1925), mezzo-soprano anglaise qui fit ses débuts à Paris en 1897 et s'illustra notamment dans Wagner (voir préface, p. XII).

Page 12.

1. Fondée en 1829, la *Revue des Deux Mondes* était dirigée depuis 1893 par Ferdinand Brunetière. Certaines tirades de Norpois semblent pasticher les éditoriaux de cette revue austère, académique en littérature et conservatrice en politique.

2. Le tableau du Titien est *L'Assomption de la Vierge* (1516), conservé en l'église Santa Maria Gloriosa dei Frari, à Venise. Quant aux toiles

de Carpaccio exposées à la Scuola di San Giorgio degli Schiavoni, de Venise, Proust en lut sans doute un commentaire dans *Les Pierres de Venise*, de John Ruskin, et put les voir de ses yeux en avril-mai 1900, à une époque où il était tout imprégné des lectures de Ruskin.

3. C'est le début de la déclaration de Phèdre à Hippolyte (*Phèdre*, II, 5).

Page 13.

1. *Le Demi-Monde* (1855) est une comédie d'Alexandre Dumas fils, qui raconte les vaines tentatives d'une femme légère pour faire un riche mariage. Enfant, Proust pouvait voir annoncer en 1882, sur la colonne Morris située boulevard Malesherbes en face du domicile de ses parents, la reprise de cette pièce par la Comédie-Française, puis, en 1884, des représentations de *Phèdre* et des *Caprices de Marianne*.

Page 15.

1. Ces expressions sont très directement inspirées d'une critique par Jules Lemaitre de la représentation de *Phèdre* donnée le 27 novembre 1893, avec Sarah Bernhardt, au théâtre de la Renaissance (voir J. Lemaitre, *Impressions de théâtre*, 8e série, Lecène, Oudin et Cie, 1895, p. 73-81). Mais la plaquette peut aussi faire penser à un texte d'Anatole France : voir *Du côté de chez Swann*, Folio, p. 98, n. 1 et p. 402, n. 1.

Page 17.

1. Michel-Ange choisit lui-même dans les carrières de Carrare, en 1505, les blocs de marbre qui devaient servir à édifier le mausolée que Jules II lui avait commandé. Parmi les nombreuses statues prévues, il n'en acheva que quelques-unes, dont les *Esclaves* et le célèbre *Moïse* conservé en l'église San Pietro in Vincoli, de Rome. Après la mort de Jules II, en 1513, Michel-Ange travailla aux tombeaux de la famille des Médicis, à Florence, surveillant lui-même l'extraction du marbre blanc des carrières de Pietrasanta (1518-1519).

Page 22.

1. *Persée avec la tête de Méduse* est une statue en bronze de Benvenuto Cellini, visible sous l'une des arcades de la Loggia dei Lanzi, à Florence.

Page 23.

1. Allusion au *Voyage du jeune Anacharsis* (1788), roman éducatif de l'abbé Barthélemy dans lequel Anacharsis incarne la pureté et le retour à la nature.

Page 25.

1. Les « consolidés » désignaient particulièrement la rente anglaise pour laquelle tous les produits qui gageaient les emprunts étaient réunis en un seul fonds. Plusieurs emprunts ont été conclus par la Russie auprès de la France à partir de 1880. Les numéros de la *Revue des Deux Mondes* de l'année 1890 soulignent l'« excellente situation financière » de la Russie et de la Banque d'Angleterre. *Albertine*

disparue nous apprendra que les titres recommandés par Norpois étaient souvent ceux qui avaient le plus baissé.

Page 27.

1. C'est à la page sur les clochers de Martinville, écrite par le narrateur à l'époque de « Combray », qu'il est fait allusion ici. Voir *Du côté de chez Swann*, Folio, p. 179-180.

Page 30.

1. Proust écrivait à Céline Cottin le 12 juillet 1909 : « Je vous envoie vifs compliments et remerciements pour le merveilleux bœuf mode. Je voudrais bien réussir aussi bien que vous ce que je vais faire cette nuit, que mon style soit aussi brillant, aussi clair, aussi solide que votre gelée — que mes idées soient aussi savoureuses que vos carottes et aussi nourrissantes et fraîches que votre viande. En attendant d'avoir terminé mon œuvre, je vous félicite de la vôtre » (M. Proust, *Correspondance*, éd. de Ph. Kolb, Plon (t. IX, p. 139). Le bœuf Stroganof, spécialité russe de bœuf à la crème, peut être interprété comme un signe de la russophilie de Norpois, de même que le mot « oukase » à la page suivante et le pudding à la Nesselrode qui termine le dîner.

Page 33.

1. Le palais de la Consulta (cour constitutionnelle), proche du Quirinal, était à Rome le siège du ministère des Affaires étrangères d'Italie. Le palais Farnèse était, et demeure, le siège de l'ambassade de France à Rome ; il contient une grande galerie de fresques (1597-1606), d'inspiration mythologique, exécutées par Annibal et Augustin Carrache. Sur la Wilhelmstrasse, à Berlin, se trouvait le ministère des Affaires étrangères d'Allemagne.

2. Saint-James a continué de désigner la cour d'Angleterre, même après que la reine Victoria se fut installée à Buckingham Palace. Le Pont-aux-Chantres désigne le ministère des Affaires étrangères à Saint-Pétersbourg. Montecitorio est le palais de la Chambre des députés à Rome. Le Ballplatz, celui du ministère des Affaires étrangères à Vienne. La « monarchie bicéphale » désigne la monarchie austro-hongroise.

Page 34.

1. Ancien ministre des Finances de Napoléon Ier et de Louis XVIII, le baron Louis lança cette apostrophe au Conseil alors qu'il faisait partie du ministère provisoire constitué le 1er août 1830 à la suite des journées révolutionnaires.

2. Le voyage de Nicolas II en France, qui inspire à Proust celui de l'imaginaire Théodose, a confirmé à l'automne de 1896 l'alliance franco-russe conclue en 1891. Les toasts portés à l'occasion de ce voyage pour célébrer les « liens si précieux » et la « confraternité d'armes » des deux pays sont évoqués notamment dans la chronique de politique étrangère de Francis Charmes publiée dans la *Revue des · Deux Mondes* du 15 octobre 1896.

Page 35.

1. Cette allusion à une famille de la petite principauté bavaroise Oettingen ne s'explique guère, sinon par la présence à la cour de Bavière de Théodose à l'époque où il ne songeait pas encore à son « trône oriental » (p. 31).

2. C'est la seule fois dans toute la *Recherche* que Proust écrit « Théodose II », avouant sans doute ainsi que Nicolas II a servi de source à son personnage.

3. Allusion au mot que Talleyrand aurait prononcé après que Napoléon eut fait exécuter le duc d'Enghien, en 1804.

4. Deux ans après son avènement (1888), Guillaume II contraignit Bismarck à la démission. Le télégramme auquel il est fait allusion est sans doute celui que l'Empereur expédia à l'ancien chancelier pour son quatre-vingtième anniversaire (1895) et dans lequel il s'indignait lourdement de la disgrâce dans laquelle le vieillard était tombé.

Page 36.

1. Il s'agit de la marquise de Villeparisis, qui se révélera plus tard avoir été la maîtresse de Norpois et que nous retrouverons effectivement au Grand-Hôtel de Balbec.

2. La cathédrale de Bayeux, parfois citée comme un modèle possible, de l'église de Balbec, est bien en partie romane, comme d'ailleurs Saint-Loup-de-Naud. Voir sur ce point *Du côté de chez Swann*, Folio, notes 1 des p. 288 et 378.

Page 37.

1. Cette grande dame est sans doute Mme de Marsantes. Voir p. 89.

Page 44.

1. Anatole France se justifiait dès 1890 d'une accusation semblable : « À certaines heures, j'éprouve quelque honte à jouer de la flûte, encore que je puisse me rendre ce témoignage que je me suis efforcé de donner un sens à mes petites chansons » (voir Jean Levaillant, « Note sur le personnage de Bergotte », *Revue des Sciences humaines*, janvier-mars 1952, p. 43).

Page 45.

1. Jules Lemaitre comparait Anatole France à « un mandarin excessivement savant et subtil » (voir Jean Levaillant, *article cité*, p. 43).

2. L'auteur du *Contre Saint-Beuve* semble se désigner ici malicieusement comme un « homme d'esprit ».

Page 46.

1. On ne trouve aucune allusion à ce « travers » dans l'article consacré à Vigny de la *Galerie des contemporains illustres par un homme de rien* (1840-1847), ouvrage en dix volumes de Louis de Loménie. C'est bien Sainte-Beuve qui est désigné ici par Norpois et il est question de l'effet désastreux produit par le discours de réception à

l'Académie française de Vigny dans les *Nouveaux Lundis* (éd. Michel Lévy, 1866, t. VI, p. 429 et suiv.). « Laurette ou le Cachet rouge » est le premier épisode de *Servitude et grandeur militaires*.

Page 49.

1. On appelait « Premier Paris » l'éditorial des journaux parisiens.
2. Il faudrait dire « six » siècles et non « dix ». « Quelle étrange folie de m'avoir renvoyé ce petit livre de classe ! », écrit Proust à Marie Nordlinger le 7 décembre 1906 (M. Proust, *Correspondance*, éd. citée, t. VI, p. 308). Il s'agit de *Lectures historiques. Histoire ancienne. Égypte. Assyrie. Au temps de Ramsès et d'Assourbanipal*, de l'égyptologue Gaston Maspero (1846-1916).

Page 55.

1. *L'Aventurière*, comédie d'Émile Augier (1848), fut jouée à partir de 1860 à la Comédie-Française. *Le Gendre de M. Poirier*, comédie d'Émile Augier et Jules Sandeau, fut créée au théâtre du Gymnase en 1854, puis jouée à la Comédie-Française. Proust a déjà évoqué dans *Swann* les acteurs Bressant (Folio, p. 14) et Thiron (p. 73).

Page 56.

1. C'est probablement au Ciro's, situé 8, rue Daunou, que Françoise fait allusion. Le restaurant Henry était situé place Gaillon, et Weber au 21, rue Royale. Léon Daudet raconte dans ses *Souvenirs littéraires* qu'il y rencontrait souvent Proust.

Page 57.

1. Situé à l'angle du boulevard des Italiens et de la rue Marivaux, le café Anglais était « le seul subsistant des anciens restaurants célèbres de Paris », écrivait Auguste Vitu en 1889 (*Paris*, rééd. Jean de Bonnot, 1975, p. 343).

Page 58.

1. On peut être surpris de trouver associés, parmi les admirations de Françoise, les noms de Pie IX, pape qui proclama le dogme de l'infaillibilité pontificale et symbolise la tradition, et de Raspail, qui s'illustra dans les révolutions de 1830 et de 1848 et passa de nombreuses années en prison.

Page 60.

1. Citation du « Cor » de Vigny, poème dont le premier vers est : « J'aime le son du cor, le soir, au fond des bois », et le dernier : « Dieu ! que le son du cor est triste au fond des bois ! » (*Poèmes antiques et modernes*, 1826), vers dont on trouve l'écho dans *Hernani* : « Oh ! que j'aime bien mieux le cor au fond des bois » (V, 3).
2. À la galerie Georges Petit, 8, rue de Sèze, près de la place de la Madeleine, se tinrent à cette époque plusieurs expositions d'aquarellistes.
3. Le palais de l'Industrie, immense salle d'exposition construite sur les Champs-Élysées en vue de l'Exposition Universelle de 1855,

fut détruit entre 1897 et 1900 pour céder la place au Grand et au Petit
Palais. Le palais du Trocadéro, construit en vue de l'Exposition
Universelle de 1878, présentait au sommet de la colline de Chaillot
une façade semi-circulaire de style mauresque encadrée de deux tours
rectangulaires. Il fut détruit en 1937 pour céder la place à l'actuel palais
de Chaillot.

4. *Orphée aux Enfers*, opéra-bouffe en deux actes, paroles d'Hector
Crémieux, musique de Jacques Offenbach (1858). Son succès amena
ses auteurs à le transformer, en 1874, en une féerie musicale en quatre
actes et douze tableaux.

Page 63.

1. Saint-Simon écrit dans ses *Mémoires* à l'année 1708 à propos de
Mansart, surintendant des bâtiments du Roi : « C'était un grand
homme bien fait, d'un visage agréable, et de la lie du peuple »
(Pléiade, éd. Yves Coirault, t. III, p. 134).

Page 64.

1. Gouache : confiserie fondée en 1847 boulevard de la Madeleine
et transférée, dans les dernières années du siècle, au 18, boulevard
des Italiens.

Page 70.

1. Mme Straus avait qualifié Proust de « toque » : il s'en plaint dans
une lettre de décembre 1892 ou janvier 1893 (M. Proust, *Correspondance*, éd. citée, t. VII, p. 329).

Page 71.

1. Voir Léonard de Vinci, *Traité de la peinture*, paru à Paris pour
la première fois en 1651 et publié intégralement dans *Les Carnets de
Léonard de Vinci*, réunis en 1951 par Edward MacCurdy, Gallimard.

Page 73.

1. La ressemblance du *G* avec un *A* prépare la méprise du narrateur
qui, dans *Albertine disparue*, croira lire la signature d'Albertine au bas
d'un télégramme que lui adresse Gilberte. Ce passage d'« Autour de
Mme Swann » a pourtant été composé avant 1914, c'est-à-dire
probablement avant que Proust n'ait imaginé l'intrigue d'*Albertine
disparue*.

Page 74.

1. Allusion possible aux « Études de différentes variétés de fleurs »
(dessins à la pointe de métal), conservées au musée des Offices de
Florence (voir Pierre Huard et Mirko D. Grmek, *Léonard de Vinci.
Dessins scientifiques et techniques*, Roger Dacosta, 1962, p. 91), ou encore
aux dessins conservés à la bibliothèque de l'Institut, à Paris, ou à la
bibliothèque Ambrosienne de Milan, ou aux études de fleurs
conservées à la Galerie de l'Académie de Venise.

Page 75.

1. Le Chandelier d'or à sept branches que Moïse fit placer dans le Tabernacle (Exode, XXV, 31-37).

2. Tous les états du texte donnent bien « au-dessus » P. 70, la devise est au-dessous du chevalier casqué.

Page 76.

1. Jean-Baptiste Berlier (1843-1911), ingénieur français qui inventa notamment l'acheminement du courrier par pneumatique, est moins connu comme architecte.

Page 77.

1. L'allusion n'est pas claire. Doit-on penser, entre tant d'autres tableaux, à *La Présentation au Temple* (Mauritshuis de La Haye), comme le suggère Jacques Nathan (*Citations, références et allusions de Marcel Proust dans « À la recherche du temps perdu »*, nouvelle édition, Nizet, 1969, p. 72) ? Les placards Grasset portaient seulement « un Temple peint par Rembrandt ». L'article indéfini nous incline à penser que Proust a voulu dire : un temple asiatique, tel qu'aurait pu le peindre Rembrandt.

2. Jacques Nathan suggère avec vraisemblance que Proust confond ici « le palais de Darius à Persépolis et le palais assyrien "ninivite" de Sargon à Khorsabad, qui comporte des décorations cuites au four » (ouvrage cité).

Page 78.

1. Jean-Léon Gérôme (1824-1904), ennemi déclaré des impressionnistes et choisi à ce titre, par Proust, comme peintre favori des « mondains », avait pourtant presque totalement abandonné la peinture pour la sculpture à partir de 1890. En 1897, il exposera toutefois une *Entrée du Christ à Jérusalem*.

Page 79.

1. À l'époque où se situe l'épisode, un « studio » désigne plutôt un atelier d'artiste ou un cabinet de travail. Au sens de « grande pièce servant à la fois de chambre, de salle à manger, de salon », il est encore signalé comme un néologisme par le Larousse du XXᵉ siècle, édition de 1933.

2. Le salon de thé de Colombin se trouvait à l'angle des rues Cambon et du Mont-Thabor, dans le 1ᵉʳ arrondissement. Il était célèbre pour ses croissants plus encore que pour ses toasts et termina sa carrière au lendemain de la dernière guerre.

3. D'après le dictionnaire Robert, le mot « nurse », introduit en France en 1872 pour désigner une nourrice anglaise, n'aurait été employé qu'à partir de 1896 au sens de « infirmière » ou « bonne d'enfant ». Les expressions de Mme Swann sont décidément d'avant-garde.

Page 80.

1. Frédéric-Auguste Wolf (1759-1824), philologue allemand qui soutint que l'*Iliade* et l'*Odyssée* n'avaient pas un auteur unique, mais avaient été formées par la réunion de morceaux d'époques différentes.

Page 83.

1. Le krach de la Société de l'Union Générale, en 1882, devait entretenir pendant de longues années la méfiance des épargnants français vis-à-vis des placements industriels.

2. « Fast » (mot anglais) : d'allure très libre, à la mode. Nous dirions aujourd'hui : « dans le vent » ou « in ».

3. Transposition de l'actualité de l'époque : la France se demande s'il y aura la guerre avec l'Allemagne et si elle pourra compter sur le tsar Nicolas II.

Page 86.

1. Masséchutos : nom probablement inventé. Sur un état antérieur du texte, Proust avait écrit : « les Machutoland ».

Page 87.

1. Sur la sépulture des trois cents Spartiates morts aux Thermopyles (480 av. J.-C.), on inscrivit : « Étranger, va dire à Sparte que nous gisons ici par obéissance à ses lois. »

2. Dans *Sodome et Gomorrhe*, Mme Cottard témoignera, chez les Verdurin, d'une balourdise et d'un manque de savoir-vivre qui prouveront qu'Odette était fondée à ne pas voir en elle une concurrente. L'« autre raison » paraît être une allusion à la liaison d'Odette avec Cottard, racontée dans un passage que Proust n'a pas conservé dans la version définitive du roman (voir *Le Temps retrouvé*, Folio, p. 357).

3. On appela « opportunistes » les députés républicains qui, en 1871, collaborèrent avec les monarchistes pour élaborer la Constitution. Le parti « opportuniste », sous la conduite de Gambetta, puis de Jules Ferry, gouverna la France de 1879 à 1885. Il s'appela « progressiste » à partir de 1893.

Page 88.

1. Le capitaine Dreyfus fut condamné en 1894, mais l'« Affaire » éclata en novembre 1897.

Page 90.

1. Il est plausible que le château de Guermantes se situe dans l'Aisne, Combray ayant été déplacé par Proust de Beauce en Champagne du moment où la guerre joua un rôle dans le roman. Mais en répondant par un nom de département quand on l'interroge sur une province, Odette commet une erreur historique et une faute de goût. Interrogé sur sa province d'origine, Proust avait répondu de même : « l'Eure-et-Loir » (M. Proust, *Correspondance*, éd citée, t. XII, p. 209).

Page 92.

1. La duchesse de Vendôme s'est mariée à l'époque où se situe à peu près l'épisode, le 12 février 1896.

Page 97.

1. Charvet　élégant chemisier de Paris, fournisseur du comte Robert de Montesquiou et de nombreuses autres célébrités, situé place Vendôme.

Page 98.

1. Klingsor : enchanteur malfaisant dans *Parsifal* de Wagner. Voir notre préface, p. VIII.

Page 102.

1. Admirateur de longue date de Beethoven, qu'il citait avec Wagner et Schumann comme son compositeur favori dans le « Deuxième questionnaire » (*Contre Sainte-Beuve*, Pléiade, p. 337), Proust ne découvrit sans doute que plus tardivement ses derniers Quatuors (on notera qu'il ne mentionne pas ici le XVIe, plus bref que les précédents). Il les entendit plus d'une fois à partir de 1913, notamment interprétés par le quatuor Capet. « Depuis quelques années que les derniers Quatuors de Beethoven et la musique de Franck sont mon principal aliment spirituel [...] », écrit-il à Mme Albert Hecht en mars 1916 (*Correspondance*, t. XV, p. 61).

Page 103.

1. La dissonance n'est certes pas un phénomène nouveau en musique (voir par exemple le Quatuor en ut majeur, n° 19, de Mozart, dit « Les dissonances »), mais elle est jusqu'à la fin du XIXe siècle considérée plutôt comme un écart par rapport à la norme. Au début du XXe siècle, Schönberg définira le point commun aux courants de la musique contemporaine : « l'émancipation de la dissonance » Parmi les œuvres qu'admire Proust, *Tristan et Isolde* et *Pelléas et Mélisande* illustrent notamment ce triomphe de la dissonance. — La gamme chinoise, gamme pentatonique par quintes, fut mieux connue en France à la suite de l'Exposition Universelle de 1889 et grâce à Debussy. Peut-être l'expression désigne-t-elle simplement ici les gammes dites défectives, c'est-à-dire ayant moins de sept sons. — À Émile Henriot, Proust écrira vers 1920 : « Je crois que tout art véritable est classique, mais les lois de l'esprit permettent rarement qu'il soit, à son apparition, reconnu pour tel » (*Contre Sainte-Beuve*, Pléiade, p. 617).

2. « Disparate » est au masculin dans tous les états du texte.

Page 104

1. Gruppetto · ornement mélodique formé d'un groupe rapide de quelques notes.

2. Écho possible de la théorie de Schopenhauer sur la musique · il la croyait capable de reproduire, grâce à son langage indéfini, la structure de la Volonté.

Page 105.

  1. « Pushing » (mot anglais) : débrouillarde, entreprenante, voire arriviste.

  2. Le portrait de Savonarole par Fra Bartolomeo est conservé dans le couvent de l'église San Marco, à Florence.

  3. Allusion aux fresques de Benozzo Gozzoli qui décorent la chapelle du palais Médicis à Florence. Elles représentent le cortège des rois mages et on y reconnaît plusieurs membres de la famille, en particulier Laurent.

Page 106.

  1. Cette pièce est *Fédora* (1882), de Victorien Sardou (1831-1908), et la principale interprète Sarah Bernhardt. A la fin du premier acte, où la princesse Fédora pleure sur le corps de son fiancé assassiné, des notabilités parisiennes, et même le prince de Galles (futur Édouard VII, qui avait été très lié avec Sarah Bernhardt), tinrent chacun un soir le rôle du cadavre.

  2. En 1883, on « montra » des Cinghalais et des Araucaniens au jardin d'Acclimatation. Il est vrai que l'Exposition coloniale de 1889 développa ce genre de spectacles d'un goût douteux. Une partie de l'Esplanade des Invalides était occupée par des villages sénégalais, alfourou, pahouin, indien, etc. Cette même année, ce sont des Cosaques que les Parisiens pouvaient contempler au jardin d'Acclimatation.

  3. L'origine de l'anecdote se trouve racontée dans une lettre de Proust à Mme de Madrazo. Pendant l'été de 1914, à l'hôpital de Cabourg alors rempli de blessés, une « dame très bête » ayant dit à un soldat sénégalais ou marocain : « Bonjour, negro ! », celui-ci lui répondit : « Moi negro, mais toi chameau ! » (M Proust, *Correspondance*, t. XIV, p. 45).

Page 112.

  1. C'est surtout après la chute de l'Empire, à partir de 1872, que la princesse Mathilde Bonaparte (1820-1904), fille de Jérôme Bonaparte et de Catherine de Wurtemberg, reçut dans son salon de la rue de Berri de nombreuses célébrités littéraires. Plusieurs éléments de ce passage figurent déjà dans certains des « Salons parisiens » que Proust publia à partir de février 1903 dans *Le Figaro* sous le pseudonyme de « Dominique » (voir *Contre Sainte-Beuve*, Pléiade, p. 445-455).

  2. Les initiales P.P.C. signifient « Pour prendre congé ». L'anecdote est réelle, et certains journaux donnèrent plaisamment aux initiales la signification : « Princesse pas contente ». Quant à l'article de Taine, il avait paru dans la *Revue des Deux Mondes* du 15 février 1887. On voit cette fois encore combien on chercherait en vain à donner une chronologie rigoureuse à l'épisode. Au demeurant, Taine est mort le 5 mars 1892.

Page 113.

1. On trouve dans le « Salon parisien » déjà cité un développement de cette anecdote, probablement authentique.

Page 114.

1. Le prince Louis (1864-1932) est le neveu de la princesse Mathilde, le fils du fameux « Plonplon », et il fut effectivement officier dans l'armée russe.

Page 116.

1. On appelait *hansom cab*, du nom de son inventeur Hansom, une voiture légère à deux roues.

Page 117.

1. À Anatole France, qui fournit au départ le modèle de Bergotte (voir *À la recherche du temps perdu*, Esquisses d'« Autour de Mme Swann », Pléiade, édition de J.-Y. Tadié, p. 1027-1032), Proust écrivait le 15 mai 1889 : « Vous m'avez embelli l'univers et moi-même je suis si ami avec vous qu'il n'y a pas de jour où je ne pense à vous plusieurs fois, encore que j'aie quelque embarras à me figurer votre personne physique » (M. Proust, *Correspondance*, t. I, p. 126). C'est quelques mois plus tard qu'il rencontrera Anatole France chez Mme Arman de Caillavet.

Page 120.

1. Cette remarque peut nuancer les conclusions qu'on retient d'ordinaire du *Contre Sainte-Beuve* : la fréquentation d'un écrivain peut n'être pas inutile au critique du moment qu'il recherche une correspondance entre ses œuvres et la *forme* même de sa conversation. Le contenu de ses propos, en revanche, ne révélerait sans doute qu'un homme aimable et cultivé, sans rapport avec le « moi » profond qui produit les livres.

Page 121.

1. Voici le texte exact du passage des *Mémoires* de Saint-Simon : « C'était un assez grand homme brun, bien fait, devenu gros en vieillissant, sans en être appesanti, avec une physionomie vive, ouverte, sortante, et véritablement un peu folle, à quoi la contenance et les gestes répondaient » (Pléiade, éd. Yves Coirault, t. II, p. 252).

Page 122.

1. Le « torrent des apparences » peut renvoyer à Leconte de Lisle (voir *Du côté de chez Swann*, Folio, p. 93, n. 1).

Page 124.

1. Dans *Les Maîtres Chanteurs*, opéra de Wagner créé en 1868, où la main d'Éva est promise au vainqueur d'un concours de chant, Walther, ignorant les règles de la tablature, entonne un superbe hymne au printemps, symbole de la jeunesse et du génie créateur, inspiré du chant des oiseaux (fin de l'acte I).

Page 126.

.. On lit dans *Jean Santeuil* : « Mais quand je demandais à Henrı de Régnier ce qu'il préférait dans son livre préféré *Le Rouge et le Noir*, il me répondait : "C'est si bien, cette journée de revue où Julien Sorel monte à cheval au milieu de tous les militaires" et d'une nouvelle qu'Anatole France aimait, il disait : "Oui, c'est joli, cette terrasse au bord de la mer" » (Pléiade, p. 453), et dans le *Carnet de 1908* : « Il y a un défilé dans une petite rue qui est très bien (*Rouge et Noir*) » (Gallimard, 1976, p. 67).

2. « La préférence des grands écrivains va aux livres des anciens » (*Contre Sainte-Beuve*, Pléiade, p. 189). Proust élève Tolstoï au-dessus de Balzac (voir *ibid.*, p. 657). « George Eliot, qui a été le culte de mon adolescence », écrit-il à Jacques Rivière vers le 18 février 1920 (Proust-Rivière, *Correspondance*, Gallimard, 1976, p. 89) ; dans ses articles et sa correspondance, il cite maintes fois *Adam Bede* et *Middlemarch*. Ibsen semble lui être moins familier (voir cependant M. Proust, *Correspondance*, éd. citée, t. V, p. 372). Quant à Dostoïevski, il ne l'a sans doute découvert qu'assez tard : « De qui sont *Les Frères Karamazov* ? » demande-t-il le 23 ou le 24 août 1897 à Lucien Daudet (*ibid.*, t. II, p. 211). C'est peut-être en 1911 seulement qu'il lira ce roman pour la première fois (voir *ibid.*, t. XI, p. 19). Il fera ensuite de Dostoïevski une importante référence de la *Recherche* (ci-dessous p. 222, et surtout *La Prisonnière*) et ébauchera un essai sur lui (voir *Contre Sainte-Beuve*, Pléiade, p. 644-645). Au demeurant, à l'époque où se situe « Autour de Mme Swann », la gloire de Tolstoï et de Dostoïevski est récente en France ; elle doit beaucoup à l'ouvrage du vicomte Eugène-Melchior de Vogüé, *Le Roman russe*, publié en 1886.

3. Parmi les grands écrivains du XIXᵉ siècle, Anatole France distingue ceux qui ont la « douceur » et ceux qui ont la « force » (article du *Temps* du 13 février 1887, recueilli dans Anatole France, *La Vie littéraire*, 1ʳᵉ série, Calmann-Lévy, 1888 ; rééd. « Cercle du bibliophile », s.d., p. 57).

Page 127.

1. Proust s'est montré sévère pour les dernières œuvres d'Anatole France (voir *Contre Sainte-Beuve*, Pléiade, p. 568).

Page 129.

1. Après avoir fréquenté en même temps que son mari le salon de Mme Arman de Caillavet, Mme France, devenue fort laide, fut jalouse de sa rivale. Anatole France se montra, paraît-il, dur avec elle, cessant même de lui adresser la parole. Les époux divorcèrent le 2 août 1893.

Page 130.

1. La métope à laquelle Bergotte fait allusion semble être celle qui est conservée au musée d'Olympie et sur laquelle on voit Héraklès portant le monde sur ses épaules et recevant les pommes d'or du

jardin des Hespérides. Mais c'est Atlas qui les lui présente. — Dans un compte rendu d'une représentation de *Phèdre* au théâtre de la Renaissance, Francisque Sarcey écrit que Sarah Bernhardt « fait passer dans tout le corps un frisson d'admiration comme à l'aspect d'une belle statue » (*Quarante ans de théâtre*, Bibliothèque des Annales, t. III, p. 230).

2. Sur la stèle funéraire d'Hêgêso, datant d'environ 400 avant J.-C., retrouvée au cimetière du Céramique à Athènes et conservée au Musée national de la ville, la défunte est représentée en train de recevoir un coffret à bijoux des mains de sa servante.

3. Sans doute Bergotte songe-t-il à la collection de Corés conservées au musée de l'Acropole et découvertes, sur l'Acropole, dans une fosse où elles avaient été enfouies après avoir été profanées par les Perses en 480 avant J.-C. D'un art effectivement plus ancien, puisqu'elles avaient été exécutées entre 550 et 480, il n'est pourtant pas sûr qu'elles décorassent l'ancien Érechtéion.

4. C'est à Renan que Bergotte fait songer ici. On lit vers le début de la « Prière sur l'Acropole » : « Toi seule es jeune, ô Cora ; toi seule es pure, ô Vierge ; toi seule es saine, ô Hygie ; toi seule es forte, ô Victoire » (*Souvenirs d'enfance et de jeunesse*, éd. Folio, p. 48).

Page 131.

1. Faut-il comprendre que le salon d'Odette inspira l'œuvre de Bergotte, à la manière dont celui de Mme de Caillavet inspira celle d'Anatole France ? Mais l'œuvre de Bergotte est trop tenue dans l'ombre pour que le lecteur puisse en juger.

Page 133.

1. Il s'agit de Mme de Villeparisis.
2. Cette anecdote se trouve dans Saint-Simon, *Mémoires*, Pléiade, éd. Yves Coirault, t. I, p. 610.

Page 135.

1. Proust n'aimait pas ce portrait de Gilberte, si l'on en croit sa lettre à Jacques Rivière du 21 ou 22 avril 1919 (Proust-Rivière, *Correspondance*, éd. citée, p. 44-45).

Page 136.

.. *Les Ménechmes* : comédie de Plaute, imitée de Ménandre, et dont le sujet (une ressemblance physique entre deux jumeaux) a été repris sous ce même titre, notamment par Regnard (1705).

Page 137.

1. *Phèdre*, IV, 6 ; Phèdre reproche à Œnone de ne pas lui avoir révélé l'amour d'Hippolyte pour Aricie. « Elle a eu un "Tu le savais !" qui a fait tressaillir la salle », écrivait Francisque Sarcey à propos de Sarah Bernhardt (ouvr. cité, p. 232).

Page 143.

1. Allusion probable à l'une des fresques dont Bernardino Luini a décoré, vers 1525, le chœur de l'église de la Madonna di Miracoli, à Saronno, près de Milan.

Page 145.

1. Louix XIV ordonna que le titre de « Monseigneur » fût réservé au dauphin.

Page 146.

1. « Les Villes d'art célèbres » est le nom d'une collection illustrée au début du siècle par les éditions Laurens, comprenant notamment des volumes sur Venise (1902), Rome (1904) et Florence (1906). — Andrea Mantegna, dont il put voir à Padoue en mai 1900 les fresques de l'église des « Eremitani » (à peu près détruites pendant la dernière guerre), comptait parmi les peintres préférés de Proust, qui ne semble pas être jamais allé à Sienne.

2. Miché : du prénom Michel, sans doute prédestiné à ce rôle par la légende populaire, homme naïf, et par extension fréquentant et payant les filles.

Page 147.

1. *La Juive* (1835), opéra de Fromental Halévy, paroles de Scribe, dont le grand-père du narrateur dans « Combray », cite un autre passage (*Du côté de chez Swann*, Folio, p. 90). C'est à la scène 5 de l'acte IV que se situe l'air : « Rachel ! Quand du Seigneur la grâce tutélaire / À mes tremblantes mains confia ton berceau, / J'avais à ton bonheur voué ma vie entière, / Ô Rachel !... et c'est moi qui te livre au bourreau. »

Page 148.

1. L'hôtel Marigny, maison de plaisir pour homosexuels, repris par Albert Le Cuziat au début de la guerre, aurait été en partie meublé par des fauteuils, des canapés et des tapis que Proust tenait de ses parents (voir George D. Painter, *Marcel Proust*, Mercure de France, 1966, t. II, p. 329).

Page 151.

1. *Leader article* : article principal, éditorial. L'attitude d'Odette vis-à-vis de Bergotte fait évidemment songer à celle de Mme Arman de Caillavet protégeant la carrière d'Anatole France, mais c'est au *Temps* que, de mars 1886 à avril 1893, France rédigea ses articles, groupés en partie dans *La Vie littéraire*, Calmann-Lévy, 1888-1892, rééditée au « Cercle du bibliophile », s.d.

Page 161.

1. *Monsieur Choufleury restera chez lui le 24 janvier*, opérette d'Offenbach d'après un livret de Saint-Rémy (pseudonyme du duc de Morny), Crémieux, Halévy et L'Épine (1861). Choufleury est un snob qui pousse jusqu'au grotesque le souci de recevoir du « beau monde ».

Page 162.

1. P.-J. Stahl, pseudonyme de Pierre-Jules Hetzel (1814-1886), éditeur et écrivain français, fondateur du *Magasin d'éducation et de récréation* où furent édités les albums de *Lili*, illustrés par Lorenz Froelich.

Page 164.

1. Ramon Fernandez (« L'accent perdu », dans *La Nouvelle Revue française*, « Hommage à Marcel Proust », 1er janvier 1923, p. 107-108) a raconté comment, un soir de guerre où « les gothas faisaient rage », Proust lui a rendu une visite inopinée pour qu'il prononçât à l'italienne l'expression « *senza rigore* » (sans rigueur) qu'il voulait placer dans son ouvrage.

Page 165.

1. Henry Gréville est le pseudonyme d'Alice Fleury (1842-1902) qui écrivit de nombreux romans d'inspiration populaire dont beaucoup se passent en Russie.

2. La mode des chrysanthèmes géants à la japonaise est liée à la vogue de l'Extrême-Orient. Une grande exposition de chrysanthèmes se tint à Paris en novembre 1897.

3. La phrase n'est pas construite.

Page 168.

1. Aux alentours de 1890, Redfern, grande maison de couture, 242, rue de Rivoli, introduisit la mode anglaise du costume-tailleur.

2. Ernest Raudnitz, maison fondée en 1883 au 8, rue Royale, ou Raudnitz et Cie, 21, place Vendôme (remplacé en 1892 par Huet et Cheruit).

Page 170.

1. Cette allusion probable à la Bible est obscure. Faut-il songer au chapitre XVIII de la Genèse, où l'Éternel déclare à Abraham qu'il suffirait qu'il se trouvât dix justes dans Sodome pour que la ville ne fût point détruite ?

Page 172.

1. Le Littré de 1873 illustre bien cette incertitude, puisqu'il donne : « chrysanthème, substantif masculin », avant d'écrire en guise d'exemple : « Les chrysanthèmes cultivées font en automne l'ornement des parterres. »

2. Lemaître, fleuriste, maison fondée en 1885, 128, boulevard Haussmann. Debac, fleuriste, 63, boulevard Malesherbes. Lachaume, fleuriste, maison fondée en 1844, chaussée d'Antin, et située vers la fin du siècle au 10, rue Royale, où elle se trouve encore.

Page 173.

1. Rebattet, un des plus célèbres traiteurs et salons de thé de Paris, rival de Poiré-Blanche, se trouvait au 12, rue du Faubourg Saint-

Honoré, et a continué sa carrière jusqu'au lendemain de cette guerre. Bourbonneux, au 14, place du Havre, célèbre pour sa tarte Bourdaloue, a disparu à peu près à la même époque ; la boutique, qui était un délicieux exemple de décor Second Empire, fut détruite lors de l'extension du magasin de chaussures Bally.

Page 174.

1. La première audition parisienne de *Lohengrin*, opéra de Wagner (1847), eut lieu à l'Éden-Théâtre, en 1887. On le donna pour la première fois à l'Opéra de Paris le 16 septembre 1891. Parlant de la Sonate de Vinteuil, Proust écrit, dans une dédicace à Jacques de Lacretelle, le 20 avril 1918 : « Les trémolos qui couvrent la petite phrase chez les Verdurin m'ont été suggérés par un prélude de *Lohengrin*, mais elle-même à ce moment-là par une chose de Schubert » (« Essais et articles », dans *Contre Sainte-Beuve*, Pléiade, p. 565).

2. Ouvert en 1869, le théâtre des Folies-Bergère donna à partir de 1871 des spectacles variés (ballets, opérettes, pantomimes, exhibitions d'acrobates). Pendant quelques mois, à partir de 1881, on y donna des concerts patronnés par Gounod, Massenet, Saint-Saëns et Delibes. Mais très vite, le théâtre retourna à sa vocation précédente.

Page 176.

1. Mildé, maison de fournitures électriques. L'électricité domestique est encore un luxe à la fin du XIXe siècle : en 1900, la Compagnie Générale d'Électricité ne compte que 2 000 abonnés. Cette même année, l'Exposition Universelle, à Paris, illustre, avec son fameux Palais de l'Électricité, le triomphe de cette « fée » qui connaîtra rapidement un développement important.

2. Le nombre d'abonnés au téléphone est passé, en France, de 27 000 en 1893 à 44 000 en 1897.

Page 177.

1. La phrase n'est pas construite.

Page 184.

1. Alphonse Giroux et Cie, « Bimbeloterie, tableaux, éventails », 43, boulevard des Capucines, disparu avant la fin du siècle.

Page 185.

1. L'adjectif « confortable » au sens de : « qui procure du confort », est un « anglicisme très intelligible et très nécessaire à notre langue, où il n'a pas d'équivalent » (Charles Nodier, *Examen critique des dictionnaires*, cité par le Littré, édition de 1873). Au sens de : « qui se sent à l'aise » (de l'anglais : *to feel comfortable*), il constitue un anglicisme audacieux, typique du snobisme d'Odette.

2. « Foultitude » : le mot, qui apparaît en France en 1848, est cité par Hugo (*Les Misérables*, 1862) comme un mot de « l'argot des duchesses » (dictionnaire Robert).

Page 187.

1. *La Vierge à l'enfant et cinq anges*, dite couramment *Vierge du Magnificat*, de Botticelli, est conservée aux Offices, à Florence. Son écharpe est bleue, rose et or, et elle accomplit le geste décrit par Proust dans la suite du texte.

2. *La Primavera.* Le personnage auquel il est fait allusion ici est le troisième à partir de la droite : il s'agit sans doute de Flore, ou Primavera.

3. Le « strapontin » (de l'italien *strapunto* ou *trapunto*, piqué à l'aiguille) était un petit matelas. La « tournure » était un rembourrage que portaient les femmes au bas du dos, appelé aussi « faux-cul ».

Page 188.

1. « Saute en barque » : veste ou manteau court. « Suivez-moi jeune homme » : pans d'un ruban de chapeau de femme, qui flottent au vent.

Page 190.

1. Ce mélange de références aux XVIe et XVIIIe siècles est caractéristique de l'époque. François Boucher écrit qu'on trouve même mention d'un « collet Henri II à pli Watteau » (*Histoire du costume*, Flammarion, 1965, p. 396).

Page 192.

1. Nous apprendrons au cours de la deuxième partie (p. 231) que le directeur du Grand-Hôtel de Balbec n'a pas cinq cents francs d'appointements mensuels ! On mesure l'énormité de la somme remise à l'adolescent...

Page 193.

1. Une variante du texte d'*Albertine disparue* nous apprendra que ce « jeune homme » était Léa (voir *Albertine disparue*, Folio, p. 271, n. 1). À l'époque d'« Autour de Mme Swann », le narrateur eût été rassuré d'apprendre que Gilberte était accompagnée d'une jeune fille. Après les révélations de *Sodome et Gomorrhe*, il n'y aura plus, à ses yeux, de fréquentation innocente.

2. « Il est triste d'aimer sans une grande fortune, et qui nous donne les moyens de combler ce que l'on aime, et le rendre si heureux qu'il n'ait plus de souhaits à faire » (La Bruyère, *Les Caractères*, « Du cœur », 20).

Page 195.

1. « Petite » corrige « jeune fille » ; « presque » corrige « enfant ». Avec un certain embarras, inhérent au flou chronologique du roman, Proust paraît indiquer ici qu'Albertine est un peu plus jeune que Gilberte et que le narrateur.

Page 196.

1. Cette remarque pourrait signifier que Proust a conçu les développements de *La Prisonnière* et d'*Albertine disparue* quand il rédige ce passage ; de fait, il est postérieur aux placards Grasset de 1914.

Page 198.

1. Voir la Genèse, XLI.

Page 199.

1. Réflexion qui pourrait s'appliquer aussi au rêve de Swann, à la fin d'« Un amour de Swann », avec lequel le rêve du narrateur offre une certaine symétrie, quoiqu'il soit moins développé.

Page 203.

1. La zibeline, fourrure brune, ne saurait évoquer les « derniers carrés de neige » de l'hiver. Une main probablement étrangère a corrigé en « hermine » sur un exemplaire de l'édition de 1918 déposé à la Bibliothèque nationale. L'édition de luxe de 1920 se conforme à cette correction.

2. On sait que Ruskin fut un ardent défenseur des peintres préraphaélites. Voir *Contre Sainte-Beuve*, Pléiade, p. 115 et 471.

Page 204.

1. « Symphonie en blanc majeur » est le titre d'une pièce d'*Émaux et camées*, de Théophile Gautier, parue en 1849. Cette métaphore est devenue un cliché à la fin du XIXᵉ siècle : on trouve une « symphonie en blanc majeur » au sein d'une description de Rome sous la neige dans *L'Enfant de volupté*, de Gabriele D'Annunzio (1889), et une « symphonie en jaune mineur » dans *La Curée* de Zola (1871). Proust peut aussi faire allusion à deux tableaux de Whistler : la *Symphonie en blanc nº 1 : la jeune fille blanche* (National Gallery, Washington) qui, présentée à Paris en 1900, valut à l'artiste le grand prix de peinture de l'Exposition Universelle, ou la *Symphonie en blanc nº 2 : la petite fille blanche* (aujourd'hui conservée à la Tate Gallery, Londres).

2. L'*Enchantement du Vendredi Saint* est le nom donné à la fin de la première partie de l'acte III de *Parsifal* (1882) (voir notre préface, p. VIII). En avril 1911, il écrit à André Beaunier : « En ces jours Saints — c'est un *Enchantement* comparable à celui que vous connaissez, de voir soudain refleuries ces délicates et profondes merveilles » (Proust, *Correspondance*, éd. citée, t. X, p. 281). Il croyait, à tort semble-t-il, que l'*Enchantement* était « un morceau que Wagner écrivit avant de penser à faire *Parsifal* et qu'il y introduisit ensuite » (*Contre Sainte-Beuve*, Pléiade, p. 274). C'est aussi l'une des sources d'inspiration possibles de la Sonate de Vinteuil (voir *Du côté de chez Swann*, p. 209, n. 1).

3. Panné : adjectif employé jusqu'au début du XXᵉ siècle pour désigner quelqu'un qui est « en panne », dans le besoin. Le « Club

des Pannés », qui s'intitula ainsi non sans ironie, fut fondé le 19 janvier 1886 ; il avait son siège tout en haut de l'avenue du Bois (aujourd'hui avenue Foch).

Page 208.

1. Hypatie, philosophe et mathématicienne grecque (370-415), est célébrée dans une pièce des *Poèmes antiques* de Leconte de Lisle (1852) intitulé *Hypatie* et qui s'achève ainsi : « Elle seule survit, immuable, éternelle. / La mort peut disperser les univers tremblants, / Mais la Beauté flamboie, et tout renaît en elle, / Et les mondes encor roulent sous ses pieds blancs ! »

Page 209.

1. *To drop* (anglais) : laisser tomber.
2. Boson de Talleyrand-Périgord (1832-1910), prince de Sagan jusqu'à la mort de son père en 1898, puis duc de Talleyrand et de Sagan. Son fils Hélie (1859-1937) fut prince de Sagan jusqu'en 1910, mais « Sagan » désigne plus vraisemblablement le père qui était considéré comme un des hommes les plus élégants de Paris. Peut-être Proust, substituant une nouvelle fois ses propres souvenirs à ceux du narrateur, évoque-t-il ici les dandies qui se pavanaient au Bois vers 1880 plutôt que ceux de l'extrême fin du siècle.
3. Antoine, marquis de Castellane (1844-1917), était le père de Boniface de Castellane, le célèbre « Boni », cousin de Hélie de Talleyrand-Périgord, prince de Sagan. Ce dernier épousa Anna Gould quand elle eut divorcé d'avec « Boni ». On peut lire une intéressante chronique de cette époque dans les *Mémoires* de Boni de Castellane, éd. Perrin, 1986. — Adalbert de Talleyrand-Périgord, frère cadet de Boson de Talleyrand-Périgord, avait été autorisé par Napoléon III à porter le titre de duc de Montmorency à la mort de sa mère, Alix, née princesse de Montmorency.

Page 210.

1. Dans l'édition de 1918, trois astérisques seulement séparent la première partie, « Autour de Mme Swann », de la deuxième partie, « Noms de pays : le pays ».

NOMS DE PAYS : LE PAYS

Page 214.

1. « Je ne tiens pas si ce n'est pas nécessaire à avoir des tableaux dans ma chambre », écrivait Proust à Mme Catusse peu après le 26 octobre 1906 (M. Proust, *Correspondance*, t. VI, p. 262). Dans sa préface à *Sésame et les lys*, de Ruskin, il ironisait sur les « gens de goût » qui ornent « leur demeure avec la reproduction des chefs-d'œuvre qu'ils admirent » (*Contre Sainte-Beuve*, Pléiade, p. 167).
2. Allusions probables à *La Crucifixion*, de Mantegna, et au *Calvaire*, de Véronèse, tous deux conservés au Louvre.

Page 215.

1. « L'Orient » : Proust reproduit, pour Lorient, l'orthographe en vigueur à l'époque de Mme de Sévigné et qu'affectionne par conséquent la grand-mère. Le vendredi 12 août 1689, Mme de Sévigné écrit d'Auray à Mme de Grignan : « Nous allâmes le lendemain, qui était jeudi, dans un lieu qu'on appelle l'Orient, à une lieue dans la mer. » (Nous citons les lettres d'après l'édition des *Lettres* de Mme de Sévigné, de sa famille et de ses amis, due à M. Monmerqué et revue par Régnier, Hachette, 1862, que lit sans doute la grand-mère.) La ville a été fondée une vingtaine d'années plus tôt par la Compagnie des Indes orientales. — Chaulnes désigne la propriété du marquis et de la marquise de Chaulnes, au nord de Paris, où Mme de Sévigné a effectivement fait étape au début de son voyage (voir lettre à sa fille du 27 avril 1689). Elle envoie ensuite plusieurs lettres au fil du trajet, dont l'une du Pont-Audemer.

2. Le 28 juin 1671, Mme de Sévigné écrit à Mme de Grignan : « Vous savez comme je suis sur le chagrin de voir partir une compagnie agréable ; vous savez aussi mes transports de voir partir une chienne de carrossée qui m'a contrainte et ennuyée : c'est ce qui nous faisait décider nettement qu'une méchante compagnie est plus souhaitable qu'une bonne. »

3. Dans « Combray » (*Du côté de chez Swann*), les sœurs de la grand-mère étaient appelées Céline et Flora.

Page 216.

1. La cathédrale de Saint-Lô est mentionnée par Ruskin (*Les Sept Lampes de l'architecture*, Les Presses d'aujourd'hui, 1980, p. 92). Nous voici déjà, au moins par la pensée, entraînés jusque dans le Cotentin.

Page 217.

1. Ruskin parle en maints endroits de l'émerveillement du voyageur (voir par exemple le passage de *Praeterita*, I, 9, cité par Proust en note de sa traduction de *La Bible d'Amiens*, Mercure de France, 1904, p. 105, n. 2). Mais Ruskin n'appréciait guère les voyages en chemin de fer : aux « heures de jouissance douce et pénétrante » que procuraient les « voyages des temps jadis », il oppose « la secousse du temps d'arrêt dans une station de chemin de fer » (*Les Pierres de Venise*, Hermann, 1983, p. 35-36).

2. Lettre du 9 février 1671 à Mme de Grignan : « J'ai une carte devant les yeux ; je sais tous les endroits où vous couchez. »

Page 218.

1. C'est la première fois que sont mentionnés dans la *Recherche* ces deux peintres dont l'importance fut considérable dans la formation esthétique de Proust. Sur Chardin, on lira l'étude recueillie dans « Essais et articles » (*Contre Sainte-Beuve*, Pléiade, p. 372-382), où Proust trouve que « la négligence du déshabillé de Chardin, la tête déjà coiffée d'un bonnet de nuit, le faisait ressembler à une vieille

femme » (p. 377). Il fait notamment allusion à l'*Autoportrait aux bésicles* ou à l'*Autoportrait à l'abat-jour*, conservés au Louvre, où l'artiste s'est représenté la tête ceinte de rubans. Mais on peut aussi songer au *Bénédicité*, à *La Pourvoyeuse* (conservés au Louvre) ou à *La Toilette du matin* (Nationalmuseum de Stockholm) où sont représentées des jeunes femmes dont la toilette peut évoquer celle de Françoise. Quant au peintre américain Whistler, qui passa la plus grande partie de sa vie à Paris et à Londres (Chelsea), Proust a pu le rencontrer par l'intermédiaire de Jacques-Émile Blanche et en entendre parler par Lucien Daudet qui fut élève dans son atelier. Mais Proust pouvait être prévenu contre lui par les écrits de Ruskin qui avait Whistler en horreur et l'insulta de telle manière que celui-ci lui intenta un procès et il n'est pas étonnant que son admiration pour le peintre se manifeste à l'époque où il s'affranchit de l'influence du philosophe. On le voit dans un article de 1905, « Un professeur de beauté » (*Contre Sainte-Beuve*, Pléiade, p. 512), et dans une lettre à Marie Nordlinger du 24 juin 1905 : si Whistler « n'est pas un grand peintre, c'est à penser qu'il n'y en eut jamais », écrit-il au retour d'une exposition qui réunit à Paris de nombreuses toiles du maître (M. Proust, *Correspondance*, éd. citée, t. V, p. 261).

Page 219.

1. Dans *Contre Sainte-Beuve* (chap. XV, « Retour à Guermantes », de l'édition Bernard de Fallois), Maman disait à l'enfant, « citant Plutarque » : « Régulus étonnait par sa fermeté dans les circonstances douloureuses. » Plutarque n'a pourtant pas écrit de vie de Régulus, général romain qui s'illustra par sa bravoure contre Carthage.

2. Lettre à Mme de Grignan du 9 février 1671 : « Si vous voulez me faire un véritable plaisir, ayez soin de votre santé, dormez dans ce joli petit lit, mangez du potage, et servez-vous de tout le courage qui me manque. »

3. Montretout est une partie de la commune de Saint-Cloud.

Page 221.

1. Les *Mémoires* imaginaires de Mme de Beausergent ont un modèle : les *Mémoires* de la comtesse de Boigne, née d'Osmond, *Récits d'une tante*, édités par Plon (1907-1908) et Émile-Paul (1921-1923), réédités par le Mercure de France avec une présentation et une annotation de Jean-Claude Berchet, 1971 et 1986 (2 volumes). Proust en rendit compte dans un article paru dans *Le Figaro* du 20 mars 1907, mais amputé de sa fin, où était soulignée la « frivolité » de ce genre de Mémoires. Cet article est intégralement reproduit dans *Contre Sainte-Beuve*, Pléiade, p. 527-533 et 924-929.

Page 222.

1. « Faner est la plus jolie chose du monde » se trouve dans une lettre de Mme de Sévigné à Coulanges du 22 juillet 1671.

2. Pauline de Simiane (1674-1737) était la fille de Mme de Grignan et la petite-fille de Mme de Sévigné. Ses lettres « offrent un air de

famille avec celles de son aïeule et de sa mère », écrit Laharpe qui
les édite en 1773. Les citations données ici sont extraites des lettres
du 15 mars 1735 à d'Héricourt, du 8 mars 1734 au marquis de
Caumont, du 3 février 1735 à d'Héricourt, du 17 novembre 1734
au marquis de Caumont, du 13 janvier 1735 à d'Héricourt, du
17 janvier 1735 au même. Ces lettres figurent dans le tome XI de
l'édition des *Lettres* de Mme de Sévigné (voir n. 1 de la p. 215).

3. Pour la première fois dans la *Recherche* apparaît le nom de celui
qui était surnommé « Biche » dans « Un amour de Swann ».

4. Lettre du 12 juin 1680 à Mme de Grignan : « Je ne pus résister
à la tentation ; je mets mon infanterie sur pied ; je mets tous les
bonnets, coiffes et casaques qui n'étaient point nécessaires ; je vais
dans ce mail, dont l'air est comme celui de ma chambre ; je trouve
[...] des hommes noirs, d'autres ensevelis [...] »

Page 224.

1. Ce voyage doit au souvenir de celui que Proust fit avec Reynaldo
Hahn en Bretagne en 1895 et que *Jean Santeuil* reflétait déjà. Mais
les montagnes doivent cependant plus encore au trajet qu'il accomplit
en septembre 1903 vers Évian. Il écrit alors à Georges de Lauris :
« Je n'ai pas songé à dormir dans le train. J'ai vu se lever le soleil
ce qui ne m'était pas arrivé depuis longtemps et est une belle chose,
une inversion plus charmante à mon gré du coucher. Au matin un
désir fou de violer des petites villes endormies (lisez bien villes et
non des petites filles endormies !) celles qui étaient à l'occident dans
un reste mourant de clair de lune, celles qui étaient à l'orient en
plein soleil levant, mais je me suis retenu, je suis resté dans le train »
(M. Proust, *Correspondance*, t. III, p. 418).

Page 227.

1. Proust a visité l'église de la Madeleine, à Vézelay, au cours de
son voyage à Évian de septembre 1903. Il la décrit à Georges de
Lauris dans la lettre citée à la note précédente comme une
« délicieuse mosquée chrétienne ». Quant à Bourges, c'est « la
cathédrale de l'aubépine » (*Contre Sainte-Beuve*, Pléiade, p. 81, note)

2. Ce Christ miraculeux peut faire songer à celui que ramenèrent
dans leurs filets des pêcheurs de Dives-sur-mer en avril 1001. Il serait
toutefois hasardeux de penser que l'église de Balbec-le-Vieux a été
inspirée à Proust par celle de Dives, située à 2 km de Cabourg. Voir
la n. 2 de la p. 36 et la n. 1 de la p. 406.

Page 231.

1. À la différence de l'église, le Grand-Hôtel de Balbec a un
modèle évident : le Grand-Hôtel de Cabourg, où Proust séjourna
tous les étés de 1907 à 1914. De deux cents chambres environ et
de construction récente à l'époque où se passe le roman, le
Grand-Hôtel de Cabourg faisait partie d'une chaîne comprenant
notamment les hôtels Carlton de Paris, Cannes et Biarritz. À ce titre,
il devait recevoir la visite périodique d'un directeur général, celui

que Proust appelle plus commodément le « directeur » faisant plutôt, dans le roman, office de gérant.

Page 233.

1. Partant précipitamment pour Cabourg en juillet 1910, Proust a connu une mésaventure semblable (voir M. Proust, *Correspondance*, t. X, p. 141).

2. La statue de Duguay-Trouin à laquelle il est fait ici allusion est sans doute celle qui se trouve à Saint-Malo et que Proust dut apercevoir lors d'une croisière dont il retrace les étapes dans une lettre à sa mère du 11 août 1904 Cette fois encore, le texte définitif garde la trace de l'époque où Proust pensait situer le séjour marin du narrateur « entre Normandie et Bretagne » (voir notre préface, p. XVII).

Page 235.

1. C'est dans une cage en fer que, selon une tradition peut-être controuvée, Louis XI aurait enfermé onze ans durant le cardinal La Balue.

2. Allusion probable au tableau de Paul Delaroche, *Assassinat du duc de Guise* (1835), conservé au château de Chantilly, et où l'isolement du cadavre, à droite du tableau, par rapport aux conjurés groupés sur la gauche, est fortement exprimé grâce aux vastes dimensions de la chambre.

Page 238.

1. Mme Proust appelait son fils « mon loup », ou « cher pauvre petit loup » (lettre du 7 septembre 1889), ou simplement « loup » (plusieurs lettres de 1890). Les états préparatoires du texte donnent tantôt « chou », tantôt « loup » (« chou » dans l'édition originale), comme si Proust avait hésité devant une confidence intime. À partir de « Noms de pays : le pays », la grand-mère assume vis-à-vis du narrateur un rôle vraiment maternel.

Page 241.

1. Les termes « alpestres » utilisés par le narrateur pour désigner le paysage marin préparent la révélation qu'il recevra en voyant *Le Port de Carquethuit* peint par Elstir (p. 400 et suiv.). Ainsi l'art d'Elstir ira-t-il à la rencontre de sa propre vision du monde et de ses prédispositions à la « métaphore »

Page 242.

1. « Assis sur le môle » renvoie sans doute à la fin du « Port » dans les *Petits Poëmes en prose* de Baudelaire (XLI) ; le « boudoir » et le « soleil rayonnant sur la mer » à « Chant d'automne », poème LVI des *Fleurs du Mal*

Page 244.

1. Rivebelle fait songer, au moins par son nom, a Riva-Bella station de la côte normande située non loin de Cabourg.

Page 245.

1. Allusion à Jacques Lebaudy, fils d'un sucrier millionnaire, qui s'était proclamé empereur du Sahara, distribuait les titres de noblesse et avait fait de la chanteuse Marguerite Dellier son impératrice.

Page 246.

1. Ce jeune homme, dont la suite du texte nous apprendra qu'il se prénomme Octave, a pu être partiellement inspiré à Proust par Jean Cocteau (dont Octave est presque l'anagramme).

Page 248.

1. Voir notre préface, p. XVIII.

Page 255.

1. L'emploi de la particule avec le nom sans mention du titre trahit le manque d'expérience de la femme du premier président.
2. Racine, *Esther*, II, 7.

Page 256.

1. Peut-être Proust se souvient-il de Féternes, petite localité située près d'Évian.

Page 260.

1. Cet usage moderne du mot « cafeterie » (synonyme de « cafeteria ») ne laisse pas de surprendre. Jusque dans son édition de 1950, le Larousse du XXe siècle ne le connaît que dans le sens de « terrain planté de caféiers », et le Robert n'en donne pas d'autre exemple que celui de notre texte.

Page 261.

1. La salle des « courriers » est celle où se tiennent les domestiques particuliers des voyageurs.

Page 262.

1. Allusion probable à la scène 4 de l'acte I de *L'École des femmes*, où Arnolphe et Horace monologuent un bref instant avant d'être sûrs de se reconnaître.
2. « Il y eut un souper d'une magnificence à mourir de faim », écrit Mme de Sévigné à sa fille, d'Auray, le 30 juillet 1689. Ce souper avait été donné par l'évêque de Vannes ; on y servit du gibier des plus raffinés, quand Mme de Sévigné aurait souhaité du veau ou une de ces « bonnes poulardes de Rennes ».
3. Le « moment banal et triste où on vient de finir de déjeuner et où la table n'est pas encore complètement desservie », où l'on « voit un dernier couteau traîner sur la nappe à demi relevée qui pend jusqu'à terre » est évoqué par Proust dans son étude sur Chardin (*Contre Sainte-Beuve*, Pléiade, p. 372).

4. Appliquée à un site qu'on imagine sur la Côte fleurie, l'expression « la pointe extrême de la terre » surprend. Sans doute faut-il y voir une survivance de l'époque où Proust envisageait de situer le séjour de son héros en Bretagne.

Page 263.

1. Sans doute le début de la « Prière sur l'Acropole », de Renan, a-t-il inspiré à Proust cette référence aux Cimmériens (voir *Souvenirs d'enfance et de jeunesse*, Folio, p. 46).

2. Allusion à la mort mystérieuse de l'archiduc Rodolphe, en 1889, dans le pavillon de chasse de Mayerling.

Page 265.

1. La première phrase se trouve dans la lettre à Mme de Grignan du 18 février 1671, la seconde dans une lettre à la même du 11 février 1671, de même que la « conclusion » qui suit.

2. Lettre à Coulanges, envoyée de Grignan le 9 septembre 1694 : « Si nous voulions, par quelque bizarre fantaisie, trouver un mauvais melon, nous serions obligés de le faire venir de Paris : il ne s'en trouve point ici. »

Page 266.

1. La princesse de Luxembourg a été inspirée à Proust par la princesse de Sagan qui passait ses étés à Trouville, à la Villa Persane, où on la voyait sous son ombrelle, accompagnée d'un petit nègre. Voir également *Contre Sainte-Beuve*, p. 572, où cette princesse et la marquise de Galliffet sont décrites comme « d'anciennes belles de l'Empire ».

Page 268.

1. Allusion à la scène au cours de laquelle le héros sera présenté à la princesse de Parme. Voir *Le Côté de Guermantes*, Folio, p. 412.

Page 269.

1. Le Greco a travaillé jusqu'à trente ans environ dans l'entourage du Titien. C'est vers 1576 qu'il s'installa à Tolède où l'on peut voir certaines de ses plus belles œuvres (dont *L'Enterrement du comte d'Orgaz*). En 1911 a paru chez Plon l'ouvrage de Maurice Barrès, *Le Greco ou le secret de Tolède*.

2. Allusion à *Jupiter et Sémélé* (1896). Dans une lettre à Robert de Montesquiou du 27 avril 1905, Proust parle de ce « Jupiter quatre fois grandeur nature » (M. Proust, *Correspondance*, t. V, p. 115).

Page 271.

1. La baronne d'Ange est le nom emprunté par Suzanne, héroïne du *Demi-Monde*, comédie d'Alexandre Dumas fils (1855). Voir p. 13, note 1.

2. C'est sous ce titre qu'est généralement connue la satire XIII de Mathurin Régnier. Macette y est une entremetteuse qui, sur ses vieux jours, après avoir « soutenu le prix en l'escrime d'amours », « imite avec ses pleurs la sainte pécheresse ».

3. « À la côte » : sans argent. Expression d'origine marine : mettre quelqu'un à la côte signifiait, pour les corsaires et les naufrageurs, l'abandonner sans ressources.

Page 272.

1. Marcouville l'Orgueilleuse : probable souvenir de Bretteville-l'Orgueilleuse, localité située sur la route de Caen à Bayeux, tout près de Norrey dont Proust avait admiré l'église (M. Proust, *Correspondance*, t. VII, p. 296).

2. Jusque sur les épreuves Gallimard, c'est juste avant l'évocation de la chambre de la grand-mère que se situait l'ouverture des rideaux de la chambre du narrateur par Françoise. Cette page a finalement été déplacée pour servir de conclusion à « Noms de pays : le pays » et au volume entier des *Jeunes filles*. Voir notre préface, p. XXIII.

Page 273.

1. Glaukonomè, Néréide « qui se plaît au sourire » (d'après Hésiode, *Théogonie*, v. 256).

Page 275.

1. Voir p. 242, note 1.

Page 276.

1. Début des *Erynnies*, tragédie à l'antique de Leconte de Lisle (1873). Voici quel en est le texte exact : « Ô chers vieillards, depuis dix très longues années, / Ils sont partis, les Rois des nefs éperonnées, / Entraînant sur la mer tempétueuse, hélas ! / Les hommes chevelus de l'héroïque Hellas, / Qui, tels qu'un vol d'oiseaux carnassiers dans l'aurore, / De cent mille avirons battaient le flot sonore / Et nul n'est revenu, des guerriers ou des chefs ! »

2. Dans une lettre à Louisa de Mornand du 14 juillet 1905, Proust parle de la petite église de Cricquebœuf (située à sept kilomètres d'Honfleur), « toute pelotonnée dans son lierre » (M. Proust, *Correspondance*, t. V, p. 301).

Page 278.

1. Le comte Molé (1781-1855), premier ministre (1836-1839) sous Louis-Philippe, élu à l'Académie française en 1840 (voir n. 1, p. 290), fait partie, selon Proust, des écrivains qu'on jugerait supérieurs à Stendhal si l'on s'en remettait aux *Lundis* de Sainte-Beuve (voir *Contre Sainte-Beuve*, Pléiade, p. 223). — Louis de Fontanes (1757-1821), poète et homme d'État chez qui Proust sentait en germe cette « sorte de paresse ou de frivolité » qui « empêche de descendre spontanément dans les régions profondes de soi-même où commence la véritable vie de l'esprit » (*ibid.*, p. 179). — Le baron de Vitrolles (1774-1854)

prépara le retour des Bourbons et demeura jusqu'au terme de sa vie fidèle à ses opinions légitimistes. — Pierre-Ernest Bersot (1816-1880), philosophe, démissionna de l'Université après le coup d'État du 2 décembre 1851, puis fut directeur de l'École normale supérieure à partir de 1871. — Le baron, puis duc Pasquier (1767-1862) fut ministre sous la Restauration et chancelier sous Louis-Philippe. Ses *Mémoires* parurent en 1893. Proust évoque ailleurs sa liaison bien connue avec Mme de Boigne (*Contre Sainte-Beuve*, Pléiade, p. 229). — Pierre-Antoine Lebrun (1785-1873), poète et dramaturge, fut conseiller d'État et pair de France sous la monarchie de Juillet et sénateur sous le Second Empire. — Le comte de Salvandy (1795-1856), ministre de l'Instruction publique de 1837 à 1839, puis de 1845 à 1848, est l'auteur d'ouvrages historiques et littéraires qu'il comparait lui-même à ceux de Chateaubriand. — Le comte Daru (1767-1829), cousin de Stendhal qu'il aida dans sa carrière, est notamment l'auteur d'une *Histoire de la République de Venise*.

2. Proust raconte que c'est après avoir recueilli « auprès de M. Mérimée et de M. Ampère tous les renseignements qu'il pouvait » que Sainte-Beuve jugea les romans de Stendhal « franchement détestables », *Causeries du lundi* (t. IX). Pourtant, ajoutait Sainte-Beuve, « ses romans sont ce qu'ils peuvent, mais ils ne sont pas vulgaires » (*Contre Sainte-Beuve*, Pléiade, p. 222-223).

3. « On voit combien je suis loin, à l'égard de *La Chartreuse* de Beyle, de partager l'enthousiasme de M. de Balzac », écrivait Sainte-Beuve (propos cités dans *Contre Sainte-Beuve*, Pléiade, p. 223). Dans un article de la *Revue parisienne* du 25 septembre 1840, Balzac avait couronné la *Chartreuse* « le chef-d'œuvre de la littérature à idées », tout en formulant des réserves sur sa composition et sur son style. La lettre que lui adressera Stendhal en réponse à son article, envoyée le 30 octobre 1840, mélange de gratitude et de justification, ne ressemble nullement à un « haussement d'épaules ».

Page 281.

1. « Le mystère, le regret, sont aussi des caractères du Beau », écrit Baudelaire dans *Fusées* (éd. Folio, p. 73).

2. « Sans doute » a été rajouté par Proust à la main sur les épreuves Gallimard, témoignant de son hésitation sur l'existence d'une vie future que nous retrouverons lors du récit de la mort de Bergotte, dans *La Prisonnière*.

Page 283.

1. « Carqueville » est étymologiquement, comme « Querqueville » (voir notre préface, p. XVII), la ville de l'église.

Page 287.

1. L'épisode des trois arbres d'Hudimesnil est un jalon capital sur l'itinéraire qui mènera le narrateur à la découverte de sa vocation. Alors que l'épisode des trois clochers de Martinville, dans « Combray », lui avait inspiré une allégresse qu'il avait aussitôt

traduite dans une page d'écriture, le narrateur tente ici de donner une explication à ce qu'il ressent : souvenir involontaire ? Fragment de rêve ? Souvenir d'une vie antérieure ? Illusion de fausse reconnaissance, ou paramnésie ? Le mélange de bonheur et d'inquiétude qui en résulte ne débouche cette fois sur aucune page, mais sur une perplexité qui témoigne que le jeune homme a pris la mesure de l'importance de la création littéraire.

Page 289.

1. Chateaubriand a écrit exactement dans *Atala* : « Bientôt elle répandit dans les bois ce grand secret de mélancolie » (éd. Folio, p. 120). La deuxième citation est extraite de « La Maison du berger » (*Les Destinées*), de Vigny : « Pleurant comme Diane au bord de ses fontaines, / Ton amour taciturne et toujours menacé. » La troisième de « Booz endormi » (*La Légende des siècles*), de Hugo.

2. Il s'agit du conclave tenu fin mars 1829, qui aboutit à l'élection de Pie VIII. À en croire les *Mémoires d'outre-tombe* (livre XXXI, chap. 5), cette élection n'aurait pas surpris Chateaubriand. Le duc de Blacas, secrétaire de la maison de Louis XVIII en 1814, pair de France et ambassadeur à Naples de 1815 à 1830, maintint sa fidélité aux Bourbons en suivant Charles X en exil.

3. Jacques Nathan a recensé, chez Chateaubriand, « sept clairs de lune américains, dont le dernier en date se trouve dans le *Génie du christianisme*, I, 5, chap. 12 » (*Citations, références et allusions de Marcel Proust*, nouvelle édition, Nizet, 1969, p. 85-86). Plus précisément, le « clair de lune dans la campagne romaine » fait songer à ceux qui sont évoqués dans le *Voyage en Italie* de 1827 (Pléiade *Œuvres romanesques et voyages*, t. II, p. 1457), ou encore dans les *Mémoires d'Outre-Tombe*, IIᵉ partie, livre XIV, chap. 7 (Pléiade, tome I, p. 500).

Page 290.

1. Vigny écrit dans « L'Esprit pur » (*Les Destinées*) : « J'ai mis sur le cimier doré du gentilhomme / Une plume de fer qui n'est pas sans beauté. / J'ai fait illustre un nom qu'on m'a transmis sans gloire. » Musset, de son côté, écrit dans le sonnet « A M. Alfred Tattet » (*Poésies nouvelles*) : « Souvenez-vous d'un cœur qui prouva sa noblesse / Mieux que l'épervier d'or dont mon casque est armé. » Les armes de Musset étaient « d'azur à l'épervier d'or longé et perché de gueules ». Le comte Molé reçut Vigny à l'Académie française le 29 janvier 1846. Dans son discours, il conclut son perfide éloge de *Cinq-Mars* en opposant les ouvrages d'un « mérite relatif, appropriés au plus grand nombre de lecteurs » et qui « obtiennent de bruyants applaudissements » à ceux qui puisent aux « sources des éternelles vérités ». Sainte-Beuve, dans ses *Portraits littéraires*, jugea les propos de Molé « simples et sains ».

Page 292.

1. César Bagard (1639-1709), sculpteur dont la plupart des œuvres ont disparu sous la Révolution.

Page 293.

1. Le duc de Choiseul-Praslin (1805-1847) épousa en 1824 la fille du général Sebastiani, dont il eut dix enfants, puis la délaissa pour leur gouvernante. La duchesse fut retrouvée poignardée en 1847. Arrêté, le duc s'empoisonna

Page 294.

1. Sur Loménie, voir p. 46, note 1.

2. Ximénès Doudan (1800-1872), secrétaire particulier du duc de Broglie ; sa correspondance parut après sa mort, en 1876, sous le titre *Mélanges et Lettres*, en 4 volumes. — Charles, comte de Rémusat (1797-1875), ministre de Louis-Philippe en 1840, puis ministre des Affaires étrangères sous le gouvernement Thiers à partir de 1871 ; auteur d'ouvrages philosophiques. — Joseph Joubert (1754-1824), ami de Chateaubriand qui assura la publication posthume de ses *Pensées*. Il révélait, dans sa correspondance, le « désir de plaire à ses amis » (*Contre Sainte-Beuve*, Pléiade, p. 650-651). On notera la présence de Mme de Beausergent, personnage imaginaire, parmi des auteurs réels.

Page 295.

1. « En qualité de nœud ferroviaire sur le chemin de Cabourg, Mézidon correspond à Doncières sur le chemin de Balbec », écrit George D. Painter (*Marcel Proust*, t. II, p. 112). Mais nous verrons dans *Le Côté de Guermantes* que Doncières rappelle plus précisément d'autres lieux. Proust n'a imaginé ce nom que tardivement : il ne figure pas dans l'édition Grasset (1913) de *Du côté de chez Swann* et y sera ajouté en vue de l'édition Gallimard (1919).

Page 296.

1. Voir notre préface, p. XVI, XVII et XIX.

Page 300.

1. Le mot « intellectuel » dans cet emploi apparaît dans le « manifeste des intellectuels », signé à l'automne 1898 par un certain nombre de savants, d'écrivains (dont Proust lui-même), pour protester contre les poursuites judiciaires engagées à l'encontre du colonel Picquart et réclamer la révision du procès Dreyfus.

Page 301.

1. Il s'agit naturellement d'Anton Rubinstein (1829-1894), pianiste et compositeur russe.

Page 305.

1. « Il ne cherchait qu'à se faire pardonner d'être noble », écrivait Proust de Bertrand de Réveillon dans *Jean Santeuil* (Pléiade, p. 449).

2. Les universités populaires, qui comportaient surtout des cours du soir, furent créées en 1898, date à laquelle on peut situer l'épisode de « Noms de pays : le pays ».

Page 312.

1. C'est l'admirateur de Leconte de Lisle qui rappelle ici que Zeus est fils de Kronos (voir les *Poèmes antiques*, « Hélène »), avant d'évoquer les Kères, génies présents dans l'*Iliade* qu'on représente comme des êtres ailés et noirs pourvus de longues dents et d'ongles crochus.

Page 314.

1. Il s'agit probablement de la famille du chocolatier Menier, dont le yacht Ariane était célèbre.

Page 315.

1. Le stéréoscope, qui était « la joie et l'orgueil du comte et de la comtesse Greffulhe » (George D. Painter, *Marcel Proust*, t. II. p. 175), est donné dans le *Contre Sainte-Beuve* comme une manie du comte de Guermantes, personnage qui préfigure très approximativement le duc de Guermantes (voir Pléiade, p. 279-280).

Page 317.

1. Les brouillons de *Sodome et Gomorrhe* permettent d'identifier ce « malheureux » comme étant Vaugoubert.

Page 318.

1. D'après Marcel Plantevignes, Proust s'était lui-même fait commander un manteau de vigogne pareil à celui qu'il avait vu sur le comte de Montesquiou (*Avec Marcel Proust*, Nizet, 1966, p. 41).

2. Vers la fin de la guerre, Proust demanda au Quatuor Poulet de venir jouer chez lui.

Page 319.

1. Ce trait est encore emprunté au comte de Montesquiou. Voir un passage très voisin, dans *Jean Santeuil* (p. 332), où le comte est nommément cité.

Page 322.

1. Proust considérait Eugène Carrière (1849-1906) comme l'un des « artistes vraiment intelligents de France » (*Correspondance*, t. V, p. 261).

Page 324.

1. Albert Lebourg (1849-1928), peintre paysagiste qui subit l'influence des impressionnistes, mais dont les tableaux demeurèrent relativement académiques. Armand Guillaumin (1841-1927), ami de Cézanne et Pissarro, est l'auteur de toiles plus modernes, dont les dernières s'apparentent à celles des Fauves.

Page 329.

1. Allusion à la fable intitulée *Les Deux Amis*, qui commence ainsi : « Deux vrais amis vivaient au Monomotapa » (*Fables*, VIII, 11), et aux *Deux Pigeons* (IX, 2).

2. Lettre à Mme de Grignan du 18 février 1671 : « Je sens qu'il m'ennuie de ne plus vous avoir : cette séparation me fait une douleur au cœur et à l'âme, que je sens comme un mal du corps », et lettre à la même du 10 janvier 1689 : « Dans l'absence ce n'est plus cela, on ne s'en soucie point, on les pousse même quelquefois ; on avance dans un temps auquel on aspire ; c'est cet ouvrage de tapisserie que l'on veut achever ; on est libérale des jours, on les jette à qui en veut. »

Page 330.

1. Lettre à Mme de Grignan du 29 mai 1675 : « Une de vos réflexions pourrait effacer des crimes, à plus forte raison des choses si légères qu'il n'y a quasi que vous et moi qui soyons capables de les remarquer. »

2. « Être avec des gens qu'on aime, cela suffit ; rêver, leur parler, ne leur parler point, penser à eux, penser à des choses plus indifférentes, mais auprès d'eux, tout est égal » (*Les Caractères*, « Du cœur », 23).

Page 331.

1. Clara Ward, après avoir épousé le prince Joseph de Chimay, s'enfuit en 1896 avec un violoniste. Son mariage fut dissous en 1897.

Page 335.

1. « L'Espoir en Dieu » (1838) ; pièce des *Poésies nouvelles*, dont on peut juger l'inspiration fort rhétorique.

2. « À Saint-Blaise, à la Zuecca... » est le début de *Chanson* (1834), « Padoue est un fort bel endroit... » est extrait de *À mon frère revenant d'Italie* (1844) et « Au Havre, devant l'Atlantique... » de *La Nuit de décembre* (1835). Les trois pièces figurent dans les *Poésies nouvelles*, de Musset.

3. Anne-Marie Bigot, épouse Cornuel (1605-1694). Saint-Simon raconte qu'alors qu'elle se mourait, M. de Soubise vint la voir pour lui apprendre son mariage, « tout engoué de la grande satisfaction et des grands biens qui s'y trouvaient joints ». « Ho ! Monsieur, lui répondit-elle, que voilà un grand et bon mariage pour dans soixante ou quatre-vingts ans d'ici ! » (*Mémoires*, Pléiade, éd. Y. Coirault, t. I, p. 171).

Page 336.

1. En 1898 (voir p. 372, note 1), M. Bloch ne peut avoir lu de commentaires sur la guerre russo-japonaise, qui eut lieu en 1905 et s'acheva, comme on le sait, par un succès des Japonais.

Page 337.

1. Allusion à une réplique célèbre de *La Dame de chez Maxim* (1899), comédie de Feydeau : « Eh ! allez donc, c'est pas mon père. » Cette expression, maintes fois répétée au cours de la pièce par l'héroïne, jeune femme de mœurs légères, signifie : « Il n'y a pas de mal à ça ! »

Page 339.

1. La princesse de Wagram, appelée « reine de Naples » après qu'elle eut épousé le petit-fils de Murat, ne doit pas être confondue avec Marie-Sophie-Amélie, reine de Naples par son mariage avec François II et qui accordera sa protection au baron de Charlus dans *La Prisonnière*.

2. Charles-Robert de Gramont-Caderousse (1808-1865 ?), descendant d'une branche illustre de la famille Gramont, qui mena une vie dissolue avant de finir ses jours en Orient, laissant sa fortune à un certain docteur Déclat et à une actrice.

3. *Le Radical*, quotidien parisien de gauche fondé en 1871.

4. Le Cercle des Ganaches s'était vraisemblablement intitulé ainsi d'après la pièce de Victorien Sardou, *Les Ganaches* (1862), ce nom désignant les tenants des partis des défuntes monarchies. Quant au Cercle de la rue Royale, désigné d'après l'emplacement de son siège près de la Madeleine, il ne comptait pas d'autre membre juif que Charles Haas, le modèle de Swann.

Page 340.

1. « Villiers » est naturellement Auguste Villiers de l'Isle-Adam (1838-1889) et « Catulle », Catulle Mendès (1841-1909).

2. Héros de *L'Histoire merveilleuse de Pierre Schlemihl*, de Chamisso (1814), « Schlemihl » signifie en yiddish « malchanceux, qui a le guignon ».

3. C'est entre 1881 et 1886 que Mme Dieulafoy, célèbre archéologue française, fit en Perse des fouilles qui aboutirent en particulier à la reconstitution de la « frise des archers », rapportée au Louvre.

Page 341.

1. « Lui » désigne Bergotte. L'addition d'un long passage a obscurci le sens du texte.

Page 342.

1. Kalidasa est un poète et dramaturge indien qui vécut au Ve ou au IVe siècle avant J.-C.

2. Constant Coquelin, acteur français (1841-1909).

Page 343.

1. « Labadens » : ancien camarade de collège. De la comédie de Labiche, *L'Affaire de la rue de Lourcine* (1857), où l'on assiste aux retrouvailles de deux anciens condisciples de la pension Labadens.

2. C'est ordinairement comme une déesse aux doigts de rose qu'Éôs (l'aurore) est désignée par les auteurs grecs.

Page 349.

1. Les premiers « Kodak » datent de 1888. Très vite, le nom de la marque fut couramment utilisé comme terme générique pour désigner un appareil photographique.

Page 350.

1. À l'ange venu lui annoncer qu'elle mettra au monde un fils, Marie répond : « Voici la servante du Seigneur » (*Ecce ancilla Domini*) (Luc, I, 38). Dans les scènes religieuses du Moyen Âge, la Vierge est souvent représentée un lys à la main. Peut-être Proust se souvient-il du tableau de Dante Gabriel Rossetti, *Ecce ancilla Domini* (1850, Tate Gallery, Londres), où ce n'est pas la Vierge qui tient le lys, mais l'ange qui le lui tend.

Page 353.

1. Au début du mois de septembre 1905, quelques jours avant sa mort, Mme Adrien Proust séjournait avec son fils à Évian. « Elle voulait et ne voulait pas être photographiée, par désir de me laisser une dernière image et par peur qu'elle fût trop triste » (à Mme Catusse, vers novembre 1910, M. Proust, *Correspondance*, t. X, p. 215).

Page 358.

1. On imagine plus volontiers un jeune garçon accomplissant cet exploit sportif. Il est vrai que Marcel Plantevignes se souvient d'une jeune inconnue qui, à Cabourg, aurait sauté du kiosque à musique par-dessus les personnes assises en bas (*Avec Marcel Proust*, éd. citée, p. 78). Mais il ne fait aucun doute qu'Andrée, qui est évoquée ici, a eu un modèle masculin. On lit en effet dans le Cahier 36 : « Je me suis lié avec un sportman éminent qui me semblait mon pôle contraire et dont la fréquentation serait pour mes nerfs surmenés une cure de calme et il me dit que s'il faisait tant de sport c'était pour soigner sa neurasthénie » (f° 33 r°), considérations appliquées plus tard à Andrée (voir p. 503). D'après *Le Côté de Guermantes II*, c'est Gisèle qui a sauté par-dessus le vieux monsieur.

Page 366.

1. Voir *Athalie*, II, 9 : « Pendant que le pauvre à ta table / Goûtera de ta paix la douceur ineffable », et IV, 3 : « Entre le pauvre et vous vous prendrez Dieu pour juge. »

2. On peut songer, pour « l'appui d'une fenêtre », au tableau de la Sainte Famille : *Le Ménage du menuisier* ou au *Philosophe méditant au pied d'un escalier* (Louvre), et plus précisément aux deux célèbres *Jeune fille à la fenêtre* du musée de Stockholm et de Dulwich College (près de Londres). Il y a bien un puits dans *Le Bon Samaritain* de la Wallace Collection (Londres), mais, comme le fait observer Jacques Nathan (ouvrage cité), les puits n'avaient pas alors à proprement parler de manivelle.

Page 368.

1. Possible allusion aux dessins d'animaux du Codex Vallardi que Pisanello exécuta comme études pour le tableau de *La Légende de saint Hubert* et qui sont conservés au Louvre. Proust semble avoir été très

sensible à l'art d'Émile Gallé, l'un des maîtres de l'école de Nancy, dont il déplore la mort dans une lettre du 29 septembre 1904 (*Correspondance*, t. XI, p. 341).

Page 371.

1. Le *Portrait de Lady Meux*, de Whistler, appelé aussi « Harmonie en gris et rose », qui fut exposé à Paris en 1892 et appartient aujourd'hui à la Frick Collection de New York, est comme d'autres tableaux de Whistler signé d'un papillon.

Page 372.

1. Le 7 juillet 1898, Godefroy Cavaignac, ministre de la Guerre, avait déposé à la Chambre un dossier préparé par le colonel Henry, qui devrait établir définitivement la culpabilité de Dreyfus. Mais le suicide du colonel Henry, le 31 août, relançait l'Affaire. On peut donc supposer que nous sommes au mois d'août 1898. Mais, comme pour « Autour de Mme Swann », ces repères chronologiques ne vont pas sans incohérences, puisque le colonel Henry sera encore vivant à l'époque du *Côté de Guermantes*.

Page 373.

1. Proust s'est amusé à imaginer, dans l'un de ses « Pastiches », que Giotto avait représenté l'affaire Lemoine dans une de ses fresques ; à qui s'en étonnerait, il rétorque que peu importe le sujet choisi par un grand artiste (*Contre Sainte-Beuve*, Pléiade, p. 204). Aussi bien Giotto aurait-il pu représenter une procession sportive.

Page 381.

1. On attendrait plutôt « le » ; mais « la » peut désigner l'écume.

Page 383.

1. Faire une queue : faire une infidélité à son amant ou à sa maîtresse. On trouve la même expression dans *L'Assommoir*, de Zola, chapitre 11.

Page 384.

1. Proust a appliqué cette expression, dans la réalité, au prince Edmond de Polignac (*Contre Sainte-Beuve*, Pléiade, p. 465). Voir notre préface, p. XVII, note 1.

Page 387.

1. Amphion, fils de Zeus et d'Antiope (voir l'*Odyssée*, chant XI, v. 260-265 et Horace, *Art poétique*, v. 394-397), ayant reçu d'Hermès une lyre en cadeau, se querellait souvent avec son frère Zéthos, plus porté vers les arts manuels. Les deux frères s'entendirent pourtant pour délivrer leur mère, puis régnèrent sur Thèbes qu'ils entourèrent de murailles ; tandis que Zéthos portait les pierres sur son dos, Amphion les attirait à lui aux accents de sa lyre. Ruskin fait plusieurs allusions, dans son œuvre, à cette histoire qui symbolise à ses yeux l'harmonie entre les classes sociales.

Page 392.

1. Dans *Jean Santeuil*, Jean et son ami Bertrand de Réveillon rencontrent l'écrivain C. à Kerengrimen, une ferme de la baie de Concarneau. À l'hôtel, C. prend ses repas à une table voisine, mais il paraît lié avec deux dames anglaises et couche, paraît-il, avec la servante de l'auberge — réputation qui l'apparenterait plutôt au Bergotte de la *Recherche*. Jean et son ami lui font porter une lettre et, comme ici, attendent sa réponse avec anxiété.

Page 393.

1. Canapville est dans la réalité une petite localité située entre Pont-l'Évêque et Trouville, où l'on ne saurait donc trouver de falaises.

2. *La Famille Jeffreys*, tableau de Hogarth, un de ses premiers portraits de groupe, peint en 1730, aujourd'hui à la National Gallery de Washington.

Page 399.

1. La « manière mythologique » d'Elstir fait surtout songer aux tableaux de Gustave Moreau (voir « Essais et articles », dans *Contre Sainte-Beuve*, Pléiade, p. 667-674). Mais Jean Autret fait observer que ce fut aussi la première manière de Turner (*L'Influence de Ruskin sur la vie, les idées et l'œuvre de Marcel Proust*, Droz-Giard, 1955, p. 129)

2. « Je crois que la métaphore seule peut donner une sorte d'éternité au style », écrira Proust (« À propos du "style" de Flaubert », article paru dans la *NRF* de janvier 1920, *Contre Sainte-Beuve*, Pléiade, p. 586).

Page 400.

1. Proust a déjà évoqué dans *Les Plaisirs et les jours* l'absence de démarcation entre la mer et le ciel (« La Mer », dans *Jean Santeuil*, Pléiade, p. 143) et, plus précisément, dans *Jean Santeuil*, la confusion de la terre et de la mer : « Si étroite entre ces deux rives, la mer s'allonge à ses pieds comme un chemin charmant qui mène au port voisin les barques qui rentrent à la file, comme des vaches, s'arrêtant çà et là pour paître encore... » (*ibid.*, p. 364).

Page 402.

1. Les critiques ont proposé maints rapprochements de ce « Port de Carquethuit » avec des tableaux réels : *Portsmouth vu de la mer, Pêcheurs sous le vent* et *Le Port de Dieppe*, de Turner ; *Le Port de Honfleur*, de Monet ; *Le Départ du vapeur de Folkestone*, de Manet ; mais aussi *La Légende de sainte Ursule*, de Carpaccio (voir plus loin p. 460, n. 1) Il reste que la multitude des éléments contenus dans le tableau imaginé par Proust rend sa « représentation » impossible. Pas plus que la Sonate de Vinteuil n'est à « entendre », le « Port de Carquethuit » n'est à « voir », mais à « lire ».

2. « Mon affaire est de dessiner ce que je vois, non ce que je sais ». aurait déclaré Turner (*Contre Sainte-Beuve*. Pléiade, p. 121)

Page 405.

1. « J'ai été hier voir Vuillard qui avait un bourgeron d'ouvrier bleu [...]. Il dit avec intensité "un type comme Giotto n'est-ce pas, ou encore un type comme Titien n'est-ce pas, savaient aussi bien que Monet, n'est-ce pas, un type comme Raphaël etc." Il dit bien type une fois par vingt secondes mais c'est un être rare » (lettre à Reynaldo Hahn, Cabourg, le 1er ou le 2 septembre 1907, M. Proust, *Correspondance*, t. VII, p. 267).

2. Allusion à *L'Apocalypse de saint Jean* (1899), d'Odilon Redon (1840-1916).

Page 406.

1. Jean Autret (*L'Influence de Ruskin sur la vie, les idées et l'œuvre de Marcel Proust*, éd. citée, p. 144-151) a montré que, pour la description du porche de l'église de Balbec, Proust avait recopié presque mot pour mot certains passages de *L'Art religieux du XIIIe siècle en France*, d'Émile Mâle, Leroux, 1898. Proust avait emprunté des exemplaires de cet ouvrage à Robert de Billy et à Antoine Bibesco (voir *Correspondance*, t. II, p. 456), le cite dans les « Journées de pèlerinage » (voir *Contre Sainte-Beuve*, Pléiade, p. 99) et entretient avec Émile Mâle une correspondance dont nous n'avons gardé que quelques lettres (voir notre préface, p. XVII). Sollicitant de nouveaux conseils de son correspondant en août 1907, il le remercie au retour d'un voyage qui l'a conduit à Caen, à Bayeux (« Les figures orientales de la cathédrale de Bayeux (partie romane de la nef) m'ont charmé mais je ne les comprenais pas, je ne sais pas ce que c'est »), à Balleroy, à Dives (voir *Correspondance*, t. VII, p. 255-256), puis redemande l'ouvrage d'Émile Mâle à Georges de Lauris en novembre 1909 (voir *ibid.*, t. IX, p. 218). Les emprunts sont effectivement flagrants. Émile Mâle évoque la galerie des rois de Juda visible à Chartres, à Amiens, à Reims et à Notre-Dame de Paris (p. 219-220), les représentations du triomphe de l'Église et de la fin du règne de la Synagogue (p. 249), celles de la Vierge (p. 306, 326, 327) en des termes que Proust reprend souvent littéralement (les indications de pages renvoient à l'édition utilisée par Proust, ouvrage réédité par Armand Colin avec de légères différences en 1958 et 1986). Notons enfin que les figures orientales de la cathédrale de Bayeux, dont Proust dit à Émile Mâle qu'il ne les a pas comprises, ont peut-être joué un rôle dans le caractère « presque persan » de l'église de Balbec. Voir *Du côté de chez Swann*, Folio, p. 378 et n. 1.

Page 411.

1. Plus bas, à deux reprises, le porte-bouquet contiendra des œillets.

Page 413.

1. Une opérette intitulée *Sacripant*, de Gille et Duprato, fut créée à Paris en 1866. Le héros, Giovanino, y apparaissait déguisé en

femme. Il était du reste interprété par une femme. — Ce portrait peut avoir été inspiré à Proust par plusieurs modèles possibles : *Madame Henriot en page*, de Renoir, *Lady Archibald Campbell déguisée en Orlando* ou *Connie Gilchrist*, de Whistler. George D. Painter évoque aussi Méry Laurent, actrice et modèle, qui fut la maîtresse de Manet (*Marcel Proust*, t. I, p. 279-280). Celui-ci peignit au moins l'un de ses modèles, Victorine Meurent, en travesti masculin, mais jamais Méry, semble-t-il. Plus loin, p. 426, le texte évoque d'ailleurs explicitement Manet et Whistler. — La date de 1872, l'une des rares de la *Recherche*, donne une idée de l'âge d'Odette. Le portrait serait bien antérieur à « Un amour de Swann », qu'on peut situer vraisemblablement en 1879. — Le théâtre des Variétés, ouvert en 1807 au 7, boulevard Montmartre, connut de grands succès, notamment sous le Second Empire, grâce à des vaudevilles et au répertoire d'Offenbach.

Page 415.

1. Le portrait de la femme d'Elstir est assez nettement préfiguré par celui de Mme Martial, la femme du peintre dans *Jean Santeuil* (Pléiade, p. 455-456) Il fait aussi penser à Gabrielle Renard, modèle préféré de Renoir de 1900 à 1912.

Page 417.

1. « Nous voudrions aller voir ce champ que Millet [...] nous montre dans son *Printemps*, nous voudrions que M. Claude Monet nous conduisît à Giverny » (*Contre Sainte-Beuve*, Pléiade, p. 177). Cet élan un peu puéril sera corrigé par la réflexion du narrateur adulte, qui comprendra que la beauté du tableau n'est pas dans le paysage, mais dans l'idéal du peintre.

Page 418.

1. Proust écrivait à Georges de Lauris le 20 août 1903 : « Vous ne pouvez pas ne pas aller à la pointe du Raz [...]. Ce sont des lieux funèbres et d'une malédiction illustre qu'il faut connaître. Mais j'avoue que je leur préfère infiniment Penn'March que vous ne pouvez éviter, sorte de mélange de la Hollande et des Indes et de la Floride (Harrison *dixit*) d'où une tempête est la plus sublime chose qui se puisse voir » (*Correspondance*, t. III, p. 408). Sur Harrison, voir notre préface, p. XVI.

2. Ces noms semblent être imaginaires.

Page 422.

1. Proust s'est inspiré ici d'une réplique du compositeur Ernest Guiraud (1837-1892). C'est à Mme Straus, veuve de Georges Bizet, dont il fréquentait le salon, qu'il aurait répondu avec la naïveté qui est ici prêtée au professeur de dessin (voir M. Proust, *Correspondance*, t. XIV, p. 125 et note 10).

Page 425.

1. Un trottin est un domestique employé pour faire des courses.

Page 431.

1. Cette périphrase pour désigner la ville de garnison de Saint-Loup trahit un état du texte antérieur à celui des pages précédentes, où Doncières est nommée. Voir p. 295, note 1

2. Arvède Barine n'est pas un auteur russe, comme le croit Saint-Loup, mais le pseudonyme de Mme Charles Vincens (1840-1908), auteur d'ouvrages critiques, notamment sur Bernardin de Saint-Pierre (1891) et Musset (1893), et d'une biographie en deux volumes de la Grande Mademoiselle (1901-1905).

Page 432.

1. Ces lignes font comme plus haut, p. 262, écho à un texte sur Chardin écrit vers 1895 : « Le compotier aussi glorieux encore et dépouillé déjà qu'un verger d'automne [...]. Transparents comme le jour et désirables comme des sources, des verres où quelques gorgées de vin doux se prélassent comme au fond d'un gosier, sont à côté de verres déjà presque vides [...]. Légères comme des coupes nacrées et fraîches comme l'eau de la mer qu'elles nous tendent, des huîtres traînent sur la nappe [...] » (*Contre Sainte-Beuve*, Pléiade p. 375).

Page 435.

1. Allusion à la fable de La Fontaine, *Le Statuaire et la statue de Jupiter* (*Fables*, IX, 6) : « qu'en fera, dit-il, mon ciseau ? Sera-t-il dieu, table ou cuvette ? »

2. Le mot « ciroplaste », d'un sens évident (qui travaille la cire), est inconnu des dictionnaires.

Page 441.

1. Ainsi que le fait observer George D. Painter (*Marcel Proust*, t. II, p. 217), Proust ne semble pas avoir compris les règles du golf, puisqu'il laisse à penser que le but du jeu est de totaliser le plus grand nombre de points possibles.

2. Si l'on admet que nous sommes dans l'été de 1898, cette Exposition Universelle doit être celle de 1900.

Page 442.

1. Au pédantisme qui lui fait appeler Voltaire « Arouet », Bloch joint l'ignorance puisque ces deux vers sont de Corneille (*Polyeucte* III, 2). En revanche, l'erreur du premier vers (il faut dire : « ne dépend point du sien ») est sans doute due à Proust, qui cite généralement de mémoire.

Page 445.

1. *Cavalleria Rusticana* : drame lyrique de Mascagni représenté pour la première fois, à Paris, à l'Opéra-Comique, en 1892. Le goût d'Albertine pour cette œuvre « vériste » assez déclamatoire traduit sa vulgarité.

Page 449.

1. Il s'agit d'une des figures des *Allégories des vertus et des vices* de la chapelle Scrovegni de Padoue. On y voit un homme tenant dans la main droite une idole qui lui a mis la corde au cou et tournant le dos à Dieu. En haut du panneau, on lit le nom du vice ainsi figuré : *Infidelitas*, qu'il convient de traduire en français par « idolâtrie ».

2. En vogue sous la Restauration, puis tombé en désuétude, ce jeu dérivé du « diable » japonais fit sa réapparition en France dans les années 1906-1907.

3. La chapelle Scrovegni a été édifiée, à Padoue, sur l'emplacement d'un théâtre antique, d'où le nom qui lui est parfois donné de chapelle *dell'Arena*.

Page 451.

1. Fondé en 1868, *Le Gaulois*, d'abord bonapartiste, puis légitimiste à partir de 1882. Grâce à ses rubriques mondaines et à son ton de bonne compagnie (il se flattait d'être lu par les jeunes filles du « monde »), il ravit au *Figaro* une bonne partie de sa clientèle.

Page 453.

1. Accord avec le sujet le plus rapproché, courant chez Proust.

Page 455.

1. *Les Travaux et les jours*, d'Hésiode, répondent, parmi d'autres œuvres, à cette définition.

Page 459.

1. Sur les Cimmériens, voir p. 263, note 1.

Page 460.

1. Voir p. 402, note 1. *La Légende de sainte Ursule* exécutée de 1490 à 1496, est conservée à la Galerie de l'Académie, à Venise.

2. Mariano Fortuny y Madrazo (1871-1949), qui peignit en 1896 les « filles fleurs » du *Parsifal* de Wagner, fonda une fabrique d'étoffes et de tapis à Venise en 1907. On commence à peine à parler de lui à Paris quand Proust mentionne son nom dans une lettre à Reynaldo Hahn du 9-10 mai 1909 (*Correspondance*, t. IX, p. 94). On peut donc juger anachronique sa présence dans l'épisode de Balbec. Mais c'est surtout en février et mars 1916 que Proust se renseigne sur lui auprès de Maria de Madrazo, sœur de Reynaldo Hahn qui avait épousé l'oncle de Fortuny, souhaitant savoir « de quels Carpaccio il s'est inspiré ou a pu s'inspirer, et dans ces Carpaccio de quelle robe exactement et dans quelle mesure » (*Correspondance*, t. XV, p. 56). On s'explique que le motif Fortuny, qui sera développé dans *La Prisonnière*, ait été tardivement inséré ici (voir notre préface, p. XXIII).

Page 462.

1. Callot sœurs était une maison de couture située à l'époque de Proust au 24, rue Taitbout. Doucet, situé au 21, rue de la Paix, portait le nom du donataire de l'important fonds Doucet conservé à la bibliothèque Sainte-Geneviève et à la très riche bibliothèque de l'Institut d'Art et d'Archéologie. Sur Cheruit, voir n. 2 de la p. 168. Paquin, maison de couture fondée vers 1880 place Vendôme, se transporta vers 1900 au 3, rue de la Paix.

2. Proust pouvait apercevoir le dôme de l'église Saint-Augustin depuis le domicile de ses parents. Quant à la cathédrale de Reims, elle est proche de Combray depuis que Proust a transporté de Beauce en Champagne la petite ville de son enfance. Les épreuves Gallimard portent encore : « la cathédrale de Chartres ».

3. Les Creuniers se situent en réalité près de Trouville. Proust les recommande comme lieu de promenade à Louisa de Mornand dans une lettre du 14 juillet 1905 (*Correspondance*, t. V, p. 300).

Page 464.

1. Phrase non construite. La longue subordonnée qui commence au début du paragraphe par « De sorte que... » ne se rapporte à aucune principale.

2. Voir page 276, note 1.

Page 465.

1. Les fermes de la Croix d'Heuland et de Marie-Antoinette se trouvaient à 1 km 500 de Saint-Vaast, entre Cabourg et Trouville (voir George D. Painter, *Marcel Proust*, t. II, p. 113).

Page 470.

1. Les anges de Bellini sont déjà évoqués dans « Journées de pèlerinage » (*Contre Sainte-Beuve*, Pléiade, p. 81, note). C'est de Gentile Bellini (1429-1507) qu'il s'agit dans les deux cas. Les anges musiciens sont fréquents dans son œuvre, et Proust a sans doute vu à Venise ceux qui apparaissent dans trois de ses tableaux les plus célèbres : le triptyque des Frari, le retable de San Jobbe à l'Académie et le retable de San Zaccaria dans l'église du même nom.

Page 472.

1. Ici commence un épisode tardivement rédigé, qui ne figurait pas sur les épreuves Gallimard. Il s'achève à la fin du premier paragraphe de la page 476.

2. Il s'agit du certificat d'études primaires supérieures, ou brevet élémentaire, correspondant à la fin de la classe de troisième des collèges.

3. « Si on faisait encore de ces devoirs ridicules qui ne sont plus en honneur que dans certaines écoles de jeunes filles et où Plaute écrit "des enfers" à un dramaturge contemporain pour lui dire ce qu'il pense de sa nouvelle pièce, on pourrait supposer [...] », écrit

Proust dans sa préface aux *Propos de peintre*, de Jacques-Émile Blanche, parus en mars 1919 (*Contre Sainte-Beuve*, Pléiade, p. 581).

Page 473.

1. Dans une lettre du 26 janvier 1689 adressée à Mme de Grignan, Mme de Sévigné relate la première d'*Esther* à laquelle elle a effectivement assisté.

2. Boileau, *Art poétique*, III, v. 95 et 96.

Page 475.

1. Voir, notamment, *Le Siècle de Louis XIV*, chap. XXXII (in *Œuvres historiques*, Pléiade, p. 1011).

Page 476.

1. Gustave Merlet (1828-1891), professeur de rhétorique au Lycée Louis-le-Grand, a publié de nombreuses études de classiques français à l'usage des classes.

2. Nicolas-Félix Deltour (1822-1904), professeur et écrivain, connu surtout pour son étude intitulée *Les Ennemis de Racine* (1859). Léon Gasc-Desfossés, né en 1860, est l'auteur d'un *Théâtre choisi* de Racine (1898) qui cite dans l'introduction les jugements de Voltaire sur *Athalie*, mais aussi, avec Alfred Gasc-Desfossés, d'un *Recueil de sujets de composition française donnés au baccalauréat ès-lettres (première partie) de 1881 à 1885*. On y trouve les sujets cités par Proust et, dans un corrigé d'une composition sur Racine, la référence à l'*Aman* de Montchrestien.

Page 477.

1. Titre imaginaire, semble-t-il, à la manière de Whistler (voir par exemple, p. 371, n. 1).

Page 481.

1. On a parfois identifié Laura Dianti, favorite d'Alphonse Ier d'Este (1476-1534), l'époux de Lucrèce Borgia, comme le modèle de deux célèbres portraits du Titien : la *Flore* des Offices, et la *Jeune fille au miroir* du Louvre. Les deux figures présentent de longues tresses bouclées. Éléonore de Guyenne (1122-1204) avait une chevelure célèbre, mais Proust (ou le narrateur) doit la confondre avec Marguerite de Provence, ancêtre de Delphine de Sabran, marquise de Custine (1770-1826). Celle-ci eut une liaison avec Chateaubriand qui l'a évoquée dans les *Mémoires d'outre-tombe* (livre XIV, chap. 1), « héritière des longs cheveux de Marguerite de Provence, femme de saint Louis, dont elle avait du sang ».

Page 482.

1. L'impatience d'Albertine rappelle assez exactement celle de Charlotte dans *Jean Santeuil*, dans des circonstances analogues (voir Pléiade, p. 828).

Page 485.

1. Proust s'est lui-même battu en duel, le 6 février 1897, au bois de Meudon, avec Jean Lorrain.

Page 494.

1. Allusion aux scènes de la Genèse et au Jugement dernier peints par Michel-Ange à la voûte de la chapelle Sixtine.

2. Dans *Jean Santeuil*, Jean se tient auprès du lit de Charlotte et celle-ci propose de lui masser son poignet douloureux. La suite de la scène, jusqu'à son dénouement — où Charlotte refuse de se laisser embrasser, mais menace seulement de sonner — préfigure assez exactement celle que nous lisons ici (voir Pléiade, p. 837-841).

Page 497.

1. On désignait sous le nom de « panamistes » des personnes plus ou moins compromises dans le scandale de Panama, ou qui montraient peu d'empressement à le voir éclairci. Les premières inculpations eurent lieu en 1890, et le scandale éclata quelques mois plus tard.

Page 499.

1. Construction très rude, conforme à l'édition originale et aux épreuves Gallimard.

Page 503.

1. Sur George Eliot, voir p. 126, note 2. À propos d'un probable modèle masculin d'Andrée, voir p. 358, note 1.

Page 506.

1. C'est entre le 4 et le 10 juin 1910 que Proust assista pour la première fois à une représentation des Ballets russes, de Diaghilev, dont le principal décorateur était Léon Bakst (1866-1924). Il assistera en mai 1911 à la répétition générale du *Martyre de saint Sébastien*, de Gabriele D'Annunzio, musique de Debussy, décors et costumes de Bakst, et sans doute, jusqu'à la guerre, à d'autres représentations des Ballets russes.

Page 508.

1. Leucothea est le nom que porta Ino, fille de Cadmos, après que, victime de la colère d'Héra, elle se fut jetée dans la mer et fut devenue la déesse blanche ou déesse de l'embrun (voir Virgile, *Énéide*, chant V, v. 241 et 823).

Page 509.

1. C'est à partir de 1900 que l'archéologue sir Arthur Evans mit à jour le palais de Cnossos, siège et symbole de l'Empire que Minos (ou la dynastie qu'il représente) étendit sur la Crète aux alentours de 1500 avec J.-C.

Page 510.

1. *Le Tireur d'épine*, statue en bronze représentant un jeune homme qui extrait une épine de son talon et datant de l'époque hellénistique, est exposée au Palais des Conservateurs, à Rome. La « femme qui se coupe un ongle » est une allusion à certains pastels de Degas, comme le prouve ce passage d'une lettre que Proust envoie en 1913 à Gabriel Astruc : « Je veux dire que ce qui est vraiment antique, ce qui est l'équivalent dans l'art moderne du jeune héros arrachant l'épine, ce n'est pas tel tableau académique qui singe l'antique mais une femme moderne de Degas qui s'arrache un ongle ou une peau du pied » (*Correspondance*, t. XII, p. 390).

2. Allusion à la série de toiles représentant la vie de Marie de Médicis, qui font intervenir, auprès de la reine, Junon, Minerve et les trois Grâces, ou encore à des tableaux plus spécifiquement mythologiques comme *L'Offrande à Vénus*, où l'on reconnaît Hélène Fourment, l'épouse du peintre.

Page 513.

1. Voir le livre de l'Exode, XIII, 21.

Page 514.

1. Sur cette dernière page, voir notre préface, p. XXIII, et p. 272, note 2.

RÉSUMÉ

Visites du 1er janvier. Je propose à Gilberte de bâtir une amitié neuve ; mais, le soir même, je comprends que le jour de l'an n'est pas le premier jour d'un monde nouveau (57-59). La Berma et l'amour (59-60). Interférence des désirs. Les palais de Gabriel et le décor d'*Orphée aux enfers* (60). Je ne peux retrouver le souvenir du visage de Gilberte. Retour de Gilberte aux Champs-Élysées. « Mes parents ne vous gobent pas ! » (60-61). J'écris à Swann (62). Réveil, dû à la mémoire involontaire, dans le petit pavillon des Champs-Élysées, des impressions éprouvées à Combray dans le petit cabinet de repos de l'oncle Adolphe (63, 65 ; cf. *Swann*, 72). Lutte amoureuse avec Gilberte (64-65). Je tombe malade. Le coup d'œil de Cottard (66-70).

Une lettre de Gilberte (70-71). Miracles heureux et malheureux en amour (71-72). Comment Bloch et Cottard déterminent, à leur insu, un changement favorable à mon égard dans l'attitude des parents de Gilberte (73). L'appartement des Swann s'ouvre pour moi ; le concierge ; les fenêtres (74 ; cf. *Swann*, 417). Le papier à lettres de Gilberte (75). L'escalier Henri II (76). Abolition de la pensée et de la mémoire. Le gâteau au chocolat (77-78). Mme Swann fait l'éloge de Françoise : « votre vieille nurse » (79). Au cœur du Sanctuaire : la bibliothèque de Swann (80), la chambre de sa femme (81). Le « jour » d'Odette (82). La « fameuse Albertine », nièce des Bontemps (83). Évolution de la société (84-87). Pourquoi Odette n'a pu encore pénétrer dans le faubourg Saint-Germain. Expériences de sociologie amusante (87-93) Ancienne jalousie (94 ; cf. *Swann*, 282 et 278) et nouvel amour de Swann (95-96).

Sorties avec les Swann. Déjeuner chez eux (96-100). Odette joue pour moi la sonate de Vinteuil (100). L'œuvre de génie crée elle-même sa postérité (101-102). Ce que la petite phrase montre maintenant à Swann (103). « Moi négro, mais toi chameau ! » (106). Joie imparfaite que donne un désir trop exactement réalisé : la salle à manger de Swann (107-108 ; cf *Swann*, 299). Charme persistant du salon composite de Mme Swann, de sa baie ensoleillée (109-110). La princesse Mathilde (111-114). Attitude imprévue de Gilberte (115-116).

Déjeuner chez les Swann avec Bergotte. Le doux Chantre aux cheveux blancs et l'homme au nez en forme de colimaçon et à barbiche noire. Les noms, dessinateurs fantaisistes (116-119). La voix d'un écrivain et son style (120). Bergotte et ses imitateurs (121). Beauté imprévisible des phrases d'un grand écrivain (122). L'accent de l'écrivain, révélateur de sa nature profonde (123). Le génie, pouvoir réfléchissant (125) Vices de l'homme et moralité de l'écrivain (127-130). Bergotte et la Berma. Une idée forte communique un peu de sa force au contradicteur (130-132). Remarque de Swann, prélude au thème de *La Prisonnière* (133). Les deux natures de ses parents en Gilberte. Confiance de Swann en sa fille (134-137). Le « Tu le savais » de *Phèdre*, IV, 6 (137). Mes plaisirs sont-ils des plaisirs de l'intelligence ? (138-140 ; cf. 63). Pourquoi Swann, selon Bergotte, aurait besoin d'un bon médecin. La société de Combray et le monde (141-142). Revirement de mes parents au sujet de Bergotte et de Gilberte : une difficulté de protocole (143-145).

Révélations sur l'amour (145 ; cf. *Swann*, 93) ; Bloch me conduit chez une médiocre entremetteuse. « Rachel quand du Seigneur » (146-147). Les meubles de ma tante Léonie dans la maison de passe. Initiation amoureuse à Combray sur le canapé de ma tante Léonie (147-148). C'est en vue d'un plaisir éphémère qu'on prend des résolutions définitives (148). Projets de travail sans cesse ajournés (149-150).

Impossibilité du bonheur dans l'amour (151). Dernière visite à Gilberte (152-153). Je décide de ne plus la voir (154-157). Colère injuste contre le maître d'hôtel des Swann. Attente d'une lettre (157-158). Je crois renoncer à Gilberte ; mais un espoir de réconciliation se superpose à ma volonté de renoncement. L'intermittence, loi de l'âme humaine (159-161).

Le « jardin d'hiver » d'Odette (162-164). Splendeur des chrysanthèmes et pauvreté de la conversation : Mme Cottard ; Mme Bontemps (165-166) ; effronterie de sa nièce Albertine (167-168) ; le prince d'Agrigente (169) ; Mme Verdurin (170-176). Je ne pus jamais dans ce salon goûter les plaisirs de novembre dont les chrysanthèmes m'offraient l'image (177 ; *Swann*, 426).

Premier janvier particulièrement douloureux. Suicide du moi qui en moi-même aimait Gilberte (178-181). Interventions maladroites (182). Lettres à Gilberte : « on ne parle que pour soi-même » (183) Salon d'Odette : recul de l'Extrême-Orient et invasion du XVIIIᵉ siècle (184-185). Coiffures et silhouettes nouvelles (186-191 ; cf. *Swann*, 197).

Une brusque impulsion vient interrompre la cure de détachement ; la potiche chinoise de ma tante Léonie. Deux promeneurs dans l'ombre élyséenne (192). Impossibilité du bonheur (193). Forces opposées du souvenir et de l'imagination. À cause de Gilberte je refuse d'aller à un dîner où j'aurais vu Albertine (195-196). Cruauté du chagrin ranimé par des souvenirs (196-198). Celui d'un certain rire de Gilberte, évoqué par un rêve, me montre combien le calme où je croyais être arrivé est trompeur et précaire (199 ; cf. 154 et 65). Ce calme revient pourtant (199-200). Visites beaucoup plus rares à Mme Swann (201). Échange de lettres tendres et progrès de l'indifférence (202). Approche du printemps : zibeline de Mme Swann et « boules de neige » dans son salon ; nostalgie de Combray (203). Apparition d'Odette au « Club des Pannés » (204). Une classe sociale intermédiaire (207-210).

DEUXIÈME PARTIE

NOMS DE PAYS : LE PAYS
(PREMIER SÉJOUR À BALBEC ; JEUNES FILLES AU BORD DE LA MER)

Deux ans plus tard, arrivé à une presque complète indifférence à l'égard de Gilberte, je pars pour Balbec avec ma grand-mère et Françoise. Subjectivité de l'amour. Brèves résurrections du moi ancien, dues au réveil de sensations oubliées (211-212). Effets contradictoires de l'habitude (212-213). Les gares, lieux merveilleux et tragiques (214). Goût infaillible et naïf de Françoise (218). Les hommes supérieurs du monde des simples d'esprit (219). Euphorie de l'alcool ; inquiétude de ma grand-mère (219-220). Mme de Sévigné et Elstir (222). Laissant ma grand-mère chez une amie, je reprends le train seul pour aller voir l'église de Balbec. Lever de soleil en chemin de fer : une laitière vue dans une gare (223-224). L'église de Balbec n'est pas au bord de la mer, mais sur une place provinciale (227). La Vierge du porche « soumise à la tyrannie du Particulier » (228). Noms de stations précédant Balbec-Plage et de villages voisins de Combray (229-230).

Arrivée à Balbec-Plage (231). Le lieu de supplice qu'est une demeure nouvelle (231, 235). Le directeur du Grand-Hôtel (231, 234). L'ascenseur (233). Ma chambre au sommet de l'hôtel (235 ; cf. *Swann*, 8). L'attention et l'habitude (235, 240). Bonté de ma grand-mère (236). Résistance de notre moi à la mort, dût-elle être suivie d'une résurrection en un moi différent (238-239). La mer au matin : la lumière ; le vent (241-242). Touristes de Balbec. Balbec et Rivebelle (244-246). Mme de Villeparisis ; son isolement volontaire (246-248). Morgue de M. et de Mlle de Stermaria (248). Une actrice et ses trois amis formant bande à part (248-250). Pour moi, au contraire, je voudrais plaire à beaucoup des inconnus qui m'entourent. La garden-party hebdomadaire des Cambremer (250-251). Ressemblances (253). Mlle de Stermaria : poésie, enclose en elle, d'un château romanesque, d'une île bretonne (256-258). Le directeur général des palaces (259). Relations de Françoise au Grand-Hôtel (260). Mme de Villeparisis et ma grand-mère finissent par s'aborder (262). Le « moment sordide » qui suit le repas (262-263). La Princesse de Luxembourg (266-268). Mme de Villeparisis tenue au courant par les lettres de Norpois du voyage que mon père fait avec lui en Espagne (269). Bourgeoisie et faubourg Saint-Germain (271).

Promenades en voiture avec Mme de Villeparisis. La mer ou plutôt les mers : « je ne vis jamais deux fois la même » (272-273). L'église de lierre (276). La conversation de Mme de Villeparisis (277, 289). Jeunes filles normandes (279). La belle pêcheuse (283). Les trois arbres d'Hudimesnil (cf. *Swann*, 180) : quel souvenir, quel secret se cache en eux ? Cette fois, la question reste sans réponse (284-287). La grosse duchesse de La Rochefoucauld. Les qualités mondaines et le génie (292-295).

Avec ma grand-mère : elle savait, et je ne soupçonnais pas, qu'elle était perdue (295).

Robert de Saint-Loup, neveu de Mme de Villeparisis. Fécondité de l'âge ingrat (295-298). Amitié de Saint-Loup (298-303). Mais le seul vrai bonheur, qui est d'extraire de soi-même ce qui y est caché, requiert la solitude (303-304 ; cf. 468). Saint-Loup vu du dehors comme une œuvre d'art : le noble (304). — Une colonie juive (305). Variété des défauts et similitude des vertus (308). Mauvaises manières de

Bloch. Bloch expliqué par son père (311-312 ; cf. 335). Le stéréoscope (315). — Mme de Villeparisis est une Guermantes (319-322).

Étrange manège de Charlus. Je reconnais en lui le monsieur du raidillon de Tansonville (318-321 ; cf. *Swann*, 141). Nouvelle bizarrerie dans la conduite de Charlus (327). Mme de Sévigné, La Fontaine et Racine (330). Charlus vient dans ma chambre. Ses propos surprenants, le lendemain (332-334).

Dîner chez les Bloch avec Saint-Loup. La création, supérieure à l'observation. Il y avait un père Bloch enclavé en son fils (334-335) Connaître « sans connaître ». Bloch admiré de ses sœurs (336-337). Bergotte jugé par le père Bloch (337). Le chic de « l'oncle Salomon ». « Une recommandation de sir Rufus » (339). L'oncle Nissim Bernard, souffre-douleur du père Bloch ; ses mensonges (340-342). Bloch et Mme Swann dans le train de ceinture. Bloch et Saint-Loup jugés par Françoise (344-346). — Saint-Loup et sa maîtresse ; ce qu'il lui doit. Pourquoi elle l'a pris en horreur (346-352). — Conduite inexplicable de ma grand-mère (352-353).

Les jeunes filles en fleurs. « C' pauvre vieux, i m' fait d'la peine ». Peu à peu leurs traits s'individualisent (353-359). La cycliste brune aux yeux rieurs, aux grosses joues mates, au polo noir, au langage voyou : Albertine (359-360). Désir de posséder leur vie inaccessible (360-364). Le nom de Simonet (366-367). — Repos avant le dîner du soir : tableaux différents de la mer (368-372). — Dîners à Rivebelle. Oubli de l'œuvre à produire (373-374). L'harmonie des tables astrales. Euphorie due à l'alcool et à la musique (375-389). — Rencontre d'Elstir (389-392). Nouvel aspect d'Albertine (394).

L'atelier d'Elstir ; ses marines ; les « métaphores » du peintre ; *Le Port de Carquethuit* (398-404). Elstir me révèle la beauté, que je n'avais pas su voir, de l'église de Balbec (404-406). Le rêve et la vie. Passage d'Albertine (407). Le portrait de *Miss Sacripant* (411-413). « Ma belle Gabrielle ! ». L'artiste vieillissant cherche dans la vie la Beauté qu'il n'a plus la force d'extraire de lui-même (414-415). — Par amour-propre, je m'expose pour les autres (416-417). — La bande des jeunes filles : espoir déçu de leur être présenté. Aspect et valeur des autres, modifiés par la croyance. Néant de l'amour (419-422). — *Miss Sacripant*, c'était Mme Swann (424) et *M. Biche*, Elstir ! (426). « On ne reçoit pas la sagesse, il faut la découvrir soi-même » (427). — Ma grand-mère et Saint-Loup (429), Saint-Loup et Bloch (430). — Elstir m'a révélé la beauté des natures mortes (432 ; cf. 262). — Matinée chez Elstir. L'intelligence et la volonté. Encore une autre Albertine : la bacchante, la muse orgiaque n'est plus qu'une jeune fille bien élevée (433-439). Albertine sur la digue : plus de « bonnes façons », mais les manières « petite bande ». Octave, le gigolo (439-442). Antipathie d'Albertine pour Bloch (442). Saint-Loup fiancé à une demoiselle d'Ambresac ? Intelligence d'Albertine : son goût en toilette et en peinture (446-447). Andrée (449). Gisèle (450-451).

Journées avec les jeunes filles. Identité de nos amours successives (453-457). Mauvaise humeur de Françoise (457-459) Je ne veux plus voir Balbec dans les brumes dont mes rêves l'enveloppaient, mais dans la lumière d'Elstir, avec des régates, des courses de chevaux. Les étoffes de Fortuny (459-461). Une esquisse des Creuniers (462). — Rafraîchissement que donne la beauté mobile de la jeunesse (466-467). L'amitié est une abdication de soi (468 ; cf. 303-304). — Pépiement des jeunes filles (469). Lettre de Sophocle à Racine (472-475). — Amour indivis entre plusieurs figures. Confrontation du souvenir à une réalité toujours nouvelle (476-479). Albertine préférée. La partie de furet (479-482). Les aubépines retrouvées. Bonté douteuse d'Andrée (482-485). Les Creuniers (485-486). — Albertine passe une nuit au Grand-Hôtel. Le baiser refusé (489-494). — Attraction exercée par Albertine (494-495). — Le système des « fins multiples » (498-499). — Sentiment d'estime morale qui subsistera au milieu de mon amour pour Albertine. Souffrances qu'entraîne une erreur initiale sur la personne aimée (503-504). — Visages irréductibles les uns aux autres. Les différentes Albertines (504-508). Les créatures surnaturelles sont devenues de simples jeunes filles, mais quelque chose subsiste en elles de leur premier mystère (509-510).

L'hôtel va fermer (510). — Départ (513). Balbec est devenu, dans l'arrière-saison, humide et froid comme dans mes premiers rêves, mais ma mémoire ne le revoit plus qu'au grand jour de l'été dans sa robe d'or (514).

DOSSIER

DU MÊME AUTEUR

Dans la même collection

Impression Bussière Camedan Imprimeries
à Saint-Amand (Cher),
le 14 juin 2002.
Dépôt légal : juin 2002.
1ᵉʳ dépôt légal dans la collection : avril 1988.
Numéro d'imprimeur : 022777/1.
ISBN 2-07-038051-3./Imprimé en France.

14398